NEW YORK TIMES
BESTSELLER AUTOREN

Der Preis dieses Bandes versteht sich einschließlich
der gesetzlichen Mehrwertsteuer.

Umwelthinweis:
Dieses Buch wurde auf chlor- und säurefreiem Papier gedruckt.

Die Stanislaskis 4 – 6

NEW YORK TIMES
BESTSELLER AUTOREN

Band 95020
1. Auflage: Mai 2010

SILHOUETTE™ BÜCHER
erscheinen in der Cora Verlag GmbH & Co. KG,
Valentinskamp 24, 20350 Hamburg
im Vertrieb von
MIRA® TASCHENBUCH

Titel der nordamerikanischen Originalausgaben:

Convincing Alex

Aus dem Amerikanischen von: Susann Willmore
Waiting for Nick

Aus dem Amerikanischen von: Emma Luxx
Considering Kate

Aus dem Amerikanischen von: Sonja Sajlo-Lucich

erschienen bei: Silhouette Books, Toronto
Published by arrangement with
HARLEQUIN ENTERPRISES II B.V./S.àr.l.

Konzeption/Reihengestaltung: fredebold&partner gmbh, Köln
Umschlaggestaltung: pecher und soiron, Köln
Redaktion: Stefanie Kruschandl
Titelabbildung: Getty Images, München
Satz: Buch-Werkstatt GmbH, Bad Aibling
Druck und Bindearbeiten: CPI – Ebner & Spiegel, Ulm
Printed in Germany
ISBN 978-3-89941-713-5

www.mira-taschenbuch.de

Nora Roberts

Heißkalte Sehnsucht

Roman

Aus dem Amerikanischen von
Susann Willmore

NEW YORK TIMES
BESTSELLER AUTOREN

1. KAPITEL

Die kurvige Blondine im pinkfarbenen Minirock stöckelte auf hohen Schuhen den Straßenstrich hinunter. Ihr Lidstrich schimmerte in allen Farben des Regenbogens, und sie musterte mit scharfem Blick ihre Kolleginnen, diese schillernden Schatten der Nacht. Die Luft hallte wider vom Lachen der Mädchen, denn schließlich war es jetzt Frühling in New York. Aber neben dem Lachen war auch ein Gefühl großer Langeweile zu spüren, die weder der Glitter noch der Sex überdecken konnten.

Für diese Damen war Geschäft vor allem Geschäft.

Nachdem sie sich einen weiteren Kaugummi in den Mund gesteckt hatte, rückte die blonde junge Frau ihre große Leinentasche zurecht, die sie über der Schulter trug. Wie gut, dass es einigermaßen warm ist, dachte sie. Es wäre schrecklich gewesen, bei Regen in diesem halb bekleideten Zustand die Straße hinunterflanieren zu müssen.

Eine umwerfend gut aussehende schwarze Frau in einem roten Lederoutfit, das ihren knackigen Körper nur notdürftig bedeckte, zündete sich eine Zigarette an und warf sich herausfordernd in Pose. „Komm schon, Baby", sagte sie wie zu sich selbst. Ihre Stimme war tief und sexy, sie klang nach dem Rauch, den sie ausatmete. „Wie wär's mit ein bisschen Spaß?"

Einige Männer scheinen nicht abgeneigt zu sein, dachte Bess, die den Strich begutachtete. Insgesamt lief das Geschäft nicht schlecht an diesem lauen Frühlingsabend. Sie hatte verschiedene Verhandlungsgespräche zwischen den Prostituierten und ihren Freiern beobachtet. Nur schade, dass die Langeweile sich auch durch keine aufgesetzte Munterkeit zu vertreiben lassen schien. Die Langeweile und dann auch so etwas wie ein Gefühl großer allgemeiner Hoffnungslosigkeit.

„Führst du Selbstgespräche, Schätzchen?"

„Äh?" Bess zuckte zusammen und sah sich plötzlich der schwarzen Göttin im roten Leder gegenüber, die zu ihr herübergeschlendert war. „Wie bitte?"

„Bist du neu hier?" Während sie rauchte, unterzog sie Bess einer genauen Prüfung. „Wer ist dein Lude?"

„Mein ... ich habe keinen."

„Du hast keinen?" Die Prostituierte zog die Brauen hoch und lächelte spöttisch. „Kleine, ohne einen Mann bist du auf diesem Strich nichts wert."

„Das glaube ich schon." Da sie keine Zigarette hatte, blies Bess ihren Kaugummi auf und ließ ihn mit lautem Knall zerplatzen.

„Wenn Bobby oder Big Ed das rauskriegen, bekommst du eine Menge Ärger." Dann zuckte die Schwarze mit den Schultern. Schließlich war das ja nicht ihr Problem.

„Wir leben in einem freien Land."

„Schätzchen, frei ist hier nur der Tod." Mit einem rauen Lachen fuhr sich die andere über ihre lederbekleidete Hüfte. „Sonst gar nichts." Sie warf die Zigarette in den Rinnstein, wo sie vom Hinterrad eines Autos zerdrückt wurde.

Viele Hundert Fragen gingen Bess durch den Kopf. Es lag in ihrer Natur, sie auch zu stellen, aber sie erinnerte sich gerade noch daran, dass sie nichts überstürzen durfte. „Gut, also wer ist dein Zuhälter?"

„Bobby." Mit skeptischem Blick besah sich die Frau Bess von oben bis unten. „Kann schon sein, dass er dich aufnehmen würde. Du bist zwar untenrum ein bisschen mager, aber das macht nichts. Auf jeden Fall brauchst du jemanden, der dich beschützt, wenn du hier arbeiten willst." Sie wusste, dass sie von Bobby einen hübschen Batzen Geld erwarten durfte, wenn sie ihm eine Neue brachte.

„Niemand hat die beiden Mädchen beschützt, die hier letzten Monat ermordet wurden."

Die Schwarze zuckte zusammen. Bess wusste, dass sie gut in Gesichtern lesen konnte, und sie sah Trauer, Bedauern und Schmerz in den Augen der anderen, bevor der Blick sich wieder verhärtete. „Bist du etwa von den Bullen?"

Bess starrte sie mit offenem Mund an, bevor sie laut auflachte. Das ist wirklich ein Witz, dachte sie. Irgendwie aber auch schmeichelhaft.

„Nein, ich bin nicht von den Bullen. Ich versuche nur, mir meinen Lebensunterhalt zu verdienen. Kanntest du eine von den beiden, die getötet wurden?"

„Wir mögen es hier nicht so gern, wenn man zu viele Fragen stellt." Die Frau warf den Kopf zurück. „Wart's nur ab. Wenn du dir wirklich deinen Lebensunterhalt verdienen willst, kriegst du gleich Gelegenheit dazu."

Bess wurde plötzlich nervös. Ihr fiel auf, dass die Frau nicht nur gut aussah, sie war auch ausgesprochen massiv. Und sie war misstrauisch. Beides würde es schwierig machen, das zu tun, weshalb sie hergekommen war – sich im Hintergrund zu halten und die Szene zu beobachten. Aber schließlich war sie gewitzt und zudem noch eine gute Menschenkennerin. Und außerdem hatte auch sie hier etwas zu erledigen.

„Na klar!" Sie drehte sich um und schlenderte die Straße entlang. Ihre Hüften – und sie hatte nicht eine Minute lang daran geglaubt, dass ihr Po zu mager wäre – bewegten sich dabei verführerisch.

Vielleicht war ihre Kehle plötzlich ein wenig trocken. Vielleicht schlug ihr Herz mit einem Mal auch ein bisschen schneller als gewöhnlich. Aber Bess McNee ließ sich durch nichts so schnell umwerfen.

Plötzlich sah sie zwei Männer, die noch etwa einen halben Block entfernt waren. Der eine von ihnen, der Schwarzhaarige, machte einen sehr vielversprechenden Eindruck.

„Hör zu, du Frischling, wir nehmen uns jetzt eine heraus, vielleicht auch zwei." Alex besah sich den Strich mit prüfendem Blick. Nutten, Fixer und die bedauernswerten Menschen, die durch dieses armselige Viertel nach Hause mussten, bevölkerten die Straße. „Meine Nase sagt mir, dass die große Schwarze dort – sie heißt Rosalie – beide Opfer kannte."

„Und warum schnappen wir sie uns dann nicht einfach und nehmen sie mit zum Verhör?" Judd Malloy zuckte es in allen Fingern, etwas zu unternehmen. Seine Polizeimarke war erst achtundvierzig Stunden alt. Und er arbeitete mit Alex Stanislaski, einem Profi, der den Ruf hatte, schnell zu handeln und exzellente Arbeit zu leisten. „Oder noch besser, warum greifen wir uns nicht ihren Zuhälter?"

Ach, diese Neulinge, dachte Alex bei sich. Warum gaben sie ihm immer diese Anfänger, die er dann einarbeiten durfte? „Weil wir wollen, dass sie mit uns zusammenarbeitet. Wir werden sie uns schnappen, unter dem Vorwand, dass sie illegal anschafft. Und dann unterhalten wir uns mit ihr wie echte Gentlemen, bevor ihr Bobby auftauchen kann und ihr sagt, dass sie die Klappe halten soll."

„Wenn meine Frau rausbekommt, dass ich die halbe Nacht damit verbracht habe, Nutten anzuquatschen …"

„Ein guter Polizist erzählt seiner Familie nie mehr als das, was sie unbedingt wissen muss. Und das ist nicht sehr viel.“ Alex sah seinen neuen Partner unbewegt an. „Das ist die Stanislaski-Regel Nummer eins.“

Plötzlich sah er die Blondine. Sie starrte ihn an. Alex starrte zurück. Ein merkwürdiges Gesicht, dachte er. Scharf geschnitten und sehr sexy, trotz der Tonnen von Make-up, die sie aufgetragen hatte. Unter der dicken Lidschattenschicht konnte er ihre Augen ausmachen, sie waren hellgrün. Ihre Nase hatte eine leichte Krümmung, als wäre sie einmal gebrochen gewesen. Wahrscheinlich das Werk irgendeines Kunden oder Zuhälters, dachte Alex, während sein Blick auf ihren Mund fiel.

Volle, sehr sinnliche Lippen, die in einem leuchtenden Rot geschminkt waren. Es gefiel ihm überhaupt nicht, dass etwas in ihm darauf reagierte. So als wäre es nicht völlig egal, wer sie war und was sie tat. Ihr Kinn war eher spitz als rund, und zusammen mit den hohen Wangenknochen gab es dem Ganzen eine dreieckige Form, die Alex entfernt an den Kopf eines Fuchses erinnerte.

Das hautenge, schulterfreie Top und der Stretchmini ließen jede Kurve ihres durchtrainierten Körpers erkennen. Er hatte schon immer den athletischen Typ bevorzugt – doch gerade noch rechtzeitig fiel Alex ein, durch welche Form von körperlichem Training sie wohl eine so gute Figur bekommen hatte.

Wie dem auch sei, sie war nicht die Prostituierte, um die es ihm hier ging.

Jetzt oder nie, dachte Bess bei sich. Allzu genau spürte sie den prüfenden Blick, den ihre neue Kollegin ihr zuwarf.

„Hey, Baby ...“ Obwohl sie nicht mehr geraucht hatte, seit sie fünfzehn war, war ihre Stimme stets ein wenig heiser. Während sie innerlich ein leises Stoßgebet zum Himmel schickte, machte sie sich an Alex heran. „Willst du dich amüsieren?“

„Kann schon sein.“ Er zog sie am Ausschnitt ihres Tops zu sich heran und bemerkte verblüfft, dass sie zusammenzuckte. „Aber irgendwie wollte ich was anderes als dich, Schätzchen.“

„Oh!“ Und nun? Wie ging es wohl weiter? Bess beschloss, sich ganz auf ihre Intuition zu verlassen. Sie warf den Kopf zurück und schmiegte sich an ihn. Sofort hatte sie das Gefühl, als stieße sie auf

Stahl – hart, unnachgiebig und sehr kalt. „Und an was hattest du da gedacht?“

Für den Bruchteil einer Sekunde war ihr, als setze ihr Verstand aus. Der Blick, mit dem er sie ansah, ja durchbohrte, ging ihr bis ins Mark. Die dunklen Augen hielten sie gefangen. Seine Knöchel pressten gegen ihre Haut, genau da, wo ihr Ausschnitt begann. Sie spürte die Hitze, die in diesem Griff lag, spürte seine Hitze. Während sie ihm weiter wie gebannt in die Augen sah, überkam sie plötzlich ein Bild. Sie sah, wie er und sie sich auf einem großen Bett in einem verdunkelten Zimmer wälzten, wie ihre Körper miteinander rangen.

Und das hatte überhaupt nichts mehr mit Arbeit zu tun.

Es war das erste Mal, dass Alex eine Nutte erröten sah. Es warf ihn um, und er hatte plötzlich den absurden Wunsch, sich zu entschuldigen – sich zu entschuldigen für die Vorstellung, die ihm vor ein paar Sekunden durch den Kopf gegangen war. Aber dann erinnerte er sich wieder an die Umstände.

„Ich stehe einfach auf einen anderen Typ, Baby.“

Mit ihren hohen Stöckelschuhen war sie beinahe so groß wie er. Alex hätte am liebsten all das Make-up und den Puder von ihrem Gesicht abgewischt, um zu entdecken, wer sich darunter verbarg.

„Ich bin ein anderer Typ“, entgegnete Bess. Sie war sehr froh über diese schlagfertige Antwort.

„He, Schwester!“ Plötzlich war Rosalie da. Vertraulich legte sie Bess den Arm um die Schulter. „Du willst doch wohl nicht beide allein für dich haben, oder?“

„Ich …“

Hau ab, dachte Alex bei sich und wandte sich widerstrebend Rosalie zu. „Seid ihr beide ein Team?“

„Heute Abend schon.“ Sie sah erst Alex an, dann Judd. „Na, wie wär’s mit uns beiden, Jungs?“

Judd hatte plötzlich das Gefühl, als hätte ihn seine Stimme im Stich gelassen. Er hätte sich lieber einem Dutzend bewaffneter Männer in einer dunklen Gasse gegenübergesehen. Es war ihm völlig unmöglich, auf die große schwarze Frau zuzugehen, ohne dass die ganze Zeit ein Bild seiner eigenen Frau, die ihm völlig vertraute, wie ein Warnsignal in seinem Kopf aufleuchtete.

„Na gut, warum nicht.“ Schließlich konnte er doch sprechen, und es gelang ihm sogar, fast so überzeugend wie Alex zu klingen.

Rosalie warf den Kopf zurück und lachte laut, dann machte sie einen Schritt auf Judd zu und hakte sich bei ihm unter. Instinktiv trat er zurück, und eine verräterische Röte überzog seinen Hals.

„Ich habe den Eindruck, du machst so etwas zum ersten Mal, Kleiner. Warum überlässt du Rosalie nicht alles?“

Weil sein Partner plötzlich stumm zu sein schien, übernahm Alex wieder das Kommando.

„Wie viel?“

„Na ja …“ Rosalie wartete gar nicht erst auf Bess, die totenbleich geworden war. „Heute Abend machen wir euch einen Sonderpreis. Ihr kriegt uns beide für einen Hunderter. Das gilt aber nur für die erste Stunde.“ Sie lehnte sich vor und flüsterte Judd etwas ins Ohr. Die Röte auf seinem Hals vertiefte sich noch.

„Danach“, fuhr Rosalie fort, „ist es Verhandlungssache.“

„Aber ich kann ni…“ Bess fing an zu stottern und hielt dann mitten im Satz inne, als sie Rosalies Finger spürte, die sich wie scharfe Klauen in ihre bloßen Schultern gebohrt hatten.

„Ich glaube, das reicht“, sagte Alex und zog seine Dienstmarke hervor. „Meine Damen, Sie sind vorläufig festgenommen.“

Polizisten! Ein großes Gefühl der Erleichterung durchfuhr Bess.

Während Rosalie einen saftigen Fluch ausstieß, musste sie sich die größte Mühe geben, um nicht laut herauszulachen.

Absolut perfekt, dachte Bess, als man sie auf die Wache brachte. Sie war wegen illegaler Prostitution festgenommen worden, und das Leben hätte nicht schöner sein können.

Begierig sah sie sich in dem Zimmer um, damit ihr auch nicht die geringste Kleinigkeit entging. Dabei war es nicht das erste Mal, dass sie sich in einer solchen Umgebung befand. Wie sie immer zu sagen pflegte, nahm Bess ihre Arbeit sehr ernst. Neu war für sie allein die Gegend. Sie kam nicht sehr oft in die ärmeren Viertel der Stadt.

Der Raum war ausgesprochen schäbig – heruntergekommen. In Gedanken machte sie sich Notizen. Über allem lag eine dicke, malerische Staubschicht.

Und der Geruch war auch nicht schlecht. Sie sog ihn tief ein und versuchte sich die faszinierende Mischung aus Schweiß, bitterem schwarzen Kaffee und beißendem Putzmittel gut einzuprägen.

Außerdem war es sehr laut. Mit ihren hellwachen Sinnen unterschied Bess nach und nach den Lärm von ständig klingelnden Telefonen, ärgerlichen Flüchen, Weinen und dem Hämmern der Schreibmaschinen.

Oh Mann, dachte sie insgeheim begeistert. Heute schien wirklich ihr Glückstag zu sein!

„Du bist hier nicht auf Urlaub, Schätzchen“, wurde sie plötzlich von Alex erinnert. Er stieß ihr leicht in die Rippen.

„Oh, Verzeihung.“

Der schimmernde Glanz in ihren Augen, der von Aufgeregtheit zeugte, schien ihm so fehl am Platz zu sein, dass er sie wieder nur anstarren konnte. Dann holte er kopfschüttelnd einen Stuhl für sie heran. Rosalie hatte er Judd überlassen. Der Neuling mochte ruhig sein Glück versuchen, etwas Wichtiges aus ihr herauszuholen. Danach würde er dann den Fall übernehmen. Alex standen verschiedene Methoden zur Verfügung, um Leute zum Reden zu bringen.

Ob er ihr nun schmeicheln oder drohen musste, er würde es schon schaffen, ihr alles zu entlocken, was sie über ihre beiden ermordeten Kolleginnen wusste.

„Also gut.“ Er nahm hinter dem schäbigen, überfüllten Schreibtisch Platz. „Du weißt ja, wie das hier läuft.“

Bess hatte die ganze Zeit zu einem jungen Mann in einer zerrissenen Jeansjacke hinübergesehen, dessen Gesicht voller Blutergüsse war. „Wie bitte?“

Alex seufzte nur tief, während er einen Bogen in seine Schreibmaschine spannte. „Der Name?“

„Oh, ich bin Bess.“ Sie streckte ihm ihre Hand entgegen, und die Geste kam so natürlich, dass er sie fast ergriffen hätte.

Stattdessen stieß er einen leisen Fluch aus. „Bess, und weiter?“

„McNee. Und Sie?“

„Ich bin im Dienst. Geburtsdatum?“

„Warum?“

Er sah auf, ihre Augen trafen sich. „Warum was?“

„Warum wollen Sie das wissen?“

Geduld war noch nie Alex’ starke Seite gewesen, und mit einem Mal gingen ihm die Nerven durch. Drohend wies er auf den Bogen

Papier. „Weil ich nun einmal dieses verdammte Formular ausfüllen muss!"

„Okay, ich bin achtundzwanzig. Zwilling. Ich bin am ersten Juni geboren."

Alex rechnete kurz nach und tippte dann die Daten. „Wohnsitz?"

Neugierig wie sie war, hatte Bess sich an den Papieren auf seinem Schreibtisch zu schaffen gemacht, bis er ihr auf die Finger klopfte.

„Warum sind Sie eigentlich so nervös?", fragte sie ihn. „Macht es Ihnen etwas aus, als Spitzel zu arbeiten?"

Dieses unverschämte Lächeln, dachte er erbittert. Es war herausfordernd, sexy und alles andere als dumm. Zusammen mit ihren intelligenten grünen Augen hätte man fast denken können, dass sie etwas anderes wäre als eine Prostituierte. Aber sie sah wie eine Nutte aus, und sie roch auch wie eine Nutte. Deshalb ...

„Hör zu, Schätzchen, die Sache funktioniert so. Ich stelle hier die Fragen, und du antwortest. Ist das klar?"

„Knallhart, zynisch und abgebrüht."

Er zog die Brauen hoch. „Wie bitte?"

„So schätze ich Sie ein. Sie wollen also meine Adresse, ja?" Bess nannte ihm ein Viertel und eine Straße.

Alex sah sie ungläubig an. „Willst du mich auf den Arm nehmen?"

„Nein, keineswegs." Brav legte Bess die Hände in den Schoß.

„Deine Adresse", wiederholte er.

„Ich habe sie Ihnen gerade gegeben."

„Ich weiß ganz genau, wie im Moment die Mietpreise liegen. Kann schon sein, dass du Klasse hast." Er warf ihr noch einmal einen prüfenden Blick zu. „Vielleicht hast du sogar mehr Klasse, als man dir zutrauen würde. Aber eins steht fest – mit dem, was du tust, kannst du dir auf gar keinen Fall eine solche Miete leisten."

Das saß, und es tat weh. Bess fühlte sich vor allem getroffen, weil sie über eine Stunde damit verbracht hatte, sich aufs Sorgfältigste zu schminken. Und sie wusste, dass sie eine fabelhafte Figur hatte. Schließlich ging sie dreimal in der Woche ins Fitness-Studio, um in Form zu bleiben. „Aber das ist nun mal meine Adresse, Bulle!" Wütend leerte Bess den Inhalt ihrer großen Leinentasche auf seinem Schreibtisch aus. Sie würde sich von ihm keine Beleidigung gefallen lassen!

Alex beobachtete sie fasziniert, während sie den Inhalt durchwühlte. Allein mit den Kosmetika hätte man eine mittelgroße Parfumerie füllen können. Und es waren nicht gerade Billigprodukte. Sechs Lippenstifte, zwei Kompaktpuderdosen, verschiedene Mascarabürsten und mehrere Döschen mit Lidschatten. Dazu noch Eyelinerstifte in allen Farben des Regenbogens. Zwischen all dem befanden sich zwei Schlüsselbunde, Rechnungen über Kreditkartenbeträge, bunte Gummibänder, Büroklammern, zwölf – Alex hatte sie genau gezählt – Kugelschreiber, einige zerbrochene Bleistifte, ein Schreibblock, zwei Taschenbücher, Streichhölzer, ein ledernes Notizbuch mit den Initialen ELM, ein Tacker – er fragte sich nicht einmal mehr, warum Bess so etwas mit sich herumschleppte –, Taschentücher sowie einige zerknüllte Blätter, ein Aufnahmegerät mit Mikrokassetten. Und eine Pistole.

Alex griff sich die Waffe aus dem Stapel heraus und sah sie sich genauer an. Es war eine Wasserpistole!

„Passen Sie damit auf", warnte sie ihn, als sie endlich ihre Brieftasche fand. „Die ist voller Ammoniak."

„Ammoniak?"

„Ja, früher habe ich Gas benutzt, aber das hier tut's genauso gut. So, sehen Sie sich das an!" Triumphierend hielt sie ihm die Brieftasche unter die Nase.

Dem Foto nach zu urteilen schien es sich um dieselbe Person zu handeln. Das Haar war kurz und lockig, es sah nach einem teuren Schnitt aus. Aber die Farbe stimmte nicht – ein dunkles Kastanienrot anstatt blond. Unverwechselbar hingegen die Nase, das Kinn. Und vor allem die Augen! Alex runzelte die Stirn, als er sich den Führerschein besah. Tatsächlich, die Adresse stimmte!

„Sie haben ein Auto?"

Bess zuckte die Achseln und begann die Sachen wieder in ihre Tasche zu stopfen. „Na und?"

„Bei Frauen aus Ihrem Gewerbe ist das nicht sehr häufig der Fall."

Da hatte er recht. Bess zögerte einen Moment. „Ich habe einen Führerschein. Das muss aber nicht unbedingt heißen, dass ich auch ein Auto habe, oder?"

„Nein." Er sicherte sich die Brieftasche. „Und jetzt nehmen Sie die Perücke ab."

Ironisch blickte Bess ihn an. „Und warum?"

Ohne zu zögern beugte sich Alex über den Schreibtisch und riss sie ihr eigenhändig vom Kopf. Bess funkelte ihn wütend an, während sie sich mit dem Finger durch die kurzen rotbraunen Locken fuhr. „Die brauche ich aber zurück. Sie ist nur geborgt."

„Na klar!" Er warf die Perücke auf den Schreibtisch und lehnte sich in seinem knarrenden Stuhl zurück, um Bess noch einmal einer eingehenden Prüfung zu unterziehen. Wenn diese Lady eine Nutte war, war er Superman! „Was zum Teufel sind Sie eigentlich?"

Dies war der Zeitpunkt, um reinen Tisch zu machen. So viel war Bess klar. Aber irgendetwas an ihm reizte sie, das Spiel mit ihm weiterzuspielen. „Ich bin nur eine Frau, die sich ihren Lebensunterhalt verdienen muss, Officer." Genauso würde auch Jade sich verhalten, da war Bess ganz sicher. Und da sie Jade schließlich erfunden hatte, durfte sie sie jetzt auch nicht blamieren.

Alex öffnete die Brieftasche und zählte die Scheine, die sich darin befanden. Die Summe betrug mehr, als er in zwei Wochen verdiente. „Ich verstehe."

„Dürfen Sie das eigentlich überhaupt?", fragte sie ihn mehr neugierig als verärgert. „Dürfen Sie so ohne Weiteres meine persönlichen Unterlagen durchwühlen?"

„Ich werde Sie schon noch früh genug über meine Kompetenzen aufklären, keine Angst." Alex stieß in der Brieftasche auch auf ein paar Fotos. Es waren Schnappschüsse von Leuten. Auf manchen war auch Bess zu sehen, auf anderen nicht. Die Dame schien zudem einer Menge Klubs und Vereine anzugehören. Er fand Mitgliedskarten von Greenpeace, der World Wildlife Federation, Amnesty International und dem Schriftstellerverband. Bei der letzten Karte fiel ihm wieder der Kassettenrekorder ein. Als er sich das Ding genauer ansah, stellte er fest, dass er angestellt war.

„So, ich will jetzt endlich wissen, woran ich bin, Lady."

Du meine Güte, war er nicht süß? Bess musste unwillkürlich lächeln, als sie ihn ansah. „Wie meinen Sie das?"

„Ich will wissen, was Sie auf dem Straßenstrich zu suchen hatten, zwischen Rosalie und all den anderen Mädchen."

„Das ist mein Job."

Seine Augen funkelten drohend. Bess musste sich eingestehen, dass sie ihn unwiderstehlich fand. Er war ungeduldig, vielleicht auch ein wenig gemein, und hielt sein Temperament nur schwer unter Kontrolle.

War er nicht fantastisch?

„Doch, bitte glauben Sie mir." Bess lehnte sich eindringlich nach vorn. „Sehen Sie, all dies hängt zusammen mit Jade. Jade besitzt eine schizophrene Persönlichkeit. Am Tag ist sie eine sehr erfolgreiche Anwältin – Sie wissen schon, die ganz knallharte Sorte –, doch bei Nacht geht sie auf den Strich. Sie versucht dabei das zu verdrängen, was zwischen ihr und Brock passiert ist. Doch da sich gleichzeitig auch noch ein Kindheitstrauma bei ihr bemerkbar macht, droht sie an der Belastung zu zerbrechen. Auf jeden Fall ist sie sehr selbstzerstörerisch."

Seine Augen hatten sich verdunkelt, sie wirkten jetzt fast schwarz. „Und wer zum Teufel ist Jade?"

„Jade Sullivan Carstairs. Sehen Sie nachmittags nie Fernsehen?"

Alex drehte sich der Kopf. „Nein."

„Dann verpassen Sie wirklich etwas. Ich könnte mir vorstellen, dass Sie die Dreiecksgeschichte zwischen Jade, Storm und Brock wirklich interessieren würde. Storm ist Polizist, wissen Sie, und er hat sich in Jade verliebt. Aber ihre psychischen Probleme und die Macht, die Brock noch immer über sie hat, komplizieren die Sache. Dazu kommt noch, dass Jade eine Fehlgeburt hatte und gekidnappt wurde. Aber Storm hat natürlich auch genügend eigene Probleme."

„Natürlich. Und was haben Sie mit der ganzen Sache zu tun?"

„Oh, Entschuldigung, das habe ich ja ganz vergessen. Ich schreibe für ‚Heimliche Sünden'. Die bekannte Fernsehserie."

„Sie schreiben Seifenopern fürs Fernsehen?"

„Allerdings." Im Gegensatz zu vielen ihrer Kollegen hatte Bess überhaupt nichts dagegen, wenn man die Serie so bezeichnete. „Und ich versuche natürlich, alles so lebensecht wie möglich zu beschreiben. Das heißt, ich versuche mich bis ins kleinste Detail in meine Figuren hineinzuversetzen. Und da mir Jade ganz besonders am Herzen liegt, wollte ich …"

„Sind Sie eigentlich noch ganz bei Trost?" Alex beugte sich nach vorn und starrte ihr ins Gesicht. „Wissen Sie überhaupt, worauf Sie sich da eingelassen haben?"

Bess sah ihn amüsiert an, sie war sich keiner Schuld bewusst. „Ich würde das einfach Recherche nennen."

Alex stieß einen saftigen Fluch aus. Fasziniert sah Bess ihm dabei zu, wie er mit den Fingern durch das dichte schwarze Haar fuhr. „Und wie weit hatten Sie vor, Ihre sogenannte Recherche zu betreiben, Lady?"

„Wie ich …? Oh!" Unwillkürlich musste sie lachen. „Nun, jedenfalls nicht so weit, wie Sie denken, Officer."

„Und was hätten Sie wohl getan, wenn ich kein Polizist gewesen wäre?"

„Ach, dann wäre mir schon etwas eingefallen." Sie konnte ein breites Lächeln nicht unterdrücken. Er sah wirklich umwerfend aus – gebräunte Haut mit einem leichten Goldschimmer, dunkle Augen und eine sehr markante Knochenstruktur. Am anziehendsten jedoch war der Mund mit vollen, sinnlichen Lippen. Auch wenn er so finster blickte wie jetzt, war er immer noch hinreißend.

„Mir fällt eigentlich immer etwas ein. Und als ich Sie sah, wusste ich gleich, dass mir nichts passieren würde. Damit will ich sagen, Sie schienen mir einfach nicht die Sorte Mann zu sein, die …", wie kann man so etwas nur gut ausdrücken? fragte sich Bess, „… die es nötig hat, für ihr Vergnügen zu bezahlen."

Alex war so wütend, dass er sie am liebsten übers Knie gelegt hätte. Die Vorstellung, ihrem süßen kleinen Hinterteil einige nette Klapse verabreichen zu können, erschien ihm äußerst aufregend. „Und was wäre passiert, wenn Sie sich geirrt hätten?"

„Aber ich habe mich nicht geirrt", entgegnete Bess. „Einen Moment lang war ich etwas beunruhigt, aber dann hat sich ja glücklicherweise alles aufgeklärt. Und es wurde sogar noch aufregender, als ich mir vorgestellt hatte, denn ich durfte zum ersten Mal in meinem Leben in einer … nennen Sie sie eigentlich immer noch grüne Minnas? … in einer grünen Minna fahren!"

Alex war sich so sicher gewesen, dass er bereits alles Mögliche gesehen und gehört hatte. Nur mit äußerster Willenskraft sprach er mit zusammengebissenen Zähnen: „Zwei Prostituierte wurden ermordet. Und zwar ganz in der Nähe des Strichs."

„Ja, das ist mir klar." Bess' Antwort kam sehr schnell, so als würde sie damit alles erklären. „Das war ja auch einer der Gründe, warum ich mir diese Gegend ausgesucht hatte. Und zwar stelle ich mir vor, dass Jade ..."

„Ich spreche gerade von Ihnen!" Seine Stimme war schneidend kalt. „Irgendeine gottverdammte Journalistin, die glaubt, dass es nur einen Minirock und drei Pfund Make-up braucht, um eine fremde Welt verstehen zu können. Bildeten Sie sich allen Ernstes ein, dass Sie danach einfach in Ihre hübsche vornehme Gegend zurückfahren könnten, die Schminke abgewaschen hätten und der Fall damit geregelt gewesen wäre?"

„Journalistin?" Das war das einzige Wort, das Bess wirklich gegen den Strich ging. „Hören Sie zu, Mann ..."

„Nein, Sie hören mir zu! Bleiben Sie dort, wo Sie hergekommen sind, und ziehen Sie endlich diese verdammte Nuttenkleidung aus! Und in Zukunft recherchieren Sie um Gottes willen aus Büchern!"

Bess sah ihn mit funkelnden Augen an. „Ich kann überallhin gehen, und ich kann auch tragen, was ich will!"

„Ach ja, sind Sie sicher?" Es gab nur einen Weg, um ihr eine Lektion zu erteilen. Ein äußerst bewährter Weg. „Na gut!" Er erhob sich, nahm ihr die Tasche aus der Hand und ergriff dann fest ihren Arm. „Also los!"

„Was soll das?"

„Ich bringe Sie jetzt in Untersuchungshaft, Lady. Sie sind schließlich festgenommen, oder haben Sie das schon wieder vergessen?"

Bess wäre in den hohen Schuhen fast gestolpert. Laut protestierte sie: „Aber ich habe Ihnen doch gerade erklärt, dass ich ..."

„Ich höre jeden Tag mindestens zehn Lügengeschichten, die besser klingen."

„Sie werden mich nicht in eine Zelle einsperren!" Bess war sich ihrer Sache ganz sicher.

Bis zu dem Moment, als die Zellentür hinter ihr mit lautem Knall ins Schloss fiel.

Es dauerte etwa zehn Minuten, bis der Schock sich wieder gelegt hatte. Als dies dann geschah, entschied Bess sich, die Sache nicht allzu schwer zu nehmen. Natürlich war sie weiterhin wütend auf den Polizisten – wer auch immer er war –, aber andererseits hatte er ihr zu einer Gelegenheit verholfen, die sicher nicht so schnell wiederkehren würde. Sie befand sich in einer Untersuchungszelle, zusammen mit einigen anderen Frauen. Bess beschloss, die Atmosphäre genau zu studieren. Außerdem wollte sie sich mit den Frauen unterhalten.

Als eine ihrer Zellengenossinnen ihr mitteilte, dass sie einen Anruf machen dürfe, meldete sie dies sofort an. Erfreut über den Fortschritt, den sie langsam machte, lehnte Bess sich dann zurück, um mehr von ihren Leidensgenossinnen zu erfahren.

Dreißig hochinteressante Minuten später sah sie auf und erblickte ihre Freundin und Co-Autorin Lori Banes, die neben einem uniformierten Polizisten stand.

„Bess, du scheinst dich ja hier wie zu Hause zu fühlen!"

Grinsend stand Bess auf, während der Wachmann die Zelle aufschloss.

„Es war wirklich toll hier!"

„He", rief eine der Zellengenossinnen ihr nach, „ich sage Ihnen, diese Vicky ist eine Hexe. Jeffrey sollte sie besser loswerden. Amelia ist genau die richtige Frau für ihn!"

Bess winkte ihr noch einmal zu. „Ich werde sehen, was sich machen lässt. Adieu, Mädels!"

Lori hatte sich eigentlich immer für tolerant gehalten. Sie war auch bestimmt nicht besonders prüde oder voreingenommen. Und genau das sagte sie Bess, während die beiden die langen Gänge hinunter, die Treppen hinauf und schließlich wieder in den Empfangsraum der Polizeiwache gingen.

„Aber", fügte sie hinzu und rieb sich die schmerzenden Augen, „irgendwie finde ich es nicht besonders witzig, um zwei Uhr nachts aus dem Bett geworfen zu werden, um dich aus dem Gefängnis auszulösen."

„Tut mir wirklich sehr leid, doch es war ganz fantastisch! Warte nur ab, bis ich dir alles erzähle."

„Weißt du eigentlich auch, wie du aussiehst, meine Liebe?"

„Natürlich." Neugierig spähte Bess nach Alex, aber der Stuhl hinter seinem Schreibtisch war nicht besetzt. „Ich wusste ja gar nicht, dass sich die Mädchen, die anschaffen, unsere Sendung anschauen. Andererseits ist das klar, sie arbeiten ja meist nachts. Entschuldige einen Moment, Lori …" Bess wandte sich an einen der Polizisten, der gerade an ihnen vorbeiging. „Wo ist Ihr Kollege, der an diesem Schreibtisch sitzt?"

Der Beamte verschluckte sich fast an dem Salami-Sandwich, in das er gerade hatte beißen wollen. „Stanislaski?"

„Wow! Was für ein Name! Ist er irgendwo in der Nähe?"

„Er verhört gerade jemanden."

„Oh. Vielen Dank."

„Komm schon, Bess, wir müssen jetzt deine Sachen holen."

Bess unterzeichnete ein Formular, und man händigte ihr wieder ihre Börse mitsamt Inhalt aus. Dabei sah sie sich die ganze Zeit nach Alex um, konnte ihn jedoch nirgends entdecken. „Stanislaski", sagte sie mehr zu sich selbst. „Das ist doch ein polnischer Name, glaubst du nicht?"

„Woher soll ich das wissen?" Lori begann langsam die Geduld zu verlieren. Energisch bugsierte sie Bess zum Ausgang. „Also los, lass uns von hier verschwinden. Es wimmelt hier ja nur so von Kriminellen."

„Ja, ich weiß. Ist das nicht fantastisch?" Lachend hakte Bess sich bei Lori unter. „Ich glaube, ich habe heute Nacht genug Einfälle für die nächsten drei Jahre gesammelt. Wenn wir uns entschließen, Elana verhaften zu lassen, weil sie Reed umgebracht hat …"

„Aber wir wissen doch noch gar nicht, ob sie ihn umgebracht hat."

Seufzend sah Bess sich nach einem Taxi um. „Lori, wir wissen doch beide, dass Jim seinen Vertrag nicht verlängern lassen will. Er will nur noch als Filmschauspieler arbeiten. Wenn wir seine Rolle eliminieren, gewinnt dafür Elanas Geschichte viel mehr Spannung. Und das wäre sicher gut für die Story."

„Kann schon sein."

Bess spielte ihre letzte Karte aus. „‚Unser Leben, unsere Lieben' ist letzte Woche in der Quotenrechnung um zwei Punkte höher gestiegen."

Lori blieb ihr darauf die Antwort schuldig.

„Außerdem habe ich gehört, dass Dr. Amanda Jamison Zwillinge bekommen soll."

„Zwillinge?" Gequält schloss Lori die Augen. Der weibliche Star der Konkurrenzserie, die Schauspielerin Ariel Kirkwood, die eine neurotische Psychiaterin spielte, lag ganz vorn in der Gunst der Zuschauer. „Warum müssen es denn ausgerechnet Zwillinge sein?", seufzte Lori. „Also gut. Reed wird sterben."

Bess lächelte kurz im Bewusstsein ihres Sieges, dann verließen sie schnell die Wache.

„Wie dem auch sei, als ich in der Zelle saß, stellte ich mir die elegante, durch nichts aus der Ruhe zu bringende Dr. Elana Warfield Stafford Carstairs im Gefängnis vor. Fabelhaft, Lori, einfach fabelhaft! Nur schade, dass du den Polizisten nicht gesehen hast."

Sie waren bis zur Ecke gegangen, doch weit und breit ließ sich kein Taxi blicken. „Welcher Polizist?"

„Der mich verhaftet hat. Er war unglaublich sexy."

Lori besaß nur noch die Energie, um tief zu seufzen. „Das ist wieder einmal typisch für dich. Wenn dich schon mal ein Polizist verhaftet, ist er auch noch gleich sexy."

„Nein, wirklich! Er hatte wunderschönes, dichtes schwarzes Haar. Und seine Augen waren auch fast schwarz. Jedenfalls sehr intensiv. Mit den hohen Backenknochen sah sein Gesicht irgendwie slawisch aus, und dann dieser traumhafte Mund. Außerdem hatte er eine tolle Figur. Ganz schön durchtrainiert, so etwa wie ein Boxer."

„Tu mir den Gefallen und hör jetzt auf, Bess."

„Nein, wieso denn? Ich kann doch einen Mann attraktiv finden, ohne dass ich mich gleich in ihn verlieben muss."

Lori sah sie nur an. „Bist du sicher?"

„Oh ja, seit dem letzten Mal bin ich mir ganz sicher." Plötzlich erblickte Bess ein Taxi. „Ich interessiere mich nur aus beruflichen Gründen für diesen jungen Mann."

„Natürlich." Achselzuckend stieg Lori in den Wagen ein.

„Ich schwöre es." Bess erhob die Hand zum Schwur. „Außerdem kann er uns dabei behilflich sein, Storms Geschichte mit Hintergrund zu füllen." Sie gab dem Fahrer die beiden Adressen an. „Nachdem Jade von dem Millbrook Maniac angefallen wird, erkennt Storm endlich, wie seine Gefühle für sie aussehen. Aber wir müssen unbedingt mehr über ihn wissen. Zum Beispiel den Zwiespalt, in den er gerät, wenn er zwischen seiner professionellen Ethik und der Loyalität seiner Familie gegenüber abwägen muss. Und wenn er dann auf Brock stößt …"

„He!" An einer roten Ampel wandte sich der Taxifahrer zu ihnen um. „Geht's da etwa um ‚Heimliche Sünden'?"

„Allerdings." Bess sah ihn neugierig an. „Kennen Sie die Serie?"

„Meine Frau sieht sie jeden Tag. Aber Ihre Gesichter kenne ich nicht."

„Nein, wir spielen auch nicht mit", erklärte Bess schmunzelnd. „Wir sind die Autorinnen."

„Ah, verstehe." Zufrieden gab er Gas, als die Ampel wieder auf Grün schaltete. „Ich würde Ihnen gern sagen, was ich von dieser falschen Schlange Vicky halte."

Nachdem er seine Meinung kundgetan hatte, begann Bess eine hitzige Debatte mit ihm. Lori lehnte sich derweil ermüdet zurück und versuchte noch ein wenig von dem verlorenen Schlaf nachzuholen.

2. KAPITEL

Meine Frau konnte es nicht fassen!“ Judd Malloy biss in ein Kirschtörtchen, während Alex durch den dichten Verkehr steuerte. „Sie liebt diese Serie, ist vollkommen verrückt danach. Sie verpasst keine Folge.“

„Interessant.“ Alex versuchte sich auf die Straße zu konzentrieren.

„Diese Frau ist wirklich so etwas wie ein Star. Und so etwas sitzt bei uns auf der Wache.“

„Stars haben es aber nicht nötig, faule Tricks anzuwenden.“

„Ach, kommen Sie schon, Alex!“ Judd trank noch einen Schluck Kaffee mit viel Zucker. „Sie hat schließlich nichts verbrochen. Sonst wäre sie ja auch nicht freigelassen worden.“

„Nichts verbrochen? Nein, aber sie war verdammt leichtsinnig. Eine Wasserpistole mit sich herumzutragen! Als ob das irgendjemanden davon abhalten würde, ihr etwas anzutun. Und außerdem haben wir schließlich Besseres zu tun, als uns um verkleidete Autorinnen zu kümmern.“ Verärgert schüttelte Alex den Kopf. Er hatte das Zusammentreffen mit Bess in keiner guten Erinnerung.

„Jedenfalls haben wir einiges aus Rosalie herausholen können“, beharrte sein Partner. „Es war also keine verlorene Zeit.“

„Es gibt überhaupt keine verlorene Zeit, Malloy“, erwiderte Alex grimmig. „Das ist die Stanislaski-Regel Nummer vier.“ Alex hatte sein Ziel erreicht und parkte den Wagen vor einem hohen Gebäude.

„Wir wollen einmal sehen, ob Rosalie versucht hat, uns auf den Arm zu nehmen, oder ob sie es ernst gemeint hat. Jedenfalls bin ich gespannt auf diesen Domingo.“

Für ein Haus in dieser Gegend war es in relativ gutem Zustand. Keine Graffiti, keine zerbrochenen Scheiben. Hier wohnte die untere Mittelklasse. Alex trat durch die Eingangstür und studierte die Reihe der Briefkästen.

„J. Domingo, 212.“ Die beiden Polizisten stiegen in den Fahrstuhl und fuhren in den zweiten Stock. Judd war ein wenig bleich, Alex hingegen sehr gefasst. Er betrat als Erster den Gang und klopfte an die Tür von 212. Ein lauter Fluch war die Antwort.

Nachdem Alex noch ein zweites Mal energisch geklopft hatte, wurde geöffnet.

„Was zum Teufel wollen Sie von mir?"

Er passt recht gut auf Rosalies Beschreibung, dachte Alex. Bis hin zu dem Clark-Gable-Schnurrbart und der dicken Goldkette. „Wir wollen uns mit Ihnen unterhalten, Domingo."

„Ich unterhalte mich mit niemandem um diese Zeit!"

Als er die Tür zuschlagen wollte, schob Alex schnell den Fuß dazwischen, dann zeigte er ihm seine Polizeimarke. „Aber, aber, wer wird denn so unhöflich sein? Wollen Sie uns nicht hereinbitten?"

Saftige spanische Flüche prasselten auf die beiden herab. „Haben Sie einen Durchsuchungsbefehl?"

„Den kann ich besorgen. Aber vielleicht reden Sie doch lieber erst mit uns beiden, bevor ich Ihnen meine anderen Kollegen auf den Hals hetze."

Widerstrebend gab Jesus Domingo die Tür frei. Er war ein kleiner untersetzter Mann, der nur zerknitterte Boxershorts trug. „Ich habe nichts verbrochen, das schwöre ich."

„Hat ja auch keiner behauptet, oder, Judd?"

„Richtig, Alex." Als Judd den Raum betrat, machte er große Augen. Im Gegensatz zu dem eher bescheidenen Gebäude war Domingos Apartment ein kleiner Hightech-Palast. Er hatte eine erstklassige Stereoanlage, einen teuren Fernseher und einen Videorekorder von allerbester Qualität im Zimmer stehen.

„Nicht schlecht", meinte Alex. „Es erstaunt mich immer wieder, wie gut manche Leute von Arbeitslosenunterstützung leben können."

„Oh, ich konnte schon immer gut sparen." Domingo grinste und zündete sich eine Zigarette an. „Und was wollen Sie von mir?"

„Ich will mit Ihnen über Angie Horowitz reden."

Domingo blies einen Rauchkringel in die Luft. „Nie gehört."

„Ach nein? Ich weiß aber zufällig, dass Sie zu ihren regelmäßigen Freiern gehört haben."

„Da muss Ihnen aber jemand was Falsches erzählt haben."

„Moment mal, ich habe hier etwas für Sie." Aus der Tasche seiner Lederjacke zog Alex einen Umschlag hervor, dem er ein Foto entnahm. „Wollen Sie sich das hier nicht mal ansehen?"

Der Mann verfärbte sich bei dem Anblick der grausam zugerichteten Leiche. Die Hand, mit der er die Zigarette hielt, zitterte. „Oh Mann, das ist ja furchtbar!"

„Ja, das sieht nicht besonders hübsch aus, was?", entgegnete Alex grimmig. „Aber so ist das nun einmal, wenn jemand vierzigmal auf eine Frau schießt. Die arme Angie hat leider …"

Alex brach mitten im Satz ab. Domingo stürzte ins Badezimmer, die Hand vor dem Mund.

„Sie sind wirklich kaltblütig, Stanislaski", sagte Judd bewundernd.

„Ja, ich weiß schon, wie man sie kriegt." Aus dem Badezimmer waren starke Würge- und Brechgeräusche zu hören. Alex klopfte an die Tür. Ein ersticktes Stöhnen war die Antwort.

„Tut mir wirklich leid, Domingo. Lassen Sie sich ruhig Zeit, Mann."

Auf leisen Sohlen ging Alex in die Küche und öffnete den Kühlschrank. Die zwei Kilo Kokain befanden sich genau an dem Platz, den Rosalie ihnen bezeichnet hatte. Alex nahm eines von den beiden Paketen heraus. Hinter ihm stürzte Domingo ins Zimmer.

„Dazu haben Sie kein Recht! Sie haben nicht einmal einen Durchsuchungsbefehl!"

„Ich wollte Ihnen nur etwas Eis gegen Ihre Kopfschmerzen besorgen", erwiderte Alex harmlos. „Aber nun sehen Sie einmal, was ich hier gefunden habe."

„Sie gottverdammter Hurensohn!", schrie Domingo. Der Schweiß lief ihm in dicken Perlen übers Gesicht. „Sie verstoßen gegen das Gesetz! Gnade Ihnen Gott, wenn ich wieder auf freiem Fuß bin!"

„Na klar." Ungerührt packte Alex die beiden Pakete in eine Plastiktüte. „Malloy, bitte lesen Sie unserem Freund hier seine Rechte vor. Und dann ziehen Sie sich endlich etwas Anständiges an, Domingo."

„Stanislaski!" Der diensthabende Beamte sprach Alex an, der gerade Domingo in die Zelle verfrachtet hatte. „Sie haben Besuch."

Alex blickte erstaunt in Richtung seines Schreibtisches. Um den Tisch waren mehrere seiner Kollegen versammelt, die sich anscheinend köstlich zu amüsieren schienen. Lachen und Scherzworte flogen durch die Luft, sie schwebten wie Fremdkörper über der sonst eher muffigen Büroatmosphäre. Als Alex genauer hinsah, bemerkte er die Beine. Beine, an die er sich nur allzu gut erinnern konnte. Im Gegensatz zum letzten Mal schauten sie heute unter einem züchtigen gelben Kostümrock hervor.

Heute war Bess in einen Blazer und eine Bluse mit rundem Ausschnitt gekleidet, die Bluse hatte dieselbe Farbe wie der Rock. Während sie lachte, klimperten ihre goldenen Ohrringe. Sie sieht viel besser aus als bei unserer letzten Begegnung, musste Alex widerstrebend zugeben. Ohne den rot geschminkten Mund fand er sie viel sexier. So kamen ihre vollen Lippen noch besser zur Geltung. Zum ersten Mal bemerkte er auch die vielen Sommersprossen und ihre großen grünen Augen. Bess' Haar war von einem tiefen Mahagonirot, das Alex an eine Skulptur erinnerte, die sein Bruder vor vielen Jahren einmal für ihn geschnitzt hatte.

„Und dann habe ich dem Bürgermeister vorgeschlagen, in einer unserer Serien eine kleine Gastrolle zu spielen. Was soll ich Ihnen sagen, es wurde ein durchschlagender Erfolg!" Mit einem Mal erblickte Bess Alex. Er hatte die Hände in den Taschen seiner Lederjacke vergraben und sah sie stirnrunzelnd an. „Oh, Officer Stanislaski!"

„Miss McNee." Alex nickte kurz. „Darf ich fragen, was Sie an meinem Schreibtisch zu suchen haben?"

„Ich habe mir nur erlaubt, Ihre Kollegen ein wenig zu unterhalten. Ich hoffe, Sie haben nichts dagegen."

„Also, was kann ich für Sie tun?"

Bess erhob sich langsam. Ohne die hochhackigen Schuhe war sie fast einen Kopf kleiner als Alex. Er musste insgeheim zugeben, dass es ihm so wesentlich lieber war. „Ich wollte mich eigentlich nur bei Ihnen bedanken. Sie haben schließlich dafür gesorgt, dass ich nicht allzu lange in Polizeigewahrsam verbringen musste."

„Keine Ursache. Dafür werde ich ja auch bezahlt." Alex' Ton war kurz und knapp. Dennoch schenkte Bess ihm ein strahlendes Lächeln.

„Nein, wirklich, ich bin Ihnen sehr dankbar. Die Sache hätte sehr unangenehm für mich werden können. Um ein Haar hätte mir meine Produzentin wegen der Sache nämlich großen Ärger gemacht."

„Das kann ich mir vorstellen." Alex zog die Lederjacke aus und hängte sie über seinen Stuhl. „Sie ist es bestimmt nicht gewöhnt, dass ihre Autorinnen nebenberuflich auf der dreiundzwanzigsten Straße und Eleventh Avenue anschaffen gehen."

„Recherchieren gehen", korrigierte Bess ungerührt. „Ach übrigens ... haben Sie auch einen Vornamen, oder werden Sie immer mit Officer angesprochen?"

„Detective ist die genaue Bezeichnung für meinen Berufsstand."

„Und Ihr Vorname?"

Es war offensichtlich, dass Bess nicht lockerlassen würde. Seufzend gab er nach. „Alex."

„Ihr Name gefällt mir." Sie sah ihn herausfordernd an. „Verstehen Sie mich jetzt bitte nicht falsch, Alex, aber ich habe mir überlegt, ob ich Sie vielleicht ab und zu benutzen dürfte."

„Benutzen dürfte?"

„Na ja, was mich betrifft, so sind Sie einfach perfekt." Sie sah ihn von oben bis unten an, etwa so wie eine Frau, die ein Kleid in einem Schaufenster entdeckt, das ihr ganz besonders gut gefällt.

Alex hatte schon viel erlebt, aber das hier ging einfach über seinen Verstand. „Ich würde wirklich gern wissen, was Sie damit sagen wollen, Miss McNee."

Ihre Augen waren von einem satten Grün. Kein Schimmer von Grau oder Blau, keinerlei Goldflecken. Neben ihrem Mund befand sich ein kleines Grübchen. Nur eines – nichts an diesem Gesicht war symmetrisch, aber gerade dies verlieh ihm etwas Einmaliges. Gegen seinen Willen musste Alex sich eingestehen, dass er Bess unwiderstehlich sexy fand.

„Ich würde gern ein wenig Ihrer Zeit beanspruchen. Nicht sehr viel, versteht sich, etwa eine Stunde am Tag, schätze ich."

„Eine Stunde? Hören Sie, ich ..."

„Sie sind doch nicht verheiratet, oder?"

„Verheiratet? Nein, aber ..."

„Sehr gut, das vereinfacht die Sache. Natürlich werde ich Sie für Ihre Zeit und all Ihre Ausgaben entschädigen."

Großer Gott, die Frau machte ihn eindeutig nervös! „Ich will jetzt endlich wissen, wovon Sie sprechen, McNee!"

Bess sah ihn mit großen, unschuldigen Augen an. „Also, es geht um Folgendes: Ich habe nämlich dieses Problem mit Matthew."

„Matthew? Wer zum Teufel ist Matthew?"

„Sein richtiger Name ist Storm, um genau zu sein. Lieutenant Storm Warfield, er kommt aus Millbrook, P. D."

Alex fühlte, wie er langsam Kopfschmerzen bekam. „Millbrook?"

„Ja, Millbrook ist natürlich nur eine fiktive Stadt, irgendwo im Mittelwesten. Dort spielt unsere Serie, und Storm ist Polizist. Sein

Privatleben ist leider ein einziges Chaos, aber beruflich gehört er zur ersten Garde. In dieser neuen Folge, an der ich gerade arbeite, geht es vor allem um das professionelle Milieu – das Leben eines Polizisten, die Routine, der tägliche Ärger, aber auch die Highlights."

Langsam kam Licht in das Dunkel. „Und Sie wollen, dass ich Ihnen diese Details liefere?"

„Ja, genau. Ich versuche immer so lebensecht wie möglich zu recherchieren. Das gibt den Figuren dann mehr Farbe."

Alex stieß einen unterdrückten Fluch aus. „Sie sind wirklich ein Kaliber, McNee!"

„Sie müssen sich ja nicht sofort entscheiden", gab Bess ungerührt zurück. „Nehmen Sie sich Zeit, überlegen Sie es sich genau. Ach übrigens, ich gebe heute Abend eine kleine Party. Vielleicht haben Sie ja Lust zu kommen. Sie und Ihr Partner, wenn Sie wollen. Er scheint sehr nett zu sein."

„Reizend", erwiderte Alex grimmig.

„Alexej!"

Bess wandte überrascht den Kopf. Alexej. Ja, das klang sehr gut, sehr exotisch, nicht so förmlich wie Alex.

Eine Frau kam auf sie zu, deren Anblick man nicht so schnell vergessen würde. Sie war äußerst attraktiv, sehr selbstsicher und vor allem hochschwanger. Alex erhob sich seufzend.

„Hallo, Rachel."

„Ich hätte Sie gern eine Sekunde gesprochen, Detective." Ihre Stimme klang ausgesprochen autoritär.

„Ist das etwa Ihre Schwester?"

Alex sah Bess überrascht an. „Woher wissen Sie das?"

„Na, das sieht man doch. Sie haben denselben Mund, die gleichen hohen Wangenknochen, dieselbe Haarfarbe."

„Stimmt." Obwohl Rachel sehr gern gewusst hätte, was dieser Rotschopf mit ihrem Bruder zu tun hatte, ging ihr doch ihr Anliegen vor. Schließlich war sie eine sehr gute Verteidigerin. „Ich will mit dir über Jesus Domingo sprechen, Alexej. Du hattest kein Recht, ohne einen Durchsuchungsbefehl in seiner Wohnung herumzustöbern."

„Nein, das war auch nicht nötig", gab Alex ungerührt zurück. „Er hat uns ganz zivilisiert hereingebeten, und als ich ihm dann die

Fotos von dem Mordopfer zeigte, wurde ihm plötzlich schlecht. Ich habe mich erboten, ihm etwas Eis zu holen, und fand dann das Kokain im Kühlschrank – zwei Kilo, säuberlich verpackt. Aber das kannst du alles in meinem Bericht nachlesen."

„Ach komm, Alex, das glaubt dir doch kein Mensch!"

„Wir werden sehen."

„Also, ich finde …" Rachel hielt mitten im Satz inne, weil ihr übel geworden war. Das Baby wurde zwar erst in zwei Monaten erwartet, aber solche Anfälle waren in letzter Zeit öfters vorgekommen. Alex sah sie besorgt an.

„Willst du dich nicht setzen?"

„Nein, mir geht's gut." Rachel wandte sich Bess zu und hielt ihr die Hand hin. „Da mein Bruder anscheinend nicht vorhat, uns einander vorzustellen, möchte ich das hiermit tun. Ich bin Rachel Muldoon."

„Bess McNee. Sind Sie Anwältin?"

„Ja, allerdings. Ich arbeite als Pflichtverteidigerin."

„Oh, das ist ja sehr interessant. Vielleicht können Sie mir sagen, wie …"

Alex hob gebieterisch die Hand. „Nein, nicht jetzt, Miss McNee. Du musst dich vor ihr vorsehen, Rachel. Bevor du weißt, wie dir geschieht, hat sie dir schon ein Loch in den Bauch gefragt. Sie werden uns jetzt sicher entschuldigen, Miss McNee. Wie Sie sehen, haben wir zu arbeiten."

„Oh ja, natürlich, ich verstehe." Bess griff nach ihrer Tasche. „Wir sehen uns dann ja hoffentlich heute Abend noch. Es hat mich sehr gefreut, Sie kennenzulernen, Mrs. Muldoon."

„Ja, ganz meinerseits." Rachel und Alex sahen Bess hinterher, die zielsicher dem Ausgang zustrebte. „Mann, du warst ganz schön grob zu ihr."

„So muss man sie behandeln, sonst kommt man bei ihr nicht durch, glaub mir."

„Irgendwie interessant, das Mädchen. Woher kennst du sie eigentlich?"

„Frag mich lieber nicht!" Alex ließ sich hinter seinem Schreibtisch nieder. Plötzlich fiel ihm ein neuartiger Geruch auf – Sex und Sonnenschein lagen mit einem Mal in der Luft. Das war der Duft, den Bess hinterlassen hatte, und er gefiel ihm ganz und gar nicht.

„Ich kann nicht glauben, dass wir wirklich dorthin gehen!" Holly, Judds hübsche junge Frau, war völlig aus dem Häuschen vor Aufregung. „Was meinst du, wie mich morgen das ganze Lehrerkollegium beneiden wird, wenn ich ihnen davon erzähle!"

„Ach komm, nimm das Ganze doch nicht so ernst." Unbehaglich zupfte Judd an seiner Krawatte. Normalerweise trug er keine, aber Holly hatte darauf bestanden. „Es ist doch nur eine Party."

„Nur eine Party?" Nervös strich Holly sich das dunkelbraune Haar zurecht. „Ich weiß ja nicht, wie es euch beiden geht, aber ich werde nun einmal nicht jeden Tag bei prominenten Leuten zum Essen eingeladen."

Alex entgegnete darauf nichts. Er sah verschlossen aus. Im Stillen fragte er sich, was ihn wohl dazu bewogen haben mochte, Bess' Einladung anzunehmen. Es war bestimmt auch ein Fehler gewesen, Judd davon zu erzählen. Judd hatte nämlich nichts Besseres zu tun gehabt, als sofort seine Frau anzurufen, und Holly war natürlich Feuer und Flamme gewesen.

Alex hatte keine andere Wahl gehabt, als sich den beiden anzuschließen.

Aber er würde nicht lange bleiben, so viel stand fest. Er würde ein Bier trinken, vielleicht ein paar Cracker essen und dann verschwinden. Prominente waren noch nie sein Fall gewesen.

„Oh wow!" Als sich die Türen des Fahrstuhls öffneten, stieß Holly einen kleinen bewundernden Schrei aus.

Die Wände des Foyers des großräumigen Apartments, das sie betraten, waren mit einem abstrakten Plan der großen Straßen und Plätze New Yorks bemalt. Times Square, Rockefeller Center, Harlem, Little Italy, die Bronx und der Broadway breiteten sich vor den Besuchern aus. Die Menschen schwärmten durch die Räume, und es schien, als würde das Leben in der Stadt hier noch einmal nachgespielt, auf einer privateren, intensiveren Ebene.

Die große Flügeltür in den Hauptraum stand weit offen. Musik und Lachen erfüllte die Luft, zusammen mit dem köstlichen Geruch heißen Essens und dem Wachs der vielen Kerzen in den Kerzenständern.

„Oh Mann!" Genauso hatte Holly es sich vorgestellt. Ungeduldig zog sie ihren Mann hinter sich her. Danach betrat Alex das

Foyer. Der Raum war voller Menschen. Sie trugen Designer-Klamotten oder teure Maßanzüge, manche waren sogar in Abendkleidung gekommen. Dicht gedrängt standen sie auf dem blank gebohnerten Parkett und unterhielten sich angeregt. Andere hatten es sich zwischen den seidenen Sitzkissen auf der großen Couch gemütlich gemacht, die sich in Hufeisenform an der Empore entlangzog. Von dort aus führte eine kleine Wendeltreppe in den Studiobereich.

Der große Mittelraum wurde von zwei Panoramafenstern flankiert, die einen atemberaubenden Blick auf die Stadt boten. Mit ihren Tellern und Gläsern hatten sich einige der Gäste dorthin zurückgezogen. Auch hier luden kleine Sofas zum Sitzen ein.

Besonders auffällig waren die Bilder. Bess hatte offensichtlich einen sehr modernen Geschmack. Abstrakte, vor allem surrealistische Kunst gab es hier zu sehen, und die lebhaften, fast grellen Farben fielen sofort auf.

Inmitten all dieser Farben und der vielen Leute sah Alex plötzlich Bess. Sie tanzte und schmiegte sich eng an einen vornehm aussehenden älteren Herrn im grauen Nadelstreifenanzug.

Ihr Kleid war ein atemberaubender Traum in Dunkelblau, der Farbe von dunklen Trauben. Es ließ den Rücken frei, war in der Taille schmal geschnitten und hatte einen schwingenden Rock. Zwei dünne Spaghettiträger hielten die Kreation. Dazu trug Bess lange bernsteinfarbene Ohrringe und goldene Sandaletten.

Noch nie, so musste Alex widerstrebend zugeben, hatte sie so gut ausgesehen. Am liebsten hätte er sie sofort aus den Armen des älteren Mannes entführt, dorthin, wo er mit ihr allein sein konnte.

„Oh, sieh mal, dort ist Jade! Und Storm und Vicky! Oh, und auch Dr. Carstairs!“ Holly war außer sich vor Begeisterung. Endlich sah sie ihre Helden aus dem Fernsehen in Lebensgröße vor sich.

„Ja, und weißt du, wen ich sehe?“ Auch Judd musste sich eingestehen, dass er beeindruckt war. „Dort drüben steht L. D. Strater, der Topmanager von General Motors. Und hinten in der Ecke unterhält sich unser Bürgermeister gerade mit Hannah Loy, der großen alten Dame vom Broadway. Mann, ich habe wirklich langsam den Eindruck, die ganze New Yorker Prominenz hat sich hier versammelt.“

Alex hörte den beiden zwar zu, aber in Gedanken war er nur bei

Bess. Als hätte sie dies gespürt, drehte sie sich plötzlich um und erblickte die Neuankömmlinge. Sie hörte auf zu tanzen, verabschiedete sich von ihrem Partner mit einem Wangenkuss und ging dann auf sie zu.

„Wie schön, dass Sie kommen konnten", sagte sie warm und hielt Holly die Hand hin. „Es freut mich sehr, Sie kennenzulernen."

„Oh, die Freude ist ganz auf meiner Seite!" Vor lauter Aufregung errötete Holly leicht.

„Wie wär's mit einer Erfrischung?" Einladend wies Bess auf das große Büfett. Zu Alex' Überraschung gab es keine Lachs- und Kaviarhäppchen, wie er im Stillen befürchtet hatte, sondern äußerst anständig aussehende Spaghetti mit verschiedenen Soßen, dazu Knoblauchbrot, Rotwein und alle möglichen interessanten Vorspeisen.

„Wir feiern heute auf Italienisch", erklärte Bess fröhlich. „Wie wär's, Holly, hätten Sie Lust, einige unserer Stars kennenzulernen?"

Holly nickte stumm. Bess sagte den beiden Männern noch, sie sollten sich ganz wie zu Hause fühlen, dann entschwand sie mit Judds Frau in der Menge.

Alex hatte noch immer nicht vor, lange zu bleiben. Aber er sah auch nicht ein, dass er sich nicht amüsieren sollte, wenn er schon einmal da war. Außerdem war das Essen wirklich ausgezeichnet. Und mit Sicherheit bot diese Party eine Abwechslung nach all dem Ärger und den unerfreulichen Umständen, mit denen er sich normalerweise in seinem Berufsalltag auseinandersetzen musste.

Schließlich ließ er sich zufrieden mit einem Glas Wein auf einem der Fenstersitze nieder. Es dauerte nicht lange, und Bess erschien. Sie setzte sich neben ihn und stieß mit ihm an.

„Sie haben ja hier einen richtigen Logenplatz."

„Ja, vielen Dank noch mal für die Einladung."

„Ich hoffe, dass es Ihnen gefallen wird." Bess lächelte ihn an. „Ich weiß schon, Sie zerbrechen sich wahrscheinlich gerade den Kopf darüber, was alle diese Menschen hierher treibt, nicht wahr?"

„Ich zerbreche mir vor allem darüber den Kopf, was mich hierher treibt! Ach übrigens ..." Er wischte einen kleinen Sahneklecks von ihrem Mund. „Sie erlauben doch?"

Für eine Sekunde erschien es Bess, als setze ihr Herzschlag aus. Auch ihr Mund fühlte sich plötzlich sonderbar trocken an. „Äh, ja, natürlich … danke. Nun, ich nehme an, Sie waren einfach neugierig, wie es auf solchen Veranstaltungen zugeht. Wie ist es, soll ich Ihnen etwas über die Gäste erzählen?"

„Wenn Sie wollen." Alex genoss Bess' Gesellschaft mehr, als ihm lieb war.

„Sehen Sie diesen attraktiven Mann dort hinten, den mit der großen Blondine neben sich?"

Alex verrenkte sich den Hals. „Ja, ich finde ihn allerdings nicht besonders attraktiv."

Bess lachte. „Sie sind ja auch keine Frau! Das ist mein Detektiv, Storm Warfield, das schwarze Schaf des Warfield-Clans. Sie sollen mein Vorbild für ihn sein."

Alex schüttelte missbilligend den Kopf. „Ich finde aber nicht, dass wir uns ähnlich sehen."

Bess lachte. „Darum geht es auch nicht. Ich brauche Ihre Erfahrung, um die Figur lebensnah beschreiben zu können. Selbstverständlich ist meine Produzentin bereit, Sie für alle entstehenden Unkosten zu entschädigen. Aber für uns ist diese Sache ungeheuer wichtig. Wir sind seit neun Monaten an erster Stelle in der Gunst der Zuschauer, und diesen Platz wollen wir unbedingt behalten." Plötzlich rief jemand Bess' Namen, und sie winkte dem Gast zu. „Hören Sie, Alex … ich glaube nicht, dass die Party heute sehr lange dauern wird. Wenn Sie Lust hätten, noch ein wenig zu bleiben, würde ich mich freuen. Danach könnten wir uns dann ein wenig unterhalten."

Alex nickte, und Bess erhob sich, um sich um die anderen Gäste zu kümmern.

Während der nächsten Stunde ließ sie ihn nie ganz aus den Augen. Dabei entging ihr seine Wirkung auf die anwesenden Frauen keineswegs. Es überraschte sie auch nicht, dass er sich ausgezeichnet aufs Flirten verstand. Selbst Lori, ihre Kollegin, blieb von seinem Charme nicht unberührt.

„Das ist also der Mann, der dich verhaftet hat?", fragte sie Bess neugierig.

„Ja, das ist er. Was hältst du von ihm?"

Anstelle einer Antwort schnalzte Lori genießerisch mit der Zunge, was wohl so viel wie „erste Sahne" bedeuten sollte. Und das wollte viel heißen, denn schließlich war auch Steven Marshall alias Brock Carstairs im Raum, der Mann, mit dem Lori gerade durch eine äußerst schmerzhafte Trennung ging.

„Ja, ich kann verstehen, dass er dir gefällt“, meinte sie beifällig zu Bess. „Aber ich möchte dich auch daran erinnern, dass zwei deiner ehemaligen Verlobten anwesend sind.“

„Ach komm, hier sind doch auch noch ganz andere Leute. Außerdem muss ich dir widersprechen. Ich war mit Lawrence nicht verlobt.“

„Nein, er hat dir nur einen Ring geschenkt, der ungefähr zwanzigtausend Dollar wert gewesen sein muss.“

„Er schätzt mich eben sehr“, erwiderte Bess achselzuckend. „Aber ich habe nie versprochen, ihn zu heiraten. Und Charlie und ich …“ Sie winkte Charles Stutman, dem bekannten Dramaturgen, zu. „Wir waren nur für ein paar Monate verlobt. Danach fanden wir beide, dass Gabrielle viel besser zu ihm passt, und lösten die Verlobung in gegenseitigem Einverständnis.“

„Ja, das ist das erste Mal, dass eine ehemalige Verlobte bei der Hochzeit ihres Exverlobten Trauzeugin war“, meinte Lori. „Ich weiß wirklich nicht, wie du das machst, Bess. Du scheinst dich nie sonderlich zu grämen, wenn deine Verbindungen in die Brüche gehen, und meist endet ihr auch noch als die allerbesten Freunde.“

„Ja, das ist eine Kunst, die nicht jeder beherrscht“, lachte Bess.

„Ich frage mich, wie es dir wohl mit diesem Polizisten gehen würde. Irgendwie habe ich nicht den Eindruck, als wäre er so leicht abzuschütteln, wenn er erst einmal Feuer gefangen hat.“

„Darüber nachzudenken ist ja wohl noch ein wenig zu früh“, erwiderte Bess abweisend.

„Na, mal sehen. Ich weiß doch, wie sehr du die Herausforderung liebst. Wie dem auch sei, ich muss jetzt gehen. Wir sehen uns dann am Montag.“

„Ja, gut. Bis Montag also!“ Zufällig erhaschte Bess noch den Blick, den Steven Marshall Lori hinterherwarf, als sie den Raum verließ. Es war ein Blick voller Trauer und Bedauern.

Die meisten Leute leiden wirklich schrecklich unter der Liebe, dachte Bess seufzend. Dieses Schicksal schien ihr bisher erspart geblieben zu sein. Die meisten ihrer Verbindungen waren tatsächlich in freundschaftlichem Einverständnis aufgelöst worden. Sie hoffte, dass dies auch in Zukunft so bleiben würde.

Mit einem Mal bemerkte Bess, dass Alex sie ansah. In seinem Blick lag etwas, das ihr durch und durch ging. Doch bevor sie noch allzu lange darüber nachdenken konnte, wurde sie schon von einem Mann zum Tanzen aufgefordert und schwebte mit ihm davon.

3. KAPITEL

Und wie oft geben Sie solche Partys?", fragte Alex, der Bess' Angebot auf einen letzten Cappuccino angenommen hatte und nun mit ihr in dem zwar leeren, aber scheinbar völlig verwüsteten Apartment saß.

„Immer dann, wenn mir danach ist." Das furchtbare Chaos störte Bess nicht besonders. Sie hatte eine Reinigungstruppe bestellt und wusste, dass sie gemeinsam mit der Unordnung schon fertig werden würden.

Außerdem genoss sie dieses herrliche Durcheinander sehr, sogar den Rauch und die zerbrochenen Gläser. Für sie bedeutete es einfach, dass ihre Gäste sich gut amüsiert hatten.

„Wie wär's mit ein paar kalten Spaghetti?", fragte sie Alex munter.

„Nein, danke."

„Ich schon, ich habe einen Riesenhunger!" Sie ging hinüber zum Büfett und füllte sich einen Teller. „Als Gastgeberin kommt man irgendwie nie richtig zum Essen." Mit einem behaglichen Seufzer streckte sie sich anschließend neben Alex auf dem Sofa aus. „Und wie hat Ihnen Bonnie gefallen?"

Alex sah sie verständnislos an. „Wer?"

„Bonnie! Die attraktive junge Frau, mit der Sie die ganze Zeit getanzt haben. Die Ihnen dann ihre Telefonnummer zugesteckt hat."

„Ach ja, Bonnie." Alex nickte und griff in seine Tasche. „Jetzt erinnere ich mich. Wirklich ein nettes Mädchen."

„Das finde ich auch." Genüsslich machte Bess sich über die Pasta her und legte die Füße auf den Kaffeetisch. Im Hintergrund erklang leise Musik aus der Stereoanlage. „Reizend von Ihnen, dass Sie noch geblieben sind, Alex."

„Kein Problem. Ich hatte sowieso nichts anderes vor."

„Gut! Ich wollte Ihnen nämlich ein wenig über unsere Serie erzählen, damit Sie auch wissen, was ich von Ihnen will."

Alex sah sie aufmerksam an. „Schießen Sie los."

„Also, Jade, die Frau, in die unser Detektiv verliebt ist, hat eine schizophrene Persönlichkeitsstruktur. Das hängt mit einem Kindheitstrauma zusammen, auf das ich im Moment aber aus verschiedenen Gründen nicht näher eingehen möchte."

„Gott sei Dank!"

Bess lachte. „Jades Alter Ego, Josie, ist eine Nutte. Mit diesem Doppelleben hat Storm natürlich enorme Schwierigkeiten. Er ist vollkommen verrückt nach Jade, muss seine Leidenschaft für sie aber im Moment ein wenig zügeln, weil sie durch eine schwierige Phase geht."

„Und zwar wegen Brock."

Bess sah ihn begeistert an. „Ja, genau! Sie kapieren schnell. Wie dem auch sei, Storm ist also einerseits rasend verliebt und andererseits vollkommen frustriert. Und als wäre das noch nicht genug, muss er auch noch einen Fall lösen. Den Fall des Irren von Millbrook."

„Des Irren von ..." Alex schüttelte den Kopf. „Oh Mann!"

„Entschuldigen Sie, das ist nicht auf meinem Mist gewachsen. Die Presse gibt Kriminellen nun einmal all diese Namen, sie meinen, das fördere die Auflage. Dieser Irre amüsiert sich jedenfalls damit, Frauen reihenweise mit einem pinkfarbenen Schal zu erdrosseln. Auch das ist ein Symbol, aber das sparen wir uns für später auf."

„Dafür bin ich Ihnen wirklich sehr dankbar."

Anstelle einer Antwort reichte Bess ihm eine Gabel mit Nudeln. Alex zögerte einen Moment, dann lehnte er sich hinüber zu ihr und nahm an.

„Genau wie im richtigen Leben beginnen die Zeitungsleute bald, auf Storm herumzuhacken", fuhr Bess fort. „Sie können sich vorstellen, wie es in ihm aussieht. Die Presse ist ihm auf den Fersen, von seinen Vorgesetzten bekommt er Druck, und sein Privatleben ist ein einziges Chaos. Aber vor allem quält ihn immer wieder die Frage nach den Opfern. Wie kann er dem Mörder auf die Spur kommen? Welche Verbindung besteht zwischen den drei Todesfällen? Dazu kommt noch, dass ihm plötzlich klar wird, dass auch Jade in Gefahr ist. Und das heißt für ihn, er muss es irgendwie schaffen, seine persönlichen Gefühle von seinem beruflichen Auftrag zu trennen."

„Aha, und von mir wollen Sie also wissen, wie so etwas in der Realität läuft."

„So ist es."

„Gut, hören Sie zu." Alex legte die Füße neben Bess' auf den kleinen Tisch. „Also, zunächst trennt man diese Dinge nicht, so wie Sie eben gesagt haben. Das heißt im Klartext, in dem Moment, wo Sie beruflich unterwegs sind, zählt nichts anderes mehr. Ab da gibt es kein Privatleben. Das heißt, bis zu dem Moment, wo Sie wieder außer Dienst sind."

„Sekunde mal." Bess stellte den Teller beiseite und stand auf. Aus ihrem Schreibtisch holte sie einen Notizblock und Kugelschreiber, dann machte sie es sich wieder neben Alex gemütlich. „Noch einmal", sagte sie und begann zu schreiben. „Sie sagen mir also, ab dem Augenblick, wo Sie im Dienst sind, ist für alles andere kein Platz mehr?"

„Ja, und dafür gibt es auch einen guten Grund."

„Und der wäre?"

„Ganz einfach – diese Grundregel zu beherrschen ist wichtig fürs Überleben. Außerdem möchte ich Ihnen gleich einige von Ihren Illusionen nehmen: Im Gegensatz zu dem, was man immer im Fernsehen sieht, besteht die meiste Arbeit eines Polizisten einfach aus Routine. Das Problem ist nur, man muss diese Routine unbedingt ernst nehmen, obwohl es natürlich oft sehr langweilig ist. Aber jeder Fehler, den man macht, kann einem schnell das Genick brechen."

„Und wie sieht es dann aus, wenn Sie auf Patrouille gehen?"

„Eigentlich genauso. Auch dies ist ein Teil der täglichen Routine, aber dafür gilt genau das, was ich eben gesagt habe. Sie müssen diesen Job bitterernst nehmen, und zwar ohne Unterbrechung. Sie können es sich einfach nicht leisten, über Ihre letzte Mieterhöhung oder den Streit mit Ihrer Frau nachzudenken, denn wenn Sie nur für einige Minuten abgelenkt sind, kann Sie das gegebenenfalls schon das Leben kosten."

Bess sah ihn erstaunt an. Die Worte klangen fast melodramatisch, aber sie erkannte, dass dies für Alex nur Alltagsrealität war – ein Umstand, mit dem er Tag für Tag umgehen musste. „Haben Sie denn gar keine Angst?"

Alex lachte. „Dafür bleibt oft einfach keine Zeit. Alles kommt auf Ihre schnellen Reaktionen an."

„Aber was ist mit der Angst, die Sie um andere haben könnten, zum Beispiel Menschen, die Sie lieben?"

„Es mag Sie zwar schockieren, doch ich kann mich nur wiederholen. In unserem Beruf gibt es keinen Platz für private Rücksichtnahmen. Wenn Sie zu sehr in Ihren privaten Sorgen verstrickt sind, könnten Sie auch für Ihren Partner eine Gefährdung darstellen."

„Ich kann mir das nur schwer vorstellen", entgegnete Bess stirnrunzelnd. „Meiner Meinung nach muss es für jeden Menschen, ob Polizist oder nicht, eine Möglichkeit geben, Dampf abzulassen. Und auch bei Ihnen wird das nicht anders sein, denn sonst würden Sie mit dieser enormen Spannung ja gar nicht fertig werden können. Was tun Sie, um Dampf abzulassen, Alex?"

Er brauchte einen Moment, bevor er antworten konnte. Er hatte Bess fasziniert beobachtet, die Art, wie sie gestikulierte, wie sie auf ihrem Stuhl hin und her rutschte, wenn sie etwas Wichtiges zu sagen hatte. Diese Frau konnte einfach nicht still sitzen! „Äh, wie? Ich habe die Frage nicht ganz verstanden."

Geduldig wiederholte Bess ihre Frage.

„Oh, ich trete jeden Morgen ein paar kleine Hunde, die mir über den Weg laufen."

Bess verstand sofort, was er ihr damit sagen wollte.

„Die Frage war Ihnen wohl zu persönlich, stimmt's? Na gut, wir werden später darauf zurückkommen."

Alex schüttelte den Kopf. „Nein, das meine ich nicht. Ich habe nichts dagegen, Ihre Frage zu beantworten. Und natürlich haben Sie recht, jeder braucht ein Ventil. Für mich ist es mein Fitness-Studio. Ich gehe dort mehrmals die Woche hin und reagiere mich an einem Punchingball ab. Oder ich mache Gewichtheben. Oder ich schwitze den Frust einfach nur aus."

„Aha, verstehe." Lächelnd streckte Bess die Hand aus und befühlte seinen Bizeps. „Nicht schlecht", meinte sie anerkennend. Dann bog sie selbst den Arm und lud ihn ein, ihre Muskeln zu testen.

„Ich trainiere auch mehrmals wöchentlich", gestand sie. „Um ehrlich zu sein, ich bin geradezu süchtig danach. Aber irgendwie schaffe ich es nicht, meinen Trizeps aufzubauen."

Alex überzeugte sich selbst davon. Es war das erste Mal, dass er sie berührte. „Ich finde, Ihr Trizeps ist schon sehr ausgeprägt."

„Vielen Dank für das Kompliment." Bess konnte nicht verhindern, dass sie errötete. Am liebsten hätte sie ihren Arm wieder zurückgezogen, aber Alex wollte sie nicht loslassen. „Was soll das werden, Detective – ein kleiner Ringkampf?"

Ihre Haut ist so zart wie Blütenblätter, dachte Alex bei sich. Langsam fuhr er ihr über den Ellenbogen und dann den Unterarm entlang bis zum Handgelenk. Bess lächelte noch immer, aber er spürte, wie ihr Puls raste. In diesem Moment erkannte er, dass er im Begriff war, sich auf gefährliches Gebiet zu wagen. Um der Versuchung zu widerstehen, erhob er sich. Die unkomplizierte Bonnie war nun wirklich eher sein Fall als diese wissbegierige junge Dame.

„Tut mir leid, ich muss jetzt gehen."

Der Bann war gebrochen. Bess wusste nicht, ob sie deswegen traurig oder erleichtert sein sollte. Während sie Alex zur Tür brachte, fragte sie möglichst beifällig: „Stanislaski – ist das nun polnisch oder russisch?"

„Wir kommen aus der Ukraine."

„Ach wirklich? In der Ukraine liegen doch auch die Karpaten, nicht wahr?"

„Ja, das stimmt." Durch dieses Gebirge war seine Familie geflohen. Alex war damals erst ein Baby, und dennoch konnte er die Verbindung zu seiner fernen Heimat deutlich spüren. „Waren Sie etwa dort?"

„Nein, leider noch nicht. Aber ich habe viel darüber gelesen. Geografie war mein Lieblingsfach in der Schule." Bess reichte ihm seine Lederjacke. Sie standen nahe beieinander, und als sie erneut in seine dunklen Augen blickte, zog sich ihr Herz zusammen. „Werden Sie sich denn noch einmal Zeit für mich nehmen?"

Es verlangte Alex sehr danach, sie noch einmal zu berühren, aber er riss sich zusammen. „Sie wissen, wie Sie mich erreichen können", erwiderte er. „Sobald es mir möglich ist, können wir uns wieder unterhalten."

„Wunderbar, vielen Dank!" Bess stellte sich auf die Zehenspitzen und küsste ihn auf die Wange. Es war ein formeller Kuss, so wie er auch zwischen Fremden ausgetauscht wurde. Aber das stand in keinem Verhältnis zu dem, was Alex dabei empfand.

Auch Bess war von dieser Geste mehr berührt, als sie erwartet hatte. Alex roch sehr männlich – nach Leder, Wein und einem undefinierbaren Gewürz, das sie sehr exotisch fand.

„Gute Nacht, Alexej."

Er nickte. Die Kehle war ihm plötzlich wie zugeschnürt, deshalb verzichtete er darauf, etwas zu entgegnen. Als er vor dem Fahrstuhl angekommen war, blickte er sich noch einmal um. Bess stand in der Tür, sie winkte ihm ein letztes Mal zu, dann wollte sie die Tür schließen.

Zu ihrer beider Überraschung überlegte es sich Alex mit einem Mal anders. Er ging schnell zurück und stellte einen Fuß in die Tür. Es kam so plötzlich, dass Bess automatisch einen Schritt zurücktrat. Was sie in seinen Augen sah, ließ sie frösteln, aber nach außen hin blieb sie gefasst.

„Haben Sie etwas vergessen, Detective?“

„Ja, allerdings.“ Langsam und gleichzeitig sehr entschieden legte er den Arm um ihre Hüfte und zog sie zu sich heran. „Ich bin es gewöhnt, meine eigenen Entscheidungen zu treffen.“

Bess hatte keine Zeit, über seine Worte nachzudenken. Die plötzliche Nähe zu ihm und das Gefühl von Hitze, das sie überkam, raubten ihr den Atem. Alex zog sie immer näher zu sich, bis seine Lippen nur noch wenige Zentimeter von ihrem Mund entfernt waren.

Bess’ Augen weiteten sich, sie hielt den Atem an. Immer näher kamen seine Lippen, dann berührten sie die ihren in einem langen, tiefen Kuss, der sie alles um sich herum vergessen ließ.

Sie hörte nur noch das Blut in den Adern rauschen und ihren eigenen wilden Herzschlag. Dann stieß sie unwillkürlich einen kleinen Seufzer aus. Alex’ Zungenspitze bewegte sich aufreizend zwischen ihren Lippen, als wolle er sie verführen.

Das Ganze geschah wie in Zeitlupe, aber das machte es nur umso erregender, und sie spürte ihre Knie weich werden. Eng an Alex gepresst, fühlte sie, wie die Flamme der Leidenschaft durch ihre Körper schoss.

Dabei kam ihr nicht eine Sekunde lang der Gedanke, sich zu wehren. Die Art, wie Alex sie küsste, langsam, genüsslich, als ließe er eine Maraschino-Kirsche auf den Lippen zergehen, hypnotisierte sie bis zur Willenlosigkeit.

Insgeheim war Alex über sich selbst erstaunt. Er hatte dies nicht geplant, obwohl er seit Stunden an nichts anderes hatte denken können. Aber trotz des Vergnügens, das er empfand, als er Bess jetzt in seinen Armen hielt, trotz der enormen erotischen Spannung, die er zwischen ihnen spürte, wusste er, dass er einen großen Fehler gemacht hatte.

Bess war überhaupt nicht sein Typ, das stand fest. Wenn er jetzt nicht aufpasste, würde es kein Zurück mehr geben.

Es kostete ihn alle ihm zur Verfügung stehende Willenskraft, um sich von Bess zu lösen. Er hielt sie noch einen kleinen Moment lang in den Armen, unwillig und fast auch unfähig, den Kontakt abzubrechen, dann machte er sich langsam von ihr los.

Bess hatte die Augen geschlossen gehabt. Jetzt öffnete sie sie langsam, wie aus einem Traum erwachend.

„Sie, äh ...“ Wo war auf einmal ihre Schlagfertigkeit? Nach diesem Angriff auf all ihre Sinne war Bess mit einem Mal völlig sprachlos.

Alex verzichtete auf eine Antwort, er lächelte nur und ging dann schnell auf den Fahrstuhl zu. Obwohl er nach außen hin durchaus entspannt wirkte, betete er doch, dass der Fahrstuhl schnell kommen möge, bevor er es sich anders überlegen und noch einmal zurückkehren musste.

Bess stand noch immer in der Tür, sie hatte sich nicht bewegt.

„Also, bis dann, Miss McNee“, winkte Alex ihr zu, dann war er aus ihrem Blickfeld verschwunden.

„Ja, bis dann.“ Bis ins Mark erschüttert, starrte sie den Gang hinunter. „Bis zum nächsten Mal, Detective Stanislaski.“

„Holly kann über nichts anderes mehr als über die Party reden“, sagte Judd zu Alex. Die beiden machten gerade ihre Routinefahrt über den belebten Broadway. „Mit einem Mal ist sie dadurch zur beliebtesten Lehrerin im Kollegium geworden.“

„Ja, das kann ich mir vorstellen.“ Alex’ Ton lud nicht gerade zum Plaudern ein. Er hatte keine Lust, über Bess’ Party nachzudenken, und schon gar nicht über das, was danach geschehen war. Die Arbeit war das Einzige, was ihn wirklich interessieren sollte. Und Arbeit bedeutete im Moment, dass er und Judd versuchten, den spärlichen Hinweisen nachzugehen, die sie aus Domingo hatten herauslocken können.

„Laut Domingos Aussage hatte Angie Horowitz ihm etwas von einem neuen Freier erzählt, den sie getroffen hatte. Er hatte sie an zwei aufeinanderfolgenden Mittwochen gebucht, sah anscheinend fabelhaft aus und gab außerdem noch ein hohes Trinkgeld.“

Judd nickte. „Ja, und an einem Mittwoch ist sie auch ermordet worden. Genau wie Rita Shaw. Auch wenn es gewisse Parallelen gibt, will das ja noch nicht sehr viel heißen.“

„Wer weiß." Alex hatte allerdings leider auch nicht das Gefühl, viel weiterzukommen. Gemeinsam mit seinem Kollegen hatten sie eine Menge Zeit damit verschwendet, die Portiers der jeweiligen Stundenhotels in der Gegend zu befragen. Aber keiner hatte etwas Ungewöhnliches gesehen oder gehört. Das Gleiche galt auch für die Prostituierten, die sie interviewt hatten. Eine Hure spuckte nun einmal einem Polizisten gegenüber nichts aus, das gehörte zur Berufsehre.

„Morgen ist übrigens Mittwoch", bemerkte Judd hoffnungsvoll.

„Ja, ich weiß, dass morgen Mittwoch ist. Haben Sie denn nie …" Alex brach mitten im Satz ab und stieß einen saftigen Fluch aus. Sie waren an einem Restaurant vorbeigekommen, und ein Gesicht hatte ihn gefangen genommen. Er kannte nur eine Person, die diese Haarfarbe besaß. Wie unter einem inneren Zwang stehend, hielt er nach einem Parkplatz Ausschau.

„Arbeiten Sie wirklich fürs Fernsehen?", fragte Rosalie gespannt.

Bess rührte gerade den dritten Löffel Zucker in ihren Kaffee. „Ja, das habe ich Ihnen doch schon gesagt."

„Ich hätte nie gedacht, dass sich jemand wie Sie für unseren Beruf interessieren würde." Genüsslich blies Rosalie Rauchkringel in die Luft. Sie dachte an die fünfzig Dollar, die Bess ihr gezahlt hatte, um sie für ihre Zeit zu entschädigen. Das hier war wirklich einmal etwas anderes, als Männern zu Willen zu sein, so viel stand fest. „Sie wollen also wissen, wie es ist, eine Hure zu sein."

„Ich will nur das wissen, was Sie mir auch erzählen wollen", entgegnete Bess stirnrunzelnd. Sie schob die Kaffeetasse von sich, ohne probiert zu haben. „Eines möchte ich hier klarstellen, Rosalie. Ich will Sie weder verurteilen noch zum Beichten zwingen. Was mich interessiert, ist Ihre Geschichte, Ihre ganz persönliche Geschichte. Und wenn Ihnen das zu intim sein sollte, reicht es auch, wenn Sie mir etwas über die Szene erzählen."

„Ja, kein Problem. Mich hat nur gewundert, wie Sie an die Sache rangehen. Oder glauben Sie wirklich, es würde genügen, eine Perücke aufzusetzen und hohe Stöckel zu tragen, um zu wissen, was es heißt, anschaffen zu gehen?"

„Oh, über diesen Weg habe ich aber eine Menge herausgefunden", erwiderte Bess lächelnd. „Ich weiß jetzt, dass es verdammt harte Arbeit ist, auf diesen hohen Schuhen stundenlang auf der Straße herumzustehen. Dazu kommt, dass man sich als Frau selbst verleugnen muss, wenn man in diesem Geschäft erfolgreich sein will. Außerdem ist mir aufgefallen, dass sich Ihre Kolleginnen nie die Gesichter der Freier ansehen. Darum geht es auch nicht. Nicht der Mensch zählt, sondern allein das Geld. Das Allerwichtigste allerdings scheint mir zu sein, dass es überhaupt nicht um Intimität geht, nicht einmal um Sex – sondern einzig und allein um Kontrolle." Jetzt trank sie doch einen Schluck Kaffee. „Habe ich recht?"

Einen Moment lang blieb Rosalie stumm. „Sie sind wirklich nicht so blöd, wie Sie aussehen", sagte sie dann.

„Vielen Dank für das Kompliment. Ja, das höre ich immer wieder – ganz besonders von Männern!"

„Verstehe." Zum ersten Mal seit Beginn des Gesprächs lächelte Rosalie. Unter der dicken Schminke und trotz der Falten, die das Leben bereits in ihr Gesicht gegraben hatte, war sie doch eine sehr attraktive Frau von noch nicht einmal dreißig Jahren. „Eins will ich dir sagen, Schwester, die Freier, die kommen und mich kaufen wollen, sehen nur einen Körper. Etwas anderes interessiert sie nicht. Aber ich habe auch einen schlauen Kopf, und ich habe einen Plan. Ich mache diesen Job jetzt bereits seit fünf Jahren. Ich mache das nicht noch mal fünf Jahre."

„Und was haben Sie sich vorgenommen? Was wollen Sie tun, wenn Sie nicht mehr anschaffen gehen?"

„Sobald ich genug gespart habe, gehe ich Richtung Süden. Ich werde mir einen dieser kleinen Caravans in Florida kaufen und mir dann einen ordentlichen Job besorgen. Vielleicht in irgendeiner Boutique. Sie glauben es vielleicht nicht, aber ich sehe in teuren Klamotten wirklich gut aus." Sie machte ihre Zigarette aus und zündete sich dann gleich eine neue an. „Viele der Mädchen haben solche Pläne, allerdings nur die wenigsten schaffen es auch. Ich werde es schaffen. Ich bin nämlich sauber." Rosalie hob die Arme hoch und zeigte sie Bess. Es dauerte einen Moment, bis Bess begriff, was sie ihr damit sagen wollte. Rosalie war nicht drogenabhängig.

„Noch ein Jahr, und dann bin ich weg. Vielleicht geht's auch schneller, wenn ich einen reichen Freier erwische. Einer, der es regelmäßig haben will, verstehen Sie? Angie hatte Glück. Sie hat so einen Typen getroffen."

„Angie?" Der Name kam Bess sehr vertraut vor. „Angie Horowitz? Ist das nicht die Frau, die ermordet wurde?"

„Ja, stimmt." Rosalie befeuchtete ihre Lippen, bevor sie den Rauch ausstieß. „Sie war nicht vorsichtig genug. Ich bin immer auf der Hut."

„Und wie stellen Sie das an?"

„Man muss vor allem immer nüchtern bleiben", erklärte Rosalie Bess. „Angie nahm zum Beispiel gerne einen zur Brust. Sie brachte die Typen dazu, ihr Drinks zu kaufen. Aber das ist nicht besonders schlau. Dieser Freier von ihr, der Mann mit der vielen Knete, er …"

„Was zum Teufel plapperst du hier herum?"

Rosalie und Bess sahen auf. Neben ihrem Tisch stand ein hochgewachsener Mann mit schmalen Schultern. Er hatte eine Zigarre zwischen die Zähne geklemmt und trug am kleinen Finger einen Diamantring. Sein Gesicht war sehr bleich, die kalten blauen Augen funkelten vor Zorn. Sein Haar war bereits grau und hinten zu einem kleinen Pferdeschwanz gebunden.

„Ich trinke nur einen Kaffee mit einer Freundin, Bobby", erwiderte Rosalie. Nach außen hin wirkte sie gefasst, aber Bess spürte genau, dass sie Angst hatte.

„Du scherst dich jetzt wieder zurück auf die Straße, wo du hingehörst!"

„Entschuldigen Sie bitte." Bess sprach ihn höflich an. „Bobby, heißen Sie so?"

Er blitzte sie an. „Willst du vielleicht auch für mich arbeiten, Süße? Dann will ich dir gleich mal was sagen – ich mag keine Mädels, die nur rumhängen und nichts tun."

„Vielen Dank für das Angebot, aber ich brauche keinen Job. Rosalie war nur so nett, mir bei einem kleinen Problem zu helfen."

„Damit das klar ist, Schwester – wenn überhaupt, löst sie nur meine Probleme." Er sah Rosalie an und bewegte den Kopf in Richtung Straße. „Also los, schieb ab!"

Bess hatte den Eindruck, als müsse sie andere Saiten aufziehen. „Hören Sie mal, es ist doch wohl nicht verboten, sich zu unterhalten, oder?"

Bobby ignorierte sie völlig. „Ich sage dir, mit wem du dich zu unterhalten hast, Baby, kapiert?" Er stieß Rosalie vor sich her und schob sie unsanft in Richtung Tür.

Bess überlegte nicht lange, sie reagierte einfach. Wenn es etwas gab, das sie verabscheute, dann war es Brutalität.

„He, Sekunde!“ Sie lief hinter den beiden her und packte den Mann am Arm. Er schüttelte sie ab, doch als sie nicht loslassen wollte, erhob er die Hand zum Schlag. Die anderen Gäste machten sich bereits aus dem Staub, als Alex in den Raum gestürmt kam.

„Pass auf, Bobby“, sagte er kalt. „Eine falsche Bewegung, und du bist ein toter Mann!“

Bobby ließ den Arm sinken und zuckte mit den Schultern. „Ich wollte eigentlich nur ’nen Kaffee trinken. Stimmt doch, Rosalie, oder?“

„Ja, stimmt.“ Schnell versteckte Rosalie die Karte, die Bess ihr gegeben hatte. „Wir wollten hier nur Kaffee trinken, das ist alles.“

Alex konnte die Augen nicht von Bess abwenden. Sie schien in keiner Weise eingeschüchtert zu sein. Ihre Augen blitzten, und ihre Wangen waren vor Zorn gerötet. „Möchten Sie vielleicht Anzeige erstatten?“

Bess schüttelte den Kopf. Unwillkürlich hatte sie die Hände zu Fäusten geballt, jetzt ließ sie sie langsam sinken.

„Nein, das ist nicht nötig. Wir haben uns nur nett unterhalten. Vielen Dank noch einmal, Rosalie.“

„Keine Ursache.“ Rosalie stöckelte hinaus und warf Alex dabei einen verächtlichen Blick zu. Wie ihre übrigen Kolleginnen hatte sie eine Abneigung gegen Polizisten.

Auch Bobby machte sich zum Gehen bereit. „Der Kaffee ist hier sowieso miserabel“, meinte er geringschätzig. „Also dann, vielleicht bis zum nächsten Mal, Süße.“ Grinsend ging er hinter Rosalie her und verließ den Raum.

Kaum hatte sich die Tür hinter ihnen geschlossen, trat Alex auf Bess zu und packte sie ohne ein weiteres Wort beim Arm. Bess sah ihn erstaunt an.

„Hören Sie, es war sehr nett von Ihnen, einzugreifen, aber es war auch überflüssig. Ich kann mir selbst helfen, das können Sie mir glauben.“

„Sie wissen ja überhaupt nicht, in welche Gefahr Sie sich begeben!“ Alex war wirklich aufgebracht.

„Aber ich …“

Ungeachtet ihres Widerstands zog Alex Bess hinter sich her und brachte sie zum Wagen.

„Was soll das, Alex? Ich kann mir ein Taxi nehmen! Oh, hallo, Judd.“

Mit einem kräftigen Fluch nahm Alex hinter dem Steuer Platz. Bess blieb gar nichts anderes übrig, als einzusteigen.

„Wie geht es Holly?“

„Sehr gut, danke.“ Selbst Judd entging die Spannung nicht, die auf einmal in der Luft lag. Und Alex’ finstere Miene ließ nichts Gutes ahnen. „Sie hat sich bei Ihnen auf der Party wirklich sehr gut amüsiert.“

„Das freut mich. Sie müssen unbedingt wiederkommen.“ Mit atemberaubender Geschwindigkeit bog Alex um die Ecke, sodass die Reifen quietschten. Bess schlug die Beine übereinander. „Darf ich fragen, wohin wir fahren, oder bin ich schon wieder verhaftet?“

„Ich sollte Sie wirklich auf die Wache bringen, nur um Ihnen eine Lektion zu erteilen“, entgegnete Alex grimmig. „Aber ich fahre Sie jetzt nach Hause.“

„Vielen Dank, zu liebenswürdig!“

Alex warf ihr einen Blick im Spiegel zu. Sie wirkte noch immer aufgebracht, aber er konnte keine Spur von Schuldbewusstsein bei ihr entdecken. Diese Frau war wirklich unglaublich!

„Ich hätte nicht gedacht, dass Sie dumm sind, Miss McNee. Und wie die meisten dummen Leute macht Sie das leider auch sehr gefährlich.“

„Ach ja?“ Bess lehnte sich nach vorn, zwischen die beiden Männer. „Und was bitte soll das heißen, Sie Besserwisser?“

„Das kann ich Ihnen sagen! Nicht genug damit, dass Sie sich einmal von mir in dieser Gegend wegen Prostitution verhaften lassen. Nein, es hat Ihnen dort anscheinend so gut gefallen, dass Sie unbedingt eines der Mädchen ansprechen und sich danach noch einen kleinen Streit mit ihrem Zuhälter leisten mussten. Ein Zuhälter, der es gewöhnt ist, seine Nutten zu schlagen.“

„Sie haben die Situation völlig falsch verstanden“, entgegnete Bess stirnrunzelnd. „Ich habe mich mit dem Mädchen unterhalten, ja, aber das ist doch wohl noch nicht strafbar, oder? Es rechtfertigt jedenfalls nicht Ihr Verhalten, einfach ins Restaurant zu stürmen und mir eine Szene zu machen. Wie ich schon gesagt habe, ich kann auf mich selbst aufpassen!"

„Wenn ich nicht gekommen wäre, lägen Sie jetzt vielleicht mit gebrochener Nase im Krankenhaus, ist Ihnen das klar?"

„He, Alex!"

„Was ist denn, Judd?"

„Ich will euch zwar nicht unterbrechen, aber sie haben gerade etwas durchgegeben. Ein Raubüberfall auf einen Getränkehandel."

Alex ließ sich von der Zentrale die genaue Adresse geben, dann schalteten sie die Sirene an und fuhren mit heulendem Blaulicht in die entgegengesetzte Richtung. Bess saß auf dem Rücksitz des Wagens und beobachtete alles mit leuchtenden Augen.

Als sie am Ziel ankamen, wandte Alex sich drohend zu ihr um. „Sie bleiben im Wagen, verstanden? Wenn nicht, drehe ich Ihnen den Hals um!"

„Keine Angst, ich bleibe hier." Jetzt war es Bess doch etwas mulmig zumute. Sie hatte beobachtet, wie die beiden Männer ihre Waffen in Bereitschaft genommen hatten. Mit einem Mal schien es doch noch ernst zu werden.

Fasziniert beobachtete sie die Wandlung, die in Alex' Gesicht vor sich ging. Ab dem Moment, als er von dem Raubüberfall gehört hatte, war sie für ihn nicht mehr existent gewesen. Er hatte seine Polizistenmiene aufgesetzt und war wieder in seine berufliche Identität geschlüpft. Jetzt gab es nichts anderes mehr für ihn als den Job, der vor ihm lag – ein möglicherweise sehr gefährlicher Job.

Und noch etwas anderes hatte Bess beobachten können. Es war ein Ausdruck in seinen Augen gewesen, den sie noch nie zuvor wahrgenommen hatte. Leben und Tod waren darin und ein Potenzial für Gewalt, das sie erschauern ließ. Bess schickte ein Stoßgebet zum Himmel. Hoffentlich ging alles glatt!

In einem Punkt hatte Bess sich geirrt – Alex hatte sie nicht vergessen. Es ärgerte ihn zwar, denn er war stolz auf seine Fähigkeit, völlig abschalten zu können, wenn die Arbeit es verlangte. Aber mit Bess schien ihm das irgendwie nicht zu gelingen. Doch je näher er kam, desto mehr wurde er von der Szene vor ihm gefangen genommen.

Angst – das war das Erste, was er roch. Unschuldige Menschen waren in diesem Laden, ein Mann und eine Frau, und sie hatten Angst.

Alex bedeutete Judd, dass sie jeder einen der Eingänge übernehmen sollten. Er hoffte nur, dass sein Partner sich nicht von der eigenen Furcht übermannen lassen würde. Dies war Judds erster Einsatz bei einem Raubüberfall, und man konnte nie vorher wissen, wie ein Mann reagieren würde.

Die 9-mm-Waffe fühlte sich sicher und Schutz gebend in seiner Hand an. Er hatte die beiden Kriminellen bereits von außen erspäht. Der eine trug ein Gewehr mit abgesägtem Lauf, der andere eine 45er-Pistole. Jetzt vernahm Alex auch die Stimme der Frau. Sie flehte die beiden Männer an, sie nicht zu verletzen. Alex versuchte sich davon nicht beeinflussen zu lassen. Wenn es nötig wäre, würden sie auch auf Verstärkung warten.

Nun waren die beiden Polizisten an den Laden herangekommen. Sie konnten genau sehen, was sich im Inneren abspielte. Eine Frau von etwa sechzig Jahren stand weinend und händeringend neben der Kasse. Ein etwa gleichaltriger Mann leerte mit zitternden Händen den Inhalt. Einer der beiden Täter nahm sich eine Flasche Whiskey vom Regal und öffnete sie. Dann nahm er einen tiefen Schluck, zerbrach den Hals der Flasche und hielt sie dem alten Mann drohend vors Gesicht.

Alex kannte diese Sorte. Es würde ihm nicht genügen, einfach nur Geld zu erbeuten. Typen wie dieser weideten sich an der Angst ihrer Mitmenschen. Dies verlieh ihnen ein Machtgefühl. Es blieb also nicht mehr viel Zeit.

„Wir gehen rein", bedeutete Alex seinem Partner. „Sie nehmen sich den rechten vor, ich den Typen an der Kasse."

Judd war bleich bis an die Haarspitzen, aber er nickte. „Gut, sagen Sie nur, wann's losgeht."

„Mach ich, und noch eins: Schießen Sie nicht, wenn es sich vermeiden lässt. Auf geht's!"

Alex hielt die Luft an und stürmte in den Laden.

„Polizei!"

Sofort wirbelte einer der beiden Männer herum und legte sein Gewehr an.

„Lassen Sie die Waffe fallen!", rief Alex, obwohl er wusste, dass es zwecklos sein würde.

Unter den entsetzten Schreien der Frau eröffneten die Ganoven das Feuer. Alex erwischte einen von ihnen, der Mann taumelte unter schepperndem Getöse zurück ins Regal. Im gleichen Moment zischte eine Kugel aus der 45er dicht über Alex' Kopf hinweg, um ein Haar hätte sie ihn getroffen. Alkohol und Glas spritzten in die Luft, dann gab es noch einen Schuss, dann war Stille. Judd hatte seinen ersten Einsatz und damit seine Einstiegsprüfung bestanden.

Langsam erhob sich Alex aus der Hocke, in die er gegangen war, um der Kugel zu entgehen. Er sah sich besorgt seinen Partner an. Judd war nicht mehr bleich, sein Gesicht hatte eine grau-grüne Farbe angenommen.

„Alles in Ordnung?"

Der jüngere Mann nickte benommen, dann steckte er seine Waffe ein. Langsam löste sich der Klumpen in seinem Magen auf. „Es war das erste Mal für mich."

„Ja, ist mir klar. Gehen Sie nach draußen und schnappen Sie frische Luft."

„Nein, danke, es geht schon wieder."

Alex schlug ihm auf die Schulter. „Gehen Sie trotzdem nach draußen. Und sobald die Verstärkung kommt, sagen Sie ihnen Bescheid. Wir brauchen eine Ambulanz." Dann setzte er noch hinzu: „Gut gemacht, Judd."

Bess wartete neben dem Wagen auf ihn, als Alex etwa zwanzig Minuten später wiederkam. Er sieht eigentlich genauso aus wie vorher, dachte sie. Aber dann hob er den Kopf und sah sie an, und sie wusste, dass sie sich geirrt hatte.

Bevor er in den Laden gestürmt war, hatten seine Augen nicht diesen schrecklich müden Ausdruck gehabt. Dies war erst in den letzten zwanzig Minuten passiert.

„Ich habe Ihnen doch gesagt, Sie sollen im Auto bleiben."

„Ja, das habe ich doch auch gemacht."

„Dann setzen Sie sich auch gefälligst wieder rein!"

Bess lächelte ihn freundlich an und legte die Hand auf seinen Arm. „Alex, ich habe Sie schon verstanden. Sie brauchen sich jetzt nicht weiter um mich zu kümmern. Ich werde mir ein Taxi nach Hause nehmen. Sie haben schließlich genug hier zu tun."

„Was ich zu tun hatte, ist erledigt." Ohne ein weiteres Wort nahm er hinterm Steuer Platz. Seine Stimme klang fest, sie duldete keinen Widerspruch. „Und jetzt steigen Sie bitte ein."

Achselzuckend fügte sich Bess. „Und was ist mit Judd?"

„Er fährt auf die Wache, um Bericht zu erstatten."

„Oh."

Danach war es erst einmal still im Wagen. Alex hatte schon viele Überfälle erlebt, und immer wieder war es das Gleiche. Auch noch lange danach wollte das flaue Gefühl im Magen einfach nicht verschwinden. Und von einem körperlichen Gefühl verwandelte es sich schließlich in Ärger, Ekel und Frustration. Aber davon hatte er seinem jungen Kollegen natürlich nichts erzählt.

„Na und, wo bleiben Ihre Fragen?", wandte er sich schließlich an Bess. „Es kann doch nicht sein, dass Sie nichts von mir wissen wollen. Wie es sich angefühlt hat. Was ich dabei gedacht habe. Und so weiter und so weiter."

„Nein." Bess schüttelte den Kopf. „Ich muss Sie nichts fragen, Alex. Ich habe Augen im Kopf. Und die sagen mir alles, was ich wissen will."

Das passte Alex überhaupt nicht. Es gefiel ihm nicht, dass Bess die Verständnisvolle spielte und ihn mitleidsvoll ansah. Irgendwie machte das das Ganze nur noch schlimmer. „He, nun tun Sie doch nicht so sensibel."

Er versucht mir wehzutun, dachte Bess, aber es störte sie komischerweise nicht weiter. Das kannte sie von sich selbst – um mit dem eigenen Schmerz fertig zu werden, musste man andere verletzen.

„Ich bin sicher, dass ich von den heutigen Geschehnissen etwas verwenden kann", erwiderte sie diplomatisch.

Alex' Hände umklammerten das Steuer fester. „Und eines wollte ich Ihnen noch sagen, Miss McNee – das nächste Mal, wenn ich Sie in dieser Gegend antreffe, werde ich Sie höchstpersönlich hinter Schloss und Riegel bringen, haben Sie mich verstanden?"

„Nun hören Sie schon auf, Detective!" Auch Bess klang jetzt ärgerlich. „Sie hatten einen harten Tag, daher möchte ich mich jetzt nicht mit Ihnen anlegen. Aber ich mag es nicht, wenn man mir droht, kapiert? Am allerliebsten wäre es mir, wenn wir unsere Unterhaltung beenden würden."

Alex erwiderte darauf nichts, doch sie konnte sehen, wie sehr ihn ihre Worte getroffen hatten. Als er schließlich vor Bess' Haus hielt, war die Luft im Wagen zum Schneiden dick. Ihr war das in diesem Moment egal. Sie würde niemandem erlauben, in diesem Ton mit ihr zu reden, auch Alex nicht. Sie stieg entschlossen aus dem Auto aus und knallte die Tür hinter sich zu.

Sie stand bereits am Eingang, da war er schon aus dem Wagen gesprungen und stand plötzlich vor ihr.

„Komm her!", sagte er mit rauer Stimme und zog sie an sich. In seinem Kuss lag alles, was an diesem Abend passiert war – die ganze Gewalt, sein ganzer Frust. Selbst wenn Bess es gewollt hätte, sie hätte sich nicht gegen seine Leidenschaft, gegen dieses alles verzehrende Feuer wehren können. Wie ein Feuerbrand schlug seine Lust über ihnen zusammen.

Aber so abrupt, wie er gekommen war, ließ er auch wieder von ihr ab. Gott, er brauchte diese Frau, brauchte sie so sehr, wie er noch nie einen Menschen gebraucht hatte! Diese Erkenntnis ernüchterte Alex mit einem Schlag, und er trat einen Schritt zurück.

„Kommen Sie mir nicht mehr in die Quere, McNee!", sagte er, dann stieg er wieder ins Auto.

4. KAPITEL

„Was seinen Tod angeht“, sinnierte Bess, „so bin ich persönlich für ein schönes, schnell wirkendes Gift. Am liebsten irgendetwas Exotisches.“

Lori schüttelte den Kopf. „Nein, ich finde, er sollte erschossen werden. Das macht sich auf dem Bildschirm immer besser.“

Bess überlegte weiter. „Denk einmal über die Szenerie nach, Lori. Er gibt also wieder einmal eine seiner berühmten Cocktailpartys. Alles, was Rang und Namen hat, all die Leute, die er über die Jahre ausgetrickst hat, sind an diesem Abend in seinem Haus versammelt.“

Lori nickte begeistert. Bei dieser Aussicht bekam sie ganz glänzende Augen.

„Zum Beispiel Jade, die Reed nie verziehen hat, was er ihrer Schwester angetan hat. Und Elana, die die ganze Zeit über nichts anderes nachdenkt, als dass Reed gedroht hat, die Informationen, die er über Max hat, der Öffentlichkeit zugänglich zu machen.“

Lori spann diesen Faden weiter. „Und natürlich Brock, der genau weiß, dass Reed mit nur einem Anruf all seine Bemühungen, den Tyson-Deal zu bekommen und so ein Vermögen zu verdienen, zunichtemachen kann. Oh, und dann dürfen wir auch Miriam nicht vergessen!“

„Stimmt, sie ist in letzter Zeit ein wenig zu kurz gekommen. Dabei ist sie schließlich Reeds Exfrau, ein schwieriger psychologischer Fall. Wenn es nach ihr ginge, wäre Reed sowieso schuld an all ihren Problemen.“

„Na, irgendwie stimmt das ja auch“, lachte Lori.

„Außerdem haben wir dann noch Vicky, deren Liebe er zurückgewiesen hat, und Jeffrey, ihren gehörnten Ehemann. Es dürfte also nicht schwer sein, einen Verdächtigen zu finden.“

„Gut, was ist dann mit dem Gift?“

„Ich finde, wir sollten uns diesmal etwas Besonderes ausdenken“, schlug Bess vor. „Wie ich schon sagte, vielleicht etwas Orientalisches.“ Sie machte sich eine Notiz, diesen Punkt zu recherchieren. „Jedenfalls haben sie alle ein Motiv, um ihn umzubringen. Selbst seine Haushälterin, denn schließlich hat Reed damals ihre junge, unschuldige Tochter verführt und sie dann wie eine Marionette fallen lassen, als er sie nicht mehr brauchte. Das heißt ... wir sind mitten in der Party. Die Kamera fährt auf ein Glas Champagner zu. Der Raum liegt im Halbdunkel. Wir sehen eine Hand, die ein paar Tropfen in das Glas fallen lässt. Wir wissen nicht, was es ist, aber wir ahnen etwas."

„Sehen wir denn, ob es sich um eine männliche oder weibliche Hand handelt?"

„Der Mörder trägt Handschuhe", sagte Bess, doch dann fiel ihr auf, wie lächerlich es wäre, auf einer Cocktailparty Handschuhe anzuziehen. „Na gut, dann sehen wir die Szene nicht während der Party, sondern schon vorher. Da gibt es doch diese Schachtel, weißt du? Diese sehr schön geschnitzte hölzerne Schachtel."

„Und die Hand mit dem Handschuh öffnet sie und nimmt eine kleine gläserne Phiole heraus."

„Du hast es erfasst! Diese Einstellung zeigen wir ein paarmal, und die Zuschauer werden wissen, dass sich etwas zusammenbraut."

„Ja, und in der Zwischenzeit setzt Reed seine Machenschaften fort. Er spielt mit allen, als wären sie willenlose Marionetten, und um ihn herum werden der Ärger und der Druck immer stärker. Es wird dann niemanden mehr überraschen, dass es auf der Party zur Katastrophe kommt."

„Ich kann mir das Ganze schon vorstellen!" Genießerisch schloss Lori die Augen. „Reed genießt seine Macht, er ahnt nichts. Aber nach und nach machen sich die Symptome des Gifts bemerkbar, er wird müde, schwindlig, dann wird ihm schlecht und er übergibt sich. Ich bin eigentlich für ein schnelles Ende."

„Ja, in Ordnung." Bess stimmte ihr zu.

„Wenn die Polizei eintrifft, gibt es keinerlei Spuren. Es wird wie das perfekte Verbrechen aussehen."

„Das perfekte Verbrechen gibt es aber nicht."

Überrascht schauten Lori und Bess zur Tür. Dort stand Alex, die Hände in den Hosentaschen. Amüsiert hatte er zugehört, wie die beiden ihre Geschichte ausspannen.

„Außerdem gehe ich einmal davon aus, dass Ihr Detective die Sache aufklären wird, oder etwa nicht? Sonst wären die Zuschauer bestimmt enttäuscht von ihm."

„Ja, er wird das Ding schon schaukeln", erwiderte Bess langsam.

Sie musste sich erst daran gewöhnen, dass Alex plötzlich in ihrem Arbeitsraum stand.

Diskret erhob Lori sich, um sich zu verabschieden. „Ich will mir noch die Aufnahmen von letzter Woche ansehen", sagte sie zu Bess gewandt. „Einen schönen Tag, Detective."

„Danke." Alex machte ihr Platz, dann sah er sich neugierig im Zimmer um. „Ist ja wirklich nett hier", bemerkte er lakonisch.

Bess lächelte ein wenig. Das Zimmer hatte tatsächlich in etwa die Größe einer Streichholzschachtel. Der Tisch, an dem sie und Lori arbeiteten, war übersät mit Büchern, Papieren und Aktenordnern. Zwei Fernsehgeräte mit Videorekordern standen immer in Bereitschaft. Die Couch und der große Ledersessel, auf dem ebenfalls Sachen lagen, vervollständigten die Einrichtung. Es war nicht gerade sehr gemütlich.

„Für uns ist es so etwas wie eine zweite Heimat", sagte sie auf seine unausgesprochene Kritik hin. „Was bringt Sie also in dieses Verlies, Alex?"

Das Wort war gar nicht so fehl am Platze. Sie befanden sich in den Kellerräumen des großen Gebäudes, in dem die Studios sowie die Produktionsbüros für „Heimliche Sünden" untergebracht waren.

Er beantwortete ihre Frage mit einer Gegenfrage. „Wie lange müssen Sie noch arbeiten?"

„Wieso? Und was ist mit Ihnen? Haben Sie etwa schon frei?"

„Ich habe mir einfach ein paar Stunden freigenommen."

Erst jetzt fiel Bess auf, wie verlegen er war. Sie genoss diesen Anblick nach ihrer letzten Begegnung. „Soll das heißen, Sie erweisen mir die Ehre eines persönlichen Besuchs, Detective?"

Er nickte und machte einen Schritt nach vorn, was er sofort bereute. Es war einfach viel zu eng hier! „Ich ... ich wollte mich bei Ihnen entschuldigen."

„Entschuldigen? Generell oder für letztes Mal?"

„Für letztes Mal." Alex schüttelte den Kopf, als sie ihm ein paar gebrannte Mandeln anbot. „Nach dem Raubüberfall, als ich Sie nach Hause brachte. Ich ... ich habe die zulässigen Grenzen überschritten."

„Sie sprechen von der letzten halben Stunde jenes Abends?"

Er nickte. „Ja, nur davon. Alles, was ich davor zu Ihnen gesagt habe, gilt weiterhin. Sie hatten in dieser Gegend einfach nichts zu suchen!"

„Lassen Sie uns doch lieber über die letzte halbe Stunde reden, das wäre mir lieber", erwiderte Bess zuckersüß.

„Wie schon gesagt, es tut mir leid, wenn ich Ihnen zu nahe getreten bin." Vorsichtig ließ sich Alex auf der Tischkante nieder. „Andererseits war auch Ihre Reaktion auf das Ganze nicht so, wie ich erwartet hatte."

„Was meinen Sie damit?"

„Nun, Sie erleben ja wohl nicht jeden Tag einen bewaffneten Raubüberfall aus nächster Nähe. Ich hätte gedacht, dass Sie schockiert sein würden, vielleicht auch Angst hätten."

Bess lachte. „Sie wissen doch, ich bin von Natur aus sensationslüstern." Dann wurde sie wieder ernst und streckte ihm die Hand hin. „Also gut, ich verzeihe Ihnen. Es war eine extreme Situation. Wir wollen es dabei belassen, okay?"

Alex rührte sich nicht.

„Ich habe oft an Sie denken müssen", sagte er unerwartet.

„Ach ja? Und? Bereuen Sie es?"

Seine Lippen zuckten, er unterdrückte nur mit Mühe ein Lächeln. „Eigentlich wollte ich Sie fragen, ob Sie mit mir ausgehen würden. Das wäre doch ein netter Start, finden Sie nicht?"

„Ein Start wofür?"

„Um mit Ihnen ins Bett zu gehen. Denn darauf wird es doch hinauslaufen, glauben Sie nicht?"

„Oh." Bess wusste darauf erst mal nichts zu sagen. Aber sie bemerkte, dass sie errötet war, während er nach außen hin ganz ruhig blieb. „Sie gehen ja ganz schön ran, Detective."

„Das ist mein Beruf. Ich habe einfach nur das Gefühl, Miss McNee, als könnte ich mir bei Ihnen das ganze romantische Brimborium sparen. Oder wäre es Ihnen lieber gewesen, wenn ich mit Blumen ankommen und den Vollmond abwarten würde?"

Bess ging das alles ein wenig zu schnell. „Ich weiß nicht", entgegnete sie leichthin. „So eine Vollmondnacht hat schon etwas für sich."

Alex grinste sie an. „Also gut, lassen wir uns Zeit. Das ist mir genauso recht. Werden Sie mit mir ausgehen?"

Dagegen war ja wohl nichts zu sagen. Bess fragte sich nur, warum ihr Herz plötzlich so heftig schlug. „Und wann?"

„Morgen. Morgen Abend habe ich frei."

„Ja, das passt mir gut."

Alex sah sie stirnrunzelnd an. „Irgendwie habe ich das Gefühl, als würde ich Sie nervös machen."

Bess lachte schallend. „Aber warum denn? Nein, wie kommen Sie denn darauf?"

„Schon gut. Jetzt will ich Sie auch nicht länger von der Arbeit abhalten. Wie wäre es, wenn ich Sie um halb acht abhole? Mein Schwager hat ein sehr hübsches Restaurant, wo man vorzüglich essen kann. Es wird Ihnen dort bestimmt gefallen."

„Schön, ich freue mich."

Alex betrachtete sie versonnen. „Sie haben wirklich ein sehr ungewöhnliches Gesicht. Nicht gerade das, was man als klassische Schönheit bezeichnen könnte."

Bess lachte wieder, sie nahm ihm seine Bemerkung nicht übel. „Nein, stimmt. Früher hat mir das sehr viel ausgemacht. Ich habe auch alle Bilder von mir verbrannt, die mich als Teenager zeigen." Sie sah ihn prüfend an. „Sie hingegen waren wahrscheinlich immer ein richtiger Superman, dem die Frauen in Scharen nachgelaufen sind, stimmt's?"

Alex grinste. „Ich würde nicht sagen, in Scharen – zu Hunderten, ja, das käme schon eher hin."

„Das ist wieder mal typisch männlicher Chauvi..."

Alex ließ Bess gar nicht erst ausreden. Er zog sie zu sich heran und küsste sie. Es gefiel ihm, wie sie sich gleich für diese Berührung öffnete. Da gab es kein Zieren, kein Spielen. Das Küssen war für Bess so wichtig wie das Atmen.

Auch Alex genoss die Berührung ihrer Lippen, und er zögerte den Moment ein wenig länger heraus, als er eigentlich geplant hatte. Noch immer hatte er sich unter Kontrolle. Trotzdem konnte er sich für den Bruchteil einer Sekunde der Vorstellung nicht erwehren, wie es wohl sein mochte, wenn er jetzt einfach die Tür abschließen und sie hier inmitten der Arbeitspapiere nehmen würde.

Widerstrebend löste er sich von ihr. „Gefährlich", flüsterte er ihr auf Ukrainisch ins Ohr. „Sie sind eine sehr gefährliche Frau."

„Was?“, fragte Bess, sie war wie benommen. „Was heißt das auf Englisch?“

„Das heißt, ich muss jetzt gehen. Also dann bis morgen Abend, Miss McNee.“

„Ja, bis morgen Abend.“ Bevor sich die Tür hinter ihm schloss, rief sie ihm noch rasch nach: „Und passen Sie auf sich auf!“ Dann ließ sie sich langsam auf ihrem Stuhl nieder und sah ihm unverwandt nach.

In dieser Position fand sie auch Lori, als sie fünf Minuten später aus dem Schneideraum zurückkam. Sie blieb überrascht stehen.

„Oh, oh, oh“, meinte sie bedauernd. Ein Blick auf Bess hatte genügt, um ihr zu zeigen, woran sie war. Voller Mitgefühl reichte sie ihrer Kollegin ein Glas eisgekühlte Cola. „Ich habe es gewusst. Ich wusste, dass das kommen würde, und zwar in dem Moment, als ich dieses Prachtbild von einem Mann auf deiner Party sah.“

„Wovon redest du überhaupt?“, erwiderte Bess abweisend. Sie nahm einen tiefen Schluck. Komisch, sie hatte gar nicht bemerkt, wie trocken ihre Kehle geworden war. „Es ist doch noch gar nichts passiert.“

„Nein, aber es wird passieren. Genauso wie jetzt hast du ausgesehen, als du dich damals in Charlie verliebt hast. Und in Sean und in Miguel und in …“

„Das reicht!“ Bess hob die Hand. „Außerdem irrst du dich. Ich bin nicht in Alex verliebt. Ich gehe nur morgen Abend mit ihm zum Essen aus.“

Triumphierend sah Lori sie an. „Habe ich es nicht gesagt? So hat es doch immer angefangen. Erinnerst du dich denn nicht?“

„Ich erinnere mich auch daran, dass ich bisher alle Affären ziemlich unbeschadet überlebt habe“, entgegnete Bess trotzig.

„Es gibt immer ein erstes Mal“, meinte Lori weise. „Und dieser Mann ist ein ganz schönes Kaliber. Ich will ja nur nicht, dass dich jemand verletzt, Bess.“

„Keine Angst, ich kann auf mich aufpassen.“ Aber selbst in Bess’ Stimme schwang leiser Zweifel mit.

Lori war einfühlsam genug, es für den Moment dabei zu belassen.

Alex war sehr angetan von Bess’ Äußerem. Nicht jede Frau hätte diese gewagte Farbkombination aus einer jadegrünen Bluse mit hellblauen engen Hosen tragen können. Aber bei Bess sah es umwerfend aus, sie verbreitete überall um sich herum eine Aura ungeheurer Lebendigkeit. Alex dachte bei sich, dass es dies war, was ihn dazu bewogen hatte, sie aufzusuchen, um sich zu entschuldigen. Und das Ganze hatte damit geendet, dass er sie zum Essen einlud!

Seitdem dies klar war, hatte er an nichts anderes mehr denken können als an sie und die Möglichkeit, wie es wohl sein mochte, mit ihr ins Bett zu gehen.

Bess ihrerseits brauchte nur einen einzigen Blick in das geräumige Interieur von Zackary Muldoons Bar „Lower the Boom" zu werfen, um zu wissen, dass ihr ein sehr vergnüglicher Abend bevorstand. Aus der Musikbox erklang gedämpfte Musik, der Raum war erfüllt vom fröhlichen Lachen der Gäste. Vor allem aber roch es gut – herrliche Düfte erfüllten das Restaurant und verlockten zum Speisen.

„Fantastisch!", meinte Bess begeistert zu Alex. „Ich gehe einmal davon aus, dass es so gut schmeckt wie es riecht."

„Oh nein, es schmeckt noch viel besser." Alex winkte kurz zur Bar hinüber, bevor er ihnen einen Tisch suchte.

Wie immer war die Bar bis auf den letzten Platz belegt. Seit seine Schwester Zack geheiratet hatte, hatte Alex es sich zur Gewohnheit gemacht, mehrmals in der Woche hereinzuschauen. Daher kannte er auch die meisten Gäste und das Personal beim Namen.

„He, Lola", sagte er lächelnd, als die Kellnerin erschien, um sich nach ihren Wünschen zu erkundigen, „wie geht's?"

„Danke, mir geht's gut." Prüfend besah Lola sich Alex' Begleiterin. Es kam nicht sehr oft vor, dass Alex eine seiner Freundinnen mit in das Restaurant brachte. „Was kann ich Ihnen bringen?"

„Ich hätte gern einen Tequila", erklärte Bess fröhlich.

„Und ich ein Bier, Lola. Ist Rachel zufällig da?"

„Ja, sie ist oben, sie ruht sich ein wenig aus. Aber du kennst sie ja, später kommt sie bestimmt herunter."

Alex nickte. „Was hat uns Rio heute Abend anzubieten?"

„Paella. Ich kann sie nur empfehlen."

„Hätten Sie Lust darauf?", fragte Alex Bess.

„Aber sicher. Ich liebe Paella!" Nachdem Lola die Bestellung notiert hatte und gegangen war, stützte Bess die Ellenbogen auf und sah

Alex fragend an. „Na los, erzählen Sie mir mehr. Wer managt dieses Restaurant?“

„Ich hatte Ihnen ja schon gesagt, dass es meinem Schwager Zack gehört. Rio ist der Koch aus Jamaika, und dann gibt es da noch Nick, Zacks Halbbruder.“

Bess nickte. „Und Rachel ist mit Zack verheiratet, richtig?“ Sie besah sich den Mann hinter der Bar. „Ein ganz schönes Kaliber. Wie haben die beiden sich kennengelernt?“

„Wie Sie wissen, ist Rachel Anwältin. Sie war Nicks Strafverteidigerin, nachdem ich ihn wegen versuchten Überfalls festgenommen hatte.“

„Oh, das ist ja sehr romantisch. He, da kommen unsere Drinks!“

Nachdem Lola die Getränke auf den Tisch gestellt und Alex noch einen zustimmenden Blick zugeworfen hatte, bat Bess ihn: „Bitte erzählen Sie weiter. Das alles interessiert mich brennend.“

„Na ja, Nick hatte keinen Vater mehr, und Zack hatte sich seiner angenommen, nachdem er herausfand, dass Nick in einer Straßengang untergekommen war. Oh, nicht schlecht!“

Bess hatte den Tequila mit einem einzigen Schluck heruntergestürzt, so wie es sich gehörte.

Sie unterhielten sich weiter, bis die dampfende Paella auf dem Tisch stand. Alex war richtig ins Erzählen gekommen, und er musste sich eingestehen, dass er Bess’ Gesellschaft sehr genoss. Sie konnte gut zuhören, das musste man ihr lassen.

„Und so kommt es“, schloss er lachend, „dass ich bald einen irisch-ukrainischen Neffen oder eine Nichte haben werde.“

„Verstehe. Sie können wirklich sehr gut erzählen, Alex. Ich nehme an, Sie haben bestimmt auch Zigeunerblut in sich.“

„Kann schon sein.“

Bess blickte ihn strahlend an. „Besonders hat mir an Ihrer Geschichte gefallen, dass es ein Happy End gab. Ich persönlich liebe so etwas, aber in meiner Serie darf ich es nicht oft einbauen.“

Alex sah sie überrascht an. „Warum denn? Ich hätte gedacht, die meisten Leute würden Happy Ends lieben, ganz besonders in einer Seifenoper.“

„Ja, das stimmt auch. Aber gleichzeitig muss der Held oder die Heldin auch immer durch irgendeine Form von Krise oder Tragödie gehen, sonst verlieren die Zuschauer das Interesse an ihnen. Hmm, die schmeckt ja fantastisch!“ Genüsslich häufte Bess sich noch mehr von der Paella auf den Teller. „Deshalb ist zum Beispiel Elana bereits zum zweiten Mal verheiratet, hatte eine Weile ihr Gedächtnis verloren, ist sexuell missbraucht worden, hatte zwei Fehlgeburten und einen Nervenzusammenbruch, erschoss einen ehemaligen Geliebten aus reiner Notwehr, hat sich von einer Spielsucht befreit, bekam Zwillinge, die von einer geistig gestörten Kinderschwester entführt wurden und so weiter und so weiter.“ Fröhlich aß sie weiter und setzte hinzu: „Natürlich nicht unbedingt in dieser Reihenfolge.“

Alex hatte ihr verblüfft zugehört. Bevor er noch fragen konnte, wer Elana war, hatte ihnen Lola bereits wieder neue Getränke gebracht. Da sie den Rest von Bess’ Satz mitgehört hatte, fragte sie sie neugierig: „Sehen Sie auch immer ‚Heimliche Sünden‘?“

„Es ist meine Lieblingsserie“, versicherte ihr Bess. „Und Sie?“

Lola vergaß ihre anderen Gäste an der Bar, die schon lautstark nach ihr verlangten. „Ich schaue mir die Folgen an, so oft ich nur kann. Es fing an, als ich damals im Krankenhaus lag und meinen jüngsten Sohn bekam. Er ist jetzt zehn. Damals war Elana noch in Jack Banner verliebt. Das war ein toller Mann!“

„Ja, er war mir auch immer einer der liebsten“, stimmte Bess ihr zu. „Besonders mochte ich seinen Hang zur Selbstzerstörung.“

„Ich war wirklich traurig, als er in diesem Warenhausbrand umkam. Ich hätte nie gedacht, dass Elana darüber hinwegkommen würde.“

„Na, sie ist schon über so einiges hinweggekommen“, erwiderte Bess.

„Ohne sie wäre Storm nie der Mann, der er heute ist. Er hat ihr viel zu verdanken.“ Wieder rief jemand nach Lola, doch sie winkte nur ungeduldig ab.

„Mögen Sie Storm?“

„Hören Sie mal, wer würde ihn nicht mögen?“ Lola kicherte leise. „Er ist schließlich der Traum jeder Frau. Ich hoffe nur, dass es mit ihm und Jade etwas wird. Sie haben es verdient, miteinander glücklich zu werden, nach all den Katastrophen, die sie durchmachen mussten. Ja, ja, ich komme ja schon! Also, lassen Sie es sich gut schmecken!“ Damit war sie verschwunden.

Bess lächelte Alex an. „Irgendwie sehen Sie verwirrt aus.“

Er schüttelte den Kopf. „Sie und Lola haben über diese Figuren gesprochen, als wenn es sich um wirkliche Menschen handeln würde.“

„Aber für die Zuschauer sind sie auch wirklich“, entgegnete Bess. Genüsslich verzehrte sie eine kleine Garnele. „Und zwar für eine Stunde pro Tag an fünf Tagen die Woche. Dann erwachen sie zum Leben. Aber das kennen Sie doch bestimmt auch. Oder haben Sie nie für Batman geschwärmt? Oder für Scarlet O'Hara aus ‚Vom Winde verweht‘?“

„Klar, aber die sind schließlich alle nur erfunden.“

„Erfunden oder nicht, für viele sind diese Figuren wirklicher als die sogenannte Realität. Sie wissen doch, man muss die Menschen mit Fantasie füttern, Alex, das brauchen sie.“

Er sah sie an, sein Blick war sehr beredt. „Ich kann mich über einen Mangel an Fantasie nicht beklagen“, erwiderte er zweideutig.

Bess kippte schnell ihren zweiten Tequila. Vielleicht wäre es besser, das Thema zu wechseln, dachte sie bei sich.

Plötzlich betrat ein blonder junger Mann die Empore, die als Bühne diente und auf der ein Klavier stand. Er setzte sich auf den Schemel, und schon bald erfüllten Bluesklänge den Raum.

„Das ist Nick“, erklärte Alex Bess.

„Er spielt wirklich sehr gut.“

„Stimmt. Ihm haben wir es zu verdanken, dass hier jetzt ein Klavier steht. Rachel und Zack haben versucht ihn dazu zu überreden, auf die Musikschule zu gehen, aber davon will er nichts hören.“

„Vielleicht braucht er das ja auch gar nicht. Er scheint eine Menge Talent zu haben.“

„Ja, das denke ich auch. Aber im Moment arbeitet er noch bei Rio in der Küche. Hin und wieder setzt er sich dann ans Klavier.“

„Bestimmt sind alle Mädchen hinter ihm her“, meinte Bess lächelnd.

„Ach was, er ist doch noch ein Junge“, wehrte Alex ab.

„Das sehe ich anders. Besonders ältere Frauen sind gerne mit jüngeren Männern zusammen. Ein gutes Beispiel dafür ist Jessica aus meiner Serie. Sie hat sich gerade unsterblich in Todd verliebt und er in sie. Todd ist zehn Jahre jünger. Die meisten Zuschauer stehen hinter dieser Beziehung."

„Waren wir nicht gerade bei Ihnen, Bess? Sie sollten nicht ablenken."

„Nein, das will ich auch nicht, ich …"

„Guten Abend!" Der Restaurantbesitzer stand plötzlich an ihrem Tisch und schlug Alex auf die Schulter. „Na, schmeckt es euch beiden denn auch?"

„Es schmeckt traumhaft", versicherte Bess und streckte ihm ihre Hand hin. „Sie sind Zack? Mein Name ist Bess."

„Freut mich, Sie kennenzulernen. Ich nehme an, Sie sind die Frau, die Rachel in Alex' Büro getroffen hat."

„Ja, stimmt. Sie haben ein tolles Restaurant, Zack. Ich werde bestimmt wiederkommen."

„Das freut mich zu hören!" Er sah sie aufmerksam an. „Es kommt nicht oft vor, dass Alex seine Freundinnen mit hierher bringt. Meist lässt er uns darüber im Unklaren, mit wem er gerade ausgeht."

Er zwinkerte Bess zu, und sie zwinkerte zurück. „Ist das so?"

„Ach komm schon, Zack, du übertreibst", wehrte sich Alex.

In diesem Moment erschien auch Rachel. „Was ist denn hier los?", sagte sie fröhlich. „Eine Party, und niemand sagt mir Bescheid? Das gibt's ja gar nicht!"

„Setz dich hin!" Die beiden Männer sprachen den Satz gleichzeitig aus.

„Ich habe die Nase voll vom Sitzen." Rachel wandte sich an Bess. „Schön, Sie wiederzusehen. Na, wie finden Sie Rios Paella? Ist sie nicht traumhaft?"

„Allerdings. Außerdem sprachen wir vorhin über etwas sehr Spannendes. Alex hat mir erzählt, wie Sie und Zack sich kennengelernt haben."

Überrascht blickte Rachel sie an. „Ach ja?"

„Warum setzen Sie sich nicht zu uns und lassen uns Ihre Version der Geschichte hören?", schlug Bess vor.

Wenige Minuten später war eine angeregte Unterhaltung im Gange. Wieder staunte Alex über Bess' Gabe, sich mit Menschen anzufreunden, die sie erst wenige Minuten kannte. Rachel tat ihre Gesellschaft offensichtlich gut, sie wirkte sehr entspannt.

Auch Nick war offensichtlich erfreut, Bess kennenzulernen, denn er konnte sich mit ihr hervorragend über Musik unterhalten. Schließlich verabredeten die beiden Frauen sich für die darauffolgende Woche zum Mittagessen.

„Ich mag Ihre Familie“, erklärte Bess, als sie schließlich das Lokal verließen und in ein Taxi stiegen.

„Dabei haben Sie noch längst nicht alle getroffen.“

„Wieso? Wen gibt es denn da noch?“

„Meine Eltern, eine Schwester, ihren Mann und deren drei Kinder. Dazu kommt noch ein weiterer Bruder, seine Frau und deren Kind. Wie steht es mit Ihnen?“

„Wie meinen Sie das?“

„Haben Sie auch so eine große Familie?“

Bess schüttelte den Kopf. „Nein, ich bin ein Einzelkind. Aber erzählen Sie mir mehr. Leben sie alle in New York?“

„Alle außer Natasha.“ Er spielte mit den kleinen Löckchen, die sich in ihrem Nacken kräuselten. „Aber ich würde lieber etwas von Ihnen wissen, Bess. Sie sprechen nie über sich.“

„Wie meinen Sie das?“, fragte sie lachend. „Sie müssten doch inzwischen gemerkt haben, dass ich pausenlos plappere.“

„Ja, Sie fragen dauernd und sind sehr daran interessiert, wie andere Menschen leben. Aber Sie sprechen nie über sich selbst.“

Bess hielt einen Moment inne. Es erstaunte sie, dass ihm dies aufgefallen war. Andererseits war dies vielleicht wieder typisch für einen Polizisten. „Wir hatten bisher ja auch noch nicht so viele Gelegenheiten, uns zu unterhalten“, erwiderte sie vorsichtig.

Ich will ihn küssen, dachte sie bei sich. Ich will nicht mehr reden, ich will seine Lippen auf meinen spüren.

Als hätte Alex ihre unausgesprochenen Gedanken vernommen, beugte er sich zu ihr. Im nächsten Moment fand sein Mund den ihren. Es war zunächst ein freundlicher Kuss, wie ihn auch Bekannte hätten austauschen können. Doch schon bald verstärkte sich der Druck, und Bess hatte plötzlich das Gefühl, als würde sich etwas zusammenbrauen. Der Ansturm seiner Leidenschaft lag hinter dieser Zärtlichkeit verborgen, und sie fragte sich mit klopfendem Herzen, was wohl passieren würde, wenn der Sturm vollends ausbrechen und sie mit sich reißen würde.

Als er sich schließlich von ihr löste, ging auch sein Atem schwer.

„Ich unterhalte mich aber gerne mit Ihnen“, flüsterte er. Seine Hand schloss sich um ihren Nacken. „Erzählen Sie mir mehr von sich, Bess“, sagte er mit rauer Stimme. „Ich bin sehr neugierig, wer sich hinter diesem ungewöhnlichen Gesicht verbirgt.“

„Vielleicht sollten Sie das selbst herausfinden. Aber ich fürchte, Sie werden enttäuscht sein, Alex.“ Widerstrebend entwand sie sich seinem Griff. Das Taxi hatte inzwischen sein Fahrtziel erreicht.

„Oh, wir sind schon da!“ Bess war froh, aussteigen zu können. Plötzlich bemerkte sie, wie weich ihre Knie waren. Alex bezahlte den Fahrer.

„Sie müssen mich nicht zur Tür bringen“, sagte Bess mit gepresster Stimme. Es war merkwürdig, so ganz allein mit ihm auf dem Bürgersteig zu stehen.

„Soll das heißen, Sie bitten mich nicht mehr herauf?“ Alex’ Stimme klang überrascht.

„Genau das heißt es.“ Ihre Stimme klang fest, aber innerlich spürte Bess einen Stich des Bedauerns. „Ich habe das Gefühl, es wäre besser, das nicht zu tun.“

Alex akzeptierte ihre Entscheidung, aber er nahm sich insgeheim auch vor, alles zu tun, um sie umzustimmen. „Wir werden das bald wiederholen, nicht wahr?“, fragte er.

„Oh ja.“

Er griff nach ihrer Hand und führte sie zu seinen Lippen. „Sehr bald?“

Die Spannung zwischen ihnen wuchs immer mehr. Fast abrupt entzog Bess ihm ihre Hand.

„Gut, wie Sie wollen, Alex. Also dann, bis zum nächsten Mal.“

„Einen Moment noch!“ Ohne Vorwarnung zog er sie an sich, umfasste ihr Gesicht mit beiden Händen und begann sie zu küssen. Bess ließ sich in seine Umarmung fallen, als hätte sie nie etwas anderes getan.

So standen sie eng umschlungen eine Weile, und das Herz schlug ihr bis zum Halse.

Schließlich ließ er sie los und trat einen Schritt zurück. Seine Augen schienen Bess bis ins Herz zu schauen.

„Gute Nacht“, sagte er.

Ihr war die Kehle wie zugeschnürt. Sie konnte nur noch kurz nicken, dann verschwand sie schnell im Hauseingang.

Alex wartete noch eine Weile, bis er die Lichter in ihrem Apartment aufleuchten sah. Sie hat etwas Besonderes an sich, dachte er. Wenn er nur gewusst hätte, was genau es war!

5. KAPITEL

Die letzte Person, mit der Bess gerechnet hatte, als sie wenige Tage später ihr Büro verließ, war Rosalie. Selbst inmitten der eilenden Menge von Geschäftsleuten und Passanten stach sie hervor, ein exotischer Anblick. Nachdem Bess ihre erste Überraschung überwunden hatte, lächelte sie und ging auf sie zu.

„Hallo! Haben Sie auf mich gewartet?“

„Ja.“

„Warum sind Sie nicht hereingekommen?“

„Ich wollte Sie nicht stören. Außerdem hielt ich es für besser, hier draußen auf Sie zu warten.“

„Ach Unsinn, ich …“ Bess stockte mit einem Mal. Die große Sonnenbrille, die Rosalie trug, verdeckte nur unvollständig ihr blaues Auge. Bess’ Lächeln verschwand. „Wer hat das getan?“

Rosalie zuckte mit den Achseln. „Bobby. Er war nicht gerade begeistert davon, dass wir uns unterhalten haben.“

„Das ist ja furchtbar!“

„Na ja, ich kenne Schlimmeres.“

„Dieser Bastard!“ Bess ballte die Hände zu Fäusten. Sie war empört über das, was Bobby Rosalie angetan hatte. Und sie fühlte sich mitschuldig an dem Geschehen. „Oh Rosalie, es tut mir so leid! Wenn ich Sie nicht angesprochen hätte, wäre das nie passiert.“

„Ach Unsinn, Schwester. So ist nun mal das Leben. Da kann man nichts machen.“

„Ich will und kann das nicht akzeptieren!“ Bess war wirklich außer sich. „Wollen Sie zur Polizei gehen? Ich komme mit. Wir könnten …“

„Nein, auf gar keinen Fall!“ Rosalie lachte bitter. „Was meinen Sie, was ich kriegen würde, wenn ich deswegen zur Polizei ginge? Und wenn Sie glauben, dass sich auch nur ein Mensch über eine Hure mit einem blauen Auge aufregen würde, dann sind Sie noch weltfremder, als ich gedacht habe.“

Darauf wusste Bess nichts zu sagen. Sie zuckte die Schultern. „Na gut, wie Sie wollen.“

Rosalie zündete sich eine Zigarette an. „Sie haben mir angeboten, mich für ein paar Informationen zu bezahlen, Bess. Für mich steht dieser Deal. Ich kann das Geld gebrauchen, und im Moment muss ich auch nicht arbeiten."

„Wunderbar!" Bess dachte schnell nach. „Wie viel verdienen Sie denn so an einem durchschnittlichen Abend?"

„Also, abzüglich dessen, was Bobby sich nimmt, sind es im Schnitt etwa fünfundsiebzig Dollar, manchmal auch hundert. Die Zeiten sind leider nicht mehr so rosig, wie sie einmal waren."

„Alles klar." Bess hielt nach einem Taxi Ausschau. „Wir werden uns unterhalten. Es sieht leider so aus, als gäbe es keine Taxe. Ich wohne etwa zwanzig Blocks entfernt. Würde es Ihnen etwas ausmachen, zu Fuß zu gehen?"

Rosalie lachte erneut. „Nein, bestimmt nicht. Ich bin schließlich meistens zu Fuß unterwegs."

Als sie dann bei Bess zu Hause waren, machte Rosalie zunächst einmal große Augen. Sofort trat sie zu einem der Panoramafenster und schaute hinaus. Tief unter ihr schlängelte sich der East River zwischen den Straßen New Yorks. Von hier oben hatte selbst der dröhnende Verkehr etwas von einer gedämpften Musik an sich. Welch ein Unterschied machte dies zu dem Lärm und Gestank, in dem sie sich normalerweise aufhielt.

„Oh Mann, so lässt es sich wirklich leben."

„Wie wäre es mit einem kleinen Happen zu essen?" Erleichtert schlüpfte Bess aus ihren Schuhen. „Ich werde den Zimmerservice anrufen und uns etwas bestellen."

Beeindruckt ließ sich Rosalie auf einer der Couchs nieder. „Verdienen Sie wirklich so viel mit Ihren Drehbüchern?"

„Ich verdiene nicht schlecht", entgegnete Bess ausweichend. Sie ging an ihr Weinregal und wählte schließlich eine der besseren Flaschen aus. „So, jetzt trinken wir erst mal etwas, wenn Sie nichts dagegen haben. Und dann bestelle ich unser Essen. Sie sind nicht zufällig Vegetarierin, oder?"

Rosalie lächelte amüsiert. „Sie machen wohl Witze!"

„Prima. Ich brauche nämlich jetzt ein ordentliches Steak." Nachdem sie Rosalie das Glas gereicht hatte, rief Bess den Zimmerservice an und gab ihre Bestellung durch.

„Ich kann mir das aber nicht leisten", sagte Rosalie, nachdem sie aufgelegt hatte.

„Machen Sie sich deswegen bitte keine Sorgen. Ich lade Sie ein."

„Das lasse ich mir gefallen."

Bess nahm im Sessel Platz und legte die Beine hoch. „Ich brauche eine Fachberatung, Rosalie", sagte sie schließlich. „Wenn Sie sich bereit erklären, mit mir zusammenzuarbeiten, biete ich Ihnen fünfhundert Dollar die Woche an."

Rosalie verschluckte sich fast an ihrem Wein. „Fünfhundert Dollar? Nur um Ihnen ein paar Tricks beizubringen?"

„Nein, nicht nur. Ich möchte, dass Sie mir etwas über die anderen Frauen erzählen. Wie kommt es, dass jemand anschaffen geht? Was sind die Risiken bei diesem Geschäft und was die Vorteile? Und eines ist wichtig – Sie müssen mir die Wahrheit sagen. Ich spüre es sofort, wenn mein Gegenüber lügt."

Rosalie sah sie prüfend an. „Das alles wollen Sie für Ihre Serie wissen?"

„Ja, unter anderem." Bess wollte Rosalie nicht zeigen, wie nahe ihr die Sache mit dem blauen Auge ging. Sie war mitschuldig an dem, was geschehen war, und sie würde sich bemühen, es wiedergutzumachen. „Außerdem könnte ich mir vorstellen, dass Sie sich vielleicht einmal Ferien von Bobby wünschen. Fünfhundert Dollar ist schließlich kein Kleingeld."

„Stimmt!"

Bess nickte. „Gut, wir sind uns einig. Dann können wir ja auch gleich anfangen." Sie erhob sich und holte sich Papier, Stifte und ihren kleinen Taperecorder. „Zuerst möchte ich Sie noch einmal daran erinnern, dass unsere Serie tagsüber ausgestrahlt wird. Das heißt, wir können mit Sicherheit nicht alles bringen, was Sie mir erzählen werden. Aber ich brauche dennoch so viele Einzelheiten wie möglich, damit ich mir die Szenerie gut vorstellen kam. Vielleicht wäre es das Beste, wenn ich Ihnen noch einmal etwas über die Serie erzähle, über die Beziehungen, in denen die Charaktere zueinander stehen."

Rosalie zuckte mit den Achseln. „Es ist Ihr Geld. Sie sind der Boss."

Bess begann also, Rosalie alles über Millbrook und sein faszinierendes Beziehungsgeflecht zu erzählen, als es plötzlich an der Tür klingelte. Ohne sich dadurch in ihrer Erzählung abbringen zu lassen, stand sie auf und drückte auf den Knopf.

„Wir beide werden uns vor allem mit Jade befassen. Sie wissen schon, die Frau mit dem Doppelleben. Ihr Alter Ego Josie geht auf den Strich, und mit der Zeit scheint dieser Teil von Jades Persönlichkeit immer stärker zu werden. Das heißt im Klartext, je dominanter Josie wird, desto ängstlicher und unsicherer wird Jade. Außerdem hat sie manchmal Schwierigkeiten, die Trennung aufrechtzuerhalten. Josie schleicht sich hin und wieder auch in ihre Identität als Jade, und das macht ihr zunehmend Angst."

„Klingt so, als würde die Dame einen Psychiater brauchen", meinte Rosalie lakonisch.

„Ja, stimmt, und sie sucht deswegen auch Elana auf. Aber das Problem ist, dass ... oh, hier kommt unser Essen!" Mit Schwung öffnete Bess die Tür. Als sie den Ankömmling jedoch erblickte, gefror ihr Lächeln.

„Alex!"

„Fragen Sie nie nach, wer Sie besuchen kommen will?" meinte er und küsste sie auf die Wange.

„Doch, ich, äh ... ich hatte jemand anderen erwartet. Was tun Sie denn hier?"

„Ich wollte Sie sehen." Alex merkte sofort, dass etwas nicht stimmte. Bess hatte gesagt, dass sie jemanden erwarte. Einen Mann? Einen Geliebten? Er war sofort eifersüchtig.

In diesem Moment läutete es erneut.

„Sie könnten ihm ja sagen, ich sei der Klempner", meinte Alex.

Bess sah ihn verständnislos an. „Was? Wem?"

„Na, Ihrem Besucher. Dem Mann, den Sie erwartet haben."

Sie schüttelte den Kopf. „Sie missverstehen die Situation, Alex. Ich warte auf das Essen, und ich habe bereits Besuch."

„Ach ja? Dürfte ich fragen, wen?" Ohne ihre Antwort abzuwarten, schob er sie beiseite und trat ins Zimmer. Als er Rosalie erblickte, hielt er erstaunt inne.

Auch Rosalie war nicht gerade erfreut, ihn zu sehen. Bess spürte das gegenseitige Misstrauen zwischen den beiden. Was für eine unangenehme Situation, in die sie da ohne ihr Zutun geraten war!

„Was zum Teufel hat sie hier zu suchen?"

„Was fällt Ihnen ein, den Bullen Bescheid zu sagen?" Rosalies Stimme war feindselig. „Wollen Sie mich hereinlegen?"

„Nein, nein, oh bitte, warten Sie doch!“

Aber Rosalie hatte sich bereits ihre Tasche geschnappt und war auf dem Weg nach draußen. Bess wusste, dass sie dies unter allen Umständen verhindern musste.

„Rosalie!“ Sie packte die andere Frau beim Arm. „Ich habe ihn nicht gerufen, glauben Sie mir!“

„Und warum haben Sie das nicht getan?“, fragte Alex zornig.

„Weil das überhaupt nichts mit Ihnen zu tun hat“, erwiderte Bess scharf. „Dies hier ist meine Wohnung, und sie ist mein Gast. Ich kann hier hereinbitten, wen ich will.“

„Sie sind echt noch viel dümmer, als ich gedacht hatte, McNee.“

Rosalie erkannte eine Situation wieder, die ihr nur zu vertraut war. Sie entspannte sich ein wenig und sah prüfend von einem zum anderen. „Habt ihr beide etwas miteinander?“

„Ja!“, funkelte Alex sie an.

„Nein!“, erwiderte Bess im selben Moment, dann seufzte sie. „Na ja, irgendwie schon.“ Sie holte ihre Brieftasche und öffnete dem Kurier die Tür. „Entschuldigen Sie, Alex. Hier ist unser Essen.“

Während sie bezahlte, beäugten sich Alex und Rosalie misstrauisch wie Angehörige feindlicher Lager.

„Was haben Sie hier zu suchen, Rosalie?“

„Fragen Sie doch die Lady selbst! Aber wenn Sie es genau wissen wollen … ich erzähle ihr etwas über unseren Beruf, und sie bezahlt mich dafür.“

„Das ist ja sehr interessant.“ Zum ersten Mal bemerkte Alex ihr blaues Auge. „Steckt Bobby dahinter?“

Rosalie zuckte nicht mit der Wimper. „Nein, ich bin gestolpert.“

„Ja, sicher!“ Im Gegensatz zu der schlechten Meinung, die Rosalie wie die meisten ihrer Kolleginnen von Polizisten hatte, tat es Alex immer weh, die Spuren von Gewalttätigkeiten mit ansehen zu müssen. Aber er wusste auch, dass es Dinge gab, gegen die selbst er machtlos war. „In Zukunft wäre ich an Ihrer Stelle etwas vorsichtiger“, meinte er langsam.

„Ich mache niemals den gleichen Fehler in meinem Leben, Bulle.“

Achselzuckend wandte er sich von ihr ab. „McNee! Ich muss mit Ihnen sprechen.“

„Ich habe nichts dagegen, wenn Sie mit uns essen wollen, Alex.“

Bess hatte inzwischen ihr Gleichgewicht wiedergefunden. „Aber Sie dürfen nur bleiben, wenn Sie sich anständig benehmen."

Das war Wasser auf Alex' Mühlen. „Anständig? Nennen Sie es etwa anständig, wenn Sie eine Hure zu sich zum Essen einladen?"

Bess' Augen verengten sich. „Raus!"

„Verdammt noch mal, Bess ..."

„Ich sagte, raus!" Bess unterstrich ihre Worte dadurch, dass sie Alex nachdrücklich zur Tür schob. „Wir beide sind einmal miteinander ausgegangen", sagte sie dabei zornig. „Ein einziges Mal! Vielleicht dachte ich, dass wir uns öfter treffen könnten, aber das gibt Ihnen auf gar keinen Fall das Recht, hier hereinzuschneien und meine Gäste zu beleidigen."

Alex griff nach ihrer Hand. „Das eine hat doch mit dem anderen gar nichts zu tun!"

„Sie haben recht, Detective. Ich wollte Ihnen damit nur sagen, ich selbst bestimme, wen ich treffe, und sonst niemand. Ich hoffe, wir haben uns verstanden!" Sie entriss ihm ihre Hand.

„Ja, wir haben uns verstanden!" Ehe Bess noch wusste, wie ihr geschah, hatte er sie schon an sich gezogen und küsste sie hart. In diesem Kuss war keine Zärtlichkeit zu spüren, er hatte etwas ausgesprochen Besitzergreifendes. „Die Dinge ändern sich, Bess", sagte Alex schließlich, als er wieder von ihr abließ. „Es wäre besser, wenn Sie sich möglichst schnell daran gewöhnen würden." Damit stürmte er zur Tür hinaus und schlug sie heftig hinter sich zu.

„Mann, oh Mann!" Perplex sah Bess hinter ihm her. Sie spürte noch immer den Druck seiner Lippen auf ihren. „Wo nimmt dieser Typ nur die Nerven her, sich so aufzuführen? Haben Sie das gesehen, Rosalie?"

Rosalie nickte grinsend. „Klar. Ich bin ja nicht blind." Sie schnappte sich zwei Pommes frites und verzehrte sie genüsslich.

Bess merkte auf einmal, dass sie am ganzen Leibe zitterte. „Wenn dieser Mistkerl glaubt, dass er damit durchkommt, hat er sich geschnitten", sagte sie heftig. „Nicht mit mir, mein lieber Mann, nicht mit mir!"

„Soll ich Ihnen mal was sagen?"

„Was denn?"

„Der Mann ist verrückt nach Ihnen."

„Wie bitte?"

„Hören Sie, ich habe schon lange keinen so liebeskranken Kater mehr gesehen."

Bess schnappte sich ihr Glas Wein und nahm einen tiefen Zug. „Ach Unsinn, Rosalie! Er musste sich nur aufspielen, das ist alles."

Rosalie schüttelte den Kopf. „Wenn sich ein Mann meinetwegen so aufführen würde, gäbe es für mich nur zwei Möglichkeiten."

„Und die wären?"

„Entweder würde ich es genießen, oder ich würde um mein Leben rennen."

Bess griff nach ihrer Gabel und begann geistesabwesend zu essen. „Ich kann es überhaupt nicht leiden, wenn mir jemand sagt, was ich zu tun oder zu lassen habe."

„Ich finde, das kommt immer auf die Person an." Rosalie schmeckte es vorzüglich. „Und eines muss man ihm wirklich lassen – er sieht nicht schlecht aus für einen Bullen."

Bess nahm sich ein wenig Salat. „Ich will nicht über ihn sprechen."

„Ganz wie Sie wollen. Sie bezahlen schließlich, Bess."

Schweigend aßen sie weiter, aber Bess wollte es auf einmal nicht mehr so recht schmecken. Dieser verdammte Mistkerl, dachte sie bei sich. Er hatte ihr den Appetit verdorben!

Es hatte nun einmal etwas für sich, seine Wut an unbelebten Objekten auszulassen. Alex hatte bisher seinen Frust bezüglich der Arbeit oder seines Privatlebens immer problemlos an einem Punchingball ausgelassen, der in seinem Fitness-Studio hing.

Warum manche Leute es für nötig hielten, stattdessen einen Therapeuten aufzusuchen, war ihm stets schleierhaft gewesen.

Bis heute!

Nach zwanzig Minuten härtesten Trainings hatte sich sein Zorn immer noch nicht gelegt. Welche Macht Bess McNee auch über ihn haben mochte – sie ließ sich anscheinend auf diese Weise nicht austreiben!

„Du meine Güte, du haust ja auf den Ball ein, als wolltest du ihn zerfetzen." Die vertraute Stimme seines Bruders Mikhail klang plötzlich an Alex' Ohr. Zusammen mit seinem zehn Monate alten

Sohn Griffin stand er vor ihm, und die beiden grinsten ihn an.

„Was wollt ihr denn schon so früh hier?“, fragte Alex und wischte sich den Schweiß von der Stirn.

„Wir wollten seiner Mama die Gelegenheit geben, sich ein wenig auszuruhen“, erklärte Mikhail. „Griffin liebt es nämlich, in aller Herrgottsfrühe mit dem Krähen anzufangen. Meist kümmert sich dann Sydney um ihn, aber heute wollte ich ihr eine Ruhepause gönnen. Daher bin ich hierhergekommen, um mit meinem Sprössling Gewichte zu heben.“

„Klingt gut.“

„He, wenn das nicht der kleine Griffin ist!“ Rocky, ehemaliger Boxchampion und einer der Besitzer des Studios, schnappte sich Mikhails Sohn und hob ihn auf die Schulter. „Was dagegen, wenn ich dir den Jungen entführe?“, fragte er Mikhail. „Du kannst dich ja inzwischen mit deinem Bruder unterhalten. Vielleicht verrät er dir, warum er in dieser Woche schon zum dritten Mal hier ist und unsere Geräte zu ruinieren versucht. Irgendetwas stimmt nicht mit ihm.“

„Nein, kein Problem, Rocky. Natürlich kannst du Griffin das Studio zeigen, das wird ihm sicher gefallen.“ Mikhail wartete, bis die beiden sich entfernt hatten, dann sah er Alex prüfend an. „Was ist los, Bruder?“, fragte er. „Moment, sag es mir nicht, lass mich raten. Ich tippe … es geht um eine Frau.“

„Und wie kommst du darauf?“

Mikhail lachte. „Oh, ich weiß, was ich sehe. Warum versammeln sich wohl Männer an solchen Orten wie diesen, wenn nicht, um über Frauen zu sprechen?“ Im Gegensatz zu Alex klang bei Mikhail der ukrainische Akzent mehr durch. Alex fragte sich, ob sein Bruder wohl wusste, wie sehr er wie ihr Vater klang.

„Ich weiß genau, warum ich hierherkomme“, erklärte er grimmig. „Um auf Gegenstände einzuschlagen, bis ich all den anderen Mist vergessen habe.“

„Ja, das sage ich doch.“ Mikhail ließ sich nicht beirren. „Es geht also um eine Frau, oder? Na los, mir kannst du es doch sagen.“

„Geht es nicht immer um die verdammten Frauen?“ Alex schlug einen rechten Haken gegen einen imaginären Gegner in die Luft.

„Und diese Frau heißt Bess.“

Überrascht hielt Alex mit dem Schattenboxen inne. „Woher weißt du das? Wer hat dir von Bess erzählt?“

„Rachel. Sie hat mir auch gesagt, dass es sich um eine sehr ungewöhnliche Frau handelt. Sie ist nicht klassisch schön, dafür aber sehr attraktiv und auch sehr intelligent. Das klingt eigentlich nicht nach deinem Typ, Alexej.“

„Nein, da hast du wirklich recht.“ In seiner Irritation hatte Alex fast etwas Komisches. „Attraktiv – ja, das ist sie wirklich, und gleichzeitig hat sie die ungewöhnlichste Physiognomie, die du dir vorstellen kannst, Mikhail. Gott muss an dem Tag, als er sie geschaffen hat, etwas zerstreut gewesen sein. Ihre Augen sind zu groß, ihr Kinn ist zu spitz, und ihre Nase sieht aus wie die eines Boxers.“ Seufzend setzte er hinzu: „Dazu kommt noch ihre Haut, Bruder. Sie fühlt sich an wie Seide. Wenn ich nur daran denke, will ich sie berühren.“

„Das klingt ja wirklich interessant.“ Mikhail hatte seinem Bruder lächelnd zugehört. „Diese Dame muss ich mir unbedingt ansehen.“

Alex schüttelte den Kopf. „Mein Verstand sagt mir, ich sollte die Finger von ihr lassen. Für meinen Geschmack ist sie viel zu neugierig. Rachel hält sie allerdings für sehr intelligent.“

Mikhail nickte. „Ja, das hat sie mir wie gesagt auch erzählt. Anscheinend haben sich die beiden getroffen, und Bess hat Rachel gesagt, dass ihr eine Meinungsverschiedenheit hattet.“

„Das kann man wohl sagen“, entgegnete Alex grimmig. „Manchmal habe ich bei ihr das Gefühl, als wäre sie nicht ganz bei Sinnen. Sie macht Dinge, da sträuben sich einem die Haare!“

„Lässt du mich auch einmal an den Punchingball?“

Bereitwillig machte Alex seinem Bruder Platz. Als Mikhail dann eine kleine Pause einlegte, setzte Alex noch hinzu: „Ich werde aus ihr einfach nicht schlau, weißt du. Manchmal ist sie so nett und verständnisvoll, dass du denkst, sie könnte kein Wässerchen trüben. Und dann wiederum, wenn ich sie auf etwas aufmerksam mache, das nur zu ihrem eigenen Besten ist, springt sie dich an wie eine Hyäne.“

„Es klingt eigentlich so, als könntest du auf sie verzichten.“ Mikhail wischte sich den Schweiß von der Stirn.

Alex lachte bitter. „Sicher, das sage ich mir ja schon die ganze Zeit. Oder wer braucht solche durchgedrehten Hühner?“

Die Antwort kam prompt. „Männer!“

„Stimmt.“ Alex warf seinem Bruder einen gequälten Blick zu.

„Die Wahrheit ist, ich brauche sie so sehr, dass ich an nichts anderes mehr denken kann. Ich kann nicht ohne sie leben."

„Das kenne ich." Mikhail klopfte ihm auf die Schulter. „Dann musst du eben dafür sorgen, dass du sie auch kriegst."

„Ich fürchte, mir wird gar nichts anderes übrig bleiben. Gut, bis dann, Mikhail. Und grüß den Rest der Familie." Alex ging in Richtung Waschraum.

Sein Bruder schaute ihm nach. Wann würde er diese geheimnisvolle Frau wohl kennenlernen, die es verstanden hatte, das Herz seines Bruders gefangen zu nehmen? Er freute sich schon auf diese Begegnung.

Bess konnte von sich nicht gerade behaupten, ein Frühaufsteher zu sein. Sie brauchte morgens immer Stunden, bis sie auf der Höhe ihrer Energie war, und sie ging davon aus, dass dies allgemein auch der Fall war. Deshalb reagierte sie sehr unwillig, als sie das Klopfen an ihrer Tür vernahm. Gerade hatte ihr Wecker geläutet, und sie hatte sich noch ein wenig Zeit lassen wollen, bevor sie aufstand. Aber das Klopfen an der Tür wollte einfach nicht aufhören.

Seufzend zog sie ihren Morgenrock, einen dünnen Seidenmantel, an. Dann ging sie widerstrebend zur Tür.

„Was ist los?", sagte sie verärgert in die Gegensprechanlage. „Ist irgendwo ein Feuer ausgebrochen oder was?"

„Machen Sie auf, und ich werde es Ihnen sagen." Alex' vertraute Stimme klang an ihr Ohr. Als Bess die Tür öffnete, glitt ihr der Mantel von der Schulter und entblößte sie.

„Wie zum Teufel sind Sie hier hochgekommen?"

„Manchmal hat eine Polizeimarke eben auch ihre Vorteile. Sie öffnet einem Tür und Tor." Amüsiert sah er sie an. Noch nie hatte er Bess in einem so derangierten Zustand gesehen. Merkwürdigerweise gefiel es ihm aber recht gut. „Wollten Sie gerade aufstehen, Miss McNee?"

„Wie spät ist es denn?" Bess versuchte mühsam, sich zurechtzufinden. „Und was ist heute für ein Tag?"

„Es ist halb acht Uhr morgens am Donnerstag", erwiderte Alex fröhlich. Im Gegensatz zu ihr machte er einen sehr ausgeschlafenen Eindruck. „Na, wie ist es, wollen Sie mir keinen Kaffee anbieten?"

Bess starrte ihn ungläubig an. „Halb acht? Können Sie mir bitte sagen, was Sie in aller Herrgottsfrühe hier wollen?"

„Kann ich." Ohne ein weiteres Wort zog er sie an sich. Seine Lippen fanden ihren Mund. Sie schmeckte süß und verführerisch – nach dem Bett, dem sie gerade entstiegen war. Bevor Bess noch überlegen konnte, hatte sich sein Kuss schon in einen Zungenkuss verwandelt. Ganz offensichtlich war er gekommen, um sie zu verführen. Es gab einen kurzen Moment der Gegenwehr, dann entspannte sich ihr Körper, und sie schmolz förmlich in seine Umarmung hinein.

Träume ich vielleicht immer noch?, dachte Bess bei sich. Sie war es gewöhnt, lebhafte Träume zu haben, aber dies hier übertraf selbst ihre kühnsten Fantasien bei Weitem. Es wäre in einem Traum nicht möglich gewesen, so viel Verlangen zu spüren, so viel brennende Sehnsucht in einen einzigen Kuss zu legen.

Und sie konnte Alex schmecken – so schmecken, wie man eine exotische Frucht genießen würde. Er schmeckte nach Mann und nach Verlangen – dem Verlangen nach ihr. Das sagten ihr seine fordernden Lippen, das sagten ihr seine Hände, die inzwischen ihren Weg unter das seidige Material ihres Morgenmantels gefunden hatten.

Bess spürte die Kühle der Kacheln unter ihren Füßen, die in einem verwirrenden Gegensatz stand zu der Hitze, die ihren Körper wie flüssiges Feuer durchströmte. Benommen versuchte sie seinen Namen auszusprechen, aber es entrang sich ihr nur ein tiefer Seufzer.

„Ich … ich muss wach werden", gelang es ihr dann doch noch zu sagen, als Alex einen kurzen Moment lang von ihren Lippen abließ und dafür ihren Hals küsste. „Ich muss jetzt endlich aufwachen."

„Aber du bist doch wach – ganz wach." Er konnte nicht anders, er musste sie einfach berühren. Obwohl es ihr gegenüber unfair war, musste er seinen strategischen Vorteil ausnutzen. Genüsslich umspann Alex mit einer Hand ihre Brust, dann strich er mit dem Daumen sanft über die Spitze, bis Bess zu stöhnen begann. „Na? Merkst du es?"

Bess war noch nie in ihrem Leben in Ohnmacht gefallen, aber sie hatte das Gefühl, als würde es nun bald so weit sein. „Ich muss …" Verstört versuchte sie sich von ihm freizumachen. Für eine Sekunde verspürte sie sogar so etwas wie Panik. „Nein, Alex, lass mich los, bitte!"

Anstelle einer Antwort küsste er sie wieder, und er war sich der leidenschaftlichen Reaktion ihres Körpers sehr wohl bewusst. Bestimmt fehlte jetzt nicht mehr viel, und er würde sie nehmen können. Aber irgendetwas in ihm sträubte sich dagegen, dass es auf diese Weise geschehen sollte.

„Du solltest dir etwas anziehen", sagte er mit rauer Stimme und löste sich von ihr. „Na, hast du mich vermisst?"

„Ich habe überhaupt nicht mehr an dich gedacht." Bess warf den Kopf zurück, eine Locke war ihr ins Gesicht gefallen.

„Komisch, mir ging es ganz genauso." Alex strich ihr zart über die Wange. „Und wie steht es jetzt mit dem versprochenen Kaffee?"

„Ich kann mich nicht erinnern, dir Kaffee versprochen zu haben." Aber vielleicht war das ja gar keine schlechte Idee. Möglicherweise würde sie dadurch endlich wach und damit auch wieder Herrin ihrer Sinne werden.

Als Bess Alex wenig später eine Tasse anbot, stieg ihr sein Körpergeruch in die Nase.

„Du riechst wie ein Umkleideraum."

„Entschuldige bitte. Ich war vorher ein bisschen trainieren."

Als sie sich dann beide am Frühstückstisch niederließen, konnte Bess ihn sich zum ersten Mal an diesem Morgen genau ansehen.

Er sah einfach umwerfend aus. Er musste direkt aus dem Studio zu ihr gekommen sein. Daher kam auch der leichte Schweißgeruch und der Eindruck, fit und durchtrainiert zu sein. Er hatte sich noch nicht rasiert und trug ein ausgewaschenes T-Shirt, das die Muskeln seines Oberkörpers betonte, sowie eine locker gebundene Trainingshose. Als Alex Bess' prüfenden Blick auf sich spürte, lächelte er.

„Guten Morgen, McNee."

„Guten Morgen."

Er streckte die Hand aus und strich ihr mit dem Finger leicht über den Oberschenkel. Die Berührung schien ihr zu gefallen, denn sie errötete leicht, und ihre Augen wurden eine Spur dunkler.

„Diesmal werde ich mich aber nicht entschuldigen", sagte er nachdrücklich.

„Und warum nicht?"

Alex schüttelte den Kopf. „Weil es keinen Grund dafür gibt."

Er legte ihr den Finger auf die Lippen. „Vertrau mir doch einfach. Schließlich bin ich Polizist."

Es fehlte nicht viel, und er hätte Bess ohne Umstände in ihrer eigenen Küche verführt.

Aber das wollte sie nicht zulassen. Es war wichtig, ihn in seine Grenzen zu verweisen. Daher schob sie seine Hand beiseite und sagte bestimmt: „Damit eines klar ist, Alex – ich bin es seit Jahren gewöhnt, meine Entscheidungen selbst zu treffen. Das hat bisher auch immer sehr gut funktioniert, und ich brauche niemanden, der auf mich aufpasst."

„Ich werde nicht zulassen, dass dir irgendjemand wehtut!"

Gerührt strich sie ihm mit der Hand durchs Haar. „Das ist sehr nett von dir, Alex. Aber ich glaube nicht, dass das geschehen kann."

„Du weißt nicht, worauf du dich da einlässt", beharrte er. „Das heißt, du weißt vom Kopf her, was sich dort auf den Straßen abspielt, du hast sehr wahrscheinlich auch eine Menge darüber gelesen. Aber was hinter den Kulissen passiert, davon hast du keine Ahnung. Und mir persönlich wäre auch am liebsten, du würdest es nie erfahren."

Bess hätte sich gerne mit ihm gestritten, der Ausdruck seiner Augen warnte sie jedoch, ihm zu widersprechen. „Vielleicht hast du recht", sagte sie zögernd. „Aber das ist für mich auch nicht maßgebend. Meine Freundschaft mit Rosalie …"

„Freundschaft?"

„Ja." Bess betonte es mit Nachdruck. „Ich empfinde sehr viel für sie als Mensch, Alex. Ich weiß selbst nicht genau, warum das so ist. Aber ihr Schicksal ist mir nicht gleichgültig. Vielleicht kannst du das nicht verstehen. Du bist schließlich keine Frau. Und ich weiß, dass ich ihr helfen kann."

„Was soll denn das heißen?" meinte er stirnrunzelnd. „Ich dachte, du hättest sie nur engagiert, damit sie dir Hintergrundwissen über das Milieu liefert?"

„Ja, das ist richtig. Aber vielleicht kann ich ja noch mehr für sie tun." Wieder musste Bess an Rosalies blaues Auge denken. „Oder hat dich dein Beruf so zynisch gemacht, dass du glaubst, niemand hätte mehr die Chance, abzuspringen?"

Alex stieß einen kräftigen Fluch aus. „Ich hätte nie gedacht, dass du dich so für sie einsetzen würdest", sagte er fassungslos. „Na gut, mach, was du willst. Ich kann dich sowieso nicht aufhalten, das erkenne ich jetzt. Aber du musst mir etwas versprechen, Bess."

„Was denn?"

„Lass dich nicht auf der Straße mit ihr sehen. Und bleib vor allem weg aus Bobbys Einflussbereich!"

Bess musste wieder an den Mann mit dem grauen Pferdeschwanz denken, und es fröstelte sie ein wenig. Nach kurzem Zögern nickte sie. „Gut, das kann ich versprechen. Fühlst du dich dann besser?"

„Moment, ich bin noch nicht fertig. Lass sie auf keinen Fall hier heraufkommen, wenn du nicht sicher bist, dass sie allein ist. Noch besser wäre es, du würdest sie nur in deinem Büro oder an irgendeinem öffentlichen Ort treffen."

„Aber, Alex ..."

„Bitte!"

Bess verstummte für einen Moment. Als ihr klar wurde, wie viel es ihn gekostet hatte, dieses letzte Wort über die Lippen zu bringen, gab sie nach. „Na gut." Sie stand auf und trat zum Brotkorb. „Wie wär's mit einem Brötchen?"

„Gern."

Bess nahm zwei Brötchen heraus und legte sie auf den Toaster. „Es gibt da noch etwas, das ich dir gern sagen würde", meinte sie zögernd.

„Ich hoffe, es gibt noch einiges, was du mir zu sagen hast."

Verständnislos sah sie ihn an. „Wie meinst du das, Alex?"

„Ich will mehr über dich wissen, Bess. Ich will wissen, wer du bist, ich will wissen, was du fühlst, ich will etwas über deine Träume und Hoffnungen erfahren. Und wenn wir alles voneinander wissen, will ich mit dir ins Bett gehen und dich auf eine andere Art kennenlernen – so lange, bis wir beide nicht mehr wissen, wie wir heißen."

„Oh!" Was gab es darauf zu sagen? In ihrer Verwirrung verbrannte Bess sich fast an dem heißen Toaster. Doch dann schüttelte sie entschlossen den Kopf. „Nicht so schnell, Alex. Vor allem wollte ich dir etwas über Angie Horowitz erzählen."

„Angie Horowitz?" Seine Stimme hatte plötzlich einen scharfen Klang. „Was weißt du über sie?"

„Nicht sehr viel, aber ich hatte das Gefühl, ich sollte dir mitteilen, was Rosalie mir über sie gesagt hat." Sie holte zwei Teller heraus und bestrich die Brötchen mit Butter. „Sie erzählte mir, dass Angie ausgesprochen froh gewesen sei, endlich einen Freier mit Geld aufgerissen zu haben. Er hat sie anscheinend ein paarmal gebucht und immer ausgesprochen großzügig honoriert. Mehr als das, er hat ihr auch noch Geschenke versprochen. Und nicht nur versprochen – er hat ihr etwas geschenkt. Und zwar diesen kleinen Anhänger. Ein goldenes Herz mit einem Spalt in der Mitte."

Alex' Miene blieb unbewegt. Sie hatten eine zerrissene Goldkette in Angies Hand gefunden, als sie auf die Leiche stießen – genau wie bei dem ersten Opfer. Dieses kleine Detail war der Presse verschwiegen worden. Ein goldenes Herz hat es nicht gegeben, dachte er. Aber irgendjemand hatte die Kette zerrissen, und zwar aus gutem Grund.

„Laut Rosalies Aussage trug Angie den Schmuck die ganze Zeit", fuhr Bess fort. „Anscheinend besaß auch Mary Rodell die gleiche Kette. Sie war doch das erste Opfer, oder?"

„Ja, allerdings."

„Rosalie meinte noch, sie hätte den Schmuck getragen, als sie sie das letzte Mal gesehen hat."

„Ist das alles?"

Bess war enttäuscht, dass Alex so kühl reagierte. „Nein, nicht ganz", meinte sie widerstrebend. „Angie nannte den Freier Jack, und sie gab Rosalie gegenüber damit an, dass er ein echter Gentleman wäre und gebaut wie ein Stier." Sie kicherte, war aber nicht verlegen. „Frauen reden natürlich auch über solche Dinge, weißt du, Alex."

Er nickte unbewegt. „Ja, ist mir klar."

„Und außerdem hatte er anscheinend eine Narbe."

„Was für eine Narbe?"

Bess schüttelte den Kopf. „Keine Ahnung, das hat sie Rosalie nicht erzählt. Die Narbe befindet sich auf seiner Hüfte, und als Angie ihn danach fragte, hat er wohl ziemlich empfindlich reagiert. Mehr weiß ich nicht. Interessant fand ich vor allem die Sache mit dem Anhänger. Na, was sagst du, Alex?"

Alex biss nachdenklich in sein Brötchen. „Vielleicht ist da ja was dran", entgegnete er langsam. Seine Nase sagte ihm, dass er plötzlich auf einer heißen Spur war. „Vielen Dank, Bess. Ich freue mich über dein Vertrauen. Aber vielleicht wäre es besser, du würdest Rosalie nicht sagen, dass du mir etwas verraten hast."

Bess schüttelte den Kopf, sie musste wieder kichern. „Hältst du mich für so dumm, Alex? Sie findet dich zwar sehr attraktiv, aber für sie bleibt ein Bulle eben ein Bulle."

„Sehr schmeichelhaft!" Dann wechselte er das Thema. „Hättest du Lust, mit mir tanzen zu gehen?"

Bess musste nicht lange überlegen. „Ja, gerne. Heute Abend?"

„Geht nicht. Wie wär's mit morgen Abend?"

„Ja, gut. Das ist ... oh verdammt!" Zufällig hatte Bess auf die Uhr geschaut. Sofort sprang sie auf. „Ich muss mich beeilen, sonst komme ich zu spät zur Arbeit. Lori und ich haben ein Abkommen – wenn ich in diesem Monat noch einmal zu spät komme, schulde ich ihr zwanzig Dollar!" Sie schob Alex aus der Küche. „Das ist alles deine Schuld! Verschwinde jetzt, damit ich mir etwas anziehen kann. Und dann muss ich los!"

„Na ja, da du sowieso schon zu spät bist ..." Ehe Bess es sich versah, hatte Alex sie schon an sich gezogen. „Jetzt kommt es doch auf ein paar Minuten mehr oder weniger auch nicht mehr an."

Bess schüttelte lachend den Kopf. „Du bist wirklich unmöglich! Lass mich endlich gehen!"

„Du weißt nicht, was du verpasst." Da er sah, dass ihr Entschluss gefasst war, ließ er sie los. Aber in seinem Blick lag eine Warnung. „Warte nur bis morgen Abend! Dann werden wir sehen, ob du immer noch gehen willst."

6. KAPITEL

Nachdem er den ganzen Morgen über im Gericht gewesen war, um als Zeuge in einer Strafsache aufzutreten, war Alex froh, wieder auf sein Revier zurückkehren zu können. Er fand seinen Partner bis über beide Ohren mit der Erledigung bürokratischer Angelegenheiten beschäftigt.

„Der Boss will dich sehen", sagte Judd anstelle einer Begrüßung.

„So, so." Alex besah sich den Stapel Post, der auf seinem Schreibtisch lag.

„Ich glaube, er meinte, sofort."

Achselzuckend verließ Alex das Büro. Wenige Minuten später klopfte er an Captain Trilwalters Glastür.

„Herein!"

Trilwalter blickte vom Tisch auf. Durch die randlose Brille, die ihm ein wenig schief auf der langen, knochigen Nase saß, wirkte er wie ein Buchhalter. Dieser Eindruck wurde noch verstärkt durch seine beginnende Glatze und seinen ordentlich gebundenen Schlips.

Aber Alex ließ sich durch sein Äußeres nicht täuschen. Trilwalter war durch und durch Polizist, dazu noch einer der besten.

„Sie wollten mich sprechen, Captain?"

„Stanislaski." Der Captain wies Alex an, auf dem Stuhl vor seinem Schreibtisch Platz zu nehmen. Dann verschränkte er die Hände vor dem Bauch und sah Alex stirnrunzelnd an. „Was zum Teufel soll dieser ganze Quatsch mit der Fernsehserie?"

„Fernsehserie?" Alex sah seinen Vorgesetzten verständnislos an.

„Ich hatte gerade einen Anruf von unserem Bürgermeister."

„Ich fürchte, ich verstehe Sie nicht, Sir."

„Ach nein? Und der Name McNee ist Ihnen wahrscheinlich auch noch nie zu Ohren gekommen, oder? Bess McNee?"

Alex schloss kurz die Augen, dann seufzte er gequält. „Oh Mann!"

„Darf ich Ihr Gedächtnis ein wenig auffrischen? Die Dame ist Ihnen doch wohl nicht unbekannt."

Alex schüttelte den Kopf. „Nein, Sir. Miss McNee und ich kennen uns gewissermaßen persönlich."

Trilwalter beugte sich vor. „Um das klarzustellen, Detective: Ihre persönlichen Verhältnisse interessieren mich herzlich wenig, verstanden? Das stimmt allerdings nur so lange, bis sie Ihren und meinen Arbeitsbereich betreffen."

„Als ich sie festgenommen habe ..."

Trilwalter hob abwehrend die Hand. „Bitte, ersparen Sie mir die Einzelheiten, Stanislaski! Je weniger ich von dieser Angelegenheit weiß, desto besser. Ich frage Sie nur: Was tut diese Dame eigentlich?"

Alex biss die Zähne zusammen. „Sie ist Autorin."

„Autorin, so, so. Und wofür schreibt sie?"

„Sie schreibt für ‚Heimliche Sünden'."

Sein Vorgesetzter sah ihn mit hochgezogenen Augenbrauen an. „Das erwähnte auch der Bürgermeister. Anscheinend ist er ein Fan dieser Serie. Dazu kommt aber noch, dass er anscheinend ein alter Freund von Miss McNee ist. Was sagen Sie dazu, Detective?"

Da Alex dazu beim besten Willen nichts einfiel, hielt er es für das Beste zu schweigen. Der Captain erhob sich und begann im Zimmer auf und ab zu gehen.

„Der Grund, warum ich Sie hergebeten habe, Stanislaski, ist folgender: Der Bürgermeister bat mich, Ihnen zu erlauben, dass Miss McNee Sie einen Tag lang auf Ihrer Streife begleiten darf."

Alex stieß einen Fluch aus.

Captain Trilwalter sah ihn mitfühlend an. „Ja, ich verstehe Sie sehr gut, Detective. Aber ich fürchte, in diesem Fall müssen wir uns einer höheren Macht beugen. Dagegen ist nichts zu machen."

„Captain, Sie wissen doch, wie es bei uns zugeht. Im Moment wimmelt es wieder einmal von Gewaltverbrechen und Raubüberfällen. Wie soll ich anständig meine Arbeit tun, wenn ich dabei die ganze Zeit diese überdrehte Lady auf dem Hals habe?"

„Ich dachte, mit dieser ‚überdrehten Lady' hätten Sie eine Art persönlicher Beziehung?"

„Ja, das stimmt schon, aber ..." Alex seufzte tief. „Hören Sie, Captain, ich habe gar nichts dagegen, Miss McNee ein paar Informationen über unseren Beruf zu liefern. Allerdings denke ich nicht daran, sie mit auf Streife zu nehmen."

„Einen Tag lang werden Sie das aber müssen!" Der Captain hatte seinen Entschluss anscheinend gefasst. „Und zwar nächsten Montag, um genau zu sein."

„Captain …“

„Sie werden das schon schaffen, Stanislaski. Das Wichtigste ist, dass Sie aufpassen, dass ihr nichts passiert.“

Alex wusste, dass er damit entlassen war. Er nickte knapp und verließ das Zimmer. Aber als er dann zu Judd zurückkehrte, war seine Stimmung denkbar schlecht.

„Irgendwelche Probleme?“

Alex sah ihn finster an. „Na sicher, eine Frau.“

„Ich nehme einmal an, es handelt sich um Bess. Ach übrigens, wussten Sie eigentlich, dass sie mit L. D. Strater verlobt war?“

„Wirklich?“

Judd nickte. „Ja, ich weiß es von Holly. Eine ihrer Kolleginnen liest immer die Boulevardpresse. Anscheinend ist das noch gar nicht so lange her.“

Alex konnte sich gut daran erinnern, wie die beiden sich auf Bess' Party geküsst hatten. Die Vorstellung gefiel ihm gar nicht.

„Und davor war sie mit Charles Stutman verlobt.“

„Wer zum Teufel ist das?“

„Sie wissen doch, der Schriftsteller. Er hat gerade einen sensationellen Hit am Broadway mit seinem Stück ‚Dust to Dust‘. Ich wollte eigentlich Bess fragen, ob sie uns denn Tickets besorgen könnte.“

Der Verlauf des Gesprächs behagte Alex immer weniger. Aber es sollte noch schlimmer kommen!

„Und davor war George Collaway der Auserwählte. Collaway, der Verleger. Das war vor drei Jahren, aber dann hat er eine andere geheiratet.“

„Die junge Dame scheint ja ganz schön herumzukommen“, kommentierte Alex finster.

Judd lachte. „Ja, das kann man schon sagen. Und sie wählt sich ihre Männer nicht gerade von der Straße. Aber das ist ja auch kein Wunder. Sie ist schließlich die Tochter von Roger K. McNee. McNee, der große Kamerahersteller.“

Dies waren nun wirklich Neuigkeiten für Alex. „Etwa McNee-Holden?“

„Ja, genau der. Die erste Kamera, die ich je gekauft habe, war eine Holden 500. Ein wirklich exzellentes Produkt. Ich habe sie noch heute." Judd wandte sich wieder seiner Arbeit zu. „Wie dem auch sei, vielleicht könnten Sie Bess bei Gelegenheit ja einmal wegen der Tickets fragen."

Alex brauchte noch ein wenig Zeit, um diese wirklich sensationelle Information zu verdauen. McNee-Holden, das war ein Konzern, der Milliarden umsetzte! Würde Bess eigentlich jemals aufhören, ihn zu überraschen? Sie war also reich – sehr reich sogar. Das hätte Alex an sich nicht gestört. Was ihn störte, war nur die Tatsache, dass sie es ihm nicht selbst gesagt hatte.

Und sie war verlobt gewesen – dreimal sogar! Warum machte ihm dieser Umstand nur so schwer zu schaffen? Und wenn sie dreimal verheiratet gewesen wäre, es würde ihn nichts angehen. Schließlich wollte er nur mit ihr zum Tanzen gehen, mehr nicht.

Aber obwohl ihm dies sein Verstand immer wieder sagte, dauerte es noch eine ganze Weile, bis Alex Stanislaski sich wieder auf seine Arbeit konzentrieren konnte.

Nach langem Ausprobieren war Bess endlich mit ihrem Äußerem zufrieden. Sie hatte sich zu einem figurbetonten Seidenkleid entschieden, das ihre Kurven vorzüglich zur Geltung kommen ließ. Über dem trägerlosen Kleid mit tiefem Ausschnitt trug sie eine kurze fuchsiarote Jacke. Lange, tropfenförmige Kristallohrringe baumelten an ihren Ohren. Nachdem sie in die farblich passenden Pumps geschlüpft war, fuhr sie sich noch einmal prüfend durchs Haar.

Am liebsten hätte sie sofort zu tanzen angefangen, so gut fühlte sie sich.

Pünktlich zur vereinbarten Zeit ertönte die Klingel. Bess musste unwillkürlich lächeln. Schnell griff sie nach ihrer kleinen perlenbestickten Tasche, die das Notwendigste enthielt.

„Komme schon!", rief sie in die Gegensprechanlage.

Alex stand unten auf dem Bürgersteig und wartete auf sie. Er war lässig in eine graue Bundfaltenhose und ein dunkelblaues Hemd gekleidet. Darüber trug er eine Sportjacke.

„Hallo!" Bess stellte sich auf die Zehen und gab ihm einen Kuss auf die Wange. „Wohin gehen wir?"

Alex verschlug es für einen Moment die Sprache. Gott, sie sah wirklich atemberaubend aus!

„Downtown", entgegnete er knapp, dann beeilte er sich, ihnen ein Taxi zu besorgen.

Bess war begeistert, als sie endlich am Ziel waren. Der Tanzklub war genauso, wie sie es liebte – voll, verraucht und nur von interessanten Leuten bevölkert. Die Musik entsprach ebenfalls ihrem Geschmack – eine Mischung aus Jazz und heißer Tanzmusik.

Sie mussten sich durch die Menge quetschen und zunächst einmal an der Bar warten, bis sie einen Tisch bekommen konnten.

„Einen Wodka auf Eis", bestellte Alex, dabei musste er fast schreien, um überhaupt vom Barkeeper verstanden zu werden.

„Zwei, bitte", schloss Bess sich ihm an. Lächelnd setzte sie zu Alex gewandt hinzu: „Ich glaube, ich war vor ein paar Monaten schon einmal hier."

„Ja, das kann ich mir vorstellen." Gegen seinen Willen entfuhr es ihm: „Ich halte es aber für unwahrscheinlich, dass du mit Strater hier warst, oder?"

Überrascht blickte Bess ihn an. Dann lachte sie laut. „Mit L. D.? Aber natürlich nicht! Das hier ist überhaupt nicht sein Stil." Sie machte es sich auf dem Barhocker bequem.

„Oder mit Stutman?" Alex hasste sich selbst dafür, dermaßen neugierig zu sein, aber er konnte nicht anders – er wollte einfach wissen, woran er bei Bess war.

„Mit Charlie?" Dankend nahm Bess ihren Wodka entgegen. „Nein, auch er wäre hier fehl am Platz. Charlie liebt klassische Musik." Prüfend besah sie sich die Menge nach etwaigen Bekannten. Ein hochgewachsener Mann in schwarzem Leder fing ihren Blick auf und zwinkerte ihr zu. Doch Alex' finstere Miene belehrte ihn eines Besseren, und er verzog sich schnell aus ihrem Gesichtsfeld.

Amüsiert hatte Bess den ganzen Vorgang beobachtet. „Nicht schlecht, Cowboy", sagte sie anerkennend. „Wurdest du mit diesem Talent geboren, oder musstest du es erst lernen?"

Anstelle einer Antwort nahm Alex ihr das Glas aus der Hand und stellte es auf den Tresen zurück. „Lass uns tanzen."

Das musste man Bess nicht zweimal sagen. Sobald sie auf der Tanzfläche waren, wollte sie loslegen. Doch zu ihrer Überraschung zog Alex sie eng an sich. Während die anderen ihre Glieder verrenkten, glitten sie eng aneinandergeschmiegt übers Parkett.

„Ich hätte nicht gedacht, dass du zu der romantischen Sorte Männer gehörst“, sagte sie langsam.

„Oh doch.“ Seine Lippen streiften ihr Ohr, warm und verführerisch.

„So kann man sich irren.“

„Ich bin nur ein einfacher Polizist.“ Alex sah sie durchdringend an. „Mit Verlegern und Schriftstellern kann ich nicht konkurrieren.“

Bess’ Augen hatten während des Tanzens einen verträumten Ausdruck angenommen. Willig hatte sie sich von ihm übers Parkett führen lassen. Doch jetzt erwachte sie wieder. „Was meinst du damit, Alex?“

„Gar nichts – ich habe nur an deine früheren Verlobten gedacht.“

„Na und? Was ist mit ihnen?“

„Ich mag nicht, wenn man mit mir spielt, Bess“, sagte er grimmig. „Ich hätte mich gefreut, wenn du es mir persönlich erzählt hättest. Das gilt auch für die Tatsache, dass dein Vater einer der reichsten Männer dieses Landes ist. Oder gefällt es dir etwa, die Geheimnisvolle zu spielen?“

Verstört sah Bess zu ihm auf. „Aber ich wusste doch gar nicht, dass du …“

„Nicht zu vergessen die Tatsache, dass kein Geringerer als der Bürgermeister meinen Vorgesetzten angerufen hat, um einen kleinen Gefallen von ihm zu erbitten. Ich mag solche Spielchen nicht, Bess.“

Bess spürte, wie sein Griff um ihre Taille fester wurde. Wie stark er ist, dachte sie bewundernd. Doch sie wusste, dass sie nun bei der Wahl ihrer Worte vorsichtig sein musste. „Ich habe ihn nicht angerufen, Alex, glaube mir. Wir saßen nur zufällig beim Essen, und da …“

„Beim Essen! Dinierst du öfters mit dem Bürgermeister von New York?“

„Er ist ein alter Freund meiner Familie“, erklärte sie geduldig. „Ich habe ihm davon erzählt, wie außerordentlich hilfsbereit du warst, und so führte eines zum anderen. Es war seine Idee, deinen Vorgesetzten anzurufen, er hat mir erst danach davon erzählt. Doch ich muss sagen, mir gefiel die Idee. Falls ich dir irgendwelche Schwierigkeiten gemacht haben sollte, tut es mir sehr leid.“

„Du hättest mich wenigstens fragen können“, entgegnete Alex und musste sich bemühen, nicht zu streng zu klingen.

„Entschuldige mich." Bess löste sich von ihm und kämpfte sich bis zu den Toiletten vor. Nur mit Mühe hatte sie bei den letzten Sätzen noch ruhig bleiben können. Sie fühlte sich von Alex ungerecht behandelt, und damit war sie schon immer nur schwer zurechtgekommen. Doch während sie neuen Lippenstift auftrug, ermahnte sie sich dazu, nicht aus der Rolle zu fallen. Es war nur zu verständlich, dass Alex über diese Einmischung verärgert war.

Als sie schließlich zurückkehrte, war auch ihr Tisch frei. Endlich konnten sie sich miteinander unterhalten, ohne schreien zu müssen.

„Vielleicht sollten wir besser gehen", meinte Bess, nachdem sie Platz genommen hatten. „Ich sehe keinen Grund, hierzubleiben, wenn du so böse auf mich bist."

„Unsinn! Ich war nur verletzt, weil du mir gar nichts über deine Familie erzählt hast."

„Aber wieso hätte ich das denn tun sollen, Alexej? Wir gehen doch erst das zweite Mal zusammen aus."

Alex schüttelte finster den Kopf. „Mach dir doch nichts vor, Bess. Du und ich wissen genau, dass mehr zwischen uns ist als nur eine flüchtige Bekanntschaft."

„Kann schon sein. Aber das gibt dir noch lange nicht das Recht, so zu tun, als würde ich dich wissentlich anlügen."

Er hob abwehrend die Hände. „Schon gut! Ich wollte nicht, dass du das in den falschen Hals kriegst."

Bess nickte besänftigt. Sie lehnte sich in ihrem Stuhl zurück und begann: „Hör zu, meiner Familie gehört McNee-Holden. Die Firma besteht seit 1873 und hat ihr ursprüngliches Angebot von Kameras und Filmen heutzutage auf Fernseher, Videos, Satelliten und alle möglichen audiovisuellen Medien hin erweitert. Möchtest du vielleicht, dass ich dir ein Prospekt zuschicke?"

„Nun werde nicht beleidigend!"

Langsam kehrte Bess' Humor wieder zurück. „Das war ja nur so eine Idee. Mein Vater leitet die Firma, während meine Mutter sich mehr um soziale Belange kümmert. Ich bin ihr einziges Kind. Der Vorname meines Vaters ist Roger, und er spielt gern Polo. Meine Mutter heißt mit Vornamen Susan, und sie liebt es, Bridge zu spielen. Gibt es sonst noch etwas, das dich interessiert?"

Alex sah sie wie um Verzeihung bittend an. „Entschuldige, Bess, dies sollte kein Verhör sein."

„Ach nein? Egal, du wolltest es wissen, und nun musst du mir wohl oder übel auch zuhören. Ich wurde in New York geboren und habe den größten Teil meiner Kindheit auf unserem Besitz in Long Island verbracht. Danach hat man mich ins Internat geschickt, damit meine Eltern freie Hand hatten, um wieder ihren jeweiligen Lieblingsbeschäftigungen nachzugehen. Wir stehen uns nicht besonders nahe, wie du vielleicht meiner Wortwahl entnehmen kannst. Hin und wieder bin ich mit meinen Eltern auf Reisen gegangen, aber da ich nicht besonders hübsch war, diente ich nur schlecht zum Vorzeigen. Daher wurde ich meist der Obhut des Personals überlassen."

„Bess ..."

„Ich bin noch nicht fertig!" Bess konnte nicht verhindern, dass ihre Stimme nun ein wenig bitter klang. „Damit du mich nicht falsch verstehst, Alex – dies ist nicht eine der üblichen Klagegeschichten eines armen reichen Mädchens! Meine Eltern und mich verbindet einfach nicht viel miteinander, das ist alles. Wenigstens erlaubt mir dies, meiner eigenen Wege zu gehen. Ich posaune es nicht überall heraus, dass ich die Tochter von Roger K. McNee bin, aber ich verschweige es auch nicht. Na, zufrieden?"

Alex ergriff ihre Hand. Seine Stimme klang unerwartet sanft. „Ich wollte wissen, wer du bist, Bess, das ist alles. Du bedeutest mir viel, das müsstest du allmählich gemerkt haben."

Bess nickte, sie entspannte sich wieder. „Ich kann mir vorstellen, dass dein Familienleben völlig anders ist als meins."

„Ja, sicher. Aber deswegen habe ich dich nicht gefragt. Ich wollte nur alle diese Einzelheiten über dein Privatleben nicht von Judd hören."

Bess hörte ihm aufmerksam zu. „Nun, wie du mir erzähltest, hat Judd diese Informationen schließlich aus den Klatschspalten. Und wie du dir denken kannst, ist nur die Hälfte davon wahr. Ich war zum Beispiel nicht mit L. D. Strater verlobt. Es stimmt zwar, dass er mir einen Ring geschenkt hat, und ich brachte es nicht übers Herz, ihn zurückzuweisen. Aber von einer gemeinsamen Zukunft war niemals die Rede."

„Heißt das, du wolltest ihn nie heiraten? Er ist immerhin einer der reichsten Männer dieses Landes."

Bess lachte. „Gott sei Dank brauche ich mir deswegen keine Gedanken zu machen." Sie wurde wieder ernst und schüttelte den Kopf. „Nein, das stand für mich nie zur Debatte. Er ist ein sehr lieber Mensch, aber wir kommen aus verschiedenen Welten. Ich hatte immer den Eindruck, dass er mich nur deswegen mag, weil ich ihn amüsiere."

„Gut, und was ist mit dem anderen, diesem Schriftsteller?"

„Charlie?" Bess wurde auf einmal sehr nachdenklich. „Ich muss gestehen, bei Charlie hatte es mich richtig erwischt. Er ist ein so interessanter Mann, er interessiert sich so sehr für Menschen und ihre Motive, dass es mit ihm nie langweilig ist. Außerdem glaubt er an das Gute. Er gehört zu denjenigen, die Greenpeace unterstützen. Wenn Greenpeace zum Beispiel in Alaska eine Aktion startet, fliegt er dorthin und hilft ihnen. Das würde mir nie im Leben einfallen. Deshalb ist Gabrielle auch so perfekt für ihn."

„Gabrielle?"

„Ja, seine Frau. Sie haben sich bei einer Aktion zur Rettung der Wale kennengelernt und sind seit zwei Jahren glücklich verheiratet."

Alex nickte. Einen Moment lang dachte er daran, das Thema zu wechseln, aber er konnte der Versuchung einfach nicht widerstehen. „Und was ist mit George? Kam er zwischen Charlie und Strater?"

Bess schüttelte den Kopf. „Nein, George kam vor Charlie und nach Troy. Aber das ist schon so lange her, dass ich mich kaum noch daran erinnern kann."

„Troy?"

„Oh, hat Judd Troy nicht erwähnt? Hollys Kollegin scheint also doch nicht so gut informiert zu sein. Troy war mein Freund während meiner College-Zeit. Wir waren ebenfalls verlobt, aber nur ein paar Wochen lang. Das zählt doch eigentlich kaum, findest du nicht auch?"

„Stimmt."

Bess lachte. „Ich muss gestehen, wenn man mich so hört, könnte man denken, Verloben sei mein Hobby. Aber das wäre ganz falsch. Bisher ist es einfach nur immer so passiert, und wenn es dann vorbei war, bin ich meistens auch gut damit zurechtgekommen."

„Gut, es freut mich, das zu hören." Alex setzte sein Glas nieder. „Denn ich wollte dich etwas fragen, Bess."

Bess hielt den Atem an.

„Ich möchte wissen, ob du im Moment einen festen Freund hast, ob du sich regelmäßig mit jemandem triffst?"

Irgendwie überraschte sie die Frage nicht. Alex war nicht der Mann, der lange um den heißen Brei herumredete. Sie antwortete nicht sofort, sondern schenkte ihm einen langen Blick.

„Und wenn es so wäre, Alex?", sagte sie dann. „Würde das irgendetwas zwischen uns ändern?"

„Allerdings. Ich muss wissen, woran ich bin, Bess. Wenn du es genau wissen willst – ich kann seit Wochen an nichts anderes mehr denken als an dich."

Da war es wieder, dieses vertraute Gefühl, dieses Prickeln, das immer auftauchte, wenn Bess im Begriff war, sich zu verlieben. Ein Gefühl großer Freude durchströmte sie, und sie sagte warm: „Nein, Alexej. Es gibt niemanden außer dir. Genügt dir das?"

Anstelle einer Antwort zog er sie an sich und küsste sie. Für den Bruchteil einer Sekunde musste er daran denken, wie viele Männer diesen Satz bereits aus ihrem Mund gehört haben mochten. Aber dann verdrängte er diesen unwürdigen Gedanken sofort wieder.

„Hast du Lust zu tanzen?"

„Deswegen sind wir schließlich hergekommen." Aber Bess erhob sich noch nicht sogleich. Sie nahm Alex' Gesicht in ihre Hände und studierte seine Züge aufmerksam.

„Was siehst du da?"

„Ich sehe dich an. Und ich möchte sicher sein, dass du nicht mehr böse auf mich bist."

„Ich bin nicht böse auf dich." Wie zur Bekräftigung küsste er sie auf die Nase.

„Gut." Dennoch war Bess nicht ganz zufrieden. Ein Schatten war auf sein Gesicht gefallen, den sie sich nicht ganz erklären konnte.

„Du musst mir glauben, Alexej", sagte sie eindringlich. „Vor dir habe ich keinerlei Geheimnisse."

Alex nickte. Gott, wie schaffte sie es nur, ihn bis ins Innerste aufzuwühlen? Wie um die dunklen Schatten zu vertreiben, zog er sie noch enger an sich.

„Ich glaube dir", sagte er schlicht. „Und gleichzeitig müssen wir beide herausfinden, nach welchen Regeln der andere spielt, Bess. Ich will damit nicht allzu viel Zeit verlieren."

„Okay." Bess fragte sich, was mit ihr los war. Es wäre so leicht gewesen, auf dieses Stichwort hin den Klub zu verlassen, mit ihm nach Hause zu gehen, sich in ihm zu verlieren. Aber irgendetwas hielt sie zurück …

Hatte sie etwa Angst? Der Gedanke erschien ihr absurd. Bess hatte noch nie vor irgendjemandem oder irgendetwas Angst gehabt. Dafür war sie einfach nicht der Typ. Nein, beruhigte sie sich selbst, wenn der richtige Moment kommen würde, würde sie handeln. Bis dahin gab es keinerlei Grund zur Panik.

„Los, komm schon", sagte sie lachend und zog ihn hoch. „Wir wollen sehen, wie gut du dich auf dem Parkett hältst!"

7. KAPITEL

Alex saß über einen Autopsiebericht gebeugt, der diesmal ganz besonders brutale Einzelheiten enthielt. Dieser Umstand allein hätte jedoch nicht gereicht, um ihn aus dem Gleichgewicht zu werfen und ihm die Konzentration auf seine Arbeit zu erschweren.

Nein, das Problem bestand ganz allein darin, dass Bess zu seiner Rechten saß und sich eifrig Notizen machte. Dabei hielt sie sich völlig an ihr Versprechen, ihn nicht zu stören, das musste Alex zugeben. Obwohl sie hin und wieder selbstvergessen ein paar Worte murmelte, blieb sie ruhig und unauffällig. Als sie erkannte, dass Alex nicht geneigt zu sein schien, ihre gelegentlichen Fragen zu beantworten, hatte sie sich ohne weitere Umstände an Judd gewandt. Nicht dies war also der Grund, dass er sich unbehaglich fühlte. Es war ihre reine Anwesenheit!

Selbst ihr Aufzug war ausgesprochen dezent und der Situation angemessen. Sie trug eine weiße Bluse und darüber einen marinefarbenen Blazer. Wenn sie jedoch gehofft hatte, dadurch unauffälliger zu werden, hatte sie sich gründlich getäuscht, zumindest was Alex betraf. Er spürte sie mit jeder Faser seines Körpers.

Da war vor allem ihr Duft. Dieser frische und gleichzeitig so verführerische Duft, der ihn an Meer und Sonnenschein erinnerte, hielt sich seit ihrem Erscheinen überall in den Räumen.

Bess war sich ihrer Wirkung auf ihn sehr bewusst, und sie genoss diesen Umstand. Wie außerordentlich spannend, ihn endlich bei der Arbeit zu sehen! Stundenlang hätte sie ihm dabei zuschauen können, wie er den Bericht studierte und sich dabei immer wieder mit den Händen durchs Haar fuhr, wenn er an eine besonders heikle Stelle kam. Oder wie er den Telefonhörer von einer Seite auf die andere wechselte, sodass er sich Notizen machen konnte. Dann war sie auch völlig fasziniert vom Klang seiner Stimme, die manchmal voller Gefühl war und dann aber auch außergewöhnlich sachlich sein konnte, abhängig von dem, was sein Gegenüber gerade sagte.

Am liebsten hätte sie sich vorgebeugt und ihm einen Kuss auf den Nacken gegeben – aber das ging hier natürlich nicht!

Stattdessen erhob sie sich und bereitete für sich und die beiden Männer einen Kaffee zu.

„So, bitte." Sie reichte Alex eine Tasse. „Du siehst aus, als könntest du ihn brauchen."

„Danke." Nur Milch, keinen Zucker. Das hatte sie sich also gemerkt. Möglicherweise war dies ein Teil ihres Geheimnisses, wie sie es schaffte, andere Leute in ihren Bann zu ziehen. Bess hatte ein fantastisches Gedächtnis für die kleinen Eigenheiten ihrer Umwelt.

„Bestimmt findest du es sehr langweilig, nicht wahr?"

Dies nahm Bess als Einladung, sich auf der Kante seines Schreibtisches niederzulassen. „Aber ganz und gar nicht. Wieso fragst du?"

„Na ja, im Moment passiert ja nichts Aufregendes." Er wies auf den Stapel Papiere auf seinem Tisch. Vielleicht konnte er sie ja auf diesem Weg davon überzeugen, dass sie nur ihre Zeit vergeudete. „Wenn du im Fernsehen zeigst, aus wie viel stumpfsinniger Routinearbeit unser Job besteht, wird dies wohl kaum die Zuschauerzahlen erhöhen."

„Oh, das würde ich nicht sagen." Sie zerbrach einen Schokoriegel und reichte Alex davon die Hälfte. „Wir wollen all die verschiedenen Aspekte deines Berufs zeigen. Und die Büroarbeit gehört nun einmal dazu. Schließlich ist es eine ganz schöne Leistung, sich inmitten all dieses Chaos' konzentrieren zu können."

Alex sah sie verständnislos an. „Welches Chaos?"

Bess lächelte ihn an, dann machte sie sich sofort eine Notiz. Anscheinend war Alex schon so sehr an seine lärmende Umgebung gewöhnt, dass ihm gar nicht auffiel, wie ungewöhnlich dies alles war. Der Raum war erfüllt von Bewegung, dauernd klingelten die Telefone, nie gab es einen Moment Ruhe. Und es vollzogen sich lauter spannende Ereignisse – allein an diesem Morgen hatte sie einem ganzen Dutzend menschlicher Dramen beiwohnen dürfen und dabei für viele Stunden Material sammeln können. Aber all dies war für Alex bereits zum Alltag geworden.

„Das Einzige, worum es mir bei dieser Arbeit geht, ist Atmosphäre", erklärte sie ihm. „All diese Schicksale, all die kleinen und großen Verbrechen, derer man hier Zeuge wird, sie geben einen lebendigen Querschnitt durch unsere Gesellschaft. Und genau dies wollen die Zuschauer sehen."

„Kann schon sein." So schnell ließ Alex sich nicht einwickeln. Er stellte die Kaffeetasse unberührt auf den Tisch zurück. „Aber ich mag es trotzdem nicht, wenn du mir bei der Arbeit auf die Finger siehst."

Bess nickte. „Ja, ich weiß." Seltsamerweise fühlte sie sich durch seine Abwehr nicht getroffen. Dafür konnte sie ihn zu gut verstehen. Sie lehnte sich vor und sah ihn an. In ihren Augen las Alex mehr als nur Belustigung. Es war eine Mischung aus Verlangen, Humor und Respekt. Was immer es war, es verfehlte seine Wirkung nicht auf ihn. Er spürte sein Blut in den Adern rauschen. Und dabei sollte ein Mann nun arbeiten!

„Du weißt ja gar nicht, wie sexy du im Moment aussiehst", erklärte Bess augenzwinkernd. „Mit deinen aufgekrempelten Hemdsärmeln, dem Halfter mit der Pistole an deiner Seite, dazu dein durchwühltes Haar. Und gar nicht zu reden von deinem gefährlichen Blick!"

Alex sah sie finster an. „Du willst mich wohl auf den Arm nehmen."

Sie lachte. „Natürlich nicht! Wahrscheinlich ist dir gar nicht bewusst, wie sehr sich dein Gesichtsausdruck verändert, wenn du wichtige Informationen am Telefon erhältst. Aber du wirst das alles später im Fernsehen wiedersehen."

„Ich kann es wirklich kaum noch erwarten." Er stand auf. Jeder Moment länger mit Bess hier in seinem Büro wurde für ihn langsam zur Qual.

Spielerisch zog sie ihn an seinen Hosenträgern zu sich heran.

Komischerweise hatte sie gar keine Angst vor seiner Waffe. Vielleicht würde er ihr ja eines Tages sogar zeigen, wie man damit umging.

„Übrigens hast du mich heute noch nicht ein Mal geküsst", sagte sie schmollend.

„Und ich werde dich auch nicht küssen. Jedenfalls nicht hier."

Bess funkelte ihn an. „Warum nicht?"

Ohne jede Vorwarnung zog er sie an sich – so fest, dass ihr einen Moment lang die Luft ausblieb. „Weil es beim nächsten Mal, wenn ich dich küsse", und Alex betonte nun jedes einzelne Wort, „keinerlei Regeln mehr geben wird, verstehst du? Nur noch dich und mich, Bess, sonst nichts."

Mit einem Mal war alle Leichtigkeit verschwunden. Was Bess in seinen Augen sah, erschreckte sie, aber sie wusste auch, dass sie sich genau das wünschte. Ihre Reaktion war eine Mischung aus Verlangen und Angst, und sie blieb Alex nicht verborgen.

„Was ist, Bess?“, fragte er herausfordernd. „Bekommst du jetzt kalte Füße?“

„Natürlich nicht.“ Sie schüttelte ihn ab, aber ihr Lachen klang etwas gezwungen. „Nur sollten wir nicht vergessen, warum wir hier sind.“

„Sag ich doch.“

„Stanislaski!“ Plötzlich erklang eine Stimme hinter ihnen. Alex fuhr herum.

„Captain?“

„Ich möchte Sie natürlich nicht stören“, meinte sein Vorgesetzter mit spürbarer Ironie. „Aber ich fürchte, ich brauche Ihren Bericht.“

„Natürlich, Sir.“ Doch bevor Alex noch danach greifen konnte, hatte Bess ihn schon geschnappt und reichte ihn dem Captain. Dann streckte sie ihm die Hand entgegen.

„Captain Trilwalter, ich freue mich sehr, Sie kennenzulernen. Ich bin Bess McNee. Vielen Dank noch einmal, dass Sie mir erlaubt haben, mit Ihren Männern zusammenzuarbeiten.“

Trilwalter sah sie einen Augenblick lang stirnrunzelnd an, dann seufzte er ergeben. „Ich weiß, wer Sie sind. Sie verfassen diese Seifenopern fürs Fernsehen.“

„Stimmt“, erwiderte Bess vergnügt. Wie immer ließ sie sich durch diese Art von Seitenhieben nicht treffen. „Ach, Captain, hätten Sie vielleicht ein paar Minuten Zeit für mich? Ich weiß natürlich, dass Sie sehr beschäftigt sind. Ich werde Sie daher nicht über Gebühr beanspruchen.“

Von ihrem Anliegen war er alles andere als begeistert. Aber er war schon lange genug in dieser verantwortungsvollen Position, um zu wissen, dass man nicht immer nur nach Lust und Laune handeln konnte. „Selbstverständlich, Miss McNee“, entgegnete er daher mit leichtem Kopfnicken. „Folgen Sie mir doch bitte in mein Büro. Hier entlang, bitte.“

„Vielen Dank.“ Bess lächelte Alex noch einmal kurz zu, bevor sie mit Trilwalter den Raum verließ.

Alex warf Judd einen beredten Blick zu, dann kehrte er an seinen Schreibtisch zurück.

Zehn Minuten später vernahm Alex zu seiner Überraschung

Bess' perlendes Lachen. Es kam aus dem Büro seines Vorgesetzten. Im nächsten Moment öffnete sich die Tür, und die beiden traten lachend heraus. Sie machten ganz den Eindruck von uralten Freunden, die ihr Wiedersehen genossen.

„Das werde ich mir merken, Bess."

„Ja, aber erzählen Sie nur nicht dem Bürgermeister, von wem Sie das erfahren haben."

„Nein, das bleibt natürlich unter uns. Topsecret!" Trilwalter erblickte Alex, und sein Ton wurde wieder etwas offizieller. „Detective, ich übergebe Ihnen Miss McNee. Bitte sorgen Sie dafür, dass sie alles bekommt, was sie braucht."

„Mit Vergnügen, Sir!"

Bess legte dem Captain die Hand auf die Schulter. „Nochmals vielen Dank, Donald."

„Keine Ursache, Bess. Kommen Sie bald wieder."

„Donald?" Alex hatte das Gefühl, als könne er seinen Ohren nicht trauen.

Bess nickte vergnügt. „So heißt er nun einmal."

Er sah sie kopfschüttelnd an. „Ich weiß wirklich nicht, wie du das machst."

„Oh, wir haben uns nur nett unterhalten, weiter nichts."

Hinter ihrem Rücken sah Alex, wie Geld gewechselt wurde. Er und seine Männer hatten darauf gewettet, wie lange es dauern würde, bis Trilwalter Bess wieder in hohem Bogen aus seinem Büro herauswerfen würde. Zu seinem Leidwesen hatte nun auch Alex zwanzig Dollar verloren. Das stimmte ihn nicht gerade heiter.

„So, und jetzt setz dich wieder ruhig hin", sagte er grimmig. „Ich habe noch zu arbeiten."

Aber kaum hatte er sich in seine Unterlagen vertieft, als auch schon das Telefon klingelte. Alex hörte einige Minuten lang intensiv zu, dann nickte er und sagte knapp: „Gut! In zehn Minuten sind wir da." Er sprang auf und griff nach seinem Jackett.

„Was ist los?", fragte Bess alarmiert.

„Ich muss weg. Judd, Sie kommen mit!"

„Aber wohin? Was ist los?"

Alex gab keine Antwort. Die beiden Männer waren schon fast bei der Tür. Aber sie hatten nicht mit Bess' Hartnäckigkeit gerechnet.

„Ich komme auch mit!"

Am liebsten hätte Alex ihr verboten, sie zu begleiten. Aber nach dem, was er gerade vor Trilwalters Büro hatte beobachten dürfen, hielt er es für das Beste, ihr nicht zu widersprechen, auch wenn ihm dies sehr schwerfiel.

„Nur, wenn du im Auto bleibst", warnte er sie. „Das ist nichts für Amateure!"

„Alles klar."

Wenige Minuten später erreichten sie die Garage und stiegen eilig ins Auto.

„Wohin fahren wir eigentlich?", wollte Bess wissen.

„Wir fahren dorthin, wo sich der Abschaum der Menschheit trifft", war Alex' Antwort.

„Das klingt ja äußerst faszinierend." Bess meinte es genauso, wie sie es gesagt hatte.

Soweit sie wusste, war Bess noch nie in diesem Teil der Stadt gewesen. Die Szene war trostlos und ähnelte einer urbanen Wüste. Viele der Läden wurden zum Verkauf angeboten oder waren mit Brettern vernagelt. Diejenigen, in denen noch etwas verkauft wurde, waren schäbiger als irgendwo sonst. Das galt auch für die Menschen, die durchweg einen sehr ärmlichen Eindruck machten. Die Straßen waren kaum bevölkert, aber die wenigen Passanten schienen es dafür ganz besonders eilig zu haben.

Interessiert hatte Bess beobachtet, welche Veränderung mit Alex vorgegangen war, sobald sie diesen Teil der Stadt erreicht hatten. Ohne dass äußerlich viel geschehen wäre, schien er plötzlich mit seiner Umgebung zu verschmelzen. Niemand hätte sich nach ihm umgesehen, so viel stand fest. Anscheinend gehörte dies zu den speziellen Talenten eines Polizisten. Auch dieses Merkmal würde sie mit Sicherheit für Storm verwenden.

In diesem heruntergekommenen Stadtteil gab es glücklicherweise keine Parkprobleme. Bess musste lachen, wenn sie daran dachte, was geschehen würde, wenn man ein Auto auch nur für zehn Minuten unbewacht herumstehen ließe. Mit sehr viel Glück konnte man dann hinterher wahrscheinlich noch eine Radkappe einsammeln.

Aber als sie Alex ansah, verging ihr das Lachen. Dies hier war bitterer Ernst, kein Spiel. Menschen mussten hier leben, tagaus, tagein, und sie dachte nur daran, was für eine interessante Kulisse dies für ihre Serie abgeben würde. Mit einem Mal kam sich Bess sehr frivol vor.

Alex sah sie an, dann stieß er einen kräftigen Fluch aus. Verdammt, was hatte ihm sein Chef nur angetan! Er konnte Bess in dieser Gegend schlecht im Auto zurücklassen. Dazu wimmelte es hier zu sehr von kriminellen Elementen.

„Hör zu", sagte er eindringlich und beugte sich zu ihr hinab. „Bleib ganz dicht hinter mir, verstanden? Und keine Fragen."

„Na gut, aber was soll ich …"

„Ich habe gesagt, keine Fragen!" Seine Nerven waren zum Zerreißen gespannt. „Sonst bin ich gezwungen, dir Handschellen anzulegen."

„Ist er nicht süß?", wandte sie sich an Judd. „Er hat eine so nette Art, jemandem etwas beizubringen."

„Ach, halt die Klappe, McNee!" Alex war jetzt wirklich nicht zum Scherzen aufgelegt. Er zog sie durch eine beschädigte Tür in das Innere eines heruntergekommenen Ladens.

Bess brauchte ein paar Sekunden, um sich in dem schummrigen Dämmerlicht zurechtzufinden. Es gab viele Regale, auf denen verstaubte Waren angehäuft waren. Radios, Bilderrahmen, dazu Küchengeräte. Irgendwo meinte sie auch eine Tuba zu entdecken. Eine Glastheke mit einem dicken Riss in der Mitte dominierte den Raum. An einer Wand befand sich ein Fenster, das mit dicken Eisenstäben verrammelt war.

„Ein Pfandhaus!", stellte Bess entzückt fest.

„Nur ein Wort über Atmosphäre, und ich ermorde dich", warnte Alex sie.

Aber ungerührt hatte Bess bereits begonnen, sich Notizen zu machen. „Na los, geh schon an die Arbeit", sagte sie zu ihm. „Und kümmere dich gar nicht um mich."

Sich nicht um sie kümmern! Das war leichter gesagt als getan. Aber Alex wusste, dass sie recht hatte. Er wollte gerade den Besitzer suchen, da trat ein untersetzter kleiner Mann in einem dreckigen weißen Hemd durch die Hintertür in den Laden.

„Hallo, Stanislaski."

„Boomer. Na, was haben Sie für mich?"

„Ist das ein Neuer?" Misstrauisch beäugte der Ladenbesitzer Judd.

„Nein, er hat seine Bewährungsprobe bestanden."

Boomer warf Bess, die sich interessiert in den Regalen umschaute, einen abschätzigen Blick zu. Doch dann erhellte sich seine Miene. „Sieht aus, als hätte ich Kundschaft. Bitte entschuldigen Sie mich."

„Die Dame gehört zu uns." Alex' Ton machte klar, dass er keine weiteren Fragen wünschte. „Und nun spucken Sie aus, was Sie mir zu sagen haben."

„Nun ja, Detective ... Sie wissen doch, ich bin äußerst diskret."

„Diskret!" Alex lachte verächtlich. „Das kann man wohl sagen. Gut für Sie, Boomer, denn sonst würde ich nämlich an geeigneter Stelle verlauten lassen, was Sie in Ihrem Hinterzimmer treiben."

„Das ist doch vollkommen harmlos, Stanislaski." Aber Boomer machte sich keine Illusionen über Alex. Sie hatten eine Vereinbarung, die besagte, dass er seine halb legalen Geschäfte so lange betreiben durfte, wie er Alex hin und wieder mit wichtigen Informationen versorgte.

Jetzt beugte sich der Ladenbesitzer über die Theke und sagte in verschwörerischem Ton: „Ich weiß etwas über die Nutten, die man umgelegt hat."

Obwohl Alex nach außen hin keine Regung zeigte, war er sofort hellwach. „Was ist mit ihnen?"

Anstelle einer Antwort lächelte Boomer und rieb Daumen und Zeigefinger aneinander. Nachdem zwanzig Dollar den Besitzer gewechselt hatten, fuhr er in demselben gedämpften Ton fort: „Ich habe gehört, Sie suchen jemanden, der mit dem Fall zusammenhängt. Also gut, der Junge heißt Jack."

„Jack? Das ist ja ein Allerweltsname." Alex war davon nicht sehr beeindruckt.

„Moment, Moment!" Boomer hob abwehrend die Hand. „Das ist ja noch nicht alles. Aber das kostet Sie noch ein Scheinchen, Detective."

„Wenn die Information es wert ist, bekommen Sie das auch, Boomer", erwiderte Alex ungerührt.

Boomer lachte. „Na gut. Wie man mir zugetragen hat, besaßen beide Damen die gleiche Kette, stimmt's?"

„Sie sind wirklich gut informiert", meinte Alex langsam.

„Das muss man in dieser Position auch sein. Gestern kam zufällig eine junge Dame in mein Geschäft. Sie wollte etwas versetzen, und zwar dies hier.“ Boomer griff in die Schublade unter der Theke und zog eine dünne Goldkette heraus. Daran hing ein goldenes Herz mit einem Spalt in der Mitte. Als Alex danach greifen wollte, schüttelte der Pfandhausbesitzer den Kopf. „Ich gab der Dame zwanzig Dollar dafür.“

Widerstrebend trennte sich Alex von seinem Geld. Aber er hatte das Gefühl, dass sich die Transaktion für ihn lohnen würde.

„Dame ist eigentlich nicht das richtige Wort“, fügte Boomer noch hinzu. „Sie war eher noch ein Kind, achtzehn, höchstens zwanzig. Ziemlich hübsch, wenn ich mich recht erinnere. Blondes Haar, blaue Augen. Oh ja, und ein kleines Muttermal hier.“ Er tippte mit dem Finger gegen seine linke Augenbraue.

„Haben Sie eine Adresse?“

„Na ja …“

„Noch mal zwanzig für die Adresse, Boomer.“ Alex’ Ton sagte dem Mann, dass dies endgültig war. „Mehr ist nicht drin.“

Boomer nickte und steckte das Geld ein. Dann nannte er Alex ein Hotel, das ganz in der Nähe war.

„Sie hat sich unter dem Namen Crystal eingetragen“, setzte er noch hinzu. „Crystal LaRue. Aber ich hatte nicht den Eindruck, als würde das viel bedeuten.“

„Alles klar.“ Alex wandte sich an Judd. „Also los. Wir sollten der Sache nachgehen. Bess?“

„Einen Moment.“ Bess war in die Betrachtung einer außerordentlich hässlichen Glaslampe vertieft. „Wie viel wollen Sie dafür haben?“

„Oh, für Sie …“

„Vergiss es!“ Alex zog sie bereits hinter sich durch die Tür.

„Aber ich …“

„Nun komm schon!“

Widerstrebend musste sich Bess in ihr Schicksal fügen. Aber kaum saß sie im Wagen, holte sie auch schon ihren Notizblock heraus und begann, sich eifrig Notizen zu machen.

Als sie fertig war, hielt Alex den Wagen gerade vor dem genannten Hotel an. Bevor er ausstieg, sagte er noch einmal warnend zu Bess: „Hier gelten die gleichen Regeln wie vorhin!“

Bess nickte. Mit gemischten Gefühlen betrachtete sie die Absteige. „Wohnt sie hier?“

„Wer?“

„Na, das Mädchen, von dem ihr gesprochen habt. Ich habe schließlich Ohren, Alex.“

Er hätte es wissen sollen. „Bitte, tu mir den Gefallen und behalt es für dich, ja?“

„Aber natürlich.“ Bess folgte den beiden in die Lobby des heruntergekommenen Hotels.

Alex war es gar nicht recht, dass er sie hierher bringen musste. Alles war dreckig und verkommen, es roch überall nach Müll und menschlichem Elend. Aber Bess schien das alles nichts auszumachen.

„Haben Sie einen Gast namens Crystal LaRue?“

Der Portier sah gelangweilt von seiner Zeitung auf. Eine Zigarette hing ihm im Mund, und es war klar, dass er sich gestört fühlte. „Weiß nicht.“

Alex zog seine Polizeimarke hervor. „Sie ist um die zwanzig, hübsch, blondes Haar. Besonderes Merkmal: ein Muttermal neben der linken Augenbraue.“

Wohl oder übel musste der Mann die Information herausrücken. „Zimmer zweihundertzwölf.“

„Ist sie da?“

„Sieht so aus.“

Sie stiegen die Treppe hinauf und hatten so Gelegenheit, das Hotel von innen bewundern zu können. Der Gestank wurde langsam unerträglich, dazu war es auch noch recht laut. Zwei Gäste stritten sich schrill, andere hämmerten gegen die Zimmerwände. Doch schließlich standen sie vor der Tür von zweihundertzwölf.

Alex klopfte. Nichts rührte sich. Nach einem kurzen Blickwechsel mit Judd probierte er den Türknauf. Die Tür ließ sich ohne Weiteres öffnen.

„Komisch, in einer solchen Absteige würde ich bestimmt abschließen“, kommentierte Judd verwundert.

Vorsichtig betraten sie das Zimmer. Alex bedeutete Bess, sich dicht hinter ihnen zu halten. Man wusste schließlich nie, was einen an einem solchen Ort erwartete.

Bess hielt sich an seine Anweisungen, und so kam es auch, dass sie, gemeinsam mit den beiden Männern, die Szene des Grauens erblickte, die sich ihnen in dem heruntergekommenen Zimmer darbot..

Crystal war nicht ausgegangen, und man würde sie auch nie wieder auf den Straßen New Yorks erblicken. Ihre Leiche lag ausgestreckt auf der blutgetränkten Matratze. Der Geruch von Blut und noch Schlimmerem hing in der Luft und erfüllte das ganze Zimmer mit einem unerträglichen Gestank.

Fassungslos starrte Bess auf die Szene des Verbrechens.

Mord – Tod durch Gewaltverbrechen! Sie hatte davon gelesen, hatte selbst darüber geschrieben. Aber noch nie hatte sie es mit eigenen Augen gesehen.

Bess wusste selbst nicht, wie lange sie so dagestanden hatte, aber plötzlich fühlte sie Alex' Hände auf ihren Schultern. Gott, war ihr kalt! Sie hatte gar nicht gemerkt, wie kalt ihr mit einem Mal geworden war.

„Geh runter, Bess!", sagte er drängend.

Bess sah ihn an, wie aus einem Traum erwachend. Sie war wachsbleich. Es brauchte ein paar Sekunden, bis sie den Sinn seiner Worte verstand, doch dann nickte sie gehorsam.

„Ja", sagte sie langsam. „Klar, Alex, natürlich, du hast recht."

„Bleib unten in der Lobby, verstanden? Und sprich mit niemandem! Warte so lange, bis Judd und ich wieder runterkommen, okay?"

Bess sog tief die Luft ein, dann nickte sie mühsam. „Sie … sie ist noch so jung", stammelte sie verstört. Sie hatte das Gefühl, als würde ihr jeden Moment schlecht werden. „Mach … mach dir meinetwegen keine Sorgen, Alex. Ich warte unten." Sie drehte sich um und ging mit schleppenden Schritten die Treppe hinunter.

„Sie hätte das nicht sehen dürfen", meinte Judd, nachdem Bess gegangen war. Auch ihm war nicht besonders wohl.

„Niemand sollte so etwas sehen", entgegnete Alex. Er verbot es sich, sich von seinen Gefühlen überwältigen zu lassen. Aber er wusste, dass jemand dafür würde bezahlen müssen.

Bess weigerte sich, Judds Angebot anzunehmen, sie nach Hause zu fahren. Während die üblichen Routineuntersuchungen vor sich gingen, die jeden Mordfall begleiten, saß sie in einem alten Sessel und beobachtete die Polizeibeamten bei der Arbeit.

In all dem Durcheinander, den konzentriert wirkenden Polizisten, den verstörten Gästen und den vielen Neugierigen, die sich sofort eingefunden hatten, blieb sie ruhig und unbewegt.

In ihr waren Schmerz und Kummer um den Tod dieses jungen Mädchens und auch eine Art kalter Zorn auf den Mörder. Aber sie blieb und hielt das alles aus – um Alex' wegen.

Nachdem die Untersuchungen abgeschlossen waren, fuhren sie wieder auf die Wache zurück. Damit fing die eigentliche Arbeit erst an. Endlose Verhöre folgten, und noch immer wich Bess nicht von Alex' und Judds Seite.

Irgendwann einmal schlüpfte sie hinaus, um den beiden Männern Sandwiches zu besorgen. Dann ging es weiter.

Nach vielen Stunden trafen sich alle in einem Sitzungsraum, um die Ergebnisse ihrer Untersuchungen miteinander zu vergleichen.

Bess blieb im Hintergrund und beobachtete alles aufmerksam.

Es stellte sich heraus, dass Crystal natürlich einen falschen Namen angegeben hatte. Ihr wahrer Name war Kathy Segal, sie kam aus Wisconsin. Nachdem Alex all dies herausgefunden hatte, konnte er auch ihre Eltern ausfindig machen.

Bess war bei dem Gespräch dabei, und sie würde es niemals vergessen. Die Eltern blieben ungerührt, als sie von dem Tod ihrer Tochter hörten. Für sie war Kathy schon vor vielen Jahren gestorben.

Sie hatte keine Freunde gehabt, keine Freundinnen, nicht einmal einen Zuhälter. Allein und einsam war sie auf den Strich gegangen, und vor zwei Monaten hatte sie das billige Hotelzimmer gemietet. Das Zimmer, in dem sie dann auch ihren grausamen Tod gefunden hatte. Niemand hatte sie gekannt, und niemand würde sie vermissen.

Es war Alex unmöglich, über all das mit Bess zu sprechen. Dies war der Teil seines Berufes, den er mit niemandem teilte, am wenigsten mit denen, die ihm nahestanden. Natürlich kam Rachel in ihrer Funktion als Anwältin manchmal mit solch grauenhaften Details in Berührung, aber das war auch alles.

Alex hatte immer einen Trennungsstrich gezogen zwischen Beruf und Familie, und ihm wurde erneut klar, wie wichtig das war.

Nie würde er Bess' Gesichtsausdruck vergessen können, als sie die Leiche erblickte. Warum hatte er sie nicht vor ihrer eigenen Starrköpfigkeit schützen können? Inzwischen machte sich Alex heftige Vorwürfe, dass er sie nicht vom Tatort ferngehalten hatte.

Deshalb konnte er nicht mit ihr sprechen, auch nicht, als endlich alles vorüber war und sie schweigend nach Hause fuhren. Aber er war voller Zorn und Schuldbewusstsein, und als er dann endlich ihr Apartment betrat und die Tür hinter ihm ins Schloss fiel, fand er auch die richtigen Worte für seine Gefühle.

„Hast du bekommen, was du wolltest?“

Bess sah ihn nur an. Sie wollte jetzt keine Konfrontation mit ihm, dazu war sie selbst viel zu erschöpft und ausgelaugt. Wenn Alex seinem Ärger und seinem Frust Luft machen musste, war das seine Sache, aber sie würde nicht mit ihm streiten. Außerdem spürte sie nur allzu gut, wie ihm zumute war.

„Komm, ich mache dir einen Drink“, entgegnete sie ruhig. Aber da packte er sie am Arm und wirbelte sie herum.

„Und? Hast du dir alles auch schön notiert?“, fragte er höhnisch. „Damit du es dann deinem Millionenpublikum hübsch verpackt servieren kannst?“

„Alex, es … es tut mir sehr leid.“ Etwas anderes konnte sie nicht sagen. „Ich brauche jetzt einen Cognac. Ich gehe uns beiden einen holen.“

„Natürlich, das ist auch wirklich der einzig zivilisierte Weg, um mit dem Grauen fertig zu werden – ein netter kleiner Cognac!“

Bess ging zu ihrem Barschrank und holte zwei Gläser heraus. Sie hatte das Gefühl, als müsse sie nun jedes Wort auf die Goldwaage legen.

„Was willst du eigentlich von mir?“, fragte sie schließlich. „Ich gebe zu, es war wahrscheinlich heute kein besonders guter Tag, um dich bei deiner Arbeit zu begleiten. Aber schließlich konnten wir ja nicht wissen, was passieren würde. Willst du jetzt etwa mir die Schuld an dem Geschehen geben?“

Alex war in einem schrecklichen Zwiespalt. Natürlich hatte sie recht mit dem, was sie sagte. Aber er konnte sich selbst nicht verzeihen, dass er es zugelassen hatte, dass sie Zeugin dieses schrecklichen Mordfalls geworden war. Er wusste, er hätte sie davor schützen müssen. Und nun hatte er versagt!

„Du hättest nicht dabei sein dürfen!“, entgegnete er störrisch.

Bess ging zu ihm hinüber und reichte ihm sein Glas. Dann schlang sie die Arme um seinen Hals, aber er rührte sich nicht. Sein Körper war hart wie Stahl.

„Alex …“ Wie konnte sie ihm nur begreiflich machen, dass es wichtig für sie gewesen war, der Szene beizuwohnen? Sie wollte nicht geschont werden, am allerwenigsten von dem Mann, in den sie sich gerade zu verlieben begann. „Alex, es tut mir leid, aber ich war nun einmal heute dabei. Und obwohl ich es grauenhaft fand, dieses unmenschliche Verbrechen, dieses ganze sinnlose Gemetzel, war ich auch froh … weil ich nun weiß, was dich erwartet bei deiner Arbeit, Tag für Tag. Deutlicher hättest du es mir nicht vor Augen führen können.“

„Ich wollte es dir aber nicht vor Augen führen!“ Verzweifelt machte er sich von ihr los. „Bess, ich habe es noch nie zugelassen, dass meine Familie sich in meine Arbeit einmischt. Dazu ist der Job einfach zu hart! Und auch bei dir werde ich da keine Ausnahme machen!“

Es rührte sie, dass ihm ihre Reaktion so viel bedeutete. Aber dennoch hatte sie den Wunsch, etwas klarzustellen.

„Meinst du etwa, nur weil ich Serien fürs Fernsehen schreibe, wüsste ich deswegen nicht, wie es in der Welt zugeht? Da täuschst du dich, ich weiß es sehr gut. Ich war noch nie ein Mensch, der die Augen vor der Realität verschließt, Alex. Und was immer ich auch heute gesehen habe, war Teil deiner Arbeit. Jedes Mal wenn du einen Auftrag erhältst, kann es sein, dass du nicht mehr davon zurückkommst. Das ist die Wahrheit! Und obwohl es sicher nicht leicht ist, damit zu leben, würde ich nichts daran ändern wollen – weil es nun einmal zu dir gehört.“

Alex starrte sie an. Er war zerrissen von vielen widersprüchlichen Gefühlen. Schließlich beugte er sich zu ihr hinab und lehnte seine Stirn gegen die ihre. „Ich weiß wirklich nicht, was ich darauf sagen soll, Bess.“

Sie legte ihm den Finger auf die Lippen. „Pst, du musst auch nichts sagen. Wir müssen überhaupt nicht mehr reden, wenn du nicht willst.“

Alex wusste, was sie ihm damit anbot. Er spürte diesen alles verzehrenden Hunger nach ihr, spürte ihn stärker denn je zuvor. Oh, er wollte sich nur in ihr verlieren, der Rest der Welt konnte ihm dann für immer gestohlen bleiben!

Er fuhr ihr sanft durchs Haar, seine Stimme war bewegt. „Wir haben uns aber noch nicht über die Regeln unterhalten.“

Sie lächelte ihn an. „Das können wir ja auch noch später machen."

Er nickte und zog sie an sich. „Ich brauche dich, Bess! Ich will bei dir bleiben. Ich glaube, ich würde verrückt, wenn du mich heute fortschicken würdest."

Sie schüttelte den Kopf. „Ich schicke dich nicht fort, Alex. Ich bin hier, bei dir."

„Bess!" Sanft fuhr er mit den Lippen über ihre Wangen. „Ich habe mich total in dich verliebt."

Bess' Herz machte einen großen Satz. Da waren sie, die Worte, nach denen sie sich so sehr gesehnt und die sie gleichzeitig gefürchtet hatte. „Alexej ..."

„Nein!" Er schloss ihr die Lippen mit einem Kuss. „Sag jetzt bitte nichts. Die Worte gehen dir zu leicht von den Lippen. Komm einfach nur mit mir ins Bett." Er schmiegte sein Gesicht an ihren Nacken. „Tu mir den Gefallen und lass mich dich endlich zu Bett bringen."

8. KAPITEL

Verletzt! Sie war so verletzt! Oh, natürlich hatte Bess all die Bücher gelesen, all die Filme gesehen. Sie hatte diese Szenen sogar selbst geschrieben.

Aber sie hätte nie gedacht, dass die Dichter recht hatten mit dem, was sie in ihren Werken behaupteten – dass Liebe und Schmerz eng miteinander verbunden waren und manchmal sogar gemeinsam auftraten.

Dennoch war es so – seine Worte hatten sie unendlich verletzt, und zwar genau in dem Moment, als sie gespürt hatte, wie sich ihr Herz zu öffnen begann.

So vieles schoss Bess gleichzeitig durch den Kopf, während sie die Wendeltreppe hochgingen, die zu ihrem Schlafzimmer führte. Nie hätte sie gedacht, dass all diese widerstreitenden Gefühle auf einmal auftreten konnten. Aber in diesem Moment spürte sie vor allem eins – das überwältigende Verlangen, Alex ganz nah zu sein.

Mitten auf der Treppe beugte Alex sich zu ihr hinunter und gab ihr einen Vorgeschmack von dem, was auf sie zukommen sollte, durch einen langen, langsamen, unglaublich verführerischen Kuss.

Bess' Finger zitterten, als sie an seinem Jackett zog. Sie konnte sich nicht daran erinnern, dass ihr dies schon einmal passiert wäre. Und als seine Lederjacke langsam zu Boden glitt und sie seine muskulösen Schultern unter ihren Fingern spürte, wusste sie, dass nichts von dem, was ihr im Moment geschah, je zuvor passiert war.

Sie kannte diese Gefühle nicht – nicht das Zittern, nicht dieses Beben der Nerven, nicht die Tränen, die ganz nahe waren, und auch nicht das langsame Pulsieren ihres Blutes durch den Körper.

Es war das erste Mal – und es sollte dem noch so viel folgen.

Alex hatte das Gefühl, als würde die Treppe überhaupt nicht aufhören. Sein Atem ging schwer, und er spürte ihren bebenden Körper. Die Laute, die sie ausstieß – kleine, drängende Seufzer –, drohten ihm den Verstand zu rauben. Einem plötzlichen Impuls gehorchend, hob er sie hoch und trug sie die restlichen Stufen bis ins Schlafzimmer.

Durch die Tränen, die sie nur schwer zurückhalten konnte, sah Bess ihn an.

„Und ich dachte, du wärest nicht romantisch", flüsterte sie.

„Manchmal schon."

Bess spürte, wie sie am ganzen Körper zitterte. Fast hatte sie das Gefühl, als wäre es das erste Mal, dass sie mit einem Mann ins Bett ging. Errötend schmiegte sie den Kopf an seinen Hals.

„Wie schön!" Sie küsste ihn zärtlich aufs Ohr. Dann begann sie an den Knöpfen seines Hemdes zu nesteln.

Alex stieß die Tür zum Schlafzimmer auf. Das Erste, was ihm auffiel, war der Duft. Bess' Duft, den er nun schon so lange kannte und liebte. Dieser wundervolle, anregende Duft hing in der Luft, ausgelöst durch ihr Parfum. Im Zimmer verstreut lagen ihre Kleider, seidene Blusen und pastellfarbene Röcke. Sein Blick erfasste die weiten Panoramafenster und Bess' Sammlung von kostbaren Flakons, die auf einem Glasregal standen. Und dann sah er das Bett.

Es war eine breite Liegestatt mit dunkelblauer Bettwäsche, darauf lagen mehrere hellblaue Kissen – eine Symphonie aus Seide und Satin.

Alex holte tief Luft. „Wirklich hübsch", meinte er bewundernd.

„Ich brauche nun einmal viel Platz."

Vorsichtig ließ er sie nieder. Aber Bess löste sich nicht von ihm, ihre Arme umklammerten weiter seinen Nacken. Sie war die süßeste Last, die er je getragen hatte.

„Wir müssen aufpassen, dass wir nicht runterfallen", sagte er mit einem Unterton, der kleine Wellen der Lust ihren Körper herunterrieseln ließ.

„Das riskiere ich gerne", lachte sie. Ihre Augen waren sich jetzt ganz nahe.

„Lass mich die Pistole ablegen." Jetzt, da das Unabwendbare dicht bevorstand, wollte er den Moment fast noch ein wenig hinauszögern. Er wollte jeden Augenblick auskosten.

Bess zog langsam ihre Jacke aus, doch er kam ihr zuvor.

„Nein. Lass mich das machen." Er knöpfte ihren Blazer auf und legte ihn dann beiseite. „Du zitterst", stellte er fest.

„Ja, ich weiß."

Alex sah sie aufmerksam an. „Hast du Angst?"

„Ja … nein, ich weiß auch nicht." Nervös fuhr Bess sich mit der Zungenspitze über die Lippen. Was war nur mit ihr los?

Alex machte sich an ihrer Bluse zu schaffen. Als sie seine Hand auf ihrer Haut spürte, seufzte sie tief auf.

„Oh ja!"

„Gefällt es dir?" Er wartete ihre Antwort gar nicht erst ab. Nachdem er ihr die Bluse ausgezogen hatte, betrachtete er entzückt ihr Dekolleté. „Entspann dich", sagte er mit rauer Stimme. „Wir haben keine Eile."

„Ich ..." Bebend ließ Bess sich in die weichen Kissen zurücksinken. Er fuhr langsam über ihre Brust, erkundete jeden Zentimeter ihrer seidenweichen Haut, so als wäre es das erste Mal, dass er eine Frau berührte.

„Oh Alexej ..."

„Du ahnst ja gar nicht, wie oft ich davon geträumt habe."

Er ließ sich Zeit damit, auch die restlichen Kleider abzustreifen. Dabei ließ sein Blick sie keine Sekunde lang aus den Augen.

„Lass mich nur machen", flüsterte er und fuhr mit der Fingerspitze über die zarte Umrandung ihres Strumpfhalters. „Ich will alles von dir", sagte er nun mit fast unhörbarer Stimme. „Alles!"

Selbst wenn sie gewollt hätte, Bess konnte sich nicht rühren. Es war ihr, als wären ihre Glieder mit einem Mal aus Gummi, sie hatte keinerlei Kontrolle mehr darüber. Alex fuhr die ganze Zeit mit seinen Zärtlichkeiten fort. Seine Finger schienen überall zu sein, streichelten sie, erregten sie, bis ihr ganzer Körper wie im Fieber zu glühen begann. Dann küsste er sie erneut, und die Berührung seiner Lippen auf ihren ließ sie erschauern.

„Du machst mich verrückt!"

„Ja, ich weiß. Das will ich auch."

Er packte sie bei den Handgelenken, als sie sehnsuchtsvoll die Arme nach ihm ausstreckte. Dann zog er sie ganz nahe zu sich heran, und diesmal lag in seinem Kuss sein ganzes Begehren. Noch nie zuvor hatte Bess sich so tief berührt gefühlt. Alle Kraft verließ sie für einen Moment, doch dann fing sie sich wieder und begann fieberhaft sein Hemd aufzuknöpfen. Alex stieß einen tiefen Seufzer aus, als er ihre Hände auf seiner Brust spürte – so heiß wie Feuer. Als wollte sie ihn verbrennen.

Mit zitternden Händen machte er sich an dem Reißverschluss seiner Jeans zu schaffen, doch Bess kam ihm zuvor. Im nächsten Moment hatte sie Alex bereits herunter zu sich aufs Bett gezogen, und gemeinsam wälzten sie sich auf den Satinlaken, eng miteinander verschlungen.

Alles in Alex verlangte danach, sofort in sie einzudringen und dem brennenden Verlangen, das er nach ihr spürte, nachzugeben. Noch nie zuvor hatte er sich so sehr nach einer Frau gesehnt.

Aber noch beherrschte er sich. Er wollte mehr von ihrem Körper erkunden, wollte diese Momente der Leidenschaft am Brennen halten, solange es ging.

Überrascht stellte er fest, wie zierlich sie war. Während er ihre Gestalt unter sich spürte, wurde er plötzlich von einer solchen Welle der Zärtlichkeit erfasst, dass er fast vergaß, wo er war. Er wusste nur, er liebte diese Frau, liebte sie mit jeder Faser seines Seins!

Auch Bess blieb von diesem Gefühl nicht unberührt, und sie genoss die seltene Mischung aus Liebe und Verlangen, die er in ihr auslöste. Jeder Kuss von ihm, jede Zärtlichkeit sagten ihr deutlicher als Worte, dass hier jemand war, der ihre Hingabe wollte, ihr Herz und nicht nur ihren Körper. Mehr als alles andere verstärkte dies ihren leidenschaftlichen Wunsch, sich wirklich für ihn zu öffnen.

Und so liebten sie sich in diesem Meer aus Seide und Satin, langsam und ausgiebig, als gäbe es keine Zeit für sie, keine andere Welt um sie herum als nur diese – zwei Körper, die füreinander geschaffen zu sein schienen.

In diesen Minuten, die sich wie eine Ewigkeit hinzogen, gab Alex Bess alles, was er zu geben hatte. Er zeigte ihr, was es für ihn bedeutete, eine Frau ganz zu befriedigen, er zeigte ihr, was es hieß, mit Respekt die intimen Zonen zu erkunden, die ihr die größte Lust verschafften.

Als seine Zunge einmal ganz besonders lange auf ihrer Brust verweilte, um die zarte Knospe zu liebkosen, meinte sie vor Leidenschaft vergehen zu müssen. In ihr war nur noch der Wunsch, sich ihm ganz und gar hinzugeben.

Alex genoss ihre Reaktion auf seine meisterhaften Zärtlichkeiten, und sie ermutigte ihn, noch weiter zu gehen. Wie von selbst fanden seine Finger die Knospe der Lust zwischen ihren Beinen, und Bess war es, als hätte sie seit Ewigkeiten auf diesen Moment gewartet. Alles, was zuvor geschehen war, schien nun an diesem Punkt zusammenzukommen, und sie spürte eine nie gekannte Glut, die jeden Augenblick zu explodieren drohte.

Als wollte er sie quälen, ließ er sich Zeit mit seinen Zärtlichkeiten und beachtete auch ihre tiefen Seufzer nicht. Bess' Lust schien über sie hinauszuwachsen, wieder und wieder rief sie selbstvergessen seinen Namen, und dann geschah es: Auf dem Gipfel der Ekstase erlebte sie die höchsten Wonnen sinnlicher Befriedigung.

Noch nie, niemals zuvor hatte sie diese Form von Leidenschaft verspürt, noch nie zuvor hatte es ein Mann geschafft, sie so an diesen Punkt zu bringen.

Als das Feuer ganz langsam wieder abklang, die Glut sich in ein tiefes Pulsieren verwandelte, fühlte sie sich schwach und gelöst, gleichzeitig aber auch unendlich glücklich. In jeder Faser ihres Körpers spürte sie, dass sie nun bereit war, ihn in sich aufzunehmen.

Bess' leidenschaftliche Reaktion auf seine Zärtlichkeiten erfüllte Alex mit einem Gefühl der Macht, wie er es noch nie zuvor verspürt hatte. Ihre Bereitschaft, sich ihm ganz hinzugeben, raubte ihm den Atem. Im Dämmerlicht des Raums sah er ihre Haut glühen. Ihr Erschauern übertrug sich auf ihn, und auch sein Körper begann zu zittern.

Dies war der Moment, auf den er gewartet hatte, der Moment, an dem es sinnlos gewesen wäre, sich noch länger zurückzuhalten.

Mit einem tiefen Seufzer drang er in sie ein, und sie erbebten beide in nie gekanntem Entzücken.

Wie im Traum legte Bess die Hände um seinen Hals, und sie begannen sich im gleichen Rhythmus zu bewegen – sanft zunächst, dann immer heftiger, bis die Wellen der Lust über ihnen zusammenschlugen und sie gemeinsam das Paradies der Ekstase erreichten.

Viel später fragte sich Bess, als sie endlich aus ihrer süßen Trance erwachte, wie sie jemals hatte denken können, sie wüsste, was sexuelle Erfahrung bedeutete. Natürlich war sie keine Jungfrau mehr gewesen, als sie Alex begegnet war, und sie hatte auch schon einiges mit Männern erlebt. Aber dies hier, die Erfahrung mit ihm, dieses Über-alle-Grenzen-Gehen war vollkommen neu für Bess. Und sie wusste tief in ihrem Herzen, dass sie es auch nur allein mit ihm in dieser Intensität erneut erleben wollte.

Mit einem wohligen Seufzer streckte sie sich neben ihm aus und legte ihren Kopf auf seine Brust. Alex schlang die Arme um sie, und so lag sie wohlig und behütet in seiner Umarmung, so entspannt und zufrieden wie eine Katze.

„Sagst du es mir bitte noch einmal?“, bat sie ihn nach einer Weile seligen Schweigens.

„Was denn?“

Sie gab ihm einen Kuss, dabei fühlte sie sein Herz gegen das ihre schlagen. „Was jede Frau so gerne hört.“

„Ich liebe dich.“ Als sie den Kopf hob und ihn ansah, legte er ihr sanft den Finger auf die Lippen. Er wollte nichts von ihr hören, da er sich nicht ganz sicher war, ob ihr die Worte so viel bedeuten würden wie ihm.

Plötzlich war Bess froh über das Halbdunkel im Zimmer. So konnte er wenigstens nicht sehen, dass das Lächeln von ihrem Gesicht verschwunden war. „Und auch nach all dem“, flüsterte sie, „erlaubst du mir immer noch nicht, dass ich dir diese Worte sage.“

Aber ich wünsche mir doch genau dies, dachte Alex bei sich. Mehr als alles andere wünschte er sich, von ihr geliebt zu werden. Dennoch, seine Vorsicht überwog.

„Ich möchte jetzt nicht darüber sprechen.“ Sanft fuhr er ihr übers Gesicht. „Ich will mehr über dich wissen“, sagte er dann. „Wie war Bess, als sie noch nicht erwachsen war?“

Sie spürte, dass er das heikle Thema vermeiden wollte. Einen Moment lang hatte sie das Bedürfnis, zu insistieren, aber dann gab sie nach. Sie hatten noch so viel Zeit! Es wäre nicht gut gewesen, es jetzt zu machen.

„Ziemlich unglücklich“, erwiderte sie stattdessen. „Wie ich dir schon erzählt habe, hatten mich meine Eltern im Internat untergebracht. Es war die Hölle für mich, Alex. Ich war viel zu dünn, hatte komisches Haar und ein Gesicht wie niemand sonst. Natürlich machten sich alle über mich lustig.“

„Ich mag dein Gesicht. Und auch dein Haar.“ Seine Hand umschloss ihre Brust und spielte sanft mit der zarten Haut. „Und den ganzen Rest.“

Bess lachte. „Ja, aber du hast mich nicht gesehen, als ich zwölf war. Wenn du anders bist als die anderen, hast du nichts zu lachen.“

„Ja, ich weiß. Ich kann mir gut vorstellen, wie du dich danach gefühlt hast.“

Überrascht sah sie ihn an. „Wirklich?"

Alex nickte. „Ich habe erst mit zwölf Jahren Englisch gelernt. Stell dir vor, noch bis in meine Teenagerzeit musste ich immer in den abgelegten Kleidern meines großen Bruders herumlaufen. Ich war dieser kleine Junge aus der Ukraine, den niemand verstehen konnte. Und natürlich waren wir auch als Russen bei den Amerikanern nicht besonders beliebt."

Bess sah ihn mitfühlend an. „Ja, ich verstehe. Das war sicher auch nicht leicht für dich."

Alex seufzte. „Na ja, es ging. Glücklicherweise hatte ich meine Familie. Wir haben natürlich immer zusammengehalten. Aber in der Schule war es zuerst schlimm, das stimmt schon. Es war nicht besonders komisch, dass die Eltern unserer Klassenkameraden ihre Kinder davor warnten, mit uns zu spielen. Die Tatsache, dass wir Russen waren, genügte ihnen schon, um uns gegenüber feindlich eingestellt zu sein. Wir konnten noch so oft betonen, dass wir aus der Ukraine kamen – das hat damals einfach keinen Menschen interessiert." Er wälzte sich zur Seite und stützte den Ellenbogen auf. „Also musste ich einen anderen Weg finden, um mich zu behaupten. Nach ein paar gewonnenen Schlägereien hatte ich auf einmal einen Ruf als harter Bursche weg. Und so gelang es mir, mir in der Nachbarschaft allmählich Respekt zu verschaffen."

„Welche Nachbarschaft war das?"

„Brooklyn. Meine Eltern wohnen immer noch dort. Im selben Haus." Er sah sie aufmerksam an und bemerkte, dass sie lächelte. „He, wieso sprechen wir denn auf einmal von mir? Ich habe dich doch nach dir gefragt. Was ist eigentlich mit deiner Nase? Sie sieht ein wenig so aus, als wäre ihr einmal jemand etwas zu nahegekommen."

Bess nickte. „Ja, es war ähnlich wie bei dir. Auch ich geriet in eine Schlägerei."

„Wirklich? Mit wem?"

„Es gab da in meinem Internat so eine Clique von Mädchen, die es auf mich abgesehen hatten. Sie waren schick und selbstbewusst, ich hingegen linkisch und verschüchtert. Wie immer musste jemand für sie als Sündenbock herhalten – und dieser Jemand war leider ich."

Alex runzelte die Stirn. „Komisch, das passt so gar nicht zu meinem Bild von dir, Bess. Ich habe noch nie jemanden getroffen, der sich so ungezwungen in Gesellschaft bewegen kann wie du."

Bess lachte. „Ja, das hat sich natürlich mit den Jahren gelegt. Aber damals war ich leider wirklich ausgesprochen schüchtern. Hinzu kam noch, dass ich zu den Besten der Klasse gehörte. Da ich sozial kein Erfolg war, vergrub ich mich in meine Bücher. Und das machte mich natürlich bei den anderen nicht beliebter, wie du dir sicher vorstellen kannst."

Alex waren all diese Geschichten aus seiner eigenen Kindheit sehr vertraut. Er hörte Bess aufmerksam zu, während sie mit ihrer Erzählung fortfuhr.

„Da gab es ein Mädchen ... Dawn Gallagher war ihr Name. Sie war das genaue Gegenteil von mir. Hübsch, mit einer perfekten Figur und langem blonden Haar. Wir mussten uns auf eine Klassenarbeit in Geschichte vorbereiten, und sie wollte, dass ich sie abschreiben lasse. Dafür hätte ich mich dann ein paar Tage lang in der Sonne ihrer Beliebtheit baden dürfen."

„Aber du hast dich nicht auf diesen Handel eingelassen."

Bess nickte grimmig. „Natürlich nicht. Ich habe noch nie betrogen. Das Resultat war, Dawn fiel durch, und ihre Eltern mussten zum Direktor. Sie revanchierte sich dann für meine mangelnde Kooperationsbereitschaft mit allerlei Gemeinheiten. Sie stahl meine Bücher, schwärzte mich an, wo es nur ging, und machte mir das Leben allmählich zur Hölle."

Alex zog sie näher an sich. Wohlig kuschelte Bess sich in seine Arme. Wie gut, dass das alles nun schon so lange hinter ihr lag.

„Doch eines Tages sah ich meine Chance", fuhr sie fort. „Dawn war einfach zu weit gegangen. Bei einem Basketballspiel hatten sie und ihre Freundinnen mir eine Menge blauer Flecken beigebracht. Das war für mich der entscheidende Moment, um meine Taktik zu ändern. Ich sah mit einem Mal, dass es einfach nichts brachte, immer das Opfer zu spielen. Also wartete ich nach der Physikstunde vor der Schule auf sie und stellte sie zur Rede. Wir beschimpften uns zunächst nur und wurden dann handgreiflich. Ehe ich es mich versah, hatte ich plötzlich ihre Faust im Gesicht und eine gebrochene Nase." Bess lachte. „Das hätte sie nicht tun sollen! Ich sah auf einmal rot und ging auf sie los. Das Resultat waren ein blaues Auge, Büschel von ausgerissenen Haaren und zwei verlorene Zähne."

„Nicht schlecht, McNee!"

„Nein, es war fantastisch! Noch nie im Leben habe ich mich so gut gefühlt! Doch seitdem weiß ich, dass ich mit meinem Temperament vorsichtig sein muss. Ich hätte selbst nicht gedacht, dass ich so gewalttätig werden könnte."

„Gut, dass ich das weiß", lachte Alex. „Bei dir kann man ja anscheinend nicht vorsichtig genug sein. Und was war das Ergebnis dieser Schlägerei?"

„Wir mussten beide die Schule verlassen. Meine Eltern waren natürlich völlig schockiert über mein Verhalten. Ihre Strafe bestand darin, dass sie mir die Ferien strichen und stattdessen dafür sorgten, dass ich auf eine andere Schule kam."

„Aber …" Alex hielt mitten im Satz inne. Er durfte nicht vergessen, dass nicht jede Familie so unterstützend wie die seine war.

„Es war das Beste, was mir passieren konnte", meinte Bess nachdenklich. „Ich konnte wieder vollkommen neu anfangen. Ich war zwar immer noch nicht hübsch und beliebt, aber wenigstens wusste ich jetzt, wie ich mich verteidigen konnte."

Alex spürte trotz ihrer Worte die Verletzung, die in dem Ganzen lag. Er zog ihren Kopf zu sich heran. „Hör zu, Bess, du bist sehr schön."

Amüsiert grinste sie ihn an. „Ja, sicher, vielen Dank."

Alex blieb ernst. „Nein, das ist kein Scherz. Oder warum denkst du, kann ich dich nicht mehr aus meinem Kopf kriegen, seit wir uns zum ersten Mal gesehen haben?"

„Ich bin nicht schön, sondern interessant", korrigierte sie ihn. „Vielleicht auch ungewöhnlich oder apart."

„Nein, wunderschön", beharrte er. „Deine Haut ist wie aus Elfenbein, dein Haar wie Feuer, deine Augen wie Jade. Und am allerschönsten sind deine Sommersprossen." Er fuhr bewundernd mit dem Finger darüber. „Sie sehen aus wie Goldstaub."

„Du hast es jetzt doch schon geschafft, mich zu verführen, Alexej", erwiderte Bess leichthin. Sie musste sich nonchalant geben, denn sonst wären ihr wahrscheinlich die Tränen gekommen. „Es ist nicht nötig, dass du mir auch noch Komplimente machst."

Alex begann an ihrem Ohr zu knabbern. „Das weiß ich, Bess. Aber es kommt wirklich von Herzen, glaube mir."

„Ich glaube dir. Trotzdem hoffe ich, du kennst das alte Sprichwort: Taten sagen mehr als Worte."

Anstelle einer Antwort küsste er sie noch einmal lang und ausgiebig. Mit dieser Reaktion war Bess dann auch endlich zufrieden.

Mit wehendem Haar erschien Bess wenig später im Büro – zehn Minuten zu spät, wie Lori sofort bemerkte. Sie wusste, damit hatte sie ihre Wette gewonnen.

„Ich hatte einen guten Grund", verteidigte Bess sich, noch bevor Lori etwas sagen konnte. Doch dann sah sie das Gesicht ihrer Partnerin und hielt mitten im Satz inne. „Was ist los?"

„Ach, gar nichts!" Hastig trank Lori einen Schluck Kaffee. „Es ist nur ... zufällig lief mir Steven über den Weg, als ich ins Büro kam."

„Und? Hat er irgendetwas zu dir gesagt?"

„Ja, er ... er hat gesagt, dass er mich liebt." Lori presste die Lippen aufeinander. Sie musste sich sehr beherrschen, um nicht loszuheulen. „Dieser verdammte Bastard!"

„Komm, setz dich." Fürsorglich legte Bess den Arm um Lori und führte sie zum Tisch. „Vielleicht glaubst du es ja nicht, aber ich habe das Gefühl, dass er es ernst meint."

„Ach Unsinn, er weiß doch gar nicht, was die Worte bedeuten!" Zornig blickte Lori sie an. „Aber ich denke gar nicht daran, ihm wieder auf den Leim zu gehen. Mir steckt noch der Schreck vom letzten Mal in den Knochen. Oh nein, mein Lieber, nicht mit mir!"

Auch Bess holte sich einen Kaffee. „Was willst du eigentlich, Lori?", fragte sie dann ruhig.

„Oh, ich will gar nichts Besonderes. Einen guten Job, mein Auskommen, gute Kritiken – mehr nicht."

„Und was ist mit einem Mann?"

Ihre Kollegin antwortete nicht.

„Du magst mich jetzt dafür hassen, Lori ... aber ich glaube, dass du ihn immer noch liebst."

„Das ist ja genau mein Problem!" Lori stieß einen tiefen Seufzer aus.

„Und ihm geht es genauso. Er ist vollkommen hilflos ohne dich."

„Meinst du wirklich?"

Bess nickte.

„Und … was sollte ich deiner Meinung nach jetzt tun?"

„Ich finde, ihr solltet miteinander darüber sprechen. Ihr müsst herausbekommen, was jeder von euch will, und dann sehen, ob ihr euch treffen könnt."

„Ja, wahrscheinlich hast du recht." Resigniert setzte Lori ihre Kaffeetasse ab. „Entschuldige bitte, Bess. Ich wollte dich nicht am frühen Morgen gleich mit meinen privaten Problemen belästigen."

„Na entschuldige, wofür hat man denn Freunde?"

„Stimmt." Lori ging es nun schon viel besser. Neugierig sah sie Bess an. „Und nun will ich wissen, warum du zu spät bist. Bitte, sag es mir, sonst kann ich mich nicht auf die Arbeit konzentrieren."

„Na gut." Bess war es auch sehr recht, darüber sprechen zu können. Sie hatte das Gefühl, sonst platzen zu müssen. „Ich war mit Alexej zusammen."

„Ich dachte, das wäre gestern gewesen."

Bess nickte. „Ja, gestern, den ganzen Tag. Und letzte Nacht. Und heute Morgen. Oh Lori, es ist ungeheuer! Ich habe so etwas noch nie erlebt!"

Verblüfft sah ihre Kollegin sie an. „Wirklich?"

„Ja." Bess nickte mit leuchtenden Augen. „Ich liebe ihn, Lori. Ich liebe ihn so sehr, dass es wehtut, nur an ihn zu denken. Ich sehe ihn an, und mir bleibt der Atem weg. Und dann habe ich Angst, dass er erkennt, dass er sich geirrt hat." Mit leiser Stimme setzte sie hinzu: „Manchmal frage ich mich, ob das Ganze überhaupt real ist. Ich dachte immer, die Liebe wäre etwas Schönes und Leichtes."

Düster schüttelte Lori den Kopf. „Oh nein, das ist sie nicht. Die Liebe ist das Schönste und das Schrecklichste zugleich, sie kann dich wirklich das Fürchten lehren."

Bess begann aufgeregt im Zimmer auf und ab zu gehen. „Für mich ist dieses Gefühl so neu, Lori, ich habe noch nie etwas so Intensives erlebt. Stell dir vor, als ich heute Morgen neben ihm aufwachte, wusste ich nicht, ob ich weinen oder lachen sollte."

Lori erhob sich und streckte ihr die Hand hin. „Meinen herzlichen Glückwunsch, Bess! Ich habe den Eindruck, es hat dich erwischt."

„Ja, sieht so aus." Im Überschwang ihrer Gefühle umarmte sie die Freundin.

„Und … was ist mit ihm?“

„Er liebt mich!“ Erneut spürte Bess die Tränen kommen. „Das sagte er jedenfalls. Aber …“

„Oh, oh!“

„Er will von mir nicht hören, was ich empfinde.“ Sie seufzte tief und legte die Hände auf den Bauch. „Das hat mich so verletzt, Lori. Er vertraut mir nicht, vertraut meinen Gefühlen nicht. Er hat Angst, dass er für mich nur ein weiteres Intermezzo bedeuten könnte. Aber so ist es nicht, und ich … ich würde ihm so gern begreiflich machen, dass er sich irrt.“

„Aber er muss dich doch nur ansehen, um zu wissen, wie es um dich steht.“

„Nein, das reicht nicht.“ Energisch schüttelte Bess den Kopf. Sie war jetzt schon ein wenig ruhiger. „Ich fürchte, ich muss ihm meine Liebe beweisen, Lori.“

„Vielleicht solltest du denselben Rat befolgen, den du mir gegeben hast. Warum sprecht ihr nicht miteinander?“

„Das haben wir ja getan! Aber das genügt nicht. Er sagt, er will die Dinge so lassen, wie sie sind.“

Lori zog die Brauen hoch. „Und was willst du?“

„Ich will ihn glücklich machen! Oh, ich weiß, das klingt kitschig, Lori. Aber es ist mir wirklich ernst damit.“

„Ja, das sehe ich.“ Mitfühlend blickte Lori sie an.

„Und da ist noch etwas.“

„Ja?“

„Alex will mich am Sonntag mit zu seiner Familie zum Essen nehmen“, lautete die Antwort.

„Zu seiner Familie?“ Lori machte große Augen. „Er will dich seiner Mutter vorstellen?“

„Und seinem Vater. Und seinen Brüdern, Schwestern, Neffen und Nichten. Anscheinend treffen sie sich immer am Sonntag zum Essen.“

„Der Mann muss ja vollkommen verrückt nach dir sein.“

„Den Eindruck habe ich auch.“ Bess ließ sich in ihren Sessel fallen. „Seine Familie ist Alex ungeheuer wichtig. Das spürt man einfach, wenn er von ihnen spricht.“ Ratlos schüttelte sie den Kopf. „Ich möchte sie auch wirklich alle sehr gern kennenlernen. Aber was ist, wenn sie mich nicht mögen?“

„Natürlich werden sie dich mögen! Verhalte dich nur ganz einfach und ungezwungen, und du wirst einen fabelhaften Eindruck machen, da bin ich mir sicher."

„Aber …"

„So, das reicht jetzt!" Abwehrend hob Lori die Hand. „Ich finde, wir haben genug Zeit mit unseren Privatangelegenheiten verschwendet. Sei mir nicht böse, Bess, wir müssen einfach mit der Liebesgeschichte zwischen Storm und Jade weiterkommen. Millionen von Zuschauern warten schließlich darauf."

Bess atmete tief durch, dann nickte sie. „Ja, du hast recht. Wenn wir uns nicht ranhalten, schaffen wir unser Pensum nicht, bis Rosalie kommt."

„Rosalie … Ich muss dir gestehen, irgendetwas an ihr macht mich nervös."

„Keine Sorge, ich weiß schon, was ich tue."

„Das habe ich doch schon einmal gehört!"

Bess lächelte. Sie war schon wieder bei ihren Charakteren, das war wenigstens eine Welt, die ihr vertraut war. „Also, lass mal sehen … Storm und Jade … die beiden treffen sich am Bahnhof, und dann …"

9. KAPITEL

Und dann", fuhr Bess fort, während sie sich ihren Weg durch den dichten Verkehr bahnte, „sagt Jack am Ende zu ihr: ‚Das, was du willst, ist nicht immer das, was du brauchst.' Danach kommen die Endtitel, die Musik erklingt, und die Folge ist zu Ende."

„Faszinierend." Unbehaglich rutschte Alex auf seinem Beifahrersitz hin und her. „Ich muss sagen, ich bin zwar völlig hingerissen von den Irrungen und Wirrungen in Holbrook …"

„Millbrook."

„Auch gut. Aber lieber wäre es mir, wenn du auf den Verkehr achten würdest. Es wäre mir nämlich peinlich, wenn du mit mir im Auto einen Strafzettel bekommen würdest."

„Keine Angst." Bess warf einen kurzen Blick auf den Geschwindigkeitsanzeiger. „Ich fahre doch schon ganz langsam."

„Wie man's nimmt. Ich mag's lieber etwas langsamer." Mit gemischten Gefühlen beobachtete Alex ihre riskanten Überholmanöver.

„Nur keine Angst." Der Wind fuhr Bess durchs offene Haar, sie warf den Kopf zurück. „Ich bin eine leidenschaftliche Autofahrerin. Das letzte Mal, als ich Gelegenheit hatte, dies unter Beweis zu stellen, war, als ich mit L. D. nach Long Island fuhr." In der Erinnerung an diesen Ausflug lachte sie vergnügt. Nach zwei Stunden mit ihr im Wagen hatte ihr ehemaliger Beinahe-Verlobter darauf bestanden, seinen Chauffeur anzurufen und den Rest der Strecke mit ihm weiterzufahren. Doch dann sah sie Alex' Gesicht, und das Lachen verging ihr. „Oh, entschuldige bitte."

„Wofür?"

„Ich hätte ihn nicht erwähnen dürfen."

„Ich habe doch gar nichts gesagt."

Nein, er hatte nichts gesagt, das stimmte schon. Aber er hätte auch gar nichts sagen müssen, seine versteinerte Miene war beredt genug. Bess' Hände umklammerten das Steuerrad fester, sie sah starr nach vorn.

„Er war mein Freund, Alexej", meinte sie ruhig. „Wenn du es ganz genau wissen willst … ich habe nie mit ihm geschlafen."

„Ich will es aber gar nicht genau wissen. Das ist ganz allein deine

Sache.“ Seine Stimme klang kühl.

„Ich verstehe dich nicht.“ Bess runzelte die Stirn. „Manchmal fragst du mir ein Loch in den Bauch, und dann willst du wieder überhaupt nichts wissen. Ich finde ...“

„Und ich finde, du fährst schon wieder zu schnell!“ Er beugte sich zu ihr hinüber und strich ihr sanft über die Finger. „Entspann dich ein bisschen, ja?“

Bess nickte, aber sie fand dies leichter gesagt als getan. „Ich möchte mich mit dir über all dies einmal ausführlich unterhalten, Alexej.“

„Wenn du meinst.“ Seine Stimme klang nicht gerade sehr begeistert. Verdammt, warum konnte sie denn nicht verstehen, dass er nichts über die anderen Männer in ihrem Leben wissen wollte? Besonders jetzt nicht, da er begonnen hatte, sich unsterblich in Bess zu verlieben!

„Hier musst du einbiegen.“ Um ein Haar hätte er die Straße verpasst, die zum Haus seiner Eltern führte. Alex musste sich am Sitz festhalten, als Bess mit quietschenden Reifen seiner Anweisung nachkam. Ein entgegenkommender Autofahrer hupte empört.

Doch irgendwie schafften sie es, ohne weitere Zwischenfälle gesund und wohlbehalten anzukommen. Nachdem Bess eingeparkt hatte, streckte Alex die Hand aus.

„Gib mir die Schlüssel.“

„Aber wieso denn? Es ist doch gar nichts passiert.“

„Gut, und dabei wollen wir es auch belassen“, entgegnete er grimmig. „Die Schlüssel, bitte!“

Widerstrebend händigte sie ihm die Wagenschlüssel aus.

„Du willst einfach nicht zugeben, dass ich eine gute Fahrerin bin“, sagte Bess schmollend. „Das ist wieder einmal typisch Mann.“

„Ich hatte für heute genug Abenteuer. Jetzt freue ich mich auf ein gemütliches Essen im Kreise meiner Familie. Einverstanden?“

Bess nickte versöhnt. „Das ist ja eine hübsche Nachbarschaft“, kommentierte sie begeistert. Mit einem Blick hatte sie alles erfasst – die sauber gestrichenen Häuser mit den Blumenbeeten davor, die Kinderhorden mit ihren Rollern und Skateboards, die die Farbigkeit der Umgebung noch unterstrichen.

Einige der älteren Jungen begrüßten Alex, und natürlich wurde auch Bess von ihnen begutachtet. Zwei hielten den Daumen hoch und grinsten – ganz klar ein Zeichen männlicher Anerkennung.

„Das wollte ich den Burschen auch geraten haben“, sagte Alex mit gespielter Strenge. Bess lachte ihn an.

„Bist du hier auf dieser Straße auch Fahrrad gefahren?“

„Natürlich.“

„Wie schade, dass ich das nicht miterleben durfte.“ Sie standen jetzt direkt vor der Eingangstür, und obwohl Bess es sich niemals eingestanden hätte, merkte sie, dass sie ziemlich nervös war. „Bestimmt hast du auch mit deinen Freunden den hübschen Mädchen nachgepfiffen, stimmt's?“

„Und nicht nur nachgepfiffen!“ Alex lächelte in seliger Erinnerung, doch dann fiel ihm wieder der Zweck ihres Besuches ein. „Komm, Bess.“

Doch noch bevor er klingeln konnte, öffnete sich bereits die Tür, und sein älterer Bruder Mikhail trat heraus. Er hatte Griffin, seinen kleinen Sohn, im Schlepptau.

„Du bist ja schon wieder zu spät, Alexej!“

„Das ist ihre Schuld. Wir sind zu spät losgefahren.“

„Ach komm, es ist doch immer dasselbe mit dir. Außerdem schiebt man einer Lady nicht die Schuld in die Schuhe.“ Mikhail streckte Bess die Hand hin. „Sie müssen Bess sein. Herzlich willkommen!“

„Vielen Dank!“ Als sie seine Hand schüttelte, erschien ihr sein Griff so hart wie Stahl. Griffin hatte inzwischen Alex einen Kuss gegeben. Ohne Umstände umarmte er dann auch Bess, als wäre sie eine alte Bekannte.

„Hallo, mein Hübscher“, lachte sie und fühlte sich gleich um vieles entspannter.

„Griffin ist jetzt schon ein richtiger Frauenheld“, bemerkte sein Vater. „Darin kommt er ganz nach seinem Onkel.“

„Hör auf!“

Sofort wandte Mikhail Bess seine Aufmerksamkeit zu. Er studierte ihr Gesicht so lange, bis ihr regelrecht unbehaglich wurde.

„Was ist los, Mikhail? Stimmt etwas nicht?“

„Oh, entschuldigen Sie.“ Mikhail musste sich zwingen, den Blick von ihr abzuwenden. Dann sagte er auf Ukrainisch zu seinem Bruder: „Du machst Fortschritte, Kleiner. Dieses Mädchen ist wohl ein paar Stunden im Fitness-Studio wert.“

„Danke.“ Alex umfasste Bess’ Nacken und spielte mit ihrem Haar. „Wenn du es wagst, ihr davon zu erzählen, bringe ich dich um.“

Mikhail nickte nur grinsend. Die Ähnlichkeit zwischen den beiden Brüdern ist frappierend, dachte Bess bei sich. Sie waren beide dunkle Typen mit tief liegenden, funkelnden Augen und einer Aura starker männlicher Sexualität. Und auch der Junge hat etwas davon, fand sie. Bestimmt würden sich später die Mädchen reihenweise in ihn verlieben.

„Worüber sprecht ihr eigentlich?“, fragte sie plötzlich argwöhnisch. Bess war aufgefallen, dass sich die beiden Männer in ihrer Muttersprache unterhielten.

„Über nichts Besonderes“, erwiderte Mikhail harmlos. Er war zu dem Schluss gekommen, dass er sie mochte, ja mehr noch, er fand Bess ausgesprochen attraktiv – nicht nur wegen ihres ungewöhnlichen Äußeren, sondern besonders wegen der wachen Intelligenz, die aus ihren Augen leuchtete. „Ich habe meinem Bruder nur ein Kompliment gemacht, er scheint einen sehr guten Geschmack zu haben. Nun bring sie endlich ins Haus, Alexej!“

„Was ist mit Sydney, ist sie auch da?“, fragte Alex, bevor sie eintraten.

„Ja, sie ist auch hier, aber sie ist sehr müde.“

„Sie arbeitet zu viel.“

Mikhail nickte, ein vielsagendes Lächeln spielte um seine Lippen. „Ja, das stimmt, aber es gibt noch einen anderen Grund. Sie ist schwanger.“

„Wirklich? Das ist ja fantastisch!“ Alex wandte sich mit leuchtenden Augen an Bess. „Komisch, ich habe mich gerade erst daran gewöhnt, dass Mikhail Vater ist – und nun bekommen sie schon das zweite Kind.“

Bess nickte. Es rührte sie, welchen Anteil Alex an den Geschicken seiner Familie nahm. „Können wir jetzt hineingehen, Alexej? Ich möchte die anderen auch treffen.“

„Natürlich. Aber ich muss dich warnen: Sie sind alle ziemlich laut.“

„Das macht mir nichts aus.“

„Und ziemlich neugierig.“

„Das bin ich auch.“

Alex wartete noch eine Sekunde. Er nahm ihre Hände und blickte Bess an. Es war zwar nicht das erste Mal, dass er seiner Familie eine seiner Freundinnen vorstellte, aber dies hier war etwas ganz Besonderes.

„Ich liebe dich, Bess“, sagte er bewegt.

Bevor sie noch antworten konnte, küsste er sie, dann machte er ihr die Tür auf, und sie gingen hinein.

Alex hat nicht übertrieben – sie sind wirklich laut, fand Bess. Niemandem schien es etwas auszumachen, dass alle zugleich redeten und dabei einander übertönten. Oder dass der große Hund der Familie laut bellte und durch das geräumige Wohnzimmer raste, um sich hinter den Stühlen zu verstecken. Und neugierig waren sie ebenfalls, aber dabei so charmant, dass man ihnen deswegen unmöglich böse sein konnte. Kaum hatte Bess das Haus betreten und war allen vorgestellt worden, da musste sie auch schon neben Alex’ Vater Yuri Platz nehmen und wurde nach Strich und Faden von ihm ausgehorcht.

„Sie schreiben also Geschichten fürs Fernsehen“, bemerkte er, nachdem Bess ihm erklärt hatte, was ihr Beruf war. „Dann sind Sie bestimmt sehr klug.“

„Es geht.“ Sie lächelte Zack an, der ihr ein Glas Wein anbot.

„Oh nein, unsere Rachel sagt, Sie seien sogar sehr intelligent. Sie sieht sich die Serie nämlich immer an, wissen Sie?“

Rachel nickte lachend und kam zu ihnen herüber. „Ich muss gestehen, dann und wann packt mich einfach der Wunsch, mich zu entspannen. Und da gibt es einfach nichts Besseres als ‚Heimliche Sünden‘. Aber ich bin nicht die Einzige, die es erwischt hat. Nick ist ebenfalls ein begeisterter Fan.“ Sie warf ihrem Schwager einen amüsierten Blick zu.

Nick war das Ganze sichtlich peinlich. „Ich wollte dir eigentlich nur Gesellschaft leisten, das ist alles.“ Er grinste. „Ich hatte eben nichts Besseres zu tun.“

„Ja, das sagen alle.“ Zu schade, dass er kein Schauspieler ist, dachte Bess bei sich. Er sah nicht nur gut aus, sondern hatte auch noch die Aura von Verletzlichkeit, die sich so gut vor der Kamera machte. „Wer wäre denn die Frau Ihrer Wahl, Nick? Vielleicht LuAnne, unser Sensibelchen, die Frau, die immer im Stillen leidet, oder etwa Brooke, unsere Femme fatale, die ihre Ausstrahlung dazu benutzt, die Männer zu zerstören, die ihr begegnen?“

Nick dachte angestrengt nach, dann meinte er: „Keine von beiden. Wenn ich wählen könnte, würde ich mich für Jade entscheiden. Ich stehe nun einmal auf ältere Frauen.“

In diesem Augenblick packte ihn Zack von hinten und nahm ihn in den Schwitzkasten.

Vergeblich versuchte Nick sich daraus zu befreien. „He, lass mich los! Ich habe nichts getan, ich unterhalte mich nur mit Alexejs Freundin.“

„So, jetzt bin ich an der Reihe.“ Plötzlich stand Nadia vor ihnen, Alex’ Mutter, eine ausgesprochen imposante Erscheinung. „Ich wollte Ihnen sagen, dass mir Ihre Serie sehr gefällt. Immer wenn ich kann, sehe ich sie mir an.“ Ihr Gesicht war gerötet von der Hitze des Herds, an dem sie die ganze Zeit gestanden hatte.

„Meine Favoritin ist natürlich Vicky“, erklärte Zack laut. Er stand hinter seiner Frau und hielt sie zärtlich umfangen.

„Typisch Mann!“, erklärte Rachel verächtlich. „Sie fallen immer auf diese billigen Flittchen herein! Na, und was ist mit dir, Alex? Bist du auch ein Fan von ‚Heimliche Sünden‘?“

„Nein.“ Alex lächelte sie an. „So weit ist es nun noch nicht. Aber Bess hält mich immerhin schon auf dem Laufenden, was in Millbrook passiert.“

„Ich nehme an, das ist ganz schön harte Arbeit“, warf Sydney ein. Sie hockte gemütlich auf dem Sofa und nippte an ihrem Ginger-Ale.

„Ja, das stimmt. Aber genau deshalb liebe ich es auch.“

„Und wie haben Sie Alexej kennengelernt?“, erkundigte sich Yuri.

„Oh, er hat mich festgenommen.“

Einen Moment lang herrschte verblüfftes Schweigen. Alex warf Bess einen vernichtenden Blick zu. Doch dann lachten alle, und der Bann war gebrochen.

„Ist mir etwas entgangen?“, fragte Mikhail, der in diesem Augenblick mit Griffin zur Tür hereinkam.

„Nein, du bist gerade noch rechtzeitig gekommen“, meinte Rachel. „Kommen Sie, Bess, das dürfen Sie uns nicht vorenthalten."

Also beschrieb Bess ihnen die Szene ihrer ersten Begegnung mit Alex, während er sie immer wieder unterbrach, um einen Einwand zu machen oder sie zu korrigieren, wenn sie etwas vergessen hatte. Seine Familie scharte sich um sie herum und lauschte begeistert ihren Wortgefechten.

„Er hat Sie also verhaftet, aber Sie gehen trotzdem mit ihm aus", kommentierte Mikhail, nachdem sie geendet hatte.

„Na ja", Bess warf Alex einen verschwörerischen Blick zu, „er ist nun einmal ziemlich unwiderstehlich."

Yuri schlug seinem Sohn lachend auf die Schultern. „Ja, das sagen die Damen immer von dir, Alexej."

„Danke, Dad." Alex wollte diesen Punkt sichtlich nicht weiter erörtern. In diesem Moment bat seine Mutter die Familie zu Tisch, und bald schon genossen sie den leckeren Braten, der Nadias Spezialität war.

„Das hast du von deinem Vater", fuhr Yuri fort, der sich durch Alex' Zurückhaltung nicht beirren ließ. „Mir sind auch immer die Mädchen hinterhergelaufen. Nur bei deiner Mutter, da musste ich mich anstrengen."

„Ja, und du hattest auch nur eine Chance, weil mir deine blauen Augen so gut gefielen", entgegnete Nadia. „Aber meinen Jungen habe ich von Anfang an beigebracht, wie wichtig es ist, eine Frau mit Respekt zu behandeln."

„Ja, das habe ich von dir gelernt, Mama." Einem plötzlichen Impuls gehorchend, beugte Alex sich zu Bess hinüber und küsste sie vor aller Augen. Es war kein sanfter, freundschaftlicher Kuss, sondern eine Liebkosung, die ihr das Blut in den Kopf schießen ließ. Einen Moment lang vergaß sie alles um sich herum.

Bess konnte nicht wissen, dass Alex noch nie eine Frau vor den Augen seiner Familie geküsst hatte. Auf diese Weise teilte er seinen Verwandten mit, dass er seine Wahl getroffen hatte.

Nachdem sie sich wieder voneinander gelöst hatten, applaudierten die anderen begeistert.

Nadia hob ihr Glas. Sie spürte wieder dieses vertraute bittersüße Gefühl, wenn eines ihrer Kinder ihr mitteilte, dass er oder sie ihr Herz verschenkt hatte.

„Willkommen", sagte sie zu Bess mit einem ganz besonderen Unterton.

Ein wenig verwirrt griff Bess nach ihrem Glas. Auch die anderen prosteten ihr zu.

„Vielen Dank", sagte sie und war froh, als danach das allgemeine Stimmengewirr erneut anhob.

Wie reizend sie alle sind, dachte sie bei sich. Alle waren so warm, so offen, so herzlich zu ihr. Eine solch angeregte Unterhaltung hätte sie sich am Tisch ihrer Eltern nie vorstellen können. Und das galt auch für die offenen Zärtlichkeiten, mit denen Nadia und Yuri ihre Kinder überschütteten.

Hat mir dies möglicherweise all die Jahre gefehlt?, fragte sich Bess. Dieses Zusammengehörigkeitsgefühl, diese selbstverständliche familiäre Wärme? Hatte sie sich deshalb so angestrengt, eine allgemein beliebte Erwachsene zu werden, weil sie sich als Kind so linkisch und unbeholfen gefühlt hatte?

Plötzlich spürte sie, wie jemand sie ansah. Es war Mikhail. Er schien die Augen nicht von ihr lassen zu können.

„Sie tun es schon wieder", meinte sie lachend.

Er nickte. „Ja. Ich möchte, dass Sie mir Modell sitzen."

„Modell sitzen? Das soll wohl ein Scherz sein."

„Mikhail scherzt nie über seine Arbeit", bemerkte Sydney.

Der Bildhauer war aufgestanden, und nun besah er sich Bess' Gesicht von allen Seiten. „Wirklich faszinierend", bemerkte er dann. „Ja, ich denke, Mahagoni wäre wahrscheinlich am besten."

Bess starrte ihn an. Plötzlich fiel bei ihr der Groschen. „Natürlich!" Sie schlug sich gegen die Stirn. „Stanislaski! Der Künstler! Dass ich da nicht schon längst drauf gekommen bin! Ich wusste doch, dass mir der Name irgendwie vertraut vorkam. Und selbstverständlich kenne ich auch Ihre Arbeiten. Ich war schon des Öfteren nahe daran, eines Ihrer Werke zu erwerben."

„Gut." Mikhail nickte zufrieden. „Dann ist es abgemacht. Sie werden für mich Modell sitzen, und dafür dürfen Sie sich eine meiner Arbeiten aussuchen."

„Oh Mann!" Bess war begeistert. „Wie könnte ich ein solches Angebot ablehnen?"

„Nächste Woche." Mikhail hob mahnend den Finger. „Und seien

Sie bitte pünktlich."

Am anderen Ende des Tisches zuckte Rachel gerade zusammen. Eine Wehe hatte sie erfasst. Ihre Mutter beugte sich zu ihr hinüber und sah sie besorgt an.

„Wie lange?", fragte sie.

„Sie kommen in Abständen von acht bis zehn Minuten. Noch sind sie nicht sehr stark."

„Was ist noch nicht sehr stark?" Zack hatte den letzten Rest des Satzes vernommen und blickte sie an. Dann veränderte sich sein Gesichtsausdruck schlagartig. „Oh nein, doch nicht jetzt! Doch nicht jetzt!"

Rachel lächelte etwas gequält. „Nein, noch nicht sofort", beruhigte sie ihn. „Du hast bestimmt noch genug Zeit für Mamas Sahnetorte."

„Die Wehen setzen ein!" Zack war völlig alarmiert.

„Oh verdammt!" Nick sprang auf. „Damit habe ich nicht gerechnet. Ich habe die Nummer der Hebamme zu Hause vergessen."

„Immer mit der Ruhe, ihr zwei", besänftigte Rachel die aufgeregten Männer. „Mama hat die Nummer. Außerdem ist es noch nicht so weit."

„Willst du etwa warten, bis es zu spät ist?" Auch Zack war aufgesprungen. „Kommt, lasst uns gehen!"

Rachels Proteste nützten ihr nichts. Da auch Nadia es für das Beste hielt, zurück nach Hause zu fahren, musste sie sich wohl oder übel der Mehrheit beugen.

Nun begann ein allgemeiner Aufruhr, der sich vorwiegend darum drehte, wie man am besten mit Rachel verfahren sollte. Sollte man die Ambulanz rufen oder ihr ein Taxi zum Krankenhaus bestellen? Yuri bot sich an, sie in seinem alten Pick-up hinzufahren, doch sein Vorschlag wurde sanft, aber bestimmt abgelehnt.

„Oh Gott, darauf war ich nicht vorbereitet!" Nick raufte sich die Haare. „Meine Kamera! Ich muss meine Kamera holen! So einen Moment muss man doch dokumentieren!"

„Was brauchst du, mein Schatz? Wasser? Saft?" Zack war außer sich vor Besorgnis.

Tatsächlich war Rachel von ihrem Getue mehr mitgenommen als durch die Wehen. Inmitten des allgemeinen Stimmengewirrs sandte sie Sydney einen bittenden Blick zu.

Sydney klatschte in die Hände. „Alle mal herhören!", rief sie mit der befehlsgewohnten Stimme, die sie zu einer erfolgreichen Geschäftsfrau gemacht hatte. „Alex, du gehst nach oben und holst deiner Schwester ein Kissen für die Fahrt. Yuri, natürlich nehmen wir deinen Pick-up. Hol ihn schon einmal aus der Garage. Nick, Mikhail und Griffin, ihr fahrt hinüber zu Rachels und Zacks Wohnung und holt alles, was sie braucht. Wir treffen uns dann alle im Krankenhaus."

„Und wie kommt ihr dorthin?", wollte Mikhail wissen.

„Ich bin mit dem Auto da." Bess hatte das Familiendrama fasziniert beobachtet. „In mein Mercedes Coupé passen wir leicht zu dritt."

„Sehr gut." Sydney war ganz in ihrem Element. „Dann los! Zack und Nadia fahren im Lastwagen mit, ich schließe mich Alex und Bess an."

Bei Rachel hatten nun die Wehen tatsächlich eingesetzt, und sie krümmte sich bereits vor Schmerzen. Dennoch wandte sie sich kurz an Bess.

„Tut mir sehr leid. Ich wollte Ihnen keine Umstände machen."

„Kein Problem." Bess hätte sie zwar am liebsten neugierig gefragt, wie es war, mitten beim Essen die Wehen zu bekommen, aber sie verkniff sich die Frage gerade noch.

„Ich habe den Arzt angerufen." Nadia kam wieder aus dem Nebenzimmer. „Alles ist bereit."

„Dann sollten wir jetzt los!" Der Schweiß stand Zack auf der Stirn. Gemeinsam mit Nick half er seiner hochschwangeren Frau in den draußen wartenden Lastwagen.

Bis sie schließlich im Krankenhaus ankamen, hatten Sydney und Bess bereits Freundschaft geschlossen. Alex raste wie ein Verrückter durch den dichten Verkehr. Aber sie schafften es, und als sie ankamen, vernahmen sie erleichtert, dass alles in Ordnung war. Rachel und die anderen warteten auf sie im Vorzimmer des Kreißsaals. Zack schien seine anfängliche Panik überwunden zu haben, und Yuri verteilte Zigarren an die männlichen Mitglieder der Familie, weil es seiner Meinung nach nichts Beruhigenderes gab.

Die Zeit verging schnell mit Geschichtenerzählen, und alle gaben sich Mühe, Rachel aufs Beste abzulenken. Immer wieder wurde auch Zack geneckt, und als nach einer Weile Nick, Griffin und Mikhail mit Rachels Sachen erschienen, war die kleine Runde komplett. Nun konnte man nur noch abwarten.

Manchmal hatte Rachel das Bedürfnis, aufzustehen und in dem langen Korridor auf und ab zu gehen. Dabei wurde sie immer von jemandem begleitet, der ihr den schmerzenden Rücken massierte und sie beruhigte, wenn die Wehen kaum noch auszuhalten waren.

„Ich sehe schon, wie du diese Erfahrung in deinen nächsten Folgen unterbringen wirst", sagte Alex leise zu Bess, als sie einen unbeobachteten Moment miteinander hatten.

„Ja, stimmt", flüsterte sie zurück. „Aber vor allem stelle ich mir immer wieder meine Eltern vor. Sie wären entsetzt, wenn sie sehen würden, wie öffentlich eine Geburt behandelt wird."

„Nun, das Baby gehört schließlich mit zur Familie", erwiderte Alex, dem dieser Gedanke völlig fremd zu sein schien.

Bess lächelte ihn an und drückte ihn am Arm. „Das meine ich ja. Ihr seid wirklich alle sehr besonders!"

Yuri hatte bemerkt, wie die beiden miteinander tuschelten. Die Zigarre in der Hand, stand er auf und schlug seinem Sohn lachend auf die Schulter.

„Ich finde, du solltest mit diesem hübschen Mädchen nach draußen gehen. Dort könnt ihr ungestört miteinander turteln. Das Baby wird sich noch ein wenig Zeit lassen, fürchte ich."

„Gute Idee." Alex sprang auf und nahm Bess bei der Hand. „Komm mit, etwas frische Luft wird uns sicher guttun."

„Ja, gern." Bess folgte ihm nach draußen.

Alex nahm sich den Rat seines Vaters zu Herzen, und als die beiden etwa zehn Minuten später wiederkamen, hatte Bess das Gefühl, als wäre sie im siebten Himmel. Rachel war inzwischen im Kreißsaal. Die beiden trafen nur noch Nick an. Er ging aufgeregt im Korridor auf und ab und rauchte nervös eine Zigarette nach der anderen, obwohl er doch gar nicht der werdende Vater war.

„Und, wie läuft es, Kleiner?", fragte Alex gespannt.

„Es dauert eine Ewigkeit!" Nicks Verzweiflung war fast komisch. „Bei Griffin ging es ganz schnell, aber Rachel nimmt sich Zeit für ihr Baby. Stell dir vor, sie hat mich mitsamt meiner Kamera aus dem Zimmer geworfen! Wie kann man sich so etwas nur entgehen lassen?"

„Keine Ahnung. Ich nehme an, das würde sie ablenken."

Bess schaute auf die Uhr. „Sechs Stunden sind jetzt schon vergangen", meinte sie. Sechs Stunden seit der ersten Wehe.

„Mir erscheint es wie sechs Tage!" Plötzlich öffnete sich die Tür zum Kreißsaal, und Zack kam heraus. Er wirkte schwer angeschlagen und bat Nick gleich um eine Zigarette.

„Sie hat mich angeschrien!", beklagte er sich. „Und ich lese ihr jeden Wunsch von den Augen ab."

„Machen Sie sich nichts draus", tröstete Bess ihn. „Sie muss sich wahrscheinlich nur abreagieren."

„Den Arzt hat sie auch beschimpft", entgegnete Zack düster. „Aber wenigstens ist sie ihm gegenüber nicht handgreiflich geworden."

In diesem Moment trat eine Frau ins Zimmer. Als sie Alex erblickte, leuchteten ihre Augen auf. Im nächsten Moment lag sie in seinen Armen. Bess beobachtete dies mit gemischten Gefühlen.

„Alexej, wie geht es Rachel?"

„Ganz gut, nehme ich an", grinste er. „Sie hat Zack und den Doktor angeschrien. Ich nehme an, das ist ein positives Zeichen."

Die Frau nickte. „Wunderbar, dann sind wir ja nicht zu spät gekommen. Spence parkt gerade den Wagen ein. Zuerst wollten wir die Kinder zu Hause lassen, aber dann ließen sie sich nicht abschütteln. Freddie freut sich schon so sehr darauf, dich wiederzusehen."

Nick sah erfreut auf. „Wie geht es ihr? Ist sie schon wieder gewachsen?"

„Oh, sie ist inzwischen größer als ich und ein sehr hübsches Mädchen. Können wir jetzt zu Rachel?"

„Ja, ich glaube schon." Alex drehte sich um. „Ich möchte dir Bess vorstellen, Natasha."

„Bess?" Natürlich hatte Natasha schon längst von der neuen Flamme ihres Bruders gehört. Obwohl sie und ihre Familie in Virginia wohnten, waren alle immer bestens über alles informiert. „Freut mich sehr, Sie kennenzulernen." Sie streckte Bess die Hand hin.

„Ganz meinerseits." Was für eine fantastische Familie, dachte Bess insgeheim bewundernd.

Drei Stunden später brachte Bess allen, die immer noch auf die Geburt warteten, Kaffee und Sandwiches. Inzwischen hatte sie natürlich auch Natashas Mann Spence kennengelernt und ihre wirklich reizenden Kinder. Amüsiert hatte sie beobachtet, dass Freddie, der Teenager, bis über beide Ohren in Nick verliebt war.

Während die Zeit voranschritt, übernahm sie anstelle Mikhails die Wache bei Rachel, die schon völlig erschöpft war. Danach plauderte sie angeregt mit einigen Krankenschwestern, die sie freiwillig mit Informationen über den Krankenhausbetrieb versorgten. Und schließlich kümmerte sie sich um Alex, der sichtlich mit seiner Schwester litt.

„Es dauert bestimmt nicht mehr sehr lange."

„Das hast du schon vor einer Stunde gesagt."

Sie standen wieder im Vorraum des Kreißsaals. Alex konnte nur mit Mühe ein Gähnen unterdrücken. Bess umarmte ihn.

„Nein, ich bin sicher, es ist bald so weit. Wie ich auf dem Monitor erkennen konnte, ist der Herzschlag des Babys schon sehr ausgeprägt. Das lässt darauf schließen, dass es wahrscheinlich ein Mädchen ist."

„Woher weißt du das?"

„Oh, ich habe gründlich recherchiert." Lächelnd sah sie zu ihm hoch. „Im Laufe meiner Autorentätigkeit habe ich bestimmt schon über zwölf Babys zur Welt gebracht."

„Bist du denn überhaupt nicht müde?"

Bess schüttelte den Kopf. „Nein, ich bin an lange Sessionen gewöhnt."

„Mama!" Mikhail sprang mit einem Mal auf. Seine Eltern kamen gerade gemeinsam aus dem Kreißsaal.

„Wir haben ein neues Familienmitglied!" Tränen standen Nadia in den Augen, und auch Yuri war offensichtlich sehr bewegt.

„Und? Was ist es?", fragten Alex und Nick gleichzeitig.

„Ihr werdet es gleich sehen. Sie bringen das Baby an die Glasscheibe", sagte die frischgebackene Großmutter.

„Rachel ruht sich jetzt aus." Verstohlen wischte Yuri eine Träne weg. „Ihr könnt euch dann noch von ihr verabschieden."

Zusammen verließen sie den Raum und machten sich auf den Weg zur Babystation, wo ihnen eine Krankenschwester bald das neue Mitglied der Familie präsentieren würde.

„Ich bin jetzt Onkel", sagte Nick stolz zu Freddie. Das junge

Mädchen wurde über und über rot, als er sie im Überschwang seiner Freude kräftig umarmte.

„He, seht mal, da ist Zack!"

Nick hielt den Arm um Freddie gelegt, als sein Bruder mit einem schreienden Bündel auf sie zukam. Zack grinste stolz von einem Ohr bis zum anderen.

Er hielt das Baby in die Luft, sodass es auch alle bewundern konnten. Ja, hier war eindeutig ein weiteres Prachtexemplar der Familie Stanislaski in die Welt eingetreten.

„Ein Mädchen!" Fasziniert studierte Alex das kleine Wesen. Dann griff er instinktiv nach Bess' Hand. „Ist sie nicht wunderschön?"

„Oh Mann!" Das war Nicks einziger Kommentar, aber er drückte alles aus, was er im Moment fühlte. Wie zur Bestätigung blickte er Freddie an, die noch immer an seinem Arm hing. Da sah er, dass sie Tränen in den Augen hatte. „He, was ist mit dir?"

„Sie ist so hübsch." Freddie sah ihn aus blauen Augen versonnen an, und Nick hatte für einen Moment lang den Eindruck, als wäre es sehr leicht, sich in diesen Augen für immer zu verlieren.

„Ja, ist sie nicht toll?" Unmerklich ging er auf Abstand. Sie ist meine Cousine, ermahnte er sich selbst. Das durfte er niemals vergessen. Nun ja, eine entfernte Cousine. Auf jeden Fall war sie noch minderjährig. „Ich, äh ... entschuldige, Freddie, ich habe leider kein Taschentuch dabei."

„Das macht nichts." Freddie wischte sich ihre Tränen mit dem Handrücken ab, dann schüttelte sie den Kopf. Sie fand es überhaupt nicht schlimm, anlässlich eines so freudigen Ereignisses Tränen zu vergießen. „Hast du eigentlich schon einmal daran gedacht, Kinder zu bekommen?", fragte sie Nick dann unverhohlen.

„Kinder?" Er war entsetzt über diese Frage. Wie um Hilfe suchend sah er sich um, aber da er in diesem Moment nur von Mitgliedern seiner Familie umgeben war, gab es kein Entkommen. Er musste Freddie antworten. „Nein", sagte er entschieden. „Auf gar keinen Fall."

„Ich schon", seufzte sie und griff wieder nach seiner Hand. Wohl oder übel musste Nick sie ihr überlassen.

Mikhail flüsterte gerade Sydney etwas ins Ohr, sie nickte. Natasha wandte sich an ihren Mann, der hinter ihnen ging, und sagte leise:

„Es ist immer wieder ein Wunder, findest du nicht?“

Er küsste sie auf die Stirn und entgegnete: „Oh ja. Und falls du Lust haben solltest, noch eines zu produzieren, bin ich dabei.“

Yuri glühte im Stolz eines Mannes, der sein Lebenswerk getan sah. „Gott hat mich reich gesegnet!“ Ohne Ansehen der Person schnappte er sich jemanden aus der Gruppe, den er umarmen konnte. Zufällig war es Bess. Er wirbelte sie im Flur herum, sodass sie schon bald keine Luft mehr bekam. „Zwei Enkelsöhne habe ich schon! Und nun auch noch drei Enkelinnen! Was kann man sich mehr wünschen?“ Er hob Bess in die Luft, bis ihr schwindlig wurde.

„Meinen herzlichen Glückwunsch.“ Sie lachte ihn an, und er küsste sie unversehens auf beide Wangen. „Großpapa!“

„Heute ist ein guter Tag!“ Er griff in seine Tasche. „Komm, rauch eine Zigarre!“

10. KAPITEL

Rosalie hatte sich immer für eine gute Menschenkennerin gehalten, und ihrer Meinung nach war Bess ziemlich verrückt. Aber das hielt sie nicht davon ab, wieder zu ihr zu gehen.

Natürlich hängt das vor allem mit dem Geld zusammen, dachte die junge Frau, während sie an ihrem Drink nippte. Sie hatte es sich auf dem Sofa in Bess' Büro bequem gemacht.

Aber es gab noch anderes an dem Arrangement, das ihr so sehr zusagte, dass sie mehrmals in der Woche die Fahrt quer durch die Stadt auf sich nahm. Und nicht nur das – sie blieb auch freiwillig gern länger, nachdem die „Beratungsstunde", wie Bess diese Treffen zu bezeichnen pflegte, schon lange vorbei war.

Rosalie war ehrlich genug, sich einzugestehen, dass es ihr Spaß machte, ins Showbusiness hineinschnüffeln zu dürfen. Bess hatte sie ein paarmal mit ins Studio genommen, und die konzentrierte Arbeitsatmosphäre hatte ihr enorm imponiert.

Aber es gab noch einen Grund, warum Rosalie die Gesellschaft von Bess so sehr genoss.

Bess hatte Klasse, das war nicht zu übersehen. Und Klasse hatte in ihrer Welt nicht nur etwas mit Geld zu tun, obwohl Geld natürlich sehr wichtig war. Es ging auch nicht nur darum, in der Gesellschaft bekannt zu sein oder in den Klatschspalten der Zeitungen zu stehen. Es war etwas komplizierter, und Rosalie konnte nie ganz genau definieren, was sie nun mit diesem Wort meinte. Aber sie wusste, dass sie diese Qualität erkennen konnte, wenn sie sie sah, und Bess verkörperte dazu noch mehr für sie – sie hatte gute Umgangsformen und war kein Snob.

Über all diese Dinge dachte Rosalie nach, während sie müßig an ihrem Drink nippte. Bess schien es egal zu sein, ob sie stundenlang herumhing oder nicht. Es war Rosalie nicht entgangen, wie hart Bess arbeitete. Vielleicht ist es sogar noch härter als in meinem Beruf, dachte Rosalie bei sich. Auf jeden Fall arbeitete Bess länger.

Es machte den beiden viel Spaß, die Vor- und Nachteile ihres jeweiligen Gewerbes herauszustellen und miteinander zu vergleichen.

Ja, durch die langen Gespräche und die Zeit miteinander war etwas entstanden, das sie mehr als alles andere schätzte – Freundschaft! Ganz eindeutig waren die beiden jungen Frauen Freundinnen geworden.

„Und … wie lange werden Sie noch arbeiten?“, fragte Rosalie, nachdem sie ihr Glas ausgetrunken hatte.

Stirnrunzelnd blickte Bess auf ihren Monitor. „Oh … ich glaube, nicht mehr sehr lange.“ Selbstvergessen blies sie sich eine Haarsträhne aus dem Gesicht. Brock war gerade im Begriff, Jessica zu verführen. „Ich hatte nur gerade eine Idee, wie man diese Szene, die wir morgen drehen wollen, noch spannender gestalten könnte.“ Sie lächelte spitzbübisch. „Natürlich werden mich morgen einige aus dem Team umbringen, wenn ich ihnen das serviere. Aber so ist nun einmal das Showgeschäft.“

Rosalie holte sich eine Zigarette aus der Tasche und zündete sie an. „Wann haben Sie heute Morgen angefangen?“

„Heute? Oh … so gegen halb zehn.“ Bess musste an Alex denken. „Ich war leider ein bisschen spät.“

Staunend blickte Rosalie auf ihre Armbanduhr. „Und jetzt ist es nach sieben. Nicht schlecht.“ Sie lachte. „Wenn Sie in meinem Beruf genau so viel Zeit verbringen würden, wären Sie jetzt wahrscheinlich reich.“

„Ja, aber der Unterschied besteht darin, dass ich mich hier nicht vom Fleck zu rühren brauche“, entgegnete Bess. Plötzlich spürte sie, dass ihr der Nacken vom langen Sitzen wehtat. „Wie wär's mit einem kleinen Snack? Ich muss sagen, ich bin ziemlich hungrig.“

Bedauernd drückte Rosalie ihre Zigarette aus und erhob sich. „Nein, tut mir leid. Ich muss an die Arbeit.“

„Und wenn Sie sich den Abend freinehmen würden? Dann könnten wir beide zusammen ins Kino gehen.“

Strafend sah Rosalie sie an. Dann holte sie einen kleinen Kompaktspiegel aus ihrer Tasche und überprüfte ihr Make-up. „Sie haben versprochen, dass Sie mich nicht bekehren wollen, Bess.“

„Ja, aber das war eine Lüge“, gab Bess fröhlich zurück. Natürlich wollte sie Rosalie nicht in ihr Leben hineinreden. Das hätte sicher auch gar nichts genützt. Aber sie hatte inzwischen große Zuneigung zu Rosalie entwickelt, und sie wollte nicht, dass ihr etwas zustieß. „Ich hoffe, Sie verstehen mich, Rosalie. Ich mache mir nun einmal große Sorgen um Sie. Besonders nach den letzten Mordfällen.“

Rosalie sah sie verblüfft an. Langsam steckte sie ihren Spiegel wieder ein. Sie konnte sich nicht erinnern, dass jemals irgendjemand ihretwegen besorgt gewesen wäre. Das rührte sie sehr. „Habe ich Ihnen nicht gesagt, dass ich auf mich selbst aufpassen kann?"

„Ja, aber ..."

„Kein Aber, Schätzchen!" Noch einmal griff Rosalie in ihre Tasche. Im nächsten Augenblick blitzte etwas in ihrer Hand auf. Es war ein Stilett, und die Klinge glitzerte gefährlich im Licht der Neonlampe. „Womit ich nicht fertig werde, das besorgt mein Messer."

Bess starrte sie wortlos an. Es war das erste Mal, dass sie eine solche Waffe von Nahem sah. „Darf ich?"

„Na klar." Achselzuckend reichte Rosalie ihr das Stilett. „Seien Sie vorsichtig mit der Klinge", warnte sie Bess. „Sie ist genauso scharf, wie sie aussieht."

Fasziniert besah Bess sich die tödliche Waffe. Vor ihrem geistigen Auge tauchte sofort eine Szene auf, in der Jade das Messer fand – vielleicht sogar blutbeschmiert, und in der ihr der Gedanke kam, dass sie ... Bess musste sich zwingen, wieder in die Gegenwart zurückzukehren. „Haben Sie sie jemals ...?"

Rosalie schüttelte den Kopf. „Nein, bisher war es glücklicherweise nicht nötig." Sie streckte die Hand aus und nahm die Waffe wieder in Empfang. „Aber natürlich gibt es immer ein erstes Mal. Wenigstens wissen Sie jetzt, dass Sie sich meinetwegen keine Sorgen zu machen brauchen. In ein paar Monaten habe ich genug gespart, Bess. Dann werde ich den Winter in Florida verbringen, während ihr hier alle im Schnee stecken bleibt." Sie schulterte ihre Tasche und warf provozierend den Kopf zurück. „Bis zum nächsten Mal, Schätzchen."

„Moment!" Bess kramte nun ihrerseits in ihrer Tasche nach etwas. Schließlich brachte sie ein kleines, kompaktes Aufnahmegerät zum Vorschein. „Wenn es Ihnen nichts ausmacht, würde ich Sie bitten, das mit sich herumzutragen und hin und wieder einzuschalten." Auf Rosalies skeptischen Blick hin setzte sie nervös hinzu: „Wissen Sie, nur um ... na ja, ich hätte gern ein paar Dialoge, wie es zum Beispiel zwischen den Mädchen zugeht oder was die Freier zu Ihnen sagen, wenn sie Sie ansprechen. Sie verstehen schon, ich brauche die Atmosphäre."

„Klar, kein Problem. Sie sind schließlich der Boss." Rosalie steckte das Gerät ein und machte sich zum Gehen bereit.

„Und seien Sie vorsichtig!" Bess konnte nicht umhin, sie noch einmal zu warnen, obwohl sie genau wusste, dass Rosalie darüber nur lachen würde.

Rosalie lachte nicht, aber ihre selbstbewusste Haltung war beredt genug. „Meine Liebe, ich bin immer vorsichtig." Damit war sie verschwunden.

Auf dem Weg zum Fahrstuhl malte sie sich vergnügt aus, was wohl passieren würde, wenn sie alles, wirklich alles aufnehmen würde, was sich während ihrer Arbeitsstunden ereignete. Bess würde nicht schlecht staunen, so viel war sicher. Der Gedanke erheiterte Rosalie sehr, doch als sie sich plötzlich Alex gegenübersah, der aus dem Fahrstuhl trat, verging ihr der Humor schlagartig.

Die beiden sahen sich mit unverhohlenem Misstrauen an. Alex fing sich als Erster. Er ließ Rosalie eintreten.

„Na, was macht das Geschäft?"

„Ich kann nicht klagen, vielen Dank."

Bevor Rosalie noch auf den Knopf drücken konnte, hatte er einen Fuß zwischen die Tür gesetzt.

„Was wissen Sie über den Mord an Crystal LaRue, Rosalie?"

„Ich weiß, dass sie tot ist." Herausfordernd sah sie ihn an. „Gibt es sonst noch was?"

Alex ließ sich von ihrem Getue nicht beeindrucken. „Ja. Ich will wissen, was Sie mir über die Zeit sagen können, bevor sie gestorben ist."

„Gar nichts!" Rosalie hätte ihm natürlich das Gleiche gesagt, auch wenn sie Crystals allerbeste Freundin gewesen wäre. Schließlich war er Polizist. Aber in diesem Fall handelte es sich ganz schlicht um die Wahrheit. „Ich weiß nur, dass sie relativ neu in dem Beruf war. Und dass sie keinen Zuhälter hatte."

„Stimmt." Alex bewegte sich nicht vom Fleck. „Das habe ich auch gehört. Und dann erzählte mir noch jemand, Bobby hätte sich dafür interessiert, sie zu einem seiner Mädchen zu machen."

„Kann schon sein. Bobby mag es nun einmal, wenn sie blutjung sind."

Alex sah sie angewidert an. Crystal war erst siebzehn gewesen, dachte er bei sich. Ein junges, hübsches Mädchen, das von zu Hause fortgelaufen war und keine Zeit gehabt hatte, die Regeln zu lernen. Jetzt würde sie sie nie mehr lernen.

„Sie wissen also nichts, Rosalie?“, sagte er langsam. „Auch nichts über Bobby?“

Das Mädchen schüttelte ungehalten den Kopf. „Nein, ich weiß nichts über Bobby. In letzter Zeit bin ich ihm aus dem Weg gegangen, und das werde ich auch in Zukunft tun.“

„Gute Idee.“ Alex studierte Rosalies Gesicht aufmerksam. Ihr blaues Auge war inzwischen verschwunden. „Scheint so, als würde Bess Ihnen genug zahlen, dass Sie nicht mehr so viel arbeiten müssen.“

„Das geht Sie überhaupt nichts an, Bulle.“

„Na, na!“ Er hob den Finger. „Das geht mich sehr wohl etwas an, Lady. Ich will nämlich nicht, dass Ihr Lude herausfindet, womit Sie sich nebenbei noch ein paar Dollar verdienen, und er dann auf die Idee kommt, sich an Bess zu wenden. Denn in diesem Fall …“, Alex’ Augen blitzten jetzt gefährlich, „… in diesem Fall würde ich mich leider genötigt sehen, ihn unschädlich zu machen.“

„Glauben Sie etwa, ich würde sie an Bobby verpfeifen?“, fragte Rosalie empört. „So etwas würde ich nie tun! Ich schulde ihr schließlich was“, fügte sie hinzu.

„Was denn?“ Alex klang ausgesprochen skeptisch.

„Respekt“, erwiderte Rosalie mit Nachdruck. „Sie hat mich behandelt wie ein Mensch, Bulle. Ich durfte mit ihr an einem Tisch essen, und sie hat mir auch ein Bett angeboten. So als wäre ich ihr Gast. Das werde ich ihr nie vergessen.“

„Na gut.“ Alex war immer noch nicht überzeugt. „Ich will nur nicht, dass ihr etwas zustößt, verstanden?“

„Keine Angst, das will ich auch nicht.“ Rosalie tippte Alex mit dem Finger auf die Brust. „Sie hat es ja ganz schön erwischt, Bulle. Tun Sie mir den Gefallen und seien Sie ganz besonders nett zu Bess. Sonst werden Sie es nämlich mit mir zu tun bekommen!“

Alex nickte und machte einen kleinen spöttischen Diener. „Ja, Ma’am!“ Genau wie Bess hatte auch er den Impuls, Rosalie vor dem zu bewahren, was draußen auf der Straße auf sie wartete. Aber im Gegensatz zu Bess akzeptierte er, dass es nichts gab, was er dagegen tun konnte.

Nachdem die Fahrstuhltüren sich hinter Rosalie geschlossen hatten, machte Alex sich auf die Suche nach Bess.

Er fand sie über ihren Computer gebeugt, sie hämmerte wild auf die Tasten. An ihren Augen sah er, dass sie meilenweit weg war. In Millbrook, dachte Alex lächelnd.

Bei ihrem Anblick stockte ihm das Blut in den Adern. Sie sah wieder so verführerisch aus, dass er sie am liebsten auf der Stelle vernascht hätte.

Gleichzeitig spürte er, wie sein Herz sich vor Liebe nach ihr verzehrte. Oh Gott, was hatte diese Frau nur mit ihm angestellt?

Nichts an der Angelegenheit war so leicht und einfach, wie er es sich gern gewünscht hatte. Bess war nicht die Frau, der es genügen würde, untätig zu Hause herumzusitzen, während er seinem gefährlichen Beruf nachging. Im Gegenteil, wahrscheinlich würde sie ihn endlos plagen, bis er alle Aspekte seines Berufs vor ihr enthüllt hatte, auch die Schattenseiten, die er so gern für sich behalten hätte. Und was die Kinder anging, die er sich so sehnlichst wünschte ... er wusste ja nicht einmal, ob Bess Ja sagen würde, wenn er ihr einen Heiratsantrag machte! Geschweige denn, eine Familie mit ihm zu gründen! Nein, die Sache war schon recht kompliziert.

Aber in einem war Alex sich ganz sicher – er wollte Bess haben, er wollte sie mehr als alles andere auf der Welt. Und im Moment war seine Strategie denkbar einfach. Er würde so lange in ihrer Nähe bleiben, bis sie sich ein Leben ohne ihn gar nicht mehr vorstellen konnte.

Bess hatte Alex natürlich längst gesehen, und schließlich hörte sie auf zu tippen. Als sie sich nach vorn beugte, um den Drucker anzustellen, rutschte ihr Rock ein wenig höher. Alex musste sich beherrschen, um sich nicht über die Lippen zu lecken.

Stattdessen wandte er sich um und ging noch einmal zur Tür, die er dann behutsam schloss. Er hatte ein Lächeln auf den Lippen, aber sein Herz war dabei ganz wund.

Dann trat er von hinten an Bess heran und legte die Arme auf ihre Brust. Sie stieß einen wohligen Seufzer aus.

„Alex ... Wie schön, dass du da bist.“

Er begann mit langsamen Bewegungen ihren schmerzenden Nacken zu massieren. Bess ließ es gern geschehen. Sie hatte bereits wieder vergessen, wie geschunden ihr Körper sich nach der stundenlangen Arbeit anfühlte.

„Ich glaube, ich sollte einmal zwei oder drei Tage in einer heißen Badewanne verbringen“, meinte sie dann.

„Wo ist Lori?“

„Ach, sie fühlte sich nicht besonders.“ Während der Drucker vor sich hin ratterte, schloss Bess die Augen. „Ich habe ihr gesagt, dass sie gehen soll. Eigentlich müsste ich auch schon längst hier heraus sein. Mir sind dann noch in letzter Minute ein paar Änderungen für morgen eingefallen.“ Sie sah zu ihm hoch. „Du hast doch gesagt, dass du auch länger arbeiten müsstest.“

Alex nickte. „Ja, aber dann kam etwas dazwischen. Wir haben uns entschlossen, die Juweliere abzuklappern, um die Herkunft der Goldkette herauszufinden. Leider war es dafür schon zu spät.“

„Glaubst du denn, das Herz hat eine persönliche Bedeutung für den Mörder?“, fragte Bess gespannt.

„Ich denke schon. Wahrscheinlich möchte er einer Frau sein Herz schenken, und denkbar ist, dass er dabei schon öfter enttäuscht worden ist. Also sucht er sich Prostituierte, bei denen von Anfang an klar ist, dass er sie bezahlen muss, damit sie mit ihm schlafen, und am Ende ermordet er sie dann für ihren sogenannten Verrat.“ Alex überlegte eine Minute. „Ich weiß, das ist alles ein bisschen simpel, aber oft … He, was machst du denn da?“

Bess hatte inzwischen wieder ihren Notizblock genommen und angefangen, sich eifrig Notizen zu machen. Energisch nahm Alex ihr den Stift aus der Hand.

„Nichts da, Bess! Ich weiß wirklich nicht, wie du das anstellst! Sobald ich hier bin, denke ich an nichts anderes, wie ich dich am schnellsten ins Bett kriegen kann. Doch du schaffst es, dass ich schon wieder über einen Fall spreche.“

„Aber das interessiert mich sehr“, verteidigte sich Bess. Sie machte zwar keine Anstalten, sich zu wehren, legte ihren Block jedoch nur ungern zur Seite.

„Ich habe ein Problem mit dir, Bess“, meinte Alex stirnrunzelnd. „Ich würde dich gern in eine hübsche kleine Nische packen, wo du dann immer auf mich wartest. Aber das funktioniert bei dir leider nicht.“

„Ach komm, Alex, das stimmt doch gar nicht! Es würde dir nicht gefallen, wenn du das tun könntest. Du magst mich nämlich genau so, wie ich bin.“ Sie nahm seine Hand und küsste sie.

Zuerst wollte er sich ihrem Zugriff entziehen, doch dann entspannte er sich sichtlich. „Ich habe dir beim Arbeiten zugesehen.“

Seine Stimme hatte einen seltsamen Unterton. Kleine Wellen der Erregung rieselten plötzlich über Bess' Haut. „Ja, und?“

„Und dabei habe ich mir so allerlei vorgestellt.“

Sie ließ seine Hand los. Ihr Atem ging mit einem Mal schneller. „Vorgestellt? Was denn?“

„Was ich so alles mit dir tun könnte.“

Langsam drehte Bess sich in ihrem Sitz um. Oh, wie konnte ein Mann nur dermaßen unwiderstehlich sein! Ihr Mund wurde trocken, als Alex sich zu ihr hinabbeugte und in aller Ruhe begann, ihre Bluse aufzuknöpfen. Als ihm das gelungen war, erkundete er mit der Zunge ihre Brust und umspielte sie zärtlich. Bess stieß einen langen, sehnsuchtsvollen Seufzer aus.

„Ich ... ich bin sofort fertig, Alex.“

Er schüttelte den Kopf. „Oh nein, mein Liebling. Ich kann keine Sekunde länger warten. Ich will dich auf der Stelle.“

„Aber ...“

Alex ließ ihr keine Zeit, an Gegenwehr auch nur zu denken. Ehe sie es sich versah, hatte seine Hand den Weg unter ihren Rock gefunden, und genau wie beim ersten Mal trieb er sie schon nach wenigen Minuten zu einem Höhepunkt, wie sie ihn in dieser Intensität nur selten erlebt hatte.

„Ich habe dir zugesehen, wie du gearbeitet hast.“ Seine Augen glühten jetzt in einem wilden Feuer. „Und ich wollte dich haben, Bess!“ Er zog sie an sich und presste das Gesicht an ihren Nacken, während sie noch in den letzten Schauern der Erregung bebte. „Kannst du dich noch an das erste Mal erinnern, als ich dich hier vorfand?“

„Was?“ Bess konnte keinen klaren Gedanken mehr fassen. Alles in ihr war Verlangen, wildes, drängendes Verlangen nach ihm.

„Alexej, bitte, komm mit mir nach Hause. Ich brauche ...“ Statt weiderzusprechen stieß sie einen Schrei aus, denn er hatte nicht mit seinen Zärtlichkeiten aufgehört, und ihre Orgasmen schienen überhaupt nicht enden zu wollen.

„Schon beim ersten Mal wollte ich dich." Alex war nur noch von einem einzigen Gedanken beseelt. Er hatte Bess' Worte nicht einmal vernommen. „Ich möchte dir zeigen, was ich mir damals vorgestellt habe."

Bess starrte ihn an. Eine seltsame Veränderung schien mit ihm vorgegangen zu sein. Dies war nicht mehr der sensible, einfühlsame Liebhaber von letzter Nacht! Dieser Mann mit den gefährlichen Augen und den Händen, deren Druck wie Feuer auf ihrer Haut brannte, würde sie nicht zärtlich in den Arm nehmen und ihr Nettigkeiten ins Ohr flüstern. Dies war der Krieger, den sie immer in ihm vermutet hatte, dem sie aber noch nicht begegnet war. Er würde sie nehmen, das stand fest. Ob sie bereit war oder nicht, er war jetzt an dem Punkt, da er ihr seine dunkle Seite zeigen würde, die Seite, die er sonst unter Kontrolle hatte.

In diesem Moment verstand Bess, wie dünn der Mantel der Zivilisation in Wirklichkeit war. Die Erregung, die sie nun verspürte, hatte eindeutig etwas Primitives, und sie war deshalb so stark, weil auch eine Ahnung von Furcht darin mitschwang.

Alex umfasste Bess' Haar mit der Hand und zog sie in einem Ruck hoch. Sein Körper kam ihr wie ein Fels vor, ein Fels, der von innen erbebte. Oder mehr wie ein Vulkan, der kurz vor der Eruption stand. Hier gab es kein Entrinnen, nur die Kraft und die Intensität des Unvermeidlichen.

Seine Lippen brannten auf ihren, seine Zunge stieß tief in ihren Mund, während er ihr mit der freien Hand den Rock herunterriss. Er wollte sie nackt sehen, das war jetzt sein einziger Gedanke. Und dabei waren ihm der teure Stoff, den sie trug, all die kostbare Seide, nur im Weg. Die Zeit und der Ort hatten völlig ihre Bedeutung verloren. Es gab nur das Hier, nur das Jetzt. Und nur sie.

Gegen ihren Willen verspürte Bess auf einmal Furcht. Noch nie hatte ein Mann sie so begehrt, und es machte ihr Angst zu sehen, wozu sie einen anderen Menschen treiben konnte. Beim ersten Mal hatte Alex ihr mehr gegeben, als sie sich je erträumt hatte. Doch jetzt trieb er sie über Grenzen, an die zu denken sie bisher nicht einmal gewagt hatte.

Neben ihnen hörte der Drucker endlich auf, und das ratternde Geräusch wurde zu einem dunklen Summen. Doch viel lauter war

Bess' Herzschlag. Und ihr Herz setzte sogar für einen Moment aus, als Alex sie an sich zog und in einer einzigen wilden Bewegung ihre Hüfte gegen die seine presste.

„Du machst mich wahnsinnig!", flüsterte er, während er ihren Nacken mit kleinen drängenden Küssen bedeckte.

„Alexej!" Atemlos erwiderte sie seine heißen Zärtlichkeiten. In ihr war nur ein einziges Brennen, ein Feuerstrom, gefährlich und köstlich zugleich. „Nimm mich! Nimm mich jetzt!"

Seine Erregung übertrug sich auf sie, und sie spürte, wie sie die Kontrolle über sich selbst verlor. Ihre Lippen waren jetzt genauso drängend wie seine, ihre Hände suchten ihm alles zu geben, was er brauchte. Dutzende von kleinen Höhepunkten erschütterten ihren Körper und verbanden sich schließlich zu einem einzigen Gefühl alles verzehrender Ekstase. Bess wurde davon mitgerissen wie von einem tobenden Fluss. Sie hörte nur undeutlich ihre eigene Stimme seinen Namen stammeln, während sie an seinen Kleidern zerrte.

Sie zitterte am ganzen Leib, so stark war ihr Verlangen nach ihm. Und es war unmöglich, damit aufzuhören. Der Druck und die Hitze von innen wurden immer unerträglicher. Vor allem die Hitze war es, die sie in einen Taumel der Erregung versetzte. Es war ein herrliches Gefühl, und triumphierend grub Bess ihre Zähne in seinen Arm. Genau wie er wollte sie sein Fleisch spüren, und sie kostete die animalische Kraft, die von ihm ausging, wie eine seltene Frucht. Alex' Atem war dicht an ihrem Ohr, er ging schwer und trug noch dazu bei, ihre Erregung zu steigern.

Alex stöhnte auf, als sie ihn intim mit der Hand umschloss. Er hatte das Gefühl, mitten auf einer wirbelnden heißen Flamme zu reiten.

Wie ein Ertrinkender griff er Bess bei den Schultern und riss sie zurück.

Ihr Gesicht war gerötet, ihre Augen hatten einen tiefen Glanz. Alex fiel auf, dass er ihre Haut markiert hatte. Kleine Druckstellen zeichneten sich dort ab, wo er zu fest zugepackt hatte. Aber es war ihm egal, im Gegenteil, er sah es als Beweis seines Verlangens nach ihr. Ja, genau das war es, was er wollte, sie bezwingen, sie verschlingen, sich mit ihr vereinen.

Er sah diese Zeichen als Brandmale, die Bess zu seinem Eigentum machten.

Er warf den Kopf zurück und sah sie triumphierend an. Sein Anblick versetzte Bess in einen Taumel des Entzückens. Ja, dies war der Mann, dem sie sich hingeben wollte.

Doch seine nächsten Worte versetzten sie in einen Zustand des Schocks.

„Niemand liebt dich so wie ich!"

Plötzlich war sein Akzent deutlich zu hören, und der Klang seiner Stimme ließ sie erbeben. Hilflos schüttelte sie den Kopf.

„Niemand berührt dich so wie ich!" Seine Hände rissen an ihrem seidenen Body. „Niemand wird dich je wieder besitzen außer mir!"

„Alexej ..."

Aber er schüttelte den Kopf. Er konnte genau spüren, wie ihr Herz gegen das seine pochte. Auch seine Brust hob und senkte sich schwer.

„Ich will, dass du mich richtig verstehst. Von jetzt an gehörst du mir!" Seinen Worten ließ er sogleich Taten folgen. Mit einer einzigen Bewegung zerriss er ihren Body. „Nur mir!"

Er drängte sie zurück gegen den Tisch und genoss das Spiel der wechselnden Emotionen auf ihrem Gesicht. Ja, er wollte sie erregen, wollte sie schockieren.

Seine Finger gruben sich in ihre Hüften, als er sie hochhob. Er war bereit, jeder Muskel in ihm zitterte jetzt vor Anspannung.

„Halt dich an mir fest!", befahl er ihr mit heiserer Stimme. „Halt dich fest!"

In seinen Augen las Bess ein Zeichen ihrer eigenen Macht. Sie war wie trunken von seiner Lust, ihrer Lust. Wie im Taumel legte sie die Hände um seinen Nacken und schlang die Beine um ihn. Als er dann in sie eindrang, bog sich ihr Körper unwillkürlich zurück, und sie stieß einen Schrei aus. Es war wie Feuer, es war so, als würde sie von innen heraus verzehrt werden.

Undeutlich spürte sie die kühle Oberfläche des Tisches an ihrem Rücken, dann legte Alex sich auf sie. Gierig drängte sie ihn dazu, noch tiefer einzudringen, sie konnte gar nicht genug von ihm bekommen. Und ihr Körper antwortete wie ein Echo auf seine wilden Stöße und suchte ihn manchmal noch zu übertrumpfen. Wie zwei Ertrinkende fanden sich auch ihre Lippen, und ihre Küsse drangen bis in die Tiefe ihres Seins.

Alex verlor sich in ihr. Es gab nur noch Bess und den unstillbaren Drang, sie zu besitzen, eins mit ihr zu werden. Ihre Hingabe zu genießen und sich ihr ebenso rückhaltlos hinzugeben.

Die Leidenschaft schlug wie eine gewaltige Welle über ihnen zusammen, und Alex wurde schwarz vor Augen. Für einen kurzen Moment hatte er das Gefühl, ohnmächtig zu werden.

In einem einzigen wilden Schwung riss er Bess mit sich hoch, und beide lagen jetzt auf dem Tisch. Papiere flogen beiseite, Aschenbecher fielen zu Boden, Tassen schepperten auf der Tischplatte. Er konnte seine Augen einfach nicht von ihrem Gesicht wenden, es war wie ein Zwang, ständig hinzusehen. Ein Schleier hatte sich über ihr Gesicht gelegt, ihre Lippen bebten in einem Verlangen, das nicht mehr zu stillen war. Ihre Haut war gerötet, wie von einem inneren Feuer erhellt. Alex verausgabte sich, er gab ihr alles, wozu sein athletischer Körper in der Lage war.

Es ist zu viel, dachte sie bei sich. Und dann: Nein, es konnte nie genug sein! Das harte Neonlicht über ihr wurde zu einem Regenbogen von Farben. Sie schienen sich wie eine Krone um Alex' Kopf zu legen, aber sie hatte nicht für einen Moment lang das Gefühl, als würde sie halluzinieren. Seine Augen waren so tief, so dunkel, so voller Leidenschaft. Es war ihr unmöglich, den Blick abzuwenden. In diesen Augen, so spürte Bess ganz deutlich, könnte sie ertrinken, ohne es zu bereuen.

Es war ein Hochgenuss zu erleben, wie er sie nahm. Wie er sie haben wollte, wie sehr er selbst in der Lage war, sich seiner Lust hinzugeben.

Da hielt Alex für den Bruchteil einer Sekunde inne, und die Welt schien stillzustehen. Seine Muskeln spannten sich an, und er rief laut ihren Namen, dann kam er endlich in ihr.

Bess schrie ebenfalls, als es ihm gelang, sie auch noch über den höchsten Gipfel wilder Ekstase mit sich zu reißen.

Die Kraft, die ihn so lange getrieben hatte, verließ ihn. Er keuchte, rang nach Luft, sank über sie. Zum ersten Mal spürte Bess sein Gewicht auf ihr. Alex presste aufstöhnend das Gesicht an ihren Hals. Was war nur mit ihm geschehen? Er hatte sich verändert. Er war nichts mehr ohne sie.

Verwundert blickte er Bess an. Auch für ihn war es das erste Mal gewesen, solche Ekstase erleben zu dürfen. Sie hatte Tränen in den Augen, und er spürte sie unter sich erbeben.

Langsam löste er sich von ihr, dann schüttelte er heftig den Kopf, wie um wieder zu sich zu kommen. Bess seufzte tief, und dieser Laut brachte ihn zur Besinnung. Die Zärtlichkeit, die ebenfalls so sehr Teil seines Wesens war, kam erneut an die Oberfläche, und er streichelte ihr schweißnasses Haar.

Wie um Entschuldigung bittend, schloss er sie in seine Arme und flüsterte wieder und wieder ihren Namen.

„Kleines, es tut mir leid, es tut mir leid! Ich wollte dir nicht wehtun, glaube mir! Bitte, weine nicht!"

„Ich weine doch gar nicht!" Aber natürlich weinte sie. Die Tränen liefen Bess wie ein Sturzbach übers Gesicht. Dabei bedeckte sie sein Gesicht mit Küssen. „Sag mir nur, dass du mich liebst! Bitte, bitte sag es mir!"

„Ich liebe dich! Pst!" Seine Lippen bedeckten die ihren. „Du weißt doch, dass ich dich liebe."

„Und ich liebe dich!" Bess sah ihn flehend an. „Du musst mir glauben, dass ich dich liebe, Alexej!"

Ihre Worte waren wie ein Schlag in den Magen, aber er hörte nicht mit seinen Zärtlichkeiten auf. „Lass mich dich nur festhalten, Kleines."

Bess hob den Kopf, sie war verzweifelt. „Glaubst du mir immer noch nicht, Alex, nach allem, was gerade war? Oh Gott, was kann ich nur tun, damit du mir endlich glaubst?"

„Ich glaube dir ja." Aber sie wussten beide, dass er es nur sagte, um sie zu beruhigen. „Du gehörst zu mir. Das glaube ich ganz fest."

„Du bist alles, was ich mir je gewünscht habe." Bess entspannte sich, sie wusste, dass sie sich im Moment mit seiner Reaktion begnügen musste.

„Und du weinst auch nicht mehr?"

„Nein."

Er hob ihren Kopf und sah sie aufmerksam an. „Habe ich dir sehr wehgetan?"

„Nein, Alex."

Er war überrascht. „Du bist nicht böse auf mich?"

„Warum sollte ich?"

„Aber ich … ich war ungestüm, unbeherrscht, wild.“ Nervös strich er sich das Haar aus dem Gesicht. „Ich weiß selbst nicht, was über mich gekommen ist.“

Bess blickte ihn verträumt an. „Was auch immer es war … es war herrlich!“

„Ja?“ Sein Schuldbewusstsein schwand und machte einem Gefühl des Stolzes Platz. „Hat es dir gefallen?“

„Und wie!“ Nach einem solchen Liebesakt machte es Bess nichts aus, seinem Ego ein wenig zu schmeicheln. „Es war so, als würde mich ein primitiver Barbar an einen Ort entführen, wo ich noch nie war, wohin ich aber immer wollte.“ Nach einigem Nachdenken fügte sie hinzu: „Es war etwas beängstigend, das stimmt. Doch ich habe es auch sehr genossen.“

„Warum hast du dann geweint?“

„Alexej!“ Sanft strich sie ihm übers Gesicht. „Du hast mich überwältigt, das ist alles. Ich habe so etwas noch nie erlebt. Noch nie im Leben hat mich jemand so sehr begehrt.“

„Ich kann dir einfach nicht widerstehen, Bess. Aber das mit den blauen Flecken tut mir sehr leid.“

Sie lächelte. „In diesem Fall macht es mir nichts aus.“ Sie blickte sich im Zimmer um und schmunzelte. „Ich kann mir nur nicht vorstellen, wie ich hier je wieder arbeiten soll.“

Nun musste auch Alex grinsen. „Vielleicht inspiriert es dich ja.“

„Möglicherweise.“ Sie schob ihn sanft von sich und erhob sich vom Tisch. Was immer Alex auch sagen mochte, sie wusste tief in ihrem Inneren, dass nichts mehr so sein würde, wie es vorher war.

11. KAPITEL

Ich kann mir nicht vorstellen, dass du wirklich den halben Samstag in einem alten Fitness-Studio verbringen willst." Alex schüttelte den Kopf, während er neben Bess die eisernen Treppen zu „Rocky's" hinaufstieg.

„In deinem alten Fitness-Studio", korrigierte Bess ihn lachend. Dann gab sie ihm einen Kuss.

Die letzten Tage sind fast wie Flitterwochen gewesen, dachte sie bei sich. Natürlich hatten sie beide arbeiten müssen. Aber die restliche Zeit hatten sie immer zusammen verbracht, entweder in ihrer Wohnung oder in seiner.

Und langsam hoffte sie auch, ihn davon überzeugen zu können, dass sie ihn liebte. Wenn sie das erst einmal geschafft hatte, war alles möglich. Dann würde auch richtigen Flitterwochen mit allem, was dazugehörte, nichts mehr im Wege stehen.

„Du hast mich schließlich gestern auch in meinem Studio abgeholt", erinnerte sie Alex.

„Das war kein Studio." Unverhohlene Verachtung schwang in seiner Stimme mit. „Das war ein Sportpalast. Überall dieses gedämpfte Licht, diese leise Musik. Und die Spiegel!"

„Wenigstens kann ich darin sehen, ob mein Körper noch in Form ist."

Er gab ihr einen freundschaftlichen Klaps. „Das werde ich dir dann schon sagen."

„Abwarten." Sie stieß die große eiserne Tür auf.

Bess musste sofort an all die Boxerfilme denken, die sie gesehen hatte. Die große Halle dröhnte vom Gekeuche der Männer, die hier trainierten, von den Schlägen auf die Punchingbälle und dem Getrippel der Kämpfer im Ring. Es roch nach Schweiß und nach ... Bess schnüffelte die Luft, dann entschied sie sich, es gar nicht so genau wissen zu wollen.

Der Platz war alles andere als glamourös. Lange Heizungsrohre zogen sich an der Decke hin, der Boden war betoniert, überall standen Maschinen herum, die den einzigen Zweck hatten, die Muskeln zu trainieren und sie stahlhart werden zu lassen. Ein männlicheres Ambiente hätte man sich nur schwer vorstellen können.

Jetzt verstand Bess auch, warum Alex ihr eigenes Studio nicht für voll hatte nehmen können. Hier gab es keine Spiegel an den Wänden, und im Gegensatz zu dem Ort, an dem sie trainierte, waren die Maschinen alt und ölverschmiert. Hier ging es nicht darum, gesehen zu werden, dies war ein Platz für harte Arbeit. Bess dachte daran, wie unwahrscheinlich es war, dass es hier überhaupt eine Saftbar gab.

„Na, wie gefällt dir das?", fragte Alex amüsiert. Der Gedanke, dass Bess sich hier mit den Männern messen wollen würde, erheiterte ihn sehr.

„Interessant", war die Antwort. Dann machte Alex plötzlich große Augen, als Bess begann, sich aus ihren Kleidern zu schälen. Unter dem weißen Sweatshirt trug sie einen glitzernden Body aus grünem Lycra, der jede Kurve ihres durchtrainierten Körpers zur Geltung kommen ließ. Als sie dann auch die Jeans fallen ließ, konnte Alex den Impuls, ihr die Hosen wieder hochzuziehen, nur schwer unterdrücken.

„Also, Bess, bitte! Zieh dich sofort wieder an!"

Ihre untere Körperhälfte war noch viel provozierender als der Oberkörper mit seinem großzügigen Dekolleté. Der Body saß untenherum äußerst knapp und erinnerte fast an einen Tangaslip. Falls Bess im Sinn gehabt hatte, Alex zu schockieren, war ihr dies wirklich gelungen.

„Du kannst so etwas hier nicht anziehen!"

„Warum nicht? Ist das illegal?" Sie beugte sich vor, um ihr Sweatshirt in ihrer Tasche zu verstauen, und vernahm mit einem Mal, wie die Schläge abrupt abbrachen, das Gekeuche für eine Sekunde aufhörte. Atemlose Stille erfüllte den Raum.

Bess genoss die Wirkung, die ihr Erscheinen hervorrief. Ganz langsam drehte sie sich um und lächelte die gaffenden Männer an.

Sofort begann ein allgemeines lautes Gepfeife und Gejohle. Alex wäre am liebsten im Boden versunken.

„Zum Teufel noch mal, Bess, zieh jetzt sofort etwas an, bevor ich handgreiflich werde!"

„Wieso denn?" In aller Ruhe holte sie ein Gummi aus der Tasche und band sich die Haare zusammen. „Ich bin hergekommen, um zu trainieren, und das werde ich auch tun." Provozierend sah sie Alex an. „Na, wie viel Gewicht kannst du stemmen?"

„McNee, wenn du es wagst …"

Bess achtete gar nicht mehr auf ihn. Sie hatte schon den Raum durchquert und sprach mit einem der Männer, der gerade beim Gewichtheben war. Es war ein großer, stämmiger Mann mit Muskeln wie Ballons, aber auch er schmolz wie Wachs unter Bess' bewundernden Blicken. Alex schüttelte nur den Kopf wie jemand, der sah, dass er nichts ausrichten konnte, dann ging er zu ihr hinüber.

Natürlich war es ein Leichtes für Bess, die Männer um den kleinen Finger zu wickeln. Er hätte es eigentlich wissen müssen. Nach etwa fünf Minuten hatte sie bereits eine kleine Gruppe um sich versammelt, und sie buhlten jetzt um ihre Gunst, zeigten ihr bereitwillig, wie man an den Maschinen trainierte, und versuchten einander an Kraft zu übertrumpfen.

Bevor eine Stunde herum war, hatte Bess sich Dutzende von Fotos angesehen, vieles über die Lebens- und Familiengeschichten der Anwesenden anhören müssen und hatte es geschafft, zum Mittelpunkt der Aufmerksamkeit zu werden, ohne dass man sie anmachte. Eine wirklich beachtliche Leistung, das musste selbst Alex zugeben. Aber er hatte ihre Performance mit gemischten Gefühlen betrachtet.

„Bist du sicher, dass du das machen willst?", fragte er schließlich, als sie sich von Rocky die Boxhandschuhe anlegen ließ. Er selbst hatte seine schon zugeschnürt.

„Unbedingt." Sie lächelte Rocky an, dem es anscheinend eine Ehre war, ihr behilflich sein zu dürfen. „Ich muss das einfach einmal ausprobieren. Es hat mich schon immer interessiert."

„Sie müssen auf seine Linke aufpassen, die ist tödlich", warnte Rocky sie. „Eigentlich hätte der Junge Boxer werden sollen, aber es hat ihn nun einmal zu den Bullen gezogen."

Zwei von Bess' neuen Fans hielten die Seile für sie hoch, damit sie in den Ring steigen konnte. Unternehmungslustig rückte sie ihren Helm zurecht. „Sollten wir nicht eigentlich einen Mundschutz tragen?", fragte sie Alex, der nach ihr einstieg.

„Einen Mundschutz?", wiederholte er entsetzt. Dann musste er selbst lachen. Unter dem allgemeinen Gejohle und Gepfeife der anderen Männer küsste er sie. Sie sah so süß aus in ihrer Boxerkleidung – einfach unwiderstehlich.

„Auf eines kannst du dich verlassen, Kleines: Ich werde dich nicht schlagen. Okay, nun nimm die Hände hoch."

Sie tat es ihm nach, dann korrigierte er sie.

„Nein, nicht so hoch. So ... ja, so ist es besser. Gut machst du das."

Er zeigte ihr, wie man sich vor Schlägen schützen konnte.

„Pass auf, du musst zuerst in die Defensive gehen, verstehst du? Und zwar so ... ja, gut, so ist es gut. Halt die Linke hoch, Bess, halt sie hoch! Und wenn ich dann mit meiner Rechten nach vorne komme ...", er simulierte einen Schlag für sie, „... dann musst du schnell zurücksteppen und sofort wieder in die Defensive gehen. Denn meist setzt man in solchen Fällen einen Schlag nach. Hast du verstanden?"

Bess nickte. „Gut, lass uns das einmal probieren."

Sie übten die Schlagabfolge so lange, bis Alex zufrieden war.

„So, und jetzt zeige ich dir, wie man angreift. Wir beginnen mit einem rechten Haken. Aufgepasst, Bess, ich mache es dir vor."

Er tänzelte im Ring umher und schlug einem imaginären Gegner einen wuchtigen Haken gegen dessen Kinn. Dann stellte er sich vor Bess und forderte sie auf, es ihm gleichzutun. Ihr erster Schlag war eher halbherzig.

„Nein, du brauchst mehr Kraft! Du musst mit dem ganzen Körper schlagen, nicht nur mit dem Arm. Stell dir einfach vor, ich wäre Dawn Gallagher."

Bess' Augen leuchteten auf, und ihr nächster Haken kam schon mit viel mehr Schwung.

„He, das war gut." Alex rieb sich das Kinn. „Und gleich noch einmal."

Bess hatte das Gefühl, langsam eine Ahnung von dem zu bekommen, was Boxen hieß. Sie tat es Alex nach und tänzelte graziös um ihn herum, was die Zuschauer zu spontanem Beifall veranlasste. Alex grinste zufrieden.

„Ja, nicht schlecht für den Anfang. Und nun komm, zeig es mir, komm her."

Obwohl er es nie für möglich gehalten hätte, machte es ihm enormen Spaß, Bess in die Feinheiten dieses Sports einzuweihen. Und außerdem, so sagte sich Alex, konnte es nie ein Fehler sein, einer Frau die Kunst der Selbstverteidigung beizubringen. Schließlich war man in New York!

„He, das macht Spaß!“ Bess standen bereits die Schweißperlen auf der Stirn, aber das hielt sie nicht davon ab, weiterzumachen. Alex zeigte ihr noch ein paar flinke Schläge, mit denen man seinen Gegner aus dem Konzept bringen konnte.

„Wenn wir noch ein Fliegengewicht in der Mannschaft brauchen, werden wir dich anrufen, Bess“, rief Rocky vergnügt. Er hatte die Unterrichtsstunde aufmerksam verfolgt.

Bess teilte weiterhin Haken aus und hatte das Gefühl, immer besser zu werden. Es gab nur ein Problem für sie – Alex!

„Du siehst toll aus in deinen Boxershorts“, flüsterte sie ihm ins Ohr, als er ihr für einen Moment gestattete, näher an ihn heranzukommen.

„Du willst mich nur ablenken.“ Lachend vergrößerte er die Distanz zwischen ihnen.

„Nein, bestimmt nicht, ich … oh Alex, das wollte ich nicht! Entschuldige, das habe ich nicht gewollt!“

Bess war die Hand ausgerutscht, und ihr Schlag war so präzise auf sein Kinn platziert gewesen, dass er Alex zu Boden warf. Dort saß er nun völlig verblüfft und rieb sich das schmerzende Kinn. Sofort war Bess an seiner Seite.

„Wirklich, es tut mir so leid!“, beteuerte sie immer wieder.

Als er sich erholt hatte, schloss er sie in seine Arme.

„Diesmal sei dir noch einmal verziehen“, meinte er lächelnd.

„Natürlich konnte dir das nur deshalb gelingen, weil ich nicht darauf vorbereitet war.“ Alex und Bess gingen gemeinsam die Eisentreppen des Sportstudios hinunter. Anscheinend hatte Alex die Niederlage doch noch nicht so ganz verwunden.

„Klar.“ Bess grinste breit. Einem plötzlichen Impuls folgend, schlang sie die Arme um ihn. Oh, wie sie diesen Mann liebte!

In diesem Moment ertönte der Pieper des Funktelefons. Bess zog ein Gesicht.

„Entschuldige bitte.“ Alex holte das Gerät aus seiner Tasche. Mit sehr gemischten Gefühlen beobachtete Bess seine Reaktion. Ihre Intuition sagte ihr, dass aus dem geplanten Picknick fürs Wochenende höchstwahrscheinlich nichts werden würde.

„Und, was ist los?“, fragte sie, nachdem er aufgelegt hatte.

„Ich fürchte, ich muss dich jetzt kurz allein lassen, Bess“, entgegnete Alex ernst. Er wollte ihr nicht sagen, dass man anscheinend ein weiteres Opfer gefunden hatte. Dazu war später auch noch Zeit.

Bess ergriff seine Hand und drückte sie zärtlich. „Das ist schon okay, Alex. Schließlich ist das nun einmal dein Job.“

„Danke“, erwiderte er warm. Es erleichterte ihn, dass sie keine Szene machte.

„Pass auf, wie wär's, wenn du hinterher zu mir kommst, und ich koche uns beiden etwas Leckeres? Ich werde mich bemühen, mein Bestes zu geben.“

„Was? Oh …“ Alex war in Gedanken bereits bei dem Fall, aber es gelang ihm trotzdem zu lächeln. „Ja, das wäre toll. Tut mir wirklich leid, Baby, aber so ist es nun einmal.“

Bess nickte, dann verabschiedeten sie sich mit einem Kuss. Als sie Alex um die Ecke verschwinden sah, fühlte Bess sich ganz wie die Frau eines Polizisten.

„Ich hoffe, es macht Ihnen nichts aus, dass ich hier so einfach hereinplatze.“

„Aber nein, natürlich nicht.“ Rachel nahm Bess die vollen Einkaufstüten ab. „Wie wär's, wollen wir nicht endlich Du zueinander sagen?“

„Ja, sehr gern, danke.“

„Also, ich muss sagen, du hast ja ganz schön zugeschlagen.“ Lachend besah Rachel sich Bess' aufwendige Einkäufe.

„Immer wenn ich meine Kreditkarte zücke, kann ich mich nicht mehr beherrschen. Dann kaufe ich die halbe Stadt leer“, erwiderte Bess. „Du siehst toll aus, Rachel, und das so kurz nach der Geburt. Wie machst du das nur?“

„Ach, ich glaube, ich habe eine sehr stabile Konstitution. Die habe ich von meinen Eltern geerbt. Komm rein und setz dich.“

„Ja, gern, aber vorher … ich habe dir nämlich auch etwas mitgebracht.“ Aus einer der Tüten zog Bess ein Päckchen hervor und reichte es Rachel.

Rachel machte große Augen, als sie das erlesene Konfekt sah.

„Die mag ich am liebsten! Woher hast du das nur gewusst? Bess, ich habe das Gefühl, als könnten wir wirklich gute Freundinnen werden."

„Siehst du, Bestechung funktioniert immer", erwiderte Bess mit spitzbübischem Lächeln. Gemeinsam probierten sie die Pralinen und fanden sie köstlich.

„Hallo, ihr beiden!" Plötzlich öffnete sich die Tür zum Schlafzimmer, und Mikhail trat heraus. Er hatte Brenna, das Baby, auf dem Arm. „Oh, was ist das denn?" Mikhail zeigte auf die Pralinenschachtel.

„Ein Geschenk für uns von Bess."

„Und wo ist Alex?", fragte er, nachdem er von den Süßigkeiten gekostet hatte.

„Er wurde zu einem Einsatz gerufen", erklärte Bess.

„Und das am Samstag? Tja, da kann man nichts machen. Aber ich freue mich darüber, denn dann kann ich dich jetzt endlich einmal zeichnen."

„Mich zeichnen?" Bess war verblüfft, aber irgendwie auch sehr geschmeichelt.

Mikhail holte bereits einen Block und Stifte. Er wartete ihre Einwilligung gar nicht erst ab, sondern war schon eifrig beim Skizzieren.

„Was möchtest du trinken, Bess?", fragte Rachel.

„Ach, ganz egal. Hauptsache, es ist kühl."

Rachel nickte und verschwand in der Küche. Mikhail bat Bess, sich näher ans Fenster zu setzen, weil dort das Licht besser war.

„Du kannst gern dabei reden", sagte er. „Das stört mich überhaupt nicht."

„Prima. Wo sind Sydney und Griffin?"

„Griffin hat eine Erkältung." Der Stift fuhr schnell und geschmeidig übers Papier, er verriet Mikhails Erfahrung.

„Und was macht Nick? Oh, vielen Dank." Rachel stellte ihr einen Drink hin.

„Allen geht es gut. Aber was ist mit euch? Oder mit dir? Ich wollte dich schon immer fragen, wie die Sache zwischen dir und Alexej nun steht."

„Na ja …" Bess zögerte, aber sie hatte das Gefühl, frei heraus sprechen zu können. „Er hält mich für leichtsinnig, das ist das Problem. Er nimmt mir nicht ab, dass es mir mit ihm ernst ist."

Mikhail sah sie erstaunt an. „Aber warum denn nicht?"

„Es hat etwas mit meiner Vergangenheit zu tun. Ich war mehrmals verlobt, und irgendwie scheint ihn das zu verunsichern."

Rachel und ihr Bruder tauschten einen bedeutungsvollen Blick aus.

„Macht es dir eigentlich etwas aus, dass Alex Polizist ist?", fragte Rachel geradeheraus.

Bess blickte sie überrascht an. „Ob es mir etwas ausmacht? Meinst du damit, ob ich mir deswegen Sorgen mache? Irgendwann schon, sicher. Aber ich weiß auch, dass ich das nicht ändern kann. Das ist nun einmal sein Job, und ich liebe ihn genau so, wie er ist."

„Aber er macht dich doch auch sehr traurig, nicht wahr?", fragte Mikhail sanft.

„Traurig? Mich?" Eine verräterische Röte stieg Bess ins Gesicht, doch sie schüttelte schnell den Kopf. „Aber nein, natürlich nicht."

„Komm, ich sehe doch, was in dir vorgeht. Es ist ganz deutlich in deinen Augen zu lesen."

Er war Künstler, er konnte solche Dinge erkennen. Bess wusste, es hatte keinen Zweck, ausweichen zu wollen. „Gut, ich gebe zu, es ist nicht einfach. Er traut mir nicht, vertraut meinen Gefühlen für ihn nicht. Und ich weiß nicht, was ich tun soll, um ihn vom Gegenteil zu überzeugen."

„Wie wäre es, wenn ich mit ihm sprechen würde?", schlug Mikhail vor.

„Auf gar keinen Fall!" Bess war entsetzt. „Dann wäre er sicher nur böse auf uns beide. Das würde sein Ego bestimmt fürchterlich verletzen. Und das möchte ich auf keinen Fall."

Mikhail nickte nachdenklich. „Ja, wahrscheinlich hast du recht."

Bess zwinkerte Rachel zu. „Nein, ich verlasse mich da lieber auf meine Methoden. Ich werde ihn ganz langsam weichkochen. Apropos kochen, ich habe deshalb so viel eingekauft, weil ich für Alexej kochen wollte. Meinst du, ich könnte kurz einmal eure Mutter anrufen und sie fragen, was sein Lieblingsgericht ist?"

„Oh, das kann ich dir sagen." Rachel lachte. „Alles!"

„Verstehe. Gut, dann ist das also kein Problem. Aber ich würde Nadia trotzdem gern anrufen und sie um ein paar Tipps bitten. Kochen ist nämlich nicht gerade meine Stärke."

„Ja, tu das, Bess. Darüber freut sie sich bestimmt."

Rachel schmunzelte, denn sie wusste schon jetzt, wie ihre Mutter auf diesen Anruf reagieren würde. Sobald sie den Hörer eingehängt hätte, würde sie anfangen, die Hochzeit zu planen.

Es war schon sehr spät, weit nach Mitternacht, als Alex endlich bei Bess eintraf. Sie hatte ihm einen Wohnungsschlüssel gegeben, den er jetzt benutzte. Ihm war fast schwindlig vor Müdigkeit, aber gleichzeitig fühlte er sich hellwach, denn er hatte mindestens fünf Tassen Kaffee getrunken. Das war nichts Neues für Alex, es gehörte zu seiner täglichen Routine. Neu war für ihn nur das Übelkeitsgefühl, das ihm wie ein Stein im Magen lag.

Vor allem wusste er, dass er Bess alles erzählen musste, und diese Aussicht war alles andere als erfreulich.

Sie hatte den Fernseher angelassen, und ein Horrorfilm war in vollem Gange. Als Alex auf Zehenspitzen durchs Zimmer ging, um den Apparat auszuschalten, sah er sie.

Bess hatte auf ihn gewartet, und sie lag jetzt zusammengekuschelt auf dem Sofa, in tiefem Schlaf. Die Tatsache, dass sie seinetwegen extra aufgeblieben war, erfüllte Alex mit tiefer Liebe zu ihr. So viele Jahre war er nun schon zu dieser Uhrzeit nach Hause gekommen, und niemand hatte auf ihn gewartet. Er kniete sich neben das Sofa und blies ihr eine Haarsträhne aus dem Gesicht. Bess rührte sich kurz, dann öffnete sie die Augen. „Ich werde dich jetzt ins Bett tragen", flüsterte er.

„Alexej." Sie strich ihm liebevoll mit der Hand über die Wange, auf der sich bereits die ersten Stoppeln gebildet hatten. Ihre Stimme war heiser vor Schlaf, ihre Augen verschleiert. „Wie spät ist es?"

„Es ist schon sehr spät. Du hättest nicht aufbleiben sollen."

Bess protestierte, dann setzte sie sich halb auf. „Ich wollte eigentlich nicht einschlafen, aber der Film war so schlecht." Sie rieb sich die Augen wie ein Kind, dann sah sie ihn an. „Sie hatten eine lange Nacht, Detective."

„Ja, stimmt." Er hoffte, dass er sie damit abspeisen konnte. „Du aber auch. Komm, ich bringe dich zu Bett."

„Nein, ich bin jetzt wach. Hast du etwas gegessen?"

„Nur ein Sandwich. Tut mir wirklich leid, Bess. Ich wollte dich anrufen, aber es war so viel los."

„Kein Problem. Es ist nur schade wegen des Essens."

„Du hast gekocht?" Er sah sie erstaunt an. Bisher waren sie meist ins Restaurant gegangen.

Bess nickte stolz. „Oh ja, und du wirst nie raten, was. Deine Mutter hat mir das Rezept gegeben – Hühnchen mit Knödeln auf ungarische Art!"

„Csirke paprikas?" Unter normalen Umständen wäre ihm jetzt sofort das Wasser im Munde zusammengelaufen. „Das ist aber eine Menge Arbeit."

„Ja, das habe ich gemerkt. Wahrscheinlich wird mir morgen meine Putzfrau aufs Dach steigen. Die Küche sieht aus wie ein Schlachtfeld. Aber es hat Spaß gemacht. Und aufgewärmt schmeckt es bestimmt morgen noch genauso gut." Sie sah ihn an und erwartete eigentlich, dass er auf ihren fröhlichen Ton einstieg. Aber seine Miene blieb verschlossen. „Was ist los, Alexej?"

„Ich muss mit dir reden." Er erhob sich, um den Fernseher abzuschalten.

Sein Tonfall ernüchterte Bess sofort, und mit einem Mal war sie hellwach. „Ja, gut."

Alex wusste, die Aufgabe, die nun vor ihm lag, war nicht leicht. Vielleicht ging es ja mit einem Drink besser. Er holte die Brandyflasche aus dem Barschrank und goss jedem ein Glas ein.

„Es ... es ist ziemlich schlimm, Bess. Ich fürchte, ich habe sehr schlechte Nachrichten. Hier, trink einen Schluck."

Bess gehorchte ohne Widerrede.

„Letzte Nacht gab es wieder einen Mord."

„Oh Alex!" Sofort erschien das grausige Bild der ermordeten Crystal LaRue vor Bess' innerem Auge. Sie schlug die Hände vors Gesicht, dann nahm sie einen tiefen Schluck von ihrem Cognac. „Das ist ja furchtbar! Letzte Nacht? Wo denn?"

„Der Portier fand sie in einem kleinen Hotelzimmer, das sie gemietet hatte. Sie hatten eine Absprache, dass sie dorthin Kunden mitbringen konnte, dafür bekam er von ihr ein kleines Bestechungsgeld. Natürlich musste er sich immer vergewissern, dass sie und die Freier auch verschwunden waren, und so kam es, dass er auf die Leiche stieß.“ Alex machte eine kleine Pause, es fiel ihm nicht leicht, weiterzusprechen. „Gestern Abend hatte sie anscheinend drei Freier. Der Portier hat den letzten kurz gesehen, deshalb sitzt er jetzt auch gerade bei uns und brütet über den Fahndungsfotos.“

„Ich bin sicher, dass ihr den Mörder erwischen werdet.“

„Oh ja, das glaube ich auch. Selbst wenn er den Mann nicht auf den Fotos finden sollte, hat er ihn so genau beschrieben, dass es eigentlich ein Leichtes sein sollte, ihn ausfindig zu machen. Dazu kommt, wir wissen jetzt seine Blutgruppe.“

„Bestimmt habt ihr ihn bald.“

„Ja. Leider war es zu spät für …“ Alex biss sich auf die Zunge. Es fiel ihm so schwer, Bess mit dem Unvermeidbaren zu konfrontieren. „Bess, es tut mir so leid! Aber die Frau war Rosalie.“

Sie starrte ihn an, und er meinte, das Herz müsse ihm brechen, während er die Farbe langsam aus ihrem Gesicht weichen sah.

„Nein!“ Es war wie ein Hilfeschrei. „Nein, das kann nicht sein! Ihr … ihr müsst euch irren. Bestimmt ist es jemand anders. Ich habe sie doch gerade erst gesehen. Ich habe doch erst vor ein paar Tagen mit ihr gesprochen!“

Alex schüttelte den Kopf. „Ein Irrtum ist ausgeschlossen.“ Er musste ihren Hoffnungsschimmer zerstören, so schwer es ihm auch fiel. „Ich habe sie selbst identifiziert und ihre Fingerabdrücke verglichen. Tut mir leid, Bess, der Fall ist ganz klar. Rosalie wurde ermordet.“

Bess begann zu schluchzen. Sie schlang die Arme um sich wie ein hilfloses Kind, und als Alex sie an sich ziehen wollte, schüttelte sie nur wild den Kopf.

„Nein, nein! Ich kann nicht! Lass mich!“

Das Schluchzen hielt noch eine Weile an, und Alex musste ohnmächtig zusehen. Es gab nichts, was er jetzt für sie tun konnte. Schließlich sprang Bess auf, als könne sie durch Aktivität etwas von den aufwühlenden Gefühlen in ihr loswerden, der Trauer, dem Zorn, der Frustration.

„Sie hätte nicht so zu sterben brauchen!“, rief Bess völlig außer sich. „Das war doch nicht nötig! Es ist einfach nicht fair, überhaupt nicht fair!“

„Das ist es nie“, war Alex’ lakonische Antwort.

Sie wirbelte herum. Sein kühler, unbeteiligter Ton traf sie mitten ins Herz. „Sie war ja auch nur eine Hure, stimmt's? Deshalb macht es dir nichts aus, dass sie jetzt tot ist. Habe ich recht?"

Alex schüttelte den Kopf. „Nein, das hat nichts damit zu tun."

Bess brach wieder in Schluchzen aus. „Ich wollte ihr helfen, aber du rietest mir ab. Du hast gesagt, das wäre reine Verschwendung von Zeit und Energie. Und natürlich hattest du recht, Alex, wie immer. Es muss doch ein tolles Gefühl sein, immer recht zu haben, oder?"

Alex wusste, dass er dies nicht persönlich nehmen durfte. Natürlich trafen ihn ihre Worte, aber er verstand auch, dass es ein Ausdruck ihrer Hilflosigkeit gegenüber dem Unrecht war.

„Komm, setz dich wieder hin, Bess", sagte er daher ganz ruhig. „Du darfst dich nicht so aufregen."

„Ich soll mich nicht aufregen?" Oh, wenn sie doch nur etwas zur Hand gehabt hätte, eine Vase, irgendwas! Irgendwas, das ihr helfen würde, ihren Zorn und ihre Wut loszuwerden!

„Rosalie hat mir etwas bedeutet", sagte sie anklagend zu Alex. „Das kannst du vielleicht nicht verstehen, aber sie stand mir auch als Mensch sehr nahe. Und alles, was sie wollte, war, nach Florida zu gehen und dort eine Boutique zu eröffnen." Erneut kamen die Tränen. „Das hat sie nicht verdient, Alex, das hat sie nicht verdient!"

„Ach Bess, wenn ich es nur ungeschehen machen könnte." Alex fühlte sich wie ein Versager. „Ich wünschte bei Gott, es gäbe etwas, das ich tun könnte." Plötzlich wurde auch er von Wut erfasst. Es fehlte nicht viel, und er hätte beinahe sein volles Glas gegen die Wand geschleudert. „Was denkst du denn, wie mir zumute war, als ich in diesen schmutzigen Raum kam und sie dort liegen sah? Das war kein schöner Moment, so viel kann ich dir verraten. Und es macht keinen Spaß, sich so etwas ansehen zu müssen. Sie war auch für mich mehr als nur irgendein Mädchen von der Straße!"

„Es tut mir so leid!" Bess flossen die Tränen über die Wangen. „Alexej, entschuldige bitte!"

„Wofür?" Er lachte bitter. „Du hast doch nur die Wahrheit gesagt."

„Nein, ich habe dich beschuldigt, und das ... das hätte ich nicht tun sollen!" Bittend streckte sie die Hände nach ihm aus. „Komm, halt mich! Bitte, bitte, halt mich!"

Einen Moment lang fürchtete Bess, dass ihr Appell auf taube Ohren stoßen würde. Doch dann kam er zu ihr hinüber und umarmte sie. Aber sein Körper war hart und unnachgiebig wie Stahl.

„Ich wollte dir nicht wehtun", murmelte Bess und lehnte den Kopf gegen seine Brust. Als ein erneuter Schluchzer sie schüttelte, strich er ihr sanft übers Haar. Was hätte er nicht getan, um ihr diesen Schock zu ersparen!

„Bitte, versteh." Sie hob ihr tränenüberströmtes Gesicht und sah ihn an. „Ich konnte die Wahrheit einfach nicht ertragen. Ich wollte es nicht wahrhaben." Sie schnäuzte sich. „Rosalie war ein sehr wertvoller Mensch, Alexej."

Alex musste wieder an seine letzte Begegnung mit Rosalie denken. Es war vor Bess' Apartment gewesen, und Rosalie hatte so voller Hochachtung und Respekt von ihr gesprochen. Sie behandelt mich wie einen Menschen, hatte sie gesagt. Alex nickte knapp.

„Ja, ich weiß."

„Ihr werdet ihn schnappen", meinte Bess mit Nachdruck.

„Darauf kannst du wetten. Wir schnappen ihn, und er wird dorthin gebracht, wo er niemandem mehr schaden kann. Ach übrigens ...", nun konnte er Bess auch in die Einzelheiten einweihen, „sie hatte ein Messer."

„Ja, ich weiß. Sie hat es mir gezeigt."

„Und sie hat es benutzt. Ich weiß nicht, wie sehr sie sich gewehrt hat, aber leicht gemacht hat sie es ihm bestimmt nicht. Es ist alles aufgezeichnet."

„Aufgezeichnet?" Bess sah ihn schockiert an. Mit einem Mal fiel es ihr wieder ein. „Mein Gott, natürlich, mein Taperecorder! Ich gab ihr mein kleines Aufnahmegerät."

„Ja, und das war eine gute Idee von dir, Bess. Auch wenn es Rosalie leider nicht wieder zum Leben erweckt, wird uns das sehr helfen, den Mörder zu fangen."

„Das heißt ...", Bess stockte der Atem, „... du hast alles mitgehört? Alles, was sich zwischen ihr und ... und ihrem Mörder zugetragen hat?"

Alex nickte, doch er sah sie nicht an. „Ja, es ist alles auf dem Band. Von der Anmache unten auf der Straße bis ... bis zum bitteren Ende. Aber es wäre mir lieber, wenn du mich jetzt nicht nach den Einzelheiten fragen würdest, Bess." Das wäre jetzt selbst über seine Kraft gegangen.

Bess nickte verständnisvoll. „Ja, natürlich, ich hätte dich auch gar nicht gefragt. Ich glaube, ich könnte es nicht ertragen zu wissen, was in dem Zimmer vor sich gegangen ist."

Alex war darüber sehr erleichtert. „Hör zu, ich habe nur noch wenige Stunden, in denen ich schlafen kann. Ich muss morgen in aller Herrgottsfrühe wieder auf dem Revier sein. Möchtest du, dass ich bleibe, oder willst du lieber allein sein?"

Bess sah ihn stumm an. Sie erkannte plötzlich, dass sie ihn mehr verletzt hatte, als es ihre Absicht gewesen war. Vielleicht bestand jetzt der einzige Weg, die Wunde zu heilen, darin, ihm zu zeigen, wie sehr sie ihn brauchte, wie wichtig ihr seine Nähe war. Instinktiv zog sie ihn zu sich heran und schmiegte sich an ihn.

„Ich will, dass du bleibst, Alexej. Jetzt und ... und für immer. Und ich glaube nicht, dass ich gerade heute Nacht ..." Sie schüttelte den Kopf. „Nein, ich würde die heutige Nacht sicher nicht überstehen ohne dich."

Sie fing erneut an zu weinen. Alex hob sie hoch und trug sie ins Bett. Dort konnten sie dann endlich gemeinsam trauern.

12. KAPITEL

Judd hockte hinter dem Steuer seines Wagens und konnte es kaum noch erwarten. Einen Mann wie Wilson J. Tremayne, den Enkel eines der bedeutendsten Senatoren dieses Landes, zum Mord von vier Prostituierten zu befragen, war eine Gelegenheit, die nicht alle Tage vorkam.

Sie hatten ihn, das spürte er mit jeder Faser seines Seins. Der Portier hatte den Mörder so gut beschrieben, dass ein ausgezeichnetes Phantombild von ihm entstanden war. Dazu die Fingerabdrücke und die Stimme auf dem Tonband … alles deutete auf diesen Mann als den Mörder hin.

Trilwalter, ihr Vorgesetzter, hatte ihn zuerst aufgrund der Zeichnung wiedererkannt. Zufällig war sein Bild an diesem Tag auch in der Gesellschaftsspalte einer der großen Zeitungen gewesen.

Als Nächstes hatte Alex ein Videoband von ihm besorgt, auf dem er als Wahlhelfer für seinen Großvater auftrat. Den Spezialisten aus dem Labor war es ein Leichtes gewesen, die beiden Stimmen zu untersuchen und als identisch zu erklären.

In diesem Moment erspähte Judd einen Parkplatz, direkt vor dem herrschaftlichen Gebäude, in dem Tremayne wohnte. Die beiden Polizisten stiegen aus. Der Verdächtige wohnte oben im Penthouse, einer geräumigen Suite mit Blick auf den Park. Unten verwehrte ein livrierter Portier jedem Einlass, der hier nicht erwünscht war.

Das galt natürlich nicht für die Polizei, und schon bald befanden sich die beiden Männer im Fahrstuhl auf dem Weg nach oben. Sie hielten im obersten Stock.

Durch die geschlossene Tür konnte Alex Fragmente einer Opernarie hören – „Aida“, so glaubte er. Der Gedanke, dass dieser Mann, der höchstwahrscheinlich vier Frauen auf dem Gewissen hatte, in aller Seelenruhe Musik hören konnte, verbitterte ihn nur noch mehr. Er drückte auf die Klingel.

Und dann stand er vor ihnen. Merkwürdig, dachte Alex für eine Sekunde, nach all den Beweisstücken, die er um diesen Mann gesammelt hatte, die Abdrücke, die Stimme, die Fotos, war es fast, als wären sie alte Bekannte.

Tremayne stand im Bademantel vor ihnen, anscheinend kam er

gerade aus der Dusche. Um den Hals war ein flauschiges Handtuch mit seinen Initialen gewickelt.

„Sind Sie Wilson J. Tremayne?"

„Jawohl." Fragend sah Tremayne von einem zum anderen. Er gehörte nicht zu der Kategorie von Menschen, die Polizisten sofort erkannten. „Was kann ich für Sie tun?"

Anstelle einer Antwort zog Alex seine Polizeimarke hervor. „Ich bin Detective Stanislaski, mein Kollege hier ist Detective Malloy."

„Die Herren sind von der Polizei?" Tremaynes Stimme blieb gleichmäßig flach, aber Alex war das kurze Aufblitzen in seinen Augen nicht entgangen. „Hat meine Sekretärin etwa wieder vergessen, meine Strafzettel zu bezahlen?"

„Nein, Sir, damit hat es nichts zu tun. Wir müssen Sie bitten, sich jetzt anzuziehen. Sie kommen mit uns aufs Revier."

„Aufs Revier? Aber warum denn? Ich kann nicht, ich habe eine Verabredung zum Dinner." Er klang jetzt sehr nervös.

„Tut mir leid. Das werden Sie leider verschieben müssen", entgegnete Alex ungerührt.

Tremayne richtete sich auf. „Detective …"

„Stanislaski."

„Detective Stanislaski, wissen Sie eigentlich, wen Sie vor sich haben?"

Das war das Stichwort, auf das Alex nur gewartet hatte. Er machte einen Schritt auf den anderen zu und sagte drohend: „Ich weiß sehr wohl, wen ich vor mir habe, du Bastard! Sie sind des Mordes an vier Frauen verdächtig." Mit einem Gefühl des Triumphes beobachtete er, wie sein Gegenüber auf einmal alle Farbe verlor. Alex zählte sie auf: „Mary Rodell, Angie Horowitz, Crystal LaRue und Rosalie Hood. Natürlich können Sie sofort Ihren Anwalt anrufen."

„Aber das ist doch absurd!"

Alex stellte schnell den Fuß in die Tür, bevor Tremayne sie zuschlagen konnte. „Wir können Sie auch sofort verhaften, wenn Ihnen das lieber ist. Bestimmt würden sich Ihre Nachbarn über den Anblick freuen. Oder Sie können sich anziehen, ganz wie Sie wollen."

Alex sah die Panik in den Augen des Mannes. Er drehte sich blitzschnell um und machte Anstalten, davonzulaufen. Obwohl Alex wusste, dass es gegen die Regeln verstieß, eilte er ihm nach und stellte ihn gegen die Wand. Es war ihm eine persönliche Freude, den Mann greifen zu können, der die vier Frauen auf dem Gewissen hatte. Als die beiden massiven Männerkörper gegen die Wand krachten, fiel eine weiße Marmorstatue von ihrem Sockel und zersprang in tausend Stücke. Als Alex Tremayne herumriss, sah er die Goldkette, die dieser am Hals trug. Daran hing das Herz mit dem Riss in der Mitte. Das Schmuckstück war absolut identisch mit der Kette, die man bei den Opfern gefunden hatte. Aber Alex sah noch mehr – ein frischer Verband bedeckte die Stellen am Körper, wo Rosalie ihn mit ihrem Messer verletzt hatte, als sie um ihr Leben kämpfte.

„Sag mir nur, warum du das getan hast!", flüsterte Alex ihm ins Ohr. „Nenn mir den Grund!"

„Ich werde dafür sorgen, dass Sie vom Dienst suspendiert werden! Au, Sie tun mir weh!" Mit Tränen in den Augen sank Tremayne zu Boden. Alex hatte ihn in den Schwitzkasten genommen, und aus diesem Griff gab es kein Entkommen. „Mein Großvater wird dafür sorgen, dass man Sie feuert, Stanislaski!"

Voller Verachtung blickte Alex auf das sich windende Bündel zu seinen Füßen. „Los, besorgen Sie ihm ein Paar Hosen", sagte er zu Judd. „Ich werde ihm inzwischen seine Rechte vorlesen."

Wir haben ihn, dachte Alex, als er in die Straße einbog, in der Bess wohnte. Und wenn er auch die teuersten Anwälte engagierte, es würde ihm nichts nützen. Dazu waren die Beweise zu überwältigend. Denn zu allem Überfluss hatte man auch noch die Mordwaffe in seinem Nachttischschränkchen gefunden. Nein, Tremayne konnte seinen Kopf nicht mehr aus der Schlinge ziehen, so viel stand fest.

Das Motiv war Alex mittlerweile ziemlich egal. Diese Feinheiten würde er den Gerichtspsychologen überlassen. Wahrscheinlich würde Tremayne auf verminderte Zurechnungsfähigkeit plädieren und damit wohl auch durchkommen. Egal – die bittere Wahrheit blieb bestehen, dass dies Rosalie und die anderen Frauen nicht wieder lebendig machen würde.

Wie es Bess jetzt gehen mag, dachte Alex, als er den Wagen parkte. Er hatte sie eigentlich vom Revier aus anrufen und ihr alles erzählen wollen, aber dann hielt er es für besser, ihr die Tatsache von der Festnahme persönlich zu berichten.

Alex hatte Blumen für sie gekauft und mehr noch – in seiner Jackentasche befand sich ein kleines Kästchen vom Juwelier. Vielleicht war es ein komischer Moment, um jemandem einen Heiratsantrag zu machen, aber das kümmerte Alex nicht. Sein Entschluss stand fest.

Alex dachte noch einmal über die letzten Wochen nach. Merkwürdig, wie schnell es gegangen war, dass er glaubte, nicht mehr ohne Bess leben zu können. Er wusste jetzt, dass er sie brauchte. Er brauchte ihre Lebendigkeit, ihre Fähigkeit, ihm zuzuhören, ihre Wärme und natürlich auch ihre Sinnlichkeit. Bess hatte ihm gesagt, dass sie in ihn verliebt sei, und das musste ihm genügen. Selbst wenn ein Rest von Zweifel blieb, er würde ihr nicht die Chance geben, es sich noch einmal zu überlegen. Deshalb war er auch zum Juwelier gegangen.

Der Fahrstuhl öffnete sich für ihn, und Alex trat ein. Er beschloss, dass sie heute Abend zu Hause bleiben sollten. Sie würden Essen bestellen und es dann bei Kerzenlicht miteinander verzehren. Kerzenlicht? Er schüttelte den Kopf. Nein, das war zu klischeemäßig. Bestimmt hatte sie das schon einmal mit einem anderen Mann erlebt, und er wollte keine Wiederholungen. Er musste sich also etwas Besseres einfallen lassen.

Als er die Tür öffnete, den Arm voller Blumen, war er im Geiste immer noch damit beschäftigt, sich auszudenken, wie er Bess um ihre Hand bitten wollte. Doch der Anblick, der sich ihm bot, ließ ihn mitten im Zimmer stehen bleiben. Er hatte das Gefühl, als würde man ihm eine Kugel durchs Herz schießen.

Bess war da, aber sie war nicht allein. Alex fand sie in den Armen eines anderen Mannes. Sie lachte und löste sich gerade von ihm nach einem langen Kuss.

„Charlie, ich …“ Bess hatte ein Geräusch gehört und drehte sich um. Das Lachen gefror auf ihrem Gesicht, in ihrer Stimme klang Entsetzen mit. „Alexej!“

„Ich nehme an, ich hätte vorher klopfen sollen.“ Seine Stimme war kühl wie Eis und deshalb umso gefährlicher.

„Nein, natürlich nicht!“ Oh, warum war ihr plötzlich so flau im Magen? „Charlie, das ist Alexej. Ich habe dir ja von ihm erzählt.“

„Ja. Wir haben uns doch auf Bess' Party getroffen, nicht wahr?“

Charlie schien von der Spannung im Raum nichts zu bemerken. Herzlich streckte er Alex die Hand hin.

Ohne ihn zu beachten, ging Alex an ihm vorbei und legte die Blumen auf den Tisch.

Charlie sah ihn verwundert an, dann zuckte er die Achseln. „Na ja, ich wollte sowieso gerade gehen“, meinte er. Er küsste Bess noch einmal auf beide Wangen. „Ich kann mich also auf dich verlassen?“

„Aber natürlich.“ Bess hoffte sehr, dass Charlie nichts von ihrer Verwirrung bemerkte. „Ich freue mich wirklich sehr für dich, mein Lieber. Wir hören voneinander.“

Charlie nickte und verließ das Zimmer. In der darauf folgenden Stille bemerkte Alex zum ersten Mal die Musik. Geigenklänge und sanfte Flötentöne erfüllten den Raum. Sehr romantisch, dachte er grimmig.

Bess drehte sich langsam zu ihm um. Nach außen hin blieb sie ruhig, aber ihr Herz weinte laut. „Ich nehme an, ich schulde dir eine Erklärung.“ Sie ging zum Barschrank und goss sich ein Glas Wein ein. „Aber mir scheint, als hättest du dir deine Meinung schon gebildet. Vielleicht sind Erklärungen also überflüssig.“

„Du bist ganz schön schnell, Bess.“

„Findest du?“

Alex nickte düster. „Jedenfalls zu schnell für mich. Aber vielleicht habt ihr euch ja auch schon die ganze Zeit getroffen.“

Das war zu viel! Mit einem Klirren setzte Bess ihr Glas ab. „Wie kannst du es wagen!“, sagte sie mit funkelnden Augen. „Wie kannst du es wagen, so etwas zu behaupten?“

„Wie sollte ich denn deiner Meinung nach auf diese Szene reagieren?“, fuhr Alex sie wütend an. „Ich komme herein und finde dich mit einem anderen Mann. Du liegst in seinen Armen und küsst ihn. Ihr hört Musik und trinkt Wein. Na, was glaubst du? Hältst du mich für einen Trottel?“

„Nein, natürlich nicht.“ Bess hätte sich gern hingesetzt, aber die Spannung im Zimmer war zu groß. „Du scheinst mir auch nicht viel Raffinesse zuzutrauen, Alex. Oder denkst du etwa, ich würde mich ausgerechnet hier mit jemandem verabreden, wo ich doch wusste, dass du jeden Moment ins Zimmer treten konntest?“ Auch ihre Augen waren jetzt wie Stahl. „Um mich zu erwischen?“

Alex machte einen Schritt auf sie zu. „Willst du etwa behaupten, du hättest nicht mit ihm geschlafen?“

Es gab eine Pause, und wieder erklangen die Flöten.

„Nein, das möchte ich nicht behaupten, Alex“, erwiderte Bess ruhig. „Denn ich habe den Eindruck, dass du mir sowieso nicht glauben würdest. Ich gestehe ein, dass mir Charlie einmal viel bedeutet hat, und natürlich hatten wir in dieser Zeit auch ein Verhältnis. Das ist aber jetzt schon Jahre her, verstehst du? All dies scheint dich allerdings nicht besonders zu kümmern. Die Beweise sind gegen mich, nicht wahr, Detective?“

Sie war so müde, so schrecklich müde. Der Duft der Lilien, die Alex ihr mitgebracht hatte, machte ihr Kopfschmerzen. An diesem Morgen war Rosalies Beerdigung gewesen, und da es keine Angehörigen gab, hatte sie sich um alles selbst kümmern müssen. Sie hatte Alex nichts davon erzählt, aber sie hätte ihn liebend gern an ihrer Seite gehabt.

„Du hast zugelassen, dass er dich küsst!“

„Ja, ich habe zugelassen, dass er mich küsst. Ich bin schon öfter von Männern geküsst worden, weißt du. Ich habe den Eindruck, genau das ist dein Problem, Alexej.“ Sie sah ihm gerade in die Augen. „Du bist auch nicht als Jungfrau zu mir gekommen, und das habe ich auch gar nicht erwartet. Darin liegt einer der Unterschiede zwischen uns.“

„Ja, und der Unterschied ist noch größer als bei einer Jungfrau und einer …“ Alex brach mitten im Satz ab. Nein, das ging jetzt zu weit, er spürte es selbst. Wie konnte er an so etwas auch nur im Traum denken? Tausende von Entschuldigungen wirbelten durch seinen Kopf, aber als er Bess ansah, wusste er, dass es zu spät war. Sie war leichenblass und hielt sich anscheinend nur noch mit Mühe aufrecht. Oh Gott, wie hatte er sich nur so gehen lassen können!

„Ich glaube“, sagte sie mit belegter Stimme, „du solltest jetzt besser meine Wohnung verlassen.“

„Wir sind noch nicht fertig miteinander, Bess!“

„Ich will dich hier nicht mehr sehen. Selbst eine Hure kann sich aussuchen, mit wem sie zusammen sein will.“

Alex war jetzt genauso blass wie sie. „Bess, ich habe es nicht so gemeint. Bitte, glaub mir das! Ich würde dich nie …“

„Stopp!“ Sie hob die Hand. Ihre Stimme war jetzt so tränenerstickt, dass er sie kaum verstehen konnte. „Ich glaube dir gar nichts mehr, Alexej, denn schließlich hast auch du mir von Anfang an misstraut. Gegen dieses Misstrauen hatte ich nie eine Chance, das sehe ich jetzt ein. Also bitte ich dich, mir noch einen letzten Gefallen zu tun und endlich zu gehen.“

Er sah sie ungläubig an. Ihm war, als würde man sein Herz in tausend Stücke reißen. „Das kann nicht dein Ernst sein!“

„Oh doch, mein voller Ernst. Und wenn du jetzt nicht sofort abhaust, rufe ich den Sicherheitsdienst!“

„Du kannst auch den lieben Gott persönlich rufen, das würde von mir aus nichts ändern.“

„Gut, dann ändert das hier vielleicht etwas.“ Bess holte tief Atem. Sie sah ihn nicht an, als sie mit fester Stimmte zu ihm sagte: „Ich liebe dich nicht. Ich brauche dich nicht, ich will dich nicht, ich bin nicht in dich verliebt. Es hat Spaß gemacht, aber jetzt ist das Spiel gelaufen. Und nun bitte ich dich ein letztes Mal, endlich zu verschwinden!“

Sie drehte sich schnell um und stieg die Wendeltreppe hoch. Sie hatte Alex bis ins Mark getroffen, das sah sie an seinen Augen. Dennoch konnte sie ihre Worte nicht ungeschehen machen. Bess presste die Hände vor den Mund und wartete, bis sie unten die Tür ins Schloss fallen hörte. Erst dann ließ sie ihren Tränen und ihren Schluchzern freien Lauf.

Die Tränen schmeckten so schrecklich bitter.

Ungeduldig marschierte Mikhail in der Wohnung seines Bruders auf und ab.

„Was ist eigentlich los?“, fuhr er Alex an. „Du hebst nicht ab, wenn man dich anruft. Du meldest dich überhaupt nicht mehr! Und deine Wohnung“, angeekelt hob er ein Hemd auf, das auf dem Boden lag, „sieht aus wie ein Müllhaufen. Was zum Teufel ist eigentlich mit dir los?“

„Oh, ich habe nur meine Putzfrau für ein paar Tage in Urlaub geschickt.“ Alex' Zunge war schwer, seine Augen wirkten verhangen. Bedächtig schüttete er sich ein weiteres Glas Wodka ein. Die große Flasche war inzwischen fast leer.

„Und warum trinkst du am helllichten Tage?“

„Ach komm schon, Bruderherz, hör auf zu predigen und trink einen mit. Bestimmt findest du noch irgendwo ein sauberes Glas."

Mikhail schüttelte den Kopf, doch dann tat er Alex den Gefallen. Nachdem die beiden miteinander angestoßen hatten, fragte er ruhig: „Was ist los, Alex?"

„Was soll schon los sein? Dies ist mein freier Tag. Ich feiere, dass ich den Schurken geschnappt habe." Mit einem bitteren Lachen setzte er hinzu: „Und das Mädchen verloren habe."

Alarmiert sah sein Bruder ihn an. „Bess? Wieso denn das?"

„Ich überraschte sie mit einem anderen Mann in ihrer Wohnung."

„Nein, das kann nicht sein!" Energisch protestierte Mikhail. „Du musst dich irren."

„Ich mich irren? Wohl kaum! Sie hing an seinen Lippen, ich habe es gesehen. Übrigens war es ein Typ, mit dem sie früher verlobt war. Bess hat dieses Hobby, sich von Zeit zu Zeit zu verloben, verstehst du?"

„Und? Hast du ihn umgebracht?", fragte sein Bruder gespannt.

„Beinahe! Zum Glück fiel mir dann wieder ein, dass ich ja Polizist bin."

„Und sie? Wie lautete ihre Erklärung?"

„Darauf habe ich gar nicht erst gewartet." Alex griff schon wieder nach der Flasche. „Aber dann hat sie zu allem Übel auch noch gesagt, dass sie mich nicht liebt."

„Dann hat sie gelogen." Mikhail ergriff Alex' Hand. „Nein, warte! Ich sage dir, sie ist völlig verrückt nach dir. Vor ein paar Tagen hat sie mir Modell gesessen und dabei die ganze Zeit nur von dir erzählt. Sie liebt dich, Alexej, darauf verwette ich meine linke Hand."

„Warum macht sie dann mit anderen Männern rum?"

„Ach komm schon! Du bist ja schließlich auch kein Unschuldsengel, mein Lieber."

„Das ist etwas anderes."

„So, das ist also etwas anderes? Na, du machst mir Spaß!" Amüsiert blickte Mikhail ihn an. „Ich kann ja verstehen, dass du eifersüchtig bist, Bruder, aber irgendetwas sagt mir, dass du diesmal auf dem Holzweg bist."

„Ich wollte ihr einen Heiratsantrag machen, Mikhail." Alex hatte plötzlich Tränen in den Augen. „Ich hatte den Ring dafür schon in der Tasche und dazu diese verdammten Lilien, die den ganzen Raum verpesteten. Aber dann das! Wie zum Teufel kam sie dazu, diesen Hurensohn zu küssen?“

„Vielleicht hätte sie es dir ja gesagt, wenn du sie um eine Erklärung gebeten hättest.“

„Meinst du?“

Mikhail nickte. „So, und jetzt kommst du mit.“ Er packte seinen Bruder unterm Arm und zog ihn hoch.

„He, was soll das? Was machst du mit mir?“

„Ich stecke dich jetzt unter die kalte Dusche, bis du wieder nüchtern bist. Und dann gehst du zu deinem Mädchen und entschuldigst dich.“

„Ich? Mich entschuldigen? Das kommt ja gar nicht … na ja, vielleicht hast du recht.“

„Und ob ich recht habe. Vergiss nicht, ich bin schon einige Jahre länger verheiratet als du. Ich kenne mich aus in diesen Dingen.“

„So, meinst du? Na, dann wollen wir doch mal sehen, wer hier wen unter die Dusche steckt!“ Lachend rangen die beiden miteinander, und es dauerte nicht lange, da waren sie beide von Kopf bis Fuß durchnässt.

Als Alex schließlich vor der Tür zu Bess' Büro stand, war er schon fast wieder nüchtern. Die kalte Dusche und Mikhails Worte hatten Wunder bewirkt. Gleichzeitig war er aber auch sehr nervös. Er hoffte zwar, dass er mit Bess vernünftig reden konnte, aber leider war er sich dessen überhaupt nicht sicher.

Bevor er klopfte, räusperte Alex sich noch einmal, dann trat er ein. Er hätte selbst nicht sagen können, ob er enttäuscht oder erleichtert war, als er nur Lori vorfand. Sie hämmerte mit aller Kraft auf die Schreibmaschine.

Lori war sehr überrascht, ihn zu sehen. „Was wollen Sie denn hier?“

„Ich muss mit Bess sprechen.“

„Da haben Sie leider Pech. Sie ist nicht da.“

„Und wo ist sie?“

Anstelle einer Antwort sah Lori ihn lange an. Dann wies sie auf den Stuhl. „Setzen Sie sich, Alex, und hören Sie mir zu. Ich habe Ihnen ein paar Dinge zu sagen.“

„Ich will nur wissen, wo ich sie finden kann."

„Ja, das glaube ich. Damit Sie sie wieder verletzen können? Ich denke ja gar nicht daran, Ihnen zu helfen."

Stirnrunzelnd nahm Alex Platz. „Was soll das heißen – verletzen?"

„Muss ich Ihnen das wirklich noch sagen? Warum sind Sie nicht gleich mit einem Messer erschienen und haben es ihr ins Herz gestoßen?"

„Ich?" Alex fand sich ungerecht behandelt. „Moment mal! Ich war doch derjenige, der sie mit diesem verdammten Schreiberling fand!"

„Ja, und? Was hat diese Szene Ihrer Meinung nach zu bedeuten?"

„Was sie zu bedeuten hat? Die Situation war doch wohl eindeutig genug!"

Lori sah ihn an und schüttelte mitleidig den Kopf. „Aber nur für jemanden, der von Eifersucht verblendet ist wie Sie!" Sie beugte sich vor. „So, und jetzt will ich Ihnen etwas über Bess erzählen, Alex. Sie wissen ja gar nicht, was für ein Glück Sie mit dieser Frau haben! Sie ist die reizendste, großzügigste und selbstloseste Person, die ich je getroffen habe. Sie würde alles für ihre Freunde tun. Oh Alex, ich habe mich so sehr für sie gefreut, als sie mir erzählte, dass sie sich in Sie verliebt hätte. Wirklich verliebt! Im Gegensatz zu all den anderen Männern glaubte sie, endlich jemanden gefunden zu haben, der zu ihr passte."

„Was meinen Sie damit?", fragte Alex stirnrunzelnd.

„Ich will Ihnen sagen, wie das bei den anderen war." Lori lachte. „Immer wieder hat sie versucht sich einzureden, dass sie verliebt sei. Aber in den meisten Fällen hat sie nur die Mutter gespielt. Das heißt, solange bis andere Frauen auftauchten, die sie für geeigneter hielt als sich selbst. Und an diese Frauen hat sie ihre Freunde dann auch immer ohne Bedauern weitergegeben."

„Aber sie wollte doch heiraten …"

„Sie wollte nie heiraten! Sie dachte oft, dass jemand sie brauchen würde, und das erweckte ihr Mitgefühl. Aber es gab bisher noch keinen Mann, der es geschafft hätte, sie wirklich zu berühren." Anklagend sah Lori Alex an. „Außer Ihnen. Und Sie haben sie zum Weinen gebracht. Eimerweise hat sie Ihretwegen schon Tränen vergossen!"

Alex fühlte sich klein und unbehaglich. „Bitte, sagen Sie mir, wo ich sie finden kann“, bat er.

„Warum sollte ich das tun?“

„Weil ich sie liebe!“

Lori lag schon eine passende Antwort auf der Zunge, aber sie hielt sie im letzten Moment zurück. Nachdenklich blickte sie auf den Diamantring an ihrer Hand, das Zeichen ihrer Verlobung mit Steven. Bess hatte ihr geholfen, die Sache in Ordnung zu bringen. Sie konnte nur hoffen, dass sie ihrer Freundin jetzt denselben Dienst erwies.

„Gut, ich sage es Ihnen, Alex“, meinte sie schließlich. „Aber gnade Ihnen Gott, wenn Sie ihr wieder wehtun!“

„Bestimmt nicht. Obwohl …“, er zögerte. „Ich will ihr wirklich nicht wehtun, Lori. Aber vielleicht kann ich gar nicht anders.“

Lori lächelte. Das war genau die Reaktion, die sie von einem verliebten Mann erwartet hätte. „Ich habe sie nach Hause geschickt. Sie war nicht in der Verfassung zu arbeiten.“

„Djakuju.“

„Wie bitte?“

„Danke!“

Bess hasste diesen Zustand, in dem sie sich jetzt befand. Sie hasste ihn mehr als alles andere. Immer wieder sagte sie sich, dass es vorübergehen, dass sie darüber hinwegkommen, dass es ihr langsam besser gehen würde.

Aber es wurde nicht besser, im Gegenteil.

Sie brachte es nicht übers Herz, die Lilien wegzuwerfen. Sie hatte es probiert, aber sie hatte nur wieder weinen müssen. In ihrer Verzweiflung hatte sie überlegt, ob sie vielleicht wegfahren sollte. Irgendwohin, egal, Hauptsache, sie konnte ihrer Wohnung und all den Erinnerungen an Alex entgehen. Aber es war ihr nicht fair erschienen, Lori gegenüber. Sie hatten im Moment so viel Arbeit, dass sie ihr unmöglich alles allein überlassen konnte.

Schlimm genug, dass ich nicht schreiben kann, dachte Bess bei sich. Aber sie konnte sich im Moment einfach nicht für die Probleme der Menschen in Millbrook erwärmen. Dazu stand ihr eigenes ungelöstes Problem zu sehr wie ein Berg vor ihr.

Sollte sie sich etwas zu essen machen? Unschlüssig stand sie in der Küche. Ach was, sie würde sowieso nichts herunterkriegen. Das Beste war, ins Bett zu gehen und zu versuchen zu schlafen. Vielleicht ging es ihr dann ja morgen ein wenig besser.

Bess ging zurück ins Wohnzimmer, doch der Anblick, der sich ihr bot, ließ sie erstarren. Alex stand mitten im Zimmer, direkt neben den Blumen, die er ihr mitgebracht hatte, und er fuhr sehnsüchtig mit dem Finger darüber, als könne er so ihre Haut berühren. Der Anblick war mehr, als Bess ertragen konnte.

„Was machst du hier?“ Ihre Stimme war dünn, wie gebrochenes Eis.

„Ich habe noch den Schlüssel.“ Er sah sie an, und sein Herz schien zu brechen. Die Spuren der Tränen und der Müdigkeit in Bess’ Gesicht waren nicht zu übersehen. Nichts, was sie sagen konnte, hätte ihn so überzeugt wie dies.

„Danke, dass du ihn mir gebracht hast. Aber du hättest ihn auch einfach in den Briefkasten legen können. Wie dem auch sei, ich habe nicht viel Zeit. Ich muss mich umziehen, und dann wollte ich ausgehen.“

„Du musst mich nicht anlügen, Bess“, erwiderte Alex ruhig.

Sie zwang sich, seinem Blick standzuhalten. „Was willst du von mir?“

Er trat einen Schritt näher. „Sehr viel, Bess, sehr viel. Aber zuerst möchte ich, dass du mir verzeihst.“

Das war zu viel! Mit erstickter Stimme erwiderte sie: „Bitte, tu mir den Gefallen und geh!“

„Ich weiß, dass ich dich verletzt habe, *mela moja*. Bitte, lass mich dir …“

Bess schüttelte den Kopf. Sie sah aus wie ein gehetztes Reh. „Nein, ich will nichts mehr hören, Alex. Du hast sehr deutlich gemacht, was du von mir denkst. Mehr brauche ich nicht zu wissen. Und jetzt verlass mich, bitte!“

„Ich will dir nur sagen, warum ich gekommen bin.“

„Wozu?“ Ihr Zorn war mit einem Mal stärker als ihre Trauer. „Damit du mich wieder verletzen kannst, damit ich wieder erfahren muss, dass niemand mich liebt, niemand mich will?“ Sie lachte bitter. „Es ist ja nicht das erste Mal, Alex. Was meinst du, wie oft ich von meinen Eltern die Worte hören musste: ‚Wo kommt sie nur her?‘ Als wäre ich irgendein Spielzeug, das jemand zufällig auf der Straße gefunden hat. Oh nein, Alex, ich muss mich vor solchen Sachen schützen! Und deshalb muss ich mich auch vor dir schützen."

„Ich liebe dich, Bess", entgegnete Alex schlicht. „Bitte, gib mir noch eine Chance."

„Es würde nicht funktionieren." Sie wischte sich schnell ein paar Tränen weg. „Ich hatte so gehofft, dass es mit uns gut gehen würde. Aber ohne gegenseitiges Vertrauen ist eine Beziehung, ist Liebe nicht möglich. Und du vertraust mir nicht."

Er sah sie verzweifelt an. „Ich weiß ja, ein Kuss unter alten Freunden ist harmlos, Bess. Es ist nur ... vielleicht kannst du das nicht verstehen. Aber als ich dich in den Armen eines anderen Mannes sah, sind bei mir einfach die Sicherungen durchgegangen."

„Du hast angenommen, ich würde dich betrügen."

„Ich weiß nicht, was ich angenommen habe!" Alex versuchte trotz allem, bei der Wahrheit zu bleiben. Schließlich stand das Glück seines Lebens auf dem Spiel. „Ich ... ich weiß nur, dass ich keinen klaren Gedanken mehr fassen konnte. In mir war nur Gefühl, Bess. Aber da gibt es noch etwas anderes, das in diesen Zusammenhang gehört." Bittend sah er sie an. „Es gab nämlich Gründe für meinen Zustand. Wir hatten gerade den Kerl verhaftet, der Rosalie und die anderen auf dem Gewissen hat. Ich wollte dir davon erzählen, daran musste ich die ganze Zeit über denken. Mir wurde klar, Bess, dass ich bei dir mein Berufs- und Privatleben nicht mehr trennen musste. Du weißt nicht, wie viel mir das bedeutet! Und in dieser Stimmung kam ich zu dir und stieß auf diese Szene! Ach ja, noch etwas. Ich wusste, dass an diesem Tag Rosalies Beerdigung gewesen war, und ich fühlte mich schuldig, dass ich nicht mitkommen konnte."

Entgeistert sah Bess ihn an. „Du wusstest es? Woher?"

„Das war gar nicht so schwer herauszufinden." Alex' Stimme war ausdruckslos. Er hätte sie am liebsten in den Arm genommen und nie wieder losgelassen, aber er hielt sich zurück. „Schließlich liegen hier überall diese kleinen Zettel herum, für deine Putzfrau, für die Einkäufe. Ich fand die Rechnung für die Blumen und die Rechnung vom Beerdigungsinstitut. Und wenn der Fall nicht eskaliert wäre, wäre es mir auch gelungen, zur Beerdigung zu kommen. Ich hätte es auf jeden Fall versucht."

„Es war wichtiger, dass ihr den Mörder gefangen habt."

„Ja, vielleicht. Aber ich war nicht bei dir ... und das hatte ich mir so gewünscht. Und dann kam ich her, um ..." Er brach mitten im Satz ab. Dies war nicht der Moment, um von Heirat zu sprechen. „Wie dem auch sei, es tut mir wirklich sehr leid. Mein Verhalten war ungerechtfertigt, und ich bitte dich, mir zu verzeihen."

Jetzt nahm sie seine Hand und drückte sie. „Es ist in Ordnung, Alex, mach dir keine Sorgen. Und Charlie war hier, weil ..."

Alex schüttelte den Kopf. „Nein, ich will es gar nicht mehr wissen, Bess. Ich vertraue dir in allem, was du tust."

Bess spürte, dass etwas in ihr langsam heilte. Sie entspannte sich zusehends. „Ja, es ist schön, das zu hören, Alex. Trotzdem würde ich dir gerne sagen, weswegen Charlie hier war. Gabrielle, seine Frau, ist schwanger, und er hat mich gebeten, Patin für das Kind zu werden. Er war überglücklich, wie ein Junge unter dem Christbaum, und ich musste ihm einfach einen Kuss geben."

Alex sah sie zerknirscht an. „Ich verdiene wirklich eine Ohrfeige, Bess." Jetzt erst hatte er das Gefühl, sie in den Arm nehmen zu können, ohne dass sie ihn abwehrte. Als ihre Lippen sich trafen, stieß er einen langen, erleichterten Seufzer aus. Er hatte nicht vorgehabt, den Kuss zu vertiefen, es geschah ganz von selbst. Und er hörte erst damit auf, als er sie in seinen Armen schluchzen hörte.

„Nein, Bess, bitte nicht. Bitte, weine nicht. Alles wird wieder gut. Und ich war ein Esel, du hattest recht damit, mich fortzuschicken."

Bess sah mit tränenüberströmtem Gesicht zu ihm hoch. „Ach Alex, du musst dich nicht entschuldigen. Und auch wenn ich dich fortgeschickt habe, warst du eigentlich die ganze Zeit über hier."

Er nickte erleichtert. „Heißt das, wir können noch einmal von vorn anfangen?"

„Wenn du magst."

„Und ob ich mag!" Er führte sie zum Sofa. „Bess, ich muss dir etwas erklären. Ja, es stimmt, ich habe dir eine Zeit lang nicht vertraut. Aber weißt du auch, warum? Weil ich schreckliche Angst davor hatte. Denn bisher hat mir noch keine Frau so viel bedeutet wie du. Meine Gefühle waren vollkommen durcheinander, und eigentlich habe ich mir selbst nicht mehr getraut. Kennst du so etwas?"

Sie nickte behutsam. „Ich weiß genau, was du meinst."

„Übrigens hatte ich dir an diesem Tag noch etwas anderes mitgebracht außer den Lilien.“ Alex griff in die Tasche und holte das Päckchen mit dem Ring hervor. Atemlos beobachtete Bess ihn dabei, dann reichte er es ihr. Mit zitternden Fingern öffnete sie den Verschluss. Auf dem Samtkissen funkelte ein Brillantring in allen Farben des Regenbogens.

„Für mich?“, fragte sie stockend.

Er nickte. „Ja, eigentlich wollte ich dich damit überraschen. Ich wollte, dass du meinen Antrag sofort annimmst, ohne lange darüber nachzudenken. Aber im Nachhinein sehe ich, dass das eigentlich ein Überrumpelungsversuch war. Ich hatte einfach kein Vertrauen in uns, Bess. Es tut mir sehr leid.“

„Aber ich ... das ... es macht nichts, Alex!“

„Doch, es macht schon etwas. Die Idee war überhaupt nicht romantisch. Ich werde dich also noch einmal fragen, wenn wir beide so weit sind.“

„Wenn wir beide so weit sind?“ Ihre Bestürzung war fast komisch.

Alex nickte. „Ja, ich will dich jetzt nicht unter Druck setzen. Ich habe dir schon genug Kummer bereitet. Also will ich uns Zeit geben.“

„Zeit?“ Bess hatte das Gefühl, als müsse sie laut losschreien.

„Bis wir beide so weit sind.“ Er sah sie an, und ein verräterisches Lächeln zuckte um seine Mundwinkel. Im nächsten Moment kniete er vor ihr auf dem Boden. „Okay, ich bin so weit.“

„Alex, was tust du da?“

„Ich halte um deine Hand an, wie es sich gehört. Aber warum lachst du?“

„Weil es so komisch aussieht, wie du hier auf dem Boden hockst. Komm!“ Sie zog ihn wieder aufs Sofa. „So, und jetzt sag mir, was du zu sagen hast, aber sieh mir dabei in die Augen.“

Alex hielt den Atem an. Dies war der Moment, auf den er sein Leben lang gewartet hatte. „Ich will, dass du es mir sagst“, meinte er bedeutungsvoll. „Ich will die Worte aus deinem Mund hören, damit ich sie nie wieder vergessen kann.“

„Ich liebe dich, Alexej.“ In diesem Augenblick fiel Bess eine Zentnerschwere Last von der Seele. Sie wusste, jetzt hatten sie es geschafft. „Und ich werde dich immer lieben.“

Alex zog ihre Hand an seine Lippen und küsste sie. Dann holte er den Ring aus der Schachtel und steckte ihn Bess an die Hand. Er funkelte strahlend im Dämmerlicht. „Sei meine Familie und …" Er wusste nicht recht, wie er weitermachen sollte. „Lass mich …"

Bess legte ihm den Finger auf die Lippen. „Nein, das war perfekt. Sag nichts mehr. Es war sehr gut so."

„Dann sag Ja!"

„Ja!" Sie legte die Arme um seinen Nacken und lachte, ein glückliches, befreites Lachen. „Oh ja …"

– ENDE –

Nora Roberts

Der lange Traum vom Glück

Roman

Aus dem Amerikanischen von
Emma Luxx

NEW YORK TIMES
BESTSELLER AUTOREN

1. KAPITEL

Sie war eine Frau mit einer Mission. Ihr Entschluss, von West Virginia nach New York umzuziehen, hatte eine Menge wohldurchdachter Gründe. Dort würde sie den idealen Ort zum Leben finden, beruflichen Erfolg und ihren Traummann.

Bevorzugt, aber nicht zwingend in genau dieser Reihenfolge.

Frederica Kimball hielt sich für eine flexible Frau.

Während sie im Zwielicht des frühen Frühlingsabends den Bürgersteig an der East Side hinunterschlenderte, dachte sie an daheim. Das Haus in Shepherdstown, West Virginia, mit den Geschwistern und Eltern war Freddies Meinung nach ein ideales Zuhause. Weiträumig, voller Musik und Leben.

Es war kaum anzunehmen, dass sie es je geschafft hätte, von dort wegzugehen, wenn sie nicht die Gewissheit gehabt hätte, jederzeit wieder mit offenen Armen aufgenommen zu werden.

Obwohl sie schon oft in New York gewesen war und in dieser Stadt auch über zahlreiche Bindungen verfügte, hatte sie doch stets ihre vertraute Umgebung vermisst, denn hier war ihr eigenes Zimmer im ersten Stock des alten Steinhauses, die Liebe und Kameradschaft ihrer Geschwister, die Musik ihres Vaters, das Lachen ihrer Mutter.

Doch nun war sie kein Kind mehr. Sie war mittlerweile vierundzwanzig und sollte eigentlich schon längst auf eigenen Beinen stehen.

Auf jeden Fall fühlte sie sich durchaus zu Hause in Manhattan. Schließlich hatte sie dort ihre ersten Lebensjahre verbracht. Und danach war sie oft zu Besuch hier gewesen – allerdings immer mit ihrer Familie, wie sie einräumen musste.

Nun, diesmal ist es anders. Du bist jetzt auf dich allein gestellt, dachte sie und straffte die Schultern. Und sie hatte etwas zu tun. Als Allererstes würde sie Nicholas LeBeck überzeugen müssen, dass er eine Partnerin brauchte.

Sein Erfolg und der Ruf, den er sich in den vergangenen Jahren als Komponist erworben hatte, würden noch wachsen, wenn sie ihm erst als Texterin zur Seite stand. Sie brauchte nur die Augen zu schließen, dann konnte sie bereits die Namen LeBeck/Kimball in Leuchtschrift vor sich sehen, während die Musik, die sie zusammen schreiben würden, auf sie einströmte.

Jetzt musst du nur noch erreichen, dass Nick dasselbe sieht und hört, dachte sie mit einem selbstironischen Lächeln.

Sie konnte, falls nötig, die Familie einspannen, um ihn zu überzeugen. Nick und sie waren angeheiratete Cousins.

Und am Ende ihrer Mission würde Nick sie genauso leidenschaftlich lieben wie sie ihn. Wie sie ihn schon immer geliebt hatte.

Sie hatte zehn Jahre auf ihn gewartet, und das war lange genug.

Es wird höchste Zeit, Nick, dachte sie, während sie an dem Saum ihres königsblauen Blazers zupfte.

Noch war sie voller Zuversicht, als sie da vor der Tür des „Lower the Boom" stand. Die beliebte Bar gehörte Zack Muldoon, Nicks Bruder. Stiefbruder genau genommen, aber in Freddies Familie schaute man da nicht so genau hin, allein die Zuneigung zählte. Die Tatsache, dass Zack die Schwester von Freddies Stiefmutter geheiratet hatte, machte aus den Familien Stanislaski, Muldoon, Kimball und LeBeck einen über tausend Ecken verwandten und verschwägerten Clan.

Freddies lang gehegter Traum war es, diesen Verwicklungen durch ihre Verbindung mit Nick noch eine weitere hinzuzufügen.

Sie holte tief Atem, zerrte noch einmal am Saum ihrer Jacke und fuhr sich mit der Hand glättend über ihre ungebändigten blonden Locken, wobei sie sich wieder einmal das exotische Aussehen der Stanislaskis wünschte. Dann streckte sie die Hand nach der Türklinke aus.

Es würde ihr nichts anderes übrig bleiben, als sich mit dem, was ihr das Schicksal mitgegeben hatte, zu bescheiden, und sie würde dafür sorgen müssen, dass es genug war.

Die Luft im „Lower the Boom" war angereichert mit heftigem Biergeruch, über dem der würzige, scharfe Duft von Oregano lag. Rio, Zacks langjähriger Koch, schien offensichtlich gerade eine Pasta Spezial auf dem Herd zu haben.

Alles war so wie immer, angefangen von den holzgetäfelten Wänden mit den Seefahrermotiven bis hin zu der langen verschrammten Theke und den funkelnden Gläsern. Nur von Nick war weit und breit nichts zu sehen. Trotzdem lächelte Freddie, als sie zur Theke ging und sich auf einen der gepolsterten Barhocker setzte.

„Spendierst du mir einen Drink, Seemann?"

Zack, der gerade ein Bier zapfte, schaute auf. Sein lässiges Lächeln verwandelte sich umgehend in ein breites Grinsen. „Freddie! Hi! Ich dachte, du kommst erst Ende der Woche?"

„Ich liebe Überraschungen."

„So eine Überraschung lasse ich mir gern gefallen." Zack versetzte dem randvollen Bierkrug einen geübten Schubs, sodass er die Theke entlangschlitterte und direkt in den wartenden Händen des Gastes landete. Dann beugte er sich vor, umrahmte Freddies Gesicht mit seinen großen Händen und gab ihr einen schmatzenden Kuss. „Hübscher denn je."

„Du auch."

Was tatsächlich stimmte. Zack war wie guter Whiskey, dessen Aroma erst im Laufe der Jahre zu voller Blüte heranreifte. Sein dunkles Haar war noch immer voll und lockig, und die dunkelblauen Augen hatten einen magnetischen Glanz. Sein Gesicht war kantig und sonnengebräunt, mit Lachfältchen, die seinen Charme noch erhöhten.

Nicht das erste Mal in ihrem Leben fragte Freddie sich, warum sie nur von diesen außergewöhnlich gut aussehenden Menschen umgeben war. „Wie geht es Rachel?", erkundigte sich Freddie.

„Euer Ehren geht es prächtig."

Freddie grinste. Zacks Frau – ihre Tante – war kürzlich zur Richterin ernannt worden. „Wir sind alle so stolz auf sie."

„Eine Richterin in der Familie zu haben ist schon was." In seinen Augenwinkeln bildeten sich Lachfältchen. „Und sie sieht großartig aus in dieser schwarzen Robe."

„Das kann ich mir gut vorstellen. Wie geht's den Kindern?"

„Dem schrecklichen Trio? Bestens. Was trinkst du, ein Mineralwasser?"

Sie legte den Kopf schräg. „Willst du dich mit mir anlegen, Zack? Ich bin vierundzwanzig, erinnerst du dich?"

Sein Kinn reibend, musterte er sie. Ihre zierliche Gestalt und die weiche Haut würden vielleicht immer über ihr wahres Alter hinwegtäuschen. Wenn er sie nicht ebenso gut gekannt hätte wie seine eigenen Kinder, hätte er sich ihren Ausweis zeigen lassen.

„Nimm es mir nicht übel. Ich kann es nur noch immer nicht fassen. Die kleine Freddie – erwachsen."

„Du sagst es." Sie schlug die Beine übereinander. „Warum also gibst du mir nicht einen Weißwein?"

„Sofort." Seine langjährige Erfahrung befähigte ihn, ohne sich umzudrehen, nach dem richtigen Glas zu greifen. „Und wie geht es deinen Leuten so?"

„Auch gut, danke. Ich soll von allen schöne Grüße bestellen." Sie nahm das gefüllte Glas entgegen und prostete ihm zu. „Auf die Familie."

Zack stieß mit einer Flasche Mineralwasser mit ihr an. „So, und was hast du für Pläne, Honey?"

„Oh, eine ganze Menge." Sie lächelte, ehe sie einen Schluck nahm. Und sich fragte, was er wohl dazu sagen würde, wenn sie ihm von ihrem Generalstabsplan, seinen jüngeren Bruder betreffend, erzählte. „Als Erstes muss ich eine Wohnung finden."

„Du weißt, dass du so lange bei uns wohnen kannst, wie du willst."

„Ich weiß. Oder bei Grandma und Papa oder Mikhail und Sydney oder Alex und Bess." Sie lächelte erneut. Es war tröstlich zu wissen, dass man von Menschen, die einen liebten, umgeben war. Aber … „Ich will wirklich meine eigene Wohnung." Sie stützte sich mit einem Ellenbogen auf der Theke auf. „Es wird Zeit für einen kleinen Vorstoß ins Unbekannte." Als er widersprechen wollte, schüttelte sie lächelnd den Kopf. „Du hast doch nicht etwa vor, mich eines Besseren zu belehren, Onkel Zack? Ausgerechnet du, der schon als Junge zur See gefahren ist?"

Jetzt hat sie dich, dachte er. Er war viel jünger gewesen als vierundzwanzig, als er von zu Hause weggegangen war. „Also schön, dann eben keine Belehrung. Aber ich werde dich gut im Auge behalten."

„Davon gehe ich aus." Freddie lehnte sich zurück und kippelte ein bisschen mit dem Barhocker, dann fragte sie – beiläufig, wie sie hoffte: „Und was treibt Nick so? Ich war darauf gefasst, ihm direkt in die Arme zu laufen."

„Er hat Wichtiges zu tun: Er ist hinten in der Küche und schaufelt sich Rios Spezialpasta rein."

Sie hob die Nase. „Riecht himmlisch. Ich denke, ich geh mal kurz nach hinten und begrüße ihn."

„Tu das. Und sag Nick, dass wir erwarten, dass er für sein Mittagessen etwas spielt."

„Mach ich."

Sie griff nach ihrem Weinglas und widerstand dem Drang, erneut an ihrem Jackensaum zu zerren. Was ihre äußere Erscheinung anbelangte, hatte sie ohnehin längst resigniert. „Niedlich" war anscheinend das Äußerste, was sich aus ihrer zierlichen Figur herausholen ließ. Ihre Fantasien von üppigen Kurven hatte sie bereits seit Langem ad acta gelegt.

Zusätzlich zu ihrem zarten Knochenbau und den wilden goldenen Locken musste sie auch noch mit Sommersprossen auf einer kecken Stupsnase leben. Hinzu kamen große graue Augen und Grübchen. Im Teenageralter hatte sie sich danach gesehnt, kühl, distanziert und weltgewandt auszusehen. Oder wild und verrucht, mit atemberaubenden Rundungen. Doch mit der Zeit hatte sie gelernt, sich so zu akzeptieren, wie sie war – zumindest redete sie sich das gern ein.

Und doch gab es immer noch diese Momente, in denen sie trauerte, dass sie es niemals mit einer der Renaissance-Skulpturen im Haus ihrer Eltern würde aufnehmen können.

Aber dann erinnerte sie sich immer wieder daran, dass sie sich zuerst selbst ernst nehmen musste, wenn sie wollte, dass Nick sie als Frau ernst nahm.

Eingedenk dieser Erkenntnis stieß sie jetzt die Küchentür auf. Und ihr Herz setzte einen Schlag lang aus.

Es gab nichts, was sie dagegen hätte tun können. So war es jedes Mal gewesen, wenn sie ihn wiedergesehen hatte, seit zehn Jahren nun schon. Alles, was sie sich je ersehnt, und alles, wovon sie je geträumt hatte, saß dort, über einen Teller Fettucine Marinara gebeugt, am Küchentisch.

Nicholas LeBeck, der böse Junge, den ihre Tante Rachel vor Gericht so leidenschaftlich verteidigt hatte. Tante Rachel, der es mit Liebe, Fürsorge und Familiendisziplin gelungen war, den auf die schiefe Bahn geratenen Jugendlichen auf den rechten Weg zurückzubringen.

Jetzt war er ein Mann, aber man konnte ihm noch immer etwas

von der Rebellion und Wildheit seiner Jugendjahre ansehen. Es liegt in seinen Augen, dachte sie, während sie spürte, wie ihr Herz wild klopfte. Diese wunderschönen grünen Augen, die sein hitziges Temperament widerspiegelten. Sein Haar, das einen dunklen Bronzeton hatte, trug er lang und im Nacken zu einem kleinen Pferdeschwanz zusammengebunden. Er hatte den Mund eines Dichters, das Kinn eines Boxers und die Hände eines Künstlers.

Sie hatte viele Nächte damit zugebracht, sich diese langgliedrigen und doch kräftigen Hände in Erinnerung zu rufen. Sein Körperbau war der eines Sprinters, hochgewachsen und sehnig, mit langen, muskulösen Armen und Beinen. Er trug alte graue Jeans, die an den Knien bereits weiß wurden. Seine Ärmel hatte er bis zu den Ellenbogen hochgekrempelt, und an seinem Hemd fehlte ein Knopf.

Während er aß, unterhielt er sich mit dem riesigen schwarzen Koch, der gerade das Fett aus einem Drahtkorb für Pommes frites herausschrubbte.

„Ich habe nicht gesagt, dass es zu viel Knoblauch ist. Ich sagte, ich liebe viel Knoblauch.“ Wie um seine Behauptung zu unterstreichen, ließ sich Nick noch eine Gabel Pasta schmecken. „Du bist wirklich noch ganz schön temperamentvoll für dein Alter, Kumpel“, fügte er kauend hinzu.

In Rios gutmütigem Fluch schwang die Musik der Karibik mit. „Erzähl du mir nichts von Alter, du halbe Portion, du. Mit dir nehme ich es immer noch mit einer Hand auf, wenn es sein muss.“

„Mir schlottern die Knie.“ Grinsend brach Nick sich ein Stück Knoblauchbrot ab, als hinter Freddie die Drehtür zuschwang. Seine Augen leuchteten freudig auf, während er das Brot wieder zurücklegte und sich erhob. „He, Rio, schau mal, wer uns die Ehre gibt. Wie läuft's denn so, Freddie?“

Er kam zu ihr herüber, um sie brüderlich zu umarmen. Doch als ihn der Körper, den er da an sich presste, daran erinnerte, dass die kleine Freddie mittlerweile eine Frau war, ließ er sie eilig los.

„Äh …“ Er wich einen Schritt zurück, noch immer lächelnd, die Hände jetzt aber vorsichtshalber in den Hosentaschen. „Ich dachte, du wolltest erst Ende der Woche hier aufkreuzen.“

„Ich habe umdisponiert. Hi, Rio.“ Freddie stellte ihr Weinglas ab, damit sie die bärenhafte Umarmung angemessen erwidern konnte.

„Püppchen. Komm, setz dich hin und iss."

„Ich wüsste nicht, was ich lieber täte. Ich habe die ganze Fahrt über im Zug von deinem Essen geträumt, Rio." Sie setzte sich an den Küchentisch und winkte Nick zu. „Setz dich doch auch wieder, dein Essen wird kalt."

„Ja." Er ließ sich neben ihr nieder. „Und wie geht es allen? Spielt Brandon immer noch in der Mannschaft?"

„Ja, sie sind aufgestiegen." Sie stieß einen langen, genüsslichen Seufzer aus, als Rio einen riesigen Teller vor sie hinstellte. „Und Katies letzter Ballettabend war traumhaft. Wir waren alle begeistert. Mama hat vor Rührung sogar geweint, aber ... ihr steigt ja auch das Wasser in die Augen, wenn Brandon einen Homerun schlägt. Über Mamas Spielzeugladen wurde in der Washington Post berichtet, und Dad hat eben eine neue Komposition fertiggestellt." Sie wickelte sich Nudeln um ihre Gabel. „Und wie läuft's bei dir?"

„Bestens."

„Arbeitest du an einem neuen Stück?"

„Ich habe vielleicht demnächst wieder so einen Broadway-Kram in Aussicht." Er zuckte mit den Schultern. Es fiel ihm noch immer schwer, aus sich herauszugehen, wenn ihn irgendetwas berührte.

„Du hättest den Tony für das geniale ‚Last Stop' gewinnen sollen."

„Nominiert zu werden war doch auch schon ziemlich gut."

Sie schüttelte den Kopf. Es war längst nicht gut genug für ihn – oder für sie. „Es war eine fabelhafte Partitur, Nick. Es ist eine fabelhafte Partitur", korrigierte sie sich, weil das Musical noch immer vor ausverkauften Häusern lief. „Wir sind alle schrecklich stolz auf dich."

„Na ja. Irgendwie muss man sein Geld ja verdienen, nicht wahr."

„Setz ihm bloß keine Flausen in seinen hübschen Kopf, sonst plustert er sich noch mehr auf", warnte Rio vom Herd her.

„He, ich hab dich eben dabei ertappt, wie du ‚This Once' gesummt hast", mischte sich Nick mit einem Grinsen ein.

Rio zuckte wegwerfend die Schultern. „Also schön, ein oder zwei von den Songs sind vielleicht gar nicht mal so schlecht. Iss."

„Arbeitest du wieder mit irgendwem zusammen?", tastete sich Freddie behutsam vor. „Bei dem neuen Stück, meine ich?"

„Bis jetzt noch nicht. Es befindet sich noch im Vorbereitungsstadium. Ich habe kaum angefangen."

Genau das hatte sie hören wollen. „Ich habe irgendwo gelesen, dass Michael Lorrey an einem anderen Projekt arbeitet. Du wirst einen neuen Texter brauchen."

„Ja." Nick runzelte die Stirn. „Verdammt schade. Wir waren ein gutes Gespann. Es gibt einfach viel zu viele Leute da draußen, die die Musik nicht hören, sondern nur ihre eigenen Worte."

„Dann hast du tatsächlich ein Problem", machte Freddie sich selbst den Weg frei. „Weißt du, ich finde, du brauchst jemanden mit einem wirklich soliden Musikhintergrund, der die Worte zusammen mit der Melodie hört."

„Exakt." Er griff nach seinem Bier und nahm einen Schluck.

„Ich kann dir ganz genau sagen, wen du brauchst, Nick." Freddie machte eine Kunstpause und fuhr dann entschieden fort: „Mich."

Nick schluckte hastig, stellte sein Glas ab und schaute Freddie an, als ob sie aufgehört hätte, Englisch zu sprechen. „Hä?"

„Ich habe mein Leben lang mit Musik zu tun gehabt." Es war ein Kampf, aber sie schaffte es, den Eifer aus ihrer Stimme herauszuhalten und kühl und sachlich zu bleiben. „Eine meiner ersten Erinnerungen ist, dass ich auf dem Schoß meines Vaters sitze und auf dem Klavier herumklimpere. Aber zu seiner Enttäuschung war nicht das Komponieren meine große Liebe, sondern es waren die Worte. Sie sind es immer noch. Ich könnte dir deine Texte schreiben, Nick, und ich könnte es besser als jeder andere." Ihre Augen, groß und ruhig und lächelnd, begegneten den seinen. „Weil ich nicht nur deine Musik verstehe, sondern auch dich. Was hältst du davon?"

Er rutschte auf seinem Stuhl herum und atmete laut aus. „Tja … also … ich weiß nicht so recht, Freddie. Das kommt ziemlich überraschend, ehrlich gesagt."

„Ich weiß nicht, was daran überraschend sein soll. Du weißt, dass ich für einige von Dads Kompositionen den Text geschrieben habe. Und für ein paar andere Leute auch." Sie brach sich ein Stück Brot ab. „Es erscheint mir eine nur logische und vernünftige Lösung. Ich suche Arbeit, und du suchst einen Texter."

„Ja." Aber die Vorstellung, mit ihr zu arbeiten, machte ihn irgendwie nervös. Wenn er ganz ehrlich war, musste er zugeben, dass sie schon in den letzten Jahren angefangen hatte, ihn nervös zu machen.

„Dann denk eben noch ein bisschen darüber nach." Sie lächelte wieder. Als Mitglied einer großen Familie beherrschte sie die Taktik des strategischen Rückzugs vollkommen. „Und wenn du anfängst, an der Idee Geschmack zu finden, könntest du sie dem Produzenten nahebringen."

„Das könnte ich", sagte Nick bedächtig. „Sicher könnte ich das."

„Großartig, Nick. Ich schaue ab und zu hier rein, und wenn sonst etwas ist, kannst du mich im Waldorf erreichen."

„Im Waldorf? Warum wohnst du denn im Hotel?"

„Es ist nur vorübergehend, bis ich eine Wohnung gefunden habe. Du weißt nicht zufällig etwas hier in der Gegend, nein? Ich mag das Viertel."

„Nein, ich ... Mir war nicht klar, dass du vorhast, auf Dauer hier zu wohnen." Er zog die Brauen zusammen. „Ich meine, dass du richtig umziehen willst."

„Schön, jetzt weißt du's. Und bevor du damit anfängst – nein, ich habe nicht die Absicht, bei der Familie zu wohnen. Ich will wissen, wie es ist, allein zu leben. Du wohnst immer noch oben, stimmt's? In Zacks alter Wohnung?"

„Ja."

„Also, wenn du irgendetwas von einer freien Wohnung hörst, sag mir Bescheid."

Es überraschte ihn, dass er sich, wenn auch nur für einen Moment, Gedanken darüber machte, was ihr Umzug nach New York für ihn bedeuten könnte. Natürlich bedeutete es gar nichts.

„Dich kann ich mir besser in der Park Avenue vorstellen."

„Ich habe schon einmal in der Park Avenue gewohnt", sagte sie, während sie die letzten Nudeln in den Mund schob. „Ich suche jetzt etwas anderes." Und wäre es nicht praktisch, wenn die Wohnung ganz in seiner Nähe läge? Sie schob sich das Haar aus dem Gesicht und rutschte mit ihrem Stuhl vom Tisch ab. „Rio, deine Pasta war sensationell. Wenn ich hier in der Nähe etwas finde, komme ich jeden Abend zum Essen vorbei."

„Vielleicht schmeißen wir Nick ja raus, damit du oben wohnen kannst." Rio zwinkerte ihr zu. „Ich würde viel lieber dich in meiner Küche sehen."

„Schön, und in der Zwischenzeit ...", sie stand auf und küsste Rio die vernarbte Wange, „... bittet dich Zack, nach draußen zu kommen, wenn du fertig bist, Nick, und etwas zu spielen."

„Bin gleich unterwegs."

„Ich sag es ihm. Vielleicht bleibe ich noch ein bisschen und höre zu. Tschüss, Rio."

„Tschüss, Püppchen." Rio pfiff eine Melodie, während er wieder anfing, sich an seinem Herd zu schaffen zu machen. „Die kleine Freddie ist erwachsen geworden. Hübsch, wie gemalt."

„Ja, sie ist okay." Nick schob den Gedanken, dass der würzige Duft ihres Parfums an seinen Sinnen zerrte wie ein Fisch am Angelhaken, weit von sich. „Aber noch immer naiv. Sie hat ja keinen Schimmer, was sie in dieser Stadt und in diesem Geschäft erwartet."

„Deshalb musst du auf sie aufpassen." Rio klatschte sich mit einer Gabel auf die riesige Handfläche. „Und ich passe auf dich auf."

„Geschwätz." Nick schnappte sich seine Bierflasche und stiefelte nach draußen.

Was sie an New York am meisten liebte, war die Tatsache, dass sie alles, was ihr Herz begehrte, im Umkreis von zwei Straßen fand und praktisch nur um die Ecke zu gehen brauchte. Ein Kleid in einer schicken Boutique, ein interessantes Gesicht in der Menge, Straßenmusikanten, die für ein paar Münzen im Hut spielten. Sie wusste, dass sie in gewisser Hinsicht naiv war – wie eine junge Frau, die in einem liebevollen Elternhaus in einer Kleinstadt groß geworden war, eben naiv war. Nie würde sie Nicks tollkühne Abgeklärtheit erreichen, wenn es darum ging, wie man sich auf den Straßen einer Großstadt zu bewegen hatte, aber sie war eigentlich überzeugt, über einen gesunden Menschenverstand zu verfügen. Und den würde sie einsetzen, um ihren ersten Tag in der Stadt zu planen.

Während sie an ihrem Frühstückscroissant knabberte, ließ sie den Blick aus dem Fenster des Hotelspeisesaals über die Stadt schweifen. Sie hatte sich für heute eine ganze Menge vorgenommen. Als Erstes würde sie Onkel Mikhail in seiner Galerie besuchen und damit zwei Fliegen mit einer Klappe schlagen. Sie würde sich über alle Neuigkeiten informieren können, und vielleicht wusste Sydney, Mikhails Frau, durch ihre Verbindung zur Immobilienbranche ja etwas über eine freie Wohnung.

Außerdem konnte es nichts schaden, ihm – und den anderen Familienmitgliedern – durch die Blume zu verstehen zu geben, dass sie darauf hoffte, bei Nicks neuestem Werk mitarbeiten zu können.

Nicht gerade fair, gestand sie sich still ein, als sie sich ihre zweite Tasse Kaffee einschenkte. Aber in der Liebe galt Fairness nicht unbedingt viel. Und sie würde auch nie auf eine solch unwürdige Taktik verfallen, wenn sie nicht von ihrem eigenen Talent überzeugt wäre. Denn was Musik und Texten anbelangte, da war sie sich ihrer ganz sicher. Nur wenn es darum ging, Eindruck auf Nick zu machen, kam sie ins Stolpern.

Aber wenn sie erst einmal eng zusammenarbeiteten, würde er aufhören, sie nur als die kleine Cousine aus West Virginia anzusehen. Und da sie sich bewusst war, dass sie nie mit den lasziven und üppigen Damen konkurrieren konnte, die Nick normalerweise bevorzugte, würde sie eben die gemeinsame Liebe zur Musik als die Hintertür benutzen, durch die sie sich in sein Herz schleichen konnte.

Schließlich war das alles ja nur zu seinem Besten. Sie war das Beste, was ihm passieren konnte. Sie musste es ihm nur noch klarmachen.

Und da es nie eine bessere Zeit als das Jetzt gab, erhob sie sich vom Frühstückstisch und eilte in ihr Zimmer, um sich umzuziehen.

Eine knappe Stunde später stieg Freddie vor einer Galerie in Soho aus dem Taxi. Die Chancen standen fünfzig zu fünfzig, dass sie ihren Onkel hier wirklich antreffen würde. Es konnte genauso gut sein, dass er in dem Haus in Connecticut war und an einer Skulptur arbeitete oder mit den Kindern spielte. Oder er war vielleicht mit seinem Vater irgendwo in der Stadt zu irgendeinem Tischlerjob unterwegs.

Freddie schob die schwere Glastür auf. Wenn sie Mikhail nicht antraf, dann würde sie eben bei Sydney im Büro vorbeischauen. Oder Rachel im Gerichtsgebäude besuchen. Oder Bess im Fernsehstudio. Oder Alex auf der Wache. Sie musste lächeln. Egal wohin sie auch ging, überall würde sie über Familie stolpern.

Das Erste, was sie in dem sonnendurchfluteten Raum wahrnahm, war Mikhails neueste Arbeit. Auch wenn sie das Stück noch nicht gesehen hatte, so erkannte sie doch sofort die typische Handschrift ihres Onkels und auch das Thema. Er hatte seine Frau geschnitzt, in Mahagoni. Wie eine Madonna hielt Sydney ihr Neugeborenes im

Arm. Die Jüngste, Laurel. Zu Sydneys Füßen saßen drei weitere Kinder. Freddie erkannte ihre Cousins und ihre Cousine, Griff, Adam und Moira. Sie konnte nicht widerstehen und fuhr dem Baby mit dem Zeigefinger über die Wange.

Eines Tages, so dachte sie, werde ich mein eigenes Kind so halten. Nicks und mein Kind.

„Ich warte nicht auf Faxe!“, erscholl da Mikhails erregte Stimme, als er aus dem hinteren Raum in die Galerie kam. „Du wartest auf Faxe! Ich habe zu arbeiten!“

„… aber Mik“, folgte eine vorwurfsvolle Antwort aus dem Zimmer, „Washington hat gesagt …“

„Was interessiert mich, was Washington gesagt hat! Sag ihnen, sie können drei Stücke haben, mehr nicht.“

„Aber …“

„Nicht eines mehr“, betonte er noch einmal und murmelte erbost in Ukrainisch vor sich hin, während er die Galerie durchschritt. Worte, die, wie Freddie mit einer hochgezogenen Augenbraue feststellte, ganz sicher nicht für ihre Ohren bestimmt waren.

„Eine sehr bildhafte Ausdrucksweise, Onkel Mik.“

Er brach mitten in einem weiteren Fluch ab. „Freddie!“ Lachend hob er sie vom Boden hoch und wirbelte sie herum, als wäre sie leicht wie eine Feder. „Immer noch ein Fliegengewicht.“ Er küsste sie herzhaft und stellte sie wieder auf den Boden. „Wie geht es unserem hübschen Mädchen?“

„Ich freu mich so, wieder hier zu sein. Und dich zu sehen, natürlich.“

Er war ein unglaublich gut aussehender Mann, ungebändigt, exotisch, voller Energie und Lebenslust, mit den goldbraunen Augen und dem rabenschwarzen Haar der Stanislaskis. Hätte sie Talent zum Malen, so würde sie die Stanislaski-Familie mit schwungvollen Strichen in elektrisierenden Farben malen.

„Ich habe gerade dein neuestes Werk bewundert“, sagte sie lächelnd. „Es ist wunderschön.“

„Es ist leicht, etwas Schönes zu erschaffen, wenn man das passende Material zum Arbeiten hat.“ Liebevoll betrachtete er die Skulptur. Er bezog sich nicht nur auf das edle Holz, sondern auch auf das Motiv. „Also“, wandte er sich wieder an Freddie, „du willst den Sprung ins kalte Wasser wagen und die Großstadt erobern, ja?"

„Das habe ich vor." Sie hakte sich bei ihm ein und ging mit ihm durch die Galerie, blieb hier und da vor den ausgestellten Werken stehen, um sie zu bewundern. „Ich hoffe, ich werde mit Nick an seiner neuen Partitur arbeiten können."

„So?" Mikhail hob unmerklich eine Augenbraue. Ein Mann, der von so vielen Frauen umgeben war, begann zu verstehen, wie deren Verstand arbeitete. „Du willst also den Text zu seiner Musik schreiben?"

Sie nickte. „Wir würden ein gutes Team abgeben, meinst du nicht auch?"

„Schon, aber das ist nicht alles, worum es dir geht, oder?" Er lachte herzhaft, als sie einen entrüsteten Schmollmund zog. „Nick kann ganz schön stur sein, ich weiß. Er hat einen richtigen Dickschädel. Wenn du möchtest, kann ich ihm diesen Dickschädel ein wenig weich klopfen."

Jetzt musste sie auch lachen. „Ich hoffe, das wird nicht nötig sein, aber vielleicht komme ich auf das Angebot zurück." Ihre Miene wurde ernst, und etwas in ihrem Blick ließ Mikhail erkennen, dass sie kein Kind mehr war. „Ich bin wirklich gut, Onkel Mik. Die Musik liegt mir im Blut, sie ist ein Teil von mir. So wie die Kunst bei dir."

„Und wenn du etwas willst ..."

„Dann finde ich einen Weg, um es auch zu bekommen." Dieses unerschütterliche Selbstbewusstsein war ebenfalls ein Teil von ihr. „Ich will mit Nick arbeiten, ich will ihm helfen. Und das werde ich auch tun."

„Und was willst du von mir?"

„Vielleicht werde ich die Unterstützung der Familie brauchen, obwohl ich eigentlich glaube, dass es mir auch so gelingen wird, ihn zu überzeugen." Sie warf ihr Haar zurück, eine Geste, die Mikhail sehr an seine Schwester erinnerte. „Zuerst brauche ich einmal Hilfe oder zumindest Rat, wie ich an eine Wohnung komme. Ich dachte mir, Tante Sydney wüsste vielleicht etwas in der Nähe der Bar."

„Schon möglich, aber wir haben genug Platz bei uns im Haus. Die Kinder würden sich freuen, wenn du bei uns wohnen würdest. Und Sydney auch." Er seufzte, als er ihr Gesicht sah. „Ich habe deiner Mutter versprochen, ich würde es wenigstens versuchen. Du weißt doch, dass Natasha sich Sorgen um dich macht."

„Das braucht sie aber nicht. Schließlich haben sie und Dad alles darangesetzt, um eine sehr eigenständige Person zu erziehen. Die Wohnung muss auch nicht groß sein, Onkel Mik", fuhr sie hastig fort, bevor er etwas erwidern konnte. „Ich bin im Waldorf untergekommen, vielleicht kannst du Tante Sydney ja bitten, mich dort anzurufen, wenn sie etwas hört. Wir könnten uns auch zum Lunch treffen, wenn sie Zeit hat."

„Sie hat immer Zeit für dich. Wir alle."

„Ich weiß. Ich gedenke auch, das auszunutzen. Ich will diese Wohnung so schnell wie möglich. Bevor", sie begann zu grinsen, „Grandma auf die Idee kommt, dass ich zu ihr nach Brooklyn ziehen soll. Aber jetzt muss ich gehen." Sie drückte ihm einen herzhaften Kuss auf die Wange. „Ich muss noch woanders hin." Sie ging zur Tür, drehte sich noch einmal um. „Oh, wenn du mit Mama redest, dann sage ihr ruhig, du hättest es versucht." Ein letztes Winken, und damit stand sie auf der Straße und hielt ein Taxi an.

Nun, da der erste Punkt auf ihrer Liste der zu erledigenden Dinge in Gang gesetzt worden war, ließ sie sich zum „Lower the Boom" fahren und läutete am Hintereingang bei Nicks Wohnung, die über dem Lokal ihres Onkel Zackary Muldoon lag. Es dauerte eine Weile, bis sie Nicks verschlafene und sehr verärgerte Stimme durch die Gegensprechanlage hörte.

„Noch im Bett?", erkundigte sie sich munter. „Du wirst langsam zu alt für wilde Nächte, Nicholas."

„Freddie? Wie spät ist es, zum Teufel?"

„Zehn, aber wen interessiert das schon? Lass mich rein, ja? Ich habe etwas für dich dabei. Ich lege es unten auf den Küchentisch."

Er fluchte, und sie hörte, wie etwas zu Boden fiel. „Ich komme runter."

„Nein, nicht nötig." Sie glaubte nicht, ihn halb verschlafen und noch warm vom Bett aushalten zu können. „Ich kann ohnehin nicht bleiben. Mach mir einfach nur auf und ruf mich an, wenn du dir das, was ich dir hinlege, angeschaut hast."

„Was ist es denn?", fragte er, während der Türdrücker summte.

Statt einer Antwort huschte Freddie hinein, ließ ihre Musikmappe auf den Küchentisch fallen und raste wie ein geölter Blitz wieder hinaus. „Entschuldige, dass ich dich geweckt habe, Nick", rief sie durch die Gegensprechanlage. „Wenn du heute Abend Zeit und Lust hast, können wir zusammen essen gehen. Bis dann."

„Warte doch, verdammt …"

Aber sie war schon an der Ecke, wo ihr Taxi wartete. Sie stieg ein, lehnte sich zurück, atmete tief aus und schloss die Augen. Wenn er sie – ihr Talent, korrigierte sie sich – nach dem, was sie ihm dagelassen hatte, nicht wollte, musste sie wieder ganz bei null anfangen.

Denk positiv, rief sie sich selbst zur Ordnung. Sie straffte die Schultern und verschränkte die Arme. „Bringen Sie mich zu Sak's", sagte sie dem Fahrer.

Wenn eine Frau eine mögliche Verabredung mit dem Mann hatte, den sie zu heiraten beabsichtigte, verdiente sie zumindest ein neues Kleid.

2. KAPITEL

Bis Nick schließlich seine Jeans gefunden und angezogen hatte und die Treppe hinuntergestolpert war, war Freddie schon lange weg. Er fluchte, als er sich seinen nackten Zeh an dem klobigen Bein des Küchentischs stieß. Mit finsterem Gesicht humpelte er auf die schmale Ledermappe zu, die sie zurückgelassen hatte.

Was zum Teufel stellte die Kleine da an? Weckte ihn in aller Herrgottsfrühe und hinterließ mysteriöse Mappen auf dem Küchentisch. Noch immer ungehalten vor sich hin brummelnd, schnappte er sich das Portfolio und ging wieder in seine Wohnung hinauf. Er brauchte unbedingt einen Kaffee.

Um in seine eigene Küche zu gelangen, musste er über Berge von alten Zeitungen, Kleidern, Schuhen und für nichtig befundene angefangene Notenblätter steigen. Er warf Freddies Portfolio auf die zugemüllte Arbeitsplatte und kramte in seinen allerhintersten Gehirnwindungen nach den Basisfunktionen seiner Kaffeemaschine.

Er war einfach kein Morgenmensch.

Als die Maschine das erste vielversprechende Zischen von sich gab, öffnete er den Kühlschrank und beäugte trübe den Inhalt. Frühstück gab es nicht auf der Speisekarte des „Lower the Boom“, und obwohl es die einzige Mahlzeit war, bei der er sich nicht auf Rio verlassen konnte, waren seine Mittel beschränkt. In dem Moment, in dem er an der Milchtüte roch und würgte, wusste er, dass er Müsli streichen konnte. Er entschied sich stattdessen für einen Knabberriegel.

Bewaffnet mit einer Tasse Kaffee, setzte er sich an den Tisch, steckte sich eine Zigarette an und zog den Reißverschluss des Portfolios auf.

Er war fest entschlossen, alles zu verwerfen, was Freddie ihm da in aller Herrgottsfrühe hatte zukommen lassen, auch wenn sie selbst es wichtig genug fand, ihn dafür aufzuwecken. Selbst verwöhnte Kleinstadtgören sollten wissen, dass Bars nicht gerade früh zumachten. Und seit er für seinen Bruder die Spätschicht übernommen hatte, fand Nick selten vor drei Uhr morgens ins Bett.

Mit einem herzhaften Gähnen schüttelte er den Inhalt aus dem Portfolio heraus. Ordentlich beschriebene Notenblätter flatterten auf den Tisch.

Das hätte er sich gleich denken können. Die Kleine hatte es sich in den Kopf gesetzt, dass sie beide zusammenarbeiten würden. Und er kannte Freddie gut genug, um zu wissen, dass man, wenn sich einmal ein Gedanke in ihrem Kopf festgesetzt hatte, schon ein Stemmeisen brauchte, um ihn zu lockern.

Zweifellos hat sie Talent, dachte er. Wie hätte die Tochter von Spence Kimball auch unmusikalisch sein können. Aber er war nicht sonderlich wild auf Teamarbeit. Natürlich stimmte es, dass die Zusammenarbeit mit Lorrey an „Last Stop" erfreulich gewesen war. Aber Lorrey gehörte auch nicht zur Familie. Und er hatte auch nicht wie die mit Zuckerguss überzogene Sünde geduftet.

Vergiss es, LeBeck, ermahnte er sich und schob sich sein vom Schlaf zerzaustes volles Haar aus der Stirn, bevor er das erste Blatt zur Hand nahm. Das Mindeste, was er für seine kleine Cousine tun konnte, war, einen Blick auf ihre Arbeit zu werfen.

Und als er es tat, zog er die Augenbrauen zusammen. Die Musik war von ihm. Irgendetwas, das er nicht zu Ende komponiert hatte, ein paar Noten, die er während eines seiner Familienbesuche in West Virginia flüchtig auf ein Blatt gekritzelt hatte. Jetzt sah er sich wieder an dem Flügel im Musikzimmer des großen Hauses sitzen, Freddie auf der Bank neben sich. War es letzten Sommer gewesen? Oder im Sommer davor? Sehr lange konnte es jedenfalls nicht her sein, weil er sich noch genau daran erinnerte, dass ihm aufgefallen war, wie erwachsen sie geworden war. Er hatte ein paar Probleme gehabt, als sie sich zu ihm herübergelehnt oder ihm aus diesen unglaublich großen, rauchgrauen Augen Blicke zugeworfen hatte.

Nick schüttelte den Kopf, fuhr sich mit der Hand übers Gesicht und konzentrierte sich wieder auf die Musik. Sie hat sie überarbeitet, registrierte er und stutzte ein wenig bei der Vorstellung, dass sich jemand an seiner Arbeit zu schaffen machte. Und sie hatte einen Text dazu geschrieben, Worte, die auf die romantische Stimmung, die die Musik herbeizauberte, haargenau passten.

„Immer nur Du" hatte sie es überschrieben. Während die Melodie in seinem Kopf ertönte, begann er die Notenblätter einzusammeln, ließ seinen angebissenen Knabberriegel liegen und ging ins Wohnzimmer ans Klavier.

Zehn Minuten später telefonierte er mit dem Waldorf und hinterließ die erste von mehreren Nachrichten für Miss Frederica Kimball.

Es war später Nachmittag, als Freddie mit roten Wangen und schwer bepackt mit Einkaufstüten in ihre Suite zurückkehrte. Ihrer Meinung nach hatte sie einen herrlichen Tag verbracht. Erst war sie einkaufen gewesen, dann hatte sie mit Rachel und Bess zu Mittag gegessen, und hinterher war sie noch ein bisschen durch die Straßen geschlendert. Nachdem sie ihre Tüten im Salon abgestellt hatte, stürzte sie sich aufs Telefon. Um diese Tageszeit war es höchst wahrscheinlich, dass zumindest ein paar, wenn nicht sämtliche Mitglieder ihrer Familie zu Hause versammelt waren. Das rote Licht blinkte, was ankündigte, dass unten bei der Rezeption ein Anruf für sie eingegangen war. Aber bevor sie noch nach dem Hörer greifen konnte, klingelte das Telefon.

„Hallo."

„Verdammt, Freddie, wo hast du dich denn den ganzen Tag rumgetrieben?"

Angesichts des Klangs von Nicks Stimme zogen sich ihre Lippen leicht nach oben. „Hier und da, warum fragst du?"

„Sehr witzig, Freddie. Ich bin schon den geschlagenen Tag hinter dir her. Ich war bereits drauf und dran, Alex anzurufen und ihn zu bitten, dass er eine Vermisstenanzeige aufgibt." Er hatte sie sich ausgeraubt, geschändet und gekidnappt vorgestellt.

Sie balancierte von einem Bein aufs andere und schüttelte sich die Schuhe von den Füßen. „Nun, wenn du es getan hättest, hättest du erfahren, dass ich einen Teil des Tages damit verbracht habe, mit seiner Frau zu Mittag zu essen. Gibt es ein Problem?"

„Ein Problem? Nein, natürlich nicht, was für ein Problem sollte es wohl geben?" Selbst durchs Telefon war sein Sarkasmus fast mit Händen zu greifen. „Du reißt mich in aller Herrgottsfrühe aus dem Schlaf …"

„Nach zehn", unterbrach sie ihn.

„… und dann tauchst du den ganzen Tag über ab", fuhr er fort, ohne ihren Einwurf zu beachten. „Mir scheint, ich muss dich daran erinnern, dass du um meinen Rückruf gebeten hast."

„Ja." Sie wappnete sich, dankbar dafür, dass er sie nicht sehen konnte – oder die Hoffnung in ihren Augen. „Bist du dazu gekommen, einen Blick auf die Notenblätter zu werfen, die ich dir dagelassen habe?"

Er machte den Mund auf, machte ihn wieder zu und beschloss, cool zu bleiben. „Ich habe einen Blick darauf geworfen." Er hatte Stunden damit verbracht, sie zu studieren, darüber zu brüten, sie nachzuspielen. „Es ist nicht schlecht, besonders die Teile, die von mir stammen."

Sie reckte das Kinn, auch wenn er sie nicht sehen konnte. „Es ist viel besser als nicht schlecht – besonders die Teile, die ich überarbeitet habe." Das Glitzern in ihren Augen war jetzt reiner Stolz. „Wie findest du den Text?"

Der Text bewegte sich zwischen Poesie und ausgelassener Ironie, und das war etwas, das ihn mehr beeindruckt hatte, als er sich selbst und ihr eingestehen wollte. „Na ja, stellenweise ist er ganz nett. Doch, gefällt mir ganz gut."

„Oh, schweig still, mein Herz."

„Er ist gut, okay?" Er stieß einen lang angehaltenen Atemzug aus. „Ich weiß zwar nicht, was ich damit soll, aber …"

„Warum unterhalten wir uns nicht darüber? Hast du heute Abend schon etwas vor?"

Er dachte an die Verabredung, die er getroffen hatte, dachte an seine Musik und verwarf alles andere. „Nichts, was ich nicht verschieben könnte."

„Fein. Ich lade dich zum Essen ein. Komm um halb acht hier bei mir im Hotel vorbei."

„Hör zu, Freddie warum treffen wir uns nicht einfach bei …"

„Schließlich müssen wir beide essen, oder? Schmeiß dich in einen Anzug, dann machen wir ein kleines Erlebnis daraus. Halb acht." An ihrer Unterlippe nagend legte sie auf, ehe er noch etwas erwidern konnte.

Mit weichen Knien ließ sie sich in den Lehnstuhl sinken. Es hatte geklappt, genau wie geplant. Es gab keinen Grund, nervös zu sein. Richtig, dachte sie und verdrehte die Augen. Es gab überhaupt keinen Grund.

Sie war dabei, den Mann zu umwerben und zu verführen, den sie schon ihr halbes Leben lang liebte. Und wenn es schiefging, würde sie mit gebrochenem Herzen und gedemütigt zurückbleiben. All ihre Hoffnungen und Träume wären dahin.

Keinerlei Grund zur Panik also.

Um sich aufzumuntern, nahm sie das Telefon auf und wählte die Nummer in West Virginia. Die vertraute Stimme beruhigte sie sofort und ließ alle Nervosität schwinden.

„Mama."

Um halb acht betrat Nick die Lobby des Waldorf. Er war nicht glücklich, hier zu sein. Er hasste Anzüge. Er hasste vornehme Restaurants und die pompösen Gepflogenheiten, die dort herrschten. Hätte ihm Freddie auch nur eine halbe Chance gegeben, hätte er darauf bestanden, dass sie in der Bar vorbeikam, wo sie in aller Ruhe hätten reden können.

Es stimmte, dass er, seitdem er auf dem Broadway Erfolg gehabt hatte, sich gelegentlich gezwungen sah, an Orten und mit Menschen zu verkehren, die ihm nicht unbedingt lagen. Aber er mochte es nicht. Er wollte nur das, was er schon immer gewollt hatte – in der Lage sein, ohne allzu große Probleme seine Musik schreiben zu können.

Nick starrte einen der uniformierten Türsteher nieder, der ihn offensichtlich für leicht suspekt hielt.

Da hast du verdammt recht, Mann, dachte Nick sarkastisch. Zack und Rachel und der Rest der Stanislaskis mochten ihn vielleicht vor dem Gefängnis bewahrt haben, aber noch immer steckte ihm irgendwo ganz tief drin der rebellische einsame Junge in den Knochen.

Sein Stiefbruder Zack hatte ihm vor über einem Jahrzehnt sein erstes Klavier geschenkt, und Nick konnte sich noch wie heute an das unerhörte Glücksgefühl erinnern, das ihn angesichts der Tatsache überschwemmt hatte, dass jemand, irgendjemand, genug für ihn empfand, um seine geheimsten Träume erraten zu können. Nein, das hatte er Zack niemals vergessen, und er würde ihm ewig dankbar dafür sein.

Natürlich hatte er sich im Laufe der Jahre verändert. Wer nicht? Er suchte schon lange keinen Streit mehr. Es war ihm immens wichtig, der Familie, die ihn akzeptiert und in ihrer Mitte aufgenommen hatte, keine Schande zu bereiten. Aber er war trotzdem noch immer

Nick LeBeck, ehemaliges Mitglied einer kriminellen Straßengang, ehemaliger Taschendieb, Betrüger und Spieler, der Junge, der Rachel Stanislaski zum ersten Mal in seinem Leben auf der falschen Seite der Gitterstäbe begegnet war.

Der Anzug legte nur eine dünne Schicht zwischen damals und heute.

Er zerrte missmutig an seiner Krawatte, die er verabscheute. Er dachte nicht oft an damals zurück. Es gab keinen Grund dafür. Aber irgendetwas an Freddie veranlasste ihn, zurückzuschauen.

Als er sie das erste Mal gesehen hatte, war sie dreizehn gewesen und hatte ihn an eine Porzellanpuppe erinnert. Sie war niedlich gewesen damals, hübsch, süß – und harmlos. Und er hatte sie geliebt. Natürlich hatte er das. Wie man seine kleine Cousine eben liebt. Die Tatsache, dass sie jetzt eine erwachsene Frau war, änderte daran nichts. Er war sechs Jahre älter, eben immer noch der ältere Cousin.

Aber die Frau, die jetzt aus dem Fahrstuhl trat, sah nicht aus wie die Cousine von irgendwem.

Was zum Teufel hatte sie mit sich angestellt? Nick rammte die Hände in die Hosentaschen und schaute ihr finster entgegen, während sie in diesem kurzen, eng anliegenden Fummel von der Farbe reifer Aprikosen die Lobby durchquerte. Das Haar hatte sie sich hochgesteckt, sodass ihr schlanker Hals und ihre glatten Schultern zum Küssen verlockten. An ihren Ohrläppchen glitzerten kleine Edelsteine, und in dem Tal zwischen ihren Brüsten ruhte ein wie eine Träne geformter Saphir.

Ein allgemein bekannter weiblicher Trick, wie Nick wusste, um den Blick eines Mannes auf jene verführerische Stelle zu lenken und dafür zu sorgen, dass es ihm in den Fingerspitzen juckte.

Selbstverständlich juckten seine nicht, aber er behielt sie doch lieber in den Hosentaschen.

Ihre Grübchen vertieften sich, als sie ihn erspähte, und er konzentrierte sich auf ihr Gesicht, was ihm weiser erschien, als ihre Beine einer genaueren Betrachtung zu unterziehen.

„Hi, Nick. Ich hoffe, ich habe dich nicht zu lange warten lassen." Sie stellte sich auf die Zehenspitzen und küsste ihn auf den linken Mundwinkel. „Du siehst wundervoll aus."

„Ich kann wirklich nicht einsehen, warum wir uns derart in

Schale schmeißen müssen, nur um etwas zwischen die Zähne zu kriegen."

„Damit ich das Kleid anziehen kann, das ich mir heute gekauft habe." Sie drehte lachend eine Pirouette. „Gefällt es dir?"

Er konnte von Glück reden, dass ihm nicht die Zunge heraushing ... „Ganz nett. Das, was von einem Kleid da ist. Du wirst dir einen Schnupfen holen."

Sie trug sein Urteil mit Fassung. „Das glaube ich nicht. Der Wagen wartet draußen." Sie nahm seine Hand, während sie aus dem Hoteleingang traten und auf die schwarze Limousine zugingen, die an der Ecke auf sie wartete.

„Du hast eine Limo gemietet? Um damit zum Essen zu fahren?"

„Ich hatte Lust, mich ein bisschen zu verwöhnen." Sie warf dem Fahrer ein Lächeln zu, bevor sie geschmeidig in den Wagen glitt. „Du bist mein erstes Date in New York."

Es war beiläufig dahingesagt, ganz so, als ginge sie wie selbstverständlich davon aus, dass diesem noch viele andere mit vielen anderen Männern folgen würden. Nick brummte nur grimmig irgendetwas Unverständliches in sich hinein, als er sich neben sie auf die Rückbank schob.

„Ich werde die Reichen nie verstehen."

„Du gehörst heute auch nicht mehr unbedingt zu den Armen, Nick", erinnerte sie ihn. „Mit einem Broadway-Erfolg, der bereits ins zweite Jahr geht, einer Tony-Nominierung und einem weiteren Musical, das sich im Vorbereitungsstadium befindet."

Er zuckte die Schultern. „Ich lasse mich aber nicht in Limos durch die Gegend kutschieren."

„Dann genieß es jetzt." Sie lehnte sich zurück, wobei sie sich ganz wie Aschenputtel auf dem Weg zum Ball fühlte. Der entscheidende Unterschied war nur, dass sie mit ihrem Märchenprinzen dorthin fuhr. „Am Sonntag ist ein großes Essen bei Grandma", sagte sie.

„Ja, schon gehört."

„Ich kann es gar nicht mehr erwarten, alle zu sehen. Ich habe heute Vormittag bei Onkel Mik in der Galerie vorbeigeschaut. Hast du sein neuestes Werk schon gesehen? Das mit Tante Sydney und den Kindern?"

„Ja." In Nicks Augen trat ein sanfter Schimmer. Fast vergaß er, dass er einen Anzug trug und in einer Limousine mit Chauffeur fuhr. „Es ist wunderschön. Das Baby ist toll. Sie klettert immer an deinen Beinen hoch auf deinen Schoß. Bess erwartet übrigens auch ein Kind."

„Ja, das hat sie mir beim Lunch erzählt. Diese Ukrainer sind eben unverbesserlich. Papa wird demnächst ganze Wagenladungen von den Weingummis, die er so gern verteilt, kaufen müssen."

„Keine Sorge um die Zähne", ahmte Nick Yuris Akzent nach. „Alle meine Enkelkinder haben Zähne aus Eisen."

Freddie lachte und setzte sich so, dass ihr Knie sein Bein streifte. „Grandma und Papa haben bald Hochzeitstag."

„Ja, nächsten Monat."

„Wir haben uns heute beim Lunch Gedanken gemacht, wie wir feiern könnten. Wir haben daran gedacht, einen Ballsaal in einem Hotel zu mieten, aber am Schluss waren wir alle der Meinung, dass ein bescheidenerer Rahmen besser zu den beiden passt. Was hältst du davon, wenn wir es in Zacks Bar machen?"

„Ja, klar, kein Problem. Auf jeden Fall wird es lustiger als in irgendeinem Ballsaal." Und er würde keinen verdammten Anzug tragen müssen. „Rio kümmert sich bestimmt um das Essen."

„Und wir beide kümmern uns um die Musik."

Er warf ihr einen wachsamen Blick zu. „Ja, klar, das könnten wir."

„Außerdem dachten wir an ein Gemeinschaftsgeschenk. Wusstest du, dass Grandma schon immer mal nach Paris wollte?"

„Nadia, nach Paris?" Er lächelte bei diesem Gedanken. „Nein, das wusste ich wirklich nicht. Aber es passt zu ihr. Woher weißt du das denn?"

„Sie hat es irgendwann vor noch nicht allzu langer Zeit Mama erzählt. Sie sagte nicht viel darüber – du weißt ja, wie sie ist. Nur, dass sie sich schon immer gefragt hat, ob Paris wirklich so romantisch ist, wie in all den Liedern behauptet wird. Deshalb haben wir uns überlegt, dass wir ihnen eine Reise schenken könnten, mit Flug und einem zweiwöchigen Aufenthalt im Ritz oder so vielleicht."

„Das ist eine Superidee. Yuri und Nadia zusammen in Paris." Er grinste noch immer über die Vorstellung, als die Limo anhielt.

„Wo findest du es denn am schönsten?"

„Hmm?" Nick stieg aus und streckte ihr die Hand hin, um ihr

aus dem Wagen zu helfen. „Keine Ahnung. New Orleans fand ich bisher am besten. Tolle Musik. Man kann sie an jeder Straßenecke hören. Die Karibik ist auch nicht übel. Erinnerst du dich, als ich mit Zack und Rachel runtergesegelt bin?“

„Du hast mir eine Postkarte aus St. Martin geschickt“, murmelte sie. Sie hatte sie immer noch.

„Es war das erste Mal, dass ich irgendwohin reiste. Zack entschied, dass ich als Mitglied der Crew auch meinen Beitrag leisten musste, deshalb hing ich die meiste Zeit in der Küche herum. Ich war die ganze Fahrt über stocksauer und liebte doch jede Minute davon.“

Sie traten von der frischen Frühlingsluft in die Wärme und das gedämpfte Licht des Restaurants. „Kimball“, sagte Freddie zu dem Maitre und war hochzufrieden, als der sie zu einem Tisch in einer abgelegenen Nische führte.

Perfekt, dachte sie, als sie das weiße Leinentischtuch sah, auf dem ein silberner Leuchter mit brennenden Kerzen und funkelnde Kristallgläser standen, und den Duft guten Essens erschnupperte, der in der Luft lag. Nick mochte nicht merken, dass er umworben wurde, aber sie glaubte doch, dass sie ihre Sache gut machte.

„Nehmen wir Wein?“, fragte sie.

„Klar.“ Er nahm die in Leder gebundene Weinkarte zur Hand. Durch seine Jahre in der Bar kannte er die guten Jahrgänge. Er überflog die Liste und schüttelte den Kopf über die lachhaft hohen Preise. Nun, es war Freddies Einladung.

„Wir nehmen den 88er Sancerre“, sagte er zu dem eilfertig lauernden Kellner. Es war Nicks Ansicht nach ein Beruf, der einen Kerl immer aussehen ließ, als hinge ihm ein Aschenbecher um den Hals.

„Ja, Sir. Eine exzellente Wahl.“

„Das will ich auch hoffen. Immerhin ist er ungefähr um dreihundert Prozent überteuert.“ Während Freddie mit einem Lachen kämpfte und der Kellner um seine Würde rang, gab Nick die Weinkarte zurück und steckte sich dann eine Zigarette an. „Und was macht deine Wohnungssuche? Schon Glück gehabt?“

„Heute habe ich mich nicht groß darum gekümmert, aber ich nehme an, dass Sydney irgendwas für mich tun kann.“

„In New York eine Wohnung zu finden ist nicht so einfach. Und du könntest übers Ohr gehauen werden. Es gibt eine Menge Leute hier, die nur darauf warten, einem naiven Mädchen vom Land das Fell über die Ohren zu ziehen. Du solltest darüber nachdenken, ob du nicht vielleicht doch irgendwo bei der Familie wohnen willst."

Sie hob eine Augenbraue. „Suchst du vielleicht eine Untermieterin?"

Er schaute sie verdutzt an, blinzelte, dann stieß er eine Rauchwolke aus. „So war das nicht gemeint."

„Nein, wirklich, ich fände es praktisch, wenn wir erst zusammenarbeiten …"

„Halt die Luft an. Du überschlägst dich."

„Findest du?" Mit einem kleinen Lächeln lehnte sie sich zurück, als der Kellner kam und Nick das Weinetikett präsentierte.

„In Ordnung", sagte Nick ungeduldig abwinkend, aber er schaffte es nicht, den Mann loszuwerden, bis er das Ritual der Vorkostung hinter sich gebracht hatte. Er nahm einen kleinen Schluck des Weins, den ihm der Kellner ins Glas gegossen hatte. „Großartig, geben Sie endlich her."

Mit angestrengter Würde schenkte der Kellner Freddie ein Glas Wein ein, dann füllte er Nicks Glas auf, bevor er die Flasche in den Silbereimer stellte.

„Hör zu …"

„Es ist tatsächlich eine exzellente Wahl", sagte Freddie, nachdem sie den ersten Schluck genommen hatte. „Trocken und schön leicht. Du weißt, dass ich deinem Urteil in mancher Hinsicht ohne Einschränkungen vertraue, Nicholas. Zum Beispiel hierbei", sagte sie und prostete ihm zu. „Und wenn es um Musik geht. Du sträubst dich vielleicht innerlich zuzugeben, dass die kleine Freddie so gut ist wie du, aber deine musikalische Integrität lässt dir keine andere Wahl."

„Niemand hat gesagt, dass du so gut bist wie ich, Kleine. Aber du bist nicht schlecht." Er stieß mit ihr an. Für einen Moment verlor er den Faden. Wegen des Kerzenlichts, das in ihren grauen Augen Fangen spielte. Und wegen des Blicks, mit dem sie ihn anschaute, als ob sie ein Geheimnis hätte, von dem sie sich nicht sicher war, ob sie es mit ihm teilen sollte. „Wie auch immer." Er räusperte sich. „Ich mag dein Zeugs."

„Oh Mr. LeBeck", hauchte sie theatralisch. Sie senkte den Blick und klimperte mit den Wimpern. „Ich weiß gar nicht, was ich sagen soll."

„Dabei bist du doch sonst nicht auf den Mund gefallen. Das eine Lied – ‚Immer nur Du' –, es könnte vielleicht sogar in die Partitur passen."

„Das dachte ich mir auch." Angesichts seiner verengten Augen musste sie lächeln. „Als Tochter von Spence Kimball habe ich gewisse Beziehungen. Ich habe das Buch gelesen, Nick. Es ist wundervoll. Die Story schafft es, herrlich altmodisch und zeitgemäß zugleich zu sein. Sie ist eine umwerfende Liebesgeschichte und voller Witz. Und mit dieser legendären irischen Sängerin in der Hauptrolle ..."

„Woher weißt du das?"

Diesmal war ihr Lächeln eher ein süffisantes Grinsen. „Beziehungen."

„Beziehungen", brummte Nick. „Wofür brauchst du mich eigentlich? Du könntest direkt zu Mr. Valentine gehen."

„Das könnte ich." Ohne an seinem verärgerten Tonfall Anstoß zu nehmen, spitzte Freddie die Lippen und studierte ihren Wein. „Aber das will ich nicht." Sie hob den Blick, begegnete dem seinen und hielt ihn fest. „Ich will, dass du mich willst, Nick." Sie ließ ihre Worte wirken. Begriff er, dass sie nicht nur über die Musik sprach, sondern ebenso über ihr Leben? Ihrer beider Leben. „Ich werde alles tun, was in meiner Macht steht, um dich von meinen Qualitäten zu überzeugen. Und wenn du mich dann immer noch nicht willst, werde ich mich damit abfinden."

Irgendetwas regte sich in ihm. Irgendetwas gefährlich Unerwünschtes. Er verspürte den Drang, einen schockierend starken Drang, die Hand auszustrecken und ihr mit dem Finger über diese glatten Elfenbein-und-Rosen-Wangen zu fahren. Was er natürlich nicht tat. Stattdessen holte er sorgfältig Atem und drückte seine Zigarette aus.

„Okay, Freddie, ich bin einverstanden. Versuch dein Glück."

Die lähmende Enge, die sich um ihr Herz gelegt hatte, löste sich auf. „Das werde ich", sagte sie. „Aber lass uns erst bestellen."

Sie gab sich keine große Mühe mit ihrer Essensauswahl. Ihr Kopf war zu beschäftigt mit dem, was sie ihm sagen wollte, um sich mit etwas so Nebensächlichem wie Essen zu beschäftigen. Sie nippte an ihrem Wein und beobachtete Nick, während er seinen Teil der Bestellung aufgab. Als er fertig war und zu ihr herüberschaute, lächelte sie.

„Was ist?"

„Ich habe mich nur erinnert." Sie legte ihre Hand über die seine. „An das erste Mal, als wir uns sahen. Du kamst in dieses herrliche Chaos bei Grandma und sahst aus, als hätte dir jemand einen Ziegelstein über den Kopf gehauen."

Er lächelte, jetzt hatte er wieder sicheren Boden unter den Füßen. „So etwas hatte ich vorher noch nie gesehen. Ich konnte es gar nicht fassen, dass Menschen so leben – dieses ganze Geschnatter und Lachen und Kinder, die einem überall vor die Füße liefen, und das viele gute Essen."

„Und Katie kam schnurstracks auf dich zumarschiert und verlangte, dass du sie auf den Arm nehmen solltest."

„Deine kleine Schwester hatte schon immer eine Schwäche für mich."

„Wie ich auch."

Er fing an zu lachen, dann entdeckte er, dass er es gar nicht komisch fand. „Lass den Quatsch."

„Nein, ehrlich. Ein Blick auf dich genügte, und mein pubertierendes Herz schlug einen Purzelbaum. Deine Haare waren ein bisschen länger als heute und ein bisschen heller. Und du trugst einen Ohrring."

Mit einem kleinen Auflachen rieb er sich sein Ohrläppchen. „Ist schon eine ganze Weile her."

„Ich fand dich schön, irgendwo zwischen Rockstar und James Dean." Sie seufzte theatralisch. „Ich war ganz weg, ehrlich. Jedes Mädchen hat das Recht, einmal im Leben richtig verknallt zu sein. Und ich war mit Sicherheit in dich verknallt."

„Schön." Er war sich nicht ganz sicher, wie er reagieren sollte. „Schätze, ich sollte mich jetzt geschmeichelt fühlen."

„Richtig. Immerhin habe ich für dich Bobby MacAroy und Harrison Ford sausen lassen."

„Harrison Ford? Ich bin beeindruckt." Er entspannte sich, als ihre Vorspeise kam. „Aber wer zum Teufel ist Bobby MacAroy?"

„Der süßeste Junge in meiner Klasse. Natürlich wusste er nicht, dass ich vorhatte, ihn zu heiraten und fünf Kinder mit ihm zu kriegen.“ Sie hob eine Schulter und ließ sie dann wieder fallen.

„Sein Pech.“

„Darauf kannst du wetten. Egal, auf jeden Fall war ich dir vom ersten Tag an verfallen. Natürlich rechnete ich mir keine Chancen aus“, fuhr sie fort. „Die kleine sommersprossige Freddie unter all diesen zigeunerhaft aussehenden Exoten in meiner Familie.“

„Du warst wie eine Porzellanpuppe“, murmelte er. „Ein kleines blondes Püppchen mit riesigen Augen. Ich erinnere mich daran, dass ich irgendwann eine Bemerkung machte, dass du deiner Schwester und deinem Bruder gar nicht ähnlich siehst, und du erklärtest mir, dass Natasha in Wirklichkeit deine Stiefmutter ist. Du tatest mir leid.“ Er schaute wieder auf und verlor sich für einen Moment in den unergründlichen Tiefen ihrer Augen. „Weil ich mir selbst leidtat – der aus dem Tritt gekommene Stiefbruder. Und du saßt da, ganz ernst, und sagtest mir, ‚Stief‘ sei nur ein Wort. Es hat mich berührt“, sagte er. „Es hat mich wirklich tief berührt. Und es hat mir geholfen. Ich habe mich sehr unverstanden gefühlt damals.“

Ihre Augen schimmerten feucht. „Das wusste ich nicht. Ich dachte, du würdest dich mit Zack gut verstehen.“

„Nicht die Bohne. Ich versuchte lange Zeit, ihn zu hassen. Ich habe es nie offen gezeigt, aber ich habe ganz schön hart gearbeitet, um uns beiden das Leben so schwer wie möglich zu machen. Und dann habe ich mich auch noch in Rachel verknallt.“

„Verknallt? In Rachel? Aber …“ Diplomatisch ließ Freddie das Ende ihres Satzes in der Luft hängen und widmete sich ihrem Essen.

Mittlerweile machte es ihm nichts mehr aus, darüber zu reden. „Ja, ich war damals neunzehn. Und hielt mich anscheinend für unwiderstehlich, denn Rachel war ja beträchtlich älter und stand schon voll im Leben. Und sie hatte unglaublich tolle Beine. Du wirst ja rot, Freddie. Jeder Junge hat das Recht, mindestens einmal im Leben richtig verknallt zu sein.“ Er grinste sie an. „Ich bin ausgerastet, als ich herausfand, dass Rachel und Zack was laufen hatten und ich mich zum Narren gemacht hatte. Aber ich kam darüber hinweg, vor allem, weil mir klar wurde, dass das zwischen den beiden etwas Ernsthaftes war. Außerdem begriff ich, dass ich zwar verknallt war, sie aber nicht liebte. So kommt man immer wieder auf den Teppich, stimmt’s?“

Sie schaute ihn gelassen an. „Manchmal. Und auf Umwegen bestätigt mich dieses Gespräch in meiner Ansicht, dass wir zusammenarbeiten sollten."

Er wartete, bis der Kellner die Vorspeisenteller abgeräumt hatte und den zweiten Gang servierte. Dann griff er nach seinem Weinglas, das der Ober wieder aufgefüllt hatte, und sah sie direkt an. „Wie kommst du denn jetzt darauf?"

Freddie lehnte sich angeregt vor. Und ihr Parfum wehte zu ihm herüber, sodass ihm der Mund wässrig wurde. „Wir haben viele Gemeinsamkeiten, Nick."

„Du schätzt mich falsch ein."

Sie schüttelte ungeduldig den Kopf. „Das müssen wir jetzt nicht vertiefen. Ich kenne dich, Nicholas. Besser, als du glaubst. Ich weiß, was deine Musik für dich bedeutet. Rettung."

Sein Blick verschleierte sich, und er verlor das Interesse an seinem Essen. „Das ist stark übertrieben. Ganz so ist es nicht …"

„Es stimmt", verteidigte sie sich. „Erfolg ist nur ein Nebenprodukt. Es ist allein die Musik, die für dich zählt. Du würdest sie umsonst komponieren, du würdest sie umsonst spielen. Du brauchst sie, und du brauchst mich, damit ich dir deine Texte schreibe. Weil ich die Worte höre, während du die Musik hörst. Ich verstehe, was du sagen willst, weil ich dich verstehe. Und weil ich dich liebe."

Er musterte sie, während er versuchte, Gefühl und praktische Durchführbarkeit auseinanderzuhalten. Aber sie hatte recht. Das Gefühl war zuerst da gewesen, und sie hatte mit ihren Texten diese Gefühle in Worten ausgedrückt. So wie mit den Worten, die sie gerade gesagt hatte. „Es spricht einiges für das, was du sagst, Freddie."

„Es spricht alles für uns. Wir wären ein Superteam, Nick. Wir wären zusammen viel stärker, als wir es allein je sein könnten."

Ihm kam die Musik in den Sinn, die er am Morgen gespielt hatte, unterlegt mit ihrem Text. *Immer nur Du, in meinem Herzen, in meinen Gedanken. Keiner zuvor und keiner danach. Immer nur ein Gesicht, das ich sehe. Du bist meine Freude, du bist meine Trauer.*

Ein Lied voller Einsamkeit, Sehnsucht und gleichzeitig voller Hoffnung, dachte er. Und sie hatte es genau so erfasst, wie er es beabsichtigt hatte.

„Lass es uns versuchen, Freddie. Wir lassen uns Zeit und schauen, wie es läuft. Wenn wir noch zwei weitere solide Songs auf die Beine stellen können, gehen wir damit zum Produzenten."

Unter dem Tisch trommelte sie nervös mit den Fingerspitzen auf ihrem Knie herum. „Und wenn er einverstanden ist ..."

„Wenn er einverstanden ist, sind wir Partner." Er hob sein Glas. „Abgemacht?"

„Oh ja." Sie stieß mit ihm an. „Abgemacht."

Dass sie so aufgekratzt war, lag bei Weitem nicht nur am Wein, als Nick sie nach dem Essen noch bis an die Tür ihres Hotelzimmers brachte. Sie presste sich gegen die Türfüllung und strahlte ihn an. „Wir werden zusammen berühmt werden, Nick. Ich weiß es genau."

Er steckte ihr eine Haarsträhne hinters Ohr, wobei er kaum registrierte, dass seine Fingerspitze ihr Ohrläppchen streifte und einen Moment dort verweilte. „Wir werden sehen, wie es läuft. Wir treffen uns morgen bei mir. Bring was zu essen mit."

„Gut. Ich komme gleich morgen früh."

„Wenn du vor zwölf kommst, sehe ich mich gezwungen, dir den Hals umzudrehen. Wo hast du deinen Schlüssel, Kleine?"

„Hier." Sie hielt ihm die Codekarte unter die Nase, ehe sie sie durch den Schlitz zog. „Willst du noch einen Moment mit reinkommen?"

„Ich muss noch zur Spätschicht in die Bar. Also dann ..." Seine Worte und seine Gedanken brachen ab, als sie sich blitzschnell umdrehte und ihm die Arme um den Hals legte. Die Hitzewelle, von der er sich überschwemmt fühlte, überraschte ihn.

„Geh schlafen", sagte er und neigte den Kopf, um ihr einen flüchtigen Kuss auf die Wange zu geben.

So beschwipst war sie nun auch wieder nicht – oder vielleicht nicht beschwipst genug. Sie stellte sich auf die Zehenspitzen und hob ihm ihr Gesicht entgegen, sodass sich ihre Lippen trafen. Nur zwei Herzschläge lang, zwei lange, unruhige Herzschläge.

Sie kostete alles aus, seinen Geschmack, seine festen, glatten Lippen und den raschen, instinktiven Druck seiner Hände auf ihren Schultern.

Dann wandte sie sich mit einem fröhlichen, entschlossenen Lächeln auf den Lippen ab, das nichts von ihrem Herzklopfen preisgab. „Gute Nacht, Nicholas."

Er stand wie angenagelt da, bis sie ihm die Tür vor der Nase zumachte. Es war das Geräusch seines eigenen Atems, der zischend seinen Lungen entwich und damit den Bann brach. Er wandte sich um und ging langsam zum Aufzug.

Als er die Hand hob, um auf den Knopf zu drücken, sah er, dass sie zitterte. Er verfluchte sich, während er sich daran erinnerte, dass Freddie seine Cousine war. Jawohl, sie war seine Cousine, auch wenn sie nicht blutsverwandt mit ihm war, und das würde er nie vergessen. Nie.

3. KAPITEL

Hi, Rio." Freddie durchquerte schwer bepackt mit Aktenkoffer, Handtasche und Einkaufstasche die Küche des „Lower the Boom".

„Hi, Püppchen." Rio, der beschäftigt war mit den Mittagessensvorbereitungen, hatte alle Hände voll zu tun. „Wie geht's?"

„Nick und ich arbeiten heute zusammen", erklärte sie strahlend.

„Du kannst von Glück sagen, wenn du ihn nicht an den Haaren aus dem Bett zerren musst."

Sie kicherte und ging weiter. „Er sagte zwölf. Es ist zwölf." Punkt zwölf, fügte sie im Stillen hinzu, während sie die enge, gewundene Treppe nach oben stieg. Sie klopfte laut an die Tür. Wartete. Trat ungeduldig von einem Fuß auf den anderen. Also schön, Nicholas, dachte sie, du hast es so gewollt. Nachdem sie die Tür einfach aufgemacht hatte, rief sie laut seinen Namen.

Irgendwo rauschte Wasser, woraus sie schloss, dass er zumindest schon unter der Dusche stand.

Sie hatte ihn natürlich beim Wort genommen, als er sie aufgefordert hatte, Essen mitzubringen. In der Küche holte sie die mitgebrachten Salate und Sandwiches aus ihrer Einkaufstasche. Nachdem sie alles auf dem Tisch aufgebaut hatte, schaute sie sich nach kalten Getränken um.

Sie brauchte nicht lange, um herauszufinden, dass sie nur die Wahl zwischen Bier und abgestandenem Mineralwasser hatten. Und dass Nicks Küche eine Katastrophe war.

Als er ein paar Minuten später hereinkam, stand sie mit aufgekrempelten Ärmeln an der Spüle, die Hände in warmem, seifigem Spülwasser.

„Was ist denn hier los?"

„Diese Küche ist eine Zumutung", sagte sie, ohne sich umzudrehen. „Du solltest dich schämen, in so einem Saustall zu hausen. Die Experimente, die du anscheinend zu Forschungszwecken in deinem Kühlschrank gelagert hast, habe ich in diese Plastiktüte gewickelt. Wenn ich du wäre, würde ich sie so schnell wie möglich rausbringen und verbrennen."

Er brummte etwas Unverständliches in sich hinein und stiefelte zur Kaffeemaschine.

„Wann hast du zum letzten Mal diesen Boden gewischt?"

„Wenn ich mich richtig erinnere, war es im September 1982." Er gähnte herzhaft und maß Kaffee ab, während er seine Augen an das Tageslicht zu gewöhnen versuchte. „Hast du was zu essen mitgebracht?"

„Auf dem Tisch."

Stirnrunzelnd betrachtete er die Salate und die Sandwiches. „Was ist mit Frühstück?"

„Es ist Mittag, Nick", presste sie zwischen den Zähnen hervor.

„Zeit ist relativ, Freddie." Versuchsweise biss er in eine saure Gurke.

Mit einem Klappern stellte Freddie den letzten der mit Speiseresten verkrusteten Teller, die sie in der Spüle vorgefunden hatte, auf das Abtropfbrett. „Das Mindeste, was du tun könntest, wäre, ins Wohnzimmer zu gehen und ein bisschen Ordnung zu schaffen. Ich weiß wirklich nicht, wie wir dort arbeiten sollen."

Der saure Geschmack der Gurke beflügelte seine Sinne, deshalb biss er noch mal hinein. „Ich räume jeden dritten Sonntag im Monat auf, egal ob es nötig ist oder nicht."

Sie drehte sich um und stemmte die Hände in die Hüften. „Schön, dann machst du heute eben mal eine Ausnahme. Ich arbeite nicht in so einem Saustall, zwischen Kleiderhaufen und leeren Bierdosen und Staub, der mehr als zwei Fingerbreit hoch liegt."

Er lehnte sich an den Tisch und grinste sie an. Sie hatte sich das Haar zurückgebunden in dem Versuch, es zu zähmen, was jedoch wundervoll danebengegangen war. Ihre Augen blitzten, die Lippen hatte sie energisch aufeinandergepresst. Sie sah aus wie eine empörte Fee.

„Gott, bist du niedlich, Freddie."

Jetzt verengten sich diese blitzenden Augen. „Du weißt, wie ich das hasse."

„Ja." Sein Grinsen wurde noch breiter.

Würdevoll riss sie ein Papierhandtuch von der Rolle an der Wand über dem Tresen und begann sich die Hände abzutrocknen. „Was glotzt du denn so?"

„Ich warte darauf, dass du anfängst zu schmollen. Wenn du schmollst, bist du nämlich noch niedlicher."

Sie würde nicht lachen, schwor sie sich. Oh nein, ganz bestimmt nicht. „Du treibst es wirklich auf die Spitze, Nick."

„Wenn es hilft, dass du endlich aufhörst, mich herumzuscheuchen, so wie du es mit Brandon immer gemacht hast."

„Ich scheuche meinen Bruder nicht herum."

Nick ging um sie herum, um an die Kaffeebecher zu kommen, die sie eben abgewaschen hatte. „Natürlich tust du das. Sieh der Tatsache ins Auge, dass du herrschsüchtig bist, Kleine."

„Das bin ich ganz bestimmt nicht!"

„Herrschsüchtig, verwöhnt und ein niedlicher kleiner Knopf."

Um sich selbst ihre Geduld zu beweisen, holte sie lang und tief Atem. „Gleich fängst du dir eine."

„He, das ist ein guter Witz", sagte Nick anerkennend, während er die Kaffeebecher füllte. „Komm, schieb dein Kinn vor. Das ist fast so niedlich wie ein Schmollmund."

In Ermangelung von etwas Besserem warf sie das zu einem festen Ball zusammengeknüllte Papierhandtuch nach ihm. Es prallte an seinem Kopf ab. „Ich bin hier, um zu arbeiten, und nicht, um mich beleidigen zu lassen. Wenn das alles ist, was du kannst, gehe ich eben wieder."

Er lachte leise in sich hinein, als sie sich anschickte, an ihm vorbeizustürmen. Zum ersten Mal seit ihrer Ankunft in New York hatte ihre Beziehung seiner Ansicht nach die Ebene erreicht, auf die sie gehörte. Der große Cousin und die kleine Cousine, die vor Wut darüber, dass man sie aufzog, fuchsteufelswild wurde. Er lachte noch immer, als er sie am Arm packte und herumdrehte.

„Ach komm, kleine Freddie, werd doch nicht gleich so böse."

„Ich bin nicht böse", erklärte sie und boxte ihm ihren Ellbogen in den Bauch.

Sie bewirkte damit nur, dass er lachte. „Das habe ich schon besser gesehen. Du musst dich mit dem ganzen Körper in den Stoß reinlegen, wenn du eine Wirkung erzielen willst."

Sie folgte seinem Rat, und der heftige Stoß warf sie beide aus dem Gleichgewicht. Er lachte immer noch, während sie sich abmühten, stehen zu bleiben, bis sie schließlich mit dem Rücken gegen den Kühlschrank gelehnt endete, mit seinen Händen auf ihren Hüften, während sie mit den ihren Halt suchend seine Unterarme umklammerte.

Erst als ihm aufging, dass er sie an sich presste, hörte er zu lachen auf. Er nahm ihren Körper wahr. Sie fühlte sich so weich und zerbrechlich an. Ihre Augen sprühten wütende Funken. Sie waren so groß und tief. Ihr Mund zog seinen Blick magnetisch an. Er war so rosig und köstlich voll.

Sie spürte die Veränderung, die in ihm vorging, nahm wahr, wie ihr Körper langsam dahinschmolz, hörte ihr Blut in den Ohren rauschen. Das war es, worauf sie die ganze Zeit gewartet hatte, wonach sie sich immer gesehnt hatte – die Umarmung von Mann und Frau, die Überwachheit der Sinne, die von einem Besitz ergriff, als würde im Kopf ganz überraschend ein sehr helles Licht angeknipst. Ihrem Instinkt folgend, ließ sie ihre Hände an seinen Armen nach oben bis zu seinen Schultern gleiten.

Oh Himmel, fast hättest du sie geküsst!, schoss es ihm durch den Kopf, während er zurückzuckte. Und es hätte nichts mit verwandtschaftlicher Zuneigung zu tun gehabt. Um ein Haar hätte er sie geküsst wie ein Mann, der sich nach einer Frau verzehrt, und ein Jahrzehnt des Vertrauens zunichtegemacht.

„Nick." Sie sagte es leise, in dem Flüstern schwang ein flehender Unterton mit.

Du hast sie erschreckt, dachte er und hob entschuldigend die Hände. „Verzeih. Ich hätte dich nicht so aufziehen dürfen." Jetzt, nachdem er etwas Distanz zwischen sich und sie gebracht hatte, fühlte er sich wieder besser. Er wich so weit zurück, dass er seinen Becher erreichen konnte, den er auf dem Tisch abgestellt hatte.

„Schon gut." Sie bewerkstelligte ein Lächeln, während die Hitze, die sich ihrer bemächtigt hatte, langsam von ihr abfiel. „Das bin ich ja gewöhnt. Aber ich will noch immer, dass du den Saustall da drüben aufräumst."

Er lächelte ebenfalls. „Es ist meine Wohnung, mein Saustall, mein Klavier. Du wirst dich daran gewöhnen müssen."

Sie rang einen Moment mit sich, dann nickte sie. „Also gut. Und wenn ich meine eigene Wohnung habe und mein eigenes Klavier, dann arbeiten wir dort."

„Vielleicht." Er griff nach einer Gabel und begann den Kartoffelsalat aus dem Plastikbehälter zu essen. „Warum nimmst du dir nicht auch einen Kaffee, und dann unterhalten wir uns darüber, wie ich mit der Partitur weitermache?"

„Wie wir weitermachen", korrigierte sie ihn. Sie nahm sich einen Becher aus dem Abtropfständer. „Wir sind Partner."

Sie saßen zusammen in der Küche und diskutierten hitzig über die Partitur zu „First, Last and Always". Die Story des Musicals sollte zehn Jahre umfassen, angefangen mit der ersten romantischen Teenagerliebe, einer hastigen Heirat und einer noch hastigeren Scheidung, bis die Entwicklung schließlich in eine reife, erfüllende Beziehung der beiden Protagonisten mündete.

Ein Happy End wie im Märchen, wie Freddie es nannte.

Ein Teufelskreis aus Problemen, lautete eindeutig Nicks Meinung.

Immerhin stimmten sie darin überein, dass diese beiden verschiedenen Sichtweisen sowohl Text als auch Musik nur zugute kommen konnten.

„Sie liebt ihn", sagte Freddie, als sie gemeinsam zum Klavier hinübergingen. „Von dem Augenblick an, als sie ihn zum ersten Mal sieht."

„Sie ist verliebt in die Liebe, mehr nicht." Nick stellte den Kassettenrekorder auf. „Beide sind es. Sie sind jung und naiv. Das ist ja gerade das, was die Charaktere so sympathisch macht. Sie sind real."

„Hm."

„Hör zu." Er setzte sich neben sie auf die schmale Bank, Hüfte an Hüfte. „Eröffnung. Stell dir eine lebhafte Szene vor. Viele Leute, überall Lichter, Tempo. Jeder hat es eilig."

Er suchte in einem Stapel Notenblätter und fand das Blatt, das er suchte, in dem ganzen Durcheinander mit einer Geschwindigkeit, die Freddie nur auf einen inneren Radar zurückführen konnte.

„Das Publikum soll sich von dem verwirrenden Tempo am Anfang aufgerieben fühlen." Er zog das Keyboard des Synthesizers heran. „Es ist die Energie der Jugend, in der Einführung."

„Wenn sie sich im wahrsten Sinne des Wortes über den Weg rennen."

„Genau. Pass auf."

Er begann zu spielen. Eine hektische Folge von Noten, die an den Sinnen rüttelte. Freddie schloss die Augen und ließ die Musik auf sich einwirken.

Oh ja, sie konnte genau sehen, was er sich vorstellte. Ungeduld. Jeder nur mit sich selbst beschäftigt. Los, geh mir aus dem Weg, mach Platz … Sie sah die Szene bereits auf der Bühne, vollgepackt mit Tänzern, die unruhige Choreografie, Verkehrslärm von den Seiten, Autohupen.

„Hier müssen noch mehr Bläser rein", murmelte Nick. Er hatte Freddies Anwesenheit schon fast vergessen, als er sich zum Synthesizer drehte, um etwas auszuprobieren.

„Nur nicht anhalten."

„Ich will doch nur …"

Sie schüttelte nur den Kopf und legte ihre Finger auf die Tasten. Ihre Stimme klang deutlich und klar.

„Nur nicht anhalten. Ich hab Dinge zu erledigen, Leute, die ich treffen muss. Wie sollte ich jemanden außer mir selbst ertragen können?"

Er betrachtete sie verdutzt. Seltsam, er hatte vergessen, wie rein ihre Stimme klang. Tief, sanft, selbstsicher. Und unerwartet sexy.

„Du bist wirklich fix", murmelte er.

„Ich bin gut." Sie spielte weiter, während die Worte und die Arrangements ihr unaufhörlich zuflossen. „Es sollte eine Chorusnummer sein. Vielstimmig, Kontrapunktion, über allem das Hauptthema als Duett der Protagonisten. Er geht in eine Richtung, sie in die andere. Die Worte müssen verschmelzen, dann ausblenden, wieder verschmelzen …"

„Genau." Er drehte die Lautstärke auf dem Synthesizer auf das passende Level und spielte mit. „So stelle ich mir das vor."

Sie warf ihm einen kurzen Seitenblick zu und lächelte selbstgefällig. „Ich weiß."

Es kostete sie mehr als drei Stunden Zeit und zwei Kannen Kaffee, die Eröffnungsszene so herauszuarbeiten, dass sie beide zufriedengestellt waren. Da sie ihrem Magen nicht noch mehr Kaffee zumuten wollte, bestand Freddie schließlich darauf, dass Nick ihr aus der Bar eine Flasche Mineralwasser holte. Nachdem er sie allein gelassen hatte, brachte sie ein paar kleine musikalische und textliche Veränderungen an der Partitur an. Als sie sie eben ausprobieren wollte, wurde sie vom Läuten des Telefons unterbrochen.

Den Einleitungssong vor sich hin summend, stand sie auf, um abzunehmen.

„Hallo?"

„Oh, hi. Ist Nick da?"

Die schwüle weibliche Stimme, in der der schleppende Singsang der Südstaaten mitschwang, veranlasste Freddie, eine Augenbraue zu heben. „Er kommt gleich zurück. Er ist nur kurz unten in der Bar."

„Na gut. Dann warte ich einen Moment, wenn Sie nichts dagegen haben. Ich bin Lorelie."

Ich wette, das bist du wirklich, dachte Freddie grimmig. „Hallo, Lorelie, ich bin Freddie."

„Doch nicht etwa Nicks kleine Cousine Freddie?"

„Genau die", presste sie zwischen den Zähnen hervor. „Die kleine Cousine Freddie."

„Oh, ich bin begeistert, mit Ihnen zu sprechen, Honey." Die Stimme tropfte wie Sirup durch die Leitung. „Nick hat mir erzählt, dass er gestern Abend mit Ihnen ausgehen wollte. Es hat mir nichts ausgemacht, unsere Verabredung zu verschieben, die Familie geht selbstverständlich vor."

Verdammt, sie hätte es wissen müssen, dass da eine Frau im Spiel war. „Das ist sehr verständnisvoll von Ihnen, Lorelie."

„Oh, ich bitte Sie. Ein junges Mädchen wie Sie, allein in New York … da ist man auf den Schutz der männlichen Familienmitglieder angewiesen. Ich lebe jetzt seit fünf Jahren hier und habe mich noch immer nicht an die vielen Menschen gewöhnt. Und alle rennen so schrecklich beschäftigt durch die Gegend."

„Manche rennen nicht ganz so schnell wie andere", brummte Freddie. „Woher kommen Sie, Lorelie?", erkundigte sie sich – höflich, wie sie hoffte.

„Aus Atlanta, Honey. Ich bin dort geboren und aufgewachsen. Aber hier oben bei diesen Yankees gibt es eben die Arbeit für Models und beim Fernsehen."

„Sie sind Model?" Das war ja kaum auszuhalten.

„Richtig, aber derzeit mache ich mehr Werbespots. Das Modeln reibt einen auf, wenn Sie verstehen, was ich meine."

„Bestimmt tut es das."

„So habe ich Nick kennengelernt. Ich schaute nach einer endlosen Fotosession in die Bar rein und bat ihn, mir ein langes, kühles Etwas zu mixen. Da sagte er, dieses lange kühle Etwas wäre ich selbst."

Lorelies Lachen, das wie silberne Glöckchen klang, veranlasste Freddie, die Kiefer noch etwas fester aufeinanderzupressen. „Ist Nick nicht ein ganz Süßer?"

Freddie schaute auf, als der ganz Süße mit einem Arm voll Mineralwasserflaschen zurückkehrte. „Oh, gewiss. Dieser Meinung waren wir schon immer."

„Also, ich finde es wirklich schrecklich süß von Nick, sich darum zu kümmern, dass sich seine kleine Cousine in der Großstadt zurechtfindet. Sie sind doch auch ein Südstaatenmädchen, stimmt's, Honey?"

„Nun, von südlich der Mason-Dixon-Linie jedenfalls, Lorelie. Wir sind praktisch Schwestern. So, hier ist Ihr ganz süßer Nick jetzt."

Mit einem gefährlich nichtssagenden Gesichtsausdruck hielt Freddie Nick den Hörer hin. „Deine Magnolienblüte ist am Telefon."

Er stellte die Flaschen da ab, wo er gerade stand, und nahm den Hörer entgegen. „Lorelie?" Ohne Freddie aus den Augen zu lassen, lauschte er. „Ja, ist sie. Nein, aus West Virginia. Ja, nah genug. Äh, hör zu …" Er wandte Freddie den Rücken zu und senkte die Stimme, während Freddie anfing, leise auf dem Klavier herumzuklimpern. „Ich arbeite im Moment. Nein, nein, heute Abend geht es. Komm gegen sieben in der Bar vorbei." Er räusperte sich, wobei er sich fragte, warum er sich so unbehaglich fühlte. „Ich freue mich auch. Ach wirklich?" Er schaute sich vorsichtig nach Freddie um. „Klingt interessant. Bis heute Abend dann."

Nachdem er aufgelegt hatte, bückte er sich nach einer der Flaschen, die er auf dem Boden abgestellt hatte. Während er den Verschluss abschraubte und sie Freddie reichte, fragte er sich, warum diese Geste auf ihn wie ein erbärmliches Friedensangebot wirkte. „Es ist schön kalt."

„Danke."

Wie ihre Stimme. Eiskalt.

Sie nahm die Flasche entgegen, setzte sie an die Lippen und nahm einen langen Schluck. „Muss ich mich dafür entschuldigen, dass ich dich gestern Abend Lorelie weggenommen habe?"

„Unsinn. Wir sind nicht … sie ist nur … Nein."

„Es ist wirklich sehr schmeichelhaft, dass du ihr alles über deine kleine Cousine aus West Virginia erzählt hast." Freddie stellte die Flasche ab und ließ ihre Finger über die Tasten fliegen. „Ich kann es kaum fassen, dass sie dir so ein erbärmliches Klischee abgekauft hat."

„Ich habe ihr nur die Wahrheit erzählt." Er stand verärgert auf.

„Dass man auf mich aufpassen muss?"

„So habe ich es nicht gesagt. Hör zu, was soll das? Du wolltest mit mir essen gehen, und ich habe auf deinen Vorschlag hin meine Pläne geändert."

„Beim nächsten Mal sagst du mir einfach, dass du bereits eine Verabredung hast, Nick. Ich habe kein Problem damit, mir etwas anderes vorzunehmen." Erbost stand sie auf und begann ihre Papiere in ihre Aktentasche zu stopfen. „Und ich bin nicht deine kleine Cousine, ebenso wenig wie ich einen Aufpasser brauche. Das kann jeder sehen, es sei denn, er hat Tomaten auf den Augen. Ich bin eine erwachsene Frau, die sehr gut allein auf sich aufpassen kann."

„Ich habe nie gesagt, dass du nicht ..."

„Das sagst du ständig." Sie kickte einen Kleiderhaufen beiseite, als sie durch das Zimmer stürmte, um ihre Handtasche zu holen. „Es gibt eine Menge Männer hier, die sich glücklich schätzen würden, mit mir zu Abend zu essen, und es nicht als eine Pflichtübung betrachten."

„Jetzt mach aber mal einen Punkt!"

„Ganz bestimmt nicht." Sie wirbelte so schnell herum, dass ihre blonden Locken flogen. „Du solltest besser genau hinschauen, Nicholas LeBeck. Ich bin nicht mehr die kleine Freddie, und ich will auch nicht wie ein Haustier behandelt werden, dem man zwischendurch den Kopf tätschelt."

Verdutzt fuhr er sich mit der Hand durchs Haar. „He, was ist eigentlich in dich gefahren?"

„Nichts!", schrie sie, frustriert bis an die Grenze der Erträglichkeit. „Gar nichts, du Idiot. Geh doch zu deiner Südstaatenschönheit und lass dich von ihr trösten."

Als die Tür ins Schloss fiel, bückte sich Nick nach einer weiteren Flasche Klubsoda für sich selbst. Er konnte nur den Kopf schütteln.

Dabei war sie doch immer so ein liebes Kind gewesen. Er verstand die Welt nicht mehr.

Freddie schüttelte den größten Teil ihrer Wut bei einem langen Spaziergang ab. Als sie sich ruhig genug fühlte, um sprechen zu können, ohne dabei Gift und Galle zu spucken, blieb sie an einer Telefonzelle stehen und rief Sydney an. Das Gespräch half, ihre Laune ein bisschen zu heben.

Anschließend eilte sie energiegeladen und optimistisch, bewaffnet mit einer Adresse, zu einer leer stehenden Zweizimmerwohnung, die drei Häuserblocks vom „Lower the Boom" entfernt lag.

Die Wohnung war perfekt. Während Freddie das geräumige Wohnzimmer abschritt, sah sie bereits die Möbel vor sich, die sie hineinstellen würde. Ihre erste eigene Wohnung, mit genug Platz für ein Klavier unter dem Fenster und einer Schlafcouch, sodass ihr Bruder oder ihre Schwester sie besuchen und ein paar Tage bleiben konnten.

Und das Beste daran – nah genug, um Nick im Auge behalten zu können.

Nun, wie gefällt dir das, Nicholas?, fragte sie sich grinsend, während sie ihren Blick über Manhattan schweifen ließ, das sich unter ihrem Fenster ausbreitete. Ich werde ein bisschen auf dich aufpassen. Ich liebe dich doch so schrecklich, du Idiot.

Seufzend wandte sie sich vom Fenster ab und ging in die Küche. Die Wände brauchten ein bisschen frische Farbe, aber das war kein Problem. Es würde Spaß machen, Töpfe und Pfannen und die richtige Küchenausstattung zu suchen. Sie kochte gerne, und schon als Kind hatte sie es geliebt, in der großen gemütlichen Küche zu Hause in West Virginia zu helfen, oder in der kleinen, wunderbar vollgestopften Küche ihrer Großmutter in Brooklyn.

Hier wirst du für Nick kochen, ging es ihr durch den Sinn, während sie mit dem Finger über den glatten Tresen fuhr. Wenn er seine Karten richtig ausspielt. Nein, falsch. Sie lächelte über sich selbst und ihre Ungeduld. Sie war es, die hier die Karten ausspielte, und sie musste sie richtig ausspielen.

Sie war zu unsanft mit ihm umgesprungen, auch wenn er sich wie ein Trottel verhalten hatte. Sie hatte fast ihr halbes Leben damit zugebracht, ihn zu lieben, und er hatte genau dieselbe Menge Zeit damit verbracht, an sie als seine kleine Cousine zu denken – verbunden zwar nicht durch Blutsbande, aber durch die Umstände. Es würde mehr als ein romantisches Dinner und einen Nachmittag gemeinsamer Arbeit brauchen, um dies zu ändern.

Und ändern würde sie es. Die Hände in die Hüften gestemmt, schritt sie ein weiteres Mal wie ein Feldherr ihre neue Wohnung ab. Dass sie dies ändern würde, war ebenso sicher wie die Tatsache, dass sie sich hier ein Leben aufbauen würde, ein Leben nach ihrem eigenen Geschmack. Und wenn sie damit fertig war, würde die Welt, die sie sich erschaffen hatte, angefüllt sein mit Musik, Farben und Liebe.

Und, bei Gott, mit Nick.

Es war fast sieben, als Nick nach unten in die Bar kam. Zack hob eine Augenbraue.

„Eine heiße Verabredung?"

„Lorelie."

„Oh ja." Jetzt zog Zack auch die andere Braue hoch. „Die große, kurvige Brünette mit dem Samt in der Stimme."

„Genau die." Nick stellte sich hinter die Theke und half Bestellungen auszuführen. „Wir gehen nur kurz essen. Bis Schichtwechsel sind wir wieder zurück."

„Ich kann deine Schicht übernehmen."

„Nein, nicht nötig. Lorelie hängt gern hier rum. Wenn wir zugesperrt haben, lassen wir uns was anderes einfallen."

„Da wette ich drauf. Für Tisch sechs zwei Gezapfte und einen Bourbon."

„Okay."

„He, hast du schon von Freddies neuer Wohnung gehört?"

Nicks Hand blieb über dem Zapfhahn in der Schwebe. „Was denn für eine neue Wohnung?"

„Nur ein paar Häuserblocks von hier entfernt. Den Mietvertrag hat sie schon in der Tasche." Zack füllte eine Schale mit Erdnüssen auf. „Du hast sie eben verpasst. Sie war hier, um zu feiern."

„Hat irgendjemand die Wohnung mit ihr zusammen angeschaut? Mik?"

„Nicht dass ich wüsste. Aber warum auch? Sie hat doch selbst Augen im Kopf."

„Ja, ich schätze schon. Obwohl sie doch besser Rachel wegen des Mietvertrags hätte mitnehmen sollen."

Mit einem Auflachen legte Zack Nick die Hand auf die Schulter. „He, alle jungen Vögel werden irgendwann flügge."

Mit einem Schulterzucken stellte Nick die Getränke am Ende der Bar für die Kellnerin hin. „Dann ist sie also jetzt wieder im Hotel?"

„Nein. Sie ist mit Ben losgezogen."

„Mit Ben." Nick zerknüllte das Tuch, mit dem er eben die Theke abwischen wollte. „Was meinst du damit, dass sie mit Ben losgezogen ist?" Jetzt drehte Nick das Geschirrtuch so, dass es Ähnlichkeit mit einer Schlinge bekam. Seine Augen glitzerten wie Stahl. „Du hast Freddie Ben Stipley vorgestellt?"

„Klar." Zack nickte einer der Kellnerinnen zu und begann eine weitere Bestellung auszuführen. „Er wollte wissen, wer die hübsche Blonde ist, deshalb habe ich die beiden miteinander bekannt gemacht. Sie hatten sofort einen Draht zueinander."

„Einen Draht", wiederholte Nick und zog finster die Augenbrauen zusammen. „Und du lässt sie einfach mit einem Fremden losziehen."

„Mach dich nicht lächerlich, Nick. Ben ist doch kein Fremder. Wir kennen ihn seit Jahren."

„Ja", sagte Nick grimmig, während er sich vorstellte, wie er die Schlinge um Zacks Hals zusammenzog. „Er hängt jeden Abend hier in der Bar herum."

Zack warf ihm einen verdutzten und belustigten Blick zu. „Wir auch."

„Darum geht es nicht, und das weißt du genau." Nick klapperte mit den Flaschen und widerstand der Versuchung, sich selbst einen doppelten Whiskey zu genehmigen. „Ich finde es unmöglich, dass du sie erst auf einen Typ hetzt, um die beiden dann anschließend quietschvergnügt losziehen zu lassen."

„Ich habe sie auf niemanden gehetzt. Ich habe die beiden miteinander bekannt gemacht, ganz wie sich das gehört. Sie haben sich eine Weile unterhalten und anschließend beschlossen, ins Kino zu gehen."

„Ja, richtig." Kino, dachte er. Lachhaft. Welcher Mann, der noch alle fünf Sinne beisammen hatte, würde seine Zeit damit verschwenden, sich mit einer Frau mit großen grauen Augen und einem Mund wie der Himmel einen Film anzuschauen? Oh Gott, dachte er, und sein Magen krampfte sich zusammen angesichts der Vorstellung, dass Freddie Ben Stipley auf Gedeih und Verderb ausgeliefert war. „Verflucht noch mal, Zack, bist du total bescheuert?"

„Also schön, dann sage ich es dir eben. Ich habe sie ihm für fünfhundert Scheine und eine Jahreskarte bei den Yankees verkauft. Mittlerweile hat er sie wahrscheinlich schon in eine Opiumhöhle verschleppt."

Nick schaffte es, seiner lebhaften Fantasie die Zügel anzulegen, mit seiner Wut allerdings hatte er weniger Glück. „Wirklich sehr komisch, Bruder. Wart nur ab, wie komisch es erst wird, wenn er sich über sie hergemacht hat."

Nachdem er die Drinks auf der Theke abgestellt hatte, wandte Zack sich um und schaute seinen Bruder an. Auf dessen Gesicht spiegelte sich dieselbe blanke Wut, die er schon so oft an ihm gesehen hatte. Nur weil sie ihm unter diesen Umständen so unglaublich fehl am Platz zu sein schien, gelang es ihm, seinen Tonfall ruhig zu halten.

„Hör zu, Nick, du übertreibst maßlos. Du tust gerade so, als wäre Freddie dem personifizierten Bösen in die Hände gefallen. Das ist lachhaft."

„Du musst es ja wissen", brummte Nick.

Verdutzt schüttelte Zack den Kopf. „Nick, du magst Ben. Du warst schon x-mal mit ihm bei den Yankees. Er hat dir sein Auto geliehen, als du letzten Monat nach Long Island fahren wolltest."

„Klar mag ich ihn." Erbost griff Nick sich einen Bierkrug vom Regal und fing an, ihn zu wienern. „Warum sollte ich ihn auch nicht mögen? Aber das hat nichts damit zu tun, dass Freddie sich irgendeinen wildfremden Typen in einer Bar aufliest und mit ihm weiß Gott wohin geht."

Zack trommelte mit den Fingerspitzen auf der Theke herum. „Weißt du was, kleiner Bruder? Jemand, der dich nicht kennt, könnte auf den Gedanken kommen, dass du eifersüchtig bist."

„Eifersüchtig?" Erschreckender Gedanke. „So ein Quatsch. Totaler Quatsch." Nick knallte den Bierkrug auf die Theke und schnappte sich im Vorübergehen den nächsten. Wenn er sich nicht beschäftigte, würde er möglicherweise kurzerhand die Bar verlassen und jedes einzelne Filmtheater in Manhattan nach ihr durchkämmen.

Doch in Zacks Hirn begann sich eine seltsame Idee einzunisten.

Er beäugte Nick jetzt noch wachsamer, während er mit dem Gedanken spielte, dass sich sein Bruder in die kleine Freddie Kimball verliebt haben könnte. „Dann erzähl mir doch mal was, das kein Quatsch ist. Was läuft ab zwischen dir und Freddie, Nick?“

„Gar nichts läuft ab.“ Nick konzentrierte sich auf das Glas, das er polierte und attackierte. „Ich versuche lediglich, ein bisschen auf sie aufzupassen, das ist alles. Und mehr, als man von dir sagen kann.“

„Vermutlich hätte ich sie einsperren sollen“, überlegte Zack. „Oder als Anstandswauwau mitgehen. Wenn ich das nächste Mal sehe, dass sie sich mit einem Freund von mir unterhält, alarmiere ich auf der Stelle die Polizei.“

„Halt die Klappe, Zack.“

„Reg dich ab, Nick. Deine Magnolienblüte schwebt gerade ein.“

„Na toll.“ Unter größten Anstrengungen verbannte er Freddie und ihr idiotisches Verhalten in den hintersten Winkel seines Kopfes. Er hatte schließlich ein eigenes Leben, oder etwa nicht? Und Freddie war – sie hatte ihn vor ein paar Stunden erst mit Nachdruck darauf hingewiesen – eine erwachsene Frau.

Er sah zu Lorelie hinüber, die auf die Bar zuschlenderte, und rang sich ein Lächeln ab. Was für eine Frau, dachte er gereizt. Umwerfend sexy, wahnsinnig attraktiv und, wollte man aus der letzten Verabredung Schlüsse ziehen, eindeutig bereit dazu, der Natur ihren Lauf zu lassen.

Sie glitt geschmeidig auf einen Barhocker, warf das seidig schimmernde dunkle Haar zurück und schenkte Nick einen verführerischen Blick aus blauen Augen.

„Hi, Nick. Ich freue mich schon den ganzen Tag auf heute Abend.“

Es kostete ihn immense Anstrengung, das Lächeln nicht rutschen zu lassen, als ihn die Erkenntnis urplötzlich und mit der Wucht eines Vorschlaghammers traf: Er hatte nicht mehr das geringste Interesse an der Großzügigkeit und Wärme der Südstaatler.

4. KAPITEL

Nick erschnupperte Kaffee und Frühstücksspeck in dem Moment, als er aus der Dusche trat. Es hätte ihn eigentlich in eine bessere Laune versetzen sollen, aber wenn ein Mann sich aus Sorge um eine Frau die Nacht um die Ohren geschlagen hatte, brauchte es mehr als ein gutes Frühstück, um das Blatt zu wenden.

Sie muss dir eine Menge erklären, beschloss er, als er in sein Schlafzimmer ging. Nachts mit einem Kerl herumzuziehen, den sie in irgendeiner Bar aufgelesen hatte. Sie hatte eine zu gute Erziehung genossen, um so etwas zu tun.

Eine gute Erziehung, um die er sie fast ein bisschen beneidete.

Er hatte diese liebevolle Aufmerksamkeit in seiner Kindheit nicht bekommen. Seine Mutter war immer müde gewesen, und er vermutete, dass sie ein Recht dazu gehabt hatte, da sie ihr Kind allein großziehen musste. Als sie sich mit Zacks altem Herrn zusammengetan hatte, änderte sich das etwas. Es war für eine Weile gut gewesen, auf jeden Fall besser als früher. Sie hatten eine angemessene Wohnung gehabt. Er war nie wieder hungrig gewesen. Und die Verzweiflung, die früher stets in den Augen seiner Mutter gelauert hatte, war daraus gewichen.

Im Nachhinein betrachtet glaubte er sogar, dass sich seine Mutter und Muldoon geliebt hatten – vielleicht nicht leidenschaftlich, vielleicht nicht romantisch, aber genug, um ein gemeinsames Leben zu versuchen.

Der alte Herr hat es zumindest versucht, dachte Nick, während er seine Jeans anzog. Doch er war in seiner Welt gefangen gewesen, ein sturer Bock, der nie mehr sah als die eine Seite der Medaille – seine Seite.

Aber da war immer noch Zack gewesen. Zack mit seiner Geduld, wie Nick sich jetzt erinnerte, ein freundlicher, gutmütiger Junge, der nichts dagegen hatte, dass der Kleine ständig hinter ihm hergestiefelt war. Vielleicht war es die Erinnerung daran, wie Zack ihn gelehrt hatte zu spielen, von der Nick seine Zuneigung und Leichtigkeit im Umgang mit Kindern zurückbehalten hatte.

Durch Zack hatte er gelernt, was es hieß, zu jemandem zu gehören, was es hieß, dass da jemand war, an den man sich wenden konnte, wenn man ihn brauchte.

Aber es war nicht von Dauer gewesen. Sobald Zack alt genug gewesen war, um dem Elternhaus den Rücken zu kehren, war er zur Marine gegangen. Und hatte seinen kleinen Stiefbruder allein gelassen.

Als Nicks Mutter gestorben war, hatten sich die Dinge dramatisch verändert. Nicks Verzweiflung über den Verlust und seine Einsamkeit hatten sich in Rebellion verwandelt, und er hatte die Familie durch die gefährliche Loyalität zu einer Straßengang ersetzt.

So war er ein Cobra geworden, der sich in den Straßen herumtrieb und nach Schwierigkeiten regelrecht suchte. Bis der alte Herr gestorben war und Zack versucht hatte, einen verbitterten, hart gewordenen Jugendlichen aus dem Sumpf zu ziehen.

Nick hatte es ihm nicht leicht gemacht. Bei der Erinnerung daran nistete sich ein bedauerndes Lächeln um seine Mundwinkel ein. Wenn es einen Weg gegeben hätte, mit dem er seinem Stiefbruder dessen Versuche, ihn, Nick, wieder auf die rechte Bahn zu bringen, noch hätte erschweren können, wäre er ihn gegangen. Aber Zack war hartnäckig geblieben. Ebenso wie Rachel. Und der ganze chaotische Stanislaski-Haufen. Sie hatten sein Leben verändert. Vielleicht hatten sie es sogar gerettet.

Und das war etwas, das Nick ihnen allen nie vergessen würde.

Vielleicht war es ja jetzt an ihm, sich zu revanchieren. Freddie mochte zwar die solide Basis haben, an der es ihm in seinen wilden Jugendjahren gemangelt hatte, aber sie hing dennoch in der Luft. Sie brauchte ein bisschen Führung, wie ihm schien.

Und da sich sonst anscheinend niemand für das, was Freddie so trieb, interessierte, blieb es ihm überlassen, sich um sie zu kümmern.

Er band sich sein noch immer feuchtes Haar im Nacken zusammen und zog sich ein Hemd über den Kopf. Vielleicht war sie ja zu naiv, um es besser zu wissen. Er verharrte einen Moment mitten in der Bewegung und dachte nach. Immerhin hatte sie ihr ganzes bisheriges Leben im weichen Schoß ihrer Familie verbracht, in einer verschlafenen Kleinstadt, wo ein Ladendiebstahl für die Schlagzeile auf der Titelseite ausreichte. Aber wenn sie entschlossen war, in New York zu leben, musste sie die Spielregeln schnell lernen. Und er war genau der Richtige, sie ihr beizubringen.

Zutiefst überzeugt von der Richtigkeit seines Tuns, schlenderte Nick in die Küche, um ihr seine erste Lektion zu erteilen.

Freddie stand am Herd und briet Speck, Zwiebeln und Champignons für die Omeletts, für die sie sich, sozusagen als Entschuldigung, entschieden hatte.

Sie war gezwungen gewesen sich einzugestehen, dass es schlicht und ergreifend nur Eifersucht gewesen war. Eifersucht aber war ein kleinmütiges Gefühl und hatte keinen Platz in ihrer Beziehung zu Nick. Er war frei, andere Frauen zu sehen – noch jedenfalls.

Mit Wutausbrüchen würde sie sein Herz nicht gewinnen, so viel stand fest. Sie musste offen, verständnisvoll und großzügig sein. Selbst wenn es sie umbrachte.

Als sie aus dem Augenwinkel heraus sah, dass er zur Tür hereinkam, drehte sie sich zu ihm um und lächelte ihn strahlend an.

„Guten Morgen. Ich dachte mir, du willst den Tag vielleicht zur Abwechslung mal mit einem traditionellen Frühstück anfangen. Der Kaffee ist fertig. Setz dich, ich gieße dir ein."

Er beäugte sie wie ein geliebtes Haustier, das gelegentlich die Tendenz hatte zu beißen. „Was gibt's denn so, Freddie?"

„Nur Frühstück." Noch immer lächelnd schenkte sie Kaffee ein, dann stellte sie den Teller mit dem Toast und dem Speck auf den Tisch, den sie bereits gedeckt hatte. „Ich dachte mir, ich schulde es dir, nachdem ich mich gestern so schlecht benommen habe."

Das war sein Stichwort. „Also, was das anbelangt, wollte ich auch schon …"

„Ich war total daneben", fuhr sie fort, während sie die geschlagenen Eier in die Pfanne gab. „Ich weiß nicht, was in mich gefahren ist. Die Nerven, vermutlich. Wahrscheinlich war mir bis dahin noch gar nicht klar, wie dramatisch sich mein Leben verändert hat."

„Na ja … ja, vielleicht." Ein bisschen getröstet setzte sich Nick an den Tisch und nahm sich einen knusprig gebratenen Speckstreifen. „Ich verstehe das. Aber du musst vorsichtig sein, Freddie. Es hätte üble Konsequenzen nach sich ziehen können."

„Konsequenzen?" Verdutzt verquirlte sie die Eier noch einmal in der Pfanne. „Also … ich vermute, du hättest mich wohl rausschmeißen können, aber das wäre ja wohl ein bisschen übertrieben bei so einem kleinen Schlagabtausch."

„Schlagabtausch?" Er horchte auf, während sie das Omelett aus der Pfanne auf einen Teller gleiten ließ. „Du hattest einen Streit mit Ben?"

„Mit Ben?" Sie stellte den Teller vor Nick hin und blieb dann mit dem Fleischwender in der Hand vor ihm stehen. „Ach Ben! Nein, warum sollte ich? Wie kommst du denn darauf?"

„Na, du hast doch eben gesagt ... wovon zum Teufel redest du denn nun eigentlich?"

„Von gestern. Dass ich so einen Tanz veranstaltet habe, nachdem Lorelie angerufen hatte." Sie legte den Kopf schräg. „Und du? Wovon redest du?"

„Ich rede davon, dass du dich von irgendeinem fremden Typen in einer Bar auflesen lässt. Davon rede ich." Nick musterte sie, während er den ersten Bissen von seinem Omelett nahm. Herrgott noch mal, das Mädchen konnte wirklich kochen. „Bist du verrückt oder bloß begriffsstutzig?"

„Wie bitte?" Ihre guten Vorsätze lösten sich schlagartig in Luft auf. „Redest du davon, dass ich mit einem Freund von Zack im Kino war?"

„Kino. Dass ich nicht lache." Nick schob sich die nächste Gabel in den Mund. „Du bist erst nach eins nach Hause gekommen."

Ihre eine Hand lag auf ihrer Hüfte, mit der anderen hielt sie den Fleischwender eisern umklammert. „Woher weißt du, wann ich nach Hause gekommen bin?"

„Ich war zufälligerweise in der Gegend", sagte er leichthin. „Ich sah, wie du vor dem Hotel aus dem Taxi gestiegen bist. Um Viertel nach eins." Bei der Erinnerung daran, wie er hinter der Straßenecke gelauert und sie mitten in der Nacht in ihr Hotel hatte flitzen sehen, verfinsterte sich seine Laune blitzartig wieder, obwohl sich an seinem Appetit nichts änderte. „Willst du mir jetzt erzählen, dass ihr in einer Doppelvorstellung wart?"

Er streckte gerade die Hand nach der Marmelade für seinen Toast aus, als Freddie den Fleischwender auf seinen Kopf niedersausen ließ.

„He!"

„Du hast sie wohl nicht mehr alle, Nicholas LeBeck! Mir tatsächlich hinterherzuspionieren! Das ist ja wirklich die absolute Höhe!"

„Ich habe dir nicht hinterherspioniert. Ich habe lediglich auf dich aufgepasst, weil du selbst dazu offensichtlich nicht in der Lage bist." Geübt duckte er sich weg, als sie den Fleischwender ein zweites Mal zum Einsatz bringen wollte. „Leg dieses verdammte Ding hin."

„Ich denke gar nicht daran. Wenn ich mir vorstelle, dass ich Gewissensbisse hatte, nur weil ich dich ein bisschen angebrüllt habe."

„Du solltest auch Gewissensbisse haben. Und vor allem solltest du wissen, dass du nicht einfach mit irgendeinem wildfremden Typen losziehen kannst."

„Zack hat uns miteinander bekannt gemacht", begann sie mit eisiger Stimme. „Ich bin dir keine Rechenschaft darüber schuldig, mit wem ich ausgehe."

Das denkst du, konterte Nick in Gedanken. Aber er würde es um nichts in der Welt zulassen, dass sie mit dem erstbesten Barhocker, der ihr über den Weg lief, durch die Gegend zog. Und genau das musste er klarstellen. „Du wirst dich noch vor manch anderem rechtfertigen müssen, aber im Moment bin ich der Einzige, der hier ist. Also, wo warst du, zum Teufel?"

„Du willst wissen, wo ich war? Von mir aus, dann erzähle ich es dir eben. Wir konnten gar nicht schnell genug in seine Wohnung kommen, wo wir es wie die Verrückten getrieben haben. Wir haben sogar ein paar Sachen gemacht, die, soweit ich mich erinnere, in einigen Bundesstaaten noch immer verboten sind."

Seine Augen wurden hart genug, um zu glitzern. Es lag nicht nur daran, was sie sagte, sondern auch, wie sie es sagte. Weitaus schlimmer allerdings war, dass er sich ein Szenario wie das, was sie eben beschrieben hatte, mühelos vorstellen konnte. Nur dass es nicht Ben war, mit dem sie das Gesetz brach, sondern er selbst, Nick LeBeck.

„Das ist nicht komisch, Freddie."

Viel zu verletzt, um die gefährliche Schärfe zu registrieren, die in seiner Stimme mitschwang, fuhr sie ihn an: „Es geht dich nichts an, wohin ich gehe oder mit wem ich meinen Abend verbringe, genauso wenig, wie es mich etwas angeht, ob du deinen mit Scarlett O'Hara verbringst."

„Lorelie“, presste er zwischen den Zähnen hervor. Es tat ihm nicht gut, daran erinnert zu werden, dass er den Abend weder mit Lorelie noch sonst jemandem verbracht hatte. „Und es geht mich etwas an. Ich bin verantwortlich für ...“

„Nichts“, schnappte Freddie und versetzte ihm mit dem Fleischwender einen Schlag vor die Brust. „Für nichts, kapierst du? Ich bin volljährig, und wenn ich Lust habe, mir sechs Typen auf einen Schlag in einer Bar aufzugabeln, dann geht es dich auch nichts an. Du bist nicht mein Vater, und es wird allerhöchste Zeit, dass du endlich aufhörst, so zu tun, als wärst du es.“

„Ich bin nicht dein Vater.“ Ein tiefes Brummen in seinen Ohren gemahnte ihn daran, dass er kurz davor stand, die Kontrolle zu verlieren. „Dein Vater weiß vielleicht nicht, was leichtsinnigen Frauen passiert. Und ganz sicher kann er dir nicht zeigen, was einer Frau wie dir passiert, wenn sie an den falschen Mann gerät.“

„Aber du kannst es.“

„Da kannst du sicher sein.“ Mit einer schnellen Bewegung und so überraschend, dass sie es nicht mehr schaffte, ihm auszuweichen, riss er ihr den Fleischwender aus der Hand und schleuderte ihn in hohem Bogen durch die Küche. Als er gegen die Wand klatschte, riss sie erschrocken die Augen auf.

„Hör auf damit.“

„Wie willst du mich dazu bringen?“ Nick glitt geschmeidig wie ein Raubtier auf sie zu und drängte sie in eine Ecke. „Willst du um Hilfe schreien? Glaubst du, dass dich irgendjemand hört?“

Er hatte sie noch nie vorher so angeschaut. Niemand hatte sie je so begehrlich und mit solch unterschwelligem Zorn angeschaut. Angst stieg in ihr auf, und ihr Puls begann zu rasen.

„Mach dich nicht lächerlich“, sagte sie, verzweifelt um Würde ringend, als er sich mit den Händen rechts und links von ihr an der Wand abstützte. „Ich sagte, du sollst aufhören, Nick.“

„Was ist, wenn er nicht auf dich hört?“ Er kam noch näher, bis sich sein Körper hart an den ihren presste, bis sie die eiserne, kaum noch im Zaum gehaltene Kraft darin spüren konnte. „Vielleicht gelüstet es ihn nach einer Kostprobe – nach mehr als nur einer Kostprobe. Diese schöne Haut.“ Er ließ sie nicht aus den Augen, während er ihr mit den Händen über die Arme fuhr. „Er wird sich nehmen, worauf er Lust hat.“ Jetzt waren seine Hände auf ihren Hüften, kneteten sie. „Wie willst du ihn daran hindern? Was willst du dagegen tun?“

Freddie dachte nicht nach, fragte nichts. Ihre Angst wandelte sich in Erregung. Sie legte ihm die Arme um den Hals. Seine Augen wurden dunkler, und dann lag ihr Mund auf seinem.

Alle in ihr aufgestauten Fantasien entluden sich in diesem Kuss. Sie klammerte sich an Nick, schmiegte sich mit dem ganzen Körper eng an ihn und kostete die Hitzewelle, von der sie überspült wurde, bis zur Neige aus.

Er hielt sie so, wie sie es sich immer erträumt hatte. Fest, ganz fest. Sein Mund war leidenschaftlich, als er von dem ihren Besitz ergriff. Als sich seine Zähne in ihre Unterlippe gruben, wurde sie von einem Schwindel erfasst, dann drang seine Zunge in ihre Mundhöhle ein.

Verlangen. Sie konnte es schmecken. Das überreife, kurz vor der Explosion stehende Verlangen eines Mannes nach einer Frau. Sie hätten Fremde sein können, so neu war diese Entladung von Leidenschaft und Begehren. Sie hätten bereits ein Leben lang Liebende sein können, so fließend war die Choreografie der Bewegungen ihrer Hände, ihrer Münder und Körper.

Er verlor den Kopf. Verlor sich selbst. Ihr Mund war ein Festmahl – fruchtig, süß, herb –, und er war ausgehungert. Es gab so viel zu entdecken – ihren Duft und Geschmack und die Struktur ihrer Haut, so viel mehr als erwartet. Es war alles so viel reicher als in seinen Träumen. Alles öffnete sich für ihn, lud ihn ein, seinen Hunger zu stillen.

Er dachte nicht daran, wer sie waren oder wer sie gewesen waren. Er dachte an gar nichts, nur an die Flamme seines Begehrens, die ihn verschlang, genauso wie er sie verschlang.

Mehr. Sein Verlangen nach mehr trieb ihn vorwärts, als schlüge jemand mit einer Peitsche auf ihn ein. Er drängte sie gegen den Tresen, dann hob er Freddie hoch und setzte sie auf die Arbeitsplatte.

Er hörte, wie sie scharf den Atem einzog, als seine Finger unter ihren Pullover schlüpften und nach ihren Brüsten tasteten. Gleich darauf vernahm er sein eigenes Stöhnen, halb gequält, halb lustvoll, als er sie fand, fest und weich, die Knospen aufgerichtet und hart vor Begehren, während er ihr Herz unter seiner Handfläche pochen spürte.

Sie begann zu zittern. Ein kurzer Schauer, der von ihrem ganzen Körper Besitz ergriff, bis sie vibrierte wie eine gezupfte Gitarrensaite.

Eine Welle von Scham überspülte ihn, ein kalter grauer Nebel legte sich über seine rot glühende Lust. Zutiefst betroffen über das, was er getan hatte, ließ er seine Hände sinken und trat einen Schritt zurück.

Ihr Atem klang mehr wie ein Schluchzen, und ihre Augen glänzten wie im Fieber, wie er, wütend über sich selbst, registrierte. Noch während er sie anschaute, griff sie, nach Gleichgewicht suchend, nach der Kante des Tresens und klammerte sich so fest, dass ihre Knöchel weiß wurden.

„Es tut mir leid, Freddie. Bist du okay?“ Als sie nichts sagte, gar nichts, verlegte er sich wieder darauf, wütend zu werden, was es ihm erleichterte, seine Scham abzuwehren. „Falls nicht, hast du es dir selbst zuzuschreiben. Diese Art von Behandlung hast du nämlich zu erwarten, wenn du so weitermachst“, fuhr er sie an. „Wenn jetzt ein anderer an meiner Stelle gewesen wäre, hätte es ein böses Ende nehmen können. Tut mir leid, dass ich dich erschreckt habe, aber diese Lektion musste ich dir einfach erteilen.“

„Ach ja?“ Obwohl ihr Herz noch immer hämmerte, erholte sich Freddie langsam wieder. Nichts, was sie sich je vorgestellt hatte, war so wundervoll, so aufregend gewesen wie das, was sie eben mit Nick erlebt hatte. Und jetzt machte er alles mit seinen dümmlichen Entschuldigungen und den Lektionen, die er ihr angeblich hatte erteilen wollen, kaputt. „Ich frage mich ...“, sagte sie und rutschte in der Hoffnung, ihren Beinen trauen zu können, langsam vom Tresen herunter, „... wer hier wem eine Lektion erteilt hat. Ich habe dich geküsst, Nicholas. Ich habe dich geküsst, und dich hat es regelrecht umgehauen. Du wolltest mich.“

Sein Blut summte noch immer. Er schaffte es nicht, den Ton leiser zu stellen. „Lass uns jetzt nicht alles verdrehen, Freddie.“

„Einverstanden. Verdrehen wir nichts. Du hast eben nicht deine kleine Cousine geküsst, Nick. Du hast mich geküsst.“ Jetzt war sie es, die einen Schritt direkt auf ihn zumachte, und er wich zurück. „Und ich habe dich geküsst.“

Seine Kehle war plötzlich unerträglich trocken. Wer war diese Frau? Wer war dieser Kobold mit diesen wissenden, wachsamen Augen, wer war sie, die ihm das Innerste nach außen kehrte? „Vielleicht sind uns ja die Dinge für einen Moment aus den Händen geglitten."

„Sind sie nicht."

Dieses Lächeln war ganz einfach zu süffisant und zu weiblich. Es war ein Gesichtsausdruck, den er wiedererkannte, und an einer anderen Frau hätte er ihn wahrscheinlich sogar zu schätzen gewusst. „Es ist nicht richtig, Freddie."

„Warum?"

„Darum." Er ertappte sich dabei, wie er über Gründe stolperte, die ihm nur allzu gut bekannt waren. „Ich muss es dir doch nicht extra buchstabieren." Er griff nach seinem abgestandenen Kaffee und schüttete ihn kalt hinunter.

„Ich denke, es würde dir schon schwer genug fallen, es dir selbst zu buchstabieren." Kampflustig legte Freddie ihren Kopf wieder schräg. „Ich frage mich bloß, was du tun würdest, wenn ich dich jetzt auf der Stelle küssen würde, Nick."

Sie nehmen, dessen war er sich sicher. Er würde sie ohne viel Federlesens direkt hier auf dem Küchenfußboden nehmen. „Lass den Quatsch jetzt, Freddie. Wir müssen uns beide abkühlen."

„Da könntest du recht haben." Ihre Lippen verzogen sich zu einem honigsüßen Lächeln. „Ich würde sagen, du brauchst ein bisschen Zeit, um dich an den Gedanken zu gewöhnen, dass du dich von mir angezogen fühlst."

„Das habe ich nie behauptet." Er stellte die Tasse wieder hin.

„Es ist nicht immer leicht, Veränderungen zu akzeptieren bei Menschen, die wir zu kennen glauben. Aber ich habe Zeit."

Sie stand völlig bewegungslos, er konnte jedoch spüren, wie sie ihn einkreiste. „Freddie." Er stieß einen langen Atemzug aus. „Ich versuche vernünftig zu sein, allerdings bin ich mir nicht sicher, ob es klappt." Er schaute sie mit gerunzelter Stirn an. „Ich bin mir nicht sicher, ob überhaupt irgendetwas klappt. Vielleicht hat sich ja wirklich etwas verändert zwischen uns, aber worin diese Veränderungen auch bestehen mögen, sie tragen dazu bei, dass nicht mehr alles so glatt abläuft wie früher. Wenn wir mit unserer Zusammenarbeit unsere gute alte Freundschaft aufs Spiel setzen ...“

„Macht es dich etwa nervös, Nick, mit mir zusammenzuarbeiten?“

Keinen Knopf hätte sie mit mehr Erfolg drücken können. Wie sehr er sich auch über die Jahre verändert haben mochte, der rebellische Junge, für den es eine Sache der Ehre war, sich seinen Stolz zu bewahren, war noch immer irgendwo in ihm.

„Selbstverständlich nicht.“

„Schön, dann haben wir ja kein Problem. Aber wenn du Angst hast, du könntest dich nicht davon abhalten – wie hast du es doch so lyrisch ausgedrückt? – ach ja, eine Kostprobe von mir zu nehmen, dann ...“

„Ich fasse dich nie mehr an.“

Angesichts der grimmigen Entschlossenheit, die in seiner Stimme mitschwang, lächelte sie nur noch süßer. „Na dann. Ich schlage vor, du machst das Beste aus deinem Frühstück, jetzt, wo es kalt ist. Und dann gehen wir an die Arbeit.“

Er hielt Wort. Sie arbeiteten über Stunden zusammen, und er berührte sie nicht ein einziges Mal. Es kostete ihn viel. Sie hatte so eine Art, ihr Gewicht zu verlagern oder ihren Kopf auf die Seite zu legen, um ihn unter gesenkten Wimpern hervor anzuschauen – lauter Dinge, die einen gesunden Mann um den Verstand bringen konnten.

Am Ende des Tages war Nick sich nicht mehr sicher, ob er noch bei Verstand war.

„Das ist genial“, murmelte Freddie mit Blick auf die Noten, die Nick vom Blatt abspielte. „Maddy würde das bestimmt gut rüberbringen.“

„Ich habe nie gesagt, dass das Maddys Solo ist“, beschied Nick sie ungehalten, obwohl das nicht der eigentliche Grund war. Der Grund war, dass Freddie seine Gedanken ebenso wie seine Musik viel zu klar lesen zu können schien. Und das beunruhigte ihn. „Vielleicht mache ich ja ein Duett daraus.“

„Nein, das machst du nicht“, widersprach sie ruhig. „Aber wenn du unbedingt willst, von mir aus.“ Sie warf ihm einen Blick von der Seite zu. „Mir würde schon ein Text dafür einfallen. Ich fände es zwar nicht gerade genial, aber ich bin anpassungsfähig. Vielleicht solltest du dann aber das Tempo etwas beschleunigen."

„Ich will das Tempo nicht beschleunigen. Es ist gut so, wie es ist."

„Nicht für ein Duett. Gut, aber was Maddys Solo anbelangt, sollte es vielleicht irgendetwas sein wie ... ‚Du lässt mich die Zeit vergessen, es gibt kein Heute, kein Morgen, wenn du ...'"

Nick unterbrach sie. „Versuchst du etwa mich auszutricksen, kleine Hexe?"

„Nein. Ich versuche mit dir zu arbeiten." Sie machte sich eine kurze Notiz auf einem der Notenblätter, dann drehte sie sich wieder zu ihm um und lächelte ihn an. Wir haben lange gearbeitet, Nick. Ich glaube, du brauchst eine Pause."

„Ich weiß selbst, wann ich eine Pause brauche." Er schnappte sich das Päckchen Zigaretten, das auf dem Klavier lag, und steckte sich eine an. „Halt einfach nur einen Moment den Schnabel und lass mich das fertig machen, okay?"

„Okay." Freddie rutschte von der Bank herunter. Sie rollte ihre Schultern und streckte sich, während er auf dem Klavier herumklimperte und immer wieder neue Noten auf das Notenblatt schrieb. Die Noten veränderte, wo sie doch beide wussten, dass sie keiner Veränderung bedurften.

Sie registrierte, dass er gegen sie ankämpfte, und es gab nichts, was sie mehr gefreut hätte. Wenn er kämpfte, dann bedeutete dies, dass es da etwas gab, gegen das er sich zur Wehr setzen musste. Versuchsweise legte sie ihre Hände auf seine Schultern und fing an, sie sanft zu massieren.

Er kam in Sekundenschnelle von null auf hundertachtzig. „Finger weg, Freddie."

„Du bist ganz verspannt."

Seine Hände knallten auf die Tasten nieder. „Ich sagte, Finger weg."

„Puh, bist du aber empfindlich", murmelte sie, nahm jedoch die Hände weg. „Ich hole mir etwas Kaltes. Willst du auch was?"

„Bring mir ein Bier."

Sie hob eine Augenbraue, weil sie wusste, dass er bei der Arbeit selten etwas anderes als Kaffee trank. Während sie in der Küche war und ein Bier und eine Limonade öffnete, hörte sie, wie es an der Tür klopfte, dann ertönte eine laute Stimme.

„Du bist verhaftet, auf der Stelle, Schurke", rief Alex Stanislaski durch den Flur. „Zur Strafe dafür, dass du meine arme kleine Nichte den geschlagenen Nachmittag an einem Klavier ankettest."

„Wo ist der Haftbefehl, Bulle?"

Alex grinste und verpasste Nick eine Kopfnuss. „Ich brauche keinen läppischen Haftbefehl. Wo ist sie, LeBeck?"

„Onkel Alex! Gott sei Dank bist du gekommen!" Freddie stürmte ins Wohnzimmer und warf sich in seine Arme. „Es war grauenhaft. Den ganzen Tag lang nichts als Halbtöne, Halbtöne, Halbtöne."

„Ruhig, Baby, ganz ruhig. Ich bin ja jetzt da." Er gab ihr einen schnellen Kuss, ehe er sie auf Armeslänge von sich abhielt. „Bess hat mir erzählt, dass du hübscher bist denn je. Sie hat recht. Dieser Junge hat dir schwer zu schaffen gemacht, was?"

„Oh ja." Sie legte ihrem Onkel einen Arm um die Taille und grinste Nick süffisant an. „Ich finde, du solltest ihn wegen seelischer Grausamkeit hinter Gitter bringen."

„Oje, war es wirklich so schlimm? Nun, ich bin hier, um deinen Qualen ein Ende zu bereiten. Was hältst du davon, essen zu gehen?"

„Ich bin begeistert. Dann kannst du mir von deiner Beförderung erzählen, mit der Bess so herumprahlt."

„Ach, das ist doch nichts", wehrte Alex bescheiden ab, wodurch Nick sich veranlasst fühlte, mit dem Spielen aufzuhören und ihm einen Blick über die Schulter zuzuwerfen.

„Das habe ich aber anders gehört." Das Schnauben, das er ausstieß, klang freundlich. „Captain."

„Es ist noch nicht offiziell." Alex schlug Nick auf die Schulter.

„Brutale Gewalt von Polizisten." Da Freddie sein Bier nicht mitgebracht hatte, stand Nick auf, holte es sich selbst und brachte auch noch eines für Alex mit. „Er hat es immer noch auf mich abgesehen."

„Sie hätten dich auf ewig einlochen sollen, nachdem ich dich bei dem Einbruch in das Elektronikgeschäft geschnappt hatte."

„Warum müsst ihr Cops eigentlich alle ein Erinnerungsvermögen wie ein Elefant haben?"

„Das haben wir nur, wenn es um Kanaillen und Schlitzohren geht." Alex lehnte sich lässig gegen das Klavier. „Hörte sich ganz gut an, was ihr da eben gespielt habt. Ihr zwei arbeitet also zusammen an diesem neuen Musical?"

„So sieht es im Moment zumindest aus", antwortete Freddie. „Allerdings hat Nick ein paar Schwierigkeiten damit, seine Rollen als Teampartner und Ersatzvater auseinanderzuhalten."

„So?"

„Er hat mir letzte Nacht hinterherspioniert, weil ich eine Verabredung hatte."

„Hab ich nicht." Aufgebracht trank Nick einen Schluck Bier. „Sie bildet sich ein, erwachsen zu sein."

Alex sah von einem zum anderen. Die Funken waren nicht zu übersehen, aber er wusste nicht recht, was sie bedeuten sollten. Also räusperte er sich erst einmal. „Ich weiß nicht, mir erscheint sie eigentlich recht erwachsenen."

„Danke, Onkel Alex. Nick, morgen wieder zur gleichen Zeit?"

Seine Antwort war eher ein Brummen. „Ja, sicher."

„Was ist, willst du nicht auch mitkommen?", hakte Alex nach. „Die Einladung war an alle gerichtet. Bess hat beim Italiener einen Tisch bestellt."

„Nein, danke." Nick stellte sein Bier ab und schlug eine Taste an. „Ich habe noch zu tun."

„Mach, was du willst. Komm, Freddie, ich sterbe vor Hunger. Ich habe wieder mal einen lieben langen Tag damit zugebracht, böse Jungs zu jagen."

Forsch drückte sie Nick einen Kuss auf die Wange. „Bis morgen dann."

Alex wartete, bis sie auf der Straße waren, bevor er das Thema, das ihn beschäftigte, ansprach. „Also? Was läuft da ab?"

„Was läuft wo ab?"

„Zwischen dir und Nick."

„Auf jeden Fall nicht das, was ich mir wünsche", gab Freddie freimütig zu. Da ihr Onkel wie vom Donner gerührt stehen blieb, war es wohl ihr überlassen, ein Taxi heranzuwinken.

„Ah ... beziehst du dich da auf die professionelle Ebene oder mehr auf das Persönliche?"

„Oh, was das Professionelle betrifft, da haben wir uns gesucht und gefunden. Ich denke, dass wir schon nächste Woche seinem Produzenten etwas Fantastisches vorlegen können. Sag mal, sollten wir nicht besser die U-Bahn nehmen? Um diese Tageszeit kriegen wir doch nie ein Taxi."

Er setzte sich wieder in Bewegung und lief neben ihr her zur U-Bahn-Station. „Das heißt also, du meinst das Persönliche?"

„Wie bitte? Ah, ja, stimmt." Sie lächelte ihn an. Die Sonne ging gerade unter und ließ sein dunkles Haar aufleuchten. Für sie sah er aus wie der tapfere Ritter, der gerade von einer siegreichen Schlacht zurückkam. „Ach Onkel Alex, ich bin so froh, dass ich hier mit euch allen zusammen bin."

„Ja, es ist schön, dich bei uns zu haben. Aber lenk nicht ab. Was genau meinst du mit ‚persönlich'?"

Sie seufzte, aber sie war nicht verärgert. „Genau das, was du befürchtest."

Er stutzte, dann musste er sich beeilen, um Freddie einzuholen, die bereits die Treppen in die U-Bahn-Station hinunterstieg. „Sieh mal … ich weiß, du warst als Kind verknallt in Nick …"

„Das weißt du?" Sie kramte in ihrer Tasche nach Kleingeld.

„Ja, sicher. Wir alle haben es gemerkt. Es war irgendwie süß."

„Nick ist es aber nicht aufgefallen." Sie ließ die Münzen wieder in die Tasche fallen, als Alex zwei Tickets hervorzog.

„Schön, er ist also ein bisschen begriffsstutzig. Aber was ich sagen will, ist … du bist kein Kind mehr."

Sie blieb hinter dem Drehkreuz stehen, legte beide Hände an sein Gesicht und küsste ihn voll auf die Lippen. „Du weißt ja gar nicht, was es mir bedeutet, dass ausgerechnet du das sagst, Onkel Alex. Ich liebe dich wirklich!"

„Ich liebe dich auch, Freddie, aber ich glaube, dir ist nicht ganz klar, was ich damit ausdrücken wollte." Er nahm sie beim Ellenbogen und führte sie durch den langen Tunnel.

„Doch, ich weiß, was du meinst. Du machst dir Sorgen, dass ich etwas tun werde, das ich hinterher bedauern könnte. Oder das Nick es bedauert."

„Sollte er wirklich etwas tun, das er bereut, wird er monatelang kein Klavier mehr spielen können."

Sie lachte amüsiert. „Alles nur heiße Luft. Du liebst ihn doch wie einen Bruder."

Seine golden schimmernden Augen verdunkelten sich. „Das hielte mich aber noch lange nicht davon ab, ihm jeden Finger einzeln zu brechen, wenn er sie nicht von dir lässt."

Sie hielt es für besser zu verschweigen, wo Nicks Finger noch vor wenigen Stunden gelegen hatten. „Onkel Alex, ich liebe ihn." Sie lachte hell auf und schüttelte ihr Haar zurück. „Ein wunderbares Gefühl! Du bist der Erste, dem ich es sage. Selbst Dad und Mama wissen es noch nicht." Sie kicherte, als sie seine perplexe Miene sah. „Kommt das denn wirklich so überraschend für dich?"

Die Starre löste sich, und er klappte den Mund wieder zu. Er murmelte einen Fluch, während er sie in den mittlerweile eingefahrenen Zug zog. „Freddie, jetzt hör mir mal genau zu …"

„Nein, du hörst mir zu. Bitte." Sie griff nach der Stange, um sich festzuhalten, als der Zug anfuhr. „Ich weiß, du denkst, ich würde den Unterschied zwischen einer Teenagerliebe und wahren Gefühlen nicht erkennen. Aber das tue ich, glaube es mir." Sie sagte es so ernst und mit solcher Überzeugung, dass er schwieg. „Ich liebe nicht den Jungen, den ich vor all den Jahren zum ersten Mal getroffen habe, Onkel Alex. Ich liebe den Mann, der aus ihm geworden ist. Mit all seinen Fehlern und Schwächen, mit all dem, was gut in ihm ist. Sogar das Rebellische. Ich liebe den ganzen Menschen. Vielleicht weiß er es noch nicht, vielleicht will er es auch nicht akzeptieren oder mich nicht lieben, aber das ändert nichts daran, was ich für ihn fühle."

Alex atmete schwer aus. „Du bist wirklich erwachsen geworden."

„Ja, stimmt. Und ich habe lauter gute Beispiele vor Augen. Nicht nur Mama und Dad, sondern auch dich und Bess und alle anderen. Deshalb weiß ich, wenn man nur lange genug und intensiv genug liebt, dann ist es für immer."

Er konnte dem nicht widersprechen. Was er mit Bess gefunden hatte, war etwas ganz Besonderes, und es wurde mit jedem weiteren Tag besser. „Nick ist für mich genauso wichtig wie jedes andere Familienmitglied", setzte er vorsichtig an. „Gerade deshalb kann ich dir sagen, dass er kein einfacher Mensch ist. Er trägt Lasten aus der Vergangenheit mit sich herum, die er nicht so leicht abschütteln kann."

„Das weiß ich. Ich will nicht behaupten, dass ich das alles verstehe, aber ich bin mir im Klaren darüber." Sie legte kurz ihre Hand an seine Wange. „Mach dir nicht zu viele Sorgen, Onkel Alex. Und ich möchte gerne, dass das zwischen uns bleibt. Ich würde es noch gern etwas aufschieben, bevor mir die ganze Familie im Nacken sitzt."

Als Freddie an diesem Abend in ihr Hotelzimmer zurückkehrte, wartete an der Rezeption ein Brief auf sie. Neugierig riss sie den Umschlag auf, während sie im Aufzug nach oben fuhr.

Darin lag ein Brief von Nick.

Also schön, du hast recht. Es ist Maddys Solo. Morgen will ich den Text sehen. Und zwar einen guten. Ich habe mit Valentine und den anderen Schlips-und-Kragen-Leuten einen Termin vereinbart. Pass auf, dass du nicht alles vermasselst.
Nick.

Sie tanzte zu ihrem Zimmer.

Zwei Stunden später stürmte sie die Treppe zu Nicks Wohnung hoch. Sie wusste, dass er in der Bar arbeitete, weshalb sie nicht von ihm gestört werden konnte. Sie setzte sich an seinen Flügel und stellte den Kassettenrekorder an.

„Ich habe deinen Text, Nicholas, und er ist besser als gut. Hör zu."

Angefeuert von ihrer eigenen Begeisterung, sang sie ihren Text zu seiner Melodie. Die Worte waren ihr im Kopf herumgegangen, seit sie zum ersten Mal die Musik gehört hatte. Nun verschmolzen sie mit den Noten, als wären sie zusammen geboren worden.

Nachdem der letzte Takt verklungen war, schloss sie die Augen.

„Was treibst du hier?"

Sie schrak zusammen und fuhr zur Tür herum, wo Nick stand. Er sah nicht sonderlich freundlich aus.

„Ich habe dir eine Nachricht dagelassen. Du wolltest den Song vor dem Meeting. Du hast ihn."

„Ich habe es gehört." Und er hatte gelitten, während er dagestanden und gelauscht hatte, während sie für ihn sang. „Was tust du hier, Freddie? Ist dir eigentlich klar, wie spät es ist?"

„Ungefähr Mitternacht, schätze ich. Ich dachte, du bist unten beschäftigt."

„Bin ich auch. Rio sagte mir, dass du hier bist."

„Du hättest nicht raufzukommen brauchen. Ich wollte nur einfach nicht bis morgen warten. Wie viel hast du gehört?"

„Genug."

„Und?" Ungeduldig schwang sie ihre Beine rittlings über die Klavierbank, um ihn anschauen zu können. „Was sagst du dazu?"

„Schätze, es reicht."

„Na großartig. Ist das alles, was du dazu zu sagen hast?"

„Was willst du denn sonst noch hören?" Es ist wie Würmer aus der Nase ziehen, dachte sie. Immer. „Was du fühlst."

Er wusste nicht, was er fühlte. Sie zog ihn ständig irgendwie in Gegenden, die er noch nicht erforscht hatte. „Ich denke, dass es erstaunlich lyrisch ist", tastete er sich behutsam vor. „Ein Song, der ans Herz geht. Und ich denke, dass die Leute, wenn sie aus dem Theater rausgehen, ihn noch immer hören."

Sie konnte nicht sprechen. Sie fühlte sich beschämt, als sie merkte, dass sich ihre Augen mit Tränen gefüllt hatten. Hastig senkte sie die Lider und starrte auf ihre ineinander verschlungenen Finger. „Dass du das sagst, hätte ich nicht erwartet."

„Du weißt selbst, dass du Talent hast, Freddie."

„Ja. Zumindest habe ich mir das immer eingeredet." Ruhiger geworden, schaute sie wieder auf. Ihr Herz machte einen kleinen Satz, als sich ihre Blicke begegneten. „Ich habe mir in den letzten Jahren eine Menge eingeredet, Nick. Dinge, die oftmals die Nacht, in der ich sie mir eingeredet habe, nicht überlebten. Aber das, was du eben gesagt hast, wird bleiben, was auch immer geschehen mag."

Er konnte seinen Blick nicht von ihr abwenden und merkte kaum, dass er auf sie zuging. „Ich fahre morgen zu Valentine und zeige ihm, was wir bis jetzt haben. Du hast morgen frei."

„Ich könnte ja meinen Umzug vorbereiten, damit ich nicht vor lauter Nervosität sterbe."

„Prima." Als ob sie zu jemand anderem gehörte, streckte sich ihr seine Hand entgegen und zog sie auf die Füße. Das einzige Licht im

Raum kam von der Lampe, die auf dem Klavier stand. Ihr Schein hüllte sie beide in weiche Schatten ein. „Du hättest heute Nacht nicht mehr hierherkommen sollen."

„Warum?"

„Ich denke zu viel an dich. Und nicht so, wie ich früher an dich gedacht habe."

„Die Zeiten ändern sich", sagte sie mit leicht bebender Stimme. „Und die Menschen auch."

„Man will es aber nicht, und sie ändern sich nicht immer zum Besseren. Dies hier ist keinesfalls eine Änderung zum Besseren", raunte er, während sich sein Mund auf den ihren herabsenkte.

Es war nicht so übersteigert diesmal. Sie war seelisch darauf vorbereitet, doch diesmal wurde es ein langsamer, tiefer und leise verzweifelter Kuss. Anstatt sich vom Sturm davontragen zu lassen, wurde ihr Körper einfach nur schlaff und schmolz dahin wie Kerzenwachs unter der Flamme.

Es war die Unschuld, die er spürte. Ihre Unschuld, die keine Chance hatte gegen sein eigenes, ihn unbarmherzig vorwärts treibendes Begehren. Die Bilder, die ihm durch den Kopf schossen, erregten, verwirrten und beschämten ihn.

„Ich habe mein Versprechen gebrochen", murmelte er und löste sich unter Schwierigkeiten von ihr. „Ich habe gesagt, ich würde dich nie wieder anfassen."

„Ich will aber, dass du mich anfasst."

„Ich weiß." Er ließ seine Hände fest auf ihren Schultern liegen, weil sie leicht schwankte. „Ich möchte, dass du jetzt in dein Hotel gehst. Ich melde mich morgen, wenn ich zurück bin."

„Du willst, dass ich bleibe", flüsterte sie. „Du willst mit mir zusammen sein."

„Nein, das will ich nicht." Das zumindest war die Wahrheit. Er wollte es nicht, selbst wenn er es so schrecklich zu brauchen schien. „Wir sind eine Familie, Freddie, und es lässt uns aussehen wie Verräter. Ich werde das nicht alles kaputt machen. Und du auch nicht." Er wich einen Schritt zurück. „So, und jetzt will ich, dass du nach unten gehst und dir von Rio ein Taxi rufen lässt."

Jeder Nerv in ihrem Körper befand sich in Alarmzustand. Doch obwohl sie am liebsten vor Frustration laut aufgeschrien hätte, sah sie die Besorgnis, die sich in seinen Augen widerspiegelte. „Also gut, Nick. Ich warte, bis ich etwas von dir höre."

Sie ging zur Tür, wo sie noch einmal stehen blieb und sich umdrehte. „Aber du wirst weiterhin an mich denken. Zu viel. Und es gibt keinen Weg, die Uhr zurückzudrehen."

Als die Tür hinter ihr ins Schloss fiel, ließ er sich auf dem Klavierhocker nieder. Sie hat recht, dachte er, während er sich mit der Hand übers Gesicht fuhr. Nichts würde jemals wieder so werden, wie es einmal war.

5. KAPITEL

Das sonntägliche Essen bei den Stanislaskis war weder eine leise noch eine sehr gemessene oder gar würdevolle Angelegenheit. Seit dem frühen Nachmittag schallten fröhliches Kindergelächter, hitzige Erwachsenendebatten und lautes Hundegebell durch die Räume, die köstlichsten Gerüche wehten durch die Luft.

Das alte Haus wurde bis in seine Grundfesten erschüttert, die Wände ächzten, um all die vielen Menschen aufzunehmen. Mikhails und Sydneys Haus in Connecticut war wesentlich größer, Rachels und Zacks Wohnung wesentlich bequemer und Alex' und Bess' Loft wesentlich geräumiger. Aber niemand wäre je auf die Idee gekommen, diese Sonntagstradition des Familienessens an einen anderen Ort als das Heim von Yuri und Nadia zu verlegen.

Denn dieses wunderbare alte Haus, das schier aus seinen Nähten zu platzen schien, war für alle Mitglieder der Familie „zu Hause", ganz unabhängig davon, wo jeder lebte oder arbeitete.

Mit diesem Gedanken quetschte Freddie sich zwischen Sydney und Zack auf das alte Sofa.

„Hoch!", verlangte deren Tochter Laurel und streckte die Ärmchen in die Luft.

„Dann komm her!" Freddie hob die Kleine schwungvoll auf den Schoß und wippte sie auf den Knien.

„Und? Wie gefällt dir die Wohnung?" Sydney konnte nicht widerstehen und strich ihrem Sohn kurz über den wirren Haarschopf, als der an ihr vorbeiraste, um seinen Cousin zu fangen.

„Sie ist einfach toll. Ich kann dir gar nicht genug danken. Es ist genau das, was ich mir vorgestellt hatte. Die Größe, die Gegend …"

„Das freut mich." Sydney beobachtete mit Adleraugen ihren Ältesten. Neuerdings schien es ihm diebischen Spaß zu machen, seine Schwester zu ärgern. Nicht dass sie sich um Moira Sorgen zu machen brauchte. Die Kleine hatte einen kräftigen linken Schwinger. „Griff", rief Sydney streng. Dieses eine Wort und ein mahnender Blick ließen den Jungen noch einmal überdenken, ob es sich wirklich lohnte, sein Vorhaben durchzuführen und seine Schwester an dem langen Pferdeschwanz zu ziehen.

„Wie sieht es mit Möbeln aus?"

„Ich schaue mich um, aber eher halbherzig." Von oben ertönte ein markerschütterndes Kriegsgeheul, gleich darauf folgte ein lauter dumpfer Knall, aber niemand im Raum zuckte auch nur mit der Wimper. „Im Moment habe ich mir nur hier und da ein paar Dinge angesehen. Nächste Woche, wenn ich einziehe, werde ich mich wohl gründlicher darum kümmern."

„Ich kenne da einen Laden im Zentrum, die haben günstige Teppichangebote. Ich werde dir die Adresse raussuchen. Äh, Zack …?"

„Hm?" Der Angesprochene riss den Blick von dem Football-Spiel auf dem Fernseher los und folgte dem Blick seiner Frau in die Richtung, wo sein Jüngster einen Stuhl an den Schrank gezogen hatte, auf dem Yuri die Tüte mit den Weingummis aufbewahrte.

„Vergiss es, Gideon."

Gideon strahlte. „Nur eines, Daddy. Papa hat gesagt, ich darf eines haben."

„Das glaube ich dir ungesehen." Zack erhob sich, schnappte sich seinen Sohn und warf ihn durch die Luft zu Sydney. „Hier, Mom, fang auf."

Erfahrung und Reflex ließen Sydney reagieren. Mit festem Griff packte sie zu und hielt ihren kichernden Sohn dann kopfüber fest, während sie sich weiter mit Freddie unterhielt. „So, wo bleibt denn unser temperamentvoller Nick?"

Genau die Frage, die Freddie sich schon die ganze Zeit stellte. „Er wird sicher bald eintrudeln. Er verpasst nie ein Essen. Ich habe gestern noch mit ihm geredet."

Und er hatte sich schlichtweg geweigert, ihr auch nur mit einem Wort anzudeuten, was der Produzent wohl zu ihrer Zusammenarbeit sagen würde. Das Warten war unerträglich.

Dabei sollte ich mich doch mittlerweile daran gewöhnt haben, dachte sie mit einem heimlichen Seufzer. Schließlich wartete sie schon seit mehr als zehn Jahren auf Nick.

Sie ließ die Gespräche und den Lärm an sich vorbeiziehen, dann erhob sie sich und ging in die Küche. Langjährige Erfahrung hatte sie gelehrt, die verschiedenen Kinderkörper auf dem Boden und vergessene Spielzeuge zu umgehen.

Bess saß am Küchentisch und legte letzte Hand an einen frischen

Salat in einer riesigen Schüssel, während Nadia am Herd stand.

Ein wunderbarer Raum, dachte Freddie, als sie sich umsah. Kein Quadratzentimeter Arbeitsplatz war bei den Essensvorbereitungen frei geblieben, an der Kühlschranktür hingen unzählige farbenfrohe Zeichnungen, die die Kinder ihren Großeltern geschenkt hatten. Etwas köchelte immer auf diesem Herd, und die Keksdose war nie leer.

Es sind diese kleinen Dinge, dachte sie, die ein Heim ausmachen. Eines Tages würde sie auch so eine Küche haben, das schwor sie sich. Und eine eigene Familie, die sich dort versammeln würde.

„Hi, Grandma." Sie drückte Nadia einen Kuss auf die Wange und sog den leisen Lavendelgeruch ein. „Kann ich helfen?"

„Nein. Setz dich und trink deinen Wein. Es gibt schon zu viele Köche in meiner Küche."

Bess zwinkerte Freddie zu. „Ich darf nur hier sein, weil ich Unterricht kriege. Nadia ist der Meinung, ich müsste endlich mehr zustande bringen als nur das Telefon zu benutzen, um Essen zu ordern."

„Alle meine Kinder können kochen", stellte Nadia voller Stolz klar.

„Nick aber nicht." Freddie stibitzte sich ein Radieschen, während Nadia nicht hinsah.

„Ich habe nicht gesagt, dass sie gut kochen können." Nadia rührte weiter den Kuchenteig. Ihr Haar war mittlerweile eisgrau geworden, aber ihr Gesicht war immer noch schön. Das Alter hatte Falten in dieses Antlitz gezeichnet, aber keine einzige davon war eine Kummerfalte. Sie drehte sich um und zeigte mit dem Rührlöffel auf Bess. „Wenn du es gelernt hast, wirst du es deinen Kindern beibringen."

Bess schüttelte sich theatralisch. „Ein grässlicher Gedanke. Gerade letzte Woche hat Carmen eine ganze Tüte Mehl über ihrem Kopf ausgeschüttet und dann auch noch Eier hinzugegeben."

Nadia lächelte. „Du musst es ihnen richtig beibringen. Deinen Söhnen auch. Freddie, machst du Hühnchen Kiew, wie ich es dir gezeigt habe?"

„Ja, Grandma." Sie konnte nicht anders, sie warf Bess einen triumphierenden Blick zu. „Wenn ich in der neuen Wohnung eingezogen bin, werde ich dich und Papa zum Essen einladen."

„Angeberin“, presste Bess zwischen zusammengepressten Zähnen hervor.

Aus dem Wohnzimmer drangen Begrüßungsrufe herüber, der Geräuschpegel stieg.

„Nick ist da“, sagte sie und prüfte den Braten im Ofen. „Wir können gleich essen.“

Und schon schwang die Küchentür auf. Nick, einen großen Strauß Margeriten in der Hand, ein Kleinkind auf dem Arm, ein anderes, das sich an sein Bein klammerte, kam strahlend zur Tür herein, küsste Nadia auf die Wange und reichte ihr den Strauß. „Tut mir leid, dass ich zu spät komme.“

„Du bringst mir die Blumen nur, damit ich dich nicht ausschimpfe.“

Er grinste breit. „Sicher. Und? Geht meine Rechnung auf?“

Nadia lachte. „Du bist ein Spitzbube, Nicholas. Stell sie ins Wasser. Nimm die gute Vase.“

Mit den Kindern im Schlepptau ging er zum Schrank. „Hm, Sonntagsbraten.“ Er rieb seine Nase an Laurels Wange, die vergnügt quietschte. „Das riecht fast so gut wie kleine Mädchen.“

„Nimm mich auch auf den Arm, Nick.“

Er sah auf den kleinen Jungen herunter, der eifrig an seiner Hose zupfte. „Warte, bis ich wieder eine Hand frei habe, Kyle.“

„Kyle, lass Nick in Ruhe.“ Bess nahm das Glas Saft entgegen, das Freddie ihr reichte.

„Aber Mom, er hebt Laurel doch auch hoch.“

„Warte, nur einen Augenblick.“ Nick stellte die Margeriten ins Wasser und hob den Jungen auf den zweiten Arm. Dann drehte er sich zu Freddie um. „Na Kleine? Wie sieht's aus?“

„Sag du mir, wie's aussieht. Hast du von dem Produzenten gehört?“

„Es ist Sonntag“, erinnerte er sie. „Er ist mit seiner Familie in die Hamptons gefahren oder nach Bar Harbor oder sonstwohin. Er wird sich sicher in ein paar Tagen melden.“

In ein paar Tagen. Bis dahin würde sie vor Aufregung längst geplatzt sein. „Er muss doch irgendeine Reaktion gezeigt haben.“

„Nein, eigentlich nicht.“

„Hat er sich das Tape angehört?“

Nick kitzelte Kyle, der begeistert kicherte. „Natürlich hat er es sich angehört."

Dann streckte Kyle die Arme nach Freddie aus, und sie setzte ihn automatisch auf ihre Hüfte. „Und? Ich meine, was hat er gesagt, nachdem er es gehört hat?"

„Nicht viel."

Sie nahm sich zusammen, um nicht laut aufzuschreien. „Er muss doch irgendwas gesagt haben. Irgendeine Andeutung."

Nick zuckte nur die Schultern und griff nach einer Karottenscheibe aus der Salatschüssel. Bess haute ihm blitzschnell auf die Finger.

„Mein Gott, Bess, wem soll das schon auffallen, wenn das Stückchen fehlt?"

„Mir. Ich kreiere hier eine Komposition aus Farben und Formen. Hier, nimm die." Sie hielt ihm eine ganze Möhre hin.

„Danke. Also", wandte er sich wieder an Freddie, „warum beschäftigst du dich nicht erst mal mit deiner Wohnung?" Er beobachtete sie genau, während er genüsslich an der Möhre knabberte. Es gefiel ihm, wie ihre grauen Augen dunkler wurden wie Gewitterwolken und die Unterlippe sich ein klitzekleines bisschen vorschob, wenn sie ihre Wut zu kontrollieren suchte. „Kauf dir den ganzen Kram, den du brauchst. Ich lass von mir hören, sobald ich etwas weiß."

„Und ich soll also einfach warten?"

Als wollte er sein Mitgefühl bekunden, legte Kyle seinen Kopf an Freddies Schulter. „Ich soll einfach warten?", ahmte er sie nach.

„Es wird dir wohl nichts anderes übrig bleiben. Und komm ja nicht auf die Idee, Valentine selbst anzurufen. Ob er nun ein Freund der Familie ist oder nicht, so funktioniert das nicht bei mir."

Es brodelte in ihr, denn genau das hatte sie vorgehabt. „Es kann doch nichts schaden, wenn ..."

„Nein", sagte er nur, gab die Möhre an Laurel weiter und ging mit ihr hinaus.

„Sturer, rechthaberischer Maulheld", zischte Freddie ihm nach.

„Maulheld! Maulheld!" Das Wort gefiel Kyle ganz offensichtlich.

„Tante Bess, wenn du Beziehungen hast, benutzt du sie doch auch, oder?"

Das Schneiden eines Champignons schien plötzlich Bess' ganze Aufmerksamkeit zu erfordern. „Also, so langsam kriege ich es raus. Das muss aus dem Handgelenk kommen …"

„Angeberischer Idiot", fauchte Freddie unter angehaltenem Atem.

„Idiot!", stimmte Kyle entzückt zu und ließ sich von ihr aus der Küche tragen.

„Gestern noch Kinder, und heute sind sie schon erwachsen", bemerkte Nadia.

„Es ist gar nicht so leicht, erwachsen zu werden."

Nachdenklich rollte Nadia den Kuchenteig aus. „Er schaut sie mit diesem Blick an."

Bess hob den Kopf. Sie war nicht sicher gewesen, ob es Nadia aufgefallen war. Aber sie hätte es besser wissen müssen. Nadia entging nichts, was ihre Familie betraf.

„Und sie sieht genauso zurück", sagte sie.

Die beiden Frauen lächelten sich verschwörerisch an und nickten.

„Sie würde ihn dazu bringen, das Beste aus sich herauszuholen."

Bess nickte. „Und er würde ihren übermäßigen Ehrgeiz ein wenig zügeln."

„Er hat so ein gutes Herz. Und große Sehnsucht nach einer Familie."

„Das haben sie beide."

„Das ist gut."

Bess hob ihr Saftglas und trank. „Also wirklich, es ist einfach großartig."

Das war nur das erste in einer Reihe von Gesprächen, die Freddie und Nick entsetzt hätten, wenn sie sie hätten hören können.

Im Loft kuschelte Bess sich enger in Alex' Arm und gähnte herzhaft. Das erste Drittel einer Schwangerschaft machte sie immer so herrlich träge und faul.

„Alexej?"

„Hm?" Er strich ihr über den Kopf, mit den Gedanken halb bei den laufenden Nachrichten im Fernseher, der im Schlafzimmer stand, halb bei dem Fall, an dem er gerade arbeitete. „Brauchst du etwas? Im Kühlschrank sind noch Erdbeeren. Oder saure Gurken."

„Eigentlich …" Sie überlegte kurz, dann schüttelte sie den Kopf. „Nein, heute sind wir zwei ganz zufrieden." Sie lächelte, als er mit der Hand über ihren noch flachen Bauch streichelte. „Ich habe nur gerade an Freddie und Nick denken müssen."

Das Versprechen, das er seiner Nichte gegeben hatte, wog schwer auf seinen Schultern. „Was ist mit den beiden?", fragte er vorsichtig.

„Meinst du, sie wissen schon, dass sie verrückt nacheinander sind, oder stecken sie noch in dieser ‚Keine-Ahnung-was-hier-abläuft'-Phase?"

„Was?" Er setzte sich auf und sah auf seine Frau mit den verführerisch schläfrigen Augen und dem wirren Haar hinunter. „Wie bitte?"

„Ich bin mir noch nicht sicher." Sie rückte ganz selbstverständlich nach und passte sich seiner neuen Haltung an. „Wahrscheinlich ist es für beide ein bisschen unangenehm, unter den gegebenen Umständen."

Alex atmete schwer aus. Wieso ließ er sich immer wieder von Bess' forscher Art dazu verleiten, zu glauben, ihr fehle der Blick für die Nuancen? „Wie kommst du darauf, dass sie verrückt nacheinander sein könnten?"

Ihre Energie reichte gerade noch dazu, ein Auge zu öffnen. „Wie oft muss ich es dir noch sagen? Schriftsteller können genauso gut beobachten wie Cops. Du hast es doch auch bemerkt, oder nicht? Die Art, wie sich sie ansehen? Wie sie sich umkreisen?"

„Mag sein." Er wusste immer noch nicht, ob ihm die Vorstellung wirklich gefiel. „Jemand sollte Natasha einen Wink geben."

Bess schnaubte träge. „Alexej, verglichen mit einer Mutter sind Schriftsteller und Cops harmlose Anfänger." Sie schmiegte sich noch näher an ihn. „Was sagtest du? Erdbeeren?"

Am anderen Ende der Stadt sahen Rachel und Zack noch ein letztes Mal nach ihren schlafenden Kindern. Rachel nahm ihrer Tochter die Kopfhörer ab, während Zack den verschlissenen Teddybären wieder fest in ihren Arm klemmte. Die Gegensätze eines heranwachsenden Mädchens, dachte Rachel – Rockmusik und Kuscheltiere.

„Sie ähnelt dir mit jedem Tag mehr", murmelte Zack, während sie nebeneinander vor dem Bett ihrer Tochter standen und gemeinsam auf ihre Älteste hinuntersahen.

„Nur das Kinn, das hat sie von dir. Stur wie ein Maulesel. Wie du!“

Arm in Arm gingen sie in den nächsten Raum, den ihre beiden Söhne sich teilten. Beide seufzten hilflos auf. Inmitten der verschiedenen Haufen von Kleidungsstücken, Spielzeugen, Modellflugzeugen, Skateboards, Fußbällen und Ähnlichem war ein Etagenbett auszumachen, in dem zwei kleine Körper lagen. Auf dem oberen Bett hingen Jakes Arm und ein Bein gefährlich weit über den Rand der Matratze, und nur einem Überstunden machenden Schutzengel konnte es zu verdanken sein, dass er bisher noch nicht herausgerollt und auf einen der verschiedenen Stapel gefallen und darin verschollen war.

Rachel schob ihn wieder in die richtige Position, was er mit einem verschlafenen Brummen bedachte. „Bist du sicher, dass das wirklich unsere Kinder sind?“, fragte sie ihren Mann leise.

„Jeden Tag stelle ich mir die gleiche Frage. Ich habe Gideon dabei erwischt, wie er Miks Kindern vorschlug, sie sollten Bettlaken zusammenknoten und damit von Yuris Dach springen. Er wollte sie davon überzeugen, dass sie dann bis nach Manhattan und wieder zurück fliegen könnten.“

Rachel schloss die Augen. „Behalte das lieber für dich. Manche Dinge will ich gar nicht wissen.“ Im unteren Bett zog sie die Bettdecke von Gideons Gesicht und musste feststellen, dass seine Füße auf dem Kopfkissen lagen. Also versuchte sie es mit dem anderen Ende.

„Ich wollte dich noch fragen, was du von Nick und Freddie hältst?“

„Dass sie zusammenarbeiten? Ich finde es großartig.“ Zack stieß einen erstickten Fluch aus, als er mit dem Zeh gegen den Propeller eines Modellflugzeugs stieß. „Verdammt!“

„Ich hatte dich doch gewarnt, dass du dieses Zimmer am besten nur mit Werkschuhen betreten solltest. Aber ich meinte nicht die Arbeit, ich wollte wissen, wie du über die Romanze denkst.“

Mit einer Hand massierte er seinen geschundenen Zeh. „Romanze? Welche Romanze?“

„Nick und Freddie.“

Wie im Zeitlupentempo richtete er sich auf. „Wovon redest du da eigentlich?“

„Ich rede davon, dass Freddie völlig in Nick vernarrt ist. Und darüber, dass er ständig die Hände in die Hosentaschen steckt, sobald sie in der Nähe ist. So als hätte er Angst, dass er sie einfach packen und …“

„Moment! Jetzt aber mal Halt!“ Da er lauter geworden war, legte sie ihm rasch die Hand über den Mund. Er griff sie beim Arm und zog sie in die Diele hinaus. „Willst du mir etwa damit sagen, die beiden zeigen Interesse füreinander?“

„Über das Stadium von Interesse sind die beiden schon längst hinaus.“ Rachel neigte den Kopf und sah ihren Mann amüsiert an. „Was ist los, Muldoon? Machst du dir Sorgen um deinen kleinen Bruder?“

„Nein. Ja. Nein …“ Frustriert fuhr er sich durchs Haar. „Bist du dir sicher?“

„Sicher bin ich mir sicher. Und wenn du nicht so darauf eingefahren wärst, in Nick nur den rebellischen Teenager zu sehen, wäre es dir auch aufgefallen.“

Zack ließ die Schultern sacken und lehnte sich an die Wand. „Wahrscheinlich habe ich es gesehen. Er hat sich so komisch benommen, als sie mit einem Freund von ihm ausgegangen ist.“

Rachel grinste. „Eifersüchtig, was? Zu schade, dass ich das verpasst habe.“

„Er hätte mich am liebsten erwürgt, weil ich die beiden miteinander bekannt gemacht habe.“ Ganz langsam zeichnete sich ein Lächeln auf Zacks Lippen ab, dann lachte er herzhaft auf. „Da schau her! Freddie und Nick. Wer hätte das gedacht!“

„Jeder, der Augen im Kopf hat. Sie himmelt ihn doch schon seit Jahren an.“

„Stimmt. Sie ist wirklich niedlich, aber das heißt lange nicht, dass sie sich so leicht herumschubsen lässt. Ich würde sagen, mein kleiner Bruder steckt tief in der Patsche.“ Er sah seine Frau an. Ihr Haar war offen und fiel ihr weich ums Gesicht. Sie trug nur einen hauchzarten Morgenmantel, der zudem noch die Unart hatte, ihr ständig ein wenig von der rechten Schulter zu rutschen. Sein Grinsen wurde breiter. „Und da wir gerade von Romanze sprechen, Euer Ehren … mir ist da gerade etwas eingefallen, das, so hoffe ich, die Zustimmung des Gerichts finden wird.“

Er flüsterte ihr etwas ins Ohr, das sie erst die Augenbrauen heben ließ und sie dann zum Lachen brachte. „Nun, Muldoon, das ist eine sehr interessante Eingabe. Warum besprechen wir das nicht ausführlicher in meinen Räumen?“

„Ich fürchtete schon, du würdest nie fragen.“

In dem großen Haus in Connecticut lag Sydney auf ihrem Mann. Ihr Herz schlug immer noch rasend, ihr Blut jubelte laut in ihren Ohren.

Unglaublich, dachte sie zufrieden. Nach all diesen Jahren konnte sie immer noch nicht verstehen, wie dieser Mann es schaffte, ihren Körper so in Ekstase zu versetzen. Sie wollte es auch gar nicht verstehen.

„Ist dir kalt?“ Mikhail streichelte ihr träge über den nackten Rücken.

„Soll das ein Witz sein, mein Lieber?“ Sie hob ihr Gesicht, ihre Wangen glühten immer noch und hielt seinen Blick fest. „Du bist so unbeschreiblich schön, Mikhail.“

„Fang nicht wieder damit an.“

Sie lachte leise und zog eine Spur von kleinen Küssen über seine Brust. „Ich liebe dich.“

„Also, damit darfst du ruhig weitermachen.“ Er stieß einen zufriedenen Seufzer aus, als sie sich in seinen Arm kuschelte und sie gemeinsam eine Weile schweigend die Schatten betrachteten, die das flackernde Kerzenlicht auf die Wände warf.

„Meinst du, dass wir bald für die nächste Hochzeit planen müssen?“

Sydney brauchte nicht nachzufragen, von welcher Hochzeit er sprach, sie wusste, was er meinte. Und von wem. „Nick ist sich seiner Sache noch nicht so sicher, aber Freddie wird ihm schon noch die Augen öffnen. Es ist süß, die beiden zu beobachten, wie sie einander auskundschaften und abschätzen.“

„Das erinnert mich an ein anderes Paar“, bemerkte er nachdenklich.

Sie hob den Kopf und lächelte ihn an. „So?“

„Du warst verdammt stur, *mela moja*.“

„Und du warst verdammt arrogant.“

„Stimmt.“ Er fühlte sich überhaupt nicht beleidigt. „Wenn ich weniger selbstsicher und entschieden gewesen wäre, wärst du als alte Jungfer geendet, verheiratet mit deinem Job." Er lachte, als sie ihn gespielt entrüstet auf die Schulter knuffte. „Aber ich habe dich vor diesem schlimmen Schicksal bewahrt."

„Und wer wird dich jetzt davor bewahren?" Mit einem Lachen rollte sie sich auf ihn.

Freddie hatte keine Ahnung davon, worüber ihre Familie sprach, und so griff sie tänzelnd vor Aufregung nach ihrem eben erst angeschlossenen schnurlosen Telefon und drückte eine Nummer. Ihr Vater war bestimmt noch in der Schule, aber ihre Mutter würde sie in dem Spielzeugladen erreichen.

„Mama." Den Hörer umklammernd, drehte sie sich einmal im Kreis, dann ging sie von ihrem Wohnzimmer ins Schlafzimmer. „Rate mal, wo ich bin. Ja." Ihr Lachen hallte durch die fast leeren Räume. „Es ist wundervoll. Ich kann es gar nicht erwarten, bis ihr es endlich zu sehen bekommt. Ja, ich weiß, zum Hochzeitstag. Oh ja, alles läuft bestens." Sie tanzte einen kleinen Boogie-Woogie auf der Perserbrücke, die sie in dem Geschäft erstanden hatte, von dem ihr Sydney erzählt hatte. „Ich habe sie alle am Sonntag getroffen. Grandma hat Schmorbraten gemacht. Ein Geschenk?" Sie hielt in ihrem improvisierten Tanz inne. „Von Dad? Ja, ich bin den ganzen Tag hier. Was ist es denn?"

Sie verdrehte die Augen zur Decke und begann wieder zu tanzen. „Also schön. Dann wird mir wohl nichts anderes übrig bleiben, als mich in Geduld zu üben. Ja, die Teller sind angekommen. Danke. Sie haben auf dem Küchenregal einen Ehrenplatz bekommen. Ein paar Sachen habe ich mir schon gekauft."

Sie schnappte sich ein Plätzchen aus einer Tüte auf dem Küchentresen und tanzte dann vergnügt wieder zurück ins Wohnzimmer. „Nein, ich kaufe mir hier ein Bett. Ich will, dass mein Bett in meinem alten Zimmer bleibt, sonst komme ich mir vor wie ausquartiert. Und sag Brandon, dass ich noch nicht zu den Yankees gekommen bin, aber ich hoffe, dass ich es zum Spiel nächste Woche schaffe. Und ich habe schon Karten fürs Ballett."

Zwei Karten, dachte sie. Sie würde mit Nick hingehen, selbst wenn die Welt unterging.

„Oh, und sag Dad … ach nein, sag ihm einfach nur einen schönen Gruß. Es gibt so viel zu erzählen, aber das muss warten, bis ihr raufkommt, und … warte, es hat eben geklingelt, ich will nur rasch nachschauen … ja, Mama“, sagte sie mit einem Lächeln. „Bleib einen Moment dran. Ja?“, rief sie in die Gegensprechanlage.

„Miss Frederica Kimball? Eine Lieferung für Sie.“

„Papa?“

„Was glaubst du denn? Frank Sinatra?“

„Komm rauf, Frankie. Ich wohne in 5 D.“

„Ich weiß, wo du wohnst, Mädchen.“

„Ja, es ist Papa“, sagte Freddie ins Telefon. „Er will dir nur rasch Hallo sagen, falls du noch eine Sekunde Zeit hast.“ Sie war schon dabei, ihre Tür aufzumachen. „Du solltest es sehen, Mama … Ich habe einen Wahnsinnsaufzug, mit schmiedeeisernen Verzierungen und allem Drum und Dran. Und meine Nachbarin auf dem Flur gegenüber ist eine brotlose Dichterin, die nur Schwarz trägt und mit vornehm britischem Akzent spricht. Ich glaube nicht, dass sie jemals Schuhe trägt. Oh, hier kommt der Aufzug. Papa!“

Es war nicht nur Yuri. Hinter ihm kam Mikhail, der eine riesige Kiste schleppte.

„Töpfe und Pfannen“, sagte Mikhail, als er die Kiste mit einem gefährlich klingenden Krachen abstellte. „Deine Grandma befürchtet, dass du nichts hast, womit du kochen kannst.“

„Danke. Mama ist am Telefon.“

„Gib sie mir.“ Mikhail schnappte sich den Hörer in dem Moment, in dem ihr Großvater Freddie in seine Arme zog.

Yuri war ein großer, breit gebauter Mann, der sie drückte, als läge ihr letztes Wiedersehen Jahre und nicht erst ein paar Tage zurück.

„Wie geht es meiner Kleinen?“

„Wundervoll.“ Er roch nach Pfefferminz, Tabak und Schweiß, eine Mischung, die sie wohl ihr ganzes Leben lang mit Liebe und Geborgenheit in Verbindung bringen würde. „Komm, ich mache eine Führung mit dir.“

Yuri rückte seinen Gürtel gerade und schaute sich in ihrem Wohnzimmer um. „Du brauchst Regale.“

„Stimmt.“ Sie klimperte mit den Wimpern. „Tatsächlich habe ich mir schon den Kopf darüber zerbrochen, wo ich einen fähigen Tischler auftreiben könnte, der ein bisschen Zeit ..."

„Ich baue dir deine Regale. Wo sind deine Möbel?"

„Ich kaufe sie mir nach und nach."

„Ich habe einen Tisch in meinem Laden. Er passt gut hier rein."

Er marschierte zu den Fenstern, überprüfte die Verriegelung und ob sie sich ohne Schwierigkeiten öffnen und schließen ließen.

„Gut", verkündete er. Dann untersuchte er gründlich die Fußleisten und wollte eben seine Aufmerksamkeit der Arbeitsplatte in der Küche zuwenden, als Nick hereingeschlendert kam. „Kommst du, um beim Ausladen der Kisten zu helfen?", fragte Yuri.

„Nein." Nick überreichte Freddie ein großes, weiß blühendes afrikanisches Veilchen. „Ein kleines Einstandsgeschenk."

Sie hätte sich nicht mehr freuen können, wenn er auf den Knien hereingerutscht gekommen wäre, mit einem Diamanten von der Größe eines Scheinwerfers in der Hand. „Es ist wundervoll."

„Ich habe mich daran erinnert, dass du Zimmerpflanzen magst." Mit Händen, die sich bereits in seinen Hosentaschen in Sicherheit gebracht hatten, schaute er sich um. „Hattest du nicht etwas von einer kleinen Wohnung gesagt?"

Er schüttelte fassungslos den Kopf. In diese Wohnung passte seine zweimal rein. So viel zur Wahrnehmungsweise der Reichen und Privilegierten. „Du solltest aber auf keinen Fall deine Wohnungstür offen stehen lassen."

Sie hob empört die Augenbrauen. „Ich bin doch nicht allein."

„He, Papa, Tash will mit dir reden. Freddie, hast du irgendwas zu trinken da?"

„Im Kühlschrank", antwortete sie Mikhail, ohne Nick aus den Augen zu lassen. „Dann bist du also hier, um meiner Wohnung den LeBeck-Segen zu erteilen?"

„So ungefähr." Er schlenderte vom Wohnzimmer ins Schlafzimmer hinüber, in dem nicht mehr als ein Schrank, der bereits vollgestopft war mit Kleidern, und ein paar Kisten standen. Auf dem Boden lag ein Teppich, der wahrscheinlich so viel gekostet hatte wie seine Miete fürs ganze Jahr.

„Wo wirst du schlafen?"

„Ich warte auf eine Schlafcouch, die heute geliefert werden soll. Mit dem richtigen Bett möchte ich mir noch Zeit lassen."

„Hmm." Gefährlich, dachte er und begab sich wieder nach nebenan ins Wohnzimmer. An ihr Bett zu denken. Sein Bett. Irgendein Bett. Mit ihr drin. „Die Fenster solltest du besser immer verriegelt lassen", riet er. „Diese Feuerleiter ist eine Einladung."

„Ich bin kein Idiot, Nicholas."

„Nein, nur grün hinter den Ohren." Er schaute gerade rechtzeitig auf, um die Mineralwasserdose aufzufangen, die Mikhail ihm zugeworfen hatte. „Du brauchst ein Sicherheitsschloss an dieser Tür."

„Der Schlosser kommt um zwei. Sonst noch was, Daddy?"

Er warf ihr nur einen finsteren Blick zu. Er brütete noch immer über einer angemessenen Retourkutsche, als der Türsummer erneut ertönte. Offensichtlich eine weitere Lieferung für Miss Kimball.

„Vielleicht ist es ja das Sofa", überlegte Freddie laut, während Nick sich eine Zigarette ansteckte und sich nach einem Aschenbecher umschaute. Freddie fand für ihn eine Seifenschale aus Porzellan, die geformt war wie ein Schwan.

Aber es war nicht das Sofa. Es war alles andere als ein Sofa. Der Mund blieb Freddie offen stehen, als drei muskelbepackte Männer schnaufend einen Konzertflügel in ihre Wohnung hievten.

„Wo soll er hin, Lady?"

„Oh Gott! Oh, mein Gott. Dad." Ihre Augen füllten sich mit Tränen.

„Stellen Sie ihn dort drüben hin", sagte Nick, während Freddie schniefte und sich ihre Wangen abwischte. „Ein Steinway", registrierte er und freute sich für sie. „Typisch. Nur das Beste für unsere kleine Freddie."

„Halt die Klappe, Nick." Noch immer schniefend, nahm Freddie Yuri das Telefon aus der Hand. „Mama. Oh Mama …"

Du hättest mit den anderen gehen sollen, sagte sich Nick, als er sich dreißig Minuten später mit Freddie allein wiederfand. Sie war, immer wieder unterbrochen von glückseligen Aufschluchzern, damit beschäftigt, das herrliche Instrument zu stimmen.

„Hör doch endlich auf zu weinen, ja?" Unbehaglich auf der neuen Klavierbank herumrutschend, schlug Nick das hohe C an.

„Es gibt eben Menschen, die haben Gefühle und schämen sich auch nicht, sie zu zeigen. Los, mach schon, gib mir ein A."

„Gott, was für ein Instrument", murmelte er. „Dagegen hört sich mein kleines Piano wie ein verrosteter Blecheimer an."

Sie schaute ihn an, während sie einen Akkord anschlug. Sie wussten beide, dass er sein Klavier durch ein Instrument ersetzen könnte, das genauso großartig war wie dieses hier. Aber er hing an ihm.

„Sieht ganz danach aus, als könnten wir hier auch arbeiten, wenn wir es wollen." Sie wartete einen Herzschlag lang, streckte die Finger, versuchte sich an einem Arpeggio. „Falls wir etwas zu arbeiten haben."

„Ja, so ungefähr." Entzückt von dem Flügel, begann Nick einen Blues zu improvisieren. „Hör doch nur, was für ein Klang."

„Ich höre es." Ebenso begeistert wie er griff sie seine Melodie auf und spielte die zweite Stimme.

„Na, wie findest du das?"

„Hmm. Oh, übrigens, du hast dir einen Vertrag verschafft, Freddie. Bis Ende der Woche hast du ihn in der Tasche. Du hast an Tempo verloren", beschwerte er sich, als sie mitten in der Bewegung innehielt. „Spiel weiter."

Sie saß nur da, die Hände still auf den Tasten, und schaute ins Leere. „Ich kann nicht atmen."

„Hol ganz tief Luft und lass sie dann wieder raus."

„Ich kann nicht." Sie beugte sich vor und legte den Kopf zwischen die Knie. „Es gefällt ihnen", brachte sie mühsam heraus, während Nick ihr auf den Rücken klopfte.

„Sie sind begeistert. Valentine hat mir erzählt, dass Maddy sagte, es wäre die beste Eröffnungsnummer ihrer Laufbahn, und sie will mehr. Und von dem Lovesong ist sie auch sehr angetan. Aber natürlich war es meine Melodie, auf die sie abgefahren ist."

„Red kein Blech, LeBeck." Trotz ihres scharfen Tonfalls waren ihre Augen schon wieder feucht, als sie den Kopf hob.

„Mach dich nicht schon wieder nass. Du bist jetzt ein Profi."

„Ich bin ein Songwriter." Überglücklich warf sie sich ihm an den Hals. „Wir sind ein Team."

„Sieht ganz danach aus." Er fand sich mit dem Gesicht in ihrem Haar wieder. „Du musst aufhören, dieses Zeugs zu tragen."

„Was für ein Zeugs?"

„Dieses Parfum. Es lenkt mich ab."

Sie war zu überwältigt von ihrem Glück, um Vorsicht walten zu lassen. „Ich liebe es, dich abzulenken." Sie ließ ihre Lippen über seinen Hals wandern, bis sie auf sein empfindsames Ohrläppchen trafen.

Fast wäre es ihm nicht gelungen, sein schlagartig aufsteigendes Begehren zu unterdrücken. Um ein Haar hätte er sie geküsst. Er fluchte. „Lass das." Er ergriff sie bei den Schultern und drückte sie zurück. „Das hier ist eine Arbeitsbeziehung, möchte ich betonen. Ich will nicht, dass wir die Dinge vernebeln."

„Vernebeln? Womit?"

„Mit Hormonen", präzisierte er. „Ich denke nicht mehr mit den Drüsen, Freddie, aus dem Alter bin ich raus. Und du solltest es auch nicht."

Sie fuhr sich mit der Zungenspitze über die Lippen. „Ist irgendwas mit deinen Drüsen, Nicholas?"

„Hör auf damit." Er erhob sich, um etwas Distanz zwischen sich und sie zu bringen. „Was wir brauchen, sind ein paar Grundregeln."

„Fein." Sie schaffte es nicht, ihr Lächeln zu unterdrücken. „Und die wären?"

„Ich werde sie dich zu gegebener Zeit wissen lassen. Bis dahin sind wir Partner. Geschäftspartner." Er entschied, dass es nicht weise wäre, die Vereinbarung per Handschlag zu besiegeln. Nicht bei diesen weichen, schmalen, unglaublich sensiblen Händen. „Profis."

„Profis", stimmte sie zu. Sie legte den Kopf schräg und schlug die Beine geschmeidig übereinander, was ihn veranlasste, eingehend einen Punkt über ihrem Kopf zu betrachten. „Und wann fangen wir an … Partner zu sein?"

6. KAPITEL

Nick wusste, dass Freddie mit ihren Gedanken nicht bei der Arbeit war. Fast zwei Wochen lang waren sie ohne größere Störungen klargekommen, aber je näher der Tag rückte, an dem ihre Familie zur Feier von Nadias und Yuris Hochzeitstag nach New York kommen sollte, desto unkonzentrierter wurde sie.

Er hatte nicht vorgehabt, sie anzuschnauzen, wirklich nicht, aber die Art, wie ihre Gedanken pfeilschnell von einem Thema zum anderen schossen – ein neues Rezept für Appetithäppchen, das sie Rio unbedingt noch geben musste, die Art-déco-Lampe, die sie sich für ihr Wohnzimmer angeschafft hatte, der zungenbrecherische, sprunghafte Text, den sie für eine Nummer im zweiten Akt abgeliefert hatte –, von richtiger Arbeit konnte beim besten Willen keine Rede mehr sein. Und das schon seit drei Stunden.

„Sag mal, warum gehst du nicht einfach einkaufen, lässt dir die Nägel maniküren oder machst sonst irgendetwas ganz Wichtiges?"

Freddie warf ihm einen ausdruckslosen Blick zu und zwang sich, nicht schon wieder auf die Uhr zu schauen. Ihre Familie würde in weniger als drei Stunden eintreffen. Sie war aufgeregt.

„Wir sind eine Verpflichtung eingegangen. Ich nehme meine Verpflichtungen ernst."

„Ich auch. Ich rede nur von ein paar Stunden."

„Ein paar Stunden hier, ein paar Stunden da." Er weigerte sich, sie anzuschauen, als er die Hand ausstreckte, um eine Note auf dem Notenblatt vor ihnen zu verändern. „Es waren eine Menge Stunden in den letzten Tagen." Er griff nach seiner Zigarette, die im Aschenbecher vor sich hin qualmte, und inhalierte tief. „Es muss die Hölle sein, wenn einem bei seinem Hobby immer wieder sein soziales Leben in die Quere kommt."

Sie holte tief Atem in der Hoffnung, es würde helfen. Es half nicht. „Es muss die Hölle sein, wenn einem beim Ausleben seiner Kreativität immer wieder scheinheilige Bemerkungen in die Quere kommen." Dieser Hieb hatte gesessen, genau wie sie es beabsichtigt hatte.

„Warum versuchst du nicht einfach, deinen Job zu machen? Ich kann dich schließlich nicht an den Haaren herbeizerren", revanchierte er sich erbost.

Jetzt kam ihr Atem zischend heraus. „Mich braucht niemand an den Haaren herbeizuzerren. Ich bin hier, oder etwa nicht?"

„Ausnahmsweise." Er warf die Zigarette in den Aschenbecher, wo sie weiter vor sich hin qualmte. „Und warum versuchst du dann nicht, dich ein bisschen zu konzentrieren, damit wir weiterkommen? Nicht jeder hat Daddys Geld im Rücken, manche Leute müssen sich ihren Lebensunterhalt mit eigener Hände Arbeit verdienen."

„Das ist unfair."

„Das ist Tatsache, Kleine. Und ich will keine Partnerin, die nur Songwriter spielt, solange es in ihren Terminkalender reinpasst."

Freddie drehte sich halb um, um ihn besser anschauen zu können. „Ich arbeite genauso hart wie du, sieben Tage die Woche, seit fast drei Wochen jetzt."

„Außer wenn du dir gerade Bettwäsche oder Lampen kaufen oder darauf warten musst, dass dein Bett geliefert wird."

Er köderte sie ganz bewusst, und sie schluckte den Köder. „Wenn du dich nicht geweigert hättest, in meiner Wohnung zu arbeiten, hätte ich mir dafür nicht freizunehmen brauchen."

„Ja, toll. In dem ganzen Dreck von Yuris Sägespänen und dem Höllenlärm, den er veranstaltet."

„Ich brauche nun mal Regale." Sie tat ihr Bestes, ihren Zorn im Zaum zu halten, während er dem seinen die Sporen zu geben schien. „Und es war ja wohl kaum mein Fehler, dass das Bett drei Stunden später als angekündigt kam. Immerhin habe ich in dieser Zeit den Refrain des ersten Solos im zweiten Akt fertig gemacht."

„Ich habe dir gesagt, dass es Arbeit ist." Ohne eine Antwort abzuwarten, begann Nick wieder zu spielen.

„Und das Solo ist gut."

„Es bedarf der Überarbeitung."

Sie atmete laut aus, aber sie ließ sich nicht dazu herab, ihm zu widersprechen. „Also schön, ich feile weiter daran. Es würde helfen, wenn die Melodie nicht so flach wäre."

Das war der Gipfel. „Erzähl mir nicht, dass die Melodie flach ist!", explodierte er. „Wenn du nicht genügend Fantasie hast, um dir einen Text dafür einfallen zu lassen, mache ich es eben selbst."

„Ach wirklich? Wo du doch mit Worten so ein glückliches Händchen hast.“ Ihre Worte trieften förmlich vor Sarkasmus, als sie sich erhob. „Nur zu, Lord Byron, schreiben Sie uns ein Gedicht.“

Er schien sie mit Blicken erdolchen zu wollen. „Komm mir jetzt nicht mit deiner vornehmen Erziehung, Freddie. Ein College besucht zu haben bedeutet noch lange nicht, dass man ein guter Texter ist, und Beziehungen nützen da auch nichts. Ich habe dir eine Verschnaufpause gegeben, und die hättest du wenigstens nutzen können.“

„Du gibst mir eine Verschnaufpause.“ In ihrer Stimme schwang ein Grollen mit, wild und gefährlich. „Du eingebildeter, überheblicher Idiot! Alles, was du mir gegeben hast, ist Kummer. Ich gebe mir meine Verschnaufpausen selber. Dafür brauche ich dich nicht. Und wenn dir meine Arbeitsgewohnheiten nicht passen oder die Ergebnisse, beschwer dich doch beim Produzenten über mich.“

Sie stürmte durchs Zimmer, wobei sie unterwegs ihre Handtasche einsammelte.

„Wo zum Teufel willst du hin?“

„Mir die Nägel maniküren lassen“, schoss sie zurück und war schon an der Tür.

„Wir sind noch nicht fertig. Los, setz dich wieder hin und tu, wofür man dich bezahlt.“

Sie wollte schon hinausstürmen, dann aber entschied sie sich für einen würdevolleren Abgang. „Lass uns eines ein für alle Mal klarstellen. Wir sind Partner, Nicholas, und das bedeutet, dass du nicht mein Boss bist. Verwechsle die Tatsache, dass ich dir bis jetzt erlaubt habe, den Ton anzugeben, bitte nicht mit Unterordnung.“

„Du hast mir erlaubt, den Ton anzugeben?“, fragte Nick reichlich fassungslos. „Soll das ein Witz sein?“

„Überhaupt nicht. Es ist völlig korrekt. Ebenso wie ich deine sprunghaften Launen, deine Schlamperei und deine Angewohnheit, bis in die Puppen zu schlafen, hingenommen habe. Das sind alles Dinge, die ich toleriert habe in der Annahme, dass sie zu deiner Kreativität eben dazugehören. Ich arbeite hier in diesem Saustall, in dem du lebst, richte meinen Terminkalender nach deinen Bedürfnissen aus, ja, ich bemühe mich sogar, das Äußerste aus zweitklassigen Melodien herauszuholen. Zu all dem bin ich bereit. Aber ich bin nicht bereit, mir hässliche Bemerkungen, Beleidigungen oder gar

Drohungen anzuhören."

Seine Augen glitzerten jetzt. Zu einem anderen Zeitpunkt hätte sie vielleicht die goldenen Einsprengsel in dem Grün bewundert. „Niemand droht dir, lass dir das gesagt sein. So, und wenn du dich jetzt beruhigt hast, können wir ja wieder an die Arbeit gehen."

Sie boxte ihm ihren Ellenbogen in die Rippen, wobei sie seinen Rat beherzigte, die ganze Körperkraft in einen solchen Stoß zu legen. Er schwankte noch, als sie die Tür aufriss.

„Scher dich zum Teufel, du blöder Idiot!", zischte sie fuchsteufelswild und knallte ihm beinahe die Tür ins Gesicht.

Er wäre fast, um ein Haar, hinter ihr hergerannt. Aber er war sich todsicher, dass er sie dann entweder erwürgen oder ins Bett zerren würde. Beides wäre ein Fehler gewesen.

Was ist bloß in sie gefahren?, rätselte er, während er sich seine schmerzenden Rippen rieb und wieder zum Klavier zurückging. Das Mädchen, das er gekannt hatte, war immer leicht lenkbar, fast ein bisschen scheu gewesen und so sanft wie ein Sonnenaufgang.

Das zeigte wieder einmal, was passierte, wenn aus kleinen Mädchen Frauen wurden. Ein bisschen konstruktive Kritik reichte aus, um sie zu Furien werden zu lassen.

Verdammt, der Refrain musste überarbeitet werden. Der Text entsprach nicht ihrem üblichen Niveau. Und er war der Erste, der bereit war zuzugeben, dass ihr Niveau erstaunlich hoch war.

Gedankenverloren strich er mit der Hand über die Kante des Klaviers. Nun ja, vielleicht hatte er das bisher noch nicht zugegeben. Nicht richtig jedenfalls. Aber schließlich wusste sie doch, wie er dachte. Sie musste es einfach wissen.

Übellaunig versuchte er sich den Kopfschmerz wegzumassieren, der sich hinter seiner Stirn einzunisten begann. Vielleicht war er ja ein bisschen hart mit ihr umgesprungen, aber sie brauchte ab und zu eine feste Hand. Schließlich war sie ihr ganzes Leben verhätschelt worden, oder etwa nicht? Dies zeigte sich schon allein darin, wie sie ohne mit der Wimper zu zucken ihre Prioritäten verlagerte.

Wie lange brauchte man, um sich in einer neuen Wohnung einzurichten? Wie viele Möbel musste man sich anschaffen? Nach Rachels und Zacks Auszug hatte er sich innerhalb von ein paar Stunden hier heimisch gemacht.

Nick runzelte die Stirn, drehte sich um und ließ seinen Blick durch das Zimmer schweifen. Also schön, es war vielleicht ein bisschen unordentlich, aber er fühlte sich wohl.

Nein, diese Wohnung war ein Saustall. Er hatte ja vorgehabt aufzuräumen, doch wozu der Aufwand, wenn es ohnehin wieder unordentlich wurde? Und er hatte geplant, die Wände zu weißeln und vielleicht irgendwann diesen Stuhl mit dem abgebrochenen Bein rauszuschmeißen.

Es war keine große Sache, er konnte es an einem Wochenende schaffen. Er brauchte nicht so einen Palast, wie Freddie ihn sich ein paar Häuserblocks weiter hinstellte. Er konnte überall arbeiten.

Es war nur ärgerlich, dass, je mehr Zeit sie in diesen Räumen verbrachte, diese Räume ihm umso vergammelter vorkamen. Aber das ging nur ihn etwas an, und er brauchte ihre spitzen Bemerkungen über die Art, wie er lebte, nicht.

Entschlossen, sie aus seinen Gedanken zu verbannen, begann er wieder zu spielen. Als er bei der dritten Zeile angelangt war, hatte sich sein Gesicht vollends verfinstert.

Verdammt, die Melodie war flach.

Freddie legte in ihrer Wohnung letzte Hand an den Begrüßungsimbiss, den sie für ihre Familie vorbereitet hatte. Fast begann sie es schon zu bereuen, dass sie nicht eine größere Wohnung gemietet hatte. Wenn sie zwei Schlafzimmer hätte, könnte die ganze Familie bei ihr übernachten, statt sich bei Alex und Bess einquartieren zu müssen.

Nun, zumindest hatte sie noch ein bisschen Zeit für sich, ehe das Fest anfing. Und sie wollte, dass alles perfekt war.

Das ist genau dein Problem. Ihre Schultern fielen herab, während sie den Käse und die Früchte auf dem Teller arrangierte. Immer muss alles perfekt sein, um dich zufriedenzustellen. Gut ist nicht genug. Wundervoll ist nicht genug. Perfekt muss es sein, ansonsten gehört es rausgeschmissen.

Sie hatte Nick gerade eben fertiggemacht, weil er nicht perfekt war.

Obwohl er es verdient hatte, wie sie sich eilig versicherte. Sie als ein verwöhntes Gör hinzustellen, das nur nach Lust und Laune arbeitete! Das hatte wehgetan, vor allem deshalb, weil sie sich nach seiner Achtung ebenso sehnte wie nach seiner Liebe. Und noch mehr schmerzte es, dass er nicht zu begreifen schien, wie viel ihr das alles bedeutete.

Natürlich war es aufregend, jetzt in New York zu wohnen, aber es war ihr auch schwergefallen, von zu Hause wegzugehen. Den Text für ein Musical zu schreiben war ihr Traum gewesen, aber es war auch harte Arbeit. Und die Möglichkeit eines Misserfolges schwebte wie ein Damoklesschwert über ihrem Kopf.

Wusste er denn nicht, dass sie, wenn sie als seine Partnerin versagte, in allem versagen würde, was sie sich je in ihrem Leben gewünscht hatte? Es war nicht einfach nur ein Job für sie, und ganz gewiss war es kein Hobby, so wie er behauptet hatte. Es war schlicht und ergreifend ihr Leben.

Diese Überlegungen bewirkten, dass ihre Augen anfingen zu brennen. Sie zwang sich, ihre Gedanken auf den vor ihr liegenden Abend zu richten.

Es würde perfekt werden … Sie fluchte leise, als sie sich fast in den Finger anstatt die Selleriestange geschnitten hätte. Die ganze Familie in einem Raum, um den Hochzeitstag zweier Menschen zu feiern, die sich ihr ganzes Leben lang geliebt hatten und sich immer noch liebten, miteinander schwere Zeiten überstanden hatten und gute Zeiten miteinander teilten. Da es ihr wichtig war, hatte sie einen Großteil der Planung für Yuris und Nadia Hochzeitstag selbst übernommen. Sie hatte die Blumen ausgewählt und bestellt, hatte Rio bei der Menüzusammenstellung geholfen und sich um unzählige andere Details gekümmert.

Während Nick wie üblich den Morgen verschlafen hatte, hatte sie das „Lower the Boom“ dekoriert. Sie und Rachel und Zack hatten erst alles geschrubbt, bis jeder Quadratzentimeter glänzte. Bess hatte ihr geholfen, die Luftballons aufzuhängen, und Alex hatte sich eine Stunde freigenommen, um auch ein bisschen mit anzupacken. Sydney und Mikhail waren vorbeigekommen, um bei Rio in der Küche Hand anzulegen.

Alle hatten geholfen. Bis auf Nick. Er hatte nicht einmal seine Unterstützung angeboten.

Nein, sie würde nicht wieder an ihn denken. Jetzt würde sie nur noch daran denken, wie sie alle zusammen ihren Großeltern den Abend so schön wie möglich gestalten konnten.

Als der Summer ertönte, raste sie an die Tür, jedoch nicht, ohne sich vorher noch einmal umzudrehen, um zu überprüfen, ob auch alles an Ort und Stelle war.

„Ja?"

„Hallo, Mädchen! Die Kimball-Crew meldet sich vollzählig zur Stelle."

„Dad! Ihr seid früh dran. Kommt rauf, kommt schnell rauf. Fünfter Stock."

„Wir sind schon unterwegs."

Freddie beeilte sich, das Sicherheitsschloss zu öffnen und die Kette zu lösen. Sie konnte nicht abwarten, sie rannte hinaus zum Aufzug und trat nervös von einem Fuß auf den anderen, sobald sie hörte, dass der Lift sich in Bewegung setzte.

Sie erblickte sie hinter der schmiedeeisernen Gittertür, als die Kabine anhielt. Ihr Vater mit dem hellen Haar, in dem sich die ersten grauen Strähnen zeigten, die lebenslustigen dunklen Augen ihrer Mutter, Brandon, dem die Baseballkappe schief über den Ohren saß, und Katie, die sich bereits aufgeregt an den Gitterstäben zu schaffen machte, um sie zurückzuziehen.

„Freddie, eine tolle Gegend!" Katie, mittlerweile so groß wie ihre Schwester, umarmte sie stürmisch. „Auf der anderen Straßenseite ist ein Ballett-Studio. Ich hab sie durch das große Fenster tanzen sehen."

„Na und?", tat Brandon schnöde ab. „Gibt's was zu essen?"

„Steht alles bereit", versicherte Freddie. Brandon ist eine wahrlich aufsehenerregende Mischung von Mom und Dad, dachte sie. „Die Tür ist offen", sagte sie, als er sie mit einem knappen Kuss begrüßte und sich an ihr vorbeischob.

„Dad." Sie kicherte vergnügt, als er sie hochhob und mit strahlenden Augen betrachtete. „Ach, es ist so schön, euch alle hierzuhaben." Und sie blinzelte Tränen zurück, als sie sich in Natashas offene Arme warf. „Ich habe euch schrecklich vermisst."

„Das Haus ist nicht mehr dasselbe, seit du weg bist." Natasha genoss die Umarmung, dann hielt sie Freddie von sich ab. „Sieh dich nur an! So schlank, so elegant. Spence, wo ist unser kleines Mädchen geblieben?"

„Sie muss irgendwo da drinnen sein." Er beugte sich vor und küsste seine Tochter auf die Wange. „Wir haben dir etwas mitgebracht."

„Noch mehr Geschenke?" Lachend legte sie beide Arme um ihre Eltern und führte sie in die Wohnung. „Ich habe den Flügel noch nicht richtig verdaut, Dad. Ein wunderschönes Instrument."

Er nickte, als er das dunkle Holz im Sonnenlicht schimmern sah, das durch das Fenster hereinfiel. „Du hast den richtigen Platz gewählt."

Sie wollte gerade sagen, dass Nick den Platz ausgesucht hatte, schüttelte dann aber nur den Kopf. „Es könnte gar keinen falschen Platz geben."

„Hast du auch was anderes da als Karnickelfutter?" Brandon kam aus der Küche, eine Selleriestange in der Hand.

„Du kannst dich nachher auf der Feier vollstopfen."

„Mama! Dad! Kommt her", rief Katie aus dem Schlafzimmer. „Das müsst ihr euch ansehen."

„Mein Bett", erklärte Freddie ihren verdutzten Eltern. „Es ist gestern geliefert worden."

Es war wirklich ein prachtvolles Stück. Da der Raum geräumig genug war, hatte sie sich auch den Luxus eines großen Betts geleistet. Die Messingstäbe, dekoriert mit Blumenmotiven und kleinen Vögeln, hatten bereits Patina angesetzt, was dem Ganzen einen fast antiken Eindruck verlieh.

„Wow!" war alles, was Brandon dazu sagte, den Mund voll mit dem ach so gering geschätzten Kaninchenfutter.

„Wie aus einem Märchen", murmelte Natasha.

„Genau." Freddie fuhr strahlend mit einem Finger über das Fußende. Wenn jemand das Gefühl nachempfinden konnte, das sie beim Anblick dieses Betts empfunden hatte, dann ihre Mutter. „Und Papa hat die Regale gebaut, damit ich Onkel Miks Figuren aufstellen kann. Den Spiegel hier habe ich in einem Antiquitätenladen gefunden." Sie zog eine Grimasse, als sie auf die Kartons zeigte, die darunter standen. „Aber ich habe noch keine passende Kommode gefunden."

„Du hast schon viel erreicht in weniger als einem Monat", stellte Spence fest. Es versetzte seinem Herzen einen kleinen Stich. Aber es würde wohl immer so sein, wenn er daran dachte, dass sein Baby nicht mehr bei ihm lebte. Aber da war auch der Stolz eines Vaters. Und das war das Gefühl, das in seinen Augen lag, als er den Arm um ihre Schultern legte und sie zu sich heranzog. „Wie ich höre, kommen Nick und du gut voran mit dem neuen Musical."

„Mal besser, mal schlechter." Sie zwang sich zu einem Lächeln, als sie ins Wohnzimmer zurückgingen. Brandon lümmelte sich auf der Couch herum, und Katie versuchte vom Fenster aus einen Blick nach unten in das Ballett-Studio zu erhaschen.

„Ich muss mich noch für die Party umziehen", sagte Freddie eine Weile später, nachdem alle Neuigkeiten berichtet waren. „Wir sollten früh genug dort sein. Hast du die Tickets, Dad?"

„Aber ja." Er klopfte sich leicht auf die Brusttasche seines Jacketts. „Zwei offene Tickets für Paris, Hin- und Rückflug, sowie die Reservierung der Flitterwochen-Suite im Ritz."

„Mama und Papa wieder zusammen in Europa, nach all den Jahren ..."

Spence strich seiner Frau sanft über die dunklen Locken. „Es wird bestimmt nicht so aufregend wie damals, als sie in einem Fuhrwerk übers Gebirge gefahren sind."

„Nein." Sie lächelte melancholisch. Die Erinnerung an die Flucht aus der Ukraine, an die Angst, die Kälte und den Hunger würde wohl nie ganz verblassen. „Aber ich kann mir denken, dass sie diese Reise hier vorziehen werden." Wieder einmal fiel ihr der besorgte Ausdruck in Freddies Augen auf, den sie seit der Ankunft ihrer Familie zu verheimlichen suchte. „Weißt du, du und die Kinder, ihr solltet schon mal zur Bar rübergehen. Vielleicht können Zack und Nick ja noch Hilfe gebrauchen." Sie lächelte ihren Mann an. „Ich bleibe mit Freddie hier und helfe ihr ein bisschen, sich zurechtzumachen."

Er verstand den Wink, wunderte sich aber trotzdem. „Na schön. Aber der erste Tanz gehört mir."

„Wie immer." Sie küsste ihn auf die Wange, scheuchte die Kinder und Spence zur Tür hinaus und akzeptierte das Glas Wein, das Freddie ihr reichte. „Zeig mir, was du heute Abend tragen wirst."

„Als ich mir das Kleid kaufte, war ich überzeugt, damit zur betörendsten Frau des Abends zu werden. Aber nachdem ich dich jetzt sehe ..." Bewundernd und voller Stolz musterte sie ihre Mutter, die in dem karmesinroten Seidenkleid und mit den langen schwarzen Locken schön und exotisch wie eine Zigeunerin aussah. „Ich werde mich wohl mit dem zweiten Platz zufriedengeben müssen."

Natasha lachte herzlich auf und ging voran ins Schlafzimmer. „Vor deinem Vater solltest du besser nicht davon reden, dass du sexy aussehen willst. So weit ist er noch nicht."

„Aber den Umzug hat er doch verkraftet, oder?"

„Du fehlst ihm. Manchmal geht er in dein Zimmer, als würde er darauf warten, dass du jeden Moment auftauchst – mit Zöpfen. Ich übrigens auch", gab sie zu und setzte sich auf das Bett. „Aber ja, er hat es verkraftet. Mehr noch, er ist sehr stolz auf dich. Und das nicht nur wegen der Musik."

Natasha war völlig perplex, als Freddie sich neben ihr auf das Bett sinken ließ und in Tränen ausbrach.

„Aber Liebes ... Kleines, was ist denn los?" Sie streichelte ihr beruhigend über den Rücken.

„Tut mir leid." Sie lehnte den Kopf bei ihrer Mutter an und fühlte sich geborgen. „Wahrscheinlich braut sich das schon den ganzen Tag zusammen. Die ganze Woche ... ach was, mein ganzes Leben. Wahrscheinlich bin ich einfach nur verwöhnt und verweichlicht."

Natasha fühlte sich sofort persönlich beleidigt. Energisch hielt sie Freddie von sich ab. „Du bist weder das eine noch das andere! Was hat dich nur dazu verleitet, einen solchen Unsinn zu denken?"

„Nicht was, sondern wer." Wütend auf sich selbst, kramte Freddie hektisch nach einem Taschentuch. „Ach Mama, Nick und ich haben uns heute fürchterlich gestritten."

So war das also. Natasha seufzte still. Sie hätte es wissen müssen. „Wir streiten oft mit den Menschen, die uns lieb sind, Freddie. Du solltest es nicht so schwer nehmen."

„Es war nicht nur eine harmlose Reiberei, so wie sonst. Wir haben einander schreckliche Dinge an den Kopf geworfen. Er hat nicht den geringsten Respekt für mich. Nicht für mich, nicht für meine Arbeit, nicht für das, was ich erreichen will. Seiner Meinung nach bin ich nur hier, um mir ein wenig die Zeit zu vertreiben und Spaß zu haben. Sollte ich auf die Nase fallen, kann ich ja jederzeit wieder nach Hause zurückkehren."

„Und das kannst du auch, wenn du uns brauchst. Dafür ist die

Familie schließlich da. Aber nur, weil da jemand ist, auf den du dich verlassen kannst, heißt das nicht, dass du nicht selbstständig bist und auf eigenen Füßen stehst."

„Das weiß ich." Trotzdem tat es gut, es zu hören. „Aber er denkt … Oh, ich wünschte, es würde mich nicht interessieren, was er denkt!", unterbrach sie sich bitter. „Aber ich liebe ihn. Ich liebe ihn so sehr."

„Ich weiß", sagte Natasha sanft.

„Nein, Mama." Freddie atmete tief durch und sah ihrer Mutter direkt in die Augen. „Es ist nicht so wie bei Katie oder Brandon oder den anderen in der Familie. Ich liebe ihn."

„Ich weiß", wiederholte Natasha. Sie strich Freddie das Haar aus der Stirn. „Ich kann es sehen. Du hast schon vor Jahren aufgehört, ihn mit den Augen eines Kindes zu betrachten. Und es tut weh."

Getröstet legte Freddie ihren Kopf wieder an Natashas Schulter. „Es sollte aber nicht wehtun. Vorher war es so einfach, ihn zu lieben." Sie schnüffelte. „Jetzt sieh mich nur an. Ich heule wie ein Baby."

„Du hast doch Gefühle, oder? Und du hast das Recht, sie zu zeigen."

Freddie musste lächeln. „Oh ja, heute Nachmittag habe ich sie sehr deutlich gezeigt. Ich habe Nick gesagt, dass er schlampig und überheblich sei."

„Nun, das ist er ja auch."

Freddie stand auf und marschierte im Zimmer auf und ab. „Das kann man wohl sagen! Aber er ist auch freundlich und gutherzig und großzügig und liebevoll. Nur manchmal kann man das leicht vergessen, weil er immer noch diese harte Schale um sich trägt."

„Sein Leben war nicht einfach, Freddie."

„Im Gegensatz zu meinem." Sie strich mit einem Finger über die kleine Skulptur einer schlafenden Prinzessin, die Mik für sie gemacht hatte. „Dad hat so hart gearbeitet, um mir alles geben zu können, was ein Kind sich wünscht. Und dann kamst du hinzu, du und deine ganze Familie, und ihr habt das Bild komplett gemacht. Nick war schon fast ein Mann, als wir in seinem Leben auftauchten, und die Jahre davor haben Narben hinterlassen. Aber, Mama, ich liebe den ganzen Menschen, mit allem, was zu ihm gehört."

„Dann wirst du auch lernen müssen, den ganzen Menschen zu akzeptieren."

„Langsam beginne ich das zu verstehen. Dabei hatte ich alles so schön und genau geplant." Sie drehte sich um und zog eine Grimasse. „Aber so einfach ist das nicht, einen Mann dazu zu bringen, dass er sich in dich verliebt."

„Willst du denn, dass es einfach ist?"

Ich dachte, ich wollte es. Aber jetzt weiß ich nicht mehr, was ich will. Und erst recht weiß ich nicht, was ich tun soll."

„Nun, ein Teil zumindest ist wirklich ganz leicht." Natasha erhob sich, nahm Freddie das zerknüllte Taschentuch aus der Hand und tupfte ihr die Tränen von den Wangen. „Sei einfach du selbst. Bleib dir und deinem Herzen treu. Und übe Geduld." Sie lachte, als Freddie die Augen verdrehte. „Ich weiß, du warst nie sehr geduldig. Trotzdem … warte ab, was passiert, wenn du einen Schritt zurück machst, anstatt ständig vorzupreschen. Wenn er von allein zu dir kommt, weißt du, dass du dein Ziel erreicht hast."

„Geduld also." Freddie seufzte schwer. „Na schön, ich werd's versuchen." Sie legte den Kopf schief. „Mama, bin ich eigentlich rechthaberisch?"

„Ein bisschen vielleicht."

„Stur?"

Natasha verkniff sich ein Grinsen. „Etwas mehr als nur ein bisschen."

Freddies Lippen zuckten. „Sind das nun Schwächen oder Tugenden?"

„Beides." Natasha küsste sie auf die Nasenspitze. „Eine verliebte Frau muss etwas herrisch sein, und sie muss auch dickköpfig sein. Und jetzt geh und wasch dir das Gesicht. Du wirst dich jetzt schön machen – damit er so richtig leidet."

„Eine großartige Idee."

Nick beschloss seinen Groll zu vergessen. Weil es Yuris und Nadias Abend war, wollte er ihn nicht dadurch verderben, dass er Freddie schnitt. Sosehr sie es auch verdient haben mochte.

Und vielleicht, aber nur vielleicht, fühlte er sich ja auch ein klein bisschen schuldig. Besonders nachdem er nach unten gekommen war und gesehen hatte, wie viel Zeit und Arbeit sie investiert hatte, um die Bar festlich zu dekorieren. Wenn irgendjemand sich heute Mittag die Mühe gemacht hätte, ihn aufzuwecken, hätte er mit angepackt. Mit einem Fingerschnippen brachte er die weißen Hochzeitsglocken aus Spitze, die über der Bar hingen, zum Tanzen.

An Hochzeitsglocken hätte er nicht gedacht, das musste er einräumen. Ebenso wenig wie an die Körbe und Eimer mit Blumensträußen, die den Raum mit ihrem Duft erfüllten, oder die weißen Turteltäubchen, die von der Decke herabhingen, oder die eleganten Kerzen in den silbernen Leuchtern auf den Tischen.

Es musste sie eine Menge Zeit und Arbeit gekostet haben, diese Sachen zusammenzutragen. Deshalb hätte er vielleicht ein bisschen geduldiger mit ihr sein können, als er ihr vorgeworfen hatte, dass sie wie eine wild gewordene Hummel durch die Gegend schoss und mit ihren Gedanken so offensichtlich ganz woanders war.

Nun, jetzt hatte er ihr verziehen.

„He, Nick, hast du diese genialen Fleischbällchen schon probiert?“

Er drehte sich um und lächelte Brandon an. „Ich war drauf und dran, aber bei dem Versuch, mir zwei zu stibitzen, hat Rio mir fast die Hand abgehackt.“

„Mir nicht.“ Mit einem triumphierenden Grinsen schob sich Brandon ein auf einen Zahnstocher aufgespießtes Fleischbällchen in den Mund. „Hast du schon Freddies irres Bett gesehen?“

„Ihr Bett?“ Schuldgefühl, Angst und geheime Lust ließen seine Stimme schärfer als beabsichtigt klingen. „Natürlich nicht. Warum?“

„Es ist der totale Wahnsinn, sag ich dir. Groß wie ein See.“ Brandon setzte sich und wartete mit seinem gewinnendsten Lächeln auf. „Was ist mit einem Bier, Nick?“

„Nichts dagegen.“

„Ich meinte für mich“, beschwerte sich Brandon, als Nick sich ein Bier einschenkte.

„Klar, Kleiner, sicher. In deinem Traum.“ Er klopfte Brandon belustigt auf die Schulter und wandte den Kopf, als die Tür aufging. Und war sehr froh, dass er bereits geschluckt hatte.

Natasha, Freddies Mutter, sah großartig aus, eine elegante Zigeunerin in schwingender roter Seide, aber Nicks Blick klebte an Freddie.

Sie sah aus wie in Mondlicht gehüllt. Er versuchte sich einzureden, dass das Kleid einfach nur grau wäre, aber der Stoff glitzerte wie mit Tausenden silbernen Lichtern bestickt. Es umschloss ihre zierliche Gestalt so eng wie ein Handschuh. Und die Art, wie ihr das üppige Haar gekonnt ungebärdig frisiert über die Schultern fiel, legte die Vermutung nahe, dass sie eben aus dem überdimensionalen Bett, von dem Brandon ihm erzählt hatte, gestiegen sei.

Natasha kam schnurstracks auf ihn zu, um ihn herzlich zu begrüßen, und Freddie rang sich ein distanziertes Lächeln ab, wobei sie es jedoch vermied, seinem Blick zu begegnen.

„Neuer Anzug?", erkundigte sich Freddie, nur um etwas zu sagen und weil ihr klar geworden war, dass sie für mehrere Sekunden auf sein Revers gestarrt hatte. Das schwarze Jackett war erstklassig geschnitten und saß wie angegossen, doch sie würde sich lieber die Zunge abbeißen, als dies laut zu sagen.

„Ich dachte mir, er wäre der besonderen Gelegenheit angemessen."

Aber für eine Krawatte hat es anscheinend nicht mehr gereicht, dachte sie bissig. Die obersten Knöpfe seines schwarzen Hemdes hatte er offen gelassen, was die lässige Eleganz, die er ausstrahlte, noch unterstrich – ebenso wie das Bier in seiner Hand und das herausfordernde Glitzern seiner Augen, als sie schließlich wieder aufschaute. Sie hoffte, durch ihr gleichmütiges Schulterzucken verbergen zu können, wie gefährlich – und aufregend – er aussah. Dieser Mann verdiente ihre Komplimente nicht, so wie er sich heute ihr gegenüber verhalten hatte.

„Du siehst großartig aus", warf Natasha jetzt ein.

„Danke."

„Alles ist perfekt. Es hat mir Riesenspaß gemacht, den Raum zu schmücken", sagte Freddie und drehte sich langsam im Kreis, um sich zu vergewissern, ob auch wirklich alles an seinem Platz war.

„Das hast du wirklich toll hingekriegt." Es kam Nick so vor, als hisse er die weiße Flagge. Aber sie warf ihm nur einen nichtssagenden Blick über die Schulter zu. „Wirklich", bekräftigte er noch einmal. „Es muss dich eine Menge Zeit gekostet haben."

„Kein Problem. Nach Ansicht gewisser Leute habe ich ja nichts in solchen Mengen wie Zeit. Brandon, hilfst du mir mal? Onkel Mik muss jeden Moment mit Papa und Grandma hier sein."

„Er holt sie nicht ab", brummte Nick in sein Bier.

„Was soll das heißen, er holt sie nicht ab? Natürlich holt er sie ab. Ich habe dafür gesorgt, dass er es tut."

„Und ich habe es wieder rückgängig gemacht", gab Nick gelassen zurück, dann fügte er hinzu: „Sie kommen in einer Limo."

Sie zwinkerte verdutzt. „In einer Limo?"

„Irgendjemand hat mich auf diese glänzende Idee gebracht", sagte er und warf ihr ein spöttisches Grinsen zu. „Immerhin ist es ja ihr Hochzeitstag. Es gibt Leute, die bestellen sich eine Limo, wenn sie nur zum Essen fahren."

Freddie gab einen erstickten Laut von sich, der Brandon veranlasste, seiner Mutter einen vielsagenden Blick zuzuwerfen.

„Gleich geht's los", murmelte er und beugte sich gespannt vor.

„Das war sehr aufmerksam von dir, Nicholas." Freddies Stimme war jetzt wieder kühl und kontrolliert, woraufhin ihr Bruder enttäuscht aufseufzte. „Ich bin mir sicher, dass sie es zu schätzen wissen. Und natürlich ist es nicht viel Aufwand, zum Hörer zu greifen und einen Wagen zu bestellen. Ich gehe in die Küche, um Rio zu helfen."

Sie stolzierte hinaus. So beschrieb Nick es für sich zumindest. In sich hinein brummend, schob er sein Bier beiseite. Allem Anschein nach würde es eine lange, lange Nacht werden.

7. KAPITEL

Freddie hasste die Tatsache, dass sie Nick nicht lange böse bleiben konnte. Kühl, ja, bewusst auf Distanz achtend, ja, aber nicht böse. Die Bar war angefüllt mit Lärm und Menschen, da war es nicht schwer, auf Distanz zu bleiben.

Sie konnte eben nur nicht wütend auf ihn sein, nicht nach dem, was er für ihre Großeltern getan hatte. So oder so, zum Grübeln blieb sowieso keine Zeit. Da waren Reden zu halten, Trinksprüche auszubringen, gutes Essen zu kosten, Tänze zu tanzen.

Nicht dass Nick sie aufgefordert hätte. Er tanzte mit ihren Tanten, ihrer Mutter, Nadia, Verwandten, Bekannten und Freunden. Und natürlich mit der überwältigend sexy aussehenden Lorelie.

Nun, wenn er sich einbildete, er könnte sie den ganzen Abend schneiden – das konnte sie besser!

„Tolle Party!“, schrie Ben ihr ins Ohr.

„Ja, nicht wahr?“ Sie schaffte es zu lächeln, während er sie über die Tanzfläche zog.

„Ich kenne Zacks Verwandtschaft schon seit Jahren. Klasse Leute!“

„Die besten, die es gibt.“ Ihr Lächeln wurde herzlicher, als sie Alex mit seiner Mutter auf der Tanzfläche erblickte.

„Sag mal, ich hatte mir überlegt …“ Ben kam aus dem Takt und verfehlte ihre Zehen nur knapp. „’tschuldigung. Hab die Tanzschule nie zu Ende gemacht.“

„Nein, du tanzt doch recht gut.“ Wenn man davon absah, dass er ihr fast das Handgelenk brach, weil er ihren Arm wie einen Pumpschlegel auf und ab riss. Sie griff nach dem erstbesten Rettungsring, der ihr einfiel. „Hast du schon das Essen probiert? Rio hat sich selbst übertroffen.“

„Dann lass uns ans Büfett gehen.“

Sieh sie sich nur einer an, dachte Nick, während Lorelie schmachtend an seinem Hals hing, und sah mit grimmiger Miene zu Freddie hinüber. Sie flirtet schamlos mit Ben. Jeder mit einem Fünkchen Verstand hätte sehen können, dass sie nicht interessiert war. Sie führte ihn nur an der Nase herum. Typisch Frau!

„Nick, Liebling.“ Lorelies samtige Stimme unterbrach seine düsteren Gedankengänge. „Du bist meilenweit weg von hier. Ich habe ja regelrecht das Gefühl, allein zu tanzen."

Er lächelte sie so charmant an, dass sogar die bewanderte Lorelie fast hätte glauben können, dass er an niemand anderen als an sie dachte. „Ich habe nur gerade gecheckt, ob ich mich vielleicht mal um die Bar kümmern sollte."

„Das hast du vor fünf Minuten schon getan." Lorelie zog einen hübschen Schmollmund. Sie wusste genau, wann sie die volle Aufmerksamkeit eines Mannes hatte – und wann nicht. Aber sie sah die Dinge sehr philosophisch. So attraktiv Nick auch sein mochte, es gab auch noch andere gut aussehende Männer. „Warum besorgst du mir dann nicht ein Glas Champagner?"

„Klar, mach ich." Er war erleichtert, von ihr wegzukommen. Schon den ganzen Abend hing sie an ihm wie eine Klette. Und je mehr jemand klammerte, desto mehr war er entschlossen, den Griff abzuschütteln.

Irgendwie klickte es einfach nicht zwischen ihnen beiden. Er war sicher, es würde ihr nicht das Herz brechen, aber die Erfahrung hatte ihn gelehrt, dass Frauen selbst die einträchtigste Trennung nicht besonders gut aufnahmen.

Er würde es behutsam machen. Je früher er sich von ihr trennte, desto besser. Für sie.

Bei dieser Vorstellung kam er sich wie ein richtiger Menschenfreund vor, und beflügelt ließ er den Korken der neuen Champagnerflasche laut knallen.

„Wieso kriegen wir eigentlich nur Musik aus diesem komischen Kasten?" Yuri versetzte Nick einen kameradschaftlichen Schlag auf die Schultern, der einen Bären umgehauen hätte. „Bist du Klavierspieler oder nicht?"

„Sicher, aber ich bin gerade beschäftigt."

„Ich will Musik von meiner Familie. Das ist doch meine Feier, oder?"

„Auf jeden Fall! Okay, Papa, du hast es so gewollt. Hier", er reichte Yuri das Champagnerglas und deutete in den Raum. „Siehst du die Brünette da drüben? Die mit der ausladenden ... Persönlichkeit?"

Yuri grinste begeistert. „Wer könnte die Lady denn übersehen?"

„Bring ihr das Glas, ja? Sag ihr, dass ich eine Zeit lang am Klavier sitzen werde. Und benimm dich, verstanden?“

„Ich bin ein anständiger Mann.“ Damit tanzte er im Rumba-Rhythmus zu Lorelie hinüber.

Fest entschlossen, sich zu amüsieren, bahnte Nick sich einen Weg zum Klavier. Allerdings verging ihm das Lächeln, als er Freddie auf der Bank sitzen sah.

„Du sitzt auf meinem Platz.“

Sie warf ihm einen Blick zu, der ihm sagte, dass sie genauso wenig begeistert war wie er. „Sie wollen, dass wir zusammen spielen.“

„Einer reicht.“

„Es ist doch Papas Feier, oder?“

Er verkniff sich das Grinsen, weil sie Yuri nachgeahmt hatte. „Na schön. Also, rutsch rüber.“ Er setzte sich und achtete peinlich genau darauf, dass er sie nicht berührte. „Was wollen sie hören?“

„Cole Porter, oder Gershwin.“

Mit einem Stöhnen legte Nick die Finger auf die Tasten und spielte die ersten Takte von „Embraceable You“. Freddie fiel ein, und zwanzig Minuten später war sie einfach zu entzückt über das Zusammenspiel, um noch Distanz zu wahren.

„He, das war wirklich nicht schlecht.“

„Wer hat gesagt, dass ich mich nicht mit den Songs aus den Vierzigern auskenne?“

„Hm.“ Automatisch nahm sie den Boogie-Woogie auf, den er jetzt anspielte. Es gefiel ihm viel zu sehr, dass sie ihm so mühelos in die Improvisation folgen konnte.

Und ihr Parfum trieb ihn zum Wahnsinn.

„Mach mal Pause, ich komme auch allein klar. Ben ist wahrscheinlich schon einsam.“

„Ben?“ Sie sah von den Tasten auf. „Oh, Ben. Ich denke, der wird auch ohne mich überleben. Aber vielleicht solltest du dich jetzt besser um Lorelie kümmern. Sie vermisst dich sicher.“

„Sie ist nicht der besitzergreifende Typ.“ Um sich nicht an der Lüge zu verschlucken, wechselte er das Tempo.

Freddie passte sich sofort an. „Wirklich? Also mich hätte sie fast täuschen können, so wie sie sich um dich windet. Natürlich, für manche Männer …“ Sie brach ab, als Applaus aufbrandete. Die Gäste hatten die Tanzfläche frei gemacht, und Yuri und Nadia tanzten den

Jitterbug zusammen. Freddie lachte hell auf. „Sind sie nicht einfach großartig?“

„Wunderbar. Sag mal, hättest du Lust … Verdammt, guck dir das an!“

„Was?“ Sie blinzelte und sah genauer hin. Scheinbar spendeten der einsame Ben und die alleingelassene Lorelie einander Trost. „Trost“ ist wohl nicht das richtige Wort, dachte Freddie, so wie die beiden in der dunklen Ecke knutschen. „Sie sitzt auf seinem Schoß.“

„Das sehe ich auch.“

„Tja, so viel also zum Thema ‚behutsam beibringen‘“, murmelte sie.

Nick benutzte gleichzeitig genau dieselben Worte.

Aber er war schneller. „Was hast du gesagt?“

„Nichts, gar nichts. Was hast du denn gesagt?“

„Nichts.“

Und plötzlich begannen beide zu grinsen.

„Nun …“ Freddie atmete tief aus, während ihre Finger weiter über die Tasten glitten. „Die beiden geben ein hübsches Paar ab.“

„Ja, ein wunderbares Paar. Und jetzt gehen sie auf die Tanzfläche.“

„Die Arme“, seufzte Freddie mit ehrlichem Mitgefühl. „Ben ist wirklich ein netter Typ, aber er tanzt, als würde er nach Öl bohren. Ich glaube, er hat mir die Schulter ausgerenkt.“

„Sie hält das schon durch. Aber lass uns etwas Langsameres spielen, bevor Yuri noch einen Herzschlag kriegt.“

Er leitete zu „Someone To Watch Over Me“ über.

Freddie seufzte sehnsüchtig auf. Diese romantischen Lieder zerrten immer an ihr. Sie warf Nick einen Seitenblick zu. „Es war ungemein lieb von dir, was du für Grandma und Papa getan hast.“

„Wirklich ein Klacks. Nur ein kurzer Anruf, wie du ja selbst sagtest.“

„Lass uns Waffenstillstand schließen, ja?“ Sie legte kurz ihre Hand auf seine. „Es war ja nicht nur die Limousine. Aber dass du sie auch noch mit weißen Rosen, eiskaltem Wodka und Kaviar ausgestattet hast …“

„Ich hab mir gedacht, es würde ihnen Spaß machen.“ Wie immer rüttelte ihre offene Herzlichkeit an seinem schlechten Gewissen. „Ich bin heute ziemlich bissig zu dir gewesen. Es tut mir wirklich leid, Freddie. Ich hätte dran denken müssen, wie viel Zeit und Energie du in die Planung für heute Abend gesteckt hast, und auch in deine Wohnung. Obwohl … warum man so lange braucht, um eine Lampe zu finden, ist mir schleierhaft."

Die neue Art-déco-Lampe war ihr ganzer Stolz. „Warum belässt du es nicht einfach bei der Entschuldigung?"

„Du hast großartige Arbeit für diese Party geleistet."

„Danke." Sie freute sich über ihren Sieg und gab ihrem Vater ein Zeichen. „Und da du dich so nett entschuldigt hast …", sie beugte sich zu ihm und drückte ihm einen Kuss auf die Wange, „… verzeihe ich dir auch."

„Darum habe ich nicht …" Aber da war sie schon fort, und ihr Vater nahm ihren Platz ein. „Weiber!", murmelte Nick aufgebracht.

„Besser hätte ich es nicht ausdrücken können. Aber sie ist wirklich zu einer sehr attraktiven und unabhängigen Vertreterin ihres Geschlecht herangewachsen."

„Sie war so ein nettes Mädchen", überlegte Nick laut. „Du hättest verhindern sollen, dass sie erwachsen wird."

Spence musterte Nick und kam zu der Auffassung, dass Natashas Vermutung von einer Romanze zwischen seiner Freddie und Nick wahrscheinlich stimmte. Es versetzte ihm einen Stich ins Herz, aber das war wohl immer so bei Eltern, wenn die Kinder erwachsen wurden und ihr eigenes Leben lebten. Aber da war auch der Stolz.

Mühelos fiel Spence in den Ray-Charles-Song ein, den Nick anspielte.

„Soll ich dir was sagen?", fuhr er fort. „Die Jungs klingeln jetzt schon wegen Katie an der Haustür."

„Unmöglich!" Der Schock stand ihm in den Augen geschrieben, dann stellte sich das entsetzliche Gefühl ein, mit dreißig langsam alt zu werden. „Wenn ich eine Tochter hätte, würde ich das nicht erlauben."

„Die Wirklichkeit ist eben nicht immer so einfach." Spence seufzte. Und dann ritt ihn der Teufel. „Weißt du, Nick, es beruhigt mich ungemein, dass du hier bist. Zu wissen, dass du dich um Freddie kümmerst, dass da jemand ist, dem ich vertrauen kann … Ich brauche mir also überhaupt keine Sorgen zu machen, wenn du sie im Auge behältst."

„Ja, sicher …" Nick räusperte sich verlegen. „Ich werd wohl besser für eine Weile den Dienst hinter der Bar übernehmen."

Spence grinste ihm nach und spielte vergnügt weiter.

„Du solltest ihn nicht so aufziehen, du Schuft." Natasha stand hinter ihrem Mann und legte eine Hand auf seine Schulter.

„Als Vater ist es meine Pflicht, ihm das Leben so schwer wie möglich zu machen. Und überleg doch nur, wie viel Übung ich haben werde, wenn Katie erst mal so weit ist."

„Daran will ich lieber gar nicht erst denken."

Es war bereits nach zwei Uhr morgens, als die letzten Gäste das „Lower the Boom" verließen. Es war die ausgelassenste Feier gewesen, die Freddie je erlebt hatte, und sie fühlte sich beschwipst und glücklich. Glücklich vor allem deshalb, weil sie und Nick sich im Verlauf des Abends wieder nähergekommen waren. Nur getanzt hatte er zu ihrem Leidwesen nicht mit ihr. Aber egal. Es war auch so ein wunderschöner Abend gewesen. Freddie, die mit Nick und ein paar Nachzüglern aus dem Familienkreis zurückgeblieben war, schaute sich müde und zufrieden um.

Der Raum sah aus, als ob ein Heerlager überstürzt seine Zelte abgebrochen hätte, um in die nächste Schlacht zu ziehen.

Überall hing buntes Krepppapier schlaff herunter, und auch die Turteltauben schwebten auf Halbmast. Die Speisen auf den ehemals brechend vollen Tischen hatten sich besorgniserregend dezimiert, und alles, was von Rios fünfstöckigem Hochzeitskuchen zurückgeblieben war, waren Krümel und ein bisschen silbriger Zuckerguss.

Überall standen leere und halb volle Gläser herum. Irgendein Erfindergeist hatte in einer Ecke eine eindrucksvolle Pyramide aus Gläsern aufgebaut. Freddie sah einen Wald aus zusammengeknüllten Papierservietten auf dem Fußboden und, seltsamerweise, einen einzelnen goldenen Schuh mit einem schwindelerregend hohen Stilettoabsatz.

Sie fragte sich, wie seine Besitzerin es geschafft hatte, darin zu laufen, ohne sich die Beine zu brechen.

Zack, der an der Bar lehnte, schaute sich ebenfalls um und grinste. „Scheint, als hätten alle eine Menge Spaß gehabt."

„Das kannst du laut sagen." Rachel griff nach einem Geschirrtuch und begann halbherzig die Theke blank zu wienern. „Papa tanzte noch auf dem Weg nach draußen, und meine Ohren klingen noch immer von diesen ukrainischen Volksliedern."

„Ein paar davon hast du immerhin selbst geschmettert", erinnerte Zack sie.

„Daran war der Wodka schuld. War es nicht wundervoll, ihre Gesichter zu sehen, als wir ihnen ihr Geschenk überreichten?"

„Grandma hat geweint", murmelte Freddie.

„Und Papa hat ihr gesagt, dass sie aufhören soll", warf Nick ein. „Während ihm selbst die Tränen über die Wangen rollten."

„Es war eine wundervolle Idee, Freddie." Rachels Augen begannen bei der Erinnerung erneut verdächtig zu glitzern. „So romantisch. Einfach perfekt."

„Ich wusste nur, dass wir ihnen etwas ganz Besonderes schenken müssen. Ich wäre nie darauf gekommen, wenn Mama es nicht erwähnt hätte."

„Eine bessere Idee hätte dir gar nicht kommen können." Rachel rollte ihre müden Schultern und schaute sich um. „Hört zu, ich bin dafür, wir lassen alles so, wie es ist, und räumen morgen auf."

„Einverstanden." Mehr als gewillt, dem Schlachtfeld auf der Stelle den Rücken zu kehren, nahm Zack ihre Hand und zog sie hinter der Theke hervor. „Die Ratten verlassen das sinkende Schiff."

„Geht ruhig", erwiderte Freddie gelassen. Sie wollte unter keinen Umständen, dass diese Nacht schon zu Ende ging. Und wenn eine Verlängerung bedeutete, Teller zu spülen, dann würde sie eben spülen. „Ich mache nur das Nötigste."

Rachel bekam Gewissensbisse. „Wir könnten ja vielleicht noch …"

„Nein." Freddie warf ihr einen verschwörerischen Blick zu. „Ihr fahrt nach Hause. Schließlich habt ihr einen Babysitter, den ihr ablösen müsst. Ich nicht."

„Auf die eine Stunde kommt es jetzt auch nicht mehr an", mischte Zack sich ein und straffte die Schultern.

„Aber wir lassen euch jetzt trotzdem allein", sagte Rachel und stieg ihrem Ehemann hart auf den Fuß.

„Aber …"

Endlich war bei Zack der Groschen gefallen, dass es hier nicht ums Aufräumen ging. „Ja, richtig. Macht so viel, wie ihr wollt. Wir kümmern uns morgen um den Rest. Ich bin hundemüde. Kann kaum noch die Augen offen halten." Um seine Worte zu unterstreichen, gähnte er übertrieben. „Gute Nacht, Freddie." Unsicher, ob er Nick zublinzeln oder ihm besser eine scharfe Warnung zukommen lassen sollte, beschränkte er sich nur auf ein „Nick".

„Ja, bis dann." Nachdem sich die Tür hinter den beiden geschlossen hatte, schüttelte Nick den Kopf. „Irgendwie war Zack ziemlich komisch. Was hatte das denn zu bedeuten?"

„Er war nur müde", gab Freddie zurück, während sie ein Tablett mit Gläsern belud.

„Unsinn. Er war wirklich seltsam." Genauso seltsam, wie er sich fühlte, plötzlich allein mit Freddie. „Hör zu, sie haben recht. Es ist spät. Warum lassen wir nicht einfach alles liegen und gehen auch? Es ist morgen immer noch da."

„Geh ruhig schon rauf, wenn du müde bist." Freddie marschierte mit ihrem voll beladenen Tablett in die Küche. „Das ist schon o.k. Ich kann nicht schlafen, wenn ich diese ganze Unordnung zurücklasse. Was man von dir ganz bestimmt nicht sagen kann", warf sie ihm noch über die Schulter zu, bevor die Tür hinter ihr zuschwang.

„Als ob ich dieses Chaos veranstaltet hätte", brummte Nick in sich hinein, während er ebenfalls ein Tablett belud. „Ich glaube, ich habe noch ein oder zwei Leute außer mir entdeckt, die heute Nacht Gläser benutzt haben."

„Hast du was gesagt?", rief Freddie von hinten.

„Nein. Nichts."

Er trug sein Tablett in die Küche, wo sie bereits den Geschirrspüler belud, und stellte es klirrend ab.

„Du kommst nicht in die Hölle, wenn du die Gläser in der Spüle stehen lässt."

„Ich habe dir doch gesagt, dass du raufgehen sollst. Ich komme allein zurecht."

„Ich komme allein zurecht", äffte er sie nach, während er einen Eimer unter der Spüle hervorzog. Er stellte ihn ins Becken, schüttete eine Überdosis Putzmittel hinein und ließ dann Wasser einlaufen.

Als er einen Moment später mit Eimer und Schrubber bewaffnet nach draußen stiefelte, grinste Freddie in sich hinein.

Während der nächsten zwanzig Minuten arbeiteten sie in einem

Schweigen, das immer kameradschaftlicher wurde. Es machte Freddie Spaß, aufzuräumen und zu sehen, wie die Bar wieder blitzte. Und obwohl Nick nicht direkt pfiff bei der Arbeit, hatte sich seine Laune doch sichtlich gebessert.

„Ich habe gesehen, dass Ben und Lorelie zusammen weggegangen sind", begann Freddie.

„Dir entgeht auch wirklich nichts." Aber seine Mundwinkel hoben sich. „Sie haben sich prächtig amüsiert. Alle haben sich prächtig amüsiert."

„Es macht dir also nichts aus?"

Er zuckte gleichgültig die Schultern. „Nein. Es war nichts Ernstes. Lorelie und ich haben nie …" Vorsicht, LeBeck! „Es hat einfach nicht gefunkt zwischen uns, verstehst du."

Es gelang ihr gerade noch, einen Freudenschrei zu unterdrücken. Vor sich hin summend, griff sie nach einem Stuhl und stellte ihn umgedreht auf einen Tisch in einer Gegend, die Nick bereits gewischt hatte.

Er putzte um sie herum. Da sie so entspannt wirkte, beschloss er, reinen Tisch zu machen.

„Freddie, ich wollte mit dir über heute Nachmittag reden …"

„Na schön. Hör zu, ich glaube, wenn wir noch mehr aufräumen, wird Zack sich überflüssig vorkommen. Ich möchte nicht seine Gefühle verletzen."

Dann ging sie zur Musikbox, und es dauerte einen Moment, bis sie ihre Wahl traf und die entsprechenden Tasten drückte. „Du hast heute Abend noch gar nicht mit mir getanzt, Nick."

„Wirklich nicht?" Er wusste sehr gut, dass es so war, und noch besser wusste er, warum.

„Nein." Sie ging auf ihn zu. „Du willst doch nicht etwa meine Gefühle verletzen, Nicholas?"

„Natürlich nicht, aber …"

Aber sie hatte die Arme bereits um ihn geschlungen. Er legte ihr seine Hand auf den Rücken und machte den ersten Tanzschritt.

Seine Bewegungen waren geschmeidig und überraschend elegant. Schon immer waren sie so gewesen, erinnerte sie sich, während sie ihren Kopf auf seine Schulter legte. Als sie zum ersten Mal mit ihm getanzt hatte, war ihr ein Schauer freudiger Erregung über den Rücken gelaufen.

Aber heute war es eine andere Art Schauer, der sich von dem, den sie als Heranwachsende erfahren hatte, grundlegend unterschied.

Sie fasst sich schön an, dachte er. Schon immer war das so, erinnerte er sich, während er sie enger an sich zog. Aber sie hatte noch nie so geduftet, und er konnte sich nicht erinnern, dass ihr Haar je seine Lippen gestreift hätte.

Sie waren allein, und die Musik stimmte. Er hatte schon immer stark auf Musik reagiert. Er kam in Versuchung, mit seinen Lippen ihre Schläfe zu streifen und an ihrem Ohrläppchen zu knabbern.

Er hielt sich jedoch zurück und wirbelte sie so gekonnt herum, dass sie lachen musste. Ihre Augen glitzerten, als sie wieder in seine Arme zurückkehrte.

Und plötzlich lag sein Mund auf dem ihren. Sie hob die Arme, legte sie um seinen Hals, ihre Finger wühlten sich in sein Haar.

Er hörte nicht, wie die Musik zu Ende ging, weil sie in seinem Kopf weiterspielte. Er glaubte Freddie vollständig in sich aufnehmen zu können, wenn sie es zuließe. Ihre Haut, ihren Duft, diesen wundervollen, großzügigen Mund.

Während er seinen Kuss weiter vertiefte, stellte er sich vor, wie einfach es wäre, sie auf den Arm zu nehmen und die Treppe nach oben zu tragen. In sein Bett.

Die Klarheit dieses Bildes schockierte ihn genug, um ihn zurückweichen zu lassen. „Freddie …“

„Nein, sag nichts.“ Ihr Blick war verhangen, verträumt. „Küss mich einfach, Nick. Küss mich.“

Und schon lag ihr Mund wieder auf seinem und ließ ihn eine lange Zeit alle Gründe vergessen, warum er das, was er tat, nicht tun sollte. Aber als sich diese schließlich doch wieder in den Vordergrund seines Bewusstseins drängten, legte er ihr entschlossen die Hände auf die Schultern und trat einen Schritt zurück.

„Schluss jetzt.“

„Warum?“

„Du befindest dich hier auf schwankendem Boden“, warnte er sie. „Hol jetzt deine Sachen, deine Tasche oder was auch immer. Ich bringe dich nach Hause.“

„Ich will hierbleiben, bei dir.“ Ihre Stimme war ruhig, auch wenn ihr Puls raste. „Ich will mit dir nach oben gehen, ins Bett.“

Sein Magen zog sich zusammen. „Ich habe gesagt, du sollst deine Tasche holen. Es ist schon spät."

Auch wenn sie nicht viel Erfahrung in diesen Dingen hatte, wusste sie doch, wann es Zeit für einen Rückzug war. Auf nicht ganz sicheren Beinen ging sie hinter die Theke, um ihre Tasche zu holen.

„Also schön. Wir machen es so, wie du willst. Aber du weißt nicht, was dir entgeht."

Es stand zu befürchten, dass sie recht hatte. Er zog sie mit sich zum Ausgang. „Los, komm jetzt", sagte er schroff, knallte die Tür hinter sich zu und schloss ab.

Freddie schlenderte ein Stück die Straße hinunter. „Was für eine herrliche Nacht."

Nick verschluckte einen Fluch. „Ja, einfach toll", gab er beißend zurück. „Gib mir deine Tasche."

„Was?"

„Gib sie her." Er riss ihr die glitzernde Abendtasche aus der Hand und schob sie in seine Sakkotasche. Zum ersten Mal nahm er Notiz von ihren Ohrringen. „Ich wette, diese Steine sind echt."

„Die?" Mechanisch hob sie eine Hand und berührte einen mit Saphiren und Diamanten besetzten Ohrring. „Ja, warum?"

„Du solltest es besser wissen, als mit Ohrringen, die mehr als ein Jahresgehalt wert sind, durch die Gegend zu laufen."

„Es macht keinen Sinn, sie zu besitzen, wenn ich sie nicht trage", erklärte sie mit bestechender Logik.

„Dafür gibt es die richtige Zeit und den richtigen Ort. Und für einen Spaziergang um drei Uhr morgens auf der Lower East Side gilt keins von beidem."

„Willst du sie auch einstecken?", erkundigte sie sich in schnippischem Ton.

Bevor er darauf antworten konnte, rief jemand seinen Namen.

„Hallo, Nick!"

Nick schaute die verlassene Straße hinunter und sah die schwarzen Umrisse einer Gestalt. Einen Moment später erkannte er, um wen es sich handelte. „Geh einfach weiter", sagte er zu Freddie und nahm sie automatisch auf die andere Seite. „Und sag nichts."

Außer Atem von dem kurzen Sprint, gesellte sich ein ausgemergelt aussehender Mann in einer ausgebeulten Hose zu ihnen und ging im Gleichschritt neben ihnen her. „He, Nick, wie läuft's denn so?"

„Ganz gut, Jack."

Freddie machte den Mund auf, aber es kam nur ein ersticktes Ächzen heraus, weil Nick ihr fast die Hand zerquetschte.

„Nobel, nobel." Jack zwinkerte Nick verschwörerisch zu und versetzte ihm einen kumpelhaften Rippenstoß. „Na, du hattest schon immer Glück."

„Ja, ich kann mich gar nicht retten. Wir haben's eilig, Jack."

„Darauf wette ich. Die Sache ist nur, dass ich so kurz vor Zahltag höllisch knapp bei Kasse bin."

Wann war er das nicht? „Komm morgen in der Bar vorbei, dann kriegst du einen Vorschuss."

„Das weiß ich zu schätzen, Kumpel. Dumm ist nur, dass ich jetzt höllisch knapp bin."

Ohne stehen zu bleiben, kramte Nick in seiner Tasche und zog einen zerknitterten Zwanziger hervor. Er wusste genau, wo das Geld landen würde, vorausgesetzt, es gelang Jack um diese Zeit noch, seinen Dealer zu erwischen.

„Danke, Bruder." Der Schein verschwand in der ausgebeulten Hose. „Du kriegst es zurück."

„Klar." Wenn in der Hölle die Eiszapfen schmolzen. „Wir seh'n uns, Jack."

„Darauf kannst du wetten. Einmal Cobra, immer Cobra."

Nicht wenn es nach ihm ging. Wütend darüber, dass der andere ihn zu der Begegnung gezwungen hatte und dass Freddie mit dieser dunklen Ecke seiner Vergangenheit in Berührung gekommen war, beschleunigte er seine Schritte.

„Du kennst ihn von der Gang, bei der du früher mitgemacht hast", sagte Freddie ruhig.

„Stimmt. Heute ist er ein Junkie."

„Nick ..."

„Er hängt manchmal den ganzen Tag hier in der Gegend rum. Ich hoffe, dass er sich nicht mehr an dich erinnert, weil er schon so zugedröhnt war, aber falls du ihm zufällig über den Weg laufen solltest, sieh zu, dass du sofort Land gewinnst. Er ist ein ziemlich übler Zeitgenosse."

„Gut." Sie wollte tröstend seine Hand nehmen, um die Traurigkeit, die plötzlich in seinen Augen aufflackerte, zu verscheuchen, aber sie hatten ihr Haus bereits erreicht, und er zog ihr Abendtäschchen aus seiner Tasche.

Nick nahm die Schlüssel heraus und schloss die Vordertür auf, dann ging er ins Haus und holte den Aufzug. „Vergiss nicht, deine Tür abzuschließen."

„Komm mit mir rauf. Bleib bei mir."

Er sehnte sich danach, sie zu berühren, nur ein einziges Mal noch, aber seine Finger, die Jack beim Entgegennehmen des Geldscheins gestreift hatten, kamen ihm vor wie verseucht.

„Ist dir klar, was eben passiert ist?", fragte Nick. „Wir sind einem Teil meines Lebens in die Arme gelaufen, und wenn ich nicht dabei gewesen wäre, hätte er dir wahrscheinlich mehr abgenommen als nur deine hübschen Ohrringe."

„Er ist kein Teil deines Lebens", gab sie ruhig zurück. „Er ist nicht dein Freund. Und trotzdem hast du ihm Geld gegeben."

„So raubt er vielleicht wenigstens nicht die nächste Person aus, die ihm über den Weg läuft."

„Du gehörst nicht mehr zu ihnen, Nick. Und ich bezweifle, dass du jemals wirklich dazugehört hast."

Er war plötzlich so müde, so unglaublich müde. Erschöpft lehnte er seine Stirn an die ihre. „Du weißt nicht, was ich einmal war, was ich vielleicht immer noch bin. Geh jetzt rauf, Freddie."

„Nick ..."

Um sie zum Schweigen zu bringen, ergriff er sie bei den Schultern und legte seinen Mund hart auf den ihren. Als sie wieder atmen konnte, wäre sie ins Taumeln gekommen, wenn er sie nicht festgehalten hätte, während er sie in den Aufzug schob.

„Schließ deine Tür ab", sagte er noch einmal, dann ging er hinaus.

Er schaute die Straße hinauf und hinunter, dann wandte er sich um und wartete, bis er in ihrer Wohnung das Licht aufflammen sah.

Auf Umwegen ging er nach Hause.

8. KAPITEL

Sie träumte unglaubliche Dinge. Es war eine kurze Nacht mit nur wenigen Stunden Schlaf, aber Freddie sah keinen Grund, sich zu beschweren. Sie fühlte sich großartig, als sie erwachte, frisch und ausgeruht. Da sie noch Zeit hatte, schlenderte sie zum Village und durch die kleinen Läden, auf der Suche nach Krimskrams, wie Nick es nannte.

Bis sie mit dem Taxi wieder zu Hause angelangt war, die neuen Schätze, die sie erstanden hatte, verstaute hatte und die Wohnung wieder verließ, war sie spät dran.

Aber der Tag war viel zu schön, um sich darüber Gedanken zu machen.

Es war Frühling, überall blühte und grünte es, und der erste Hauch des Sommers kündigte sich bereits an. Die Luft war lau und angenehm warm, nicht so stickig wie in der Hitze des Sommers, wenn die Hundstage die Stadt in ihrer Gewalt hatten. Die Straßencafés im Village waren voll mit gut gelaunten Menschen.

Sie war die glücklichste Frau der Welt. Sie lebte in einer aufregenden Stadt, stand am Beginn einer großartigen Karriere, und sie war jung und verliebt. Und falls ihr ihre weibliche Intuition nicht einen ganz bösartigen Streich spielte, war sie ihrem Ziel, den Mann, den sie liebte, davon zu überzeugen, dass er sie auch liebte, schon sehr, sehr nahe gekommen.

Alles lief genau so, wie sie es geplant hatte.

Und da sie so bester Laune war, beschloss sie, großzügig zu sein, und kaufte bei einem Straßenhändler zwei riesige Salzbrezeln, für Nick und sich.

Als sie das Kleingeld in die Jackentasche steckte, fiel ihr der Mann auf, der auf der anderen Straßenseite an einer Hauswand lehnte.

Dieses ausgemergelte Gesicht. Die ausgebeulte Hose. Ihr wurde leicht mulmig, als sie in der heruntergekommenen Gestalt den Mann erkannte, den Nick gestern Abend Jack genannt hatte. Er zog nervös an einer Zigarette, seine Augen blickten unstet von einer Richtung in die andere.

Auch wenn dieser Blick eine Sekunde lang auf ihr haften blieb, lag darin kein Erkennen. Erleichtert schüttelte sie das ungute Gefühl ab und ging weiter.

Sie beschleunigte ihre Schritte, als sie auf die Bar zuging, ohne sich umzusehen. Auch wenn die feinen Härchen in ihrem Nacken sich aufgerichtet hatten.

Entschlossen verdrängte sie den Gedanken an diesen Jack, als sie die Küche betrat und ein paar Minuten mit Rio plauderte, um ihn für das Essen gestern Abend zu loben.

Die Brezeln in der Hand, ging sie nach oben und klopfte an Nicks Tür. Ihre gute Laune verflog auch nicht, als sie Nicks finsteres Gesicht sah.

„Du kommst spät."

„Ich war mir nicht sicher, ob du schon auf bist. Es war eine lange Nacht."

Daran brauchte er nicht erinnert zu werden. „Ich bin auf und arbeite, was mehr ist, als man von dir sagen kann." Seine Nacht war die Hölle gewesen. Er hatte nicht mehr als eine Stunde geschlafen und war schließlich in Schweiß gebadet erwacht. Kein Wunder, dass seine Stimmung dementsprechend war.

Und nun stand sie vor ihm, hell und munter wie ein Sonnenstrahl.

Obwohl sie sah, dass er schlechte Laune hatte, lächelte Freddie ihn mit schräg gelegtem Kopf an. Er hatte sich noch nicht rasiert, aber dagegen war nichts einzuwenden. Seine zornigen Augen und das mit Bartstoppeln bedeckte Kinn gaben ihm ein rücksichtsloses, gefährliches Aussehen, das auf seine Art höchst anziehend wirkte.

Es schien, als wäre seine Nacht nicht sonderlich zufriedenstellend verlaufen, worüber sie gar nicht glücklicher hätte sein können.

„Hast du schlecht geschlafen, Nick? Hier, nimm eine Brezel."

Da sie sie ihm regelrecht in den Mund stopfte, hatte er keine andere Wahl, als abzubeißen und an der Brezel zu kauen. Aber deshalb musste es ihm noch lange nicht gefallen.

„Wo ist der Senf?"

„Hol ihn dir selbst." Sie durchquerte das chaotische Wohnzimmer und setzte sich ans Klavier. „Können wir anfangen?"

„Ich habe schon vor Stunden angefangen." Was sollte man sonst tun, wenn man nicht schlafen konnte? „Wo hast du dich rumgetrieben?", erkundigte er sich in strengem Ton.

„In der Stadt."

„Hätte ich mir denken können."

„Und bevor du wieder an die Decke gehst, der Text von ‚Du bist nicht hier' ist fertig." Zufrieden mit dem Dämpfer, den sie ihm verpasst hatte, öffnete sie ihre Aktentasche und zog das Notenblatt hervor. „Ich habe die Zeit, bis die Geschäfte öffnen, ausgenutzt, um ihn noch ein bisschen aufzupolieren."

Er brummte etwas in sich hinein, setzte sich jedoch neben sie auf die Klavierbank. Seine Laune hellte sich etwas auf, als er den Text las. Er hätte wissen müssen, dass er perfekt sein würde.

Aber es gab keinen Grund, ihrer Eitelkeit zu schmeicheln. „Nicht schlecht."

Sie verdrehte die Augen.

Als er sie jetzt anschaute – zum ersten Mal richtig an diesem Tag –, verengte er die Augen. „Was hast du denn mit deinem Haar angestellt?"

Instinktiv streckte sie die Hand aus und berührte ihre Frisur. „Hochgesteckt. Damit es aus dem Weg ist."

„Ich mag es, wenn es im Weg ist." Um seine Behauptung zu unterstreichen, fing er an, die Haarnadeln herauszuziehen.

„Hör auf." Sie versuchte seine Hände abzuwehren. Er fing ihre Handgelenke ein und umschloss sie mit einer Hand, während er mit der anderen fortfuhr, die Nadeln aus ihrem Haar herauszuziehen.

Als der angerichtete Schaden ein Stadium erreicht hatte, das ihm zusagte, lachte er zufrieden auf, und sie beschimpfte ihn. „Da", sagte er, schon besser gelaunt. „So ist es schon viel netter."

„Jetzt bist du mein Typberater."

„Du siehst niedlich aus, wenn diese Sprungfedern von deinem Kopf abstehen."

Sie blies die Haare aus ihrem Gesicht. „Sprungfedern. Na, ich danke."

Sie tauchte ab, doch er war schneller. Es hatte sie schon immer gewurmt, dass sie es nie schaffte, ihn auszutricksen. Er rang mit ihr, bis sie sich vor Lachen kaum mehr halten konnte.

Es dauerte einen Moment, ehe ihr auffiel, dass er nicht mehr lachte, sondern sie nur anstarrte. In seinem Blick lag eine Intensität, die ihr den Atem verschlug und ihre Kehle trocken werden ließ.

Ihre Beine waren mit seinen verschlungen, sodass sie fast auf seinem Schoß saß.

Sie verspürte ein süßes Ziehen im Unterleib.

„Nick."

„Wir vertrödeln unsere Zeit." Er ließ seine Hände sinken und rückte von ihr ab. Er musste sofort diesen plötzlichen Hunger, der ihn wie ein Blitz aus heiterem Himmel überfallen hatte, stoppen. „Wir fangen mit dem Stück an, das du fertig gemacht hast. Mal sehen, wie es klingt."

Geduld, ermahnte sie sich, und wischte sich ihre feuchten Handflächen an ihrer Hose ab. „Schön. Wann immer du so weit bist."

Nach diesem holprigen Start ging alles glatt, und sie konzentrierten sich auf die Musik, als ob nichts geschehen wäre.

Sie arbeiteten mehr als drei Stunden, gerieten sich über dieses und jenes in die Haare, aber es waren immer nur Kleinigkeiten.

Fast.

„Es muss romantisch sein."

„Komödiantisch", widersprach Nick.

„Es ist ihre Hochzeitsnacht."

„Eben." Er unterbrach sein Klavierspiel für eine Zigarette, insgeheim zufrieden darüber, dass es ihm gelungen war, seinen täglichen Tabakkonsum einzuschränken. „Sie sind in diese Heirat hineingestolpert. Sie kennen sich erst seit drei Tagen."

„Sie sind bis über beide Ohren verliebt."

„Sie wissen nicht, was sie sind." Gedankenverloren nahm er einen tiefen Zug, während sich die Szene vor seinem geistigen Auge entfaltete. „Sie haben sich gerade von einem Friedensrichter in einer lächerlichen Zeremonie trauen lassen, und jetzt sind sie in einem schäbigen Hotelzimmer und fragen sich, was in sie gefahren ist. Und was zum Teufel sie jetzt tun sollen."

„Mag sein, aber es ist trotzdem ihre Hochzeitsnacht. Du hast einen Trauermarsch geschrieben."

Er grinste nur. „Hast du dir jemals den Hochzeitsmarsch angehört, Freddie? Ich meine, so richtig?" Um den Beweis anzutreten, drückte er seine Zigarette aus und begann das Stück zu spielen.

Freddie musste zugeben, dass darin ein feierlicher Ernst mitschwang, es klang fast ein bisschen gruselig. „Okay, ein Punkt für dich. Spiel es noch mal und lass mich nachdenken."

Sie ging in Gedanken versunken im Zimmer auf und ab und versuchte sich vorzustellen, was in dem Paar vorgehen könnte. „Was ist, wenn wir so anfangen, wie du es komponiert hast, langsam, wie ein Trauermarsch – nur Cello und Orgel. Und dann beschleunigen wir das Tempo immer mehr. Panik baut sich auf."

„Einhergehend mit einem Tonartwechsel."

„Gut. Versuch es hier." Sie beugte sich über seine Schulter und legte ihren Finger auf eine bestimmte Stelle des Notenblatts.

„Ja, schon gut, ich sehe es." Er wünschte bei Gott, ihre Brüste würden sich nicht so gegen seinen Rücken drücken. „Du engst mich ein, Freddie."

Seine gepresste Stimme ließ sie aufhorchen. „Wirklich? Das tut mir leid." Aber es tat ihr nicht leid, kein bisschen. Sie zog sich etwas zurück und hörte ihm zu. „Ich glaube, wir haben es." Sanft legte sie ihre Hände auf seine Schultern und begann sie zu massieren. „Du bist verspannt."

Er verspielte sich, es ärgerte ihn. „Du engst mich immer noch ein."

„Ich weiß."

Ihr Haar streifte seine Wange, und dieses verdammte Parfum, das sie aufgelegt hatte, schien ihm geradewegs in die Lenden zu schießen. In der Absicht, sie anzufahren, wandte er den Kopf – sein erster großer Fehler –, was damit endete, dass er in diese großen grauen Augen schaute.

„Mache ich dich nervös, Nicholas?", murmelte sie, während sie sich wieder neben ihn setzte.

„Du machst mich verrückt", rutschte es ihm unversehens heraus. Es war die schlichte Wahrheit.

„Das ist gut." Sie beugte sich vor und drückte ihm einen weichen, feuchten Kuss auf den Mund, bei dem sie ihn ganz kurz und zart mit der Zungenspitze berührte. „Du machst mich nämlich schon seit Jahren verrückt. Es wird höchste Zeit, dass ich auch endlich mal drankomme."

Er bekam keine Luft mehr. Plötzlich glaubte er genau zu wissen, wie man sich fühlte, wenn man zum dritten Mal unterging. Wie man in panischer Angst im Wasser um sich schlug und nach

Luft schnappte. Und eine verlorene Schlacht mit seinem Schicksal kämpfte.

„Das ist kein Spiel, Freddie. Und du kennst die Spielregeln nicht“, sagte er scharf.

Sie ließ ihre Hände an seinen Unterarmen hinaufgleiten, bis sie schließlich auf seinen Schultern lagen, dann beugte sie sich vor, bis ihr Mund ganz nah vor seinem war. „Ich kann mir vorstellen, dass du sie mir beibringen könntest.“

Er klammerte sich an den letzten noch verbliebenen Rest seiner Selbstkontrolle, der ihm auch schon zu entgleiten drohte. „Wenn du wüsstest, was ich dir gern beibringen würde, würdest du die Beine unter den Arm nehmen und so schnell wie möglich nach Hause zu Daddy rennen.“

Diese Bemerkung forderte ihren Stolz heraus. Ihre Augen sprühten. „Probier es aus.“

Es war verrückt. Er wusste genau, dass es verrückt war, sie an sich zu ziehen und diesen Mund, der ihn so peinigte, zu erobern. Er redete sich ein, dass er sie nur erschrecken wollte, dass er wollte, dass sie aufsprang und ihr Heil in der Flucht suchte.

Aber das war gelogen.

Als ihr Körper in seinen Armen erbebte, sich anspannte und schließlich dahinschmolz, riss der dünne Faden seiner Selbstkontrolle und ließ ihn taumeln.

„Verdammt. Verdamm uns beide.“ Er zog sie von der Bank, nahm sie in die Arme und hob sie hoch in einer Geste, wie jede Frau sie sich erträumt. „Diesmal entkommst du mir nicht.“

Auch wenn sie kaum Luft bekam, begegnete sie seinem Blick gelassen. „Ich habe nie versucht, dir zu entkommen, Nick. Und du wirst es auch heute nicht schaffen, mich in die Flucht zu schlagen.“

„Dann möge Gott dir helfen. Möge er uns beiden helfen.“

Sein Mund lag wieder auf ihrem, wild und ungezügelt, während er sich umdrehte und sie in sein Schlafzimmer trug.

Das Bett war ungemacht, die Laken zerknittert, ein Zeugnis seiner schlaflosen Nacht. Die Spätnachmittagssonne schien grell durchs Fenster. Unter anderen Umständen hätte er vielleicht den einen oder anderen Gedanken auf das Drumherum verschwendet und für eine angemessene romantische Atmosphäre gesorgt.

Aber jetzt wollte er sie einfach nur in seinem Bett.

Seine Hände zerrten bereits an ihrer Bluse, und seine Lippen waren überall. Sie wehrte sich nicht gegen seine drängende Hast, sondern hieß sie voll und ganz willkommen. Nachdem sie so lange gewartet hatte, erschien es ihr nur richtig, sich zu beeilen, ihnen beiden förmlich die Kleider vom Leib zu reißen. Vielleicht gab es eine kleine Spur Panik irgendwo ganz tief in ihr drin. Die pure Angst, im entscheidenden Moment alles zu vermasseln.

Würde es wehtun? Würde es sie gar demütigen?

Dann lag sein Mund wieder heiß auf ihrem, und die Panik wurde ausgelöscht durch das Feuer seiner Leidenschaft, ehe sie Gelegenheit gehabt hatte, von ihr Besitz zu ergreifen.

Sie hatte sich nie vorgestellt, dass es so sein würde. Ein so gewaltiges und intensives Begehren. So aufregend. All ihre Fantasien, ihre lang gehegten Träume und stillen Hoffnungen verblassten angesichts dieser Realität.

Er konnte gar nicht genug von ihr bekommen. Es schien, als hätte er sein ganzes Leben lang nur auf diesen Augenblick gewartet. Sie war ein Festschmaus, ein Bankett der verschiedensten Geschmackssorten, süß, würzig, scharf, und er war ein Verhungernder.

Ihre Haut war wie Elfenbein, mit einem Feuer direkt unter der Oberfläche, das ihn in Entzücken versetzte. Jede kleine Bewegung, die sie machte, so geschmeidig wie der Tanz, den sie in der Nacht zuvor zusammen getanzt hatten, erregte ihn aufs Äußerste.

Unterschwellig glaubte er zu spüren, dass sie noch unschuldig war. Er würde behutsam sein müssen. Er fühlte ihre zarte Haut unter seinen Händen, diese sanften Rundungen. Deshalb verlangsamte er instinktiv sein Tempo. Und begann es auszukosten.

Die Süße. Die Form ihres Mundes. Die Umrisse ihrer Schultern. Sanft bewegte er seine Lippen über ihren Hals und mahnte sich zu Geduld, um ihr Gelegenheit zu geben, ihre Empfindungen ebenfalls bis zur Neige auszukosten.

Sie konnte ihre Augen nicht offen halten. Ihre Lider waren zu schwer. Seltsam, wie leicht sich im Gegensatz dazu ihr ganzer restlicher Körper anfühlte. Wie hauchdünnes, zerbrechliches Glas. Und er streichelte sie so sanft mit diesen wundervollen Händen, als wüsste er, dass sie zerbrechen könnte.

Dann wanderte sein Mund weiter abwärts, seine Lippen umspielten ihre Knospe, fingen sie ein, begannen zu saugen. Die Lust durchbohrte sie wie ein Pfeil, blieb zitternd stecken.

Die Lust, ihn zu berühren, dachte sie verschwommen. Um diese geballte Kraft zu spüren, die seinen Muskeln innewohnte. Beifällig murmelnd fuhr sie mit den Händen über seine nackten Arme, seine Brust, seinen Bauch, erfreut, mit jeder Bewegung eine neue Entdeckung zu machen.

Diese sanften, vorsichtig tastenden Berührungen bewirkten, dass ihm das Blut in den Kopf schoss. Er konnte es in seinen Ohren rauschen hören. Sein nächster Kuss war schon ein bisschen fordernder, Nick drang tiefer in ihre warme, feuchte Mundhöhle ein, verweilte etwas länger.

Sie erinnerte ihn an eine schlummernde Prinzessin, wie sie so dalag mit den geschlossenen Augen, der glühenden Haut und ihrem Haar, das sich wie ein Strahlenkranz auf dem Kissen ausbreitete.

Aber sie erbebte unter ihm, ihre Lippen waren voll und angeschwollen von seinem geduldigen, nicht nachlassenden Angriff, und ihr Atem flog. Als er die Hand an ihren Schoß legte, spürte er, dass sie heiß war und feucht und unwiderstehlich.

Angesichts dieser neuen Intimität riss sie die Augen auf. Und der Druck, dieser unerträgliche Druck, der sich in ihr aufbaute, drohte sie zu zerreißen, versprach, sie zu überwältigen. Obwohl sie verneinend den Kopf schüttelte, wölbte sie sich ihm verlangend entgegen.

Er erreichte, dass sie laut aufschreiend ihrem ersten Höhepunkt entgegenflog. Ihre Fingernägel krallten sich in seinen Rücken angesichts der ungeheuren Woge der Lust, von der sie sich überschwemmt sah und die sie hilflos machte.

Dann fiel die Spannung von ihr ab und ließ sie ermattet zurück. Sie glaubte ihn stöhnen zu hören und spürte, wie er im selben Moment wie sie erschauerte. Aber er schaffte es, ihre Leidenschaft aufs Neue zu wecken, so schnell und geschickt, dass ihr nichts blieb, als sich an ihn zu klammern und ihm wiederum die Führung zu überlassen.

Seine Hände waren zu Fäusten geballt, als er langsam in sie eindrang, so langsam, dass ihm der Schweiß aus allen Poren brach und sein Körper nach Erlösung schrie.

Er wusste, dass er ihr wehtun würde, wenn er in sie eindrang.

Aber sie öffnete sich ihm so geschmeidig, als hätte sie ihn schon die ganze Zeit erwartet.

Er würde in der Hölle schmoren für das, was er getan hatte. Nick verfluchte sich wieder und wieder, aber er fand nicht die Kraft, sich zu bewegen. Er lag noch immer auf ihr und war noch immer in ihr und versuchte sich von dem gewaltigsten Höhepunkt seines Lebens zu erholen.

Er hatte kein Recht gehabt, sie zu nehmen. Noch weniger, es mit Freuden zu tun.

Nick wünschte sich, sie würde etwas sagen, irgendetwas, das ihm zumindest einen Hinweis darauf geben könnte, wie mit der Situation weiter umzugehen war. Aber sie lag einfach nur da, völlig ermattet, mit einer Hand auf seinem Rücken.

Ihm blieb nichts anderes, als selbst die Initiative zu ergreifen.

So sanft wie möglich rollte er sich von ihr herunter. Sie gab einen Laut von sich, es klang fast wie ein Schnurren, und dann schmiegte sie sich ganz eng an ihn.

Ganz gewiss würde er in der Hölle schmoren, und zwar dafür, dass er sie schon wieder begehrte.

„Es gibt nichts, womit ich das wiedergutmachen könnte."

„Nichts", sagte sie mit einem Aufseufzen und legte eine Hand auf die alte Narbe knapp oberhalb seines Herzens.

Er starrte verzweifelt auf einen Punkt an der Decke. „Kann ich dir irgendetwas bringen, Freddie? Einen Brandy vielleicht?"

„Einen Brandy?" Verdutzt hob sie den Kopf. „Ich hatte keinen Unfall und bin auch nicht von einer Lawine überrollt worden. Warum also sollte ich einen Brandy brauchen?"

„Na … wegen des Schocks", sagte er zögernd. „Dann eben ein Glas Wasser", wagte er einen zweiten Vorschlag, angewidert von sich selbst. „Irgendwas."

Der schöne rosa Nebel in ihrem Kopf löste sich langsam auf. Er klärte sich genug, um die Reue und Selbstverachtung zu sehen, die sich in seinen Augen widerspiegelte. „Du willst mir doch wohl nicht erzählen, dass es dir leidtut?"

„Und wie leid es mir tut, verflucht noch mal. Das hätte nie passieren dürfen. Ich hätte es niemals so weit kommen lassen dürfen.

Schließlich wusste ich, dass es für dich das erste Mal war."

Das kränkte sie gehörig in ihrer Eitelkeit. „Woher willst du das wissen?"

Endlich schaute er sie an. „Das war offensichtlich."

„Aha ... ich verstehe." Vielleicht konnte man ja nach einem so himmelhoch jauchzenden Vergnügen eine Demütigung verkraften. „War ich unzulänglich?"

„Un..." Er atmete laut aus, dann fluchte er ellenlang. Die Frau hatte ihm sein Innerstes nach außen gekehrt, und jetzt wollte sie wissen, ob sie unzulänglich gewesen war! „Nein, du warst nicht unzulänglich. Du warst erstaunlich."

„Wirklich?" Ihre Mundwinkel hoben sich. „Wirklich erstaunlich?"

Er wollte das Thema so schnell wie möglich beenden. „Darum geht es jetzt nicht."

„Ich finde schon." Die Qual, die in seiner Stimme mitschwang, veranlasste sie, sich auf die Ellenbogen aufzustützen und ihn anzuschauen. „Ich wusste immer, dass du mein erster Mann sein wirst, Nicholas. Ich habe es mir immer gewünscht."

Als er den Erregungsschauer über sich hinwegrieseln spürte, fragte er sich, warum er sich nicht schämte. „Ich habe es ausgenützt, dass ..."

Sie schnitt ihm mit einem Auflachen das Wort ab. „Du hast gar nichts ausgenützt. Vielleicht willst du dir selbst vormachen, dass du eine Jungfrau verführt hast, Nicholas, aber das stimmt nicht, weil es nämlich genau umgekehrt ist. Ich habe dich verführt, und das war verflucht harte Arbeit, das kannst du mir glauben."

„Ich versuche nur, Verantwortung zu übernehmen", sagte er geduldig. „Aber du machst es mir verdammt schwer."

„Du hast mich glücklich gemacht", murmelte sie und senkte ihren Mund auf seinen herab. „Ich hoffe, wir haben uns gegenseitig glücklich gemacht. Warum sollte uns das Wissen darum traurig machen?"

Es schien tatsächlich nicht viel Sinn zu machen, deshalb lächelte er sie an. „Du solltest weinen und zittern und schockiert sein."

„Oh." Sie spitzte die Lippen. „Na, vielleicht schaffe ich es ja beim nächsten Mal."

Später ließ er sie in seinem Bett allein und ging nach unten in die Bar, um seine Schicht zu übernehmen. Zum ersten Mal in all den Jahren ertappte er sich dabei, dass er auf die Uhr schaute. Obwohl er so lässig wie immer den Zapfhahn bediente und Drinks mixte, hätte er die Gäste, die nach der letzten Runde noch immer nicht ans Gehen dachten, am liebsten kurzerhand rausgeworfen.

Als er schließlich nach oben kam, schlief sie tief, ihr Kopf ruhte auf seinem Kissen, ihr Arm lag da, wo er, Nick, gleich liegen würde. Es war schön, sie einfach anzuschauen und ihren gleichmäßigen tiefen Atemzügen zu lauschen, die nur verstummten, wenn sie sich im Schlaf bewegte.

Dann kam ihm eine Idee, bei der er schmunzeln musste, und er begann sein Hemd aufzuknöpfen.

Er ließ seine Kleider auf dem Boden liegen, dann ging er zum Fußende des Betts. Er schob behutsam das Laken, mit dem sie zugedeckt war, zur Seite und beugte sich über ihren Fuß.

Freddie erwachte von einem angenehmen Prickeln. Es schien über ihre Haut zu kriechen, in ihr Blut zu sickern. Sie hörte sich lustvoll aufseufzen. Oh, was für ein herrlicher Traum! Als Nick seine Zähne über ihren Spann zog, wurde sie ganz wach und setzte sich ruckartig auf.

„Nick?“ Verwirrt und mit klopfendem Herzen schob sie sich das Haar aus den Augen und blinzelte den Schatten, der am Fußende des Bettes kauerte, an. „Was machst du denn?“

„Dich aufwecken.“

Seine Augen glitzerten in der Dunkelheit wie die einer Raubkatze. Eines Wolfs. Als sie entdeckte, dass das Laken, mit dem sie sich zugedeckt hatte, weg war, legte sie peinlich berührt einen Arm über ihre Brüste. Ihre Schamhaftigkeit rührte ihn ebenso, wie sie ihn erregte.

„Zu spät“, murmelte er. „Ich habe dich schon nackt gesehen.“

Sich töricht vorkommend, ließ sie den Arm sinken. Ein bisschen.

„Mir kam der Gedanke, dass ich mich von deinen Zehen langsam aufwärts arbeiten könnte. Ich musste ihm einfach nachgeben.“

„Oh.“ Bei der Vorstellung fühlte sie sich von einer Welle der Lust überschwemmt. „Komm ins Bett.“

„Vielleicht.“

„Ich will, dass …“ Sie unterbrach sich und ließ sich kraftlos in die Kissen zurücksinken, während seine Zunge erstaunliche und aufregende Dinge mit ihrem Knöchel anstellte.

„Da du mich beim ersten Mal verführt hast“, fuhr er fort, während er sich Zentimeter um Zentimeter an ihrer Wade nach oben arbeitete, „dachte ich mir, dass es nur gerecht ist, wenn ich mich jetzt bei dir dafür revanchiere.“

Wer hätte gedacht, dass eine Kniekehle von so köstlicher Empfindsamkeit war? „Nun …“ Ihre Stimme bebte. „Gerecht ist gerecht.“

Freddie summte glücklich vor sich hin, als sie sich am nächsten Morgen in ihre Wohnung einließ. Nicht nur war sie verliebt, nein, sie hatte auch die erste Nacht mit dem Mann verbracht, den sie liebte. Nick LeBeck gehörte ihr. Und sie gehörte ihm.

Sie drehte zwei schwungvolle Pirouetten durch das Wohnzimmer und vergrub das Gesicht in dem weißen Veilchen, das er ihr geschenkt hatte, dann tanzte sie weiter durch die Wohnung.

Ihr Leben war einfach perfekt.

Sie hätte sofort ihr schönes Apartment aufgegeben und wäre mit Sack und Pack zu ihm in seinen Saustall gezogen. Aber sie konnte sich Nicks Gesicht genauestens vorstellen, sollte sie diesen Vorschlag machen.

Purer Schock. Und eine gehörige Portion Angst.

Nun, es bestand wirklich kein Grund, die Dinge übertrieben hektisch voranzutreiben. Im Moment jedenfalls noch nicht.

Sollte er allerdings nicht bald selbst den nächsten Schritt machen, würde sie wohl die Initiative ergreifen müssen. Und ihm einen Antrag machen.

Doch für den Moment war sie durchaus zufrieden. Was sie jetzt brauchte, war eine Dusche – die, die sie heute Morgen mit Nick zusammen genommen hatte, hatte nicht viel mit Körperreinigung zu tun gehabt – und frische Wäsche. In einer Stunde sollte sie wieder bei ihm sein.

Sie hatte gerade das Wasser abgestellt, als die Klingel ertönte. „Komme ja schon.“ Tropfend eilte sie zur Gegensprechanlage. „Ja?“

„Mach auf, Freddie.“

Allein der Klang seiner Stimme verursachte einen angenehmen

Schauer. „Nick, du solltest aufhören, mir ständig hinterherzulaufen."

„Sehr witzig. Mach schon auf. Wenn du ans Telefon gegangen wärst, hätte ich mir den Weg hierher ersparen können."

„Ich stand unter der Dusche." Sie drückte den Türöffner, dann schob sie die Riegel von der Tür und rannte zurück ins Bad. Sie wand ein Handtuch um ihr nasses Haar und trug noch etwas von der parfümierten Feuchtigkeitscreme auf, bevor sie in den kurzen Bademantel schlüpfte.

Und dann stand er auch schon in der Wohnung. „Lass nie die Wohnungstür offen stehen", raunzte er sie als Erstes an.

Er ist ja so charmant, dachte sie. „Du warst doch auf dem Weg nach oben."

„Niemals!", wiederholte er, dann betrachtete er sie genauer. „Hast du nicht vor einer Stunde schon geduscht?"

Sie legte den Kopf ein wenig schief und schob das Handtuch zurück, das herunterfallen wollte. „Das würde ich eher in die Kategorie ‚Wasserspiele' einordnen. Was soll die Frage? Leidet New York etwa plötzlich unter Wassermangel?"

Zerstreut griff er nach dem Revers ihres Morgenmantels. „Und wie nennt man so ein Ding?"

Sie sah an dem kurzen violetten Seidenmantel herunter. „Das ist ein Morgenmantel. Wie nennst du das denn?"

„Eine Einladung. Aber dafür haben wir jetzt keine Zeit. Beeil dich, pack deine Koffer."

Sie riss erstaunt die Augenbrauen hoch. „Ich muss verreisen?"

„Wir müssen verreisen. Maddy hat angerufen, fünf Minuten, nachdem du weg warst. Sie hat uns eingeladen, ein paar Tage mit ihr zusammen in den Hamptons zu verbringen."

Da das Handtuch sich partout weigerte, elegant und gerade zu bleiben, riss sie es einfach herunter. „Wann? Jetzt?"

„Natürlich jetzt. Sie hat ein Wochenendhaus da, und ihre ganze Familie ist zu Besuch." Er streckte die Hand aus und ließ eine nasse Strähne durch seine Finger gleiten. „Sie hält das für eine gute Gelegenheit. Damit wir uns besser kennenlernen können, wenn wir zusammenarbeiten sollen."

„Hört sich vernünftig an."

„Also beeil dich, ja?" Man merkte ihm die Ungeduld an. „Ich

muss auch noch packen, einen Wagen anmieten und jemanden finden, der meine Schicht in der Bar übernimmt."

„Fein, dann fang an. Bis du das erledigt hast, bin ich fertig."

„Darauf würde ich nicht wetten ... Du lieber Himmel!" Während des Sprechens war er rückwärts in das Schlafzimmer getreten, und jetzt sperrte er den Mund auf. „Was ist denn das?"

„Ein Bett", antwortete sie, trat vor und strich liebevoll über das Fußende. „Mein Bett. Toll, nicht?"

Er musste grinsen, er konnte nicht anders. „Aus ‚Tausendundeine Nacht' oder ‚Dornröschen'?"

„Irgendwo dazwischen." Sie hob skeptisch eine Augenbraue. „Auf jeden Fall ist es größer als deins."

„Dreimal so groß." Er nahm die feine Spitze der Tagesdecke zwischen zwei Finger. Er hätte seinen Kopf darauf verwettet, dass sie Spitze wählen würde. Langsam wandte er sich zu ihr um, ein Funkeln in den Augen und Lust in seinem Herzen. „Also, Freddie, wie lange, meinst du, brauchst du zum Packen?"

„Bestimmt nicht sehr lange", versprach sie und warf sich mit ihm auf das Bett.

9. KAPITEL

„Du willst mir wirklich allen Ernstes erzählen, du hättest *sie*? Den Superstar der Familie?“ Zack schüttelte entschieden den Kopf. „Lachhaft.“

„Es ist aber so“, beharrte Nick, außer Stande, sich seines Grinsens zu erwehren. Es war kein Geheimnis, dass die blonde Göttin eine von Zacks „kleinen Obsessionen“ war, wie Rachel es trocken auszudrücken pflegte.

Und es stimmte tatsächlich. Freddie und Nick waren übers Wochenende bei Maddy und ihrer großen Familie zu Besuch gewesen, um mit ihr die Hauptrolle durchzusprechen, die sie in dem Musical übernehmen sollte, und dort hatten sie unter anderem auch deren Schwester, eine berühmte Schauspielerin, kennengelernt.

„Die Schauspielerin, deren Filme du dir reinziehst, sobald sie als Video erhältlich sind.“ Er schickte sich an, mit der nächsten Kiste Klub Soda, die er eben aus dem Kofferraum gehievt hatte, in den Vorratsraum zu gehen.

„He, warte doch mal eine Sekunde.“ Zack, der Nick mit leeren Händen nachgekommen war, hielt ihn am Ärmel fest. „Du meinst, du hast sie wirklich getroffen – in Fleisch und Blut?“

„Und sie hat ein verdammt aufregendes Fleisch, das kann ich dir flüstern.“ Manchmal war Schadenfreude eben doch die schönste Freude. „Ich habe zweimal mit ihr zusammen zu Abend gegessen.“ Nick sorgte dafür, dass es möglichst lässig klang, und ergänzte das Ganze noch durch ein betont beiläufiges Schulterzucken. „Aber ich muss sagen, ihre Schwestern sind auch nicht zu verachten. Sie haben beide …“

„Ja, ja, über ihre Schwestern können wir später noch reden. Du hast mit ihr zu Abend gegessen, ich meine … so richtig? Mit ihr?“ Zack musste sich räuspern. „Zusammen. An einem Tisch?“

„Richtig.“ Natürlich war bei diesen Mahlzeiten die gesamte Familie anwesend gewesen, und die Kinder hatten einen Lärm veranstaltet, dass man kaum sein eigenes Wort verstand, aber es gab keinen Grund, solche Kleinigkeiten zu erwähnen. „Ich habe dir doch erzählt, dass ich ein paar Tage zu Maddy fahre.“

„Ich habe mir weiter keine Gedanken darüber gemacht“, brummte

Zack. „Irgendwie habe ich die beiden gar nicht zusammengebracht. Egal. Aber wenn du sie wirklich kennengelernt und mit ihr zu Abend gegessen hast … sag mal, wie ist sie denn so, ich meine … in Wirklichkeit?"

Nick drehte sich nach Zack um und spitzte die Lippen zu einem theatralischen Kuss. Dann ging er grinsend weiter.

„He, verdammt, warte, du bringst mich noch um." Zack, ein Opfer seiner Fantasien, rannte hinter Nick her. „Ich meine, wie sieht sie denn aus? Na, du weißt schon …" Er beschrieb mit den Händen eine Kurve in der Luft.

„Ihren Bikini füllt sie recht ordentlich aus."

„Bikini." Zack presste sich eine Hand aufs Herz. „Großer Gott. Du hast sie im Bikini gesehen."

„Ja, klar, wir sind ein paarmal zusammen geschwommen." Tatsächlich hatten Freddie und er dreimal mit ihr Wasserball gespielt. Aber warum so detailversessen sein?

„Mit ihr geschwommen." Zack schluckte schwer. „Sie ist … nass geworden."

„Das wird man beim Schwimmen gewöhnlich."

Eingedenk seines Blutdrucks beschloss Zack, sich dieses Bild erst einmal nicht weiter vorzustellen. Er würde es sich für später aufheben, wenn er wieder ruhiger geworden war. „Und du hast mit ihr gesprochen. Habt ihr euch richtig unterhalten?"

„Die ganze Zeit über. Sie ist intelligent. Das erhöht ihren Reiz noch, nehme ich an. Zumindest in meinen Augen."

„Ich frage ja nur. Du hast sie also wirklich getroffen." Er seufzte und hievte einen Kasten Limonade hoch.

„Ich habe sie nicht nur getroffen. Ich habe sie sogar geküsst."

„Dass ich nicht lache."

„Also gut, du hast recht. Ich habe sie nicht geküsst."

Zack schnaubte verärgert. „Darüber reißt man keine Witze."

„Sie hat mich geküsst." Nick tippte sich mit dem Zeigefinger an die Lippen. „Genau hier hat sie mir einen Kuss draufgepflanzt."

Zack schaute ihn fassungslos an. „Du stehst hier und willst mir erzählen, dass sie dich geküsst hat – auf den Mund?"

„He, würde ich dich je anlügen?"

Zack dachte gründlich darüber nach. „Nein", entschied er schließlich. „Das würdest du nicht." Dann machte er einen Satz auf Nick zu, und ehe dieser wusste, wie ihm geschah, riss Zack ihn an sich und küsste ihn – genau wie die Sängerin es getan hatte – mitten auf den Mund.

„Verdammt, Zack!" Noch mehr Flüche entfuhren Nick, während er das Gesicht verzog und sich mit dem Handrücken den Mund abwischte. „Hast du sie noch alle?"

„He, ich nehme an, so nah komme ich ihr nie mehr im Leben." Befriedigt bückte sich Zack nach der nächsten Kiste. „Ein Mann hat seine Träume, Kumpel."

„Von mir aus, aber halt mich da raus." Nick setzte noch einen drauf und wischte sich den Mund ein zweites Mal ab. „Mann, was glaubst du, was los ist, wenn uns eben jemand gesehen hat?"

„Außer uns beiden ist doch keiner hier, Bruderherz. Und ich weiß es sehr zu schätzen, dass du sofort nach deinem aufregenden Ausflug gekommen bist, um hier mit anzupacken."

„Nicht der Rede wert."

„Und wie hat Freddie der Ausflug in die Welt der Reichen und Schönen gefallen?"

„Das ist doch nichts Neues für sie." Nick wischte sich den Schweiß vom Nacken. „Viel anders ist ihre Welt auch nicht."

„Ja, du hast wohl recht. Man vergisst es nur so leicht. Hier ist sie einfach nur Freddie."

Sie luden die Kisten ab und trugen sie in den Vorratsraum, dann schlossen sie ihre Arbeit mit dem Eistee, den Rio in hohen Gläsern im Kühlschrank für sie kalt gestellt hatte, ab.

„Ganz schön heiß. Und das schon im Juni", setzte Zack an. „Du solltest dir eine Klimaanlage in der Wohnung einbauen."

„Ja, vielleicht."

Eine gute Einleitung, sagte sich Zack. Für etwas, das ihm schon länger durch den Kopf ging. „Ich hab nachgedacht, so wie deine Karriere sich jetzt anlässt und das alles …" Mit „das alles", meinte er hauptsächlich Freddie, aber er konnte sich nicht dazu bringen, es offen auszusprechen. „Vielleicht hast du ja keine Lust mehr, noch lange hierzubleiben."

„Was? Oben?"

„Ja, oben in der Wohnung. Und hier, in der Bar."

Verdutzt setzte Nick sein Glas ab. „Heißt das, ich bin gefeuert?"
„Herrgott, nein. Um ehrlich zu sein, ich wüsste gar nicht, wie ich das alles ohne dich schaffen sollte. Aber ich beginne mir Sorgen zu machen, dass du dich vielleicht nur verpflichtet fühlst, hierzubleiben. Barkeeper war nicht unbedingt dein Traumjob für die Zukunft, oder?"
„Deiner war es auch nicht", erwiderte Nick leise.
„Das ist etwas anderes ...", begann Zack und schüttelte dann den Kopf, als er Nicks Blick sah. „Na schön, war es nicht. Aber ich hatte meine Chance und habe meine Wahl getroffen. Tatsache ist, ich liebe diese Bar. Ich bin glücklich und zufrieden mit meinem Leben. Was nicht bedeuten darf, dass wir aus dem Augen verlieren, dass du einen ganz anderen Weg vor dir hast."
„Willst du immer noch auf mich aufpassen?"
„Alte Angewohnheit."
Nick schürzte die Lippen. „Sagen wir mal so ... früher oder später wirst du dich nach einem anderen Barkeeper und Teilzeit-Pianisten umsehen müssen. Aber im Moment stört es mich nicht, die Nachtschicht zu übernehmen, solange mir das nicht das Komponieren durcheinanderbringt. Außerdem – wenn das Stück ein Flop wird, brauche ich einen Rückhalt."
„Es wird kein Flop werden."
„Du hast recht, wird es nicht. Aber lass uns die Dinge einfach für eine Weile noch beim Alten belassen." Er sah auf die Wanduhr und fluchte. „Mann, ich hätte schon vor einer halben Stunde bei Freddie sein sollen!" Er trank den letzten Schluck Eistee. „Bis später!" Damit war er schon zur Tür hinaus und ließ einen breit grinsenden Zack zurück.

Nick hatte entschieden, dass sie zur Abwechslung mal Freddies Flügel eine Chance geben sollten. Deshalb gaben die beiden an diesem Nachmittag der Abschlussszene des ersten Aktes in Freddies Wohnung den letzten Schliff.
„Es kommt gut", erklärte Nick zufrieden. „Das reicht."
„Ja, finde ich auch. Aber ich denke ..."
„Nein. Höchste Zeit, mit dem Denken aufzuhören." Er streckte die Hände nach ihr aus, zog sie in seine Arme und stand mit ihr auf.

„Lass mich los. Was ist mit der Eröffnung für den zweiten Akt? Wir haben noch nicht mal angefangen damit."

„Morgen."

„Heute", sagte sie lachend, während sie sich von ihm freizumachen versuchte. „Nick, es ist helllichter Nachmittag."

„Das ist sogar noch besser."

„Du bestehst doch sonst immer so eisern darauf, dass wir arbeiten."

„Das war, als ich noch entschlossen war, dem aus dem Weg zu gehen, was ich jetzt gleich tun werde." Er trug sie ins Schlafzimmer und ließ sie aufs Bett fallen.

„Wir haben unser Tagespensum noch nicht geschafft." Als er sie nur angrinste und begann, sich das Hemd aufzuknöpfen, setzte sie sich auf. „Das ist nicht das Pensum, von dem ich rede."

„Du willst wohl, dass ich dich nach allen Regeln der Kunst verführe, hm?"

„Nein." Umgehend besann sie sich jedoch eines Besseren. Sie legte den Kopf auf die Seite und warf ihm einen langen, abschätzenden Blick zu. „Nun, vielleicht ... wenn du glaubst, dass du es schaffst."

Er hatte sich bereits sein Hemd aufgeknöpft. Die Hürde, die sie aufgebaut hatte, gab dem ungezwungenen Vergnügen, auf das er aus gewesen war, einen neuen Kick. Sie wandte den Blick ab, dann schaute sie ihn wieder an, als er sich auf der Bettkante niederließ.

„Nur durch Anschauen schaffst du es nicht, mich zu verführen."

„Ich liebe es, dich anzuschauen, ich kann mich gar nicht sattsehen an dir."

Sie zog die Augenbrauen zusammen. „Das ist mir zu billig, Mr. Romance."

„Dann muss ich dich wohl erst daran erinnern, dass du – zuverlässigen Aussagen zufolge – nicht wirklich mein Typ bist." Als sie empört aufspringen wollte, bekam er sie gerade noch zu fassen, warf sie aufs Bett und hielt sie fest.

„Ich bin nicht interessiert", sagte sie kühl. „Lass mich aufstehen."

„Oh, du bist sogar sehr interessiert. Diese kleine Ader hier an deinem Hals ..." Er fuhr mit den Lippen darüber. „Sie pocht ungewöhnlich schnell."

„Das ist nur der Ärger."

„Nein, wenn du dich ärgerst, kriegst du diese Linie hier." Er legte eine Fingerspitze zwischen ihre Augenbrauen und lächelte, als sich die Linie bildete. „Ja, genau so." Er küsste sie auf die Stirn und stellte zufrieden fest, dass sich die Furche wieder geglättet hatte.

„Ich will nicht, dass ..." Sein Mund, der neckisch den ihren streifte, bewirkte, dass sie den Faden verlor.

„Was?"

„Dass ... mmm."

„Das dachte ich mir."

Welcher Mann konnte einer Frau widerstehen, die die Fähigkeit hatte, derart dahinzuschmelzen? Oder diesem leisen Gurren, das ihrer Kehle entstieg, wenn sich ein Kuss träge und lustvoll hinzog?

Und genauso wollte er sie jetzt lieben. Träge und lustvoll, damit er auch noch die kleinste Veränderung, die in ihr vorging, wahrnehmen konnte. Er brauchte sie nur anzutippen, und sie kam ihm entgegen. Ein geraunte Kosewort genügte, und sie seufzte voller Verlangen auf.

Es schien, als gäbe es nichts, was er nicht tun, nichts, worum er sie nicht hätte bitten können.

Er wollte sie sehen, alles von ihr, während die Sonne durch die geöffneten Fenster ins Zimmer flutete und die Geräusche des nachmittäglichen Verkehrs zu ihnen nach oben drangen. Seine Bewegungen waren langsam und ohne Hast, als er die Knöpfe ihrer Bluse öffnete, einen nach dem anderen.

Er zeichnete den Spitzenbesatz an ihrem BH nach, ließ seine Finger darunterschlüpfen und lauschte ihren sich beschleunigenden Atemzügen.

So ist es immer, dachte sie verschwommen. Unangestrengt und schön. Egal ob sie in hitzigem Verlangen oder einander neckend zusammenfanden, ruhig oder von heißen Wellen des Begehrens überschwemmt, es war immer ganz einfach.

Perfekt.

Sie spürte, wie ihr Verlangen langsam aufblühte, wie eine Rose, die sich Blütenblatt um Blütenblatt öffnet. Genauso leicht fiel es ihr, sich ihm zu öffnen.

Der leise Windhauch, so träge wie seine Hände, strich von den geöffneten Fenstern zu ihr herüber, kühlte ihre erhitzte Haut, die nur einen Wimpernschlag später wieder zum Glühen gebracht wurde durch seine Hände und wieder gekühlt und wieder erhitzt. Die Verkehrsgeräusche, die von der Straße heraufdrangen, klangen plötzlich gedämpft, wie in einem Traum, und auch das Sonnenlicht erschien ihr mild. Alles trat in den Hintergrund, wie ein Bühnenbild für die Fantasie.

Sie wölbte sich ihm entgegen, als er ihr die Hose auszog, und schob ihm gleichzeitig das offene Hemd über die Schultern, wobei sie ihre Hände über seine muskulösen Arme gleiten ließ.

Sie war sich nicht sicher, wann sich das Tempo beschleunigt hatte, wann die unterschwellige Dringlichkeit begonnen hatte, in sie einzusickern wie eine Droge, die ihr jetzt durch die Blutbahn schoss.

Sie klammerte sich an ihn und wand sich nach Erlösung lechzend unter ihm.

„Ich will dich, Nick. Jetzt."

Die Lust wurde plötzlich dunkel, gefährlich. Nebelverhangene Träume wandelten sich in Besessenheit. Der Hunger peinigte sie beide, so sehr, dass sie tief erschauerten.

Niemand hatte ihm je so viel Lust bereitet.

„Jetzt", keuchte sie atemlos vor Begehren, während sie sich über ihn kniete und mit einem triumphierenden Aufschrei ganz tief in sich aufnahm.

Sprachlos über die blitzschnelle Veränderung, die in ihr vorgegangen war, und angetrieben von der Hitze seines eigenen Begehrens, umklammerte er hart ihre Hüften und ließ sich von ihr reiten.

Später, als sie beieinanderlagen, erschöpft wie Kinder, die den ganzen Nachmittag herumgetollt waren, fiel ihm etwas auf. In ihrer Beziehung gab es nicht den leisesten Hauch von Romantik. Alles, was man gemeinhin damit verband, fehlte – die Kerzen und der Wein, die verschwiegenen Plätze und die langen Spaziergänge.

Sie hatte Besseres verdient. Aber er hatte sie schließlich von Anfang an davon zu überzeugen versucht, dass sie für ihn viel zu schade war. Da sie nicht auf ihn gehört hatte, musste er ihr mindestens etwas zurückgeben.

Nick wünschte, er könnte ihr alles geben.

Woher kam plötzlich dieser Gedanke? Er atmete vorsichtig aus, während ein unerwarteter Gefühlssturm über ihn hinwegfegte. Der ihn erwärmte wie ein inneres Feuer. Der wie Musik klang in seinen Ohren. Wann hatte er angefangen, es zu genießen, dass er sie begehrte? Dass er sie liebte?

Reiß dich am Riemen, warnte er sich selbst. Es würde böse enden für sie beide, wenn er dem, was da unterschwellig in ihm gärte, freien Lauf ließe.

Er beschloss, dass es sicherer war, zu seiner Ausgangsidee zurückzukehren. Jawohl, es wurde höchste Zeit, dass er einmal von sich aus aktiv wurde und ihr einen schönen Abend bereitete, wenn er ihr sonst schon nichts zu bieten hatte.

„Du hast da ja eine Menge Schickimickikram in deinem Schrank hängen."

Es amüsierte sie, dass er von ihrer Garderobe Notiz genommen hatte. „Selbst in West Virginia schaffen wir es, einkaufen zu gehen, und tragen gelegentlich etwas anderes als Overalls."

„Sei doch nicht gleich so gereizt – ich liebe West Virginia."

Dort war sie aufgewachsen, in einem großen Haus mit antiken Möbeln und Hausangestellten. Und er war über einer Bar groß geworden und auf der Straße, mit einem Stiefvater, der den Whiskey ein bisschen zu sehr geliebt hatte. Besser, du erinnerst dich daran, LeBeck, bevor du dir irgendwelche Flöhe in den Kopf setzt.

„Ich habe nur gedacht, du könntest dir vielleicht irgendwas Wildes anziehen, und dann könnten wir zusammen ausgehen."

„Ausgehen?" Sie horchte auf. „Wohin denn?"

„Wohin du möchtest." Er wünschte sich, sie würde ihn nicht anschauen, als hätte er eben einen Baseballschläger über ihrem Kopf geschwungen. Vorher würden sie noch miteinander ausgehen. „Ich habe ein paar Beziehungen. Ich könnte uns Karten für ein Musical besorgen. Nicht für meins", fügte er hinzu, bevor sie sich äußern konnte. „Ich will nicht, dass meine eigenen Melodien in meinem Kopf miteinander in einen Wettstreit treten."

Jetzt setzte sie sich ganz auf, töricht angetan von der Vorstellung, mit ihm auszugehen. Sie waren bisher nur ein einziges Mal zum Essen gegangen, und das war auf ihre Initiative hin geschehen. „Es ist ein bisschen spät am Tag, um noch Karten für irgendeine Vorstellung aufzutreiben."

„Nicht wenn man weiß, wen man anrufen muss." Er fuhr ihr mit dem Finger über den Arm in einer Art und Weise, die sie leise aufseufzen ließ. Sie fragte sich, ob er wusste, dass sie sich wünschte, er würde sie immer und ewig so berühren. „Und anschließend könnten wir noch essen gehen. Französisch, wenn du magst."

Und es ist nicht nur ein einfaches Date, dachte sie benommen. Es ist ein Powerdate. „Das wäre schön." Sie war sich nicht sicher, wie sie reagieren sollte, doch bevor sie sich weiter den Kopf darüber zerbrechen konnte, war er schon aufgestanden und zog sich an. „Also los, takel dich auf. Ich gehe nach Hause und bestelle die Karten. Wir treffen uns bei mir. In einer Stunde."

Er beugte sich vor und gab ihr einen flüchtigen Kuss, dann war er weg.

Vielleicht ist er nicht Sir Lancelot, dachte sie kopfschüttelnd, aber egal ob mit Rüstung oder ohne, er hatte unzweifelhaft seine Momente.

Freddie brauchte jede Sekunde der Stunde, um sich zurechtzumachen. Sie hoffte nur, dass Nick das schulterfreie blaue Seidenkleid auch zu würdigen wusste. Als sie mit ihrem Pfennigabsatz um ein Haar in einer Pflasterspalte hängen geblieben wäre, wünschte sie sich, dass sie sich bei ihr verabredet hätten.

Sie fegte an Rio winkend vorbei und drehte eine Pirouette, als er ihr hinterherpfiff. Nach einem flüchtigen Klopfen an Nicks Wohnungstür trat sie ein.

„Diesmal bist du zu spät", rief sie.

„Ich musste Zack noch mit einer Lieferung helfen."

„Oh." Sie biss sich auf die Unterlippe. „Deine Schicht habe ich ja ganz vergessen."

„Ich habe heute meinen freien Tag." Nick kam, im Gehen in sein Jackett schlüpfend, aus dem Schlafzimmer. Er bedachte sie mit einem eingehenden Blick und nickte schließlich beifällig. „Sehr nett."

„Du hast wirklich eine seltsame Art, Komplimente auszuteilen, Nicholas."

„Wie wär's damit?" Er packte sie, hob sie hoch und küsste sie, bis ihr die Luft wegblieb.

„Okay", sagte sie, als sie wieder atmen konnte. „Das ist sehr gut."

Plötzlich nervös geworden, ließ er sie los. „Wir haben noch ein wenig Zeit für einen kleinen Schluck. Was hältst du davon, wenn ich deinen persönlichen Barkeeper spiele?"

„Warum nicht? Gegen ein Glas Weißwein lässt sich nichts einwenden – der Barkeeper hat die Wahl."

„Ich denke, ich habe etwas, das deinen Beifall finden wird." Er hatte sich eine Flasche Champagner aus Zacks Weinkeller stibitzt.

„Oh." Freddies Augen weiteten sich. „Das scheint ja wirklich ein erinnerungswürdiger Abend zu werden."

„Das war meine Absicht." Er merkte, dass es ihm Spaß machte, sie zu überraschen. Etwas Außergewöhnliches für sie zu tun. Er ließ gekonnt den Korken knallen und füllte zwei Champagnerkelche, die er sich aus der Bar entliehen hatte. „Auf die Familie", sagte er und stieß mit ihr an.

Sie lächelte, als sie ihr Glas hob. „Was ist denn mit dir plötzlich los? Ich kann es noch gar nicht richtig einordnen."

Diese merkwürdige Unruhe meldete sich wieder, Verlangen und Sehnsüchte verknoteten sich in seinem Magen, schlangen sich um sein Herz. „Ich weiß es selbst nicht so genau."

Doch diese Tatsache machte ihn weniger nervös, als sie ihn eigentlich machen sollte. Weil er glücklich war. Himmelhoch jauchzend glücklich. Und je öfter er sie anschaute, desto glücklicher wurde er.

Er war überzeugt davon, dass es ihm ein Leben lang Freude bereiten würde, sie anzuschauen.

Als dieser unerwartete Gedanke wie ein Fausthieb in seinem Magen landete, hielt er für einen Moment die Luft an und atmete dann ganz langsam aus.

„Ist alles in Ordnung mit dir?" Freddie klopfte ihm kameradschaftlich auf den Rücken. „Hast du dich verschluckt?"

„Nein, mir geht es gut." Liebe. Ein Leben lang. „Mir geht es … gut."

Plötzlich wurde sie unruhig, deshalb trat sie einen kleinen Schritt zurück. „Warum schaust du mich denn so an?"

„Wie?"

„Als hättest du mich noch nie gesehen."

„Ich weiß nicht." Aber das war gelogen. Er hatte sie tatsächlich noch nie gesehen, nicht durch die Augen eines Mannes jedenfalls, der völlig kopflos vor Liebe war.

Jetzt wurde ihm klar, dass ihm etwas Unglaubliches passiert war. Er hatte sich Hals über Kopf unsterblich in seine beste Freundin verliebt.

„Komm, setzen wir uns noch einen Moment." Es musste sein.

„Also gut." Leicht verunsichert ließ sie sich auf der Couch nieder. „Hör zu, Nick, wenn du dich nicht wohlfühlst, können wir die ganze Sache verschieben."

„Nein, mir geht es gut. Habe ich nicht schon gesagt, dass es mir gut geht?"

„Du siehst aber gar nicht gut aus. Du bist blass."

Kein Wunder. Er war ja auch noch nie vorher verliebt gewesen. Er war um die Liebe herumgetanzt, hatte damit gespielt, hatte die äußersten Ränder gestreift. Aber jetzt war er allem Anschein nach kopfüber hineingestürzt.

Mit Freddie.

Er hatte gerade begonnen sich daran zu gewöhnen, mit ihr Liebe zu machen. Aber die Erkenntnis, dass er sie liebte, verlangte ihm eine Menge mehr an Gedanken ab. Doch wie denken, wo er doch im Moment den Eindruck nicht loswurde, aus nichts als Gefühlen zu bestehen?

„Freddie ... die Dinge zwischen uns haben sich irgendwie ziemlich rasant entwickelt."

Sie hob eine Augenbraue. „Ein Jahrzehnt nennst du rasant?"

Er wischte ihren Einwand beiseite. „Du weißt, was ich meine ... die Arbeit und alles andere."

Der Schauer, der ihr über den Rücken lief, war eisig und voller Angst. Aber ihre Stimme war ruhig. „Versuchst du, mich behutsam fallen zu lassen, Nick?"

„Nein." Dieser Gedanke entsetzte ihn – es war undenkbar. „Nein", wiederholte er und griff so fest nach ihrer Hand, dass Freddie zusammenzuckte. „Ich will dich, Freddie. Mir ist nur gerade klar geworden, wie sehr ich dich will ..."

Ihr ging das Herz über vor Glück. „Du hast mich, Nick. Du hast mich immer."

„Die Dinge haben sich verändert." Ihm fiel keine geeignete Umschreibung ein, die es vermochte, sie beide zufriedenzustellen. Aber irgendwie musste er sich ihr verständlich machen. „Es ist nicht nur, weil wir zusammen ins Bett gehen. Was ich für dich empfinde, ist so anders, so viel stärker als alles, was ich jemals gefühlt habe."

„Nick." Von Liebe überschwemmt, zog sie seine Hand an ihre Wange. „So etwas hast du noch nie gesagt. Ich glaubte schon, du würdest es nie tun."

Er auch. Doch jetzt befürchtete er auf einmal, keine Worte mehr zu finden, nicht die richtigen jedenfalls. „Ich möchte nicht, dass wir irgendetwas überstürzen, Freddie, aber ich will, dass du weißt …"

Als eilige, schwere Schritte auf der Treppe ertönten, stieß Nick einen Fluch aus, und Freddie verwünschte das Schicksal. Keiner von beiden bewegte sich, als Rio mit Unheil verkündendem Gesicht auf der Schwelle erschien.

„Nick, du solltest besser runterkommen."

Ihn durchfuhr ein eisiger Schreck. „Ist irgendwas mit Zack?"

„Nein, nicht Zack." Rio warf Freddie einen entschuldigenden Blick zu. „Aber du solltest trotzdem schnell kommen."

„Bleib hier", wies Nick Freddie an, doch Rio widersprach.

„Nein, sie sollte auch runterkommen. Sie kann helfen." Als Nick an ihm vorbeiging, legte Rio ihm schwer eine Hand auf die Schulter. „Es ist Maria."

Nick zögerte und warf Freddie einen Blick zu. Es gab keine Möglichkeit, sie hier herauszuhalten. „Wie schlimm ist es?"

Rio schüttelte nur den Kopf und wartete darauf, dass Nick und Freddie sich ihm anschlossen.

Der Name sagte Freddie nichts. Womöglich handelte es sich um eine ehemalige Geliebte von Nick, die eifersüchtig oder gar betrunken in die Bar gekommen war, um ihn zur Rede zu stellen.

Doch der Anblick in der Küche belehrte sie eines Besseren.

Die Frau war dunkel und mager, und bevor die Sorgen und die Erschöpfung ihre unübersehbaren Spuren auf ihrem Gesicht hinterlassen hatten, war sie wahrscheinlich hübsch gewesen. Doch Genaues ließ sich wegen der Schwellungen und blauen Flecken, die das Gesicht bedeckten, nicht sagen.

Sie saß regungslos da, ihr zu Füßen hockte ein kleines Mädchen und lutschte am Daumen, während ein kleiner dünner Junge von hinten ihre Stuhllehne umklammerte. In ihrem Schoß weinte ein Baby von etwa drei Monaten leise vor sich hin.

Nick verspürte bei ihrem Anblick den Drang, sie anzuschreien, nur damit sie wütend wurde. Er wollte diese Frau, dieses Mädchen, das er einst gekannt und fast geliebt hatte, so lange schütteln, bis sie endlich diesen hoffnungslosen Blick verlor. Stattdessen ging er auf sie zu und hob sanft ihr Kinn. Als sie ihn anschaute, rollte ihr die erste Träne über die Wange.

„Es tut mir leid, Nick. Es tut mir so leid. Ich wusste nicht, wohin ich sonst gehen sollte."

„Es muss dir nicht leidtun. He, Carlo." Er versuchte den Jungen anzulächeln. Obwohl er ihm nur leicht die Hand auf die Schulter legte, versteifte sich Carlo und zog sich in sich zurück.

Großen Händen war nie zu trauen.

„Und wen haben wir denn da? Ist das Jenny?" Nick hob das Mädchen auf und setzte sie sich auf seine Hüfte. Den Daumen noch immer im Mund, bettete sie den Kopf an seine Schulter.

„Rio, warum schmeißt du den Kindern nicht ein paar Hamburger in die Pfanne?"

„Sind schon in Arbeit."

„Jenny, willst du dich auf den Tresen setzen und Rio beim Kochen zuschauen?" Als sie nickte, setzte Nick sie dort ab. Ein Blick genügte, um Carlo zu veranlassen, sich zu seiner kleinen Schwester zu gesellen.

„Ich möchte dir keine Scherereien machen, Nick", begann Maria, während sie das weinende Baby zu wiegen begann.

„Willst du einen Kaffee?" Ohne eine Antwort abzuwarten, ging er zur Kaffeemaschine. „Das Baby ist hungrig, Maria."

„Ich weiß." Mit einer Bewegung, die sie eine schier übermächtige Anstrengung zu kosten schien, bückte sie sich nach der Papiertragetasche zu ihren Füßen. „Ich kann sie nicht stillen. Ich habe keine Milch mehr. Aber ich habe Babynahrung und ein Fläschchen dabei."

„Kann ich es vielleicht zurechtmachen?" Freddie streckte die Arme aus. „Und wenn Sie möchten, können Sie mir die Kleine auch einen Moment geben."

„Sicher. Sie ist ein gutes Baby, wirklich. Es ist nur, weil ..." Sie brach ab und begann still in sich hineinzuweinen.

„Es wird bald alles wieder gut", tröstete Freddie die Frau, während sie ihr behutsam das Baby aus dem Arm nahm. „Alles wird bald wieder gut sein."

„Ich bin so müde", brachte Maria mühsam heraus. „Es ist nur, weil ich so müde bin."

„Hör auf damit." Der Befehl klang schroff, während Nick eine Tasse Kaffee vor sie hinstellte. „Er hatte dich wieder in der Mangel, stimmt's?"

„Nick." Freddie warf einen warnenden Blick auf die Kinder.

„Glaubst du vielleicht, sie wissen nicht, was los ist?" Aber er senkte die Stimme. „Willkommen in der Realität." Er setzte sich neben Maria, nahm ihre Hände und legte sie um den Kaffeebecher. „Hast du diesmal die Polizei gerufen?"

„Ich kann nicht, Nick." Angesichts seines angewiderten Schnaubens schien sie noch mehr zusammenzuschrumpfen. „Ich weiß nicht, was er dann tun würde. Er würde durchdrehen, Nick. Du weißt doch, wie Reece sein kann, wenn er getrunken hat."

„Ja, das weiß ich sehr gut." Gedankenverloren strich er sich mit der Hand über die Brust. Er hatte die Narben, um sich zu erinnern. „Du hast gesagt, dass du ihn verlässt, Maria."

„Das habe ich ja. Ich habe es wirklich, ich schwöre es. Ich würde dich nicht anlügen, Nick. Noch vor der Geburt des Babys bin ich in die Wohnung gezogen, die du mir verschafft hast. Ich würde ihn nie wieder zurücknehmen, nicht nach dem letzten Mal."

Beim letzten Mal hatte Reece sie die Treppe hinuntergeworfen, wie Nick sich erinnerte. Sie war im sechsten Monat schwanger gewesen.

„Und woher hast du dann die aufgeplatzte Lippe und das blaue Auge?"

Maria schaute müde in ihren Kaffee, dann hob sie mechanisch die Tasse, um zu trinken.

Rio stellte einen Teller vor sie hin. „Ich nehme die Kinder mit nach draußen. Sie können dort essen."

„Danke." Sie wischte sich noch eine Träne ab. „Seid schön brav, ihr beiden. Macht Mr. Rio keinen Ärger, habt ihr verstanden?" Als Freddie sich auf einem Stuhl niederließ und begann, das Baby zu füttern, verzog sich Marias Gesicht zu einem kleinen Lächeln. „Sie heißt Dorothy – wie die Dorothy aus ‚Der Zauberer von Oz'. Die Kinder haben den Namen ausgesucht."

„Sie ist ein süßes Baby."

„Ja, das ist sie. Und so lieb. Sie weint fast nie und schläft die ganze Nacht durch."

Nicks Geduld war erschöpft. „Maria."

Sie hielt inne und holte tief Luft. „Er hat mich angerufen, behauptete, er wolle die Kinder sehen."

„Er macht sich einen Dreck aus den Kindern."

„Das weiß ich." Marias Lippen zitterten, doch sie hielt die Tränen zurück. „Und sie wissen das auch. Aber er hörte sich so traurig am Telefon an. Und er ist auch einmal vorbeigekommen und hat ihnen ein Eis spendiert. Deshalb hoffte ich, dass es vielleicht dieses Mal …"

Ihre Stimme erstarb. Ihr war klar, wie dumm diese Hoffnung war. Sie war nicht nur dumm, sie war tödlich.

„Ich wollte nicht zu ihm zurück. Ich dachte mir nur, er könnte ja ab und zu die Kinder sehen. Solange ich dabei war, um sicher zu sein, dass er nicht trank oder brutal wurde. Heute Abend ist er vorbeigekommen, als ich mit dem Baby im Schlafzimmer war. Jenny hat ihn hereingelassen. Es war zu spät, Nick. Ich sah sofort, wie betrunken er war. Ich habe ihm gesagt, er solle gehen. Aber es war zu spät."

„Okay, nur ruhig, ganz ruhig." Er hatte Eiswürfel in ein Handtuch gewickelt und kühlte Marias geschwollene Lippe.

Aber sie konnte nicht ruhig sein, nicht jetzt, da sie mit dem Reden angefangen hatte und alles in ihr danach schrie, dieses Gift aus ihrem Körper ausströmen zu lassen. „Er hat Sachen durchs Zimmer geworfen, wie irre herumgeschrien. Ich habe die Kinder ins Schlafzimmer gebracht, damit er ihnen nichts antun kann. Das hat ihn nur noch wütender gemacht. Also ist er auf mich losgegangen, aber ich konnte mich auch ins Schlafzimmer flüchten und die Tür abschließen. Wir sind dann über die Feuertreppe hinunter. Und einfach gerannt."

„Nick", murmelte Freddie, „nimm du das Baby." Vorsichtig reichte sie ihm das schlafende Kind. „Erst mal werden wir Sie ein bisschen sauber machen." Sie ließ Wasser übers Handtuch laufen und wischte damit behutsam über Marias Gesicht.

Und während sie die Wunden reinigte und die Blutergüsse kühlte, redete sie unablässig leise auf Maria ein. Über die Kinder, über das wunderbare neue Baby. Und allmählich, ganz allmählich, reagierte Maria auf das Gespräch. Freddie setzte sich neben sie und nahm ihre Hand.

„Es gibt Stellen, an die Sie sich wenden können. Wo Ihre Kinder in Sicherheit sind."

„Zuallererst sollte sie die Cops verständigen." Auch wenn Nicks Stimme hart und unnachgiebig klang, hielt er das Baby ganz sanft in seinen Armen.

„Ich muss ihm recht geben." Freddie reichte Maria das Handtuch mit den Eiswürfeln. „Aber ich verstehe auch, was es heißt, Angst zu haben. In einem Frauenhaus können sie Ihnen weiterhelfen. Und auch Ihren Kindern, Maria."

„Nick hat auch schon davon geredet, aber ich dachte, es sei besser, wenn ich allein damit fertig werde."

„Jeder Mensch braucht irgendwann mal Hilfe von anderen."

Maria schloss die Augen und sammelte ihren ganzen verbliebenen Rest an Mut zusammen. „Ich werde nicht zulassen, dass er den Kindern wehtut. Nie wieder. Nick, wenn du mir sagst, dass ich dorthin gehen soll, dann gehe ich."

Damit hätte er nie gerechnet. Er wusste, dass dieser Sieg vor allem Freddies ruhigem Beistand zu verdanken war. „Freddie, oben in der Küchenschublade beim Telefon ist eine Nummer notiert. Der Name Karen steht auf dem Zettel. Frage nach ihr und erklär ihr die Situation."

„Ja." Noch während sie zur Tür ging, hörte sie, wie Maria wieder zu weinen begann. Und sie hatte gerade den Telefonhörer wieder eingehängt, als Nick nach oben kam.

Für einen langen Moment betrachtete er sie – die schlanke Frau in dem eleganten Kleid. „Ich werde dich versetzen müssen, Freddie. Tut mir leid, dass der Abend ruiniert ist. Und er ist noch nicht vorbei", setzte er murmelnd hinzu.

„Ist schon in Ordnung. Aber was meinst du? Mein Gott, Nick, die arme Frau."

Seine Augen waren dunkel und unergründlich. „Ich möchte, dass du sie und die Kinder zum Frauenhaus bringst. Es ist sowieso besser, die sind nie sonderlich begeistert, wenn ein Mann dort auftaucht. Ist ja auch kein Wunder. Ich bin beruhigter, wenn ich weiß, dass du dich um sie kümmerst."

„Ja, natürlich. Und wenn sie sicher untergebracht sind, komme ich zurück und ..."

„Nein, geh nach Hause." Es war ein Befehl, hart und scharf. „Geh einfach nach Hause, wenn du fertig bist. Ich habe noch etwas zu erledigen."

„Aber, Nick ..."

„Ich habe jetzt weder Zeit noch Lust, mich mit dir zu streiten." Er drehte sich um und warf die Tür hinter sich zu.

Er wusste, wo er seinen alten Bandenchef auftreiben würde. Reece bewegte sich noch immer in denselben Kreisen, in denen sie sich als Jugendliche zusammen bewegt hatten. Er trieb sich noch immer in denselben Straßen und denselben zwielichtigen Kneipen herum, in denen sie sich damals Abend für Abend herumgetrieben hatten.

Er fand Reece über einen Whiskey gebeugt in einer Kaschemme, weniger als fünfzehn Häuserblocks vom „Lower the Boom" entfernt.

Die Atmosphäre war nicht geeignet, auch nur einen einzigen seriösen Gast anzuziehen. Der Raum war verräuchert, und in der Luft hing der Gestank nach altem Fett, der Fußboden war mit Zigarettenstummeln und Erdnussschalen bedeckt. Und die Drinks waren genauso billig wie die Hure, die allein am Ende der Theke hing und mit glasigem Blick in ihren Gin starrte.

„Reece."

Der Alkohol hatte ihn über die Jahre aufgeschwemmt. Er drehte sich langsam auf dem Barhocker um.

„He, wen haben wir denn da? Wenn das mal nicht der rechtschaffene LeBeck ist. Bring meinem Kumpel einen Begrüßungsdrink, Gus, und gib mir auch gleich noch einen. Schreib sie beide auf seine Rechnung." Darüber musste Reece so wiehern, dass er fast vom Stuhl gefallen wäre.

„Sparen Sie es sich", sagte Nick zu dem Barkeeper.

„Bist du dir zu schade, um mit einem alten Kumpel einen zu trinken, LeBeck?"

„Ich trinke nicht mit Leuten, die auf mich schießen, Reece."

„Ey, ich hab doch gar nicht auf dich gezielt damals.“ Reece kippte seinen Whiskey hinunter und knallte das leere Glas auf die Theke zum Zeichen, dass er Nachschub wollte. „Und ich habe meine Zeit abgesessen, erinnerst du dich? Volle fünf Jahre, drei Monate und zehn Tage.“ Er zog sich mit den Zähnen eine Zigarette aus einem verknitterten Päckchen. „Sag bloß, du bist noch sauer, weil ich damals was mit Maria angefangen hab? Sie war immer schon scharf auf mich, Kumpel, vergiss das nicht.“

„Ein kluger Mann vergisst, was gestern war, Reece. Aber du warst ja nie sonderlich clever. Allerdings muss ich zugeben, dass ich tatsächlich wegen Maria hier bin.“

„Meine Alte ist meine Sache. Und meine Gören auch.“

„Sie waren es vielleicht.“ In Nicks Augen lauerte jetzt der Wolf, als er sich näher zu Reece hinüberlehnte. Und dieser Wolf hatte Fänge. „Du wirst ihnen nie wieder zu nahekommen. Nie. Und wenn du es doch tust, bring ich dich um.“ Er hatte es ruhig gesagt, mit einer Beiläufigkeit, die den Barkeeper veranlasste, mit der Hand unter der Theke nach seinem Totschläger zu tasten.

Reece gab nur ein verächtliches Schnauben von sich. „Die Schlampe ist wieder zu dir gerannt, stimmt's?“

„Ich wette, du denkst, sie ist diesmal leicht davongekommen – eine aufgeplatzte Lippe, ein blaues Auge, was ist das schon? Diesmal musste sie nicht ins Krankenhaus.“

„Ein Mann hat das Recht, seiner Frau zu zeigen, wo's langgeht.“ Reece schwenkte nachdenklich sein Glas. „Und sie will es auch gezeigt kriegen, kapiert? Im Übrigen wusste sie ganz genau, dass ich dieses letzte Gör nicht wollte. Herrgott noch mal, das erste war ja nicht mal von mir, aber ich hab sie trotzdem genommen, oder vielleicht nicht? Sie und diesen verdammten kleinen Bastard. Also komm jetzt nicht daher und erzähl mir, was ich bei meiner eigenen Frau darf und was nicht, okay?“

„Ich werde dir gar nichts erzählen. Ich werde es dir zeigen.“ Nick rutschte vom Barhocker herunter. „Steh auf, Reece.“

Angesichts der Aussicht, Blut fließen zu sehen, begannen Reece' gerötete Augen zu glitzern. „Willst du dich mit mir anlegen, Bruder?“

„Steh auf“, wiederholte Nick. Aus den Augenwinkeln sah er, dass der Barkeeper eine Bewegung machte. Nick griff nach seiner Brieftasche, holte ein paar Scheine heraus und warf sie auf die Theke. „Das sollte den Schaden decken."

Der Barkeeper schnappte sich das Geld, zählte es durch und nickte. „Ich hab kein Problem damit."

„Irgendjemand muss dir anscheinend die eingebildete Fresse polieren, LeBeck." Reece stand ebenfalls auf. „Sieht ganz danach aus, als würde ich das übernehmen müssen."

Es war nicht hübsch anzusehen. Als das erste Blut floss, ließ das Flittchen seinen Gin im Stich und brachte sich draußen in Sicherheit. Die paar anderen Gäste, die die Bar bevölkerten, traten einen Schritt zurück, um sich besser an dem Schauspiel ergötzen zu können.

Der Whiskey machte Reece nur noch bösartiger. Seine fleischige Faust krachte gegen Nicks Schläfe, sodass Nick Sterne sah, dann landete er einen rechten Haken in Nicks Eingeweiden. Nick krümmte sich vor Schmerz zusammen, aber als er wieder hochkam, versetzte er Reece einen donnernden Kinnhaken.

Geschickt das Überraschungsmoment für sich ausnutzend, ließ er einen Hagel aus Faustschlägen auf Reece niederprasseln, wobei er sich voll und ganz auf dessen Gesicht konzentrierte. Ein Blutstrom quoll aus Reece' Nase, während er um einen Tisch taumelte. Unter seinem Gewicht splitterte Holz.

Den Kopf gesenkt wie ein gereizter Stier, die Hände zu Fäusten geballt, stürzte sich Reece mit einem wütenden Aufheulen auf seinen Gegner. Nick wich geschmeidig aus und landete den nächsten Schlag. Aber in der engen Bar gab es wenig Manövrierspielraum. Beim nächsten Fausthieb ging Nick zu Boden.

Reece' Hände legten sich wie ein Schraubstock um seinen Hals und begannen ihn zu würgen. Nach Luft schnappend, zerrte Nick mit aller Kraft an Reece' Armen, während ihm das Blut wie ein Wasserfall in den Ohren rauschte. Er spürte, wie Reece' Zähne an seinen Knöcheln rissen, aber er ließ nicht nach in seinem Bemühen, bis sich der Würgegriff schließlich lockerte.

Der Hass machte ihn stark und wild und erbarmungslos. Nun hatte Reece keine Chance mehr. Ohnmächtig sackte er in sich zusammen, doch noch ließ Nick nicht von ihm ab.

„Genug." Es bedurfte des tatkräftigen Einschreitens des Barkeepers sowie zweier anderer Gäste, um Nick zum Aufhören zu bewegen. „Du hast bekommen, was du wolltest, Mann. Verschwinde jetzt."

Nick stand mühsam auf, er taumelte leicht, als er sich den Schmutz von den Kleidern klopfte und sich mit dem Handrücken das Blut vom Mund wischte. „Wenn er wieder zu sich kommt, sag ihm, dass ich ihn endgültig fertigmache, wenn er noch einmal die Hand gegen eine Frau erhebt."

10. KAPITEL

Nachdem Freddie Maria und die Kinder in dem Haus für misshandelte Frauen abgeliefert hatte, dachte sie daran, nach Hause zu gehen und Nick von dort aus wie versprochen anzurufen. Sie fühlte sich vollkommen ausgelaugt. Aber dann beschloss sie, doch noch einmal zu Nick zurückzugehen.

„Dachte mir, dass du noch mal zurückkommst", sagte Rio, als sie die Küche betrat. „Hast du Maria und die Kinder gut untergebracht?"

„Ja." Sie setzte sich und lehnte sich erschöpft in den Stuhl zurück. „Das Wohnheim macht einen ganz guten Eindruck. Auf jeden Fall sind sie zumindest fürs Erste in Sicherheit. Ich glaube, dass ihr gar nicht klar war, wo sie war. Sie hat sich einfach willenlos mitführen lassen, genau wie die Kinder."

„Du hast alles getan, was in deiner Macht stand. Mehr kannst du nicht tun, Freddie." Rio stellte einen Teller vor sie hin. „Du musst ein bisschen essen. Keine Widerrede."

„Ich wollte dir gar nicht widersprechen." Sie nahm die Gabel auf. „Wer ist sie, Rio?"

„Ein Mädchen aus Nicks Jugendzeit. Hat sie aus den Augen verloren, nachdem er bei Zack und Rachel untergekommen war. Als sie mit dem Jungen, Carlo, schwanger war, hat ihre Familie sie vor die Tür gesetzt."

„Wie können Menschen nur so herzlos sein?", murmelte sie entsetzt. „Und der Vater des Jungen?"

„Hat sich abgesetzt, schätze ich." Rio zuckte die Schultern, dann wurde ihm etwas bewusst. „Der Junge ist nicht von Nick."

„Das musst du mir nicht extra sagen, Rio. Nick hätte sie nie im Stich gelassen." Sie legte die Gabel beiseite und rieb sich mit beiden Händen das Gesicht. „Dieser Mann, der ... der ihr das angetan hat – er ist aber nicht Carlos Vater, oder?"

„Nein. Mit dem hat sie sich vor ungefähr vier Jahren eingelassen. Der Junge kam zur Welt, da saß der Typ noch hinter Gittern."

„Ein richtiger Traumprinz."

„Oh ja, Reece ist ein absolut reinrassiger Bastard." Statt des üblichen Kaffees stellte Rio eine Tasse Kräutertee vor sie hin. „Sagt dir der Name was?"

„Nein.“ Sie runzelte die Stirn und roch an dem Tee. Kamille. Fast hätte sie gelächelt. „Sollte er denn?“

„Er hätte Nick fast umgebracht.“ Rios Blick wurde hart. „Vor ungefähr zehn Jahren ist er mit ein paar anderen dieser schleimigen Cobras hier eingebrochen, vollgepumpt mit Drogen und bewaffnet bis an die Zähne. Reece hat Nick angeschossen.“

Alle Farbe wich aus ihrem Gesicht. „Mein Gott, ich erinnere mich. Nick hat Zack damals weggestoßen.“

„Und sich die Kugel eingefangen. Ich dachte damals wirklich, wir hätten ihn verloren. Aber er kam durch. Nick ist zäh. Immer gewesen.“

Sie erhob sich so langsam, als hätte sie Angst, ihre Knochen könnten splittern. „Wo ist er, Rio? Wo ist Nick?“

Er hätte sie anlügen können. Er zog es jedoch vor, ihr die Wahrheit zu sagen. „Ich könnte mir vorstellen, dass er sich auf die Suche nach Reece gemacht hat. Und ich könnte mir auch vorstellen, dass er ihn gefunden hat.“

Sie schnappte vor Schreck nach Luft. Beim ersten Mal bekam sie keine, also versuchte sie es ein zweites Mal. „Wir müssen es Zack sagen. Wir müssen …“

„Zack ist schon unterwegs und sucht nach ihm. Und Alex auch.“ Er legte ihr sanft eine riesige Hand auf die Schulter. „Für dich gibt es nichts zu tun, außer zu warten, Püppchen.“

Also wartete sie. Oben in Nicks Wohnung. Ihre Nerven waren angespannt wie Gitarrensaiten, und bei jedem Geräusch unten auf der Straße oder in der Bar hielt sie den Atem an. Jedes Heulen einer Sirene ließ sie erzittern.

Er ist zäh. Nick ist schon immer zäh gewesen. Das waren Rios Worte.

Ihr war es egal, wie zäh er war. Sie wollte nur, dass er mit heiler Haut nach Hause kam.

Als die quälenden Bilder in ihrer Fantasie schließlich überhandzunehmen drohten, fing sie an, die Wohnung sauber zu machen. Erst räumte sie auf, dann saugte sie Staub, und schließlich wischte sie.

Sie war gerade beim Fußboden in der Küche angelangt, als sie Nicks Schritte auf der Treppe hörte. Eilig rappelte sie sich auf und rannte zur Tür.

„Nick. Oh, mein Gott, Nick." Erleichtert warf sie sich in seine Arme.

Er ließ es einen Moment zu, dass sie sich an ihm festklammerte, obwohl es sehr schmerzhaft war. Als er endlich die Kraft fand, machte er sich von ihr frei.

„Ich hatte dir gesagt, dass du nach Hause gehen sollst, Freddie."

„Es ist mir egal, was du mir gesagt hast, ich war … Oh, mein Gott, du bist ja verletzt!" Voller Entsetzen sah sie ihn an. Sein Gesicht war blutverschmiert, ein Auge war fast zugeschwollen. Seine Kleider waren zerrissen und blutbefleckt. „Du musst ins Krankenhaus."

„Ich brauche kein verdammtes Krankenhaus." Er taumelte von ihr weg und ließ sich erschöpft in einen Sessel fallen. Und hoffte, dass er sich nicht übergeben musste. „Starr mich nicht so an. Ich habe dasselbe eben schon mit Zack durchgemacht. Geh nach Hause, Freddie."

Statt seiner Aufforderung Folge zu leisten, ging sie wortlos ins Bad und kehrte einen Moment später wieder zurück, bewaffnet mit Verbandszeug, Desinfektionsmittel und nassen Handtüchern.

Er warf einen Blick auf sie und hätte finster das Gesicht verzogen, wäre da nicht seine Befürchtung gewesen, dass bei der geringsten Bewegung die Haut aufplatzen könnte. „Ich brauche keine Krankenschwester."

„Sei still." Ihre Hände waren um einiges ruhiger als ihre Stimme, als sie ihm behutsam das Blut abtupfte. „Ich nehme an, ich brauche nicht zu fragen, wie der andere Kerl aussieht. Du hattest kein Recht, auf ihn loszugehen, Nick."

„Selbstverständlich hatte ich ein Recht. Sie hat mir einmal etwas bedeutet." Er zog zischend die Luft ein vor Schmerz, dann lehnte er sich zurück und ließ es sich gefallen, dass sie ihm das kühle Handtuch auf das geschwollene Auge drückte. „Und selbst wenn ich sie vorher nie gesehen hätte – jeder Mann, der seine Hand gegen eine Frau und Kinder erhebt, verdient es, zusammengeschlagen zu werden."

„Deiner Theorie widerspreche ich nicht", murmelte sie. „Nur deiner Praxis. Pass auf, gleich brennt es ein bisschen."

Es brannte mehr als nur ein bisschen. Er fluchte wie ein Bierkutscher. „Ich wünschte, du würdest endlich verschwinden."

„Tu ich aber nicht." Sie versuchte sich selbst damit zu trösten, dass die Wunden in seinem Gesicht nicht so tief waren, dass sie genäht werden mussten. Dann sah sie seine Hände. Weißglühender Zorn schoss in ihr hoch. „Deine Hände. Sieh doch nur, was du mit deinen Händen angestellt hast. Du Idiot! Warum kannst du nicht dein Hirn benutzen anstatt deine Drüsen?“

Sie hätte am liebsten weinen mögen. Seine schönen Klavierspielerhände waren aufgerissen und bluteten. An den Knöcheln waren sie blutunterlaufen und dick angeschwollen.

„Sie haben sich ein paarmal direkt in seine Zähne gebohrt.“

„Das ist wieder mal typisch für dich. Nicholas LeBecks Problemlösungsstrategie. Wenn man ein Problem nicht mit dem Verstand lösen kann, löst man es am besten mit den Fäusten.“ Sie wand ihm feuchte kalte Tücher um die Hände, während sie sprach. „Du hättest Alex anrufen können.“

„Nerv mich nicht, Freddie. Du hast sie gehört. Sie wird keine Anzeige erstatten.“

„Sie ist sicher im Frauenhaus, oder nicht? Sie und die Kinder.“

„Und er kommt so einfach davon? Oh nein, diesmal nicht.“ Versuchsweise streckte Nick behutsam seine Finger. Sie waren steif, und es schmerzte. „Er hat versucht, meinen Bruder umzubringen, und das hat ihm nicht einmal sechs Jahre eingebracht. Dann war man der Meinung, er wäre rehabilitiert, und hat ihn entlassen mit dem Erfolg, dass er jetzt seine Bösartigkeit an Maria auslässt. Ein schönes Rechtssystem, das wir da haben. Pfeif drauf! Ich verlasse mich lieber auf meine Fäuste. Das funktioniert wenigstens.“

„Und vorher hat er dich fast umgebracht.“ Ihre Lippen bebten, als sie sich erhob. „Er hätte es diesmal tun können.“

„Er hat es aber nicht, oder? Und jetzt lass mich in Ruhe.“

Nick stand mühsam auf und humpelte in die Küche. Er holte das Aspirin aus dem Küchenschrank, aber er schaffte es nicht, mit seinen verletzten Fingern den Deckel aufzubekommen.

Freddie kam ihm nach und nahm ihm die Flasche aus der Hand. Sie öffnete sie, nahm zwei Tabletten heraus, dann stellte sie den Behälter auf dem Tresen ab und füllte ein Glas mit Wasser.

„Du willst also, dass ich gehe, Nick?“ Ihre Stimme klang kontrolliert, zu kontrolliert.

Er wandte sich nicht um, sondern blieb einfach stehen, wie er stand, aufgestützt auf den Tresen, während in seinem Körper der Schmerz tobte. „Ich kann jetzt nicht darüber reden. Wenn du etwas für mich tun willst, geh nach Hause. Lass mich allein. Ich will dich nicht hierhaben."

„Schön. Ich hätte mich gleich daran erinnern sollen, dass der einsame Wolf es vorzieht, seine Wunden allein zu lecken. Ich bin schon weg." Jetzt ebenso verwundet wie er, drehte sie sich auf dem Absatz um und verließ die Küche.

Sie hatte das Wohnzimmer halb durchquert, als sie mit Zack zusammenstieß. Unwirsch wischte sie sich die Tränen von der Wange und eilte weiter.

„Pass besser auf", warnte sie ihn, „ich glaube, er hat Tollwut."

„Freddie …"

Aber sie war schon zur Tür hinaus, ihre Absätze klapperten auf der Flurtreppe. Zack marschierte in die Küche.

„He, du hast Freddie zum Weinen gebracht. Was hast du getan?"

Nick fluchte nur und legte sich vier Aspirin bereit. „Halt dich da raus." Er verzog das Gesicht vor Schmerz, als die Tabletten seine geschundene Kehle hinunterrutschten. „Im Moment ist mir nicht nach Gesellschaft, Zack."

„Setz dich, verdammt noch mal, bevor du umfällst."

Die Idee war ihm bisher nicht gekommen, aber sie hörte sich vernünftig an. Also ließ er sich vorsichtig auf einem Küchenstuhl nieder.

Zack betrachtete Nick schweigend. Freddie hatte ihn so gut wie möglich verarztet, aber sein Bruder sah immer noch aus wie ein zerfledderter Punchingball. „Er hat dich ganz schön zwischengehabt, was?"

„Hat ein paar Treffer landen können."

„Dann zieh aus, was von dem Hemd noch übrig ist, und lass uns den Schaden näher begutachten."

„Ich will's gar nicht wissen." Aber er brachte nicht die Energie auf, sich gegen Zack zu wehren, als der ihm den Stofffetzen vom Körper löste. Zacks gemurmelte Flüche bestätigten seine ärgsten Vermutungen. „So schlimm?"

„Das sind mehr als nur ein paar Treffer gewesen. Verflucht, Nick, musstest du unbedingt Streit suchen?"

„Von Suchen kann keine Rede sein. Das hat sich schon lange angebahnt. Und jetzt ist es erledigt."

Zack nickte nur. „Ist diese Schmerzsalbe hier noch irgendwo?"

„Weiß nicht. Schau mal in dem Schrank unter der Spüle."

Zack fand die Salbe und vollendete damit, was Freddie begonnen hatte. „Morgen wirst du dich noch miserabler fühlen."

„Danke für die Aufmunterung. Hast du eine Zigarette für mich? Ich hab meine verloren."

Zack zündete eine Zigarette an und steckte sie zwischen Nicks geschwollene Finger. „Ich hoffe, der andere sieht wenigstens genauso schlimm aus wie du."

„Nein, schlimmer." Das Grinsen tat weh. „Viel, viel schlimmer."

„Immerhin etwas. Wundert mich, dass du überhaupt noch die Kraft hattest, mit Freddie zu streiten."

„Ich hab mich nicht mit ihr gestritten. Ich wollte nur, dass sie geht. Sie hätte das Ganze überhaupt nicht mitkriegen dürfen."

„Vielleicht nicht. Aber ich bin sicher, sie wird damit fertig werden."

Nach zwei Tagen war Freddie klar, dass Nick fest entschlossen war, ihr aus dem Weg zu gehen. Wahrscheinlich leckt er noch immer wie ein Wolf seine Wunden, dachte sie auf dem Rückweg vom „Lower the Boom" nach Hause.

Mit seiner verschlossenen Wohnungstür hatte sie allerdings nicht gerechnet. Ihr einziger Trost war Zacks Versicherung, dass Nick sich auf dem Weg der Besserung befand.

Sie hatte es satt, sich Sorgen um ihn zu machen. Und da an Arbeit nicht zu denken war, ehe seine Hände nicht geheilt waren, hatte sie begonnen, ihre Zeit mit anderen Dingen zu füllen.

Heute war sie bei Maria im Frauenhaus gewesen und hatte den Kindern Spielzeug mitgebracht. Es hatte ihr Spaß gemacht. Maria wirkte noch immer nervös und angespannt, aber die Kinder begannen langsam aufzutauen. Der Höhepunkt von Freddies heutigem Tag war es gewesen, dass der ernste Carlo sie angelächelt hatte.

Zeit, dachte sie. Sie brauchen nur Zeit. Und jemanden, der sich um sie kümmerte.

Und was brauchte Nick? Offensichtlich nicht Freddie Kimball. Zumindest im Augenblick nicht. Deshalb würde sie ihm den gewünschten Abstand geben. Früher oder später jedoch würde sie krank davon werden, wenn sie sich immer nur im Hintergrund halten und warten musste.

Liebe sollte nicht so kompliziert sein, dachte sie, während sie mit gesenktem Blick die Straße entlangging. Am Anfang war ihr alles so leicht erschienen. Alles, was sie sich gewünscht und vorgenommen hatte, hatte sie Stück für Stück erreicht.

Doch jetzt, nachdem Nicks Vergangenheit das Haupt nur ein klein bisschen erhoben hatte, drohte es ihr wieder zu entgleiten.

Mit einem Seufzer schloss sie ihre Haustür auf. Angesichts des plötzlichen Stoßes von hinten wäre sie fast gefallen, wenn sich nicht ein Arm um sie geschlungen und festgehalten hätte.

„Lauf weiter", befahl die Stimme. „Und mach keinen Mucks. Spürst du das? Es ist ein Messer. Du willst bestimmt nicht, dass ich es benutze."

Bleib ganz ruhig, befahl sie sich. Keine Panik. Es war heller Tag. „In meiner Tasche ist Geld. Sie können es haben. Nehmen Sie es sich."

„Darüber reden wir später. Hol den Aufzug."

Die Vorstellung, mit ihm und einem Messer im Rücken in einem Aufzug eingesperrt zu sein, veranlasste sie, sich energisch zur Wehr zu setzen. Als sich das Messer fester in ihren Rücken bohrte, schluckte sie einen Schmerzensschrei hinunter.

„Mach die Tür auf, oder ich steche zu."

Sie sah keine andere Möglichkeit, als zu gehorchen. Als sie im Aufzug nach oben fuhren, trat er einen halben Schritt vor, und sie konnte sein Gesicht sehen.

Das ausgezehrte Gesicht, die glasigen Augen. Es war der Mann, den Nick Jack genannt hatte.

„Sie sind ein Freund von Nick." Sie schaffte es, ihre Stimme ruhig zu halten. „Ich war bei ihm in der Nacht, als er Ihnen Geld gegeben hat. Wenn Sie mehr brauchen, gebe ich Ihnen etwas."

„Du wirst mir mehr geben als nur Geld." Jack hob das Messer und fuhr ihr mit der stumpfen Seite der Klinge über die Wange. „Es ist eine Sache der Ehre, Baby."

„Ich verstehe nicht." Ihre wilden Hoffnungen, ihm schreiend entkommen zu können, sobald sie aus dem Aufzug ausgestiegen waren, wurden zerschmettert, als er ihr den Arm auf den Rücken drehte.

„Keinen Mucks“, warnte er. „Wir gehen auf kürzestem Weg zu deiner Wohnung, und ich weiß, welche es ist. Ich habe dich am Fenster gesehen. Du sperrst auf, und dann gehen wir rein, hast du verstanden?“

„Nick würde es nicht gefallen, wenn Sie mir etwas antun.“

„Pech für Nick. Du holst nichts anderes aus dieser Tasche als deinen Schlüssel, Baby, oder du kriegst die Rechnung dafür.“

In der Hoffnung, dass einer ihrer Mitbewohner vorbeikommen würde, kramte sie so umständlich wie möglich den Schlüssel aus ihrer Handtasche. Doch nichts geschah.

„Los, aufschließen.“ Jack verdrehte ihr den Arm noch weiter, sodass sie aufwimmerte vor Schmerz, während sie das letzte Sicherheitsschloss aufsperrte. Er schwitzte, als er sie in die Wohnung schob. „So, da wären wir.“ Er stieß sie in einen Sessel. „Nick hätte Reece nicht zusammenschlagen dürfen. Einmal Cobra, immer Cobra.“

„Dann hat Reece Sie also aufgehetzt.“ Von neuer Hoffnung beflügelt, fuhr sie eindringlich fort: „Jack, das müssen Sie nicht tun. Reece benutzt Sie nur.“

„Reece ist mein Freund, mein Bruder.“ Seine Augen begannen zu glitzern. „Eine Menge der alten Kumpels denken nicht mehr an früher. Aber Reece ist anders. Er hält alten Freunden die Treue.“

Unter anderen Umständen hätte Freddie Mitleid mit dem Mann gehabt, aber im Augenblick war ihre Angst vorherrschend. „Wenn Sie mir etwas antun, werden Sie dafür bezahlen müssen. Nicht Reece.“

„Das lass nur meine Sorge sein, Kleine. Los, zieh dich jetzt aus.“

Jetzt züngelte Angst in ihren Augen auf. Jack, der es sah, grinste. Er hatte das Gefühl zu fliegen. Für den Vorschuss, den er von Reece kassiert hatte, hatte er sich eine nette Portion Koks besorgt. Sie wirkte bereits.

„Wir können erst noch ein bisschen Spaß zusammen haben, Baby. Also runter mit den Klamotten.“

Er wird dich vergewaltigen, dachte sie. Und so scheußlich das auch sein mochte, spürte sie doch, dass sie es überleben konnte. Aber irgendwo ganz hinten in ihrem Hinterkopf wusste sie, dass er an ihrem Überleben nicht interessiert war. Er würde sie vergewaltigen und dann umbringen.

Und er würde sich an dem einen wie an dem anderen ergötzen.

„Bitte, tun Sie mir nichts." Sie lauschte der Angst nach, die in ihrer Stimme mitschwang. Sie würde sie nutzen, um zurückzuschlagen.

„Wenn du nett zu mir bist, passiert dir nichts." Er leckte sich die Lippen. „Steh jetzt auf und zieh dich aus, oder du zwingst mich, dir dein hübsches Gesicht zu zerschneiden."

„Bitte, tun Sie mir nichts", sagte sie so flehend wie möglich. Sie spannte ihren Körper an. Sie würde viel Schwung brauchen und eine große Portion Glück. Eine zweite Chance bekam sie nicht. „Ich tue alles, was Sie wollen. Alles."

„Das wette ich. Steh jetzt auf."

Grinsend fuchtelte er mit dem Messer in der Luft herum. Sie ließ ihren Blick durch den Raum zur Schlafzimmertür wandern, riss die Augen auf. Jack war dumm genug, ihrem Blick zu folgen.

Da sprang sie.

Die Schlüssel, die ihr abzunehmen er sich nicht die Mühe gemacht hatte, ragten zwischen ihren Fingern heraus wie Dolche. Ohne einen Augenblick des Zögerns oder der Reue stach sie sie ihm direkt in die Augen.

Er schrie. Sie hatte noch nie einen Mann so schreien gehört, so gellend und wild. Mit einer Hand schmerzerfüllt seine Augen bedeckend, schwang er das Messer. Freddie streckte blitzschnell die Hand nach ihrer Art-déco-Lampe aus und schlug sie ihm mit aller Kraft über den Kopf.

Das Messer fiel klappernd zu Boden, als er in die Knie ging und schließlich regungslos auf dem Boden liegen blieb. Schwer atmend starrte sie einige Sekunden auf ihn hinunter. Dann ging sie wie im Traum zum Telefon.

„Onkel Alex. Ich brauche Hilfe."

Sie fiel nicht in Ohnmacht. Sie hatte Angst, dass es passieren würde, aber sie schaffte es, Alex' telefonischen Anweisungen zu folgen und ihre Wohnung zu verlassen. Sie war draußen und stand schwankend an der Ecke, als das erste Polizeiauto vorfuhr.

Alex kam dreißig Sekunden später.

„Ist alles in Ordnung mit dir? Bist du okay?" Er nahm sie in den Arm und barg erleichtert sein Gesicht in ihrem Haar. „Ist dir auch wirklich nichts passiert, Baby?"

„Nein, ich glaube nicht. Mir ist nur schwindlig."

„Setz dich, Liebes. Komm, setz dich hierher." Er führte sie die Treppe zu ihrer Haustür hinauf und veranlasste sie, sich auf die oberste Stufe zu setzen. „Leg den Kopf zwischen die Knie und hol langsam und tief Atem. Geht nach oben", befahl er den beiden Uniformierten, die sich einen Moment später zu ihm gesellten. „Holt diesen Drecksack aus der Wohnung meiner Nichte und buchtet ihn wegen versuchter Vergewaltigung und Körperverletzung ein. Ich möchte, dass das Messer vermessen wird. Wenn es auch nur ein Minimum über dem legalen Limit ist, bekommt er dafür auch noch eine Anzeige."

„Er hat gesagt, dass Reece ihn angestiftet hat", sagte Freddie, noch immer wie betäubt.

„Keine Sorge, Kleines, wir kümmern uns darum. Ich bringe dich ins Krankenhaus. Ich will dich nicht allein hierlassen."

„Ich brauche kein Krankenhaus." Sie hob wieder den Kopf. Ihr Schwindel hatte sich gelegt, aber ihr Kopf war noch immer seltsam leer. „Er hat mich nur ein bisschen geritzt, glaube ich." Versuchsweise fuhr sie sich mit dem Finger über ihre Seite und starrte wie betäubt auf die Blutspur an ihrem Finger.

Einen Moment später fand sie sich erneut in Alex' Armen wieder. „Ins Krankenhaus", wiederholte er.

„Nein, bitte. Es ist nicht tief. Es brennt ein bisschen, aber es hat schon fast aufgehört zu bluten. Ich brauche nur ein Pflaster."

In diesem Moment hätte Alex ihr jeden Wunsch erfüllt. Und er wollte sie von hier weghaben. „Okay, Baby. Dic Bar ist ganz in der Nähe. Ich bringe dich dorthin, und dann schauen wir uns den Schaden genauer an. Wenn mir nicht gefällt, was ich sehe, ist dein nächster Stopp die Notaufnahme."

„Na schön."

„Dieser Dreckskerl braucht einen Arzt", sagte einer der Polizisten zu Alex. „Und zwar dringend."

„Bringt ihn sofort in die Krankenstation und seht zu, dass ihn der Doc wieder ordentlich zusammenflickt. Ich will, dass er in Form ist, wenn er seine Haftstrafe antritt."

Das Einzige, an das sich Freddie von der kurzen Fahrt ins „Lower the Boom" erinnerte, war Alex' beruhigende Stimme. „Ich habe es nicht zugelassen, dass er mir etwas antut, Onkel Alex."

Rio stieß einen entsetzten Schrei aus, als er Freddie zu Gesicht bekam. „Setz dich, setz dich hierher, Püppchen. Wer hat meinem Baby etwas angetan? Nick!", donnerte er, bevor Alex oder Freddie etwas antworten konnten. „Beweg deinen Hintern nach unten, und zwar schnell!" Wie ein Bulldozer schob er sich auf die Tür zwischen der Küche und der Bar zu. „Muldoon, ich brauche einen Brandy hier drin, aber pronto. Und du bleibst einfach nur ganz ruhig sitzen", fuhr er mit einer Stimme fort, die sich um mehrere Dezibel gesenkt hatte und weich wie Seide war.

„Ich bin okay, Rio. Wirklich." Schon getröstet, lehnte sie ihr Gesicht in die große Pranke, die er auf ihre Wange gelegt hatte.

„Ist nur ein Kratzer", bemerkte Alex mit einem erleichterten Aufseufzer. Er hatte das Schlimmste erwartet, als er Freddie die Bluse aus dem Hosenbund gezogen hatte, um den Schnitt zu untersuchen. „Wir kleben ein Pflaster drauf."

„Was zum Teufel soll der Aufruhr?" Offensichtlich verärgert über die gebrüllten Befehle, kam Zack mit einer Flasche Brandy in die Küche. Ein Blick auf Freddie genügte, und schon kam er hervorgeschossen und beugte sich besorgt über sie.

„Lass ihr noch ein bisschen Platz zum Luftholen." Obwohl noch immer sichtlich erschüttert, schnappte Rio sich die Flasche und goss gut zwei Fingerbreit in einen Cognacschwenker. „Trink es auf ex, Freddie."

Sie hätte gehorcht, wenn nicht Nick in die Küche gekommen wäre. Sein lädiertes Auge war mittlerweile ein bisschen mehr offen, dafür war es ebenso wie sein Kinn und die rechte Wange in allen Regenbogenfarben erblüht.

Als er sie auf ihrem Stuhl erblickte, wich alles Blut aus seinem Gesicht.

„Was ist passiert? Hattest du einen Unfall? Freddie, bist du verletzt?" Er ergriff ihre freie Hand und zerquetschte ihr fast die Finger.

„Gib ihr eine Minute", befahl Alex. „Trink den Brandy, Freddie. Lass dir Zeit."

„Ich bin okay." Als ihr der Alkohol durch die Blutbahn schoss, wurde ihr Kopf wieder klar, und sie begann zu zittern.

„Ist das Blut?" Nick starrte entsetzt auf den Fleck auf ihrer Bluse.

„Um Gottes willen, sie blutet ja!“

„Wir kümmern uns schon darum.“ Alex nahm den Wattebausch mit Desinfektionsmittel entgegen, den Rio ihm hinhielt, und betupfte damit sanft die Wunde. „Ich will, dass du mit mir nach Hause kommst, Freddie. Wenn du dich besser fühlst, nehme ich deine Aussage auf.“

„Du kannst sie hier aufnehmen, Onkel Alex. Es wäre mir jetzt lieber.“

„Was soll das heißen, Aussage? Bist du ausgeraubt worden?“, wollte Nick wissen. „Verdammt, Freddie, wie oft habe ich dir schon gesagt, dass du vorsichtig sein sollst.“

„Sie ist nicht ausgeraubt worden“, fuhr Alex auf. „Dein alter Kumpel Jack war nicht an ihrem Geld interessiert.“

Kaum hatte Alex die Worte ausgesprochen, bereute er sie auch schon. Bleich wie der Tod ließ Nick Freddies Hand los und trat einen Schritt zurück.

„Jack.“ Seine Augen glitzerten hart. „Wo ist er?“

„In Haft. Was noch von ihm übrig ist.“ Alex streichelte Freddie übers Haar, ehe er einen kleinen Kassettenrekorder aus der Tasche zog und einschaltete. „Erzähl mir alles von Anfang an, so wie du es erinnerst.“

„Ich war auf dem Heimweg“, begann sie.

Nick hörte zu, die Bitterkeit brannte in seiner Kehle, seine Hilflosigkeit brachte ihn fast um.

Meinetwegen, dachte er erschüttert. Es ist alles nur meinetwegen passiert. Jeder Moment der schrecklichen Angst, den sie hatte durchleiden müssen, ging auf sein Konto. Sein Drang, Schulden auf seine Weise zu begleichen, hätte Freddie das Leben kosten können.

„Und dann habe ich dich angerufen“, beendete Freddie ihren Bericht. „Ich sah, dass er blutete. Seine Augen …“ Sie musste schlucken.

Erneut bot Alex ihr an, sie mit zu sich nach Hause zu nehmen, aber Freddie lehnte entschieden ab.

„Sturkopf.“ Er küsste sie zärtlich auf die Wange. „Wenn du deine Meinung änderst, ruf einfach an.“ Dann stand er auf und ließ seinen Blick über die drei Männer schweifen, die um Freddie herumstanden. „Passt auf sie auf. Ich muss aufs Revier und mich um die Angelegenheit kümmern." Er legte Nick die Hand auf die Schulter. „Sieh zu, dass sie sich ausruht. Auf dich hört sie."

Nachdem er die Küche verlassen hatte, fühlte Freddie drei Augenpaare auf sich ruhen. „Ich falle schon nicht auseinander", sagte sie.

Nick sagte nichts, sondern trat einfach auf sie zu und hob sie hoch.

„Ich kann laufen."

„Halt den Mund. Halt einfach den Mund. Ich bringe sie nach oben. Sie muss sich hinlegen."

„Ich kann mich zu Hause hinlegen."

Ohne sie zu beachten, trug er sie die Treppe nach oben in seine Wohnung.

„Du willst mich nicht hier." Zu allem Überfluss fingen jetzt auch noch ihre Augen an zu brennen. „Glaubst du vielleicht, ich weiß nicht, dass du mich nicht hierhaben willst?"

„Du bleibst trotzdem hier." Er trug sie kurz entschlossen ins Schlafzimmer. „Du wirst dich so lange hier ausruhen, bis du wieder Farbe hast. Du bist ja weiß wie die Wand."

„Ich will aber nicht hier sein."

Ihre Worte versetzten ihm einen Stich, doch er konnte ihr nichts vorwerfen. „Keine Sorge, ich lasse dich allein." Seine Stimme klang ruhig und distanziert. „Leg dich jetzt nicht mit mir an, Freddie. Bitte."

Er zog die zerknitterte Bettdecke über sie, ohne ihr die Schuhe auszuziehen. „Ich gehe nach unten." Er trat einen Schritt zurück und schob seine Hände in die Hosentaschen. „Kann ich noch irgendetwas für dich tun? Möchtest du, dass ich Rachel oder jemand anders anrufe?"

„Nein." Sie schloss die Augen. Jetzt, nachdem sie lag, war sie sich nicht sicher, ob sie wieder würde aufstehen können. „Ich will nichts."

„Versuch ein bisschen zu schlafen." Er trat ans Fenster und zog die Vorhänge zu. „Wenn du etwas brauchst, ruf einfach unten in der Bar an."

Sie ließ ihre Augen geschlossen, wobei sie sich wünschte, er möge endlich gehen. Auch als die Tür schließlich mit einem leisen Klicken ins Schloss fiel, öffnete sie sie nicht.

Er hatte ihr weder das zärtliche Mitgefühl erwiesen, das sie von Alex erfahren hatte, noch war er so eindringlich besorgt gewesen wie Rio oder Zack. Oh, natürlich war er wütend und entsetzt über das, was ihr fast zugestoßen wäre. Sie wusste, dass sie ihm viel bedeutete. Sie kannten sich viel zu gut und zu lange, als dass es anders sein könnte.

Aber er hatte sie nicht gehalten. Nicht so jedenfalls, wie sie es sich in dieser Situation gewünscht hätte.

Sie fragte sich, ob er es je tun würde.

11. KAPITEL

Freddie hatte nicht geglaubt, dass sie schlafen könnte. Es war eine Überraschung, in der Dämmerung in Nicks Bett zerschlagen aufzuwachen. Sie war sich nicht sicher, ob es ein gutes Zeichen war oder ein schlechtes, dass sie sich sofort wieder an alles erinnerte.

Sie zuckte zusammen, als sie an der Seite, wo sie den Verband trug, ein leises Ziehen verspürte, und schlug die Decke zurück. Sie war unerträglich durstig, und der Brandy, den getrunken zu haben sie sich nur ganz vage erinnerte, bewirkte, dass sich ihr Kopf anfühlte wie mit Watte ausgestopft.

In der Küche füllte sie sich ein Glas mit Wasser bis zum Rand und stürzte es hinunter. Sie fand es seltsam und ärgerlich, dass sie sich noch immer so wacklig auf den Beinen fühlte. Dann fiel ihr ein, dass sie seit dem Frühstück nichts mehr gegessen hatte, und auch dieses Frühstück war nicht sonderlich reichhaltig gewesen.

Ohne große Hoffnung durchstöberte sie Nicks Kühlschrank. Sie hatte die Wahl zwischen einem Schokoriegel und einem Apfel. Heißhungrig verschlang sie beides. Sie war eben dabei, sich noch einmal Wasser nachzuschenken, als Nick mit einem Tablett in seinen Händen hereinkam.

Sein Herz machte einen kleinen Satz, als er sie so klein und zerbrechlich an seinem Tresen stehen sah. Und daran dachte, was ihr hätte passieren können. Zu seiner Verteidigung hielt er seinen Ton neutral. „Du bist ja auf."

„Scheint ganz so", sagte sie in demselben distanzierten Ton.

„Rio meinte, du könntest vielleicht etwas zu essen vertragen." Er stellte das Tablett auf den Tisch. „Du hast wieder Farbe bekommen."

„Mir geht es gut."

„Blendend, um genau zu sein."

„Ich sagte, dass es mir gut geht. Dafür siehst du aus, als hätte dich ein Laster überrollt."

„Ich habe mir meinen Kampf ausgesucht", sagte er ruhig. „Du nicht. Und wir wissen beide, wer die Schuld daran trägt."

„Reece."

Um Ruhe zu bewahren, zündete Nick sich eine Zigarette an.

„Reece wäre nie auf die Idee gekommen, sich für dich zu interessieren, wenn ich nicht gewesen wäre. Und Jack hätte gar nicht gewusst, nach wem er suchen soll, wenn er dich nicht schon vorher mit mir gesehen hätte."

Sie brauchte einen Moment, um ihre Gedanken zu ordnen. „Aha, ich verstehe. Es ist also alles deine Schuld. In deiner verdrehten Logik zumindest. Ich wurde mit einem Messer bedroht und fast vergewaltigt, weil du mich in jener Nacht gezwungen hast, mit dir diese Straße entlangzugehen."

Ein Messer. Vergewaltigt. Das Blut gefror ihm in den Adern. „An dieser Logik ist nichts verdreht. Reece wollte es mir heimzahlen, und er hat einen Weg gefunden. Ich kann nichts tun, da Alex ..."

„Tun?", unterbrach sie ihn. „Was würdest du denn tun, Nick? Reece gleich noch mal zusammenschlagen? Oder auch Jack? Glaubst du denn, dadurch wird irgendetwas besser?"

„Nein. Ich kann überhaupt nichts tun, damit irgendetwas besser wird." Und das war das Schlimmste daran. Es gab nichts, was er hätte tun können, um das, was geschehen war, rückgängig zu machen. Er konnte höchstens dafür sorgen, dass nicht noch einmal etwas Derartiges passierte. Er drückte die Zigarette aus. Sie schmeckte ihm nicht. „Aber wir müssen uns jetzt überlegen, wie wir zukünftig weitermachen. Ich denke, du solltest besser zu Hause arbeiten, wenn du wieder auf dem Damm bist. Ich könnte dir die Musik rüberschicken."

„Was genau soll das heißen?"

„Was ich sage. Ich finde, wir haben in der Partitur einen Punkt erreicht, wo es mindestens so effektiv, wenn nicht effektiver ist, getrennt zu arbeiten." Seine Augen glitzerten hart. „Und ich will nicht, dass du hier bist."

„Ich verstehe." Sie brauchte ihren Stolz jetzt, jede Unze. „Ich nehme an, das betrifft sowohl unsere berufliche wie auch unsere private Beziehung."

„Richtig. Es tut mir leid."

„Ach ja? Schrecklich nett von dir, wirklich. ‚Es tut mir leid, Freddie, es ist vorbei.'" Sie wirbelte zu ihm herum. „Ich liebe dich schon mein ganzes Leben lang."

„Ich mag dich auch sehr, und genau deshalb ist es so das Beste für uns beide."

„Ich mag dich auch sehr", äffte sie ihn nach und packte ihn außer sich vor Zorn vorn am Hemd. „Wie kannst du es nur wagen, mir mit einer so gönnerhaften, halbherzigen Erwiderung zu kommen, wenn ich dir sage, dass ich dich liebe!"

Sehr langsam und sehr entschlossen nahm er ihre Finger von seinem Hemd. „Ich habe einen großen Fehler gemacht, Freddie." Davon war er mittlerweile felsenfest überzeugt. „Und jetzt versuche ich ihn wiedergutzumachen. Im Übrigen scheint mir, dass du Gefühle mit Sex verwechselst."

Sie schockierte sie beide, indem sie ihm eine schallende Ohrfeige versetzte, in die sie ihr ganzes Körpergewicht hineinlegte. Einen Moment lang hörte man nur das Geräusch ihres fliegenden Atems. Dann explodierte sie: „Du denkst, es war nur Sex? Ein Strohfeuer sexueller Leidenschaft? Verdammt, das war es nicht! Und das weißt du auch. Vielleicht war es der einzige Weg, wie ich dich bekommen konnte, der einzige, der mir einfiel, jedenfalls. Ich habe jeden einzelnen Schritt sorgfältig geplant, ich habe …"

„Geplant?", unterbrach er sie mit loderndem Blick. „Willst du damit sagen, dass du mit der festen Absicht, mich ins Bett zu zerren, hierher nach New York gekommen bist? Dass das alles Teil eines generalstabsmäßigen Plans war?"

Sie öffnete den Mund und schloss ihn wieder. Es klang so berechnend, so kalt. Das war es nicht gewesen. Nicht wenn man ihre Liebe in Rechnung stellte.

„Ich habe es durchdacht", begann sie.

„Oh, da wette ich." Jetzt hatte er endlich etwas gefunden, woran er seinen Zorn und sein Bedürfnis nach Distanz festmachen konnte. „Ich wette, das hast du dir in deinem schlauen Köpfchen alles ganz genau zurechtgelegt. Du wolltest etwas um jeden Preis und warst bereit, alles zu tun, um es zu bekommen."

„Ja." Sie musste sich setzen. Sie fühlte sich plötzlich so beschämt, dass ihr ganz flau im Magen wurde. „Ich wollte, dass du mich liebst."

„Und was hast du sonst noch so geplant, Freddie? Mich in eine Ehe zu locken, mit einer Familie und einem Häuschen hinter einem hübschen weißen Gartenzaun?"

„Nein. Ich wollte dich in gar nichts reinlocken."

„In deinen Augen vielleicht nicht, aber das war das Ziel, oder etwa nicht?“

„So ungefähr“, murmelte sie.

„Ich sehe sie richtig vor mir“, schnaubte er wütend, während er in der Küche im Kreis herumrannte. „Freddies Liste zum Abhaken. Nach New York ziehen. Mit Nick arbeiten. Mit Nick schlafen. Nick heiraten. Eine Familie gründen. Die perfekte Familie“, fügte er in einem Ton hinzu, der sie zusammenzucken ließ. „Es hätte alles perfekt sein müssen, richtig? Bei dir muss ja immer alles perfekt sein. Tut mir aufrichtig leid, dich enttäuschen zu müssen. Ich habe kein Interesse.“

„Das ist deutlich genug.“ Sie machte Anstalten aufzustehen, aber er presste ihr eine Hand auf die Schulter und hielt sie auf dem Stuhl fest.

„Du glaubst, dass das so einfach ist? Ich möchte, dass du einen Blick, einen langen Blick auf das riskierst, wonach du die Hand ausstreckst. Ich bin nur zwei Schritte von dem Schweinehund, der dich mit einem Messer bedroht hat, entfernt. Ich weiß es. Die Familie weiß es – jene Familie, auf der deine ganzen unausgegorenen Fantasien basieren. Ist es nicht das, was du dir erträumst, Freddie? Eine Familie wie die Stanislaskis?“

„Und selbst wenn es so wäre, was wäre so schlimm daran?“, schleuderte sie ihm so gedemütigt entgegen, dass sie den Tränen nahe war.

„Weil ich aus der Gosse komme und du nicht. Uns trennen Welten, verstehst du?“ Er schlug mit der flachen Hand auf den Tisch. „Schau noch einmal ganz genau hin. Und denk daran, was du in den letzten Tagen von meiner Welt gesehen hast, Freddie. Misshandelte Frauen, verstörte Kinder, Schnorrer. Männer, die glauben, dass Vergewaltigung ein Freizeitspaß ist. Und mit so was willst du eine Familie gründen? Du lieber Himmel, Freddie, dafür bist du wirklich zu schade.“

„Du bist nicht verantwortlich für das, was Maria zugestoßen ist. Oder mir.“

„Nein?“ Seine Mundwinkel hoben sich. „Schau auf den roten Faden. Ich bin der rote Faden. Mag sein, dass ich mich aus diesem Sumpf herausgezogen habe“, fuhr er fort. „Aber das konnte ich nur mithilfe deiner Familie. Was glaubst du, würden sie sagen, wenn sie wüssten, dass ich mit dir geschlafen habe?“

„Mach dich nicht lächerlich. Sie lieben dich."

„Ja, das tun sie. Und ich schulde ihnen eine Menge. Glaubst du vielleicht, ich vergelte es ihnen, indem ich mit dir über einer Bar zusammenziehe? Glaubst du wirklich, ich bin verrückt genug, um an Heirat und Kinder zu denken? Ich und Kinder, um Himmels willen! Ich weiß ja nicht mal, wer mein Vater war. Aber ich weiß, wer ich bin, und ich gedenke nicht, das zu vergessen. Ich mache mir etwas aus dir, ganz sicher tue ich das – genug jedenfalls, um die Beine unter den Arm zu klemmen und davonzurennen."

„Du machst dir etwas aus mir", sagte sie langsam. „Deshalb machst du also Schluss."

„Sehr richtig. Ich muss nicht zurechnungsfähig gewesen sein, dass ich es überhaupt so weit habe kommen lassen, und ich hätte fast ..." Er brach ab, als ihm einfiel, wie nah dran er vor ein paar Tagen erst gewesen war, ihr eine Liebeserklärung zu machen. „Was zählt, ist, dass du deine Wirkung auf mich nicht verfehlt hast und dass mir die Dinge vorübergehend entglitten sind. Damit muss jetzt Schluss sein. Zum Wohl der Familie werden wir versuchen zu vergessen, dass irgendetwas geschehen ist."

„Vergessen?"

„Alles. Ich werde es nicht riskieren, dich noch mehr zu verletzen oder den Rest der Familie. Sie sind alles, was ich habe, die einzigen Menschen, denen ich je etwas bedeutet habe."

„Armer, armer Nick", sagte sie eisig. „Armer verlorener, unerwünschter Nick. Glaubst du wirklich, du bist der Einzige, der in seinem Leben Zurückweisung erfahren hat oder der darüber nachdenkt, was ihm das Leben vorenthalten hat? Nun, es wird Zeit für dich, damit zu leben. Ich habe es gelernt."

„Du weißt gar nichts davon."

„Meine Mutter hat mich nie gewollt."

„Das ist Blödsinn. Natasha ist ..."

„Mama ist nicht meine leibliche Mutter", sagte sie beherrscht und kühl.

Das brachte ihn zum Schweigen. Es war so leicht zu vergessen, dass Spence vorher schon einmal verheiratet gewesen war. „Sie starb, als du noch ein Baby warst. Du weißt nicht, was sie gefühlt hat."

„Ich weiß es genau." In ihrer Stimme lag keine Bitterkeit. Das zerrte an ihm. Ihr Tonfall war gänzlich emotionslos. „Dad wollte es vor mir geheim halten. Ich bezweifle, dass er … weiß, dass ich ein Gespräch mit seiner Schwester belauscht habe. Oder mit Mama. Ich war nicht mehr als ein Fehler, den meine leibliche Mutter gemacht und anschließend zu vergessen beschlossen hat. Sie ließ mich im Stich, als ich noch ein Säugling war, ohne mehr als einen Gedanken daran zu verschwenden. Und ihr Blut ist in mir. Aber ich habe gelernt, damit zu leben und mich damit abzufinden."

Er konnte sich nicht vorstellen, dass sie einen solchen Schmerz, einen solchen Zweifel in sich trug. „Das tut mir leid. Ich wusste es nicht. Niemand hat je über sie gesprochen." Er wünschte sich, er könnte sie in den Arm nehmen und trösten, bis ihr Körper diese für sie uncharakteristische Steifheit verlöre. Er wagte es jedoch nicht. „Aber das ändert überhaupt nichts an der Sache mit uns."

„Nein, das tut es nicht. Weil du es nicht zulässt." Freddie weinte jetzt, aber ihre Tränen waren heiß, es waren eher Tränen des Zorns als der Trauer. „Du weißt, dass ich dich liebe. Und du weißt, dass ich jeden Kompromiss eingegangen wäre, nur um dich glücklich zu machen. Aber du bist zu keinem Kompromiss bereit, Nicholas LeBeck."

„Du bist im Moment zu sehr außer dir, um die Dinge richtig zu sehen. Ich hole dir jetzt ein Taxi."

„Du wirst mir kein Taxi holen." Sie versetzte ihm einen Stoß vor die Brust. „Du wirst mich nirgendwohin schicken. Ich gehe, wenn ich bereit bin zu gehen, und ich komme allein zurecht. Das habe ich heute bewiesen, oder etwa nicht? Ich brauche dich nicht."

Sie ließ ihre Worte wirken und schloss für einen Moment die Augen. Als sie sie wieder öffnete, sprühten sie Funken. „Ich brauche dich nicht. Ich kann ohne dich leben, Nicholas, du brauchst dir also keine Sorgen zu machen, dass ich dir hinterherlaufe. Ich dachte nur, du könntest mich vielleicht lieben."

Sie bemühte sich, ruhiger zu atmen. „Es war mein Fehler. Du bist nicht fähig zu so einer Art von Liebe. Ich habe so wenig von dir verlangt. So erbärmlich wenig, dass ich mich schäme."

Er konnte sich nicht davon abhalten, die Hand nach ihr auszustrecken. „Freddie."

„Nein, verdammt. Ich will das jetzt zu Ende bringen. Nicht ein einziges Mal hast du es geschafft, mir zu sagen, dass du mich liebst.

Nicht so jedenfalls, wie ein Mann einer Frau sagt, dass er sie liebt. Und nicht ein einziges Mal hast du versucht, es mir zu zeigen, außer im Bett. Und das ist nicht genug. Nicht ein liebes Wort. Nicht eines. Du hast es nicht einmal geschafft – nicht ein einziges Mal –, mir zu sagen, dass du mich schön findest. Keine Blumen, keine Musik ... Kein Abendessen bei Kerzenschein, mit der Ausnahme dessen, das ich selbst arrangiert hatte. Ich war bereit, mich mit deinen Krümeln zufriedenzugeben, und das war exakt das, was ich bekommen habe. Ich fühle mich erbärmlich."

„So war es nicht." Es entsetzte ihn, dass sie so denken könnte. „Natürlich finde ich dich schön."

„Und wer ist jetzt erbärmlich?", fauchte sie.

„Wenn ich nicht daran gedacht habe, die ganze Angelegenheit ein bisschen romantischer zu gestalten, dann nur deshalb, weil sich die Dinge so überstürzt haben." Das war eine Lüge, und er wusste es. Und doch fragte er sich, warum er sich selbst verteidigte, warum er angesichts des harten, uninteressierten Blicks, den sie ihm zuwarf, eine solche Panik verspürte, wenn er doch so wild entschlossen war, sie von sich zu stoßen. „Ich kann dir das, was du brauchst, nicht geben."

„Das ist offensichtlich. Ohne dich bin ich tatsächlich besser dran. Das ist auch offensichtlich. Deshalb machen wir es so, wie du vorgeschlagen hast. Wir werden es vergessen."

Er legte ihr eine Hand auf den Arm, als sie sich anschickte, die Küche zu verlassen. „Freddie, warte eine Minute."

„Fass mich nicht an", sagte sie mit einer so tiefen, zornigen Stimme, dass er die Hand sinken ließ. „Wir werden unsere Zusammenarbeit mit dem Musical beenden. Wenn die ganze Familie zusammen ist, werden wir uns wie zivilisierte Menschen unterhalten. Und ansonsten will ich dich nicht mehr sehen."

„Du wohnst nur drei Häuserblocks entfernt", rief er ihr nach.

„Das lässt sich ändern."

„Willst du dich wieder in den Schoß deiner Familie flüchten?"

Sie warf ihm einen frostigen Blick über die Schulter zu. „Nie im Leben."

Er dachte daran, sich sinnlos zu betrinken. Es war ein einfacher Ausweg, der niemandem wehtun würde außer ihm selbst. Aber am Ende konnte er für diese Idee doch keine Begeisterung aufbringen.

Nick überstand die Nacht, obwohl er nicht schlafen konnte. Die Musik, die er in den frühen Morgenstunden zu schreiben versuchte, war flach und nichtssagend.

Ich habe getan, was ich tun musste, versicherte er sich immer wieder selbst. Warum nur war er dann so unendlich traurig?

Sie hatte kein Recht, ihn zu attackieren. Nicht nachdem sie ihm erzählt hatte, dass alles, was seit ihrer Ankunft in New York geschehen war, zu einem ausgeklügelten Plan gehörte. Er war das Opfer, und doch hatte er am Ende sein Bestes getan, um sie zu beschützen.

Sich vorzustellen, er verheiratet und dann auch noch Kinder! Er schnaubte angewidert, dann ließ er sich kraftlos in einen Sessel fallen, weil ihm dieses Bild plötzlich so anziehend erschien.

Verrückt vielleicht, aber nichtsdestotrotz anziehend. Eine eigene Familie, eine Frau, die ihn liebte. Gewiss war das verrückt.

Verrückt oder nicht, es war jetzt ohnehin hoffnungslos. Die Frau, die am Vortag von ihm weggegangen war, liebte ihn nicht mehr. Alles, was sie für ihn empfand, war Verachtung.

Das hast du ja fein hingekriegt, LeBeck. Du Idiot.

Er hatte seine Chance gehabt. Es war alles so klar, jetzt, da es vorbei war. Er hatte eine Chance gehabt, zu lieben und geliebt zu werden, sich ein Leben einzurichten mit der einzigen Frau, die ihm jemals wirklich etwas bedeutet hatte. Jetzt war sie vertan.

Wie hatte er nur so töricht, so blind sein können? Es war immer nur sie gewesen. Wenn er gute Nachrichten hatte, war sie die Erste gewesen, die sie erfuhr. Wenn er niedergeschlagen gewesen war, hatte er gewusst, dass es nur ihrer Stimme am Telefon bedurfte, um ihn wieder aufzurichten.

Freunde. Sie waren Freunde gewesen. Und als es mehr als Freundschaft geworden war, hatte er versucht, es abzublocken, seine Gefühle zu leugnen. Er hatte nach jeder möglichen Ausrede gegriffen, nur um sich seinen wirklichen Gefühlen nicht stellen zu müssen.

Er hatte geglaubt, sie nicht zu verdienen.

Selbst als sich ihre Beziehung verändert hatte, hatte er noch einen Teil von sich selbst zurückgehalten. Sie hatte recht gehabt. Er hatte ihr nie zärtliche Worte gesagt. Er hatte sie nie umworben.

Jetzt hatte er sie verloren.

Nick ließ den Kopf in den Nacken fallen und schloss die Augen. Sie war ohne ihn besser dran. Dessen war er sich sicher.

Ein Klopfen an der Tür veranlasste ihn, aufzuspringen. Sie kommt zurück, war alles, was er noch denken konnte.

Seine Freude fiel schlagartig von ihm ab, als er Rachel hereinkommen sah.

„Na, das ist mir ja eine schöne Begrüßung."

„Entschuldige." Pflichtschuldigst gab er ihr ein Begrüßungsküsschen auf die Wange. „Ich war ... ach nichts. Was führt dich zu mir?"

„Ich muss für die nächsten zwei Stunden nicht im Gericht sein, deshalb dachte ich mir, ich könnte kurz mal bei dir reinschauen." Sie ging zu einem Sessel, setzte sich und deutete auf einen anderen. „Setz dich, Nick. Ich möchte mit dir reden."

Das war die Stimme, die er von ihr noch als Rechtsanwältin kannte. Er wurde argwöhnisch. „Gibt's ein Problem?"

„Ja, das gibt es. Du bist das Problem. Setz dich endlich." Als er es tat, legte sie ihre Hand auf seine. „Ich liebe dich."

„Ja, ich weiß. Und?"

„Ich wollte das nur noch mal klarstellen. Damit ich dir sagen kann, was für ein Volltrottel du bist." Die Hand, die so sanft auf seiner gelegen hatte, ballte sich zur Faust und schlug kräftig auf seine Schulter. „Was für ein völlig verblödeter, idiotischer, rücksichtsloser, absolut blinder, bemitleidenswerter Tölpel du bist!"

„Was soll das Ganze?" Er biss die Zähne zusammen, als sie ihn, um ihre Worte zu bekräftigen, erneut in die Seite boxte und eine Stelle traf, die noch wund von dem Zusammenstoß mit Reece war. Er sagte sich, dass er die Schmerzen verdient hatte.

„Ich war gestern Abend bei Freddie. Sie wollte eigentlich niemanden sehen, aber wir haben sie gezwungen, uns zu ertragen."

„Und?" Er atmete vorsichtig aus. „Wie geht es ihr?"

„Was den Überfall betrifft, hält sie sich gut. Was dagegen deinen Angriff betrifft, ist sie am Boden zerstört."

„Moment mal, ich habe sie nicht angegriffen ..."

„Einspruch abgelehnt! Immerhin habe ich das meiste von dem, was hier abgelaufen ist, von ihr erfahren können. Es ist schlimm genug, dass du ihr das Herz gebrochen hast, Nick, aber gleichzeitig auch noch dein eigenes Leben zu versauen, das ist schon wirklich eine Leistung!“

Er ging automatisch in Verteidigungsstellung, bevor er es verhindern konnte. „Hör zu, wir haben ein paarmal miteinander geschlafen. Dann wurde mir klar, dass es ein Fehler war, und ich habe die Notbremse gezogen.“

„Beleidige mich nicht, indem du mich für dumm hältst, Nick“, sagte sie kühl. „Oder Freddie. Oder dich selbst.“

Er schloss die Augen und murmelte einen Fluch. Ach, was soll's, dachte er. Zum Teufel mit seinem Verteidigungsmechanismus, mit seinem Stolz, mit allem, was ihm im Weg stand. „Ich liebe sie, Rachel. Ich wusste nicht, wie sehr ich sie liebe, bis sie zu dieser Tür hinausgegangen ist.“

Das war hart, aber Rachel unterdrückte das Mitgefühl und den Drang zu trösten erbarmungslos. „Hast du dir je die Mühe gemacht, ihr zu sagen, dass du sie liebst?“

„Nein. Nicht auf die Art, die sie versteht. Das ist nur eines der vielen Dinge, die ich stiefmütterlich behandelt habe.“

„Das dachte ich mir.“

„Ich war einfach nicht vorbereitet darauf. Es kam so plötzlich.“ Er schob sich aus dem Sessel hoch und begann im Raum auf und ab zu tigern. „Sie hatte sich alles genauestens zurechtgelegt. Es war einer von ihren ‚Schritt-für-Schritt‘-Plänen.“

„Und das hast du als beleidigend empfunden“, ergänzte Rachel. „Was nur beweist, was für ein Narr du bist. Jeder Mann mit nur einem Funken Verstand würde es als Kompliment auffassen, dass eine attraktive, verführerische Frau ihn haben will.“

„Es hat mich umgehauen, okay? Alles hat mich umgehauen, die Gefühle, die ich für sie empfinde, haben mich einfach überrollt. Ich wusste überhaupt nicht, dass es so was gibt.“

„Also dann, bring es wieder in Ordnung. Du hast sie schließlich rausgeworfen.“

„Sie ist gegangen.“

„Willst du, dass sie noch weiter von dir fortläuft? Denn das wird sie tun. Und erzähle mir nicht, du seist nicht gut genug für sie, dass du sie nicht glücklich machen könntest. Denn dann muss ich dir wirklich einen richtigen Schlag verpassen. Von dem Jungen, den man mir vor Jahren vor die Nase gesetzt hat, ist nur noch ein kleiner Teil in dir übrig geblieben, Nick. Aber das ist der beste Teil."

Wie gern wollte er das glauben. Immerhin hatte er mehr als ein Jahrzehnt daran gearbeitet, es Wahrheit werden zu lassen. „Ich weiß nicht, ob ich ihr geben kann, was sie braucht."

„Dann tu's eben nicht", fauchte Rachel kalt. „Sie wird's überleben. Sie hat keine einzige Träne mehr übrig, und die erste Wut ist verraucht. Die Frau, von der ich mich gestern Abend verabschiedet habe, war sehr beherrscht, gefasst und kühl. Und fest entschlossen, dich zu vergessen."

„Ich will sie zurück. Ich will Freddie zurück." Der Gedanke war gar nicht so erschreckend, wie er befürchtet hatte. Im Gegenteil, es war ein guter, ein richtiger Gedanke. „Ich will alles zurück."

„Dann solltest du dich schnellstens an die Arbeit machen, Freund." Sie stand auf, nahm ihn bei den Schultern und gab ihm einen Kuss auf die Wange. „Ich setze auf dich. Du schaffst es."

Nick stand, mit Tüten beladen, vor Freddies Haus und schaute zum fünften Stock hinauf, wo ihre Wohnung lag. Auf jeden Fall würde es eine Menge Arbeit erfordern, eine ganze Brautwerbung in eine einzige gedrängte Balkonszene zu quetschen.

Nachdem er dies gedacht hatte, beeilte er sich, zu der Feuertreppe zu kommen.

„Wohin gedenken Sie zu gehen, wenn ich fragen darf, LeBeck?"

Der betagte Streifenpolizist, den Nick schon sein halbes Leben lang kannte, wippte mit seinem Schlagstock.

„Wie geht's, Officer Mooney?"

Aber der Polizist ließ sich nicht ablenken und beäugte misstrauisch Nicks Tüten. „Meine Frage war, wohin Sie wollen."

„Ich möchte, dass Sie kurz ein Auge zudrücken, Mooney."

„So? Jetzt? Warum erzählen Sie mir nicht ein bisschen mehr darüber?"

„Sehen Sie das Fenster dort oben?" Nick deutete nach oben und wartete, bis Mooneys Augen es erfasst hatten. „Die Frau, die ich liebe, wohnt dort oben."

„Dort oben wohnt Captain Stanislaskis Nichte. Und das Mädchen hat ein Talent, sich in Schwierigkeiten zu bringen."

„Ich weiß. Sie ist die Frau, die ich liebe. Aber im Moment ist sie ein bisschen böse auf mich."

„Könnten Sie sich vielleicht ein bisschen genauer ausdrücken?"

„Ich habe ein Chaos angerichtet, und jetzt muss ich es wieder in Ordnung bringen. Verstehen Sie, wenn ich klingle, wird sie mich nicht reinlassen."

„Und Sie glauben ernstlich, ich lasse es zu, dass Sie auf dieser Feuerleiter zum Fenster der besagten Dame hochklettern?"

Nick nahm seine Tüten in die andere Hand. „Mooney, wie lange kennen Sie mich schon?"

„Zu lange." Aber er lächelte ein bisschen. „Also erzählen Sie schon, LeBeck, was haben Sie vor?"

Nachdem Nick es ihm erklärt hatte, grinste Mooney. „Schön, dann will ich ausnahmsweise mal ein Auge zudrücken. Ich bleibe hier unten stehen und halte Ihnen die Daumen. Aber wenn die Dame nicht willens ist, Sie zu empfangen, kommen Sie augenblicklich wieder runter."

„Abgemacht. Aber hören Sie, es kann einen Augenblick dauern. Sie hat einen ganz schönen Dickkopf."

„Haben sie das nicht alle? Warten Sie, Junge, ich helfe Ihnen mit der Feuerleiter."

Mit Mooneys Hilfe klappte Nick das untere Ende der Feuerleiter herunter. Nach einem Aufstieg, der ihn daran erinnerte, dass er noch immer überall blaue Flecken hatte, klopfte er an Freddies Fenster.

Einen Augenblick später schob sie es hoch.

Ihre Augen waren ein bisschen verschwollen, und das spornte ihn an. Auch wenn sie ihn nicht unbedingt willkommen hieß.

„Freddie, ich möchte …"

Bei seinem Anblick zog sie das Fenster wieder herunter und verriegelte es.

„Fehlschlag Nummer eins, Nick!", brüllte Mooney von unten. Ein Mann kam aus der Bäckerei hinter ihm und gesellte sich zu ihm.

„Was ist denn da los?"

„Der Junge dort oben versucht, der Lady einen Heiratsantrag zu machen."

Nick betete, dass es nur der Zorn war. Wenn sie ihn mittlerweile doch abgeschrieben haben sollte, hätte er das verloren, was ihm das meiste im Leben bedeutete. Du musst es nur schaffen, ihre Aufmerksamkeit zu bekommen, versuchte er sich Mut zu machen und wischte sich eine feuchte Hand an seiner Hose ab. Die Blumen holte er zuerst heraus. Sie waren ein bisschen zerdrückt, aber das fiel kaum ins Gewicht. Er klopfte wieder, lauter diesmal.

„Mach auf, Freddie. Ich habe dir Blumen mitgebracht. Schau." Mehr als nur ein bisschen verzweifelt wedelte er mit dem Strauß, als ihr Gesicht auf der anderen Seite der Fensterscheibe auftauchte. „Gelbe Rosen, deine Lieblingsblumen."

Ihre Antwort bestand darin, dass sie die Vorhänge vorzog.

„Fehlschlag Nummer zwei, Nick!"

„Klappe, Mooney", brummte Nick.

Unten begann sich jetzt eine größere Menschenmenge anzusammeln, während Nick seine nächste Waffe herauszog. Nachdem er die Kerzen in den Leuchter gesteckt hatte, zündete er sie an. Er wandte sich zu dem verhüllten Fenster und versuchte so laut zu sprechen, dass Freddie ihn hören konnte, aber nicht laut genug, um mit Kommentaren von unten eingedeckt zu werden.

„He, ich habe Kerzen aufgestellt hier draußen, Freddie ... Habe ich dir je gesagt, wie schön du bei Kerzenlicht bist? Dass dann deine Augen funkeln wie Diamanten und deine Haut glüht? Aber ehrlich gesagt siehst du bei jedem Licht schön aus, bei Sonnenlicht und im Mondschein. Das hätte ich dir schon längst sagen sollen. Ich hätte dir eine Menge Dinge schon längst sagen sollen."

Nick schloss für einen Moment die Augen und holte tief Atem. „Ich hatte nur Angst, dass ich ein großes Durcheinander veranstalte und dir dein Leben ruiniere, Freddie, deshalb habe ich ein noch größeres Durcheinander veranstaltet und unser beider Leben ruiniert." Er presste seine Hände jetzt gegen die Scheibe, als könne er sie so dazu bringen, das Fenster zu öffnen. „Lass es mich wiedergutmachen. Ich bin dabei, es wiedergutzumachen. Lass mich dir alles sagen, was ich dir schon längst hätte sagen sollen. Zum Beispiel, wie mich dein Duft verfolgt. Ich rieche dich noch Stunden, nachdem du weg bist, fast so, als wärst du in mir."

„Das ist stark", sagte Mooney zu einigen Leuten, die neben ihm stehen geblieben waren. Sie stimmten ihm alle zu.

„Mach bitte das Fenster auf, Freddie. Ich muss dich berühren."

Er war sich nicht einmal sicher, ob sie zuhörte. Alles, was er sehen konnte, war die Barriere, die die Vorhänge bildeten. Unter Pfiffen und ermunternden Zurufen von unten baute er das transportable Keyboard auf.

„Wir haben diesen Song für uns geschrieben, Freddie, und ich wusste es nicht einmal."

Er spielte den Anfangsakkord von „Immer nur Du", warf seinen Stolz über Bord und fing an zu singen.

Er war bei der zweiten Strophe angelangt, als sie die Vorhänge beiseitezog und das Fenster öffnete.

„Hör sofort auf", verlangte sie. „Du machst dich zum Narren und bringst mich in eine peinliche Lage. Ich will jetzt, dass du auf der Stelle …"

„Ich liebe dich."

Das bremste sie. Er sah die Tränen in ihren Augen, bevor sie sie wegblinzelte. „Oh nein, Nick, das mache ich nicht noch einmal durch. Geh jetzt."

„Ich habe dich immer geliebt, Freddie", sagte er leise. „Das ist der Grund dafür, weshalb mir sonst keine Frau wirklich etwas bedeutet hat. Ich habe mich geirrt, es war dumm von mir zu denken, dass ich dich gehen lassen muss. Du musst mir verzeihen, Freddie, du musst mir noch eine Chance geben, weil ich ohne dich nicht leben kann."

Die erste Träne fiel. „Oh, warum tust du das? Mein Entschluss steht fest."

„Ich hätte das alles schon vor langer Zeit tun sollen, Freddie. Verlass mich nicht. Gib mir eine Chance." Nick griff wieder nach den Blumen und hielt sie ihr hin.

Nach einem Augenblick des Zögerns nahm sie sie. „Es ist nicht nur wegen der Blumen, Nick. Ich war wütend. Es ist, weil …"

„Ich hatte Angst, dich zu lieben", murmelte er. „Weil es ein so riesiges Gefühl ist. Ich dachte, es würde mich auf einen Satz verschlingen. Und ich wagte nicht, es dir zu zeigen."

Sie nahm den Blick von den Blumen und schaute ihn an. Früher hatte sie immer davon geträumt, diesen Ausdruck in seinen Augen zu sehen. Die Zärtlichkeit, die Stärke und die Liebe. „Ich wollte nie, dass du etwas anderes bist als das, was du bist, Nick."

„Komm raus." Sein Blick ließ den ihren nicht los, als er ihr die

Hand hinstreckte. „Willkommen in meiner Welt."

Sie schniefte, dann willigte sie lachend ein. „Also gut, aber wir könnten womöglich wegen Brandstiftung verhaftet werden."

„Kein Problem. Da unten ist ein Cop, der aufpasst."

Als sie auf die kleine Plattform trat, schaute sie nach unten. Irgendjemand aus der kleinen Menschenmenge winkte ihr zu.

„Nick, das ist lächerlich. Wir können das drinnen besprechen."

„Es gefällt mir aber hier draußen." Sie hatte es romantisch haben wollen. Und das bekam sie jetzt, bei Gott. „Und viel zu besprechen gibt es ohnehin nicht – sag mir nur einfach, dass du mich noch liebst."

„Das tue ich." Von einer Welle der Liebe überschwemmt, streichelte sie seine Wange. „Ich liebe dich über alles."

„Verzeihst du mir?"

„Ich hatte es nicht vor. Nie. Ich war entschlossen, ohne dich zu leben, Nick."

„Das habe ich befürchtet." Er legte eine Hand über ihre, die noch immer an seiner Wange ruhte. „Und jetzt?"

„Du hast mir ja keine Wahl gelassen." Sie wischte sich eine Träne ab. „Was hast du dir eigentlich bei den Kerzen und der Musik noch vor dem Mittag gedacht?"

„Dass es höchste Zeit für die Brautwerbung ist. Willst du, dass ich den nächsten Schritt in deinem Generalstabsplan mache?"

„Ich muss mich dafür entschuldigen."

„Ich hoffe, dass du das nicht tust." Er hob ihre Hand und küsste sie in einer Geste, bei der sie unwillkürlich zwinkern musste. „Ich beabsichtige nämlich, dich für den Rest unseres Lebens daran zu erinnern, dass du hinter mir her warst. Und ich bin dir dankbar dafür." Wieder küsste er ihre Hand. „Ich werde viel Zeit brauchen, um dir meine Dankbarkeit zu beweisen." Ohne sie aus den Augen zu lassen, griff er in seine Tasche und holte eine kleine Schachtel heraus. „Ich hoffe, du gibst sie mir. Heirate mich, Freddie." Er klappte den Deckel der Schatulle auf und nahm einen mit einem Diamanten besetzten Ring von schlichter Eleganz heraus. „Niemand hat dich je so geliebt, wie ich es tue. Und niemand wird dich je so lieben."

„Nick." Sie presste ihre Hand an den Mund. Nein, das war kein Traum. Keine Fantasie und auch keine Stufe in einem sorgsam ausgetüftelten Plan. Es war real und völlig überraschend.

Und perfekt.

„Ja. Oh ja." Mit Tränen des Glücks in den Augen warf sie sich lachend in seine Arme.

„Scheint, als hätte der Junge am Ende ein Heimspiel gewonnen", folgerte Mooney. Anschließend gestattete er sich das Vergnügen, dem Paar fünf Stockwerke höher bei einem Kuss zuzuschauen, der bis in alle Ewigkeit zu dauern schien.

Dann wippte er mit seinem Schlagstock und sagte: „Okay, Leute, gehen wir, damit sie ihre Ruhe haben."

Fröhlich vor sich hin pfeifend schlenderte Mooney weiter. Einmal schaute er noch zurück und sah, wie die hübsche Frau überglücklich lachend ihren Blumenstrauß hoch in die Luft warf.

Nick LeBeck, dachte Mooney. Der Junge hatte einen weiten Weg hinter sich.

EPILOG

Broadway Rhythm
Nach der gestrigen Broadway-Premiere von „First, Last and Always" kann keiner mehr daran zweifeln, dass die wunderbaren Hauptdarsteller auf dem Höhepunkt ihrer Broadway-Karriere stehen. In der vom Publikum frenetisch bejubelten Aufführung haben die beiden einmal mehr ihr unvergleichliches Können bewiesen.

Getragen wurde die faszinierende Produktion allerdings auch von der Musik. Seit gestern hat der Broadway zwei neue Lieblinge. Nicholas LeBeck und Frederica Kimball haben in Zusammenarbeit ein Werk kreiert, das alle Tiefen und Höhen der menschlichen Existenz in sich vereint, ein Werk, das ohne Ausnahme jeden im Saal mitgerissen hat. Bei dem Stück „Immer nur Du" musste auch der letzte Hartgesottene das Taschentuch zücken.

Musik und Text sind immer das Herzstück eines jeden Musicals, und das Herz dieses Werks schlug voller Energie, Frische und Elan. Mit seinem Erstlingswerk „Last Stop" hat Mr. LeBeck bereits sein kreatives Potenzial bewiesen, mit „First, Last and Always" hat er sich seinen Platz auf dem Olymp des Broadway-Musicals gesichert.

Seine Partnerin steht ihm in nichts nach. Miss Kimballs Text umfasst alle Bereiche, von poetischer Sanftmut über ironischen Sarkasmus bis hin zu herzerfrischendem Humor. Musik und Text ergänzen sich so harmonisch, dass es unmöglich ist herauszufinden, was zuerst geschaffen wurde. Wie bei jeder großartigen Zusammenarbeit, so sind auch hier die Übergänge perfekt und nahtlos.

Vielleicht lässt es sich darauf zurückführen, dass LeBeck und Kimball nicht nur Partner, sondern auch frisch verheiratete Eheleute sind. Und nach drei Monaten Ehe haben Braut und Bräutigam nun, nach der erfolgreichen gestrigen Premiere, noch mehr Grund zu lächeln.

Ich wünsche den beiden eine glückliche und produktive Partnerschaft.
Angela Browning

Wie oft willst du den Artikel eigentlich noch lesen?“

Freddie seufzte. Sie saß im Schneidersitz mitten auf dem Bett, den Kulturteil aller heute erschienenen Zeitungen um sich herum verteilt. Und auf Nick. Der elegante Chignon, zu dem sie ihr Haar gestern Abend hochgesteckt hatte, hatte sich längst aufgelöst. Das kleine Schwarze, für das sie tagelang durch die teuersten Geschäfte New Yorks gestöbert war, lag achtlos zusammengeknüllt auf dem Boden – an der Stelle, wo Nick es ihr von den Schultern gestrichen hatte.

Sie waren erst im Morgengrauen nach Hause gekommen, übermütig kichernd und angeregt von Champagner, Erfolg und Lust.

„Es war einfach wunderbar."

Er grinste selbstzufrieden. „Danke."

Lachend zog sie ihm eins mit der zusammengefalteten Zeitung über und sah zu, wie ein Strahl der aufgehenden Sonne sich in dem Gold ihres Eherings fing. Es zauberte immer wieder ein glückliches Lächeln auf ihr Gesicht, wenn sie den Ring an ihrem Finger betrachtete. „Das meinte ich nicht – obwohl, das war auch nicht schlecht." Sie schloss die Augen, um sich die Bilder besser ins Gedächtnis rufen zu können. „All die Leute, die Lichter, die Musik. Der wahnsinnige Applaus. Gott, ich liebe Applaus. Weißt du noch, wie die Leute aufgestanden sind und gejubelt haben?“

Er verschränkte die Arme hinter dem Kopf und grinste einfach nur weiter. Sie sah süß aus, niedlich, wie sie da in seinem T-Shirt saß, das Haar wirr, mit leuchtenden Augen.

Sie sah einfach so … sie sah aus, als würde sie ganz allein ihm gehören.

„Wirklich? Ist mir gar nicht aufgefallen."

„Klar. Deshalb hast du mir ja auch fast die Finger gebrochen, als du meine Hand gehalten hast."

„Ich habe lediglich versucht, dich davon abzuhalten, auf die Bühne zu springen und alle zu umarmen."

„Du hast recht, das hätte ich zu gern getan. Am liebsten wäre ich auf und ab gehüpft und hätte getanzt. Sie lieben es, Nick. Sie lieben, was du und ich zusammen geschaffen haben."

„Ich auch. In der ersten Reihe zu sitzen und auf der Bühne zu hören, was wir zwei auf meinem alten Klavier in der Bar gespielt haben. Mich daran zu erinnern, was alles passiert ist, während wir Worte und Musik geschrieben haben."

Sie verschränkte ihre Finger mit seinen. „Es war die aufregendste Zeit meines Lebens. Und der gestrige Abend hat es noch schöner werden lassen. Jeder sah so wunderbar aus. Die ganze Familie. Fast wie auf unserer Hochzeit, jeder so schick und vor Freude strahlend. Und du warst genauso nervös wie damals."

„Dafür warst du genauso schön wie damals." Er sah, wie ihr das Blut sanft in die Wangen schoss. Sie war nicht daran gewöhnt, dass er es ihr sagte oder dass es ihm so leichtfiel, es ihr zu sagen. Er setzte sich auf und vergrub seine Finger in ihrem Haar. „Ich liebe dich, Mrs. LeBeck", murmelte er an ihren Lippen.

„Nick." Sie schmiegte ihre Wange an seine und hielt ihn ganz fest. „Es ist einfach so perfekt. Ich wusste, dass es so sein würde, wenn ich nur geduldig genug sein könnte. Und ich weiß, dass es noch viel besser werden wird. Wir sind ein Team."

„Und wir sind der Hit. LeBeck und Kimball, die neuen Lieblinge des Broadways."

Sie kicherte leise und küsste ihn auf den Hals. „Diesmal liest du."

Er ließ seine Hand unter ihr T-Shirt gleiten. „Jetzt sofort?"

„Nachher", murmelte sie und rollte sich lachend auf ihn.

– ENDE –

Nora Roberts

Tanz der Liebenden

Roman

Aus dem Amerikanischen von
Sonja Sajlo-Lucich

NEW YORK TIMES
BESTSELLER AUTOREN

1. KAPITEL

Es würde perfekt werden. Sie würde es miterleben können. Jeder Schritt, jede Szene, jedes einzelne Detail würde genau so sein, wie sie es sich vorgestellt hatte. Ihr Traum würde Wirklichkeit werden.

Sich mit weniger als dem Perfekten zufriedenzugeben war Zeitverschwendung. Und Verschwendung war etwas, das für Kate Kimball nicht infrage kam.

Mit fünfundzwanzig hatte sie mehr gesehen und erlebt, als die meisten Menschen in ihrem ganzen Leben erlebten. Als die anderen jungen Mädchen kichernd Jungen angehimmelt oder sich über die neueste Mode unterhalten hatten, war sie nach Paris und Rom gereist, hatte glitzernde Kostüme getragen und außergewöhnliche Dinge vollbracht.

Sie hatte für Könige getanzt und mit Fürsten diniert. Sie hatte Champagner im Weißen Haus getrunken und im Bolschoitheater Triumphe gefeiert.

Sie würde ihrer Familie ewig dankbar sein, ihrer großen und weit verstreuten Familie, die ihr all das ermöglicht hatte. Alles, was sie war und hatte, verdankte sie ihr.

Jetzt war es an der Zeit, dass sie es sich selbst verdiente und ihr Leben eigenständig meisterte.

Das Tanzen war ihr Traum gewesen, seit sie denken konnte. Ihre fixe Idee, wie ihr Bruder Brandon es immer genannt hatte. Ganz unrecht hatte er damit nicht. Aber an einer fixen Idee war nichts Schlechtes, solange es die richtige Idee war und man auch bereit war, hart dafür zu arbeiten.

Der Himmel wusste, wie hart sie gearbeitet hatte.

Zwanzig Jahre Training, Studium, Tortur und Erfüllung. Zwanzig Jahre Schweiß und Spitzenschuhe. Zwanzig Jahre Opfer, für sie und ihre Eltern. Sie wusste, wie schwer es für ihre Eltern gewesen war, die Jüngste, das Nesthäkchen, mit siebzehn nach New York gehen zu lassen. Trotzdem hatten sie sie immer unterstützt und ermutigt.

Zwar war klar, dass die Familie über Kate wachen würde, als sie die hübsche kleine Stadt in West Virginia verließ. Aber Kate wusste, dass ihre Eltern ihr vertrauten, sie liebten und an sie glaubten und sie auch so hätten gehen lassen.

Kate hatte trainiert und gearbeitet, und sie hatte getanzt. Für sich und für ihre Familie. Als sie in die Company aufgenommen worden war und zum ersten Mal auf der Bühne gestanden hatte, war ihre Familie dabei gewesen. Als sie zum ersten Mal als Primaballerina aufgetreten war, hatten ihre Eltern es miterlebt.

Sechs Jahre lang hatte sie im Rampenlicht gestanden, hatte die Euphorie verspürt, wenn die Musik durch ihren Körper floss, wenn sie die Klänge fühlte, eins wurde mit der Musik. Sie war durch die ganze Welt gereist, hatte die Giselle getanzt, die Aurora verkörpert, war die Julia gewesen. Dutzende von Rollen, und sie wollte keinen Moment missen.

Eigentlich war niemand überraschter gewesen als Kate selbst, als sie den Entschluss gefasst hatte, der Bühne den Rücken zu kehren. Für diese Entscheidung gab es nur einen plausiblen Grund.

Sie wollte nach Hause.

Sie wollte endlich anfangen zu leben. Sosehr sie das Tanzen auch liebte – ihr war klar geworden, dass das Ballett begonnen hatte, sie zu verschlingen, jeden anderen Teil ihres Lebens gierig auffraß. Unterricht, Proben, Training, Tourneen, Medienrummel. Die Karriere einer Tänzerin brachte wesentlich mehr mit sich als nur Spitzenschuhe und Rampenlicht. Zumindest war das bei Kate der Fall gewesen.

Sie sehnte sich nach einem richtigen Leben – und nach einem Zuhause. Und sie wollte etwas von dem, was sie hatte erfahren dürfen, an andere weitergeben. Mit ihrer Ballettschule würde sie dieses Ziel erreichen können.

Sie würden kommen, sagte sie sich immer wieder. Sie würden allein schon deshalb kommen, weil sie Kate Kimball hieß. Dieser Name war ein Begriff in der Welt des Balletts. Und dann würden sie kommen, weil die Schule selbst sich einen Namen gemacht haben würde.

Zeit für einen neuen Traum, dachte sie, als sie sich in dem großen leeren Raum um die eigene Achse drehte. Die „Kimball School of Dance" war ihre neue Leidenschaft. Ihre fixe Idee. Es würde genauso erfüllend und perfekt werden wie ihr alter Traum.

Und es würde ebenso viel harte Arbeit, Anstrengung und Entschlossenheit verlangen, um in die Tat umgesetzt werden zu können.

Die Hände in die Hüften gestützt, betrachtete sie die schmutzig grauen Wände, die einst weiß gewesen waren. Sie würden wieder weiß sein, um den Konterfeis der Großen den passenden Hintergrund zu bieten. Nurejew, Barischnikow, Fonteyn, Davidov, Bannion.

Die beiden Längswände mit den Ballettstangen würden mit Spiegeln verkleidet werden. Die professionelle Eitelkeit war unerlässlich, so wie das richtige Atmen. Ein Tänzer musste sich zu jeder Zeit sehen können – jede kleine Bewegung, jedes Beugen, jede Drehung. Nur so erreichte man Perfektion.

Eigentlich sind es eher Fenster als Spiegel, dachte Kate. Der Tänzer sieht dem Tanz zu wie durch eine Glasscheibe.

Die alte Decke musste repariert oder ersetzt werden, je nachdem, was erforderlich war. Und das alte Heizungssystem ... Sie rieb sich fröstelnd die Arme. Da musste auf jeden Fall ein neues her. Die Böden würden abgeschliffen und neu versiegelt werden, bis sie glatt und schimmernd den perfekten Untergrund böten. Blieben noch Elektro- und Sanitärinstallationen.

Ihr Großvater hatte als Tischler gearbeitet, bis er sich zur Ruhe gesetzt hatte. Na ja, fast zur Ruhe gesetzt, dachte sie liebevoll. Er würde die kleineren Arbeiten wohl nie aufgeben können. Aber sie würde ihn fragen, sich informieren, bis sie alles verstand und der Firma, die sie beauftragen würde, genau erklären konnte, was sie sich vorstellte.

Sie schloss die Augen. Sie konnte alles ganz genau vor sich sehen. Ihr hochgewachsener, gertenschlanker Körper sank fließend in ein tiefes *plié,* bis sie auf den Fersen zu sitzen kam. Sie richtete sich auf, sank wieder hinunter.

Sie hatte ihr Haar heute Morgen nur ungeduldig hochgesteckt, um schnell aus dem Haus zu kommen und sich das anzusehen, was bald das Ihre sein würde. Durch die Bewegung lockerten sich die Haarnadeln, ein paar Strähnen des seidigen schwarzen Haares lösten sich und fielen ihr bis auf die Hüften – ein wildromantisches Bild, das ihrem Image auf der Bühne gerecht wurde.

Ein verträumtes Lächeln zauberte einen warmen Schimmer auf ihr Gesicht. Die dunkle Haut und die hohen Wangenknochen hatte sie von ihrer Mutter geerbt, von ihrem Vater die grauen Augen und das energische Kinn.

Eine sehr interessante Kombination, sehr romantisch. Die Zigeunerin, die Meerjungfrau, die Elfenkönigin. Es hatte Männer gegeben, die nur auf ihr Äußeres geachtet hatten und sie für romantisch und zerbrechlich hielten. Mit der Stärke, die sich darunter verbarg, hatten sie nicht gerechnet.

Was ein Fehler war. Ein kapitaler Fehler.

„Irgendwann einmal wirst du aus dieser Stellung nicht mehr hochkommen, und dann wirst du deine restlichen Tage als herumhüpfender Frosch fristen müssen."

Kate riss die Augen auf und sprang hoch. „Brandon!" Sie rannte durch den Raum und warf sich ihrem Bruder mit einem Aufschrei in die Arme. „Was machst du hier? Wann bist du angekommen? Ich dachte, du wärst in Puerto Rico, um Baseball zu spielen? Wie lange bleibst du?"

Er war kaum zwei Jahre älter als sie. Früher, als sie noch Kinder gewesen waren, hatte er seinen Geburtsvorteil immer ausgenutzt und sie gequält. Nicht wie ihre gemeinsame Halbschwester Frederica, die älter war als sie beide. Sie hatte ihr Alter nie wie eine Keule über den Häuptern der jüngeren Geschwister geschwungen. Trotzdem – Kate liebte Brandon mit jeder Faser ihres Seins.

„Welche von den Fragen soll ich zuerst beantworten?" Lachend hielt er sie ein Stückchen von sich ab, um sie mit dunklen, amüsiert funkelnden Augen zu betrachten. „Immer noch dünn wie ein Strohhalm."

„Und in deinem Kopf gibt es immer noch nichts anderes als Stroh. Hi." Sie drückte einen herzhaften Kuss auf seine Lippen. „Mom und Dad haben nichts davon gesagt, dass du kommst."

„Sie wussten es nicht. Ich habe gehört, dass du dich hier niederlassen willst. Da dachte ich mir, ich sollte besser mal nachsehen, damit du keinen Unsinn machst." Er sah sich in dem heruntergekommenen Raum um und rollte mit den Augen. „Mir scheint, ich bin zu spät gekommen."

„Es wird wunderbar werden."

„Vielleicht. Aber im Moment ist es eine Bruchbude." Er legte den Arm um ihre Schultern. „So, die Königin des Balletts wird also Lehrerin."

„Ich werde eine gute Lehrerin sein. Aber lass dich etwas fragen: Wieso bist du nicht in Puerto Rico?"

„Bin ausgerutscht. Sehnenzerrung."

„Oh Gott! Wie schlimm ist es? Warst du beim Arzt? Musst du ..."

„Liebe Güte, Katie! So schlimm ist es auch wieder nicht. Ich muss zwei Monate aussetzen und mich schonen. Wenn die Frühjahrssaison beginnt, bin ich wieder dabei. Außerdem habe ich so ausreichend Zeit, hier herumzuhängen und dir das Leben zur Hölle zu machen."

„Das ist wenigstens etwas. Komm, ich zeig dir alles." Dann konnte sie auch gleich herausfinden, wie er mit der Verletzung lief. „Meine Wohnung liegt direkt hier drüber."

„So wie die Decke aussieht, wohnst du vielleicht schon bald ein Stockwerk tiefer."

„Die Decke hält, keine Angst", beruhigte sie ihn. „Im Moment sieht alles noch schlimm aus, aber ich habe schon Pläne."

„Du hast immer Pläne."

Aber er begleitete sie, wobei er sein rechtes Bein leicht nachzog, um es nicht zu belasten. Er ging mit ihr durch einen engen Korridor mit abbröckelndem Putz und vorbei an bloßgelegten Ziegelsteinen. Er folgte ihr eine knarrende Treppe hinauf, die zu einem Biotop für Mäuse, Spinnen und anderes Kriechgetier geworden war, über das er lieber nicht weiter nachdenken wollte.

„Kate, dieses Haus ..."

„Hat Potenzial", unterbrach sie ihn entschlossen. „Und ist geschichtsträchtig. Es stammt noch aus der Zeit vor dem Bürgerkrieg."

„Sieht mehr danach aus, als stamme es aus der Steinzeit." Er war ein Mensch, der die Dinge in einer gewissen Ordnung liebte. Klar aufgeteilt, verständlich. Wie ein Spielfeld. „Hast du überhaupt eine Ahnung, wie viel du hier reinstecken musst, bevor es einigermaßen bewohnbar wird?"

„Ja, habe ich. Wenn ich einen Bauunternehmer beauftrage, werde ich eine genaue Kostenvorstellung haben. Brand, es gehört mir. Weißt du noch, wie wir als Kinder, du und Freddie und ich, hier vorbeigegangen sind? Ich habe mir immer gewünscht, dass es einmal mir gehören würde."

„Sicher weiß ich das noch. Es war mal eine Bar oder so was, nicht wahr? Und dann irgendein Handwerksladen und dann ..."

„Dieses Haus war schon vieles", warf Kate ein. „Es hat um 1800 als Schenke angefangen. Aber noch niemand hat hier etwas Erfolgreiches aufgezogen. Oh, wie habe ich mir als Kind gewünscht, hier zu leben, durch all die Räume zu toben und aus den hohen Fenstern zu schauen.“

Ein leichter Hauch zog über ihre Wangen, ihre Augen wurden groß und dunkel. Ein sicheres Zeichen, dachte Brandon, dass sie sich festgebissen hat.

„Weißt du, es ist etwas anderes, wenn man sich solche Dinge als Achtjährige wünscht, als wenn man diese Schutthalde dann als Erwachsener kauft.“

„Ja, natürlich ist es anders. Als ich letzten Frühling zu Hause war, stand es zum Verkauf. Seither musste ich immer wieder daran denken.“ Sie konnte es genau vor sich sehen, das schimmernde Holz, die sauberen, soliden Wände ... „Selbst als ich nach New York zurückgekehrt war, ging es mir nicht mehr aus dem Kopf.“

„Dir wirbeln doch ständig die verrücktesten Sachen im Kopf herum.“

Sie tat diese Bemerkung mit einem Schulterzucken ab. „Es gehört mir. In dem Augenblick, als ich es betrat, wusste ich, dass es meins ist. Hast du so ein Gefühl schon mal gehabt?“

Hatte er. Als er zum ersten Mal auf ein Spielfeld gelaufen war. Wenn er es recht bedachte – die meisten vernünftigen Leute würden ihm gesagt haben, dass die Vorstellung, sich mit Ballspielen den Lebensunterhalt zu verdienen, ein Kindertraum sei. Seine Familie hatte das nicht getan. So wie sie auch Kates Traum vom Ballett nie belächelt hatten.

„Ja, ich glaube schon“, gab er zu. „Aber es ist alles irgendwie so schnell. Ich bin von dir gewöhnt, dass du alles sehr wohlüberlegt angehst.“

„Glaub mir, das hat sich nicht geändert“, erwiderte sie fröhlich. „Als ich mich von der Bühne zurückzog, wusste ich, dass ich unterrichten würde. Ich wusste, dass ich dieses Haus als Schule aufziehen will. Meine Schule. Und vor allem wollte ich wieder zu Hause sein.“ Kate lächelte ihrem Bruder zu.

„Na schön.“ Er zog sie zu sich heran und küsste sie auf die Schläfe. „Dann werden wir es auch schaffen. Aber jetzt lass uns verschwinden. Es ist eiskalt hier drinnen.“

„Die neue Heizung steht ganz oben auf meiner Liste."

Ein letztes Mal ließ er argwöhnisch den Blick durch den Raum schweifen. „Das wird eine ziemlich lange Liste werden."

Gemeinsam spazierten sie durch die frostige Dezemberluft, wie sie es schon früher als Kinder getan hatten. Über unebene Bürgersteige und geplatzte Gehwegplatten, unter den großen alten Bäumen, die ihre kahlen Äste in den bleigrauen Himmel streckten. Kate schnupperte. Schnee lag in der Luft.

Die Schaufenster der Geschäfte waren weihnachtlich dekoriert, mit rotbackigen Weihnachtsmännern, fliegenden Rentieren, kugelrunden Schneemännern und bunten Lichterketten. Aber das schönste Schaufenster war das des Spielzeugladens – Miniaturschlitten, große Teddybären, wunderschöne Puppen, rote Feuerwehrautos, Schlösser, gebaut aus Holzklötzen …

Die Türglocke ertönte sanft, als die beiden den Laden betraten.

Kunden wanderten umher, besahen die Waren. In einer Ecke hämmerte ein Zweijähriger wild mit dem Klöppel auf ein Xylofon, und hinter dem Tresen packte Annie Maynard gerade einen Stoffhund mit langen Schlappohren in eine Geschenkschachtel ein.

„Eines meiner Lieblingstiere", sagte sie zu der wartenden Kundin. „Ihre Nichte wird sich gar nicht mehr von ihm trennen wollen."

Als sie die rote Schleife um die Schachtel band, rutschte ihre Brille ein wenig auf der Nase herunter. Blinzelnd sah sie über den Brillenrand …

„Brandon!", rief sie aus. Dann, über die Schulter: „Tash, komm und sieh, wer hier ist! Oh, komm her und gib mir einen Kuss, du umwerfender Kerl, du!"

Als er gehorsam hinter den Tresen trat und sie auf die Wange küsste, wedelte sie sich mit der Hand Luft zu. „Seit fünfundzwanzig Jahren bin ich jetzt schon verheiratet, und bei diesem Jungen komme ich mir glatt wieder wie ein Backfisch vor. Aber jetzt lass mich deine Mutter holen."

„Das übernehme ich", schmunzelte Kate. „Nutz du die Zeit und flirte noch ein bisschen mit Brandon."

„Ja, dann …" Annie blinzelte Kate zu. „Beeil dich nicht zu sehr."

Ihrem Bruder hatten die Frauen schon zu Füßen gelegen, da war er höchstens fünf gewesen. Nein, das stimmte nicht. Schon als Baby waren ihm alle verfallen gewesen, korrigierte sie sich, während sie durch die Regale nach hinten ging. Das hatte nicht unbedingt etwas mit seinem Aussehen zu tun, auch wenn er wirklich traumhaft aussah. Es war auch nicht nur sein Charme, denn Brandon konnte ganz schön muffelig sein, wenn ihm danach war. Kate hatte schon vor langer Zeit entschieden, dass es einfach an den Pheromonen lag. Manche Männer betraten eben einen Raum, und alle Frauen schmolzen dahin. Natürlich nur Frauen, die für so etwas empfänglich waren. Sie hatte nie zu diesen Frauen gehört. Ein Mann musste schon mehr zu bieten haben als Aussehen, Charme und Sex-Appeal, um ihr Interesse zu erregen. Sie hatte zu viele aufwendig verpackte Geschenke gesehen, die, sobald man sie öffnete, keinen Inhalt vorzuweisen hatten.

Dann bog sie um die Ecke mit den Spielzeugautos. Und ihr passierte genau das, worüber sie gerade in Gedanken noch so hämisch gelästert hatte: Sie schmolz dahin.

Er war umwerfend. Nein, der Ausdruck war zu platt, zu weiblich. „Attraktiv“ traf es auch nicht, war außerdem zu typisch männlich. Er war einfach …

Mann.

Knapp ein Meter neunzig und einzigartig verpackt. Als Tänzerin schätzte sie einen gut modellierten Körper. Dieser Vertreter der Spezies Mann, der im Moment konzentriert die Modellautos studierte, hatte seinen Körper in enge, ausgewaschene Jeans, ein Flanellhemd und eine Jeansjacke verpackt. Seine Stiefel sahen derb und viel getragen aus. Wer hätte ahnen können, dass Arbeitsschuhe so sexy sein konnten?

Dann war da noch dieses Haar – dunkelblond, mit helleren Strähnen, Massen davon, die um ein glatt rasiertes, markantes, klassisches Gesicht fielen. Ein voller Mund, das Einzige, was sanft und weich an ihm war. Eine gerade Nase, ein klar geschnittenes Kinn, wie von Meisterhand gemeißelt. Und seine Augen …

Nun, seine Augen konnte sie nicht sehen, zumindest nicht die Farbe. Aber die langen dichten Wimpern.

Irgendwie hatte sie das Gefühl, diese Augen müssten blau sein. Ein dunkles, intensives Blau.

Als er die Hand nach einem Spielzeugauto ausstreckte, starrte sie auf seine Finger. Lange, schlanke, kräftige Finger …

Du lieber Himmel!

Und während sie es sich noch einen Moment lang gestattete, sich ihrer Fantasie zu ergeben – einer wirklich harmlosen kleinen Fantasie ohne Konsequenzen! –, lehnte sie sich leicht zurück und warf prompt eine Ansammlung von Spielzeugautos aus dem Regal.

„Hoppla!" Immerhin holte das Klappern sie aus ihrer Fantasiewelt zurück in die Wirklichkeit. Lachend ging sie in die Hocke, um die Autos aufzuheben. „Ich hoffe, es gab keine Verletzten."

„Hier ist ein Notarztwagen, falls es nötig werden sollte." Er tippte auf ein rot-weiß gestreiftes Modellauto und ging neben ihr in die Knie, um ihr beim Aufheben zu helfen.

„Danke. Wenn wir schnell genug aufräumen, bevor die Cops hier sind, komme ich vielleicht mit einer Verwarnung davon." Er roch genauso gut, wie er aussah. Herb und würzig. Männlich eben. Sie rutschte ein wenig herum, ihre Knie berührten sich. „Kommen Sie öfter hierher?"

„Ja, schon." Er sah in ihr Gesicht. Lange, gründlich. Kate bemerkte das Aufflackern von Interesse. „Männer entwachsen dem Spielzeug eigentlich nie."

„Das habe ich mir sagen lassen. Womit spielen Sie denn am liebsten?"

Er zog die Augenbrauen hoch. Einem Mann passierte es nicht oft, dass er an einem Mittwochnachmittag in einem Spielzeugladen einer schönen – und provozierenden – Frau begegnete. Fast hätte er gestottert, dann tat er etwas, das er seit Jahren nicht mehr getan hatte: Er sprach, ohne vorher nachzudenken.

„Kommt ganz auf das Spiel an. Und Sie?"

Sie lachte und steckte die Haarsträhne hinters Ohr, die sie an der Wange kitzelte. „Ich spiele alle Spiele gern – solange ich gewinne."

Sie wollte sich aufrichten, aber er war schneller. Er drückte diese ellenlangen Beine durch und hielt ihr die Hand hin. Sie nahm sie, und zu ihrem Entzücken war diese Hand genauso fest und stark, wie sie sie sich vorgestellt hatte.

„Nochmals danke. Ich heiße Kate."

„Brody." Er hielt ihr ein winziges blaues Auto hin. „An einem neuen Wagen interessiert?“

„Nein, heute nicht. Ich schaue mich nur mal um, bis ich gefunden habe, was ich suche …“ Sie verzog die Lippen zu einem Lächeln, amüsiert, aufreizend.

Brody musste sich zusammennehmen, um keinen Pfiff auszustoßen. Natürlich hatten schon andere Frauen versucht, sich an ihn heranzumachen, aber noch nicht so eindeutig. Und da war ja auch noch diese selbst auferlegte Enthaltsamkeit. Wie lange dauerte die eigentlich schon an? Viel zu lange, auf jeden Fall.

„Kate.“ Er lehnte sich an ein Regal, ihr zugewandt. Schon seltsam, wie schnell die Gesten zurückkamen, wie der Körper sich an die Bewegungen erinnerte, als hätte es nie eine Unterbrechung gegeben. „Warum gehen wir nicht …“

„Katie! Ich wusste ja nicht, dass du herkommen wolltest.“ Natasha Kimball eilte durch den Laden auf sie zu und schob dabei einen großen Spielzeugbetonmischer vor sich her.

„Ich habe dir eine Überraschung mitgebracht.“

„Ich liebe Überraschungen. Aber erst einmal … Hier, Brody, der ist Montag reingekommen, ich habe ihn direkt für Sie zurückgestellt.“

„Großartig.“ Der provozierende Ausdruck in seinen Augen verschwand und machte einem herzlichen Lächeln Platz. „Der ist perfekt. Jack wird aus dem Häuschen sein.“

„Davon wird er auch lange etwas haben, nicht nur bis eine Woche nach Weihnachten. Der Hersteller achtet auf Qualität. Haben Sie sich schon mit meiner Tochter bekannt gemacht?“

Brodys Blick glitt von dem Betonmischer zu Kate. „Tochter?“, wiederholte er. Das war also die Ballerina. Das passte.

„Ja, wir hatten einen Unfall mit den Spielzeugautos.“ Kate hielt ihr Lächeln aufrecht. Sicher hatte sie sich diese plötzliche Distanz nur eingebildet. „Jack … ist das Ihr Neffe?“

„Mein Sohn.“

„Oh.“ Das durfte ja wohl nicht wahr sein! Der Mann hatte vielleicht Nerven. Dieser verheiratete Mann! Er hatte mit ihr geflirtet. Wer damit angefangen hatte, war egal. Schließlich war sie nicht verheiratet! „Das Geschenk wird ihm ganz sicher gefallen“, sagte sie kühl und wandte sich zu ihrer Mutter um. „Mama …“

„Kate, ich habe Brody von deinen Plänen erzählt. Ich dachte mir, er könnte sich mal das Haus ansehen."

„Aber warum denn, um alles in der Welt?!"

„Brody ist Bauunternehmer. Und ein wunderbarer Tischler. Er hat das Studio deines Vaters letztes Jahr ausgestattet. Außerdem hat er mir versprochen, sich meiner Küche anzunehmen." Sie lachte ihn an, ihre Augen tanzten wie dunkles Gold. „Meine Tochter will immer nur das Beste. Deshalb habe ich automatisch an Sie gedacht."

„Danke."

„Nein, wirklich. Ich weiß, Sie liefern beste Arbeit zu einem fairen Preis." Sie drückte leicht seinen Arm. „Spence und ich wären dankbar, wenn Sie sich das Gebäude ansehen könnten."

„Ich bin doch noch gar nicht richtig angekommen, Mama. Lass uns nichts überstürzen. Allerdings bin ich in dem Gebäude auf etwas sehr Beunruhigendes gestoßen. Das steht jetzt vorn bei Annie und macht ihr schöne Augen."

„Wie …? Brandon! Warum hast du das denn nicht gleich gesagt!"

Als Natasha aufgeregt davoneilte, wandte Kate sich an Brody.

„Nett, Sie kennengelernt zu haben."

„Ganz meinerseits. Rufen Sie mich an, wenn ich vorbeikommen soll."

„Ja, sicher." Sie stellte das kleine blaue Auto zurück ins Regal. „Ihr Sohn wird über diesen Wagen begeistert sein. Ist er Ihr einziges Kind?"

„Ja, es gibt nur Jack."

„Sicher hält er Sie und Ihre Frau genügend auf Trab. Also, wenn Sie mich dann entschuldigen wollen …"

„Jacks Mutter ist vor vier Jahren gestorben. Aber ja, es stimmt, mich hält er auf jeden Fall in Atem. Und lassen Sie in Zukunft Vorsicht walten, wenn Sie an eine Kreuzung kommen, Kate." Damit klemmte er sich den Betonmischer unter den Arm und ließ Kate stehen.

„Na toll", zischelte Kate mit angehaltenem Atem. „Das kann ja heiter werden."

Der Nachmittag war ihr gründlich verdorben.

Das Beste an einem eigenen Geschäft, nach Brodys Meinung, war die Tatsache, dass man seine Prioritäten selbst setzen konnte. Sicher, es gab da genügend Dinge, die einem Kopfschmerzen bereiteten – die Verantwortung, der Papierkram, die Organisation und Planung der einzelnen Jobs und nicht zuletzt die Tatsache, dass man sicherstellen musste, dass es überhaupt Jobs zu organisieren gab –, aber dieser eine Faktor machte alles wieder wett.

Denn in den letzten sechs Jahren hatte es für ihn nur eine Priorität gegeben. Und die hieß Jack.

Nachdem Brody den Betonmischer unter einer schwarzen Plane auf seinem Pick-up verstaut hatte, bei einer Baustelle vorbeigefahren war, um zu kontrollieren, dass seine Arbeiter weiterkamen, bei einem Lieferanten telefonisch gut Wetter gemacht hatte, um eine Materiallieferung vorzuziehen, und dann bei einem potenziellen Kunden einen Kostenvoranschlag für eine Badezimmerrenovierung abgegeben hatte, machte er sich auf den Weg nach Hause.

Montags, mittwochs und freitags ließ er es sich nicht nehmen, zu Hause zu sein, bevor der klapprige Schulbus sich die Straße hinaufquälte. An den anderen beiden Schultagen – und falls es sich nicht vermeiden ließ – ging Jack zu seinem besten Freund Rod Skully nach Hause und verbrachte dort eine oder zwei Stunden, bis Brody ihn abholte.

Brody schuldete Beth und Jerry Skully viel. Die freundlichen Nachbarn passten auf Jack auf, wenn zu Hause niemand war. In den zehn Monaten, seit Brody wieder nach Shepherdstown zurückgekehrt war, wurde ihm jeden Tag wieder bewusst, welche Vorteile es hatte, in einer Kleinstadt zu leben.

Heute, mit dreißig, fragte er sich, warum der junge Mann, der er vor zehn Jahren gewesen war, diese Stadt nicht schnell genug hatte verlassen können. Wie wäre sein Leben wohl verlaufen, wenn er geblieben wäre?

Aber es war gut so gewesen, entschied er in Gedanken. Wenn er nicht von hier weggegangen wäre, hätte er Connie nicht kennengelernt. Und dann gäbe es Jack nicht.

Der Kreis war fast geschlossen. Wenn die Kluft zwischen ihm und seinen Eltern auch noch nicht überbrückt war – er machte eindeutig Fortschritte. Besser gesagt, Jack war verantwortlich für die Fortschritte. Sein Vater trug dem Sohn vielleicht etwas nach, aber dem Enkel konnte er nicht widerstehen.

Er hatte gut daran getan, nach Hause zu kommen. Brody sah auf den dichten Wald, durch den sich die Straße wand. Die ersten Schneeflocken rieselten vom grauen Himmel. Hügel – felsig und zerklüftet – erhoben sich in der Landschaft, so wie es ihnen gefiel.

Es war eine gute Gegend, um einen Jungen großzuziehen. Viel besser als die Stadt. Es tat ihnen beiden gut, an einem Ort neu anzufangen, wo Jack Familie hatte.

Brody bog in die Seitenstraße ab und stellte den Motor ab. Der Schulbus würde gleich kommen, Jack würde herausspringen, zum Pick-up herübergerannt kommen und die Fahrerkabine mit überschäumender Energie und aufgeregten Erzählungen füllen, was an diesem Tag alles passiert war.

Schade, dachte Brody, dass er mit einem Sechsjährigen nicht teilen konnte, was an seinem Tag so passiert war.

Schließlich konnte er seinem Sohn schlecht sagen, dass sich zum ersten Mal seit Langem wieder Interesse an einer Frau in ihm regte. Es war auch kein leichtes Regen gewesen, eher so etwas wie ein Schlag mit voller Wucht. Er konnte Jack nicht sagen, dass er nahe – sehr nahe – daran gewesen war, sich darauf einzulassen.

Schließlich war es so verdammt lange her.

Und mal ehrlich, was hätte es geschadet? Eine attraktive Frau, die ganz offensichtlich kein Problem damit hatte, den ersten Schritt zu tun. Ein bisschen flirten, ein paar zivilisierte Verabredungen, danach ein wenig nicht ganz so zivilisierter Sex. Jeder bekam, was er wollte, niemand wurde verletzt.

Er fluchte mit zusammengebissenen Zähnen und rieb sich den verspannten Nacken.

Irgendjemand wurde immer verletzt.

Trotzdem, vielleicht wäre es das Risiko wert gewesen … wenn es sich bei der Frau nicht um Natasha und Spencer Kimballs ach so perfekte und wohlbehütete Tochter gehandelt hätte.

Diesen Weg war er schon einmal gegangen. Er hatte nicht vor, sich noch einmal auf so etwas einzulassen.

Er wusste viel über Kate Kimball. Primaballerina, Liebling der High Society und gefeierter Star der Kunstszene. Mal ganz abgesehen von der Tatsache, dass er sich lieber jeden Zahn einzeln ziehen lassen würde, als sich in eine Ballettvorstellung zu setzen. Während seiner viel zu kurzen Ehe mit Connie hatte er ausreichend Erfahrung mit der sogenannten kultivierten Gesellschaftsschicht sammeln können.

Connie war die Ausnahme gewesen. Einzigartig. Völlig natürlich und offen in einer Welt von Pomp und Prunk, wo Schein mehr galt als Sein. Trotzdem war es schwer gewesen. Er war nicht sicher, ob sie es geschafft hätten, aber er wollte es glauben.

Sosehr er sie auch geliebt hatte, eine Lektion hatte er gelernt: Es war einfacher, wenn der Schuster bei seinen Leisten blieb. Noch einfacher war es allerdings, wenn ein Mann sich gar nicht erst auf eine ernste Beziehung mit einer Frau einließ.

Nur gut, dass er noch rechtzeitig unterbrochen worden war, bevor er seinem Impuls nachgegeben und Kate Kimball um eine Verabredung gebeten hatte. Dass er herausgefunden hatte, wer sie war, bevor dieser erste kleine Flirt zu mehr geführt hatte.

Noch besser war es, dass er sich rechtzeitig an seine Prioritäten erinnert hatte. Durch die Vaterschaft war der arrogante und oft rücksichtslose Junge zum Mann gereift, war endlich erwachsen geworden.

Er hörte das Tuckern des alten Busses und setzte sich grinsend auf. Es gab keinen Ort auf der Welt, wo Brody O'Connell jetzt lieber sein würde.

Der gelbe Bus hielt an, der Fahrer winkte freundlich, Brody winkte zurück. Und dann schoss sein Junge wie der Blitz aus der Tür.

Jack war ein kompakter kleiner Kerl, nur seine Füße ... es würde ein paar Jahre dauern, bis er in diese Füße hineingewachsen war. Er legte den Kopf zurück und fing eine Schneeflocke mit der Zunge auf. Sein fröhliches Gesicht war rund, seine Augen so grün wie die seines Vaters, sein Mund, weich und voll, zeigte noch die Unschuld der Jugend.

Brody wusste, sobald Jack seine rote Skimütze abziehen würde – was er immer bei der ersten Gelegenheit tat –, würden die wirren blonden Haare wie ein Sonnenblumenfeld aufleuchten.

Während er seinen Sohn betrachtete, fühlte Brody, wie sein Herz vor Liebe überschäumte und diese Liebe seinen Körper durchflutete. Und schon wurde die Tür des Pick-ups aufgerissen, und ein eifriger kleiner Junge mit zu großen Füßen kletterte herein.

„Hi, Dad! Es schneit. Vielleicht haben wir ja bald zwei Meter Schnee, und dann fällt die Schule aus, und dann können wir eine Million Schneemänner bauen und Schlitten fahren." Er hüpfte aufgeregt auf dem Sitz auf und ab. „Können wir, Dad?" Die Augen des Jungen glänzten, während er die weiße Landschaft betrachete.

„Sobald der Schnee zwei Meter hoch liegt, fangen wir mit dem ersten der Million Schneemänner an."

„Versprochen?"

Ein Versprechen, das wusste Brody, war eine ernste Angelegenheit. „Versprochen."

„Toll! Rate mal, was!"

Brody ließ den Motor an und fuhr die Straße hinauf. „Was denn?"

„Bis Weihnachten sind es nur noch fünfzehn Tage. Miss Hawkins hat gesagt, morgen sind es nur noch vierzehn, und das sind nur noch zwei Wochen."

„Das bedeutet wohl, dass fünfzehn weniger eins vierzehn macht."

„Wirklich?" Jack dachte darüber nach. „Na schön. Also, Weihnachten ist in zwei Wochen, und Großmutter sagt doch immer, dass die Zeit so schnell vergeht. Also eigentlich ist dann doch jetzt schon fast Weihnachten."

„Fast." Brody hielt den Wagen vor dem alten zweistöckigen Bauernhaus an. Irgendwann würde er das ganze Haus wieder bewohnbar gemacht haben. Auch wenn es noch etwas dauern mochte.

„Siehst du, das sage ich doch. Also, wenn praktisch schon Weihnachten ist, kann ich dann jetzt mein Geschenk haben?"

„Hmm." Brody schürzte die Lippen, runzelte die Stirn und schien über den Vorschlag nachzudenken. „Weißt du, das war gut. Doch, wirklich gut, Jack. Nein."

„Ooch."

Brody musste über das enttäuschte Gesicht lachen. Er zog seinen Sohn zu sich. „Aber wenn du mich ganz feste drückst, mache ich dir O'Connells Spezial-Pizza zum Abendessen."

„Einverstanden!" Jack schlang seinem Vater die Arme um den Nacken.

Brody war endgültig nach Hause gekommen.

2. KAPITEL

„Nervös?“ Spencer Kimball beobachtete seine Tochter, wie sie Kaffee in eine Tasse einschenkte. Sie sah makellos aus, die schwarze Lockenfülle zu einem Pferdeschwanz gebändigt, der ihr über den Rücken fiel. Der graue Hosenanzug verlieh ihr eine Eleganz, die ihr scheinbar angeboren war. Ihr Gesicht – Gott, sie war das Ebenbild ihrer Mutter! – wirkte gefasst.

Ja, sie sah makellos aus und wunderschön. Und erwachsen. Warum nur tat es so weh, seine Babys erwachsen werden zu sehen?

„Sollte ich nervös sein? Noch Kaffee?“

„Ja, bitte. Immerhin ist heute Stichtag“, fügte er hinzu, während sie seine Tasse vollschenkte. „Kaufvertragstag. In ein paar Stunden wirst du Hausbesitzerin sein, mit allen Freuden und Kopfschmerzen, die so etwas mit sich bringt.“

Sie setzte sich und knabberte lustlos an ihrem Frühstückstoast. „Ich freue mich darauf. Ich habe mir alles sehr genau überlegt. Ich bin mir bewusst, dass es ein Risiko ist, so viel von meinen Rücklagen zu investieren. Aber finanziell bin ich abgesichert, für die nächsten fünf Jahre sind die Kosten für mich tragbar.“

Er nickte und musterte sie genau. „Du hast den Geschäftssinn deiner Mutter geerbt.“ Kate strich sich eine widerspenstige Haarlocke aus dem Gesicht.

„Hoffentlich. Ich hoffe auch, dass ich dein Talent zum Unterrichten geerbt habe. Ich bin Künstlerin, das Kind zweier Menschen, die ebenfalls Künstler sind. In New York habe ich manchmal unterrichtet, das hat mich auf den Geschmack gebracht.“ Sie schenkte Milch in ihren Kaffee. „Ich baue mein Geschäft in meiner Heimatstadt auf, wo ich ausreichend Kontakte habe.“

„Richtig.“

Sie legte den Toast beiseite und nahm die Kaffeetasse. „Der Name Kimball wird hier respektiert, und mein Name ist in Künstlerkreisen hoch angesehen. Ich habe zwanzig Jahre lang Tanz studiert, habe mich durch Tausende von Trainingsstunden gequält und geschwitzt. Ich sollte eigentlich in der Lage sein, selbst Anleitungen zu geben.“

„Zweifellos.“

Sie seufzte. Es hatte keinen Zweck. Ihren Vater würde sie nie täuschen können, er kannte sie in- und auswendig. „Na schön. Du weißt doch, wie es ist, wenn man Schmetterlinge im Bauch hat?"

„Allerdings."

„Nun, bei mir sind es im Moment Frösche. Dicke fette Frösche, die ständig auf und ab hüpfen. So nervös war ich nicht einmal bei meinem ersten Solo-Auftritt."

„Weil du nie an deinem Talent gezweifelt hast. Hier wagst du dich auf neues Gebiet." Er nahm ihre Hand und drückte sie ermutigend. „Du hast das Recht auf Frösche, Liebling. Ehrlich gesagt, ich würde mir mehr Sorgen machen, wenn du nicht nervös wärst."

„Aber du machst dir Sorgen, nicht wahr? Dass ich einen Riesenfehler begehe."

„Nein, keinen Fehler. Ich denke nur daran, dass das Heimweh nach der Bühne in ein paar Monaten vielleicht zu stark wird. Dass dir die Company und das Leben, das du bisher geführt hast, fehlen werden. Übrigens, ein Vater hat auch ein Recht auf Frösche. Ein Teil von mir wünscht sich, du hättest dir mehr Zeit für diesen Entschluss gelassen, ein anderer ist einfach nur glücklich, dich wieder zu Hause zu haben."

„Sag deinen Fröschen, sie können sich beruhigen. Wenn ich mich einmal entschieden habe, dann bleibe ich auch dabei."

„Ich weiß." Das war ja auch genau das, worüber er sich Sorgen machte. Aber das sagte er nicht laut.

Sie biss in ihren Toast und lächelte leicht. Sie wusste genau, wie sie ihn ablenken konnte. „Also, erzähl mir von den Renovierungsplänen für die Küche."

Er verzog das Gesicht. „Damit habe ich nichts zu tun." Er fuhr sich mit der Hand durch das volle ergraute Haar. „Deine Mutter hat sich in den Kopf gesetzt, alles zu ändern. Das muss neu und das muss neu ... Und Brody macht alles mit. Sag mir, was stimmt nicht an dieser Küche?"

„Vielleicht hat es etwas damit zu tun, dass hier alles schon über zwanzig Jahren alt ist?"

„Na und?" Spencer hob seine Kaffeetasse in ihre Richtung. „Diese Küche ist perfekt, so wie sie ist. Gemütlich, alles funktioniert ... Aber er musste ihr ja diese Musterkataloge zeigen."

Kate grinste in sich hinein. Ihr Vater fühlte sich hintergangen, das war eindeutig. Aber sie verstand ihn. „Dieser hinterlistige Kerl."

„Und dann reden sie über Rundbögen und Erkerfenster. Wir haben ein Fenster." Er zeigte empört auf das Fenster über der Spüle. „Damit ist nichts verkehrt. Man kann doch hinaussehen, oder nicht? Und dieser Junge setzt ihr Flausen in den Kopf über Granitarbeitsplatten und Eichenverkleidung."

„Eichenverkleidung, sehr sexy." Lachend stützte sie die Ellenbogen auf den Tisch. „Erzähl mir was über diesen O'Connell."

„Er macht gute Arbeit. Aber das heißt nicht, dass er meine Küche auseinandernehmen muss."

„Lebt er schon lange hier?"

„Er ist hier aufgewachsen. Seinem Vater gehört ‚Ace Plumbing'. Brody ging nach Washington, als er ungefähr zwanzig war. Hat dort erfolgreich ein Bauunternehmen aufgezogen."

Okay, dachte Kate. Wenn ich mehr wissen will, muss ich die Sprache schon selbst drauf bringen. „Ich habe gehört, er hat einen kleinen Sohn."

„Ja, Jack. Ein hübscher kleiner Bengel. Brodys Frau ist vor ein paar Jahren gestorben. An Krebs, glaube ich. Ich denke, er will den Jungen in der Nähe der Familie großziehen, deshalb ist er vor ungefähr einem Jahr zurückgekommen. Hat hier seine Firma eröffnet und sich mittlerweile einen guten Namen erarbeitet. Er wird gute Arbeit bei dir leisten."

„Falls ich mich für ihn entscheiden sollte."

Sie fragte sich, wie Brody wohl mit einem Werkzeuggürtel aussehen mochte, aber dann ermahnte sie sich, dass diese Frage nicht dazu beitrug, eine Geschäftsbeziehung mit einem Bauunternehmer zu etablieren.

Trotzdem … sie wettete, er würde großartig damit aussehen.

Es war vollbracht. Die Frösche in ihrem Magen hüpften zwar noch immer recht aufgebracht, aber sie war die stolze Besitzerin eines großen, wunderbaren, heruntergekommenen Gebäudes in der hübschen College-Stadt Shepherdstown, West Virginia.

Ein Gebäude, das nur wenige Minuten zu Fuß von dem Haus entfernt lag, in dem sie aufgewachsen war. In wenigen Minuten konnte sie sowohl im Spielzeugladen ihrer Mutter als auch im College, an dem ihr Vater lehrte, sein.

Sie war von Familie, Freunden und Nachbarn umgeben.

Oh Gott!

Jeder hier kannte sie, jeder würde ihr über die Schulter schauen, ob sie auch schaffte, was sie sich vorgenommen hatte, oder mit ihren Plänen auf die Nase fallen würde. Oh, warum nur hatte sie sich nicht eine Stadt in Utah oder New Mexico ausgesucht, um ihre Schule zu eröffnen? Irgendeinen Ort, wo niemand sie kannte und wo niemand etwas von ihr erwartete?

Weil sie ihre Schule hier eröffnen wollte. Weil dies hier ihr Zuhause war. Und weil sie nirgendwo anders sein wollte. Deshalb.

Ich werde nicht auf die Nase fallen, schwor Kate sich, als sie den Wagen parkte. Sie würde es schaffen, weil sie persönlich jedes Detail überwachen würde. Sie würde alles Schritt für Schritt angehen, so hatte sie auch ihren bisherigen Weg zurückgelegt, der sie hierher geführt hatte. Vorsichtig, mit Bedacht und Sorgfalt. Dafür würde sie wie ein Tier schuften.

Sie durfte ihre Eltern nicht enttäuschen.

Wichtig war jetzt, dass dieses Gebäude ihr gehörte – und der Bank – und dass sie den nächsten Schritt machte.

Sie ging die Treppe hinauf – ihre Treppe! –, trat auf den leicht durchhängenden Absatz und schloss die Tür zu ihrer Zukunft auf.

Es roch nach Staub und Spinnweben.

Nun, das würde sich bald ändern. Oh ja, sehr bald sogar, sagte sie sich, als sie ihre Handtasche abstellte. Es würde nach Sägespänen und frischer Farbe und dem Schweiß der Bauarbeiter riechen.

Jetzt musste sie nur noch die Mannschaft anheuern.

Sie ging durch den großen Raum und hörte den Widerhall ihrer Schritte. Dann sah sie die kleine Stereoanlage in der Mitte des Zimmers stehen. Verdutzt nahm sie die Grußkarte mit der Ballerina hoch, die obenauf lag, und lächelte, als sie die Handschrift ihrer Mutter erkannte.

Herzlichen Glückwunsch, Katie!
Ein kleines Einweihungsgeschenk, damit du immer Musik um dich hast.
In Liebe, Mom, Dad und Brandon

„Ach ihr!“ Kate schossen vor Rührung die Tränen in die Augen. Sie ging in die Hocke und schaltete die Stereoanlage ein.

Es war eine der Kompositionen ihres Vaters, eine ihrer Lieblingsmelodien. Sie erinnerte sich daran, wie stolz sie gewesen war, als sie zum ersten Mal zu dieser Melodie in New York auf der Bühne getanzt hatte.

Kimball tanzt, zu einer Komposition von Kimball, dachte sie und schleuderte die Schuhe von den Füßen.

Zuerst langsam, behutsam, eine lange Ausführung. Die Muskeln zitterten, aber sie hielten durch. Dann ein Knie einknicken, Richtungsänderung, langsam, im Takt. Jetzt tiefer, eine Serie leichter Pirouetten, fließend, nicht ruckartig.

Kate bewegte sich durch den Raum. Die einstudierten Schritte kamen ihr ohne Anstrengung ins Gedächtnis. Die Musik erfüllte den Raum, ihren Geist, ihren Körper.

Jetzt schneller, sich steigern von selbstvergessener Romantik zu Leidenschaft. *Arabesque,* schnell, leichte Drehung, dreifache Pirouette, *ballottes.*

Euphorie floss durch ihre Adern. Das Band, das ihr Haar zusammengehalten hatte, rutschte herab und landete auf dem Boden. *Grande jeté.* Noch mal. Und noch mal. Ein Gefühl wie Fliegen. Für immer in der Schwerelosigkeit verharren.

Dann wieder auf dem Boden, eine schnelle Folge von Drehungen. *Fouetté.* Stand! Wie eine Statue, einen Arm in die Luft, den anderen nach hinten.

„Wahrscheinlich müsste ich jetzt Rosen werfen, aber ich habe leider keine mitgebracht.“

Ihr Atem kam schnell, doch jetzt wäre er ihr fast gestockt, als die Worte sie aus ihrer eigenen Welt herausrissen. Unwillkürlich drückte sie sich die Hand aufs Herz und starrte Brody an.

Er stand in der Tür, die Hände in den Taschen, einen Werkzeugkasten zu seinen Füßen.

„Das können Sie später noch machen. Rote Rosen, die liebe ich besonders“, brachte sie heraus. „Himmel, Sie haben mich zu Tode erschreckt.“

„Tut mir leid. Die Tür war nicht verschlossen, und Sie haben mein Klopfen nicht gehört.“ Oder hätte es nicht gehört, wenn er denn daran gedacht hätte, zu klopfen.

Aber als er sie von der Straße aus durch das Fenster gesehen hatte, hatte er an gar nichts mehr gedacht. Er war einfach hereingekommen, verblüfft, fasziniert. Eine Frau, die sich so bewegen konnte, musste einen Mann faszinieren. Er war sicher, sie wusste das.

Jetzt ging sie zur Anlage und stellte die Musik ab. „Ich wollte dieses Haus einweihen. Allerdings sieht es besser aus, wenn Kostüme und Licht stimmen. Also", sie warf sich das lange Haar über die Schulter zurück, „was kann ich für Sie tun, Mr. O'Connell?"

Er kam in den Raum hinein und hob das Haarband auf. „Das haben Sie verloren."

„Danke." Sie steckte es sich in die Tasche.

Er wünschte, sie würde ihr Haar wieder zusammenbinden. Seine Reaktion auf ihr Aussehen behagte ihm ganz und gar nicht. Sie sah so erhitzt und lebendig und … erreichbar aus. „Mir scheint, Sie haben mich nicht erwartet."

„Nein, aber ich habe nichts gegen das Unerwartete." Vor allem nicht, wenn es mit umwerfenden grünen Augen und diesem kleinen sexy Stirnrunzeln ausgestattet war.

„Ihre Mutter bat mich, hier vorbeizuschauen, um das Gebäude mal unter die Lupe zu nehmen."

„Aha. Also noch ein Einweihungsgeschenk."

„Wie bitte?"

„Nichts." Sie neigte den Kopf ein wenig zur Seite. Tänzer konnten viel an der Körpersprache eines Menschen ablesen, wie ein Psychiater. Und Brodys Körper sprach eine eindeutige Sprache. Er war steif und in Verteidigungsstellung, sehr darauf bedacht, sicheren Abstand zu wahren. „Mache ich Sie nervös, O'Connell, oder mögen Sie mich einfach nur nicht?"

„Weder noch. Dazu kenne ich Sie nicht gut genug."

„Wollen Sie mich besser kennenlernen?"

Sein Magen verkrampfte sich plötzlich. „Hören Sie, Miss Kimball …"

„Schon gut, regen Sie sich nicht gleich auf." Sie winkte ab. Zu schade aber auch, dachte sie. Sie zog es vor, offen zu sein. Er scheinbar nicht. „Ich finde Sie attraktiv, und ich hatte den Eindruck, dass Sie auch nicht uninteressiert seien. Ich habe mich wohl geirrt." Abwartend und ein wenig nervös musterte Kate ihr Gegenüber.

„Ist es eigentlich eine Angewohnheit von Ihnen, sich fremden Männern im Laden Ihrer Mutter an den Hals zu werfen?"

Sie blinzelte, ein kurzes Aufflackern von Wut und Verletztsein. Dann zuckte sie die Schultern. „Autsch, das saß."

„'tschuldigung." Angewidert von sich selbst, hob er beide Hände. „Das war unangebracht. Vielleicht ärgern Sie mich doch, aber das ist nicht Ihre Schuld. Ich bin aus der Übung, wenn es um ... herausfordernde Frauen geht. Sagen wir einfach, ich bin nicht auf der Suche nach irgendwelchen Komplikationen, okay?"

„Tja, das ist wirklich ein Schlag. Schwer zu verkraften. Ich hatte nämlich schon die Ringe ausgesucht. Aber ich werde es wohl überleben."

Seine Mundwinkel zogen sich nach oben. „Autsch."

Er hat ein wunderbares Lächeln, wenn er es denn mal benutzt, dachte Kate. Schade, dass er so empfindlich ist. „Nun, da wir alle Unklarheiten aus dem Weg geräumt haben ... also, was halten Sie davon?" Sie drehte sich mit ausgebreiteten Armen einmal um die eigene Achse.

Das war jetzt sein Territorium, er konnte sich entspannen. Mit fachmännischem Blick betrachtete er seine Umgebung. „Ein herrliches altes Gebäude, sehr viel Atmosphäre und noch mehr Potenzial. Solide Fundamente, für die Ewigkeit gebaut."

Ihr Ärger verflog vollends. „Genau das habe ich auch gedacht. O'Connell, ich liebe Sie."

Jetzt war es an ihm zu blinzeln. Er trat unwillkürlich einen Schritt zurück, als Kate hell auflachte.

„Sie sind wirklich aus der Übung. Keine Panik, ich werde mich nicht in Ihre Arme stürzen, Brody, auch wenn die Vorstellung sehr reizvoll ist. Aber Sie sind der erste Mensch, der genauso denkt wie ich. Jeder andere hält mich für verrückt, weil ich so viel Zeit und Geld in dieses Haus stecken will."

Er konnte sich nicht entsinnen, dass er sich je bei einer Frau so oft in so kurzer Zeit wie ein Idiot vorgekommen war. Mürrisch steckte er die Hände wieder in die Taschen. „Es ist eine gute Investition – auf langfristige Sicht und nur, wenn Sie es richtig machen."

„Oh, das habe ich vor. Was sollte Ihrer Meinung nach als Erstes in Angriff genommen werden?“

„Das Heizungssystem. Hier drinnen friert es ja.“

Sie grinste zufrieden. „Vielleicht kommen wir doch besser miteinander aus als gedacht. Der Heizkessel steht im Keller. Wollen Sie ihn sich ansehen?“

Sie ging mit ihm zusammen hinunter. Das hatte er nicht erwartet. Auch nicht, dass sie mit keiner Wimper zuckte, als Mäuse über den Boden huschten und sie auf die Hautreste einer Schlange stießen, die sich offenbar an den Nagern gütlich getan hatte.

Seiner Erfahrung nach stießen Frauen – nun, zumindest die sehr weiblichen Vertreter ihres Geschlechts – bei solchen Gelegenheiten schrille Schreie aus und schüttelten sich angeekelt. Kate dagegen zog nur die Nase kraus und kritzelte eilig etwas auf den Notizblock, den sie mitgenommen hatte.

Es war schummrig hier unten, die Luft abgestanden und der Heizkessel ein Fall für den Schrott.

Er setzte sie unverzüglich über die schlechten Neuigkeiten in Kenntnis, zählte Optionen auf, wägte Vor- und Nachteile der verschiedenen Alternativen wie elektrische Heizpumpen, Gas und Öl ab. Lieferte eine Auflistung von Leistungsfähigkeit sowie Installierungs- und voraussichtlichen monatlichen Betriebskosten.

Er hätte genauso gut Chinesisch sprechen können, man sah es ihr an. Deshalb schlug er vor, Broschüren und Informationsmaterial an ihren Vater zu schicken.

„Mein Vater ist Komponist und Universitätsprofessor“, erinnerte sie ihn mit unterkühlter Höflichkeit. „Glauben Sie wirklich, nur weil er einen anderen Chromosomensatz hat als ich, würde er mehr verstehen?“

Brody dachte darüber nach. „Nun ... ja.“

„Sie irren. Lassen Sie mir die entsprechenden Informationen zukommen. Es muss ein System sein, das die alten Radiatoren speisen kann, die Rohre liegen ja bereits. Ich will das Haus so wohnlich und attraktiv wie möglich machen, dabei aber den ursprünglichen Charakter erhalten. Außerdem will ich zusätzliche Wärmequellen installieren lassen. Das heißt, die Kamine müssen überprüft und, falls nötig, repariert werden.“

Ihr nüchterner Ton gefiel ihm nicht, auch wenn er gegen den Inhalt nichts einzuwenden hatte. „Sie sind der Boss."

„Gut, dass Sie da mit mir übereinstimmen."

„Sie haben Spinnweben im Haar, Boss."

„Sie auch. Dieser Keller muss sauber gemacht werden, und so authentisch der Lehmboden auch sein mag, ich will Estrich haben. Und ein Kammerjäger muss her. Elektroinstallationen und anständiges Licht. Das alles hier unten ist verschenkter Platz. Man kann es als Abstell- und Lagerfläche benutzen."

„Gut." Er zog Notizblock und Bleistift hervor und begann sich Notizen zu machen.

Sie stieg die Treppe hinauf und rüttelte an dem Geländer. „Die Treppe muss nicht schön sein, aber sicher."

Er schrieb etwas auf den Block. „Sie werden eine sichere Treppe bekommen, das garantiere ich."

„Gut. Jetzt zeige ich Ihnen, was ich mir für das Erdgeschoss vorgestellt habe."

Sie wusste genau, was sie wollte. Für seinen Geschmack ein wenig zu genau. Er konnte sich hier keine Ballettschule vorstellen, sie offensichtlich schon. Sie hatte alles genauestens geplant. Küche, Duschräume, Garderobe, Abstellkammer, bis hin zu der Bank, die unter dem Fenster eingebaut werden sollte.

„Ist das nicht ein bisschen übertrieben für eine Kleinstadt-Tanzschule?"

Sie zog nur eine Augenbraue in die Höhe. „Nein, sondern den Anforderungen entsprechend. Und jetzt zu den beiden Duschräumen."

„Wenn Sie das Ganze geräumiger machen wollen, kann ich die Wand herausschlagen."

„Tänzer müssen eine Menge Abstriche machen, was ihr persönliches Schamgefühl anbelangt, aber lassen Sie uns die Grenze bei Gemeinschaftsduschen ziehen."

„Gemeinschaftsduschräume." Er ließ den Notizblock sinken. „Sie wollen auch Jungen unterrichten?" Er grinste breit von einem Ohr zum anderen. „Kommen Sie, Sie glauben doch nicht, dass Sie irgendwelche Jungen hier reinkriegen, die Pirouetten drehen."

„Schon mal was von Barischnikow gehört? Davidov?" Sie war zu sehr an solche Kommentare gewöhnt, um beleidigt zu sein. „Ich gehe jede Wette ein, dass ein professioneller Tänzer jeden Sportler schlägt, wenn es um Kondition und Muskelkraft geht."

„Und wer trägt das Tutu?"

Sie seufzte. Ja, sie war sich im Klaren darüber gewesen, dass sie in dieser ländlichen Gegend gegen eine solche Sichtweise zu kämpfen haben würde. „Nur zu Ihrer Information – männliche Tänzer sind echte Männer. Mein erster Freund war ein *premier danseur*, der höher springen konnte als Michael Jordan, wenn er den Ball einlegt. Aber Jordan trägt ja keine engen Gymnastikhosen, sondern diese süßen knappen Boxershorts."

„Trainingshosen", verbesserte Brody verbissen.

„Ach so. Tja, es ist wohl alles Auslegungssache, nicht wahr? Die Duschräume bleiben getrennt. Neue Armaturen, neue Böden, alles weiß. Und jeweils ein niedriges Waschbecken, für die Kinder. Klar?"

„Klar."

„Gut, dann einen Stock höher." Sie deutete auf die Treppe am Ende des Korridors. „Meine Wohnung."

„Sie werden hier wohnen? Über der Schule?"

„Ich werde hier wohnen, leben, atmen, schlafen, essen und arbeiten. Nur so lässt sich ein Konzept erfolgreich verwirklichen. Ich habe genaue Vorstellungen, was meinen Wohnraum angeht."

Oh ja, die hat sie, dachte Brody eine Stunde später. Sehr genaue Vorstellungen, und sehr gute. Vielleicht konnte er ihre Vision nicht teilen, was das Erdgeschoss anging, aber hier oben konnte er ihr in fast allem zustimmen.

Und während er mit ihr umherging, spürte er, wie die bekannte Vorfreude sich aufbaute. Etwas, das seit Generationen bestand, den eigenen Stempel aufzudrücken und gleichzeitig zu bewahren, was bewahrt werden konnte.

Es hatte eine Zeit gegeben, da hatte er nur seine Stunden abgearbeitet. Erledige den Job, kassiere das Geld. Der Stolz und das Verantwortungsgefühl waren erst langsam gewachsen. Und die Freude, die Zufriedenheit, die ihn dazu trieben, sein Bestes zu geben, seine handwerklichen Fähigkeiten zu perfektionieren – mehr zu bauen als nur Räume und Gebäude.

Ein Leben zu errichten.

Hier konnte er das. Und er wollte es. Wollte es so sehr, dass er sogar bereit war, Kate Kimball und seine irritierende Reaktion auf sie in Kauf zu nehmen.

Er hoffte – falls er den Auftrag bekam –, dass sie nicht zu den Kunden gehörte, die ständig auf der Baustelle herumlungerten. Zumindest nicht, wenn sie dieses verdammte Parfum aufgelegt hatte.

Und dann waren sie im Badezimmer. Die alte Eisenwanne sollte bleiben, integriert werden in weiße Armaturen und weiße und blaue Fliesen. Aber sie stimmte zu, sich noch andere Muster anzusehen.

Sie hatte auch feste Vorstellungen für die Küche, aber hier widersprach er ihr.

„Haben Sie vor, hier richtig zu kochen, oder wollen Sie sich nur ein paar Fertigmahlzeiten aufwärmen?"

„Kochen. Ob Sie's glauben oder nicht, ich kann's."

„Dann brauchen Sie eine durchgehende Arbeitsfläche." Brody deutete auf das Fenster. „Das Spülbecken sollte unter dem Fenster angebracht sein, nicht da drüben an der Wand. Da steht der Kühlschrank, der Herd hier. Dann haben Sie alles in Reichweite und müssen nicht ständig durch den Raum rennen, wenn Sie etwas brauchen. Zeit- und Raumverschwendung."

„Ja, aber hier ..."

„Da kommt der Vorratsschrank hin", unterbrach er sie. In seinem Kopf nahm der Raum Gestalt an. „Dann haben Sie hier die gesamte Schrankzeile. Regale hier ... Wenn es richtig ausgemessen ist", er holte einen Zollstock hervor und nahm Maß, „bleibt Platz für eine Frühstücksbar und ein paar Hocker zum Sitzen. Sitz- und Arbeitsplatz anstatt ungenutzter Raum."

„Ich hatte eigentlich vor, einen Tisch ..."

„Um einen Tisch müssen Sie ständig herumtanzen. Der nimmt nur Platz weg."

„Ja, vielleicht." Sie dachte an heute Morgen, als sie mit ihrem Vater am Küchentisch gesessen hatte. An die vielen anderen Gelegenheiten, bei denen sich ihre Familie um den Tisch versammelt hatte. Sentimental, entschied sie. Und in diesem Fall unpraktisch.

„Lassen Sie mich alles ausmessen, dann zeichne ich Ihnen einen Vorschlag auf. Sie können es sich ja dann überlegen."

„Na gut. Das hier hat sowieso jede Menge Zeit. Das Erdgeschoss ist mit bedeutend wichtiger."

„Es wird etwas dauern, bis ich einen Kostenvoranschlag erstellt habe. Aber von dem, was ich bisher gesehen habe, kann ich Ihnen jetzt schon sagen, dass Sie sich auf eine sechsstellige Summe einstellen sollten. Und mindestens vier Monate Arbeit."

Sie hatte sich Ähnliches ausgerechnet, aber es von jemand anderem ausgesprochen zu hören, versetzte ihr trotzdem einen kleinen Schock. „Gut. Machen Sie eine Kalkulation. Und die Zeichnungen, was auch immer. Sollte ich mich entscheiden, Ihnen den Auftrag zu erteilen, wann können Sie anfangen?"

„Mit Materialbestellung und Lieferung … wahrscheinlich Anfang des Jahres."

„Das ist Musik in meinen Ohren. Okay, Mr. O'Connell, zeigen Sie mir Ihren Kostenvoranschlag, und wir sehen, ob wir ins Geschäft kommen."

Sie überließ ihn sich selbst, damit er in Ruhe ausmessen und rechnen konnte, ging nach unten und trat auf die schmale Veranda an der Hausfront. Der kleine Vorgarten war eine Schande, vermooster Rasen, erfrorenes Unkraut und ein hässlicher dicker Baumstumpf, der einmal ein großer alter Ahornbaum gewesen sein musste. Auf der anderen Straßenseite stand ein renovierter Altbau mit mehreren Apartments. Jetzt zur Mittagszeit war kein Leben in den Wohnungen zu entdecken.

Noch mal hunderttausend, dachte sie. Das war machbar. Sie hatte kein extravagantes Leben geführt. Und sie hatte tatsächlich den Geschäftssinn ihrer Mutter geerbt. Ihre Gagen waren gut angelegt, sie hatte ein angenehmes Polster im Rücken.

Sollte es für ihren Geschmack zu knapp werden, konnte sie immer noch ein paar Gastspiele mit der Company geben. Diese Tür stand ihr glücklicherweise offen.

Wenn sie es genau bedachte, wäre das sogar vernünftig, nicht nur in finanzieller Hinsicht. Sie war daran gewöhnt, zu arbeiten, brauchte Beschäftigung. In den kommenden Wochen und Monaten konnte sie nichts anderes tun als warten und zusehen, wie die Renovierung Schritt für Schritt vorankam.

Der Trip nach New York war unkompliziert. Sie konnte bei ihrer Familie unterkommen. Training, Proben, Aufführung, wieder nach Hause. Ja, das war vielleicht sogar die beste Lösung.

Aber noch nicht. Erst wollte sie sehen, wie ihr Plan sich anließ.

„Kate?“ Brody trat zu ihr, ihren Mantel in der Hand. „Es ist kalt hier draußen.“

„Ja, ein wenig. Ich hatte gehofft, es würde zu schneien anfangen. Gestern sah es so aus.“

„Solange es keine zwei Meter Schnee werden.“

„Wie?“

„Nichts.“ Er legte ihr den Mantel um die Schultern und zog ihr automatisch die Haare unter dem Stoff hervor. Es gibt so verdammt viel davon, dachte er. Weiche, seidige, endlos lange Haare.

Seine Finger verfingen sich in dieser Pracht, als sie sich umdrehte und in seine Augen sah. Ah, also doch interessiert, dachte sie und fühlte das angenehme Flattern im Bauch.

„Warum gehen wir nicht um die Ecke in das kleine Café? Sie können mir einen Kaffee ausgeben.“ Sie trat näher an ihn heran, bewusst. Ein Test, für sie und für ihn. „Wir können über … Arbeitsplatten reden.“

Sie hatte eine verheerende Wirkung auf ihn. Nebelte seinen Verstand ein, machte ihm das Atmen schwer, ganz zu schweigen von dem, was sich in seiner Lendengegend abspielte. „Sie machen sich schon wieder an mich heran.“

Ihr Lächeln war sehr sinnlich und sehr weiblich. „Natürlich.“

„Sie sind wahrscheinlich die schönste Frau, die mir je begegnet ist.“

„Das ist eine Laune der Natur, aber da ich meiner Mutter ähnlich sehe, bedanke ich mich in ihrem Namen. Wissen Sie, Ihr Mund gefällt mir besonders.“ Sie ließ ihren Blick darauf verweilen. „Irgendwie zieht er mich immer wieder an.“

Seine Kehle war rau und staubtrocken. Verflucht, was war mit den Frauen passiert, seit er aus dem Spiel ausgeschieden war? Seit wann verführten sie Männer am helllichten Tag auf der Veranda eines baufälligen Gebäudes?

Er fühlte den schneidenden Dezemberwind im Gesicht und die Hitze, die durch seine Adern schoss. „Sehen Sie …“ Mit einem schnellen Griff packte er sie bei den Armen. Der Mantel rutschte von ihren Schultern, Brody spürte die durchtrainierten Muskeln ihrer Arme durch den Stoff ihres Jacketts.

„Das tue ich doch die ganze Zeit." Ihr Blick hielt ihn gefangen. So männlich, dachte sie. Und so frustriert. „Mir gefällt, was ich sehe."

Ihre Augen waren grau, geheimnisvoll und undurchdringlich wie dichter Rauch. Er brauchte jetzt nur seinen Kopf zu beugen, oder besser, er würde sie hochheben, bis ihre sinnlichen weichen Lippen mit diesem selbstzufriedenen Lächeln mit seinem Mund auf einer Höhe waren ...

Er hatte die ungute Ahnung, dass er genauso gut eine Hochspannungsleitung berühren könnte. Der Effekt wäre der gleiche – tödlich.

„Ich sagte Ihnen bereits, dass ich nicht interessiert bin." Er wollte sich abwenden, hatte jedoch nicht mit der Hartnäckigkeit einer Kate Kimball gerechnet.

„Stimmt. Aber Sie haben gelogen." Um es ihm zu beweisen, stellte sie sich auf die Zehenspitzen und biss ihn leicht in die Unterlippe. Der Griff seiner Hände an ihren Armen wurde schraubstockartig. „Sehen Sie?", flüsterte sie. „Sie sind interessiert. Sie wollen es nur nicht sein."

„Das kommt aufs Gleiche heraus." Er ließ sie los und nahm seinen Werkzeugkasten. Verdammt, seine Hände zitterten!

„Der Meinung bin ich nicht, aber ich will auch nicht drängen. Ich würde mich gern mit Ihnen treffen, wenn es Ihnen irgendwann passt. Da wir ähnliche Ansichten über das Haus haben und mir viele Ihrer Ideen gefallen, hoffe ich, dass wir in der Zwischenzeit gut zusammenarbeiten werden."

Er stieß zischend den Atem aus. Kalt und klar wie ein Januartag, dachte er. Während er gereizt, völlig überhitzt und durcheinander war.

„Sie sind ein harter Brocken, Kate."

„Ich weiß. Aber ich werde mich nicht dafür entschuldigen, dass ich so bin, wie ich bin. Ich erwarte Ihren Kostenvoranschlag und die Unterlagen, über die wir gesprochen haben. Sollten Sie noch mehr ausmessen müssen, wissen Sie ja, wo Sie mich erreichen können."

„Ja, das weiß ich."

Sie rührte sich nicht, blieb auf der Veranda und sah ihm nach, als er zu seinem Wagen ging und davonfuhr. Er wäre erstaunt gewesen, hätte er gehört, wie heftig sie den Atem ausstieß. Überrascht, wenn er gesehen hätte, wie sie sich langsam auf die Stufen setzte.

Sie war keineswegs so kalt und klar wie ein Januartag. Im Gegenteil, sie brauchte den Wind, um abzukühlen. Und um die Frösche in ihrem Bauch zur Ruhe zu bringen.

Brody O'Connell, dachte sie. War es nicht seltsam und faszinierend, dass ein Mann, den sie nur zweimal getroffen hatte, eine solche Wirkung auf sie ausübte? Sie war Männern gegenüber nicht schüchtern, aber sie war wählerisch. Der Freund, den sie Brody so offen ins Gesicht geschleudert hatte, war einer jener drei Männer, die sie in ihr Leben – und in ihr Bett – gelassen hatte. Männer, für die sie tiefe Gefühle gehegt hatte.

Und doch ... Schon nach dem zweiten Treffen – eigentlich war es ja erst ein richtiges Treffen gewesen, gestand sie sich ein – wollte sie Brody in ihrem Bett haben.

Also würde sie jetzt ganz logisch und sachlich vorgehen. Erst einmal musste sie sich beruhigen, wieder einen klaren Kopf bekommen. Dann würde sie sich überlegen, wie sie Brody am besten dorthin bekam, wo sie ihn haben wollte.

3. KAPITEL

Jack saß an dem Doppelschreibtisch, den er und sein Dad „ihr Büro“ nannten, und schrieb eifrig in Druckbuchstaben das Alphabet auf. Das war sein Job, genau wie sein Dad auf der anderen Seite seine Arbeit erledigte.

Allerdings sahen das Millimeterpapier, die Lineale und Zirkel viel interessanter aus als dieses Alphabet. Aber Dad hatte ihm versprochen, wenn er erst alle Buchstaben aufgeschrieben hatte, würde er auch ein Blatt von dem Millimeterpapier bekommen.

Dann würde er ein riesengroßes Haus darauf malen, so wie ihr Haus, und die alte Scheune auch, die Dads Werkstatt war. Und natürlich mit viel Schnee drumherum. Zwei Meter Schnee und Millionen und Trillionen von Schneemännern.

Und einen Hund.

Grandpa und Grandma hatten einen Hund, Buddy. Buddy war schon alt, aber es machte Spaß, mit ihm zu spielen. Eines Tages, wenn Jack groß sein würde, dann würde er einen eigenen Hund bekommen. Er würde ihn Mike nennen und Ball mit ihm spielen, und abends würde Mike dann bei ihm im Bett schlafen.

Jack sah auf, um seinen Vater zu fragen, ob er nicht schon groß genug für einen Hund sei, aber sein Vater hatte eine tiefe Falte auf der Stirn. Nein, er war nicht wütend. So sah er immer aus, wenn er arbeitete. Wenn man ihn dann unterbrach, egal mit welcher Frage, kam immer die gleiche Antwort: „Nicht jetzt.“

Aber das Alphabet war so langweilig. Er wollte das Haus malen oder mit seinen Autos oder am Computer spielen. Oder mal draußen nachsehen, ob es nicht schon schneite.

Er rutschte auf seinem Stuhl hin und her. Sein Fuß traf die Schreibtischwand. Er rutschte weiter. Noch ein Tritt gegen das Holz.

„Jack, lass den Schreibtisch in Ruhe.“

„Muss ich denn das ganze Alphabet schreiben?“

„Ja.“

„Warum?“

„Darum.“

„Aber ich bin doch schon bei P.“

„Wenn du die restlichen Buchstaben nicht auch noch machst,

wirst du nie Wörter mit den Buchstaben lernen können, die du jetzt nicht schreibst."

„Warum?"

„‚Warum' wirst du zum Beispiel nie schreiben können."

„W-A-R-U-M."

Jack seufzte, ein sehr schwerer Seufzer für einen Sechsjährigen. Also schrieb er die nächsten drei Buchstaben, dann hob er wieder vorsichtig den Kopf. „Dad."

„Hm?"

„Dad, Dad, Dad. D-A-D."

Brody sah auf. Jack grinste ihn breit an. „Ganz schön neunmalklug, mein Sohn. Woher hast du nur dein vorlautes Mundwerk?"

„Grandma sagt, das habe ich von dir geerbt. Darf ich sehen, was du da malst? Du hast gesagt, das ist für die tanzende Lady."

„Ja, das ist für die Tänzerin, und nein, du darfst es erst sehen, wenn du deine Arbeit fertig hast." Wie gerne hätte er eine Pause gemacht und mit seinem Sohn gespielt, ihn sich über die Schulter geworfen und mit ihm herumgetobt. Aber wenn man einem Kind Verantwortung beibringen wollte, musste man mit gutem Beispiel vorangehen und Verantwortung zeigen.

„Was passiert, wenn du es nicht fertig machst?"

„Nichts." Jack zog einen Schmollmund.

„Eben."

Jack seufzte noch mal und beugte sich wieder über sein Alphabet. Er sah nicht, dass sein Vater sich das Grinsen verkneifen musste.

Ob sein Vater ihn je so angesehen hatte? Wahrscheinlich, dachte Brody. Aber er hatte es sich nie anmerken lassen. Bob O'Connell war auch nicht der Typ Vater gewesen, der mit seinem Sohn auf dem Wohnzimmerteppich herumgerollt war oder rumgeblödelt hatte. Bob O'Connell war zur Arbeit gegangen, nach Hause gekommen und hatte erwartet, dass jeden Abend pünktlich um sechs das Essen auf dem Tisch stand. Er hatte vorausgesetzt, dass sein Sohn die ihm aufgetragenen Pflichten erfüllte und aufs Wort folgte, ohne Fragen zu stellen. Und er hatte nie daran gezweifelt, dass sein Sohn in seine Fußstapfen trat.

Brody nahm an, dass er seinen Vater in jedem einzelnen Punkt enttäuscht hatte. So wie sein Vater ihn enttäuscht hatte. Seinem Sohn würde er das nie antun.

„Z! Z! Z!“ Jack wedelte wild mit dem Blatt umher. „Fertig!“

„He, halt still, damit ich es mir ansehen kann.“ Weit davon entfernt, sauber und ordentlich zu sein, aber immerhin, es war vollbracht. „Gut gemacht. Willst du jetzt Zeichenpapier?“

„Kann ich dir nicht bei deinem Bild helfen?“

„Sicher.“ Na, dann würde er eben heute Abend eine Stunde dranhängen, das war ihm die Zeit mit seinem Sohn wert. Er zog Jack auf seinen Schoß. „Also, hier haben wir die Wohnung über der Schule.“

„Warum tragen die eigentlich immer so komische Sachen, wenn sie tanzen?“

„Keine Ahnung. Woher weißt du eigentlich, dass sie komische Sachen tragen?“

„Ich habe ein Cartoon gesehen, da haben Elefanten solche Röcke getragen. Und sie haben auf ihren Zehenspitzen getanzt. Haben Elefanten Zehenspitzen?“

„Sicher.“ Hatten sie die? „Wir können ja mal in unserem schlauen Buch nachschlagen, später. Hier, nimm den Bleistift und zieh eine gerade Linie, hier direkt am Rand.“

Vater und Sohn arbeiteten zusammen, die große Hand führte die kleine über das Papier. Als Jack zu gähnen begann, drückte Brody den blonden Kopf an seine Schulter und erhob sich vorsichtig.

„Ich bin aber gar nicht müde, Dad“, behauptete Jack noch, als seine Lider schon schwer wurden.

„Ich weiß. Aber wenn du aufwachst, sind es nur noch fünf Tage bis Weihnachten.“

„Kann ich dann ein Geschenk haben?“

Brody lächelte still in sich hinein und sog tief den Duft seines Sohnes ein.

Nachdem er Jack zu Bett gebracht hatte, kam er wieder herunter und brühte sich eine Kanne frischen Kaffee auf. Mit Sicherheit ein Fehler. Der Kaffee würde ihn lange wach halten.

Er stand am Fenster und sah hinaus in die Dunkelheit, nippte an der schwarzen heißen Flüssigkeit. Das Haus war so still, wenn Jack schlief. Dabei gab es Zeiten, in denen der Junge so viel Krach und Chaos um sich herum verbreitete, dass man den Eindruck haben konnte, es gäbe nie wieder einen Moment voller Ruhe und Frieden.

Und wenn es dann still war, fehlte Brody der Lärm. Dieses Elterndasein war eine ziemlich vertrackte Sache.

Aber jetzt fühlte er eine innere Unruhe in sich, die er schon lange nicht mehr verspürt hatte. Als allein erziehender Vater, der sich um das Haus und den Neuaufbau des Geschäfts kümmern musste, war ihm nicht viel Zeit geblieben.

Die Zeit hatte er immer noch nicht. Allein hier am Haus gab es so viel zu tun, dass er für ... ja, wahrscheinlich den Rest seines Lebens würde er damit beschäftigt sein. Er hätte etwas Kleineres kaufen sollen, etwas, das weniger Arbeit verlangte, etwas Praktischeres. Das musste er sich von seinem Vater anhören, seit der den Preis herausgefunden hatte.

Tja, aber er hatte sich eben sofort in dieses Anwesen verguckt. Jack übrigens auch. Und so weit funktioniert es ja auch, dachte er jetzt, als er sich in der renovierten Küche mit den hohen Glasschränken und der Granitarbeitsplatte umsah. Sicher, langsam müsste er sich mal um die anderen Räume kümmern, was er bis jetzt vor sich hergeschoben hatte, aber dazu musste er Zeit und Muße haben.

Trotzdem, diese Unruhe hatte weder etwas mit seiner Arbeit noch mit den Plänen für das Haus zu tun.

Sondern mit Kate Kimball.

Er hatte weder Zeit noch Lust, sich mit ihr einzulassen.

Zugegeben, Lust hätte er schon ... Er fuhr sich frustriert durchs Haar. Hatte er je ein solches Verlangen nach einer Frau verspürt? Wahrscheinlich, er konnte sich nur nicht daran erinnern. Konnte sich nicht daran erinnern, sich je so nach jemandem verzehrt zu haben.

Und dieses Gefühl ärgerte ihn maßlos.

Es lag einfach nur daran, dass es schon so lange her war. Und weil sie so provozierend war. Und so schön.

Aber er war kein Kind mehr, das nach einem hübschen Spielzeug griff, ohne an die Folgen zu denken. Er konnte nicht mehr einfach das tun, was ihm gerade einfiel. Und das war auch in Ordnung so.

Erledige die Arbeit, nimm das Geld mit und halte Abstand, ermahnte er sich in Gedanken. Und hör endlich auf, ständig an ihren makellosen, durchtrainierten Körper zu denken. Es sei denn, du bist auf Probleme aus ... Er starrte noch eine Weile in die Nacht hinaus, ehe er die Schultern straffte und sich abwandte.

Er schenkte sich noch eine Tasse Kaffee ein, wohl wissend, dass der ihn die ganze Nacht wach halten würde, und ging zurück an seinen Schreibtisch.

Als Kate am nächsten Nachmittag die Tür öffnete, stand Brody auf der Schwelle. Ihr Entzücken darüber wurde abgelenkt durch den kleinen Jungen mit den lachenden Augen, der neben ihm stand.

„Oh. Hallo, du Hübscher."

„Ich bin Jack."

„Hallo, hübscher Jack. Ich heiße Kate. Kommt doch rein."

„Ich wollte nur den Kostenvoranschlag vorbeibringen, und die Zeichnungen." Brody hielt ihr die Unterlagen entgegen, eine Hand fest auf Jacks Schulter. „Meine Visitenkarte liegt bei. Wenn Sie Fragen oder Anmerkungen haben, können Sie mich anrufen."

„Warum sehen wir die Papiere nicht jetzt gleich zusammen durch? Das spart Zeit. Oder haben Sie es eilig?" Sie sah ihn gar nicht an, während sie redete, sondern strahlte Jack an. „Brrr! Es ist richtig kalt da draußen, was? Kalt genug für heiße Schokolade und Kekse."

„Und Marshmallows?"

„In diesem Haus ist es verboten, heiße Schokolade ohne Marshmallows anzubieten." Sie streckte die Hand aus, und Jack nahm sie, um sie ins Haus zu ziehen.

„Kate, hören Sie …"

„Ach kommen Sie, O'Connell, seien Sie kein Spielverderber. Also, hübscher Jack, in welcher Klasse bist du denn? In der fünften? Sechsten?"

„Nein." Der Junge kicherte. „In der ersten."

„Nein, so ein Zufall! Gerade heute gibt's bei uns ein Spezialangebot für blonde Jungen in der ersten Klasse. Du hast freie Wahl – Makronen, Butterkekse oder Chocolat Chip Cookies?"

„Kann ich von jedem eins haben?"

„Jack …"

„Ah, endlich ein Mann nach meinem Geschmack." Kate ignorierte Brody völlig, reichte ihm nur Jacks Jacke, Fäustlinge und Mütze und nahm den Jungen bei der Hand.

„Sind Sie die tanzende Lady?"

Sie lachte und ging mit ihm Richtung Küche. „Ja, die bin ich."

Über die Schulter schenkte sie Brody ein vielsagendes Lächeln. Erwischt, dachte sie. „Die Küche ist dahinten."

„Ich weiß, wo die verdammte Küche ist", knurrte er.

„Dad hat ‚verdammt' gesagt", verkündete Jack keck.

„Ich hab's auch gehört. Vielleicht sollte er deshalb keine Kekse bekommen."

„Erwachsene dürfen ruhig ‚verdammt' sagen, Aber sie dürfen nicht Sch..."

„Jack!"

„Trotzdem sagt er das manchmal. Und einmal", fuhr Jack verschwörerisch flüsternd fort, „da hat er sich mit dem Hammer auf die Hand gehauen, und dann hat er ganz viele Schimpfwörter gesagt, alle auf einmal."

„Wirklich?" Kate war hingerissen von dem Jungen. „Hintereinander oder durcheinander?" Sie zog einen Stuhl für ihn hervor.

„Alle ganz durcheinander. Und ganz oft." Jack grinste strahlend. „Kann ich drei Marshmallows haben?"

„Aber sicher. Hängen Sie die Jacke doch da drüben an den Haken, Brody." Sie schenkte ihm ein strahlendes Lächeln, dann machte sie sich daran, heiße Schokolade zuzubereiten.

Und zwar richtige, nicht dieses Fertigzeug aus der Tüte, wie Brody auffiel. Viel echte Schokolade, frische Milch. „Wir wollen Sie nicht aufhalten", sagte er.

„Das tun Sie nicht, ich habe Zeit. Ich habe meiner Mutter heute Morgen im Laden geholfen, im Moment ist unheimlich viel los. Brandon übernimmt die Nachmittagsschicht. Das ist der Baseballhandschuh meines Bruders", sagte sie zu Jack, der sofort hastig seine Hand zurückzog.

„Ich wollte nur mal sehen."

„Ist schon in Ordnung. Du kannst ihn ruhig mal nehmen, Brandon hat bestimmt nichts dagegen. Magst du Baseball?"

„Ich spiele T-Ball, und nächstes Jahr, wenn ich alt genug bin, darf ich in die Bambini-Liga."

„Brand hat auch schon als kleiner Junge mit T-Ball angefangen, und dann war er bei den Bambini. Jetzt spielt er in der Nationalliga, für die L.A. Kings." Kate lächelte dem Jungen zu.

Jacks grüne Augen wurden rund und groß. „So richtig echt?"

„So ganz richtig echt." Zu Jacks Entzücken stülpte sie ihm den Handschuh über. „Wenn deine Hand groß genug ist, spielst du ja vielleicht auch."

„Mannomann, ein echter Baseballhandschuh von einem richtigen Baseballspieler, Dad!"

„Wow, das ist echt cool." Brody gab auf. Er konnte niemanden auf Distanz halten, der seinem Sohn ein solches Erlebnis verschaffte. Er wuschelte Jack durchs Haar und lächelte Kate an. „Darf ich auch drei Marshmallows haben?"

„Aber sicher."

Der Junge ist ein Goldstück, dachte Kate, während sie heiße Schokolade zubereitete und Kekse auf einen Teller legte. Sie hatte eine Schwäche für Kinder.

Das Band zwischen Vater und Sohn war nicht zu übersehen. Unverbrüchlich, absolut reißfest und voller Liebe. Am liebsten hätte sie beide dafür umarmt.

„Lady?"

„Sag Kate zu mir." Sie stellte einen Becher dampfende Schokolade vor Jack hin. „Vorsicht, es ist heiß."

„Kate, warum tragt ihr eigentlich so komische Sachen, wenn ihr tanzt? Dad hat gesagt, er hat keine Ahnung."

Innerlich stöhnte Brody auf. Die verschiedenen Kekse auf dem Teller beanspruchten plötzlich seine ganze Aufmerksamkeit.

Kate stellte die anderen Becher auf den Tisch und setzte sich dann. „Das sind Kostüme. Sie helfen uns dabei, die Geschichte zu erzählen, die wir tanzen."

„Wie kann man denn eine Geschichte mit Tanzen erzählen? Ich kenne nur Geschichten mit Wörtern."

„Es ist genauso wie das Erzählen, nur eben mit Musik und Bewegungen. Wenn du ‚Jingle Bells' hörst, nur die Musik, woran denkst du dann?"

„An Weihnachten. Bis dahin sind es nur noch fünf Tage."

„Richtig. Und wenn du zu dem Lied tanzen würdest, dann wären die Bewegungen schnell und fröhlich. Du denkst dabei an Schlittenfahrten und Schneeballschlachten. Aber wenn du ‚Stille Nacht, heilige Nacht' hörst, dann würdest du dich langsam und feierlich bewegen, nicht wahr?"

„Ja, wie in der Kirche."

Der Junge ist clever, dachte sie. „Genau. Irgendwann kommst du einmal bei meiner Schule vorbei, dann zeige ich dir, wie man eine Geschichte mit Tanz erzählen kann."

„Dad wird vielleicht deine Schule bauen."

„Ja, vielleicht."

Sie öffnete den Ordner, den er mitgebracht hatte. Interessant, dass sie den Kostenvoranschlag achtlos beiseitelegt und direkt zu den Planzeichnungen übergeht, dachte Brody. Offene Möglichkeiten sind wichtiger als Einschränkungen. Brody rutschte mit seinem Stuhl näher heran, um mit ihr gemeinsam die Zeichnungen durchzugehen.

Sie roch besser als die Kekse und die Schokolade, und das sollte was heißen.

„Das gefällt mir." Sie wandte ihm ihr Gesicht zu. Hielt seine Augen mit ihrem Blick fest. „Es gefällt mir sogar ausgesprochen gut."

„Ich habe auch ein paar Linien gemalt", ließ sich Jack vernehmen.

„Du hast gute Arbeit geleistet", sagte sie lächelnd zu ihm, dann studierte sie wieder die Zeichnungen, während Brody versuchte, die Knoten in seinem Magen zu lösen.

Sie sah alles genau durch, machte Anmerkungen, teilte die Blätter auf in „abgelehnt", „gut" und „möglich".

Sie war beeindruckt. Beeindruckt von seinen Ideen, von seiner Gründlichkeit, seinem Können. Bessere Pläne hätte sie von einem Architekten nicht bekommen können.

Schließlich legte sie die Zeichnungen beiseite und nahm den Kostenvoranschlag auf. Ging mit dem Finger die Zahlenreihen durch. Und schluckte.

„Nun, hübscher Jack." Sie legte das Blatt auf den Tisch zurück. „Du und dein Dad, ihr habt den Auftrag."

Jack stieß ein Triumphgeheul aus, und da niemand es ihm verboten hatte, nahm er sich noch einen Keks.

Brody war sich nicht bewusst gewesen, dass er die Luft angehalten hatte. Bis seine Lungen die überschüssige Luft unbedingt ausstoßen wollten. Er riss sich zusammen und ließ den Atem langsam weichen, achtete darauf, dass er nicht nach Luft schnappte. Das hier war sein größter Auftrag, seit er nach Virginia zurückgekommen war.

Das bedeutete, dass er und seine Männer über den Winter ihr

Auskommen hatten. Er brauchte niemanden saisonbedingt zu entlassen oder Kurzarbeit einzuführen. Der Gewinn würde ihm endlich Raum zum Atmen geben.

Und mal ganz abgesehen von den praktischen Erwägungen – es hatte ihn gepackt, er wollte dieses Gebäude in die Finger kriegen, es wieder herrichten und in altem Glanz erstrahlen lassen. Der einzige Haken an der Sache war, dass er dabei besagte Finger von Kate lassen musste.

„Danke, dass Sie uns anheuern."

„Ich werde Sie daran erinnern, wenn ich Sie in den Wahnsinn treibe."

„Das haben Sie von Anfang an getan. Haben Sie einen Stift?"

Sie lächelte, stand auf, um ihn zu holen. Dann stützte sie sich auf den Tisch und setzte ihre Unterschrift auf die Auftragsbestätigung. „Sie sind dran." Sie reichte ihm den Kugelschreiber, nahm ihn wieder zurück, sah zu Jack.

„Jack?"

„Hm?" Er hatte Krümel am Kinn. Als er den strengen Blick seines Vaters sah, verbesserte er sich sofort. „Ich meine, ja, bitte, Ma'am?"

„Kannst du deinen Namen schreiben?"

„In Druckbuchstaben. Ich kenne das ganze Alphabet, und Dad und Jack und ein paar andere Wörter kann ich auch schon schreiben."

„Gut. Dann komm her und unterschreibe auch." Sie neigte leicht den Kopf. „Schließlich hast du mitgezeichnet. Du willst doch auch angeheuert werden, oder?"

„Klar!" Er sprang vom Stuhl, verteilte mehr Krümel. Die Zunge fest zwischen die Lippen gepresst, schrieb er mit äußerster Sorgfalt seinen Namen unter den seines Vaters.

„Sieh nur, Dad, das bin ich!"

„Ja, ich seh's." Erschüttert und bewegt sah Brody zu Kate auf. Was zum Teufel sollte er jetzt tun? Sie hatte ihn an seinem schwächsten Punkt getroffen.

„Jack, geh dir die Hände waschen."

„Aber die sind doch gar nicht dreckig."

„Wasch sie dir trotzdem."

„Du findest das Bad am Ende des Korridors, Jack", sagte Kate sanft. „Zähl die Türen, auf der Seite, wo deine Hand ist, mit der du schreibst. Es ist die zweite."

Jack murrte vor sich hin, aber er hüpfte aus dem Raum.

Brody stand auf. Sie wich nicht zurück. Nein, natürlich nicht, dachte er. Also stießen sie kurz zusammen, und sein Körper war sofort in höchster Alarmbereitschaft.

„Das war sehr nett von Ihnen. Sie haben ihm das Gefühl gegeben, dass er dazugehört."

„Aber er gehört doch dazu, das ist so offensichtlich." Aber da war noch etwas, das sie loswerden musste. „Das war keine ausgeklügelte Taktik von mir, Brody."

„Ich sagte, es war nett."

„Schon, aber Sie haben sich auch gefragt, ob ich nicht eine Strategie verfolge. Brody, ich will mit Ihnen schlafen, und ich bin sehr zielorientiert, wenn ich etwas erreichen will. Aber ich würde nie Ihren Sohn benutzen, um das zu bekommen, was ich haben will."

Sie nahm seinen leeren Becher und wollte sich umdrehen. Brody legte eine Hand an ihren Arm. „Na schön, vielleicht habe ich mich das gefragt. Also entschuldige ich mich dafür."

„Fein."

Er drehte sie zu sich herum. „Die Entschuldigung ist ernst gemeint, Kate."

Endlich entspannte sie sich. „Okay, akzeptiert. Jack ist großartig und wunderbar. Es ist unmöglich, nicht sofort von ihm hingerissen zu sein."

„Er hat mich völlig um den Finger gewickelt."

„Ja. Und er vergöttert Sie. Das kann jeder sofort sehen. Ich mag Kinder, und ich bewundere liebevolle Eltern. Das macht Sie nur noch interessanter für mich."

„Kate, ich werde nicht mit Ihnen schlafen." Er hielt ihren Arm nicht mehr fest, sondern ließ seine Hand langsam herabgleiten.

Sie lächelte nur. „Das sagen Sie jetzt so."

„Ich werde diesen Job hier nicht verkorksen, indem ich die Dinge und mein Leben verkompliziere. Ich kann es mir nicht leisten ..."

Er wollte etwas sagen. Etwas Wichtiges. Entschiedenes. Aber da legte sie ihre Hände auf seine Brust, ließ sie bis zu seinen Schultern hochgleiten.

„Sie sind einfach nur noch nicht so weit“, murmelte sie und bot ihm ihren Mund.

Er konnte nicht anders, er überbrückte den Abstand zwischen ihren Lippen. Lichter flimmerten jäh in ihm auf, als er ihre Lippen berührte, blitzartige Explosionen von Glanz und Hitze.

Er wollte sie bei den Schultern greifen und von sich fortschieben. Es wäre ein Leichtes für ihn, sie auf Armeslänge von sich abzuhalten. Er würde es tun. Später.

Aber jetzt, in diesem Moment, wollte er sich in diesem grandiosen Gefühl verlieren.

Es war wunderbar, unwiderstehlich. Er war unwiderstehlich. Und er kann küssen, dachte sie mit einem zufriedenen kleinen Seufzer. Als hätte er nie etwas anderes getan, als wäre das alles, was er je tun wollte. Sein Mund war weich und warm, seine Hände fest und stark. Gab es überhaupt etwas Faszinierenderes an einem Mann als Stärke? Stärke des Körpers und des Herzens.

Sie hatte das Gefühl, dass ihre Gedanken tausend Pirouetten drehten. Er machte das mit ihr. Und sie wollte den Puls, der hart und fest den Rhythmus schlug, schneller werden lassen. Wollte es mehr, als sie vorausgesehen hatte. Begeistert von der wunderbaren Mischung aus Erregung, Vorfreude und Verlangen legte sie ihren Kopf in den Nacken.

„Das war schön“, sagte sie leise und spielte mit ihren Fingern in seinem Haar. „Warum wiederholen wir das nicht?“

Oh, er wollte es, wollte sie gleich hier bis zum Ende des Weges führen. Aber sein Sohn war nur ein paar Schritte weiter und planschte augeregt quietschend mit Wasser. „Ich kann nicht.“

„Wir haben doch gerade bewiesen, dass du es kannst.“

„Ich werde es aber nicht tun.“ Jetzt hielt er sie tatsächlich auf Armeslänge von sich ab. Ihre Augen waren dunkel vor Verlangen, ihr Mund weich und leicht gerötet. „Verflucht, du kannst einem Mann wirklich den Verstand rauben.“

„Scheinbar nicht ganz. Aber es ist ein Anfang.“

Er ließ sie los. Das war immer noch am sichersten. Und trat einen Schritt zurück. „Es ist lange her, seit ich … dieses Spiel gespielt habe.“

„So etwas verlernt man nie. Vielleicht hast du länger auf der Bank gesessen, aber warum gehen wir nicht gemeinsam aus und beginnen mit deinem Training?“

„Ich habe mir beide Hände gewaschen“, verkündete Jack stolz von der Tür und hüpfte herein. „Darf ich noch einen Keks haben?“

„Nein.“ Er konnte den Blick nicht von ihr wenden. Schien nichts anderes tun zu können als sie anzustarren. Überrascht. Erstaunt. Fasziniert. „Wir müssen gehen, Jack. Bedanke dich bei Kate.“

„Danke, Kate.“

„Gern geschehen, Jack. Komm mich doch mal wieder besuchen, ja?“

Er grinste sie an, während sein Vater ihm die Jacke überzog. „Gibt es dann auch wieder heiße Schokolade?“

„Ganz bestimmt.“

Sie begleitete die beiden zur Tür und sah zu, wie sie in den Pickup stiegen. Jack winkte ihr übermütig zu. Brody sah sich nicht einmal um. Mit geschmischten Gefühlen blickte Kate dem Auto hinterher.

Ein vorsichtiger Mann, dachte sie. Sie konnte es ihm nicht verübeln. Wenn sie die Verantwortung für ein so wunderbares Kind hätte, würde sie auch vorsichtig sein.

Doch jetzt, da sie den Sohn kennengelernt hatte, war sie noch mehr an dem Mann interessiert. Er war ein guter Vater, ein wachsamer, fürsorglicher Vater. Jack war ein gesunder, offener und glücklicher Junge.

Es konnte nicht einfach sein, ein Kind allein zu erziehen. Aber Brody O'Connell tat es. Und er machte es offensichtlich gut. Sie respektierte das. Bewunderte es.

Vielleicht war sie ein bisschen vorschnell vorgegangen, hatte zu hastig auf reine Chemie reagiert. Sie strich leicht mit einem Finger über ihren Mund und erinnerte sich an das Gefühl und den Geschmack seiner Lippen. Kein Wunder, dass sie so vorgeprescht war.

Aber vielleicht war es angebracht, sich etwas mehr Zeit zu lassen. Es konnte nichts schaden, ihn erst besser kennenzulernen.

4. KAPITEL

Erdbeben", sagte Kate. „Schneestürme", hielt Brandon dagegen. „Smog." „Schneeschaufeln." Sie warf ihr langes Haar zurück. „Das Schauspiel der wechselnden Jahreszeiten."

Er zog spielerisch an ihrem Haar. „Endloser Strand und Sonnenschein."

Seit Jahren schon stritten sie sich über die Vor- und Nachteile von Ost- und Westküste. Im Moment benutzte Kate diese Debatte, um sich vom Trennungsschmerz abzulenken. In einer Stunde würde Brandon abfahren.

Das ist nur nachweihnachtliche Melancholie, versicherte sie sich selbst. Erst die ganze Aufregung, die Vorbereitungen, dann das friedliche Fest im Kreis der Familie. Danach waren die Kimballs zwei Tage in New York gewesen, um all die vielen Familienmitglieder zu besuchen.

Jetzt war es kurz vor Silvester. Freddie, ihre Schwester, war in New York bei ihrem Mann Nick und den Kindern. Und Brandon auf dem Weg zurück nach Los Angeles.

Sie überblickte die saubere, ruhige Straße, während sie weitergingen, und lächelte dünn. „Verkehrschaos."

„Blondinen mit Traumkörpern in offenen Cabrios."

„Du bist ja sooo leicht zu beeindrucken."

„Stimmt." Er schlang den Arm um ihren Nacken und nahm sie in den Schwitzkasten. „Aber genau das liebst du doch an mir. He, guck mal. Da stehen Männer und schwere Lkws vor deinem Haus."

Sie sah die Straße hinunter. Ein ganzer Konvoi von Baufahrzeugen und Männer, die Material abluden. Brody verschwendet wirklich keine Zeit, dachte sie.

Sie gingen um das Haus herum, stiegen über Bauschutt und kleine Hügel gefrorenen Wintergrases zum Hintereingang, von wo der Lärm erklang. Hier schien das Zentrum der Aktivitäten zu liegen. Ein Radio plärrte – ein Country-Song – und es roch nach Schmutz, nach Schweiß und seltsamerweise nach Mayonnaise.

Kate umrundete eine Schubkarre und lugte die Hintertreppe hinunter. Eine dicke Holzbohle diente als Rampe. Orangefarbene Verlängerungskabel schlängelten sich an der Wand in den Keller hinunter. Überall hingen Baulampen, an Nägeln oder Haken. Die nackten Glühbirnen warfen grelles Licht und ließen den Keller wie eine archäologische Ausgrabungsstätte wirken.

Kate erblickte Brody. Er trug schmutzige Jeans und schwere Stiefel und nagelte gerade ein Brett an. Obwohl es so kalt war, dass der Atem in der Luft stand, hatte er seine Jacke ausgezogen. Kate konnte jeden einzelnen Muskel unter dem Hemd erkennen, während er sich bewegte.

Sie hatte recht gehabt. Er sah großartig aus in Arbeitskleidung.

Einer der Arbeiter schaufelte Erde in eine Schubkarre. Jack war auch da. Mit einer kleinen Kinderschippe grub und schaufelte er und war ganz konzentriert bei der Sache.

Jack war es, der sie zuerst bemerkte. Er hüpfte aufgeregt umher. „Ich grabe deinen Keller aus! Dafür kriege ich einen Dollar. Zu Weihnachten habe ich einen Betonmischer geschenkt bekommen. Soll ich ihn dir zeigen? Bitte, du musst ihn sehen!!"

„Ja, gern."

Sie stand schon auf der Rampe, als Brody ihr entgegenkam und ihr den Weg versperrte. „Du bist nicht passend angezogen, um hier unten im Dreck zu wühlen."

Sie sah auf ihre Wildlederstiefel. „Wo du recht hast, hast du recht. Hast du eine Minute Zeit?"

„Jack", rief er seinem Sohn zu. „Lass uns eine kleine Pause machen."

Brody blinzelte gegen die helle Wintersonne, als er nach oben kam, Jack im Schlepptau.

„Das ist mein Bruder Brandon. Brand, Brody O'Connell und Jack."

„Nett, Sie kennenzulernen." Brody hob lieber nur die lehmverkrustete Hand zum Gruß. „Ich habe Sie spielen sehen. Ein wahres Vergnügen."

„Danke. Das Gleiche kann ich auch über Ihre Arbeit sagen."

„Bist du der Baseballspieler?" Jack starrte ehrfurchtsvoll zu Brandon auf.

„Der bin ich." Brandon ging in die Hocke. „Magst du Baseball?"

„Und wie! Ich habe deinen Handschuh gesehen. Ich habe auch einen. Und einen Schläger und einen Ball und überhaupt alles."

Kate wusste, dass Brandon vorerst mit Jack beschäftigt war, sie konnte die beiden ruhig sich selbst überlassen. „Ich wusste nicht, dass du direkt mit der Arbeit anfangen willst", sagte sie zu Brody.

„Ich dachte mir, wir sollten die warmen Tage ausnutzen. Wir können schon mal den Keller ausheben und Beton gießen, bevor der nächste Frost kommt."

Warm ist relativ, dachte sie und schüttelte sich leicht. „Ich wollte mich auch nicht beschweren. Wie war euer Weihnachten?"

„Schön." Er trat beiseite, damit ein Arbeiter die volle Schubkarre über die Rampe hinaufschieben konnte. „Und bei euch?"

„Wunderbar. Wie ich sehe, hast du deinen Bautrupp aufgestockt. Ist der eine Dollar pro Tag mit in der Kalkulation aufgeführt?"

„Es sind Ferien", sagte er kurz angebunden. „Dann bleibt mein Sohn bei mir. Er kennt die Regeln, und den Männern steht er nicht im Weg."

Bei seinem brüsken Ton hob sie die Augenbrauen. „Puh, sind wir aber empfindlich heute!"

Brody stieß den Atem aus. „'tschuldigung. Aber es gibt immer wieder Kunden, die es nicht mögen, wenn ein Kind mit auf der Baustelle ist."

„Ich gehöre nicht zu diesen Kunden."

„He, O'Connell, können Sie diesen Jungen für eine Weile entbehren?"

Brody drehte sich um und sah, dass Brandon Jack bei der Hand hielt. „Nun ..."

„Wir haben was zu erledigen, bei uns zu Hause. Ich bringe ihn wieder vorbei, wenn ich zum Flughafen fahre. Eine halbe Stunde?"

„Bitte, bitte, bitte, Dad. Darf ich?"

„Ich ..."

„Mein Bruder ist ein Idiot, aber man kann ihm vertrauen", sagte Kate mit einem liebevollen Lächeln.

Nein, dachte Brody, ich bin hier der Idiot. Weil er jedes Mal das Zittern kriegte, wenn Jack mit jemandem mitging. „Einverstanden. Aber wasch dir vorher die Hände."

Jack spurtete los. „Ich brauche nur eine Minute. Bin gleich wieder zurück! Warte bloß so lange, ja?"

„Vielleicht mache ich auf dem Weg zum Frühjahrstraining hier einen Zwischenstopp." Nun war also die Zeit des Abschieds gekommen.

„Das wäre schön." Nein, sie würde nicht heulen, das hatte sie sich geschworen. „Und halt dich von den Blondinen mit den perfekten Körpern fern."

„Kommt gar nicht infrage!" Brandon nahm sie in die Arme und drückte sie an sich. „Du wirst mir fehlen", flüsterte er ihr ins Ohr.

„Du mir auch." Dann trat sie wieder zurück. „Pass auf dein Bein auf, Bruderherz."

„He, du redest hier mit Superman. Pass du nur auf dich auf. Komm, Jack, lass uns gehen." Er nahm Jack bei der sehr nassen und nur wenig saubereren Hand, nickte Brody zu und zog ab.

„Dein Bruder hat eine Verletzung?"

„Eine Sehnenzerrung." Sie seufzte. „Tja, dann will ich dich nicht weiter von der Arbeit abhalten."

Sie hielt das Lächeln aufrecht, bis sie bei der Frontseite des Hauses angekommen war. Dann setzte sie sich auf die Stufen der Vordertreppe und ließ den Tränen freien Lauf.

Als Brody zehn Minuten später zu seinem Wagen ging, saß sie immer noch dort. Die meisten Tränen waren getrocknet und hatten Spuren auf ihren Wangen hinterlassen, eine hing noch in ihren Wimpern.

„Was ist los?"

„Nichts."

„Du hast geweint."

Sie schnüffelte und zuckte mit den Schultern. „Na und?"

Er wollte es dabei belassen. Aber jetzt hatte er vergessen, was er aus seinem Wagen holen wollte. Er war noch nie gegen Tränen angekommen. Er ging zu ihr und setzte sich neben sie. „Was ist passiert?"

„Nichts. Ich hasse nur Abschiede. Wir würden uns nicht verabschieden müssen, wenn er es sich nicht in den Kopf gesetzt hätte, dreitausend Meilen weit entfernt in Kalifornien zu leben. Trottel!"

Ihr Bruder also. „Nun …" Weil eine neue Träne über ihre Wange lief, zog er ein Taschentuch aus der Hosentasche. „Er arbeitet doch dort."

„Entschuldigung, aber im Moment bin ich nicht sonderlich aufnahmebereit für logische Argumente." Unwirsch zog sie ihm das Taschentuch aus der Hand, das er ihr hinhielt. „Danke."

„Keine Ursache."

Sie tupfte die Tränen weg und starrte mit leerem Blick auf die andere Straßenseite. „Hast du Geschwister?"

„Nein."

„Willst du einen Bruder? Ich verkaufe ihn, zum Schleuderpreis." Sie seufzte und lehnte sich zurück. „Meine Schwester ist in New York, mein Bruder in L.A., und ich sitze hier in West Virginia. Ich hätte nie geglaubt, dass wir mal so weit verstreut leben würden."

„Für mich sah es nicht so aus, als wärt ihr euch fremd geworden."

Kate sah ihn an. Von einer Sekunde auf die andere wurde ihr Blick klar. „Du hast recht. Das war genau das, was ich jetzt hören musste. Also." Sie gab ihm das Taschentuch zurück. „Bring mich auf andere Gedanken. Erzähl, wie habt ihr Weihnachten verbracht? Die laute Version, mit Familie und allem?"

„Jack macht genug Lärm für alle. Er hat mich um fünf Uhr morgens aus dem Bett geholt." Bei der Erinnerung musste Brody lächeln. „So gegen zwei hätte ich ihn fast festgebunden, weil er vor lauter Aufregung herumhüpfte wie ein Gummiball."

„Hat er bis zum Weihnachtsessen durchgehalten?"

„So eben. Wir sind zu seinen Großeltern gefahren." Das Lächeln auf seinem Gesicht erstarb. „Wir leben zwar in der gleichen Stadt, aber man könnte sagen, wir sind Tausende von Meilen voneinander entfernt."

„Das tut mir leid."

„Aber sie vergöttern Jack. Das allein zählt."

Und warum zum Teufel hatte er überhaupt damit angefangen? Vielleicht weil es seit seiner Jugend an ihm nagte. Vielleicht weil sein Vater auch heute noch alles kritisierte, was er, Brody, tat und tun wollte.

„Ich lasse die Erde, die wir aus dem Keller holen, an der Hinterseite des Hauses aufschütten. Vielleicht willst du ja dort im Frühjahr einen Garten anlegen."

„Das ist eine gute Idee."

„Also …" Er stand auf. „Ich mache mich wieder an die Arbeit, sonst kürzt mein Boss mir noch den Lohn."

„Brody …" Sie wusste nicht, was genau sie hatte sagen wollen oder wie sie es sagen sollte. Und dann war der Moment vorbei, denn Brandon bog mit seinem schnittigen Leihwagen um die Ecke.

„Dad!“ Jack machte sich aus dem Sicherheitsgurt frei, kaum dass der Wagen stand. „Stell dir vor! Brand hat mir seinen Baseballhandschuh geschenkt. Und einen Baseball, auf dem er selbst unterschreibt hat.“

„Unterschrieben“, verbesserte Brody automatisch, dann fing er den Blitz ab, der sein Sohn war. „Lass mal sehen.“ Der Handschuh und der Ball waren warm, so fest hatte Jack die beiden Sachen gehalten. „Das ist etwas ganz Besonderes, und du musst auch ganz besonders darauf aufpassen.“

„Das werde ich! Ganz bestimmt! Danke, Brand! Können wir die Sachen den anderen zeigen?“

„Aber sicher.“ Brody hob Jack auf seine Hüfte. „Danke für alles“, sagte er zu Brandon.

„Keine Ursache. Und Jack, immer daran denken: die Augen fest auf den Ball gerichtet.“

„Das mache ich. Bye!“

„Gute Reise“, fügte Brody hinzu und drehte sich um, damit sein Sohn seine Schätze den anderen zeigen konnte.

Kate lehnte sich an das offene Wagenfenster. „Vielleicht bist du ja doch nicht so ein Unmensch.“

„Der Junge ist großartig.“ Er kniff Kate leicht ins Kinn. „Und der Vater ist auch nicht schlecht, was? Du hast ein Auge auf ihn geworfen, gib's zu.“

„Nein!“ Dann lachte sie. „Beide Augen.“ Sie beugte sich in den Wagen und küsste ihren Bruder auf die Wange. „Kümmere du dich um deine kalifornischen Supermädels. Ich ziehe kernige Kerle vom Land vor.“

„Benimm dich.“

„Wohl kaum.“

Er lachte, hob die Hand zum Abschied und startete den Motor. „Bis dann, Schönheit.“

Sie trat zurück und winkte. „Bis dann, Bruderherz.“

An Silvester blieb der Spielzeugladen geschlossen, das war Tradition. Diesen Tag verbrachte Natasha in der Küche, um die Unzahl an Gerichten vorzubereiten, die sie am Neujahrstag bereitstellen würde, wenn Familie, Freunde und Nachbarn ins Haus strömten.

„Brand hätte für die Party bleiben sollen."

„Das hätte ich mir auch gewünscht." Natasha rührte die Aprikosen für das Kompott, die in einem Topf auf dem Herd köchelten. „Jetzt schmoll nicht, Katie. Es gab Zeiten, da hat deine Arbeit dich auch von uns ferngehalten."

„Ich weiß." Kate rollte den Kuchenteig fester als nötig aus. „Der Blödmann fehlt mir einfach, das ist alles."

„Mir auch."

Auf dem Herd dampften Töpfe, im Ofen brutzelte ein riesiger Schinkenbraten. Natasha musste daran denken, wie vor Jahren noch drei Kinder um sie herumgeschwirrt waren. Drei sich zankende, kichernde, Unsinn machende Geschwister. Damals waren ihre Nerven oft überstrapaziert gewesen.

Eine wundervolle Zeit.

Jetzt war nur Kate da, die Kuchenteig ausrollte.

„Du bist unruhig." Natasha klopfte den Kochlöffel ab und legte ihn beiseite.

„Ich plane."

„Ja, ich weiß." Sie schenkte zwei Tassen Tee ein und brachte sie zum Tisch. „Setz dich."

„Mama, ich …"

„Setz dich. Du bist genau wie ich", fuhr Natasha fort, während sie beide sich setzten. „Pläne, Ziele, immer irgendwas, das erreicht werden muss. Das ist so wichtig für uns. Immer müssen wir den nächsten Schritt im Voraus kennen, müssen wissen, was als Nächstes passiert. Damit wir immer die Zügel in der Hand behalten." Nur nie etwas dem Zufall überlassen.

„Was ist daran verkehrt?"

„Nichts. Es war schwer, hierherzukommen und den Laden zu eröffnen. Schwer, meine Familie zu verlassen. Aber ich wollte es so. Ich ahnte ja nicht, dass ich deinen Vater hier treffen würde. Das war nicht geplant."

„Das war Schicksal."

„Genau." Natasha lächelte. „Du und ich, wir machen immer Pläne, überlegen, wägen ab. Und doch glauben wir an das Schicksal. Vielleicht war es das Schicksal, das dich hierher zurückgebracht hat."

„Bist du enttäuscht?“ Die Frage war heraus, bevor Kate nachgedacht hatte. Und beide, Mutter und Tochter, waren erleichtert, dass es endlich ausgesprochen worden war.

„Warum sollte ich enttäuscht sein? Von dir? Wie kommst du darauf?“

„Mama.“ Kate spielte mit ihrer Tasse, suchte nach den passenden Worten. „Ich weiß, wie viel du und Dad geopfert habt, um …“

„Moment!“ Natashas dunkle Augen funkelten auf. „Das Wort ‚Opfer‘ hat nichts, aber auch gar nichts im Zusammenhang mit meinen Kindern zu suchen.“

„Ich wollte sagen, du und Dad, ihr habt so viel für mich getan, habt mich unterstützt, wo ihr konntet, als ich so unbedingt tanzen wollte. Bitte, Mama, lass mich aussprechen“, hob Kate an, als Natasha sie unterbrechen wollte. „Es hat mich die ganzen Jahre beschäftigt. All die Jahre. Die Stunden, die Kostüme, die Schuhe, die Reisen. Ihr habt mich nach New York gehen lassen, obwohl Dad mich lieber auf dem College gesehen hätte. Ihr habt mir das ermöglicht, was ich am meisten brauchte. Das wusste ich immer. Ich wollte, dass ihr stolz auf mich sein könnt.“

„Aber wir sind doch stolz auf dich! Wie kommst du nur auf so unsinnige Gedanken?“

„Ich weiß, dass ihr stolz auf mich wart. Ich konnte es sehen. Es fühlen, als ich auf der Bühne tanzte und wusste, dass ihr im Publikum saßt. Und jetzt werfe ich all das weg.“

„Nein, du hast es nur zurückgestellt. Kate, glaubst du wirklich, wir sind nur stolz auf dich, wenn du tanzt? Nur stolz auf die Künstlerin, auf das Talent?“

Plötzliche traten ihr Tränen in die Augen, sie konnte es nicht verhindern. „Ich mache mir nur Sorgen, ihr könntet enttäuscht sein, weil ich das alles aufgebe, um zu unterrichten.“

„Ach Katie. Beantworte mir eine Frage: Willst du eine gute Lehrerin sein?“

„Ja, unbedingt.“

„Gut, dann wirst du es auch sein, und wir werden stolz auf die Lehrerin sein. Und in der Übergangszeit, zwischen der Tänzerin und der Lehrerin, sind wir stolz auf dich. Stolz, weil du weißt, was du willst, stolz, weil du dich dafür einsetzt. Stolz, weil du eine wunderbare junge

Frau bist, mit einem großen Herzen und einem starken Willen. Nur wenn du daran zweifelst, Katie, würdest du mich enttäuschen."

„Ich werde nicht zweifeln. Niemals. Oh …" Sie blinzelte die Tränen fort. „Ich weiß auch nicht, was mit mir los ist. In letzter Zeit muss ich ständig losheulen."

„Du änderst dein Leben, da sind emotionale Spannungen zu erwarten. Außerdem hast du zu viel Zeit, um zu grübeln und dir Sorgen zu machen. Katie, warum gehst du nicht mal mit deinen alten Freunden hier aus? Heute Abend müssen doch überall Partys stattfinden. Warum bist du zu Hause bei Mama und rollst Kuchenteig aus?"

„Weil ich gern bei Mama in der Küche hocke."

„Kate …"

„Ja, schon gut. Natürlich habe ich daran gedacht. Aber die meisten meiner Freunde sind verheiratet oder treten zumindest als Pärchen auf. Ich trete allein auf und … es ist auch nicht so, als würde ich nach etwas suchen. Verstehst du?"

„Aha. Und warum … suchst du nichts?"

„Weil ich schon etwas gesehen habe, das mir gefällt."

„Ah! Und wer?"

„Brody O'Connell."

Natasha nippte an ihrem Tee. „Ein attraktiver Mann." Kleine Pünktchen begannen in ihren Augen zu tanzen. „Sogar sehr attraktiv. Und sehr sympathisch. Ja, ich mag ihn."

„Sag mal, Mama … du hast ihn nicht zufällig zum Haus geschickt, um uns zu verkuppeln, oder?"

„Nein. Aber das hätte ich, wäre ich auf die Idee gekommen. Also? Warum bist du heute Abend nicht mit Brody O'Connell unterwegs, um Silvester zu feiern?"

„Er hat Angst vor mir." Kate lachte, als ihre Mutter unwillig schnaubte. „Sagen wir lieber, er fühlt sich in meiner Gegenwart unwohl. Ich bin vielleicht ein winziges bisschen zu forsch aufgetreten."

„Du?" Natasha riss gespielt ungläubig die Augen auf. „Meine kleine schüchterne Katie?"

„Schon gut, schon gut." Kate lachte. „Zugegeben, ich bin zu schnell und zu heftig vorgeprescht. Als wir uns zum ersten Mal im Spielzeugladen über den Weg liefen, kaufte er gerade das Weihnachtsgeschenk für Jack. Wir haben geflirtet, ich dachte, wir wären auf derselben Wellenlänge."

„Im Spielzeugladen also", murmelte Natasha nachdenklich. Sie und Spence waren sich auch im Laden zum ersten Mal begegnet, als er eine Puppe für seine Tochter Freddie kaufte.

Ein Wink des Schicksals, dachte sie. So etwas konnte man nie voraussehen.

„Ja. Und weil er diesen Laster für seinen Sohn kaufte, nahm ich an, dass er verheiratet sei. Deshalb war ich sauer auf ihn, eben weil er auf meinen Flirt eingegangen ist."

„Natürlich." Das wurde immer besser. Natasha schmunzelte in sich hinein.

„Dann fand ich heraus, dass er nicht verheiratet ist, und ging zum Angriff über", murmelte Kate erbost. „Er ist auch interessiert, er will es nur nicht zugeben."

„Er ist einsam, Katie."

Kate sah auf. Der Funke, der ihr Temperament hätte entzünden können, erlosch. „Ja, ich weiß. Aber er zieht sich bewusst von mir zurück. Vielleicht macht er das bei jedem Menschen, außer bei Jack."

„Mir gegenüber ist er immer freundlich und offen. Allerdings, als ich ihn einlud, morgen vorbeizukommen, ist er mir ausgewichen. Du solltet ihn überreden", entschied Natasha und stand auf. „Genau. Geh zu ihm, nimm eine Schüssel von den Kichererbsen mit, das bringt Glück im neuen Jahr, und überrede ihn, dass er morgen herkommt."

„Ist es nicht etwas unverschämt, am Silvesterabend uneingeladen bei einem Mann vor der Haustür aufzutauchen?" Dann begann Kate zu grinsen. „Ach, es ist absolut perfekt! Danke, Mama."

„Das wäre also erledigt." Natasha tunkte den Finger in die Schüssel mit der Kuchenfüllung und schleckte ihn ab. „Dann werden dein Vater und ich den Silvesterabend in Ruhe allein verbringen."

Brody nippte an seinem Bier und wünschte sich, er hätte das letzte Stück Pizza nicht mehr gegessen. Er lag ausgestreckt auf der Couch, zusammen mit Jack, im Zentrum des Chaos, das einst ein Wohnzimmer gewesen war. Irgendein grottenschlechter Science-Fiction-Film flimmerte über den Bildschirm, etwas mit gigantischen außerirdischen Augäpfeln.

Er liebte diese schlechten B-Movies. Er konnte einfach nichts dafür.

Noch zwei Stunden, dann würde er umschalten und sich ansehen, wie die Menschen auf dem Times Square das neue Jahr einzählten. Jack hatte unbedingt aufbleiben wollen, um mitzuzählen.

Also hatte er alles Mögliche angeschleppt und angestellt, um sich wach zu halten. Deshalb sah es im Wohnzimmer auch aus, als wäre eine Bombe eingeschlagen. Aber gegen Müdigkeit hatte ein kleiner Junge eben keine Chance. Irgendwann hatte er sich in Brodys Arm gekuschelt und war fest eingeschlafen.

Brody würde ihn zehn Minuten vor Mitternacht aufwecken, bis dahin würde er in dieser Stellung auf dem Sofa durchhalten. Wenn Jack einmal größer war, würde es solche Momente nicht mehr geben.

Brody nahm noch einen Schluck Bier und sah zu, wie der riesige rollende Augapfel einen Menschen vor sich herjagte.

Und wäre fast an die Decke gesprungen, als es an der Haustür klingelte.

Leise fluchend ließ er Jack vorsichtig auf die Couch gleiten, um aufzustehen. Die Chance, dass jemand nach zehn Uhr abends bei ihm an der Tür klingelte, war etwa genauso groß wie die einer Invasion der Erde durch außerirdische Augäpfel.

Er stieg über Spielzeuge, Socken, Schuhe und ging zur Tür. Wahrscheinlich jemand mit einer Panne, der das Telefon benutzen wollte. Jeder, den er kannte, feierte heute Abend.

Scheinbar doch nicht jeder, dachte er, als er die Tür aufzog und Kate draußen stehen sah.

„Hi. Ich dachte, ich schau mal vorbei, ob du zu Hause bist. Meine Mutter schickt dir das hier."

Ihm wurde eine kleine Schüssel mit Kichererbsen in die Hand gedrückt. „Deine Mutter?"

„Ja. Du hast ihre Gefühle verletzt, weil du morgen angeblich zu beschäftigt bist, um vorbeizukommen."

„Ich habe nicht gesagt, dass ich zu beschäftigt bin. Ich …" Was zum Teufel hatte er gesagt? Er hatte sich eine Ausrede einfallen lassen, ja, aber was war das noch gleich gewesen?

„Die Kichererbsen sind Glücksbringer", fuhr Kate fort. „Mama hofft von ganzem Herzen, dass du deine Meinung änderst und doch noch kommst. Es werden auch viele Kinder da sein, Jack wird also genügend Spielkameraden finden. Ist er noch auf? Ich will nur Hallo sagen."

Sie schob sich an ihm vorbei und schlüpfte ins Haus. Er war viel zu verwirrt, um sie aufhalten zu können. Dann kam Bewegung in ihn. Hastig lief er hinter ihr her ins Wohnzimmer und hob unterwegs Socken und Spielzeug und Papierschnipsel auf.

„Oh, lass nur", winkte sie ab. „Ich weiß, wie es in einem Haus mit Kindern aussieht. Ich bin in einem groß geworden. Was für ein wunderschöner Baum."

Die Arme voll mit Kram, starrte er auf den Weihnachtsbaum. Er hatte den Baum im Wohnzimmer ihrer Eltern gesehen. Erlesene Dekorationen, geschmackvoll platziert. Der Baum, den Jack und er zusammen geschmückt hatten, sah dagegen aus, als hätten betrunkene Weihnachtswichtel Hand angelegt.

„Wir hatten mal einen, der sah ganz genauso aus. Freddie, Brand und ich haben Mama so lange genervt, bis sie uns den Baum hat schmücken lassen. Wir haben ein schreckliches Durcheinander angerichtet, aber es war einfach großartig." Die Erinnerung daran zauberte ein Lächeln auf ihre Lippen.

Im offenen Kamin knisterte ein Scheit. Kate ging hinüber und wärmte sich die Hände. Über eine Stunde hatte sie mit Anziehen und Fertigmachen zugebracht. Schließlich musste es so wirken, als hätte sie überhaupt nicht auf ihr Äußeres geachtet. Der dunkelviolette Pullover passte hervorragend zu der grauen Hose, in ihren Ohren blinkten kleine Goldkreolen auf, ihr Haar hatte sie offen gelassen, nachdem sie eine lange hitzige Diskussion mit sich geführt hatte, um zu dieser Entscheidung zu gelangen.

Er dagegen hatte bestimmt keine zehn Minuten darauf verwandt, um in Jeans und Sweatshirt so hinreißend auszusehen.

„Ein wunderbares Haus", sagte sie jetzt. „Alles Naturstein, nicht? Muss toll für Jack sein, durch die Räume rennen zu können. Aber er braucht noch einen Hund."

„Ja, er hat schon damit angefangen, mich in dieser Richtung zu bearbeiten." Was sollte er jetzt tun? Mit ihr? „Richte deiner Mutter bitte meinen Dank für die Erbsen aus."

„Danke ihr doch selbst." Kate drehte sich um und erblickte den schlafenden Jack. Ein Arm hing von der Couch herunter. „Hat's nicht geschafft, bis Mitternacht durchzuhalten, was?“ Automatisch ging sie hinüber, legte den Arm wieder aufs Kissen und deckte Jack mit der Decke zu.

„Ja ...“

Er sieht verdutzt aus, dachte Kate. Verdutzt und durcheinander und ratlos und zum Anbeißen, wie er dasteht, die Schüssel mit den Kichererbsen immer noch in der Hand, die Arme voller Spielzeug. „Oh, ich liebe diesen Film“, sagte sie leichthin und schaute auf den Fernseher. „Vor allem die Stelle, wenn sie die Tür öffnen und ihnen die ganzen Augäpfel und diese langen Tentakel entgegenkommen. Warum bietest du mir nicht einen Drink an? Das macht man so.“

„Ich hab nur Bier da.“

„Oh, oh, eine Kalorienbombe. Na schön, dann werde ich eben sündigen.“ Sie ging zu ihm und nahm ihm die Schüssel ab. „Wo ist die Küche?“

„Die ist ...“ Sie hatte Parfum aufgelegt. Ein unheimlich aufregendes Parfum. Noch nie war ein so verführerisch weiblicher Duft durch diesen Raum gezogen. Er deutete mit dem Kopf nach links und ließ ein Spielzeugauto auf seinen Fuß fallen.

„Ich finde sie schon. Soll ich dir ein Bier mitbringen?“

„Nein, ich ...“ Herrgott noch mal! Er riss sich aus dieser Trance, legte den Kram ab und folgte ihr. „Hör mal, Kate, du hast mich zu einem schlechten Zeitpunkt erwischt ...“ Diese Situation behagte ihm ganz und gar nicht!

„Wow, sieh sich nur einer diese Decke an. Renovierst du alles selbst?“

„Wenn ich die Zeit dazu habe, ja. Jetzt aber mal wirklich, Kate ...“ Er fluchte leise vor sich hin, als sie in die Küche trat.

„Wow!“ Sie sah sich in dem Raum um. Granitarbeitsplatte, Schieferboden, Schränke aus heller Eiche und ein bildschöner Kachelofen. „Das muss viel Arbeit gewesen sein.“ Sie ging zur Anrichte und brach sich ein Stück von der übrig gebliebenen Pizza ab. Knabberte daran. „Mmh, gut.“

Die betrunkenen Wichtel waren blutige Anfänger gewesen im Vergleich zu der Horde wilder Affen, die durch die Küche getobt waren. „Normalerweise sieht es hier nicht so wüst aus.“

„Du hast eine Party mit deinem Sohn gefeiert, hör endlich auf, dich dafür zu entschuldigen. Steht das Bier im Kühlschrank?"

„Ja … ja." Ach, zum Teufel damit! „Wieso bist du nicht auf irgendeiner Feier?"

„Bin ich doch. Ich bin nur etwas später gekommen." Sie reichte ihm die Bierflasche. „Öffnest du sie bitte für mich?" Dann schnüffelte sie. „Es riecht nach Popcorn."

„Davon ist leider nichts mehr übrig."

„Tja, das hat man davon, wenn man zu spät kommt." Sie lehnte sich an die Anrichte, trank von dem Bier. „Sollen wir uns auf die Couch setzen, den Rest des Films ansehen und Kehraus machen?"

„Ja. Nein."

„Also, was denn nun?"

Sie lachte über ihn. Er sollte eigentlich wütend sein, stattdessen war er erregt. „Irgendwie drängelst du dich immer dazwischen."

„Und? Was willst du dagegen tun?"

Ohne den Blick von ihr zu nehmen, ging er auf sie zu. Nahm ihr die Flasche aus der Hand. Stellte sie weg.

Silvesterabend, dachte er. Das Alte auskehren, das Neue hereinlassen …

„Also dann." Ihr Puls hämmerte, als sie die Hände über seine Brust gleiten ließ, aber er hielt sie fest.

„Nein, jetzt bin ich dran." Er beugte den Kopf. Wollte ihre Lippen berühren …

„Dad?"

„Oh Gott!" Es war wie ein tiefes, leises Aufstöhnen, als er sich von ihr zurückzog.

Jack stand in der Tür und rieb sich die Augen. „Dad, was machst du da?"

„Nichts." Dieses Nichts, das er mit Kate tat, würde ihn höchstwahrscheinlich umbringen.

„Ehrlich gesagt, dein Dad wollte mich gerade küssen." Brody erstarrte, dann wandte er sich seiner Besucherin zu.

„Kate!" Er sagte es in dem gleichen Tonfall, den er benutzt hatte, um Jack zu ermahnen.

„Nö, glaub ich nicht." Jack schaute mit verschlafenen Augen von einem zum anderen. Die Haare standen ihm wirr in alle Richtungen, die Wangen waren vom Schlaf gerötet. „Dad küsst nie Mädchen."

„Wirklich nicht?" Bevor Brody zurückweichen konnte, hatte Kate ihn am Hemdkragen gepackt. „Warum denn nicht?"

„Na, weil es Mädchen sind", kam es weise von Jack. „Mädchen zu küssen ist eklig."

„So?" Sie ließ den Vater los, winkte den Sohn mit dem Zeigefinger heran. „Komm mal her, du Naseweis."

„Wieso?"

„Damit ich dich küssen kann."

„Iih! Nein!" Er riss die Augen auf, lachte.

„Na schön." Sie zog ihren Mantel aus, warf ihn Brody zu und schob die Ärmel des Pullovers hoch. „So, mach dich auf was gefasst!"

Sie griff nach ihm, gab ihm genug Zeit, um aufzuschreien und loszurennen. Für ein paar Minuten spielte sie so Fangen mit ihm und überraschte Brody damit, wie leichtfüßig sie es vermied, auf Spielzeug zu treten. Jack quiekte vor Vergnügen und rannte weiter.

Schließlich fing sie ihn ab und fiel mit ihm auf die Couch, während der Junge lachend um Hilfe schrie.

„Und jetzt die schrecklichste Strafe überhaupt!" Sie pflanzte kleine Küsschen auf seine Wangen, seine Nasenspitze, seine Stirn. „Sag: ‚Mmh, gut.'"

„Niemals!" Jack war atemlos, vor Lachen und Vergnügen.

„Sag: ‚Gut, gut, gut', oder ich höre nie wieder auf!"

„Ich geb auf! Okay, gut, gut, gut!"

„Na also." Sie setzte sich auf, holte tief Luft. „Das war's."

Jack kroch auf ihren Schoß. Sie war nicht so weich wie Grandma, auch nicht so hart wie Dad. Sie war anders, und ihr Haar war weich und kitzelte ihn. „Bleibst du bis Mitternacht, wenn das neue Jahr kommt?"

„Ich würde gerne bleiben." Sie sah zu Brody. „Wenn dein Dad nichts dagegen hat."

Einige Schlachten, so dachte er, waren verloren, bevor sie überhaupt begonnen hatten.

„Ich hole uns noch ein Bier."

5. KAPITEL

„Und jetzt …“ Frederica Kimball LeBeck zog ihre Schwester in deren Schlafzimmer und schloss die Tür hinter sich. Die somit erreichte Privatsphäre würde vielleicht fünf Minuten andauern, so hoffte sie zumindest. „Schieß los. Ich will alles wissen, von Anfang an.“

„Sicher, wenn du willst. Also, es fing mit einem Urknall im Universum an …“

„Haha. Ich meinte Brody O'Connell.“ Freddie war acht Jahre älter als Kate und – ganz anders als ihre durchtrainierte dunkelhaarige jüngere Schwester – klein, grazil und blond. Sie ließ sich auf das Bett fallen. „Mama sagt, du hast ihn ins Visier genommen.“

„Er ist doch kein Karnickel.“ Kate ließ sich neben ihre Schwester fallen. „Aber verdammt attraktiv, was?“

„Doch, mir gefallen vor allem die breiten Schultern. Also, was genau geht da ab?“

„Nun, er ist Witwer und zieht seinen Sohn allein groß. Hast du Jack gesehen? Ein Pfundskerlchen!“

„Den kann man nicht übersehen. Endlich hat Max mal jemanden, der ihm ebenbürtig ist“, sagte sie und bezog sich damit auf ihren eigenen Sechsjährigen. „Die beiden zeigen sich gerade gegenseitig, wie toll sie Videospiele können.“ Freddie verdrehte scherzhaft die Augen und grinste ihrer Schwester zu.

„Gut. Vielleicht taut Brody dann auch endlich auf.“

„Oh, dem wird gar nichts anderes übrig bleiben. Grandpa und Onkel Mik haben ihn sich vorgenommen. Die beiden haben ihn zur Tür hinausgeschoben, damit sie sich alle zusammen dein Haus ansehen und männliche Fachsimpeleien von sich geben können.“

„Sehr gut.“

„Also, ist es nur Chemie oder mehr?“

„Nun, die Chemie hat den Anfang gemacht. Du weißt doch, meine Hormone reagieren immer auf große, muskulöse Männer – und ihre Werkzeuggürtel.“

Freddie platzte glucksend heraus, und Kate studierte die Decke. „Gut möglich, dass da mehr draus wird. Er ist so … ach, ich weiß nicht … irgendwie einfach nett. Solide, verantwortungsbewusst und ein sehr liebevoller Vater. Und so süß schüchtern. Was ihn zu einer Herausforderung macht."

„Und jeder weiß, dass du einer Herausforderung nicht widerstehen kannst."

„Genauso wenig wie du. Aber jedes Mal, wenn ich ihn mit Jack zusammen sehe, dann fühle ich dieses ... dieses kleine Ziehen." Sie deutete auf ihren Magen. „Hier drin. Verstehst du?"

Freddie dachte an ihr eigenes Ziehen, das sie bei ihrem Mann Nick gefühlt hatte. „Bist du dabei, dich in ihn zu verlieben?"

„Um das zu sagen, ist es noch zu früh. Aber er gefällt mir, in all den Dingen, die wichtig sind. Was ein guter Ausgleich zu dieser wilden Anziehungskraft ist." Sie hob ein Bein und zielte mit den Zehen auf die Lampe. „Ich würde ihn zu gern mal allein erwischen und ihm die Kleider vom Leib reißen. Aber mit ihm kann man sich auch gut unterhalten. Letzte Nacht haben wir gemeinsam diesen dummen Film mit den außerirdischen Augäpfeln gesehen und uns bestens amüsiert."

„Oh, den Film liebe ich."

„Das meine ich ja. Es war richtig gemütlich." Und himmlisch, dachte sie und rekelte sich genüsslich. „Auch wenn er mir das Blut schneller durch die Adern jagt, es ist nett, einfach mit ihm auf der Couch zu sitzen und sich einen alten Film anzusehen. Wenn ich mich mit anderen Männern getroffen habe, dann hieß es immer Ausgehen, Tanzen, Vernissage, Kunstgalerie. Niemand wäre auf die Idee gekommen, einfach mal einen Abend zu Hause zu verbringen und auszuspannen. Ich muss sagen, es gefällt mir."

„Eine Kleinstadt, eine Ballettschule, eine kleine Romanze mit einem Tischler ... das passt zu dir, Katie."

Sie war entzückt, dass Freddie ebenso dachte, und rollte sich träge auf die andere Seite. „Ja, nicht wahr?"

Yuri Stanislaski, ein Baum von einem Mann mit wallender eisgrauer Mähne, stand mitten in dem Raum, der dazu ausersehen war, ein Ballettstudio zu werden.

„Das ist ein guter Raum. Viel Platz. Meine Enkelin hat ein Auge für den Wert von Platz. Starkes Fundament." Er ging zur Wand und hieb mit der geballten Faust dagegen. „Solides Gerüst."

Mikhail, Yuris ältester Sohn, stand am Fenster. „Sie wird ihre Kindheit hier wieder aufleben lassen. Das wird ihr guttun. Außerdem", er drehte sich zum Fenster und lächelte, „werden die Leute sie tanzen sehen. Das ist gute Werbung. Meine Nichte ist ein cleveres Mädchen, das habe ich schon immer gesagt."

Schritte ertönten auf den Treppen. Brody hatte den Überblick verloren, er wusste nicht, wie viele mitgekommen waren. Er nahm an, dass die meisten von den Jüngeren zu Mik gehörten, aber es war schwierig, sie genau zuzuordnen, vor allem weil es so viele waren und wirklich alle so verdammt gut aussahen.

Er war nicht an große Familien gewöhnt, und die Stanislaski-Familie, so schien es ihm zumindest, war so groß, wie Familien eben sein konnten, ohne dass sie aus allen Nähten platzten.

„Papa! Komm mal hoch, das musst du dir einfach ansehen. Dieses Haus ist uralt. Einfach großartig!"

„Mein Sohn Griff", erklärte Mik und schmunzelte. „Er liebt alte Dinge. Dieses Haus muss wie ein Paradis für ihn sein!"

„Dann auf nach oben." Yuri gab Brody einen freundschaftlichen Schlag auf den Rücken, der einen Elefanten umgehauen hätte. „Wir werden ja sehen, was Sie aus diesem Haus machen, damit meine kleine Katie zufrieden ist. Sie ist hübsch, meine Kleine, nicht wahr?"

„Ja", erwiderte Brody vorsichtig.

„Und stark."

„Äh …" Er wusste nicht, wie sicher der Grund war, auf dem er sich hier bewegte, und schaute Hilfe suchend zu Mik. Der aber schenkte ihm nur ein strahlendes Lächeln. „Ja, sieht so aus."

„Hat auch ein solides Gerüst." Yuri lachte herzhaft auf und zwinkerte seinem Sohn zu. Ohne Zweifel handelte es sich hier um einen weiteren Familienscherz.

Brody war sich immer noch nicht so ganz klar, was geschehen war. Eigentlich hatte er nur ganz kurz bei den Kimballs vorbeischauen wollen. Ein Höflichkeitsbesuch, weil Natasha so nett gewesen war und an ihn und Jack gedacht hatte.

Und dann war er einfach mitgerissen worden. Nein, „verschlungen" beschrieb es besser. Er bezweifelte, dass er je so viele Menschen auf engstem Raum gesehen hatte. Und die meisten waren auf die eine oder andere Weise miteinander verwandt. Für Brody war diese Tatsache fast schon unglaublich.

Da seine eigene Familie nur aus ihm, Jack und seinen Eltern bestand – und drei Tanten und sechs Cousins und Cousinen irgendwo im Süden –, hatte ihn die schiere Anzahl der Stanislaskis erschlagen. Ehrlich gesagt war ihm unklar, wie sie überhaupt in der Lage waren, sich alle Namen zu merken.

Sie waren fröhliche, gut aussehende, lebenslustige Menschen, die unzählige Fragen stellten, Geschichten erzählten und Meinungen hatten. Das Haus war so angefüllt mit Menschen, Essen, Musik und Drinks, dass er, obwohl er fast bis acht Uhr abends geblieben war, in dem ganzen Trubel nur Minuten mit Kate hatte sprechen können. Man hatte ihn zu dem alten Haus gezerrt, ihn über seine Planung ausgefragt, darüber, wie er die Renovierung angehen würde – aber er war nicht dumm genug, um zu glauben, dass es sich bei diesem Verhör nur um die Bauarbeiten gedreht hatte.

Kates Familie hatte ihn unter die Lupe genommen. Connies Familie hatte das Gleiche getan, wenn auch nicht so gut gelaunt und nicht mit diesem Sinn für Humor und dieser Begeisterung. Aber unterm Strich kam es auf das Gleiche heraus.

War dieser Typ auch gut genug für ihre Prinzessin? In Connies Fall war die Antwort ein eindeutiges Nein gewesen. Und diese gegenseitige Abneigung hatte alles überschattet, was danach gekommen war.

Die Stanislaskis hatten ihr Urteil noch nicht gefällt. Glaubte er zumindest. Nichts, was er auch getan hatte, um so taktvoll wie möglich durchblicken zu lassen, dass er gar nicht vorhatte, ihre Ballerina aus ihren Spitzenschuhen zu werfen, hatte Wirkung gezeigt. Sie hatten ihn trotzdem weiter umzingelt und ausgefragt. Auf nette Weise, höflich. Oder direkt und offen, ohne auch nur einen Deut an Zurückhaltung.

Das war genug gewesen, um einem Mann bewusst zu machen, wie glücklich er sich schätzen konnte, dass er alleinstehend war. Und ihn in dem Entschluss zu festigen, es auch zu bleiben.

Jetzt waren die Feiertage vorbei. Dem Himmel sei Dank! Er konnte sich wieder auf die Arbeit konzentrieren, sich daran erinnern, dass Kate Kimball eine Kundin war. Nicht eine Geliebte.

Eine ganze Woche lang karrte er Bauschutt zum Haus hinaus, verstärkte und glich Wände aus, prüfte und ersetzte Rohrleitungen.

Sie ließ sich nicht ein einziges Mal blicken.

Jeden Tag, wenn er auf der Baustelle war, wartete er darauf, dass sie jeden Moment hereinspazieren und sich erkundigen würde, wie es voranging. Und jeden Abend, wenn er sein Werkzeug auf den Pick-up lud, fragte er sich, was sie wohl vorhaben mochte.

Offensichtlich war sie beschäftigt. Zu beschäftigt, um sich um das Haus zu kümmern. Ihr Interesse war also doch nicht so groß gewesen, wie sie vorgegeben hatte. An dem Haus nicht und an ihm auch nicht.

Deshalb war es umso besser, dass er sich nicht auf einen Flirt eingelassen hatte. Wahrscheinlich zog sie die halbe Nacht um die Häuser, um die andere Hälfte im Bett irgendeines gelackten New Yorkers zu verbringen. Es würde ihn nicht überraschen. Kein bisschen. Es würde ihn auch nicht überraschen, wenn sie schon wieder daran dachte, das Haus abzustoßen und den Staub der Kleinstadt von ihren Spitzenschuhen zu schütteln.

Was ihn allerdings überraschte, war, dass er sich plötzlich auf der Treppe zum Haus ihrer Eltern wiederfand und laut an die Haustür pochte.

Er tigerte unruhig auf der Veranda auf und ab. Sie war doch diejenige gewesen, die jedes Detail genauestens durchgesprochen haben wollte, oder? Er ging zur Tür zurück, hämmerte noch mal dagegen. Sie konnte doch wenigstens eine Woche lang so tun, als sei sie noch interessiert, oder?

Er ging zurück, trat vor, wieder zurück. Was zum Teufel machte er hier eigentlich? Was er hier veranstaltete, war ja lächerlich. Es ging ihn nicht das Geringste an, was sie tat, mit wem und wo, solange sie die Rechnungen bezahlte.

Er atmete tief durch und hatte sich fast schon wieder beruhigt, als die Tür geöffnet wurde.

Da stand sie, mit schweren Lidern und wirrem Haar, ihr Gesicht leicht gerötet. Wie eine Frau, die gerade aus dem Bett geglitten war und vorhatte, direkt dorthin zurückzukehren.

Verflucht!

„Brody?“

„Tut mir leid, dass ich dich geweckt habe. Es ist ja auch erst vier Uhr nachmittags."

Sie war zu verschlafen, um die Stichelei herauszuhören. „Schon in Ordnung. Wenn ich nachmittags mehr als eine Stunde schlafe, bin ich die ganze Nacht hellwach. Komm rein. Ich brauche erst mal einen Kaffee."

Sie ließ die Tür offen, weil sie davon ausging, dass er ihr folgen würde, und ging in die Küche. Sie hörte, wie die Tür zuschlug, dachte sich aber nichts dabei. In diesem Haus wurden ständig Türen geöffnet und wieder geschlossen.

„Ich bin erst vor ein paar Stunden zurückgekommen." Sie setzte Kaffee auf, versuchte die Kaffeemaschine mit ihrem Willen dazu zu bringen, schneller zu laufen. Um ihre verspannten Muskeln zu lockern, verfiel sie automatisch in die Grundposition. „Wie laufen die Dinge mit meinem Haus?"

Brody runzelte verärgert die Stirn! Diese Frau war einfach unglaublich! „Wechselt dein Interesse generell von heiß auf eiskalt?"

„Hmm?" Wechsel, dritte Position. Auf die Spitzen. Kaffeebecher aus dem Schrank holen.

„Du warst seit einer Woche nicht mehr auf der Baustelle. Wie kommt das?"

„Ich war nicht in der Stadt. Du trinkst ihn schwarz, oder? Ein Notfall, in New York."

Sofort wandelte sich sein Ärger in Sorge. „Jemand aus deiner Familie?"

„Oh nein, denen geht es bestens." Sie bog den Rücken zurück, drehte sich ein wenig zur Seite, verzog vor Schmerzen das Gesicht. „Könntest du vielleicht mal … diese Stelle dahinten, die bringt mich noch um …"

Sie drehte den Arm auf den Rücken, versuchte den schmerzenden Muskel unter dem Schulterblatt zu erreichen. „Wenn du nur eine Minute deinen Daumen da hineindrücken könntest … Ein bisschen tiefer … ah, ja, da. Oh, so ist es gut. Fester. Hör nur nicht auf …" Sie schloss die Augen und lehnte den Kopf zurück. „Oh ja, ja, mehr … Oh!"

„Zum Teufel damit!" Die Erregung hatte seine Selbstbeherrschung besiegt. Er riss Kate herum, presste sie an die Anrichte und drückte verlangend seine Lippen auf ihren Mund. Wie lange hatte er sich nach diesem Augenblick gesehnt!

Hitze schwappte über sie wie eine Welle, Lichter blitzten vor ihren geschlossenen Augen auf. Ihre Lippen öffneten sich, um einen erstaunten Aufschrei auszustoßen, doch er nutzte die Gelegenheit, um den Kuss zu vertiefen. Sie hob die Hände an seine Brust, bemühte sich, ihm zu folgen, wohin er sie mitnahm.

Sie war zwischen dem Küchenschrank und seinem harten Körper gefangen. All ihre Müdigkeit war mit einem Schlag verflogen, sie dachte nicht mehr an schmerzende Muskeln, nur noch an diesen Feuerball der Emotionen, der sie mitriss.

Frustration, Verlangen, Lust, Wut. All die Gefühle, die er so sorgfältig unter Verschluss gehalten hatte, seit dem Moment, als er sie zum ersten Mal gesehen hatte. Jetzt waren alle Dämme gebrochen, und die Leidenschaft sprudelte hervor. Er nahm, was er sich bisher versagt hatte. Nahm ihren Mund in Besitz, um seinen Hunger zu stillen. Und als sie seine Schultern fasste und zu zittern begann, nahm er mehr.

Sie waren beide atemlos, als sie sich voneinander lösten. Für einen langen Moment starrten sie einander nur an, seine Hände in ihrem Haar vergraben, ihre Finger in seine Schultern verkrallt. Und dann lagen ihre Münder wieder aufeinander, ein wilder, leidenschaftlicher Kampf von Lippen und Zungen und Zähnen. Sie nestelte fiebrig an seinem Hemd, er ließ seine Hände unter ihre T-Shirt gleiten. Verzweifelt, schwer atmend, hinweggeschwemmt von Lust, wollten sie mehr vom anderen spüren. Er schlug mit dem Rücken gegen den Kühlschrank, er spürte es nicht. Er drehte und schob sie, ohne sie loszulassen, bis sie an den Küchentisch anstieß. Fasste ihre Hüfte, wollte sie auf diese Tischplatte hieven …

„Katie, rieche ich da etwa frischen Kaffee?“

Spencer Kimball blieb wie angewurzelt in der Tür zur Küche stehen. Er griff sich unwillkürlich ans Herz, als er erblickte, wie sich sein kleines Mädchen um seinen Tischler rankte.

Sie fuhren auseinander, wie schuldbewusste Kinder, die auf frischer Tat bei einem Streich ertappt wurden.

Für Sekunden, die sich bis in die Unendlichkeit zu dehen schienen, rührte sich niemand, niemand sprach ein Wort.

„Ich … äh …“ Du lieber Himmel, war alles, was Spencer denken konnte. „Ich bin … im Musikzimmer.“ Er zog sich überstürzt zurück.

Brody fuhr sich aufgewühlt durchs Haar. „Oh Gott! Jemand reiche mir ein Gewehr, damit ich mich erschießen kann.“

„So was haben wir nicht.“ Sie musste sich an einer Stuhllehne festhalten, der Raum drehte sich immer noch um sie. „Mein Vater ist sich durchaus im Klaren darüber, dass ich ab und zu mal Männer küsse.“

Brody ließ die immer noch zitternden Hände sinken. „Ich war auf dem besten Wege, wesentlich mehr zu tun, als dich nur zu küssen.“

„Ich weiß.“ Schließlich hämmerte ihr Puls immer noch laut wie eine Kesselpauke. Und sie sah auch die Hitze der Leidenschaft in diesen wunderbaren Augen vor sich. „Wirklich zu schade, dass Dad heute Nachmittag keinen Unterricht gibt.“

Brody stieß zischend den Atem aus, drehte sich auf dem Absatz um und holte ungeduldig ein Glas aus dem Schrank, um kaltes Leitungswasser hineinlaufen zu lassen. Für einen kurzen Moment überlegte er, ob er es sich über den Kopf gießen sollte, entschied sich dann aber doch, es in großen Schlucken zu trinken. Es brachte ihn zwar lange nicht auf Normaltemperatur, aber es kühlte ihn immerhin ein wenig ab. „Das wäre nicht passiert, wenn du mich nicht wütend gemacht hättest.“

„Dich wütend gemacht?“, wiederholte sie. Gerne hätte sie ihm das wirre Haar glatt gestrichen, um es dann wieder zu zerwühlen. „Wie das?“

„Und dann verleitest du mich dazu, dich anzufassen, und gibst auch noch diese kleinen Sexlaute von dir.“

Sie brauchte jetzt keinen Kaffee, sie brauchte einen Drink! „Das waren keine ‚Sexlaute‘.“ Sie holte eine Flasche Weißwein aus dem Kühlschrank. „Das waren Muskellockerungs-Laute. Na ja, ich muss zugeben, sie können sich sicherlich ähnlich anhören. Und hol mir endlich ein verdammtes Weinglas aus dem Schrank, denn jetzt bin ich wütend.“

„Du?“ Er riss die Schranktür wieder auf und schob ihr ein Weinglas in die Hand. „Du setzt dich für eine ganze Woche nach New

York ab, ohne auch nur einen Ton zu sagen!"

„Entschuldige, aber du irrst." Ihre Stimme war kalt wie Eis. „Meine Eltern wussten ganz genau, wo ich war." Sie schenkte sich Wein ein und setzte die Flasche unsanft auf der Anrichte ab. „Mir war nicht bewusst, dass ich meinen Terminkalender mit dir absprechen muss."

„Du hast mich für einen Auftrag angeheuert, oder? Ein ziemlich großer und komplexer Auftrag, bei dem du – wie du selbst verlangt hast – über jeden Schritt informiert werden willst. Und es hat sich so ergeben, dass in dieser Woche einige Schritte unternommen wurden. Und gerade dann bist du weg! Ohne ein Wort zu sagen!"

„Es ging nicht anders." Sie nahm einen großen Schluck Wein und bemühte sich darum, ihr Temperament im Zaum zu halten. „Bei Problemen oder Fragen hättest du jederzeit meine Eltern kontaktieren können. Sie hätten dir auch meine Nummer geben können. Warum hast du sie nicht gefragt?"

„Weil …" Irgendein Grund musste sich doch finden lassen. „Weil meine Kunden normalerweise alt genug sind, um mir eine Nachricht zu hinterlassen, wo sie zu erreichen sind, und nicht erwarten, dass ich ihnen hinterherjage."

„Das ist eine wirklich lahme Ausrede, O'Connell", tat sie spöttisch ab, auch wenn es sie getroffen hatte. „Na schön. Dann sagen wir doch einfach ganz klar: In Zukunft wirst du dich an meine Eltern wenden, solltest du mich nicht erreichen können."

„Fein!" Er vergrub die Hände in den Hosentaschen.

„Genau!" Das ist ja lächerlich, dachte sie. Sie hatte nichts gegen einen anständigen Streit, aber nicht, wenn es um Lappalien ging. „Hör zu, ich musste nach New York. Als ich die Company verließ, habe ich unserem Direktor versprochen, dass ich einspringe, wenn Not am Mann ist. Ich halte meine Versprechen. Einige Tänzer sind ausgefallen, Grippe. Wir tanzen mit Verletzungen, wir tanzen, wenn wir krank sind, aber manchmal geht es eben nicht mehr. Ich habe ihm eine Woche versprochen, bis die meisten sich wieder erholt hatten." Sie lehnte sich gegen die Anrichte. „Mein Partner und ich sind nicht mehr aneinander gewöhnt. Außerdem habe ich drei Monate nicht mehr getanzt, ich bin nicht mehr in Form – was endlose Trainingsstunden und Proben bedeutete. Ich hatte also wirklich keine Zeit, mir Gedanken um ein Projekt zu machen, das ich in gute Hände gegeben habe. Ich war auch nicht davon ausgegangen, dass zu einem so frühen Punkt schon irgendwelche Fragen auftauchen, vor allem nicht, nachdem wir die Dinge vor Kurzem erst ausführlich besprochen haben. Ich hoffe, das reicht dir als Erklärung."

„Ja, das reicht. Kann ich ein Messer haben?"

„Wozu?"

„Du hast kein Gewehr, also werde ich mir die Kehle aufschlitzen."

„Warte lieber damit, bis du bei dir zu Hause bist. Meine Mutter wird über Blutflecken in der Küche nicht begeistert sein."

„Und dein Vater sieht es wohl kaum gerne, wenn seine Tochter auf dem Küchentisch Sex hat."

„Kann ich nicht sagen. Das Thema wurde nie zwischen uns angeschnitten."

„Ich hatte nicht vor, dich so zu packen."

„So." Sie bot ihm ihr Glas an. „Wie wolltest du mich denn sonst packen?"

„Lass es." Er nahm und trank. „Du merkst doch selbst, wie kompliziert das Ganze wird. Der Job, du, ich, Sex."

„Ich habe ein ausgeprägtes Organisationstalent und bin sehr gut im Zuordnen und Einteilen. Manche halten das für meine größte Stärke, andere behaupten, es nervt."

„Das kann ich mir vorstellen." Er gab ihr das Glas zurück. „Kate."

Sie lächelte. „Brody."

Er lachte leise, steckte die Hände wieder in die Taschen und begann im Raum auf und ab zu tigern. „Ich hab vieles in meinem Leben verbockt. Mit Connie, meiner Frau, und Jack. Und ich habe alles darangesetzt, dass sich das ändert. Jack ist gerade mal sechs. Ich bin alles, was er hat. Das wird immer das Wichtigste für mich sein."

„Wenn es nicht so wäre, würde ich wesentlich weniger von dir halten. Dann würde ich mich wohl auch nicht so zu dir hingezogen fühlen."

Er drehte sich um und studierte ihr Gesicht. „Ich werde nicht schlau aus dir."

„Vielleicht solltest du deinen Terminkalender so planen, dass dir

Zeit bleibt, über dieses Problem nachzudenken."

„Vielleicht sollten wir uns einfach ein Zimmer in irgendeinem Motel buchen und einen Nachmittag lang so tun, als gäbe es keine Probleme."

Er war überrascht, dass sie lachte. „Das ist eine Alternative. Ich persönlich würde gern beides tun. Aber für den Moment werde ich es dir überlassen, welche der beiden Möglichkeiten wir zuerst in Angriff nehmen."

„Vielleicht sollten wir …" Er sah auf die Küchenuhr und fluchte leise. „Ich muss Jack abholen. Komm morgen Mittag zur Baustelle. Dann gebe ich dir zum Lunch ein Sandwich aus, und du kannst dir ansehen, wie weit wir gekommen sind."

„Ja, gern." Sie neigte leicht den Kopf. „Willst du mir nicht einen Abschiedskuss geben?"

„Lieber nicht. Dein Vater hat vielleicht doch ein Gewehr im Haus, und du weißt nur nichts davon."

Nein, Spencer Kimball war nicht dabei, ein Gewehr zu laden. Kate fand ihn in seinem Musikzimmer, wo er über den Unterrichtsplänen für das laufende Semester saß. Allerdings starrte er jetzt schon zehn Minuten lang auf die gleiche Seite, ohne auch nur ein Wort verstanden zu haben.

Sie stellte einen dampfenden Kaffeebecher neben ihn hin, schlang die Arme um seinen Hals und legte ihr Kinn auf seine Schulter. „Hi."

„Hi. Danke."

Sie schmiegte ihre Wange an seine und sah zum Fenster hinaus in den hübschen Garten. Sie würde ihre Mutter bitten, ihr bei der Planung des Gartens an der Schule zu helfen. „Brody befürchtet, du könntest ihn erschießen."

„Ich habe keine Waffe."

„Das habe ich ihm auch gesagt. Ich sagte ebenfalls, mein Vater weiß, dass ich Männer küsse. Das weißt du doch, oder, Daddy?"

Sie nannte ihn nur dann Daddy, wenn sie sich bei ihm einschmeicheln wollte. Sie beide wussten das.

„Es ist etwas ganz anderes, wenn man verstandesmäßig etwas weiß, als wenn man mitten in ein …" Spencer knirschte mit den Zähnen. „Er hatte seine Hände an deinen … Er hat mein kleines Mädchen angefasst.“

„Dein kleines Mädchen hat seine Hände auch dazu benutzt, um ihn anzufassen.“ Sie kam herum und setzte sich auf seinen Schoß.

„Ich glaube nicht, dass die Küche der geeignete Ort ist, um …“ Ja, um was eigentlich?

„Du hast natürlich recht.“ Sie klang jetzt sehr brav, ganz die gescholtene Tochter. „Die Küche ist zum Kochen da. Dich und Mama habe ich nie in der Küche küssen sehen. Dann wäre ich wahrscheinlich ziemlich schockiert gewesen.“

Seine Mundwinkel zuckten, aber er unterdrückte den Drang zu lachen. „Halt einfach den Mund.“

„Ich war mir immer sicher, dass, sollte ich einmal zufällig in die Küche kommen und sehen, wie Mama und du … dass es so aussieht, als würdet ihr euch küssen, es sich mit Sicherheit nur um eine lebensrettende Maßnahme, um eine Mund-zu-Mund-Beatmung, handeln kann.“

„Wenn du nicht still bist, wirst du gleich lebensrettende Maßnahmen brauchen.“

„Gut. Aber solange mir noch Zeit bleibt, möchte ich dir eine Frage stellen. Was hältst du von Brody? Als Mann, meine ich? Gefällt er dir?“

„Ja, aber das heißt nicht, dass ich vor Begeisterung in die Hände klatsche, wenn ich in meine Küche komme und sehe … nun, was ich gesehen habe.“

„Tja, da wäre immer noch die Möglichkeit eines Motelzimmers.“

„Ach Kate.“ Er legte seine Stirn an ihre.

„Du und Mama, ihr habt mir immer gesagt, dass ich nie etwas vor euch geheim halten muss, weder meine Gefühle noch meine Wünsche oder Taten. Ich fühle etwas für Brody. Ich bin noch nicht sicher, was das bedeutet, aber meine Taten werden meine Gefühle widerspiegeln, das verspreche ich dir!“

„Das war schon immer so bei dir. Mit einer guten Portion gesundem Menschenverstand und Logik angereichert.“

„Dies hier ist nicht anders.“

„Und er? Welche Gefühle hat er für dich?“

„Er weiß es nicht. Aber das werden wir schon herausbekommen.“

„Er weiß es also nicht.“ Seine Augen, vom gleichen Grau wie ihre, wurden zu schmalen Schlitzen. „Der Junge sollte sich besser schnell überlegen, was er tut, sonst ...“

„Ooh, Daddy!“ Kate blinzelte und schüttelte sich leicht. „Wirst du ihn für mich verhauen, ja? Darf ich zusehen? Bitte!“

„... braucht er lebensrettende Maßnahmen.“

Sie drückte ihrem Vater einen Kuss auf die Wange. „Ach Dad, ich liebe dich. Du hast auch ein Kind über Jahre allein großgezogen. Du weißt, was es heißt, ein Kind zu lieben, die Verantwortung zu tragen.“

Seine Freddie. Sein Baby. Das jetzt schon eigene Babys hatte. „Ja, ich weiß, was das bedeutet.“

„Wie sollte ich mich da nicht zu ihm hingezogen fühlen? Zu diesem Teil, den ich an dir so liebe?“

„Und was sollte ich dagegen sagen können?“ Er zog sie zu sich heran und drückte sie. „Du kannst Brody sagen, dass ich mir kein Gewehr kaufen werde. Noch nicht.“

Am nächsten Tag ging sie um die Mittagszeit zur Baustelle. In der Zwischenzeit hatte sie es sich zur Gewohnheit gemacht, mit Kuchen, Sandwiches und frischem Kaffee vorbeizukommen. Man hätte es als Bestechung bezeichnen können.

Um genau zu sein – Brody nannte es auch so. Ihre kleinen Aufmerksamkeiten machten seine Männer viel nachsichtiger, wenn sie sie mal wieder mit tausend Fragen löcherte oder wenn sie unbedingt eine neue Idee durchgesetzt haben wollte, die nicht im Plan stand.

Trotzdem hielt ihn das nicht davon ab, auf ihre Besuche zu warten, sich im Laufe des Vormittags so zu beeilen, dass er sich die halbe Stunde genehmigen konnte, um mit ihr durch die Stadt zu bummeln oder einen Kaffee in dem kleinen Café an der Ecke zu trinken.

Er wusste, seine Männer stießen sich bereits die Ellenbogen in die Rippen und warfen sich vielsagende Blicke zu, wenn er mal wieder mit Kate davonzog. Aber da er die meisten noch von der Highschool kannte, nahm er es gutmütig hin. Aber wenn einer es wagen sollte, einen zu genauen Blick auf ihr Hinterteil oder ihre Oberweite zu werfen, sah er denjenigen so vernichtend an, dass der sich beeilte, ganz schnell irgendwo ganz fürchterlich wichtige und unaufschiebbare Dinge zu erledigen – möglichst weit weg von Brody.

Er wurde immer noch nicht schlau aus ihr. Wenn sie zur Baustelle kam, wirkte sie wie frisch einem Modemagazin entstiegen. Sehr weiblich und absolut makellos. Und dann kroch sie durch Staub und kletterte über Bauschutt, als würde sie zum Bautrupp gehören, stellte genaue Fragen und verfügte über genügend Kenntnisse, um mitzureden.

Einmal überraschte er sie und einen seiner Männer, als sie in eine hitzige Debatte über das letzte Baseballspiel vertieft waren. Und eine Stunde später überhörte er ein Gespräch, das sie an ihrem Handy in fließendem Französisch führte.

Nein, auch nach zwei Wochen war er keinen Schritt weitergekommen, wenn es um sie ging. Aber er konnte auch nicht mehr aufhören, unentwegt an sie zu denken.

Und jetzt, da sie in dem zukünftigen Übungsraum umherschritt, konnte er nicht aufhören, sie anzusehen.

Sie trug einen dunkelblauen Pullover, der unglaublich weich aussah, und graue Leggings. Ihr Haar hatte sie im Nacken zusammengefasst, sodass ihr Hals – bloß und sexy – jeden Blick magisch anzog.

Im Raum war es angenehm warm, dank des neu installierten Heizungssystems. Die Wände waren fast fertig verputzt, und Brody hatte die ersten Proben für die Holzarbeiten mitgebracht. Holz, das er selbst bearbeitet hatte, um sicherzustellen, dass es der Originalausstattung so nah wie möglich kam.

„Der Putzer hat wirklich gut gearbeitet", sagte sie nach einem Inspektionsrundgang. „Fast könnte ich ein schlechtes Gewissen bekommen, weil die ganzen Wände mit Spiegeln zugehängt werden." Sie nahm ein Musterholz in die Hand. „Das ist wunderschön, Brody. Man kann kaum einen Unterschied zum Original feststellen."

„So sollte es auch sein."

„Ja, stimmt." Sie legte das Holzstück wieder hin. „Du liegst genau im Zeitplan. Was die Arbeit anbelangt. Was das Private angeht, da hinkst du ziemlich hinterher."

„Es dauert immer ein bisschen, bis das Fundament gelegt ist."

„Kommt darauf an, was für ein Gebäude du errichten willst, Brody." Sie legte eine Hand auf seine Schulter. „Ich will eine Einladung."

„Wir waren zusammen zum Lunch."

„Eine richtige Einladung. Die Art, die zwei erwachsene, verantwortungsbewusste Menschen sich von Zeit zu Zeit gönnen. Abendessen, O'Connell, oder auch Kino. Vielleicht ist es dir nicht klar, aber ... Restaurants haben auch abends geöffnet."

„Ja, ich habe schon so was läuten hören." Er wich zurück, sie folgte ihm. „Kate, sieh mal ... da ist Jack, und der muss früh zu Bett, und da sind gewisse Komplikationen ..."

„Sicher, da ist Jack. Ich mag den Jungen, aber ich würde auch ganz gerne mal allein mit seinem Vater sein. Ich wage zu bezweifeln, dass der Junge ein Trauma davonträgt, nur weil sein Vater mal einen Abend ausgeht. Ich sage dir, was wir tun. Freitagabend, du und ich, Abendessen. Ich kümmere mich um alles, du holst mich um sieben ab. Samstagnachmittag, du, Jack und ich, Kino. Ich hole euch um eins ab und lade euch ein. Also abgemacht."

„Kate, so einfach ist das nicht. Da ist schließlich noch diese ganze Babysitter-Angelegenheit. Ich habe niemanden, den ich ..."

Er drehte sich um, grenzenlos erleichtert, als die Tür aufgestoßen wurde und Jack hereingestürmt kam.

„Dad! Wir haben deinen Wagen gesehen, deshalb meinte Mrs. Skully, ich könnte schon hier aussteigen. Hi, Kate." Er ließ den großen Schulranzen mit einem lauten Knall zu Boden fallen. „He, hier drinnen gibt es ein Echo. Hi, Kate, hi, Kate ..."

Sie musste lachen, und bevor Brody sich noch rühren konnte, hatte sie Jack schon hoch gehoben. „Hi, hübscher Jack. Gibst du mir einen Kuss?"

„Niemals!" Obwohl man ihm ansah, dass er halb darauf hoffte, sie würde ihn wieder küssen.

„Das scheint ein echtes Problem mit den Männern in eurer Familie zu sein." Sie stellte ihn wieder auf die Füße, als eine Frau mit einem Mädchen und einem Jungen zu Tür hereinkam.

„Brody, ich sah den Pick-up, deshalb dachte ich mir, ich könnte Jack direkt hier abliefern und dir den Weg ersparen. Es sei denn, dir ist lieber, dass ich ihn mit zu uns nach Hause nehme."

„Nein, lass ihn hier, das passt gut. Beth Skully, Kate Kimball", übernahm er die Vorstellung.

„Kate und ich kennen uns schon." Sie wandte sich an Kate. „Aber vielleicht erinnerst du dich nicht an mich. Meine Schwester JoBeth und deine Schwester Freddie waren Schulfreundinnen."

„Ja, natürlich, ich weiß. Wie geht es JoBeth denn?"

„Gut. Sie hat nach Michigan geheiratet, arbeitet als Krankenschwester. Hoffentlich hast du nichts dagegen, dass wir hier so reinplatzen. Aber ich war neugierig und wollte unbedingt sehen, was du mit diesem alten Kasten vorhast."

„Mom." Das kleine Mädchen zupfte am Ärmel seiner Mutter und sah erwartungsvoll zu ihr hoch.

„Gleich, Carrie ..."

„Ich führe dich gern herum, wenn du möchtest", bot Kate an.

„Würde ich zu gern tun, aber wir müssen uns sputen. Wenn man Kinder hat, wird man zum Chauffeur. Weißt du schon, wann du die Tanzschule eröffnen wirst?"

„Ich hoffe, ich kann im April anfangen." Sie sah zu Carrie und erkannte die Hoffnung in den großen blauen Augen. „Magst du Ballett, Carrie?"

„Ich will Ballerina werden."

„Ballerinas sind Weicheier", warf Rod, ihr Bruder, abfällig ein.

„Rod, sei still. Du musst diesen unwissenden Zwerg entschuldigen, Kate."

„Keine Sorge, ist schon gut", beruhigte Kate Beth. „So", wandte sie sich dann an Rod, der seine Schwester triumphierend angrinste, „Weicheier also?"

„Klar. Die tragen alle so alberne Röckchen und trippeln ständig auf den Zehenspitzen herum." Er lieferte eine sehr eindrucksvolle Karikatur eines Spitzentänzers ab, worauf seine Schwester prompt in beleidigtes Geheul ausbrach.

Bevor Beth jedoch dazwischengehen konnte, fragte Kate auch schon: „Wie viele Weicheier kennst du, die das können?" Damit griff sie ihre Ferse und zog das Bein senkrecht hoch, bis ihre Wade an ihrer Wange zu liegen kam.

Ach du lieber Himmel, war das Einzige, was Brody dazu einfiel.

„Ich kann das!", verkündete Rod laut, tat es ihr nach, griff seine Ferse, wollte sein Bein hochstrecken, verlor das Gleichgewicht und fiel hart auf seinen Allerwertesten.

„Rod, du wirst dich nur in zwei Hälften reißen", war Beths trockener Kommentar. Sie legte einen Arm um Carries Schultern. „Tut das nicht weh, wenn du das machst?", fragte sie Kate lächelnd.

„Man darf eben nicht daran denken." Kate setzte den Fuß wieder auf den Boden. „Wie alt bist du, Carrie?"

„Fünf. Ich kann mich vornüberbeugen und meine Zehen berühren", sagte sie stolz.

Fünf also, dachte Kate. Die Knochen waren noch biegsam, der Körper konnte lernen, das Unnatürliche zu tun. „Wenn du und deine Mom euch entscheidet, dass du in meine Schule kommen kannst, werde ich dir das Tanzen beibringen. Und dann kannst du deinem Bruder beweisen, dass Ballett nichts für Weicheier ist." Sie streckte die Arme in die Luft, machte einen graziösen Bogengang rückwärts und wieder vor.

„Wow", flüsterte Rod Jack zu. „Die ist ja cool."

Brody sagte nichts. Er starrte nur mit offenem Mund.

„Nur Athleten können Ballett tanzen." Sie warf ihr Haar zurück und schaute Rod durchdringend an. „Es gibt viele professionelle Football-Spieler, die nebenbei Ballett trainieren, damit sie auf dem Spielfeld schneller und geschmeidiger sind."

„Glaub ich nicht", entgegnete Rod sofort aufmüpfig.

„Glaub's ruhig. Komm zusammen mit deiner Schwester, dann zeig ich's dir."

„Damit handelst du dir aber Kopfschmerzen ein." Beth lachte und winkte ihrem Sohn. „Komm schon, du kleines Monster."

Brody schaffte es, seinen inneren Film zu stoppen, der ihm aufregende Bilder vorspielte, wie man diesen dehnbaren Körper auch noch auf anderem Gebiet einsetzen könnte … „Danke, dass du Jack hergebracht hast, Beth."

„Kein Problem. Du weißt doch, dass ich mich jederzeit gern um Jack kümmere."

„Ach wirklich?" murmelte Kate und warf Brody einen langen Blick zu.

„Sicher, er ist wirklich ein …" Beth sah von Kate zu Brody, von Brody zu Kate – und verkniff sich ein Grinsen. Sieh mal an, dachte sie, es wird aber auch Zeit, dass dieser Mann endlich wieder den Kopf aus dem Sand zieht. „Um genau zu sein – ich hatte vor, Freitagabend einen großen Topf Spaghetti zu kochen und dachte mir, Jack hätte bestimmt Lust mitzuessen."

„Freitagabend ist doch genau richtig für ein Spaghetti-Essen, oder, Brody?“, säuselte Kate in Brodys Richtung.

„Ich weiß nicht. Am Freitag ...“

„Aber Freitag ist perfekt!“ Beth machte es diebischen Spaß, Kate zu helfen. „Jack könnte auch über Nacht bei uns bleiben, dann könnten die Jungs sich zusammen ein Video ansehen. Soll er doch am Freitag Sachen für den nächsten Tag mit zur Schule bringen, dann hole ich die Jungs ab, und sie haben den ganzen Tag zusammen. Also abgemacht. War nett, dich wiederzusehen, Kate.“

„Oh ja, das Vergnügen ist ganz auf meiner Seite. Bestimmt.“ Kate zwinkerte Beth verschwörerisch zu.

„Toll! Ich schlafe bei Rod!“ Jack hüpfte aufgeregt umher. „Danke, Dad!“

„Ja.“ Kate strich mit einem Finger über Brodys Brust. „Danke, Dad.“

6. KAPITEL

Der Freitag war nicht gerade das, was man einen runden Wochenabschluss nennen könnte. Einer seiner Männer hatte sich krank gemeldet, er war der Grippe zum Opfer gefallen, die in der Stadt grassierte. Einen anderen schickte er noch vor der Mittagspause nach Hause, weil der Mann sich vor Fieber kaum noch aufrecht halten konnte.

Da die andere Hälfte seines vierköpfigen Bautrupps in Maryland auf einer weiteren Baustelle beschäftigt war, blieb es also an Brody hängen, die Abnahme für das neu installierte Sanitärsystem mit dem Mann vom Bauamt zu machen, die Trennwand zwischen Kates Büro und der kleinen Küche einzuziehen und das Holz in diesen beiden Räumen abzuschleifen.

Das Anstrengendste allerdings war, dass er den ganzen Tag allein mit seinem Vater arbeitete.

Bob O'Connell steckte gerade mit dem Oberkörper unter der Spüle. Brody hatte Muße, die Arbeitsschuhe seines Vaters zu betrachten. Die Sohlen waren unzählige Male wieder angeklebt worden. Wenn er könnte, würde er sie sogar antackern, dachte Brody säuerlich. Auf die Idee, sich neue anzuschaffen, wäre sein Vater nie gekommen.

„Wenn ich es nicht brauche, brauche ich es nicht." Das war der Standardsatz seines Vaters. Zu allem. Und egal, was man sagte, er blieb dabei.

Na ja, das ist seine Sache, ermahnte Brody sich und wünschte sich, dass er aufhören könnte, dauern nach Gründen zu suchen, um sich aufzuregen.

Sie rieben sich ständig aneinander auf. Hatten es immer getan.

Bob verlegte Rohre, Brody zog Gipswände ein.

„Stell endlich diesen verdammten Krach ab", ordnete Bob an. „Wie soll ein Mensch bei diesem Geplärre arbeiten können?"

Ohne ein Wort zu erwidern, ging Brody zu der kleinen Stereoanlage und schaltete sie aus. Das war schon immer so gewesen: Ganz gleich, welche Musik er auch hörte, für seinen Vater war es „Krach" gewesen.

Aber Bob fluchte während der Arbeit ständig vor sich hin, und deshalb hatte Brody das Radio angestellt.

„So eine blöde Idee, die Küche in der Mitte durchzuschneiden. Reine Zeit- und Geldverschwendung. Büroraum, so 'n Quatsch! Wozu braucht man überhaupt ein Büro, wenn hier doch nur eine Meute Zuckerpüppchen herumhüpft?"

Brody hatte gewusst, dass das kommen würde. Aber jetzt ließ es sich nicht mehr länger hinausschieben, die Wand einzuziehen. „Ich habe die Zeit, der Kunde hat das Geld", sagte er und zog einen Dübel aus der Tasche.

„Sicher, die Kimballs haben genug Geld. Trotzdem völlig unsinnig, es so aus dem Fenster zu schmeißen. Du hättest ihr sagen müssen, dass sie mit der Abtrennung einen Fehler macht."

Brody hämmerte einen Nagel in das Holzgerüst, beschwor sich, den Mund zu halten. Trotzdem sprudelten die Worte heraus. „Ich halte es nicht für einen Fehler. Sie braucht keine so große Küche für eine Ballettschule. Die hier war mal für eine Schenke gedacht."

„Ballettschule." Bob schnaubte angewidert. „Ich sage dir, einen Monat nach der Eröffnung kann sie gleich wieder dichtmachen. Und dann? Wer will so ein Haus dann kaufen? Mit Kinderwaschbecken! Pah! Die werden nur wieder rausgerissen, und die ganze Arbeit war umsonst. Wundert mich, dass der Mann vom Bauamt sich nicht vor Lachen gekrümmt hat."

„Wenn man Kinder unterrichtet, braucht man auch entsprechend kindgerechte Einrichtungen."

„Für den Unterricht ist die Schule da."

„Soweit ich weiß, bieten die aber keinen Ballettunterricht an."

„Eben. Das sollte dir etwas sagen." Der Ton seines Sohnes ärgerte ihn maßlos. Bob sagte sich, es sei besser, das Thema fallen zu lassen, aber er konnte die Worte nicht zurückhalten. „Du solltest mehr tun, als nur dem Kunden das Geld aus der Tasche zu ziehen. Du solltest auch beraten, sie von sinnlosen Investitionen abbringen und sie in die richtige Richtung lenken."

„Solange es nur deine Richtung ist."

Bob wand sich aus dem Spülschrank hervor. Die ausgeblichene Baseballkappe, die er trug, erinnerte nur entfernt daran, dass sie einmal blau gewesen sein musste. Sein Gesicht war kantig, von tiefen Falten durchzogen. Früher musste er sehr gut ausgesehen haben mit den grünen Augen – so grün wie die seines Sohnes.

Manchmal dachte Brody, dass die Augenfarbe die einzige Gemeinsamkeit war, die sein Vater und er hatten.

„Achte darauf, wie du mit mir redest, Sohn."

„Hast du schon mal daran gedacht, dass du dir auch überlegen solltest, was du sagst?" Brody spürte ein Hämmern im Schädel. Er kannte das. Wut-Kopfschmerzen. Bob-O'Connell-Kopfschmerzen.

Bob ließ klirrend die Rohrzange fallen und erhob sich zu seiner vollen Größe. Auch mit sechzig war kein Gramm Fett an ihm, er war drahtig und in Topform. „Wenn du erst mal so lange auf diese Erde gelebt hast wie ich, wenn du so lange in diesem Beruf gearbeitet hast wie ich, dann kannst du sagen, was du willst."

„Tatsächlich." Brody wuchtete eine weitere Rigips-Platte auf den Sägebock und markierte die Maße. „Das höre ich von dir, seitdem ich acht bin. Mittlerweile hatte ich genügend Zeit, um eigene Erfahrung zu sammeln. Und das hier ist mein Job, mein Vertrag. Deshalb wird es genau so gemacht, wie ich es sage."

Er nahm das Tapeziermesser und sah seinem Vater ins Gesicht. „Die Kundin bekommt das, was sie haben will. Und solange sie zufrieden mit der Arbeit ist, gibt es nichts, was diskutiert werden müsste."

„So wie ich höre, tust du weit mehr, als sie mit deiner Arbeit zufriedenzustellen."

Das hatte er nicht sagen wollen. Der Himmel wusste, dass er entschlossen gewesen war, nichts davon zu erwähnen. Aber die Worte waren heraus. Verflucht, warum musste der Junge ihn auch immer so reizen?

Brody umklammerte das Messer fester. Für einen Moment – ein Moment, der viel zu lange dauerte – hätte er am liebsten seine Faust in dieses unnachgiebige Gesicht gesetzt. „Was sich zwischen mir und Kate Kimball abspielt, ist allein meine Sache."

„Ich lebe in dieser Stadt. Und deine Mutter übrigens auch. Wenn die Leute über mein eigen Fleisch und Blut klatschen, betrifft mich das auch. Du hast ein Kind, um das du dich kümmern musst. Du solltest nicht irgendeinem Weiberrock nachlaufen und die Gerüchte zum Brodeln bringen."

„Halte Jack da raus. Lass meinen Sohn aus dem Spiel." Brodys Augen blitzten gefährlich.

„Jack gehört auch zu meiner Familie, vergiss das nicht. Du bist in die Stadt gegangen, damit du treiben konntest, was du wolltest, aber jetzt bist du hier. Hier ist mein Zuhause. Ich lasse nicht zu, dass du dich direkt vor meiner Haustür so beschämend benimmst."

Treiben, was immer du willst, dachte Brody verächtlich. Die unzähligen Termine mit Ärzten und Spezialisten, die Tage und Nächte im Krankenhaus. Dann hatte es ihn getrieben, die Trauer zu verarbeiten und sich plötzlich der Verantwortung für einen Zweijährigen gegenüberzusehen. „Du weißt nichts von mir, gar nichts. Was ich getan habe, wer ich bin. Du hast immer nur Fehler an mir gesehen und es darauf angelegt, sie mir vorzuhalten."

„Hätte ich dir mehr Vorhaltungen gemacht, würdest du jetzt vielleicht nicht einen Jungen ohne seine Mutter großziehen müssen."

Brody krampfte seine Hand noch stärker um das Messer, er rutschte ab und schnitt sich tief ins Fleisch. Blut strömte aus. Bobs Erschrecken äußerte sich in einem lauten Fluch und noch mehr Vorhaltungen. Er zog sein Taschentuch hervor.

„Kannst du nicht aufpassen, was du tust, wenn du Werkzeug in der Hand hast?"

„Lass mich bloß in Ruhe", stieß Brody zwischen zusammengepressten Zähnen hervor. „Pack dein Werkzeug ein und verschwinde von meiner Baustelle."

„Du kommst jetzt mit zu meinem Wagen. Das muss genäht werden."

„Ich sagte, verschwinde von meiner Baustelle. Du bist gefeuert." Das Herz, das vor Wut wild in seiner Brust schlug, pumpte mehr Blut aus der Wunde.

Scham mischte sich mit Rage, als Bob seine Werkzeuge in den Werkzeugkasten schleuderte. „Wir haben einander nichts mehr zu sagen." Er riss den Kasten hoch und stolzierte steif davon.

„Wir hatten einander noch nie etwas zu sagen", murmelte Brody.

Brody O'Connell würde sich auf etwas gefasst machen können. Falls er überhaupt noch auftauchte. Er würde feststellen müssen, dass sie sieben Uhr meinte, wenn sie sieben Uhr sagte. Und nicht halb acht.

Da sie ihre Eltern überzeugt hatte, auszugehen, hatte sie jetzt nicht einmal jemanden, bei dem sie ihrem Ärger Luft machen konnte. Sie marschierte mürrisch durchs Wohnzimmer, starrte wütend auf das Telefon.

Nein, sie würde ihn nicht anrufen, auf gar keinen Fall! Nicht noch einmal. Um zwanzig nach sieben hatte sie seine Nummer gewählt, aber nur der Anrufbeantworter hatte sich gemeldet.

Oh ja, sie hatte eine Nachricht für ihn, aber sie würde sie ihm persönlich überbringen.

Wenn sie nur daran dachte, wie viel Mühe sie sich für heute Abend gegeben hatte. Das richtige Restaurant wählen, das richtige Kleid aussuchen ... Wenn sie Glück hatten, würde das Restaurant die Reservierung halten. Nein, sie würde den Tisch abbestellen, sofort. Wenn dieser Mann sich einbildete, sie würde jetzt fröhlich mit ihm ausgehen, wenn er noch nicht einmal den Mindestanstand besaß, pünktlich zu sein, dann hatte er sich geirrt. Und zwar kräftig!

In dem Moment, als sie zum Hörer griff, ertönte die Klingel an der Haustür. Kate reckte die Schultern, schob das Kinn vor und ließ sich verdammt viel Zeit damit, zur Tür zu gehen.

„Entschuldige, dass ich so spät komme. Ich bin aufgehalten worden. Ich hätte anrufen sollen."

Die schneidenden Worte blieben ihr in der Kehle stecken, als sie sein Gesicht sah. Nicht Unhöflichkeit war der Grund für sein Zuspätkommen, sondern völlige Verstörtheit. „Stimmt etwas nicht mit Jack?"

„Nein, nein, alles in Ordnung. Es tut mir ehrlich leid, Kate." Er hob fahrig die Hand, eine entschuldigende Geste. „Können wir das Ganze verschieben?"

„Was hast du mit deiner Hand angestellt?" Sie hielt seinen Arm beim Handgelenk fest. Die Hand war dick verbunden, rotes Desinfektionsmittel war an den Rändern des Verbands zu sehen.

„Ein Arbeitsunfall, reine Dummheit. Nichts Schlimmes, nur ein paar Stiche. Die Ambulanz im Krankenhaus war voll, deshalb hat es so lange gedauert."

„Tut es weh?"

„Nein, es ist nichts, wirklich nicht", beteuerte er zerstreut und vermied dabei ihren Blick.

Oh doch, da war etwas. Und zwar mehr als nur diese Verletzung an der Hand. „Geh nach Hause“, sagte sie. „Ich bin in einer halben Stunde bei dir.“

„Was?“

„Mit dem Abendessen. Das mit dem Restaurant holen wir nach.“

„Kate, das ist nicht nötig, du musst das nicht tun.“

„Brody.“ Sie nahm sein Gesicht in beide Hände. „Geh nach Hause. Ich komme nach. Los, zieh ab!“, kommandierte sie, als er sich immer noch nicht rührte, und schlug ihm die Tür vor der Nase zu.

Sie war pünktlich. Wie immer. Als er die Tür öffnete, rauschte sie an ihm vorbei, mit einem riesigen Korb am Arm.

„Du wirst jetzt ein Steak essen“, verkündete sie energisch. „Nur gut, dass meine Eltern die noch im Kühlschrank hatten, bevor ich sie überreden konnte, für ein romantisches Dinner zu zweit auszugehen.“

Sie war schon in der Küche angelangt und stellte den Korb auf die Anrichte, schüttelte ihren Mantel von den Schultern und begann dann mit dem Auspacken. „Kannst du mit deiner Hand eine Weinflasche öffnen?“

„Das schaffe ich wohl noch.“ Er nahm ihren Mantel entgegen und hängte ihn an einen Küchenhaken. Der Mantel gehörte nicht hierher, nicht in diese Küche und nicht neben die alte Arbeitsjacke. Er strömte ihren Duft aus, so weiblich und weich.

Sie gehört auch nicht hierher, dachte Brody. „Sieh mal, Kate …“, setzte er an, kam aber nicht weit.

„Hier.“

Er nahm die Weinflasche und den Korkenzieher, die sie ihm hinhielt. „Warum machst du das alles, Kate? Warum?“

„Weil ich dich mag.“ Sie kramte zwei riesige Kartoffeln aus dem Korb und wusch sie in der Spüle. „Und weil ich mir dachte, du könntest vielleicht ein Steak-Dinner gebrauchen.“

„Sag mal, wie viele Männer verlieben sich eigentlich Hals über Kopf in dich?“

Sie blickte über die Schulter und lächelte ihn an. „Alle. Mach schon, O’Connell, öffne den Wein.“

Er kümmerte sich um die Musik, drehte am Radio, bis er einen Sender mit klassischer Musik gefunden hatte. Holte das gute Geschirr hervor, von dem er schon fast vergessen hatte, dass es überhaupt existierte, und deckte den Tisch im Esszimmer, das Jack und er nur zu besonderen Anlässen benutzten.

Es gab auch Kerzen, aber nur Haushaltskerzen, einfach und plump. Er stritt mit sich, ob er sie auf den Tisch stellen sollte, entschied sich dann dagegen. Es würde nur mitleiderregend aussehen.

Als er in die Küche zurückkam, machte sie gerade Salat an. Neben der Salatschüssel standen zwei schlanke Kerzen in einfachen, klaren Glashaltern. Sie hat aber auch an alles gedacht, lobte er im Stillen.

„In deinem Kühlschrank herrscht akuter Mangel an frischem Gemüse."

„Ich kaufe immer diese Tüten, wo der Salat schon gemischt ist. Man braucht ihn dann nur noch in eine Schüssel zu geben."

„Ganz schön faul", sagte sie, und er musste lächeln.

„Nein, praktisch." Weil sie die Hände voll hatte, nahm er ihr Weinglas und hielt es ihr an die Lippen.

„Danke." Sie trank und ließ ihn dabei nicht aus den Augen. „Das ist gut."

Er setzte das Glas ab, zögerte einen Moment, aber dann beugte er den Kopf und strich flüchtig mit dem Mund über ihre Lippen.

„Mmh, noch besser." Sie fuhr sich mit der Zungenspitze über die Oberlippe. „Da du verletzt bist, solltest du dich hinsetzen und entspannen, während ich hier weitermache. Du hast also genügend Zeit, dich noch einmal nach Jack zu erkundigen, bevor das Essen fertig ist."

Er zuckte ein wenig schuldbewusst zusammen. „Ist es so offensichtlich?"

„Ja, aber es steht dir. Grüß ihn von mir und sag ihm, dass wir uns morgen sehen."

„Willst du das wirklich tun? Das mit dem Kino?"

„He, es gibt Dinge, die muss ich tun, auch wenn ich keine Lust dazu habe. Aber ich melde mich nie freiwillig für etwas, das ich nicht tun will. Also, geh und ruf deinen Jungen an. Dein Steak wird in fünfzehn Minuten serviert."

Sie wartete, bis sie am Tisch saßen, die Teller schon halb leer waren und das zweite Glas Wein eingeschenkt war.

„Erzähl mir, was heute passiert ist."

„Einfach nur ein miserabler Tag. Wie hast du diese Kartoffeln so hingekriegt? Die schmecken fantastisch."

„Altes ukrainisches Geheimrezept", erklärte sie mit übertrieben slawischem Akzent. „Kann ich nicht verraten, sonst muss ich dich umbringen."

„Keine Sorge, ich könnte es sowieso nicht nachmachen. Meine Kochkünste bei Kartoffeln beschränken sich darauf, ein paar Löcher hineinzubohren und sie in die Mikrowelle zu stecken. Sprichst du eigentlich Ukrainisch? Ich habe dich letztens Französisch sprechen hören."

„Ja, ich spreche Ukrainisch. Und ich verstehe auch ganz leidlich Englisch. Also rede mit mir, Brody. Warum war dein Tag heute so miserabel?"

„Irgendwie kam heute alles zusammen. Erst fielen zwei meiner Männer aus – deine Ballettgrippe hat wohl jetzt ihren Auftritt in West Virginia. Die anderen Männer waren einer anderen Baustelle zugeteilt, was mich also so ziemlich allein hat dastehen lassen. Und dann habe ich meine Hand mit einer Rigips-Platte verwechselt, habe alles vollgeblutet, meinen Vater gefeuert und zwei Stunden in der Krankenhausambulanz zugebracht, damit sie mich wieder zusammenflicken."

„Du hast dich mit deinem Vater gestritten." Sie nahm seine Hand. „Das tut mir leid."

„Wir sind noch nie miteinander ausgekommen."

„Aber du hast ihn eingestellt."

„Er ist ein guter Klempner." Er zog seine Hand wieder fort und nahm sein Weinglas.

„Brody."

„Ja, ich habe ihn eingestellt. Ein Fehler. Es ist zu ertragen, wenn die anderen dabei sind, aber wenn wir zwei allein sind, sind Probleme vorprogrammiert. Ich bin eben ein Versager. War es immer und werde es immer sein. In seinen Augen. Der Job wird nicht richtig gemacht, mein ganzes Leben ist nicht richtig. Ich jage Weiberröcken hinterher, anstatt mich um mein eigen Fleisch und Blut zu kümmern." Er drehte den Stiel des Glases zwischen den Fingern. „Tut mir leid, ich hätte nicht damit anfangen sollen. Ich kann mich dann nie zurückhalten."

„Ist schon in Ordnung, es macht mir nichts aus, dass ich der Weiberrock bin, dem du hinterherjagst." Sie schnitt ein Stück von ihrem Steak ab. Doch, es störte sie schon, aber eine hitzige Debatte war jetzt das Letzte, was Brody brauchte. „Wahrscheinlich fühlt er sich genauso frustriert und elend wie du. Ihr wisst nicht, wie ihr miteinander reden sollt. Aber das ist nicht deine Schuld. Ich hoffe, ihr versöhnt euch wieder."

„Er hat nicht die geringste Ahnung, wer ich bin. Er sieht mich gar nicht."

„Oh Darling, das ist auch nicht deine Schuld." Ihr Herz floss über vor Sympathie und Mitgefühl für ihn. „Mein größter Wunsch war es, dass meine Eltern stolz auf mich sein sollten. Dafür habe ich geschuftet und geschwitzt. Aber das war nicht ihre Schuld."

„Deine Familie ist nicht wie meine."

„Es gibt nur wenige Familien, die so sind. Aber du und Jack, die Familie, die ihr seid, ist meiner sehr ähnlich. Vielleicht sieht dein Vater das und wirft sich vor, dass es ihm nie gelungen ist, eine so starke Bindung zu seinem Sohn aufzubauen."

„Ich war doch der Versager."

„Nein, du warst eben nur ein unvollendetes Werk, ein Projekt in Arbeit."

„Ich konnte es gar nicht abwarten, bis ich die Schule beendet hatte. Achtzehn war. Um endlich hier rauszukommen. An meinem achtzehnten Geburtstag habe ich meine Tasche gepackt und bin runter nach Washington, mit fünfhundert Dollar in der Tasche und sonst nichts. Aber ich konnte endlich atmen."

„Es hat doch funktioniert. Du hast es geschafft."

„Drei Jahre lang hab ich von der Hand in den Mund gelebt. Habe mein Geld auf dem Bau verdient und wieder ausgegeben in Kneipen und …", er begann zu grinsen, „… für Weiberröcke. Mit einundzwanzig hatte ich keinen Penny in der Tasche, war leichtsinnig und dumm. Und dann traf ich Connie. Unsere Truppe arbeitete an dem Gästehaus ihrer Eltern. Ich hab mich sofort in sie verliebt, und erstaunlicherweise begannen wir, uns regelmäßig zu treffen."

„Wieso erstaunlicherweise?"

„Sie war Studentin aus gutem Hause, die konservative Tochter von konservativen Eltern. Sie hatte Klasse, Geld, Ausbildung, Stil.

Und ich war nicht viel mehr als ein Stadtstreicher."

Sie studierte ihn nachdenklich. „Sie dachte aber offensichtlich nicht so."

„Nein. Sie war überhaupt der erste Mensch, der mir sagte, ich hätte Potenzial, dass ich, wenn ich nur an mich glauben würde, alles erreichen könnte. Sie sah etwas in mir, das ich noch nie so gesehen hatte. Also riss ich mich am Riemen und wurde erwachsen ... Das willst du doch nicht alles hören, oder?"

„Doch, alles." Sie schenkte ihm nach, hoffte, dass er weiterreden würde. „Hat sie dir dabei geholfen, dein Geschäft aufzubauen?"

„Das kam erst später." Ihm wurde klar, dass er noch nie mit jemandem darüber gesprochen hatte. „Ich hatte Geschick für handwerkliche Dinge und ein Auge für Konstruktionspläne. Genügend Muskelkraft hatte ich auch. Ich hatte nur nie diese drei Dinge zusammengebracht. Als ich es tat, fühlte ich mich viel besser in meiner Haut."

„Natürlich, du entwickeltest Respekt für dich."

„Stimmt." Sie hatte den Nagel auf den Kopf getroffen. Wieder mal. „Trotzdem, ich war Handwerker, wenn auch qualifiziert, kein Arzt oder Anwalt oder Banker. Ihre Eltern hielten nicht viel von mir."

Sie stocherte in ihren Kartoffeln, viel interessierter an seiner Geschichte als am Essen. „Sie waren kurzsichtig. Connie nicht."

„Es war nicht leicht für sie, sich gegen sie durchzusetzen, aber Connie schaffte es. Sie ging nach Georgetown auf die Universität, studierte Jura, ich arbeitete tagsüber und besuchte Abendkurse in Betriebswirtschaft. Wir machten Zukunftspläne, wollten irgendwann heiraten. Sie büffelte für ihren Abschluss, ich baute mein eigenes Geschäft auf. Dann wurde sie schwanger." Er griff das Glas, starrte in die goldene Flüssigkeit, ohne zu trinken. „Wir wollten das Baby, auch wenn ich mich erst an den Gedanken gewöhnen musste. Irgendwie schien mir das anfangs unwirklich. Also heirateten wir. Ihre Eltern waren stinkwütend. Sie wollten nichts mehr mit ihr zu tun haben. Das hat Connie wahnsinnig verletzt."

Sie konnte sich vorstellen, wie Connie gefühlt haben musste, gerade weil ihre Familie immer für sie da gewesen war. „Sie haben sie nicht verdient."

Brody hob den Blick und sah Kate an. „Da hast du verdammt

recht, sie verdienten sie nicht. Je schwieriger es wurde, desto mehr hielten wir zusammen. Wir schafften es. Sie war diejenige, die uns mit ihrer Kraft zusammenhielt, wenn ich vor lauter Panik nicht mehr ein und aus wusste und mich schon die Beine in die Hand nehmen und das Weite suchen sah. In solchen Momenten dachte ich, sie würde dann zu ihren Eltern zurückkehren, und alle Beteiligten wären glücklich." Er hielt inne. „An dem Tag, als Jack geboren wurde, war ich mit im Kreißsaal. Ich wollte nicht dabei sein, aber für Connie war es unheimlich wichtig. Also ging ich mit hinein und tat so, als wenn es auch für mich wichtig wäre. Fast hätte ich nicht durchgehalten. Kein Mensch sollte so leiden müssen. Ich habe gebetet, dass es bald vorbei wäre. Und dann war Jack da, dieses winzige, schreiende Wesen, und alles passte auf einmal zusammen. Ich hätte nie geahnt, dass sich alles von einer Sekunde auf die andere ändern kann. Jetzt wollte ich da im Kreißsaal sein, wollte immer da sein, wo Jack mich brauchte. Sie haben einen Mann aus mir gemacht, genau in diesem einen Moment, Connie und Jack."

Kate rannen Tränen über die Wangen, sie konnte sie nicht zurückhalten, versuchte es nicht einmal.

„Entschuldige." Er hob die Hände, ließ sie wieder sinken. „Ich weiß nicht, was über mich gekommen ist."

Sie schüttelte nur den Kopf, konnte nichts sagen. Du blöder Kerl, dachte sie immer wieder, jetzt hast du mich dazu gebracht, dass ich mich in dich verliebt habe. Was jetzt? „Entschuldige mich bitte für eine Minute", brachte sie schließlich hervor, stand auf und eilte ins Bad, um ihre Fassung wiederzugewinnen.

Da es keine echte Alternative war, sich den Kopf an der Tischkante einzuschlagen, stand Brody auf und lief unruhig im Zimmer auf und ab. Er kam zu dem gleichen Schluss wie Kate – er war ein blöder Kerl –, hatte aber andere Gründe. Da hatte er ihre nette Geste, ein ruhiges und vielleicht auch romantisches Dinner zu Hause einzunehmen, dazu benutzt, um sie mit seinen Problemen aus der Vergangenheit zu erschlagen. Er hatte sie zum Weinen gebracht.

Bravo, O'Connell, wirklich gut gemacht! Er war angewidert von sich. Vielleicht solltest du ihr auch noch erzählen, wie dein Hund gestorben ist, als du zehn warst. Das würde die Dinge sicherlich aufheitern.

Bestimmt würde sie sich jetzt so schnell wie möglich verabschieden wollen. Also konnte er genauso gut den Tisch abräumen.

„Tut mir leid“, begann er, als er ihre leichtfüßigen Schritte hinter sich hörte. „Ich bin ein Trottel, dich damit zu belästigen. Ich werde mich ums Aufräumen kümmern, und du kannst …“ Er brach abrupt ab, als er ihre Arme um seine Taille gleiten und ihre Wange an seinem Rücken fühlte.

„O'Connell, ich habe slawisches Blut in mir. Starkes Blut, sentimentales Blut. Wir weinen gerne und schämen uns nicht dafür. Wusstest du, dass meine Großeltern aus der Sowjetunion geflohen sind, mit drei kleinen Kindern? Meine Tante Rachel ist die Einzige, die hier in Amerika geboren wurde. Sie gingen zu Fuß, über die Berge, bis nach Ungarn.“

„Nein, das wusste ich nicht.“ Er drehte sich langsam um, bis er ihr ins Gesicht sehen konnte.

„Sie froren erbärmlich und hatten Hunger und Angst. Und dann kamen sie nach Amerika, in ein fremdes Land mit einer fremden Sprache und fremden Sitten. Sie waren arm und allein. Aber sie hatten ein Ziel, wollten etwas so sehr, dass sie bereit waren, dafür zu kämpfen. Sie wollten es schaffen. Ich habe diese Geschichte schon hundertmal gehört. Und ich heule jedes Mal. Weil es mich so stolz macht.“

Sie wandte sich um und begann Teller aufzustapeln.

„Warum erzählst du mir das?“

„Es gibt verschiedene Formen von Mut, Brody. Da ist Stärke, das hängt mit den Muskeln zusammen. Und dann ist da noch Liebe. Das kommt vom Herzen. Wenn man beides kombiniert, kann man alles im Leben erreichen. Und das ist doch ein paar sentimentale Tränen wert, oder?“

„Weißt du, eigentlich wollte ich diesen Tag ersatzlos aus dem Kalender streichen. Aber du hast meine Meinung geändert.“

„Danke. Weißt du was, wir räumen eben das Geschirr weg, und dann tanzen wir zusammen.“ Es war an der Zeit für ein wenig Fröhlichkeit. „Es sagt viel über einen Menschen aus, wie er tanzt. Dich habe ich auf diesem Gebiet noch nicht erlebt.“

Er nahm ihr die Teller aus der Hand. „Vergiss das Geschirr. Tanzen wir jetzt gleich.“

„Tut mir leid. Nenn es eine Charakterschwäche ... aber wenn ich nicht zuerst aufräume, muss ich die ganze Zeit an schmutzige Teller denken."

„Das ist neurotisch." Er stellte die Teller beiseite und zog sie zur Küche heraus.

„Nein, nur ordentlich. Wenn man Ordnung hält, schafft man mehr in weniger Zeit und erspart sich Kopfschmerzen." Über die Schulter sah sie in die Küche zurück. „Es dauert doch nur ein paar Minuten ..."

„Nachher dauert es auch nur ein paar Minuten."

„Warum suchst du nicht die Musik aus, und ich räume eben ..."

„Du gibst nie auf, was?" Er lachte nur und stellte die Stereoanlage auf CD um. „Hier, das habe ich mir gestern Abend angehört und dabei an dich gedacht."

„Wirklich?" Die Musik erklang, langsam, sinnlich, erotisch, und ging sofort ins Blut.

„Ja. Muss wohl Schicksal gewesen sein", murmelte er mit tiefer Stimme und zog sie in seine Arme.

Ihr Herz setzte einen Schlag aus. „Ich glaube stark an das Schicksal." Sie ermahnte sich, sich zu entspannen, und stellte erstaunt fest, dass sie bereits völlig entspannt war. An ihn geschmiegt, verlangten die hohen Absätze ihrer Schuhe danach, dass sie die Wange an seine legte. „Sehr fließend und geschmeidig, O'Connell", murmelte sie. „Höchste Punktzahl für Geschmeidigkeit."

„Manche Dinge vergisst man eben nicht." Er ließ sie eine Drehung machen, dass sie hell auflachte. Dann zog er sie wieder an sich, so fest, dass ihr der Atem stockte.

„Sehr schöne Drehung." Oh, oh. Das Denken fiel ihr immer schwerer. Sie hatte nicht erwartet, dass er so gut tanzen würde. Es wäre ihr lieber gewesen, wenn er ein wenig unsicher gewesen wäre, dann hätte sie die Kontrolle übernehmen können. Ihre Ausgeglichenheit behalten. Da gab es viel zu viele Dinge an Brody O'Connell, die sie nicht erwartet hätte. Faszinierende Dinge. Ach, es war so wunderbar, in seinen Armen durch das Zimmer zu gleiten ...

Ihr Haar duftete so gut. Er hatte schon fast all die geheimnisvollen und verführerischen Feinheiten vergessen, die es an einer Frau gab. Die weichen Formen, den Duft, die samtene Haut. Fast vergessen, wie es war, sich mit einer Frau im Arm zu Musik zu bewegen. Die Wirkung, die das auf einen Mann ausüben konnte.

Seine Lippen strichen leicht über ihr Haar, hinunter zu ihrer Wange, fanden ihren Mund. Mit einem Seufzer ergab sie sich in diesen Kuss, genoss das Gefühl, wie die Hitze durch ihren Körper pulsierte und sie dahinschmelzen ließ.

Dann verklang das Lied, und sie standen eng aneinandergeschmiegt da.

„Das war perfekt." Sie fühlte sich, als hätte sich dichter Nebel um ihren Verstand gelegt, ihr Puls ging schwer und rhythmisch. Und das Verlangen, das sie unter Kontrolle zu haben meinte, ließ ihren Magen Achterbahn fahren. „Ich sollte jetzt gehen."

„Warum?"

„Darum." Sie legte ihre Hand an seine Wange und trat ein wenig zurück. „Es ist nicht der richtige Zeitpunkt. Heute Abend brauchst du einen Freund."

„Du hast recht." Er ließ seine Hände an ihren Armen hinabgleiten, bis ihre Finger sich ineinander verschränken konnten. „Das Timing stimmt nicht. Es ist nur vernünftig, wenn wir es langsam angehen lassen."

„Ich halte sehr viel von Vernunft."

Er führte sie zur Tür. „Ich bin auch schon eine ganze Weile darauf bedacht, das Vernünftige zu tun."

Er blieb stehen, drehte sie zu sich herum, damit sie ihn ansehen konnte. „Ja, ich brauche einen Freund, nicht nur heute Abend." Er trat näher an sie heran. „Und ich brauche dich, Kate. Bleib hier, hier bei mir." Er beugte den Kopf und ließ ihren Blick nicht los, als er ihre Lippen berührte. „Komm zu mir."

7. KAPITEL

Die Wände waren noch nicht fertig. Zusammengerolltes Kabel lag auf einem Gipseimer in der Ecke des Zimmers. Am Fenster hingen keine Vorhänge. Die Schranktüren waren aus den Angeln genommen worden. Sie lagen jetzt in Brodys Werkstatt, warteten darauf, abgeschliffen und neu lackiert zu werden.

Die schweren Eichenbohlen auf dem Boden waren mit den Jahren nachgedunkelt. Aber das Abschleifen und Versiegeln stand ganz unten auf der Liste von Dingen, die erledigt werden mussten. Das Bett hatte er aus einem Impuls heraus erstanden. Die alten Messingstäbe an Kopf- und Fußteil hatten ihn fasziniert. Aber er musste sich noch genau überlegen, welches Bettzeug dazu passte. Für den Moment musste eine Bettdecke herhalten, die den Eindruck des Antiken, des Exklusiven, eher zerstörte. Mit Sicherheit war es nicht das, was Kate gewöhnt war.

„Nicht gerade das Taj Mahal, was?“, fragte er leicht verlegen.

„Ein weiteres unvollendetes Werk.“ Sie sah sich im Zimmer um, dankbar für die Minute, die ihr erlaubte, ihre Nerven ein wenig zu beruhigen. „Ein hübscher Raum.“ Sie fuhr mit einem Finger über die Fensterbank, die er bis auf das natürliche Pinienholz abgeschliffen hatte. „Ich erkenne Potenzial, wenn ich es sehe“, sagte sie und drehte sich zu ihm um.

„Ich wollte erst mal Jacks Zimmer fertig machen. Dann schien es sinnvoller, die Küche und das Wohnzimmer zu vollenden. In diesem Zimmer tue ich ja außer Schlafen nichts. Bis jetzt habe ich zumindest nicht mehr getan.“

Sie spürte die Erregung, die sie durchzuckte. Sie war also die erste Frau, die er in dieses Zimmer mitnahm, in sein Bett nahm. „Dieses Zimmer wird großartig werden, das weiß ich.“ Mit hämmerndem Herzen ging sie auf ihn zu. „Hast du vor, den Kamin zu benutzen?“

„Ich benutzte ihn jetzt schon, er gibt angenehme Wärme ab. Ich habe mir überlegt, ob ich einen Gusseiseneinsatz einbaue, wegen der Leistung, aber …“ Was zum Teufel tat er eigentlich? Er hatte die schönste Frau der Welt in seinem Schlafzimmer, und er redete über Kamineinsätze und Wärmeleistung!

„Das wäre nicht mehr so hübsch“, beendete sie den Satz und begann sein Hemd aufzuknöpfen.

„Stimmt. Soll ich ein Feuer im Kamin machen?“

„Später, das wäre sicher nett. Aber im Moment, glaube ich, können wir selbst für genug Hitze sorgen.“

„Kate.“ Er griff ihre Hände und wunderte sich, warum das Verlangen, das in ihm pulsierte, nicht durch seine Finger schoss und ihre Haut verbrannte. „Wenn ich mich ein wenig ungeschickt anstelle, schieb die Schuld darauf, ja?“ Er hob die verbundene Hand.

Er ist also auch nervös, dachte sie. Gut, dann hatten sie ja beide die gleiche Ausgangsposition. „Ich wette, ein so cleverer Mann wie du kann selbst mit diesem Handicap den Reißverschluss meines Kleides aufkriegen, oder?“ Sie drehte sich um und hob ihr Haar im Nacken an. „Warum versuchst du es nicht?“

„Ja, warum eigentlich nicht?“

Er zog den Reißverschluss herunter, langsam, entblößte Stück für Stück golden schimmernde Haut. Die schwungvolle Linie ihres Nackens und ihrer Schultern verzauberte ihn so sehr, dass er verweilte, mit den Lippen die Haut streichelte, knabberte, reizte. Sie erschauerte.

Er drehte sie herum, damit sie ihn ansah. Ihr Atem ging schneller. Er beugte den Kopf und berührte ihre Lippen, leicht, ein Hauch nur, aber so wunderbar. Und während er das Gefühl auskostete, fasste er ihr Gesicht sanft mit beiden Händen, ließ seine Finger in ihr Haar gleiten, ihren Rücken hinunter. Langsam, gründlich, jeden Moment genießend.

Sie hatte eine Wiederholung der Leidenschaft erwartet, die in der Küche ihrer Mutter zwischen ihnen aufgeflammt war, aber diese sanfte Zärtlichkeit überwältigte sie noch mehr.

„Sag mir …“, er liebkoste ihr Ohrläppchen, „… wenn dir etwas nicht gefällt.“

„Ich glaube nicht, dass das Thema überhaupt aufkommen wird“, flüsterte sie.

Seine starken, zärtlichen Hände lagen jetzt auf ihren Schultern, strichen ihr unendlich langsam das Kleid ab. „Ich habe mir vorgestellt, wie es sein wird, dich zu berühren. Es hat mich halb um den Verstand gebracht.“

„Jetzt bringst du mich um den Verstand.“ Sie zog sein Hemd aus der Jeans, öffnete die Knöpfe, ließ ihre Hände über harte Muskeln und weiche Haut gleiten.

Doch er hielt sie zurück. Es war so lange her, dass er mit einer Frau zusammen gewesen war. Jetzt wollte er sich Zeit lassen. Er führte ihre Hände an seinen Mund und küsste ihre Fingerspitzen, fühlte den wilden Puls an ihrem Handgelenk.

„Lass mich das machen", murmelte er. Nach einer letzten Handbewegung sah er zu, wie das Kleid an ihrem Körper entlang zu Boden rutschte.

Sie war so schlank, so fein gebaut, dass ein Mann die stählernen Muskeln unter dieser zarten goldenen Haut fast vergessen konnte. Ihre grazilen Formen zeugten von weiblicher Eleganz, faszinierten ihn, verlangten nach seiner Berührung.

Sie hielt den Atem an, als seine Finger die Rundung ihrer Brust nachzeichneten, spürte die Hitze in sich aufwallen, als seine von der Arbeit raue Hand unter ihren Spitzen-BH glitt und die dunkle Knospe fand.

Ihr lustvolles Erschauern erregte ihn. Beide zitterten, als er sie hochhob und langsam zum Bett trug, ohne den Blick von ihren Augen zu wenden.

Wäre es ein Tanz, so würde sie es einen Walzer nennen. Kreisende Schritte in langsamem Takt. Der Kuss war innig und tief, wärmte Körper und Seele. Sie seufzte leise und ergab sich ganz dem wunderbaren Gefühl. Das, so dachte sie verträumt, ist etwas, das ich bewahren will. Die Liebe war ein Wunder, das in ihr zu erblühen begann wie eine Rose.

Dann näherte er seinen Mund ihrer Brust, er strich mit den Lippen über den Rand des Spitzengewebes, das die zarte Rundung verhüllte. Erregend, aufpeitschend, magisch. Sie stöhnte laut auf, als sie seine Zunge spürte, bog sich der Liebkosung entgegen, krallte ihre Finger in seine Schultern.

Der Walzer ging in einen Tango über – lasziv, erotisch, sinnlich.

In seinem Kopf war nur noch sie. Ihr Duft, ihre Haut, die Schönheit ihres Körpers machten ihn trunken. Er wollte berühren, erforschen, schmecken. Alles an ihr erfahren.

Als er sie zum ersten Mal mit Händen und Lippen auf den Gipfel führte, als sich ihr Körper in seinen Armen bog, als er ihr Stöhnen hörte, wirkte ihre Lust auf ihn wie eine Droge. Er wollte mehr. Und mehr. Sie war bereit für ihn. Sein Puls hämmerte gegen seine Rippen, als er in sie eindrang, dort verweilte, überwältigt von diesem einzigartigen Gefühl.

Sie bog ihm ihre Hüften entgegen, und dann begannen sie sich zu bewegen, in dem uralten Rhythmus, der seit Anbeginn der Menschheit bestand, in perfektem Einklang. Ohne die Augen voneinander zu wenden, schnell atmend, die Hände ineinander verschränkt. Haut auf Haut, feucht und seiden, Herz an Herz, stark und echt.

Und als die Flutwelle kam, um sie beide fortzureißen, küsste er sie und vollendete die Vereinigung.

Sie lag da, mit geschlossenen Augen, ein zufriedenes Lächeln auf den Lippen, und fühlte sich wie geschmolzenes Wachs, Brodys Gewicht auf sich. Sie konnte seinen Herzschlag spüren – hart und schnell – und wusste, dass er die gleiche Erfahrung wie sie gemacht hatte.

Die Erkenntnis, dass sie im Bett so wunderbar zueinanderpassten, erfüllte sie mit Glück.

Es war faszinierend, verliebt zu sein. Wirklich verliebt zu sein. Nicht wie die anderen wenigen Male, als sie von der Vorstellung zu lieben bezaubert gewesen war. Es war so unerwartet. So alles durchdringend.

Sie atmete tief durch und sagte sich, dass sie später gründlicher darüber – und über das, was es für die Zukunft bedeutete – nachdenken würde. Im Moment wollte sie es einfach nur genießen. Wollte ihn genießen.

Niemand hatte sie je so fühlen lassen, niemand hatte sie je für so viele verschiedene Gefühle empfänglich gemacht. Schicksal, dachte sie. Er gehörte zu ihr. Sie hatte es gewusst, irgendwo tief in sich, schon im ersten Augenblick, als sie ihn sah.

Und sie würde ihm klarmachen – wenn der Zeitpunkt gekommen war –, dass sie zu ihm gehörte. Sie hatte ihn gefunden, und sie würde ihn behalten.

„Für einen Mann, der behauptet, aus der Form zu sein, hast du dich aber sehr gut geschlagen."

Er fragte sich, ob er je wieder würde klar denken können. Und wenn ja, wann das Denken wieder einsetzen würde. Im Moment brachte er nicht mehr als ein Brummen als Antwort heraus. Sie schien das amüsant zu finden, denn sie lachte und legte ihre Arme um ihn.

Er sammelte alle verbliebenen Kräfte. Das reichte aus, um den Kopf zu drehen und sein Gesicht in ihrer Halsmulde zu bergen. Er entschied, dass dies ein guter Platz war. „Willst du, dass ich weggehe?"

„Nein."

„Fein. Stoß mich an, falls ich schnarchen sollte."

„O'Connell."

„War nur ein Witz." Er hob den Kopf und stützte sich auf einen Ellenbogen. Das Grün seiner Augen strahlte nichts als Zufriedenheit aus. „Es ist ein Genuss, dich einfach nur anzusehen."

„Mir geht es bei dir genauso." Sie hob eine Hand und strich durch sein Haar. Es war nicht richtig blond, aber auch nicht richtig braun. Eine wunderbare Mischung. Wie der ganze Mann. „Weißt du eigentlich, dass ich dich vom ersten Moment an genau hierhaben wollte?" Sie hob den Kopf ein wenig, gerade genug, um ihn spielerisch ins Kinn zu beißen. „Lust auf den ersten Blick – das passiert mir sonst nie."

„Ich hatte ähnliche Reaktionen. Du hast meinem System einen Kurzschluss versetzt, dabei dachte ich, es sei längst ausgebrannt. Hat mich richtig sauer gemacht."

„Ich weiß." Sie lächelte. „Das hat mir ja auch so gefallen. Weil du immer dieses mürrische Gesicht aufgesetzt hast und trotzdem interessiert warst. Sehr sexy. Eine Herausforderung."

„Nun, du hast mich ja dahin gekriegt, wo du mich haben wolltest." Er küsste sie leicht. „Danke."

„Oh, es war mir ein Vergnügen."

„Und da ich schon einmal hier bin …" Er knabberte an ihrem Hals, ihrem Ohrläppchen.

Ihr Lachen erstarb und wurde zu einem Seufzer, als er sich in ihr zu bewegen begann.

„Ich hoffe, du hast nichts dagegen", murmelte er rau. „Ich muss viel nachholen."

„Nein." Ihr Körper erwachte zu neuem Leben, reagierte auf ihn. „Bedien dich nur."

Brody musste feststellen, dass es wirklich nicht einfach war, sich auf eine Beziehung einzulassen – zumindest auf eine körperliche Beziehung –, wenn man ein Kind hatte. Nicht dass er das ändern wollte. Aber es erforderte doch eine Menge Einfallsreichtum, um die Bedürfnisse eines Mannes und eines Vaters unter einen Hut zu bringen.

Er war froh, dass Kate Jack mochte und es ihr nichts ausmachte, Zeit mit ihm zu verbringen. Sie war auch nicht eifersüchtig auf die Zeit, die Brody seinem Sohn widmete. Wäre das anders gewesen, hätte es sowieso keine Beziehung gegeben, weder körperlich noch sonst wie, das war für ihn von Anfang klar gewesen.

Man konnte es wohl ein Verhältnis nennen. Ja, Brody hatte eine Affäre. Zum ersten Mal. Seine Beziehung mit Connie hatte er nie so gesehen. Mit einundzwanzig hatte man keine Affäre, man hatte eine Romanze. Er musste sich daran erinnern, die Situation mit Kate nicht durch die romantische Brille zu sehen.

Sie mochten einander, sie wollten einander, hatten Spaß an- und miteinander. Keiner von ihnen beiden hatte irgendwelche Andeutungen fallen lassen, dass es da mehr gab als Sympathie. Und Lust. So war es auch besser.

An erster Stelle würde er immer Vater sein. Und er konnte sich schlecht vorstellen, dass Frauen – vor allem Frauen mit einer glänzenden Karriere – sich auf einen Mann mit einem sechsjährigen Sohn einlassen würden.

Außerdem ... er wollte ja auch gar nicht mehr als das, was es war. Das würde nämlich bedeuten, dass er Änderungen ins Auge fassen müsste. Nach Kompromissen suchen, damit sie alle drei zufrieden waren. Und das würde nur ein heilloses Durcheinander werden.

Nein, er war ganz zufrieden so. Warum sollte ein erwachsener Mann nicht ein Verhältnis mit einer erwachsenen Frau haben, vor allem, da sie die gleichen Vorstellungen hatten? Man musste die Situation ja nicht gleich mit Zukunftsplänen erdrücken. So war jeder glücklich und zufrieden.

Er trat einen Schritt zurück, ließ die Nagelpistole sinken und begutachtete die Leiste, die er gerade in Kates Büro an der Wand angebracht hatte. Doch, es sah gut aus. Elegant, klassisch. Genau wie die Frau selbst.

Er fragte sich, wo sie gerade stecken mochte. Und ob sie nicht vielleicht eine Stunde für sich abzweigen konnten, bevor er nach Hause gehen und mit Jack dieses Dinosaurierbild in Angriff nehmen musste, das der Junge für ein Schulprojekt malen sollte.

Sex, Renovierungsarbeiten und erstes Schuljahr, dachte er, als er zum Fenster hinüberging, um dort die Leisten anzubringen. Ein Mann wusste nie, welche Mischung sich in seinem Leben ergab.

„Er wird begeistert sein." Kate schaute dem großen Plastikdinosaurier in das weit aufgerissene Maul mit den scharfen Zähnen.

„Mit Dinos liegst du nie falsch." Annie rückte Spielzeuge auf dem Regal zurecht, die gar nicht zurechtgerückt werden mussten. „Dieser kleine Jack O'Connell ist wirklich süß, nicht wahr?" Sie warf Kate einen forschenden Blick zu.

„Mmh."

„Sein Vater ist auch nicht gerade unansehnlich."

„Stimmt. Beide sind süß. Und ja, wir treffen uns immer noch."

„Ich habe doch gar nichts gesagt", verteidigte sich Annie empört. „Ich frage niemanden aus."

„Nein, du stocherst nur ein bisschen herum", erwiderte Kate gutmütig. „Das mag ich ja so an dir." Sie klemmte sich den Dinosaurier unter den Arm. „Ich werde noch bei schnell bei Mama vorbeischauen."

„Soll ich dieses Biest einpacken?" Annie hatte schon die Hand auf die Geschenkpapierrolle gelegt.

„Nein. Eingepackt ist es ein Geschenk, aber so kann ich Jack den Dino geben und behaupten, es sei für sein Schulprojekt."

„Cleveres Mädchen."

Ja, sie war clever genug, um zu wissen, was sie wollte und wie sie es bekam. Es war jetzt zwei Wochen her, seit sie und Brody sich zum ersten Mal geliebt hatten. Seitdem hatte sie einen weiteren Abend zusammen gehabt und hier und da ein paar Stunden.

Sie wollte sehr viel mehr als das.

Sie waren mit Jack ins Kino gegangen, hatten ein paarmal zu dritt zusammen gegessen, und letzten Samstag, nachdem es endlich geschneit hatte, hatte sie sich eine wilde und fröhliche Schneeballschlacht geliefert.

Auch mit Hinblick auf Jack wollte sie mehr.

Sie klopfte an die Bürotür ihrer Mutter und steckte den Kopf durch den Spalt.

Natasha saß an ihrem Schreibtisch und telefonierte. Sie winkte Kate heran, während sie das Gespräch beendete. „Ja, danke. Wir können also nächste Woche mit der Lieferung rechnen." Sie tippte etwas in den Computer ein, legte auf und seufzte. „Du kommst genau richtig", sagte sie zu Kate. „Ich brauche eine Tasse Tee und jemanden, mit dem ich über etwas anderes als Puppen reden kann."

„Immer gern zu Diensten. Ich mache sogar den Tee." Kate stellte den Dinosaurier ab und drehte sich zu dem kleinen Elektrokocher, den ihre Mutter immer für solchen Gelegenheiten bereitstehen hatte.

Natasha sah auf das Plastiktier, dann zu ihrer Tochter. „Für Jack?"

„Mmh. Sie arbeiten an einem Schulprojekt. Damit wird er sich bestimmt ein paar Pluspunkte einhandeln können. Außerdem ist das Ding doch nett."

„Ein großartiger Junge."

„Ja, das denke ich auch. Brody hat wirklich gute Arbeit geleistet. Aber er hatte ja auch das beste Ausgangsmaterial."

„Stimmt. Aber es ist nie einfach, ein Kind allein großzuziehen."

„Ich habe nicht vor, ihn diese Arbeit allein weitermachen zu lassen." Kate stellte eine Tasse frisch gebrühten Tee vor ihre Mutter hin und setzte sich ihr gegenüber. „Ich habe mich in Brody verliebt, und ich werde diesen Mann heiraten."

Tränen schossen Natasha in die Augen, Tränen des Glücks. „Aber Kate, das ist ja wundervoll!" Sie umarmte ihre Tochter. „Ich freue mich so für dich. Für uns alle. Mein Baby heiratet." Sie küsste Kate auf die Wange. „Du wirst die schönste Braut der Welt sein. Habt ihr schon das Datum festgesetzt? Oh, das muss ja alles noch geplant und organisiert werden. Warte nur, bis wir es deinem Vater erzählen!"

„Moment, Moment!" Kate setzte lachend ihre Teetasse ab und nahm die Hand ihrer Mutter. „Es gibt noch kein Datum, weil ich ihn noch nicht dazu gebracht habe, mich zu fragen."

„Aber …"

„Ein Mann wie Brody – unter all dem lässigen Getue ist er eigentlich sehr konventionell – wird Wert darauf legen, ganz zeremoniell um meine Hand anzuhalten. Ich muss ihn nur noch ein bisschen in die richtige Richtung stupsen. Wenn wir in diesem Stadium angelangt sind, können wir über die Planung reden."

Bedenken ließen die Freude ersterben. Natasha runzelte die Stirn. „Katie, Brody ist kein Projekt, bei dem es darum geht, das nächste Stadium zu erreichen."

„So meinte ich das auch nicht, Mama. Aber du musst doch zugeben, dass Beziehungen Phasen durchlaufen, oder? Und die Menschen arbeiten sich durch diese Phasen hindurch."

„Liebes." Natasha setzte sich auf die Schreibtischkante. „Ich habe deinen Sinn für Logik immer bewundert, deinen Ehrgeiz, deine Zielstrebigkeit. Aber Liebe, Heirat und Familie ... diese Dinge sind nicht einfach mit Logik zu meistern. Im Gegenteil, meist sind sie höchst unlogisch."

„Mama, ich liebe ihn", erklärte Kate simpel, und wieder stiegen Natasha Tränen in die Augen.

„Ja, ich weiß es, ich habe es gefühlt und gesehen. Und glaube mir, wenn du ihn willst, dann wünsche ich ihn dir. Aber ..."

„Ich will Jacks Mutter sein." Kates Stimme wurde brüchig. „Ich wusste noch nicht einmal, dass ich es mir so wünsche. Zuerst dachte ich nur, dass er ein süßer kleiner Kerl ist. Ich mag Kinder, aber jetzt verliebe ich mich mehr und mehr in ihn. Nein, ich bin richtig vernarrt in den Kleinen."

Natasha nahm den Dinosaurier hoch und lächelte in Erinnerungen. „Ich weiß, wie es ist, wenn man ein Kind liebt, das nicht das eigene ist. Es ist praktisch schon fertig geformt und kommt in dein Leben und ändert alles. Ich zweifle nicht daran, dass du ihn lieben würdest wie deinen eigenen Sohn."

„Aber warum bist du dann so besorgt?"

„Weil du mein Baby bist." Natasha stellte die Figur wieder zurück. „Ich will nicht, dass du verletzt wirst. Du bist bereit, dein Herz und dein Leben zu geben, aber das bedeutet nicht zwingend, dass Brody das für sich ebenso sieht."

„Ihm liegt viel an mir." Sie war sicher, sie konnte sich einfach nicht irren. „Er ist nur vorsichtig."

„Er ist ein guter Mann, ich zweifle auch nicht daran, dass ihm an dir liegt, Katie. Aber du hast nicht gesagt, dass er dich liebt."

„Weil ich es nicht weiß." Mit einem frustrierten Seufzer erhob

Kate sich. „Oder ob er selbst es weiß. Deshalb will ich geduldig sein. Ich versuche, praktisch zu denken. Aber, Mama, es tut so weh."

„Ach, mein Baby." Natasha zog Kate in ihre Arme. „Liebe ist nun mal nicht durchorganisiert und geradlinig. Selbst für dich nicht."

„Ich werde geduldig sein. Ein Weilchen zumindest." Sie lachte gezwungen. „Ich werde es schaffen." Sie schloss die Augen ganz fest. „Ich weiß es."

Es war unheimlich schwer, nicht zur Baustelle zu gehen. Sie hatte sich mindestens schon ein halbes Dutzend Mal ermahnt und zurückgehalten. Sie lenkte sich ab, indem sie den Nachmittag am Telefon verbrachte. Auf das Inserat für die „Kimball School of Dance", die im April eröffnen würde, hatten sich bereits einige Interessenten gemeldet. Auf ihrer Liste standen sechs potenzielle Schüler. Für nächste Woche war ein Interview mit der hiesigen Lokalzeitung angesetzt. Daraus würde sich sicher noch mehr Interesse ergeben, mehr Anrufe, mehr Schüler.

Nur noch ein paar Wochen, dachte sie, als sie hinter Brodys Pickup in der Auffahrt parkte, und sie würde ihre neue Karriere beginnen. Was nun ihr Privatleben anging – sie hatte nicht vor, mit dem Neubeginn viel länger zu warten.

Er kam auf bloßen Füßen zur Tür, und er roch nach Wachsmalstiften. Die Tatsache, dass sie das sowohl sexy als auch süß fand, sagte ihr, wie weit sie schon in dieser Sache drinsteckte.

„Hi. Entschuldige, dass ich unangemeldet hier hereinschneie, aber ich habe etwas für Jack."

„Ist schon in Ordnung." Er rieb Zeigefinger und Daumen zusammen, dort, wo ein Filzstiftstrich zu sehen war. „Wir sind gerade dabei … Komm mit in die Küche", winkte er sie herein. „Aber mach dich auf was gefasst, es ist kein ordentlicher Anblick."

„Wenn man an einem Projekt für die Schule arbeitet, ist es das meistens nicht."

Brody war ziemlich überrascht, dass sie sich überhaupt daran erinnerte. Er hatte es doch nur einmal kurz, so ganz nebenbei, erwähnt … und ein bisschen gestöhnt vielleicht.

Sie trat vor ihm in die Küche, übersah die Sachlage.

Jack kniete auf einem Stuhl am Küchentisch, über einen Zeichenbogen gebeugt, und malte ein Bild aus, dessen Umrisse eher an ein großes Schwein denn an einen Dinosaurier erinnerten. Aber er war konzentriert bei der Sache. Aufgeschlagene Bilderbücher über Dinosaurier bedeckten den gesamten Tisch, zusammen mit naturgetreuen Abbildungen, die Brody wahrscheinlich aus dem Internet ausgedruckt hatte. Außerdem lagen überall Spielzeuge verstreut sowie Wachsmalkreiden, Filz- und Buntstifte.

Große Arbeitsschuhe und kleine Turnschuhe waren achtlos in eine Ecke gekickt worden. Auf der Anrichte stand ein Krug mit einer grellroten Flüssigkeit. Da Jack einen Schnurrbart der gleichen Farbe auf der Oberlippe trug, ging Kate davon aus, dass diese Flüssigkeit ohne Risiko trinkbar sein musste.

Als sie weiter in die Küche hineinging, blieb sie mit einem Fuß leicht am Boden kleben. Ihr Schuh gab ein schmatzendes Geräusch von sich, als sie das Bein anhob. Mit gerunzelter Stirn schaute sie auf den Boden.

„Uns ist ein kleines Unglück mit der Grenadine passiert", erklärte Brody zerknirscht. „Offensichtlich habe ich nicht alles erwischt, als ich sauber gemacht habe."

„Hi, Kate." Jack sah auf und wippte auf dem Stuhl. „Ich male Dinos. Willst du mal sehen?"

Sie trat näher. „Welche Dinos sind das denn?"

„Das ist ein Stegosaurus. Siehst du? Hier ist er, in dem Buch. Aber ich und Dad können nicht sehr gut zeichnen."

„Aber du kannst toll ausmalen." Sie legte ihr Kinn auf sein Haar und bewunderte den grünen Kopf gebührend, an dem er gerade arbeitete.

„Man muss in den Linien bleiben, deswegen haben wir sie auch so dick gemalt."

„Eine sehr kluge Idee. Du machst das so gut, da brauchst du das Werkzeug, das ich dir mitgebracht habe, wohl gar nicht."

„Was ist es denn? Ein Hammer?"

„Leider nein." Sie zog den Plastikdinosaurier aus ihrer Schultertasche hervor. „Es ist ein gefährlicher Fleischfresser."

„Ein T. Rex! Sieh nur, Dad! Die haben wirklich alle gefressen."

„Der sieht auch richtig gefährlich aus", stimmte Brody zu und legte seinem Sohn eine Hand auf die Schulter.

„Kann ich den mit in die Schule nehmen? Hier, guck mal, die Arme lassen sich bewegen, die Beine auch. Und er kann sogar mit seinem Maul beißen. Oh bitte, darf ich ihn mitnehmen?“

„Ich denke, er ist gutes Anschauungsmaterial für euer Projekt.“ Sie wandte sich neckend an Brody. „Nicht wahr, Dad? Und da ist auch noch ein kleines Buch dabei, das erklärt, wie sie früher gelebt und wen sie alles gefressen haben.“

„Kann ja nichts schaden. Jack, willst du Kate nicht etwas sagen?“

„Danke! Danke, Kate.“ Jack ließ den Plastikdino über das Bild laufen. „Der ist toll!“

„Freut mich, dass er dir gefällt. Wie wäre es mit einem Küsschen als Dankeschön?“

Er grinste, schlug beide Hände über den Mund und schüttelte wild den Kopf.

„Gut, dann hole ich mir das Küsschen eben von deinem Dad.“ Sie drehte sich um und drückte ihre Lippen auf Brodys Mund, noch bevor er überhaupt eine Chance hatte zu reagieren.

Er hatte es immer vermieden, sie zu küssen oder auch nur zu berühren, wenn Jack dabei war. Und das, so hatte Kate beschlossen, musste sich ändern.

Jack gab hinter der Hand Würgelaute von sich, aber seine Augen strahlten.

„Eine Frau muss sehen, wo sie ihre Küsse herbekommt“, sagte Kate ungezwungen und trat von Brody zurück, während er wie vom Donner gerührt stehen blieb. „Und jetzt, da meine Aufgabe erledigt ist, muss ich wieder weiter.“

„Äh … kannst du nicht bleiben?“, bettelte Jack. „Du könntest uns beim Zeichnen helfen. Es gibt Hamburger zum Abendessen.“

„So verlockend sich das auch anhört, es geht nicht. Ich habe einen Termin in der Stadt.“ Was stimmte. Aber sie war sicher, dass der Überfall – pardon, der Kurzbesuch – wesentlich wirkungsvoller wäre, wenn sie nicht zu lange blieb. „Vielleicht können wir ja am Wochenende wieder ins Kino gehen. Natürlich nur, wenn du Zeit hast.“

„Au ja!“

„Wir sehen uns morgen, Brody. Nein, nicht nötig“, wehrte sie ab, als er sie zur Tür bringen wollte. „Ich finde allein hinaus. Mach du nur mit den Dinosauriern weiter.“

„Danke fürs Vorbeischauen", war alles, was er sagte. Dann hörte er die Haustür gehen.

„Dad?"

„Hmm?"

„Gefällt es dir, Kate zu küssen?"

„Ja, ich meine ..." Auf in den Kampf, dachte er, als er sich hinsetzte, denn Jack betrachtete ihn aufmerksam. „Es ist schwer zu erklären. Aber wenn du erst älter bist ... Die meisten Männer mögen es, Frauen zu küssen."

„Nur die hübschen?"

„Nein, Frauen, die man gernhat."

„Und wir haben Kate gern, nicht wahr?"

„Na klar." Brody war erleichtert, dass das Thema nicht in Aufklärungsunterricht abgerutscht war. Das wäre noch ein bisschen zu früh.

„Dad?"

„Was ist?"

„Wirst du Kate heiraten?"

„Ob ich was ...?" Er war schockiert. „Du liebe Güte, Jack, wie kommst du denn darauf?"

„Na ja, du magst sie, und es gefällt dir, sie zu küssen. Und du hast keine Frau. Rods Mom und Dad küssen sich auch manchmal in der Küche."

„Nicht jeder ... Man kann sich auch küssen, ohne verheiratet zu sein." Gott, das wurde ja immer schlimmer! „So eine Heirat ist etwas wirklich Wichtiges. Man muss jemanden schon sehr gut kennen und sehr mögen."

„Aber du kennst Kate doch, und du magst sie."

Wenn seine Fantasie ihm da keinen Streich spielte, dann spürte er einen Schweißtropfen an seinem Rückgrat hinunterrinnen. „Ja schon, aber ich kenne und mag viele Leute, Jack." Brody fühlte sich in die Enge getrieben. Etwas aprupt stand er auf und holte zwei saubere Gläser aus dem Schrank. „Aber deswegen heiratete ich diese Leute nicht. Man muss jemanden lieben, um ihn zu heiraten."

„Und du liebst Kate nicht?"

Er öffnete den Mund, schloss ihn wieder. Schon seltsam, es war viel schwieriger, seinen Sohn als sich selbst zu belügen. Er hatte keine

Ahnung, als was er das Gefühl bezeichnen sollte, das er für Kate Kimball empfand. „Jack, so einfach ist das nicht."

„Warum nicht?"

Fragen über Sex und Aufklärung wären wohl doch einfacher gewesen, entschied Brody still. Er stellte die Gläser auf den Tisch und setzte sich wieder. „Deine Mutter habe ich geliebt. Das weißt du doch, oder?"

„Ja, und sie war auch hübsch. Und ihr habt aufeinander aufgepasst und auf mich, bis sie in den Himmel gehen musste. Ich wünschte, sie hätte da nicht hingemusst."

„Ich weiß. Ich wünsche mir das auch. Aber nachdem sie einmal weg war, habe ich mich ganz fest darauf konzentriert, dich zu lieben. Das hat mir geholfen. Und bis jetzt sind wir doch eigentlich ganz gut zurechtgekommen, oder?"

„Klar. Wir sind nämlich ein Team."

„Und was für eines!" Brody hob die Hand, damit Jack einschlagen konnte. „Aber jetzt sollten wir sehen, was dieses Team mit den Dinos zustande bringt."

„Na schön." Jack nahm die Malkreiden zur Hand. Bevor er sich über das Blatt beugte, warf er seinem Vater noch einen Blick zu. Es gefiel ihm, dass sie beide ein Team waren. Aber es wäre auch ganz nett, wenn Kate mit zum Team gehören würde.

8. KAPITEL

Brody montierte den ersten Unterschrank und überprüfte noch einmal mit der Wasserwaage, ob alles gerade war. Von unten drangen Bohr- und Hämmergeräusche nach oben. Seine Männer brachen die letzte Wand im Erdgeschoss heraus. Hier oben kreischte eine Säge aus Kates Schlafzimmer.

Es wird eine verdammt hübsche Wohnung werden, dachte er. Perfekt für einen Single oder auch ein Paar ohne Kinder. Eine Familie müsste sich vielleicht ein wenig einschränken …

Wirst du Kate heiraten?

Er blieb regungslos stehen und starrte Löcher in die Luft.

Warum zum Teufel hatte Jack ihm diese Idee in den Kopf gesetzt? Dadurch wurde alles so erdrückend. Er dachte nicht an Heirat, konnte es sich nicht leisten, daran zu denken. Er hatte für ein Kind zu sorgen, sein Geschäft stand noch am Anfang, und er lebte in einem alten, zugigen Haus, das noch nicht einmal zur Hälfte fertig war.

Es war einfach nicht die richtige Zeit, um jetzt auch noch eine Heirat ins Spiel zu bringen. Er hatte genug um die Ohren.

Er war schon einmal in dieser Situation gewesen. Nicht dass er es bereute, nein, keine Sekunde davon. Aber auch damals waren es schwere Zeiten gewesen, die Situation für alle Beteiligten mehr als kompliziert. Warum sollte er diese Erfahrung wiederholen wollen, wenn er im Moment noch auf so wackeligen Beinen stand?

Damit würde er sich nur mehr Probleme aufhalsen.

Außerdem dachte Kate bestimmt nicht an Heirat. Oder? Nein, natürlich nicht. Sie war ja selbst gerade erst in der Stadt angekommen. Sie hatte ihre Schule, an die sie denken musste. Und sie hatte ihre Freiheit.

Sie war in Frankreich gewesen, in England und Russland. Vielleicht wollte sie wieder dahin zurück. Warum sollte sie das nicht wollen? Aber er war hier sesshaft geworden, in West Virginia, mit einem Kind.

Und überhaupt … Connie und er waren total ineinander verliebt gewesen. Verliebt und jung und … naiv. Kate und er dagegen waren erwachsen. Vernünftige Menschen, die die Gesellschaft des anderen schätzten.

Viel zu vernünftig, um noch auf einer rosa Wolke zu schweben.

Eine Hand legte sich auf Brodys Schultern und erschreckte ihn so, dass er fast einen Herzschlag bekommen hätte.

„Du liebe Güte, O'Connell! Alles in Ordnung mit dir?"

Brody ließ langsam die Luft aus den Lungen entweichen und drehte sich zu Jerry Skully um. Rods Vater und er kannten sich schon seit ihrer Kindheit, und obwohl Jerry älter als dreißig war, hatte er sich die Unbeschwertheit eines jungen Mannes und auch das übermütige Grinsen bewahrt. Und genau dieses jungenhafte Lachen stand jetzt auf seinem Gesicht.

„Ich habe dich nicht gehört."

„So könnte man wohl sagen, allerdings. Ich hab zwei Mal gerufen. Du warst ja völlig weggetreten, Mann."

Jerry steckte die Hände in die Tasche und ging herum, um den Raum zu begutachten. Sobald man einen Typen im Anzug auf eine Baustelle stellt, wirkt er wie ein angeberischer Gockel, dachte Brody. „Was ist? Brauchst du einen Job? Ich hab noch einen zweiten Hammer."

„Haha." Es war ein alter Witz aus der Jugendzeit. Jerry konnte mit Zahlen jonglieren wie kein anderer, er war ein Mathematik-Genie. Ganz gleich in welcher gesellschaftlichen Situation, er passte sich überall hervorragend an. Aber er konnte nicht einmal eine Glühbirne austauschen, ohne nicht vorher die Bedienungsanleitung gelesen zu haben.

„Hast du eigentlich diese Regale in der Waschküche installiert?", fragte Brody mit todernstem Gesicht.

„Sie hängen an der Wand. Beth behauptet, die Heinzelmännchen hätten sie dort angebracht. Du weißt nicht zufälligerweise was davon, oder?"

„Ich beschäftige keine Heinzelmännchen. Die haben eine knallharte Gewerkschaft."

„Tja, zu schade. Weil ich diesen Kerlchen nämlich ewig dankbar sein werde, dass sie mir Beth vom Hals geschafft haben."

Ein Gespräch unter Freunden. Mehr war als Dank nicht nötig, jeder wusste, was der andere meinte.

„Unten sieht es doch schon ganz gut aus", fuhr Jerry jetzt fort. „Carrie macht Beth und mich ganz verrückt. Sie will unbedingt mit

Ballettunterricht anfangen. Sieht aber so aus, als würde bis nächsten Monat alles fertig sein, was?"

„Ja, ich wüsste keinen Grund, der dagegen spräche. Hier oben werden wir noch eine Weile länger arbeiten, draußen gibt es auch noch einiges zu tun, aber das Erdgeschoss ist dann fertig." Brody rückte den nächsten Schrank in Position. „Wieso lungerst du eigentlich so früh am Nachmittag schon hier rum? Sind das die Arbeitszeiten eines Bankers?"

„Banker arbeiten härter, als du denkst, mein Freund."

„Du hast so weiche Hände." Brody schnüffelte. „Rieche ich da etwa Eau de Cologne?"

„Das ist Aftershave, du Banause. Nein, ich hatte einen Außentermin und bin früher fertig geworden als gedacht. Also wollte ich mir mal die Stelle ansehen, wo das Geld unserer Bank einzementiert wird."

Brody grinste Jerry über die Schulter hinweg an. „Deswegen hat der Kunde ja auch den Besten engagiert."

Jerry gab einen recht barschen Kommentar ab, wie nur ein guter Freund es sich erlauben konnte. „So, ich habe gehört, dass du und die Ballerina jetzt regelmäßig miteinander tanzen."

„Je kleiner die Stadt, desto größer die Gerüchteküche", war alles, was Brody dazu sagte.

„Sieht wirklich klasse aus, die Frau." Jerry trat näher und studierte fasziniert, wie Brody den Schrank einhängte. „Hast du schon mal ein richtiges Ballett gesehen?"

„Nein."

„Ich schon. Meine kleine Schwester – Tiffany, erinnerst du dich noch an sie? – hatte als Kind Ballettunterricht. Die haben den Nussknacker gemacht. Meine Eltern haben mich zu der Aufführung mitgeschleift. Es hatte auch seine netten Momente. Riesige Mäuse, Schwertkämpfe, ein deckenhoher Weihnachtsbaum. Der Rest bestand aus hüpfenden und sich drehenden Gestalten. Na ja, wer's mag ..."

„Ja, sicher ..."

„Auf jeden Fall ... Tiffany ist wieder hier. In den letzten Jahren hat sie unten in Kentucky gelebt, aber jetzt hat sie sich von diesem Idioten, den sie damals geheiratet hat, endlich scheiden lassen. Sie will hierbleiben, bis sie sich wieder gefangen hat."

„Aha ..."

„Deshalb dachte ich mir, da du ja auch wieder in der Stadt bist, könntest du vielleicht mal mit ihr ausgehen. Ins Kino vielleicht, oder zum Abendessen."

„Mmh." Brody legte die Wasserwaage auf die beiden Schränke und verglich sie konzentriert.

„Weißt du, sie hat viel durchgemacht, es würde ihr guttun, mal mit jemandem auszugehen, der sich zu benehmen weiß und sie anständig behandelt."

„Klar ..."

„Ich weiß noch, sie hatte ein Auge auf dich geworfen, als wir noch Kinder waren. Also, wirst du sie in den nächsten Tagen anrufen?"

„Sicher ... Was sagtest du?" Endlich sah Brody auf. „Wen soll ich anrufen?"

„Mein Gott, Brody. Tiff, meine Schwester. Du rufst sie an und lädst sie ein. Hast du gerade gesagt."

„Einen Moment mal." Brody legte die Wasserwaage weg und versuchte zu begreifen, was hier gerade gelaufen war. „Sieh mal, ich glaube nicht, dass ich das tun kann. Ich bin ... na ja, ich bin doch mit Kate zusammen. Sozusagen."

„Du bist aber nicht mit ihr verheiratet, und ihr lebt auch nicht zusammen, oder? Wo also liegt das Problem?" Jerry blickte seinen Freund fragend an.

Brody war sicher, dass es da ein Problem gab. Auch wenn er sich vor Jahren zurückgezogen hatte, wusste er doch noch gut, wie so etwas funktionierte. Und was viel wichtiger war – er wollte gar nicht mit Tiffany ausgehen. „Jerry, ich habe schon lange nichts mehr mit dieser ganzen Verabredungssache zu tun."

„Aber du triffst dich doch mit der Ballerina."

„Nein. Tue ich nicht ... Ich meine, wir ..."

Es war eine glückliche Fügung, dass er nach einer Ausrede suchen musste. Denn so sah er von Jerry weg und erblickte Kate, die im Türrahmen stand.

„Oh, Kate. Hi."

„Hallo." In ihrer Stimme klirrten Eiszapfen, in ihren Augen dagegen funkelte heiße Wut. „Entschuldigt die Störung."

Jerry erkannte blitzartig, wie brenzlig die Situation war. Er setzte sein bestes Jungenlächeln auf und wandte sich zum Gehen, um seinen alten Freund diese Schlacht allein ausfechten zu lassen. „Hallo, Kate, schön, dich wiederzusehen. Nein, ist es schon so spät? Ich muss mich beeilen. Brody, ich melde mich wegen dieser Sache noch bei dir. Also, bis dann." Und damit war er auch schon zur Tür hinaus.

Brody nahm den Bohrer in die Hand. „Das war übrigens Jerry."

„Mir ist bewusst, dass das Jerry war."

„Heute werden die Schränke eingebaut. Du hast eine gute Wahl getroffen mit dem hellen Kirschholz. Den Schlafzimmerschrank schaffen wir heute auch noch, und die erste Lage Putz an der eingezogenen Wand …"

„Wie schön."

In ihr brodelte es. In ihrem Magen ringelten und zischelten giftige Vipern. Und sie hatte keineswegs die Absicht, diese Tiere davon abzuhalten, ihre tödlichen Giftzähne in Brodys Fleisch zu stoßen.

„So, wir treffen uns also nicht, nein? Wie würdest du es denn nennen?" Sie kam in den Raum hinein. „Wir schlafen nur zusammen? Oder wäre dir ein anderer, simplerer Ausdruck lieber?"

„Kate, Jerry hat mich festgenagelt."

„Tatsächlich? Hast du ihm darum so entschieden gesagt, dass wir zusammen sind, ‚sozusagen'? Mir war nicht klar, dass es für dich ein solches Dilemma ist, unsere Beziehung in Worten auszudrücken. Oder dass es dir so peinlich ist, unsere Beziehung oder wie immer du es nennen willst, vor deinen Freunden zuzugeben."

„Jetzt halt aber mal die Luft an." Er legte den Bohrer mit einem unsanften Geräusch ab. „Wenn du schon lauschst, dann hättest du dir das ganze Gespräch anhören sollen. Jerry will, dass ich seine Schwester ausführe, und ich habe versucht ihm zu erklären, dass ich das für keine gute Idee halte."

„Ich verstehe." Sie hätte jeden einzelnen Nagel aus seinem Werkzeuggürtel nehmen und ihm ins Gesicht spucken können. „Erstens: Ich habe nicht gelauscht. Dies hier ist mein Besitz, und ich kann kommen und gehen, wann ich will, ohne mich vorher anzumelden. Zweitens: Was die Sache mit Jerrys Schwester anbelangt – ist dir das

Wörtchen Nein jemals in den Sinn gekommen?"

„Ja ... nein," verbesserte er sich. „Weil ich nicht richtig zugehört habe."

„Schau an, du kennst das Wort Nein also doch. Dann will ich dir mal was sagen, O'Connell." Sie bohrte ihm den Zeigefinder in die Brust. „Ich hüpfe nicht durch die Betten. Wenn ich mit einem Mann zusammen bin, dann bin ich nur mit diesem Mann zusammen. Und falls er unfähig oder nicht willens sein sollte, dasselbe zu tun, dann sollte er zumindest so viel Ehrlichkeit besitzen und es mir sagen."

„Aber ich habe doch gar nicht ..."

„Und es gefällt mir auch nicht, als billige Entschuldigung hervorgekehrt zu werden, wenn du keine Lust hast, einem Freund einen Gefallen zu tun. Bilde dir nicht ein, dass ich mich dazu benutzen lasse. Da es ja so scheint, dass wir nicht zusammen sind – schließlich ist es ja nur ‚sozusagen' –, kannst du Jerrys Schwester oder wen immer du willst auch anrufen."

„Verflucht, was denn nun? Bist du jetzt sauer, weil ich Jerry einen Korb gebe oder weil ich ihm keinen Korb gebe?"

Sie ballte die Hände zu Fäusten. Wenn sie ihm jetzt einen Kinnhaken versetzte, würde er sich nur etwas darauf einbilden. „Idiot." Sie spie nur dieses eine Wort aus, dann drehte sie sich auf dem Absatz um und marschierte aus dem Raum, nicht ohne Brody vorher noch etwas in Ukrainisch an den Kopf zu werfen.

„Weiber", murmelte Brody wütend. Das metallene Klirren des Werkzeugkastens, als er dagegentrat, verschaffte ihm auch keine nennenswerte Befriedigung.

Eine Stunde später waren die Unterschränke eingebaut, und Brody machte sich an die Arbeit am Vorratsschrank. Mittlerweile hatte er die Szene mit Kate mindestens ein Dutzend Mal in Gedanken nachgespielt, und mit jedem Mal waren ihm neue Dinge eingefallen, die er hätte sagen sollen. Knappe, markige Bemerkungen, mit denen er gut dagestanden hätte. Bei der ersten Gelegenheit, die sich ihm bot, würde er diese Bemerkungen auch loswerden.

Kate konnte sich auf etwas gefasst machen. Er würde nicht zu Kreuze kriechen, sagte er sich, als er die Regalträger annagelte. Er hatte nichts getan, wofür er sich entschuldigen müsste. Frauen, so entschied er, waren der Hauptgrund, warum es für einen Mann besser war, solo durchs Leben zu gehen.

Wenn er so ein Idiot war, warum hatte sie dann überhaupt Zeit mit ihm verbracht?

Er trat aus dem Wandschrank, drehte sich um und wäre fast mit Spencer Kimball zusammengeprallt.

„Was ist heute hier eigentlich los?", knurrte Brody überrascht.

„Tut mir leid. Ich dachte mir, dass Sie mich bei all dem Lärm nicht gehört haben."

„Ich werde Schilder aufstellen." Brody stapfte zu dem Stapel mit Regalbrettern, die er vorbereitet hatte. „Keine Anzüge, keine Krawatten, keine Frauen."

Spencer hob verdutzt die Augenbrauen. In all den Monaten, die er Brody jetzt kannte, erlebte er ihn zum ersten Mal aufgebracht. „Ich nehme an, ich bin heute nicht der Erste, der stört."

„Nein." Brody legte das Regal ein. Es passte millimetergenau. „Wenn es um Ihre Küche geht – wenn Ihnen das Design zusagt, bestelle ich das Material. Dann können wir in zwei Wochen damit anfangen."

„Ich halte mich da raus, das ist Natashas Sache. Eigentlich wollte ich nur mal sehen, wie es hier vorangeht. Ist ja schon viel geschafft worden."

„Ja, verdammt viel." Brody riss ein weiteres Regalbrett hoch, dann hielt er inne und holte tief Luft. „Entschuldigung, aber heute ist ein schlechter Tag."

„Scheint wohl in der Luft zu liegen." Und erklärt auch, so dachte Spencer, warum seine Tochter so gereizt war. „Kate ist unten und richtet ihr Büro ein."

„So?" Die nächsten Regalbretter wurden sehr energisch an ihren Platz geschoben. „Ich wusste nicht, dass sie noch hier ist."

„Die bestellten Möbel sind gerade geliefert worden. Unten wurde ich auch nicht gerade herzlich empfangen. Wenn ich zwei und zwei zusammenzähle, komme ich zu dem Schluss, dass ihr beide euch gestritten habt."

„Man kann es wohl kaum einen Streit nennen, wenn der eine dem anderen ohne ersichtlichen Grund an die Kehle springt. Das wird allgemein als Angriff bezeichnet." Brody schnaubte wütend.

„Aha. Selbst auf die Gefahr hin, mich in etwas einzumischen, das mich eigentlich nichts angeht – die Frauen in meiner Familie haben immer einen Grund, wenn sie einem Mann an die Gurgel wollen. Ob das nun ein ersichtlicher Grund ist oder nicht, darüber lässt sich diskutieren."

„Und genau deshalb bringen Frauen nur Probleme mit sich."

„Vielleicht. Aber es ist nicht leicht, ohne sie auszukommen, nicht wahr?"

„Jack und ich sind immer gut zurechtgekommen." Ärger und Frustration fielen von ihm ab, als er sich zu Spencer umdrehte. „Was ist eigentlich los mit den Frauen? Warum müssen sie immer alles so kompliziert machen und einen dann als Idioten hinstellen?" Mit einem fast hilflosen Gesichtsausdruck musterte Brody sein Gegenüber.

„Mein Junge, Generationen von Männern haben sich diese Frage gestellt und sind alle auf die gleiche Antwort gekommen: Es ist eben so."

Brody lachte trocken auf, trat zurück und begutachtete die eingebauten Regale. „Tja, mehr kann man wohl nicht erwarten. Ist jetzt sowieso egal. Sie hat mir den Laufpass gegeben."

„Sie scheinen mir nicht der Mann zu sein, der normalerweise vor Problemen davonläuft."

„An Ihrer Tochter ist ja auch nichts Normales." Brody schnitt eine Grimasse. „'tschuldigung."

„Oh, ich nehme das als Kompliment. Ich habe den Eindruck, ihr beide habt gegenseitig euren Stolz und eure Gefühle verletzt. Wollen Sie einen Tipp von einem Insider hören? Auf so etwas reagiert Kate immer zuerst mit einem Wutanfall, danach folgt Eiseskälte."

Brody suchte in seinem Werkzeugkasten nach Haken. Er sollte einem seiner Männer diesen Job überlassen, aber er musste jetzt irgendwie seine Hände beschäftigen. „Sie hat sich ziemlich klar ausgedrückt. Hat mich einen Idioten genannt. Und dann hat sie mir irgendetwas in Ukrainisch an den Kopf geworfen."

„In Ukrainisch?" Spencer bemühte sich redlich, das Schmunzeln zu verbergen. „Dann muss sie aber ziemlich wütend gewesen sein."

Brody kniff die Augen zusammen. „Die Worte habe ich nicht verstanden, aber der Ton gefiel mir ganz und gar nicht."

„Oh, wahrscheinlich hatte es irgendetwas damit zu tun, dass man Sie auf einem Spieß über dem Höllenfeuer rösten sollte. Ihre Mutter liebt diesen Ausdruck. Brody, empfinden Sie etwas für meine Tochter?"

Brodys Handflächen wurden in Sekundenbruchteilen feucht. „Mr. Kimball, ich ..."

„Spence. Ich weiß, es ist eine schwierige Frage. Aber ich möchte trotzdem eine Antwort."

„Wenn Sie vielleicht erst von dem Werkzeugkasten zurücktreten würden? Da sind nämlich eine Menge spitzer Gegenstände drin."

Spencer steckte die Hände in die Taschen. „Sie haben mein Wort darauf, dass ich Sie nicht zu einem Duell mit Schraubenziehern herausfordern werde."

„Na schön. Ja, ich empfinde etwas für Kate. Meine Gefühle für sie sind unklar, wirr, aber sie sind da. Ich hatte nicht vor, etwas mit ihr anzufangen. Ich bin gar nicht in der Position dazu."

„Darf ich fragen, warum?"

„Das ist doch wohl offensichtlich. Ich bin ein alleinerziehender Vater. Ich versuche ein anständiges Leben für meinen Sohn aufzubauen, aber dieses Leben kann Kate nicht bieten, was sie gewohnt ist. Auf jeden Fall ist es nicht das Leben, das sie haben könnte."

Spencer wippte auf den Fersen vor und zurück. „Die haben Sie ziemlich fertiggemacht, was?"

„Wie bitte?"

„Unsere Familie kann ziemlich laut und aufdringlich sein, beschützend bis zur Gluckenhaftigkeit und manchmal sehr irritierend. Aber eines findet man bei uns immer: Respekt und Unterstützung für die Entscheidungen des anderen. Brody, es ist ein Fehler, eine bestimmte Situation nach der Entwicklung einer anderen zu beurteilen." Spencer machte eine Pause, fuhr dann fort: „Aber lassen wir das mal für den Moment. Da Ihnen an Kate liegt, will ich Ihnen einen Rat geben. Ob Sie ihn annehmen, bleibt Ihnen überlassen. Stellen Sie sich dem Problem. Stellen Sie sich ihr. Wenn Sie ihr gleichgültig wären, hätte sie die ganze Sache sehr kühl oder, noch schlimmer, sehr höflich beendet."

Er entschied, dass er Brody genug zum Nachdenken gegeben hatte. Er betrachtete den Raum, der bald eine Küche sein würde.

„Dieses Chaos erwartet mich also, wenn Sie bei uns anfangen." Er grinste Brody zerknirscht an. „Mann, und Sie glauben, Sie haben Probleme."

Als Spencer gegangen war, tippte sich Brody gedankenverloren mit dem Schraubenzieher auf die Handfläche. Dieser Mann riet ihm doch tatsächlich, mit der eigenen Tochter zu streiten. Was für eine verrückte Familie war das eigentlich?

Seine Eltern hatten nie gestritten. Sein Vater hatte die Regeln aufgestellt, und jeder hatte sich gefälligst daran zu halten gehabt. Connie und er hatten auch nie gestritten. Zumindest nicht richtig. Sicher, sie waren sich nicht immer einig gewesen, aber dann hatten sie miteinander geredet und es ausdiskutiert. Oder es einfach ignoriert, gab Brody in Gedanken zu. Denn sie beide hatten allein dagestanden, isoliert, hatten nur sich gehabt, sich nur auf den anderen verlassen können.

Außerdem hatte er sich mit Temperamentsausbrüchen nur Ärger eingehandelt. Mit seinem Vater, in der Schule mit den Lehrern, als junger Mann mit seinen Chefs. Er hatte gelernt, sich zu beherrschen, nach dem Kopf zu handeln, nicht aus dem Bauch heraus. Zumindest meistens, schränkte er ein, als er an die letzte Auseinandersetzung mit seinem Vater dachte.

Trotzdem ... Vielleicht war es wirklich ein Fehler, das Gewesene mit dem zu vergleichen, was jetzt war. Eins stand auf jeden Fall fest: Er würde dieses miese Gefühl im Magen erst dann loswerden, wenn er ihr seine Meinung gesagt hatte.

Also ging er nachsehen, wie weit seine Männer gekommen waren, machte ein paar Anmerkungen, ordnete kleinere Verbesserungen an und ging mit seinen Leuten den Plan für morgen durch. Da der Arbeitstag sowieso schon fast zu Ende war, schickte er alle nach Hause.

Er wollte kein Publikum haben.

Kate traf den Nagel genau, versenkte ihn und bleckte zufrieden die Zähne. Dieser Idiot Brody O'Connell war nicht der Einzige, der mit einem Hammer umgehen konnte ...

Die letzten beiden Stunden hatte sie damit zugebracht, ihr Büro einzurichten. Alles war genau so, wie sie es sich vorgestellt hatte. Perfekt eben.

Der Schreibtisch stand genau da, wo sie ihn hatte haben wollen, in den Schubladen lagen bereits ordentlich organisiert die Broschüren, die sie entworfen hatte, das Briefpapier der Ballettschule, die Anmeldeformulare für die Schüler.

Wie der Schreibtisch war auch der Ablageschrank aus heller Eiche. Sie ging davon aus, dass sich die Ordner schon bald füllen würden.

Den Teppich hatte sie in einem Antikladen gefunden. Das schon leicht verblasste Muster von Bauernrosen passte hervorragend zu dem hellen Grün der Wand und harmonierte mit den ebenfalls grün gepolsterten Stühlen, die vor dem Schreibtisch standen.

Nur weil es ein Büro war, musste ja nicht auf Stil verzichtet werden, oder?

Sie hängte ein weiteres der gerahmten Schwarz-Weiß-Fotos, die sie ausgewählt hatte, an die Wand, trat zurück und nickte. Tänzer an der Stange, bei Proben, auf der Bühne, hinter der Bühne. Junge Ballettschülerinnen, die ihre Spitzenschuhe festbanden. In Schweiß gebadet, strahlend, triumphierend, bis zum Letzten erschöpft. Alle Aspekte aus der Welt eines Tänzers. Die Fotos würden sie tagtäglich daran erinnern, was sie getan hatte. Und was sie tat.

Sie nahm noch einen Nagel und schlug ihn an der markierten Stelle ein. Und was sie nicht tun würde! Nämlich ihre Zeit mit Brody O'Connell verschwenden!

Der Mistkerl.

Sollte er sich doch mit Tiffany amüsieren. Oh, sie erinnerte sich nur zu gut an Tiffany Skully. Die Blondine mit üppiger Oberweite war an der Highschool eine Klasse über ihr gewesen. Viel albernes Gekicher, noch mehr greller Lippenstift. Fein, sollte dieser Idiot doch mit ihr ausgehen. Was ging sie das an?

Sie war fertig mit ihm.

„Hättest du mir eher gesagt, dass du die ganze Wand mit Bildern zuhängen wirst, hätte ich mich beim Verputzen nicht so anzustrengen brauchen."

Nicht gerade vorsichtig hängte sie das nächste Bild auf und nahm noch einen Nagel. „Man sollte eigentlich annehmen, dass du eine gewisse Berufsehre hast und stolz auf deine Arbeit sein willst, ob jemand sie nun bewundert oder nicht. Außerdem habe ich für diese

Wand bezahlt, und was ich mit ihr tue, ist zum Teufel noch mal ganz allein meine Sache."

„Sicher. Wenn du unbedingt überall Löcher reinschlagen willst, bitte." Die Fotos sahen großartig aus, aber das würde er natürlich nicht zugeben. Nicht nur die Art, wie sie sie arrangiert hatte, zusammenhängend, ohne langweilig zu sein, nein, vor allem das Thema.

Er erkannte Kate auf mehreren dieser Bilder, als Kind, als junges Mädchen, als Frau. Auf einem Foto saß sie im Schneidersitz auf dem Boden und schlug mit einem Hammer auf ihre Spitzenschuhe ein.

Er verkniff sich das Grinsen und deutete mit dem Finger darauf. „Ich dachte eigentlich, diese Dinger sind zum Tanzen da."

„Nur zu deiner Information: Spitzenschuhe müssen eingetragen werden. Das ist eine Methode, um es schneller zu erreichen. Wenn du mich jetzt bitte entschuldigen würdest ... ich möchte mein Büro weiter einrichten. Morgen Nachmittag habe ich bereits die ersten Termine hier."

„Dann bleibt dir ja noch genügend Zeit." Vor allem, weil das Büro schon perfekt aussah. Er hatte gewusst, dass sie es perfekt machen würde.

„Dann lass es mich mal so sagen ..." Sie hämmerte den Nagel in die Wand. „Erstens bin ich beschäftigt, und zweitens habe ich kein Bedürfnis, mit dir zu reden. Ich bezahle dich nicht dafür, dass du herumstehst und Schwätzchen hältst."

„Komm mir bloß nicht auf diese Art." Er riss ihr den Hammer aus der Hand. „Dass deine Unterschrift auf den Schecks steht, hat nichts mit dem Rest zu tun. Und ich werde den Teufel tun und zulassen, dass du es auf dieses billige Niveau herunterziehst."

Er hatte natürlich recht, und sie schämte sich auch dafür, dass sie sich hatte hinreißen lassen. „Okay, aber das Persönliche zwischen uns ist vorbei."

„Das denkst du!" Er drehte sich um und schloss die Tür.

„Was glaubst du eigentlich, was du da tust?!"

„Ich schaffe Ruhe. Davon scheint es heute hier nicht viel zu geben."

„Öffne dieser Tür sofort wieder – und dann geh hindurch. Und hör nicht mit dem Gehen auf, bis du draußen bist."

„Setz dich hin und halt den Mund."

Sie riss die Augen weit auf, mehr aus Schock als aus Wut. „Wie bitte?"

Um dieses Problem endlich zu bereinigen, legte er den Hammer weg – außerhalb ihrer Reichweite –, ging auf sie zu und drückte sie auf den Stuhl. „Und jetzt hörst du mir zu."

Sie wollte aufspringen, wurde aber wieder energisch hinuntergedrückt. Sie hatte ihn bisher noch nie so wütend gesehen.

„Jetzt hast du bewiesen, dass du groß und stark bist", fauchte sie schneidend. „Du brauchst nicht auch noch zu beweisen, wie begriffsstutzig du bist."

„Und du brauchst nicht zu zeigen, wie verwöhnt und eingebildet du bist. Solltest du noch einmal versuchen, von diesem Stuhl aufzustehen, bevor ich ausgeredet habe, werde ich dich darauf festbinden, klar?" Er wartete einen weiteren Kommentar von ihr gar nicht ab, sondern begann: „Ich arbeitete konzentriert, als Jerry hereinkam. Er ist mein Freund. Er und Beth haben viel für Jack und mich getan, deshalb bin ich ihm etwas schuldig."

„Aha. Und du dankst es ihm damit, dass du dich mit seiner Schwester einlässt."

„Sei still, Kate. Ich lasse mich nicht mit seiner Schwester ein. Ich habe nicht vor, mich mit ihr zu verabreden. Jerry zielte in diese Richtung, und ich habe Schränke eingebaut. Ich habe nicht richtig zugehört. Bis ich merkte, wohin der Hase lief ..." Er fuhr sich frustriert durchs Haar. „Er hat mich in einem unaufmerksamen Moment erwischt, und dann musste ich versuchen, mich aus der Affäre zu ziehen, ohne ihm auf die Füße zu treten. Er und Tiff haben sich immer nahgestanden, er macht sich wohl Sorgen um sie. Und er vertraut mir. Was hätte ich denn sagen sollen? ‚Sorry, aber ich bin nicht an deiner Schwester interessiert.'?"

Kate schob das Kinn vor. „Zum Beispiel, ja. Aber darum geht es gar nicht."

„Worum zum Teufel dann?"

„Du hast durchklingen lassen – denn offensichtlich denkst du so –, dass es zwischen uns nichts anderes als Sex gibt. Aber ich verlange mehr von einer Beziehung. Treue, Loyalität, Zuneigung, Respekt. Ich erwarte von einem Mann, dass er in der Lage ist, auszusprechen, dass wir zusammen sind, dass er etwas für mich empfindet, ohne dabei an seiner eigenen Zunge zu ersticken."

Brody fluchte herzhaft. „Es ist über zehn Jahre her, dass ich mich überhaupt mit jemandem verabredet habe. Ich denke, du könntest mir gegenüber ruhig etwas Nachsicht walten lassen."

„Und genau da irrst du. Bist du jetzt fertig?"

„Mann, bist du stur. Nein, ich bin nicht fertig." Er zog sie unsanft auf die Füße. „Seit ich dich kenne, habe ich mich mit keiner anderen Frau getroffen. Weil ich es nicht will. Das werde ich auch Jerry klarmachen und jedem, der es hören will. Mir liegt viel an dir, aber es gefällt mir nicht, dass ich mir wie ein Idiot vorkommen muss, nur weil ich aus der Übung bin."

„Schön für dich. Und jetzt lass los."

„Wenn ich loslassen könnte, würde ich nicht hier stehen und gegen das Bedürfnis ankämpfen, dir den Hals umzudrehen."

„Du hast mich beleidigt. Du hast uns beleidigt. Du bist derjenige, dem man den Hals umdrehen sollte."

„Ich werde mich nicht noch einmal entschuldigen." Er zog sie zur Tür.

„Entschuldigen? Ich habe noch keine Entschuldigung gehört! Was soll das eigentlich? Was hast du vor?"

„Halt einfach den Mund", knurrte er und zog sie hinter sich her auf den Korridor.

Es verschlug ihr den Atem, als er sie hochwuchtete und sich über die Schultern warf. Mit einer Hand hielt er ihre Beine fest, mit der anderen riss er die Haustür auf.

„Hast du plötzlich den Verstand verloren?" Zu verdutzt, um sich noch weiter zu wehren, schob sie sich das lange Haar aus dem Gesicht, während er die Vordertreppe hinunterging und den kleinen Vorgarten durchquerte. „Bist du völlig verrückt geworden?"

„Richtig. Und zwar in dem Moment, als ich dich zum ersten Mal sah." Er erblickte eine Frau, die gerade aus dem Wohnhaus gegenüber trat. „Äh, entschuldigen Sie, Ma'am …"

Die Angesprochene blinzelte erstaunt. „Ja?"

„Hallo. Das ist Kate, und ich heiße Brody. Wir sind zusammen. Das wollte ich Sie nur wissen lassen."

„Ach du liebe Güte", flüsterte Kate entsetzt und ließ das Haar wieder fallen.

„Ich verstehe." Die Frau begann zu lächeln. „Das ist schön, wirklich. Sehr schön."

„Danke." Brody packte Kate bei der Hüfte und setzte sie auf den Boden ab. „Bist du jetzt zufrieden, oder sollen wir weitermachen?"

Sie konnte kein Wort rausbringen, so dick war der Kloß in ihrer Kehle. Sie löste das Problem, indem sie Brody die geballte Faust auf die Brust schlug und zurück ins Haus rannte.

„Das ist wohl ein Nein", entschied Brody und stiefelte hinterher.

9. KAPITEL

Er hatte sie eingeholt, bevor sie ihm die Bürotür vor der Nase zuschlagen konnte. Das hätte ihn sowieso nicht aufhalten können, jetzt, da er einmal in Fahrt war.

„Nicht so schnell, Schätzchen."

„Nenn mich nicht Schätzchen! Wage es nicht, mich überhaupt anzureden." Sie funkelte ihn an. „Du bist nichts als ein grobschlächtiger, rüpelhafter Klotz. Mich so zu behandeln! Mich so auf der Straße in Verlegenheit zu bringen!"

„Verlegenheit also?" Er kniff die Augen zusammen und schloss die Tür hinter sich. „Warum solltest du verlegen sein? Ich habe doch nur einer Nachbarin gesagt, dass wir zusammen sind, ohne – wie war das noch? – an meiner Zunge zu ersticken. Wo also liegt das Problem, wenn ich fragen darf?"

„Das Problem ist, dass ..." Sie wich zurück, als er auf sie zukam. Noch ein Schock. Es lag nicht so sehr daran, dass er sie in eine Ecke drängte. Vielmehr lag es daran, dass sie es zuließ. Noch nie hatte sie den Rückzug angetreten, war nie vor einem Mann zurückgewichen. „Was machst du da?"

„Ich bin nur ich selbst." Und es fühlte sich verdammt gut an. „Es ist schon eine ganze Weile her, seit ich mich das letzte Mal keinen Deut um Selbstbeherrschung geschert habe, aber ich hab's offensichtlich nicht verlernt. Wir werden herausfinden, ob du damit umgehen kannst."

„Wenn du dir einbildest, du könntest ..." Sie brach ab, als er sie bei den Armen packte und zu sich heranzog. „Brody, du solltest dich jetzt besser beruhigen."

„Nein, keine Lust." Er presste seine Lippen auf ihren Mund und spürte instinktiv ihren Protest. Ignorierte ihn.

„Und?", verlangte er zu wissen, als er den Kopf hob. „Hast du Schwierigkeiten damit?"

„Brody ...", war alles, was sie sagen konnte, bevor er sie wieder küsste.

„Ja oder nein?"

„Ich ..." Jetzt biss er sie in den Hals. „Oh Gott." Sie konnte nicht mehr klar denken. Es war falsch. Es musste mindestens ein Dutzend gute Gründe geben, die das belegen würden.

Sie würde später darüber nachdenken.

„Soll ich die Hände von dir nehmen oder nicht?"

Diese Hände, stark und rau, die verlangend über ihren Körper strichen ...

„Also? Was ist? Ja oder nein? Entscheide dich."

„Nein, verflucht." Sie griff in sein Haar und zog seinen Kopf zu sich herunter.

Sie hätte nicht sagen können, wer wen auf den Boden zog. Es war auch unwichtig. Sie wusste nicht, wer ungeduldiger war, dem anderen die Kleider vom Leib zu reißen. Es war ihr gleichgültig.

Sie wusste nur, dass sie diesen verärgerten, groben Mann genauso wollte wie den geduldigen, zärtlichen. Ihr Körper verzehrte sich nach ihm, ihr Herz verlangte nach ihm.

Leidenschaft. Heiß, wild, ungestüm. Sie wunderte sich, dass ihr Körper nicht einfach verbrannte. Ineinander verkeilt wälzten sie sich über den Boden. Sie biss in seine Schulter, liebte den Geschmack seiner Haut auf ihrer Zunge.

Er hatte vergessen, wie es war, sich gehen zu lassen, sich einfach zu nehmen, was er wollte, ohne Einschränkungen, ohne Fesseln. Hastig, begierig, fordernd. Seine Finger zerrten an der feinen Spitze, die das letzte Hindernis bildete, zerrissen sie.

Ihre Fingernägel in seinem Rücken stachelten ihn nur mehr an, die blinde Fassungslosigkeit in ihren Augen, als er mit einem einzigen kräftigen Stoß von ihr Besitz nahm, ließ ihn einen unbarmherzigen Triumph verspüren.

Sie bog ihm ihre Hüften entgegen, ihr beweglicher Körper wurde von Schauern geschüttelt. Sie klammerte sich an ihn und schrie lustvoll auf, als der Höhepunkt sie überwältigte. Lehnte sich zurück, damit er sich nehmen konnte, was er brauchte.

Als er sie freigab, lag sie einfach da, fühlte sich wie geschmolzenes Wachs, schwach, gesättigt.

Sie war wild und rücksichtslos von einem Mann genommen worden. Sie hatte es zugelassen.

Sie fühlte sich großartig.

Auch wenn seine Sicht noch nicht ganz klar war, betrachtete Brody ihr Gesicht, dann das, was von ihren Kleidern übrig geblieben war.

„Ich habe deine Bluse zerrissen.“ Als sie ihre Augen öffnete, erkannte er die träge Zufriedenheit einer gesättigten Frau. „Und das hier auch.“ Er hielt die zerfetzten Reste ihres Spitzenslips hoch. „Aber ich werde mich nicht entschuldigen.“

„Ich habe auch keine Entschuldigung verlangt.“

„Gut. Denn wenn du es getan hättest, wäre ich gezwungen gewesen, dich wieder nach draußen zu schleppen – diesmal nackt – und noch einen Nachbarn zu finden. Aber so leihe ich dir ein Hemd von mir. Ich habe noch eins im Wagen.“

Sie setzte sich auf und nahm sein Hemd entgegen. Die Euphorie, die sie fühlte, wurde langsam schwächer. „Streiten wir uns noch?“

„Ich für meinen Teil habe zu Ende gestritten. Es liegt also ganz bei dir.“

Sie sah auf. Seine Augen blickten jetzt klar und sehr durchdringend. Diesmal war es an ihr, unsicher zu sein und nach Worten zu suchen. Sie öffnete den Mund, schloss ihn wieder und schüttelte den Kopf.

„Sag schon. Lass uns die Sache ein für alle Mal bereinigen – hier und jetzt.“

„Du hast meine Gefühle verletzt.“ Es war so erniedrigend, es zuzugeben. Mit Wut konnte sie viel einfacher umgehen als mit Schmerz.

„Das habe ich schon kapiert.“ Er nahm ihr das Hemd aus den Fingern und legte es ihr über die Schultern. „Dafür entschuldige ich mich. Falls es dir hilft – du hast meine auch verletzt.“

„Was machen wir nur, Brody?“

„Ich vermute, wir versuchen einander kennenzulernen. Das, was zwischen uns ist, ist mir nicht peinlich, Kate. Ich will nicht, dass du das denkst. Aber ich wüsste nicht, wie ich es beschreiben sollte. Ich kann nicht damit umgehen – noch nicht.“

Sie zog sich das geliehene Hemd über. „Immerhin ist das ehrlich. Mehr kann man wohl nicht verlangen.“ Aber es tat weh. Sehr. Weil sie sich in ihn verliebt hatte und er sich nicht in sie. Was natürlich nicht zwingend hieß, dass er sich nie in sie verlieben würde. Sie rang sich ein kleines Lächeln ab und küsste ihn leicht. „Du bist kein Idiot. Ich entschuldige mich dafür, dass ich dich so genannt habe.“

„Du hast mir noch etwas viel Schlimmeres gesagt, nicht wahr?“

Ihr Lächeln wurde breiter. „Vielleicht."

„Ich werde mir ein Ukrainisch-Lexikon zulegen."

„Viel Glück. Da stehen längst nicht alle Schimpfwörter drin."

„Ich werde mir trotzdem eines beschaffen." Er stand auf und zog sie auf die Füße. „Jetzt muss ich meinen Jungen abholen."

Seine Haare standen wirr in alle Richtungen ab, seine Augen funkelten vor Zufriedenheit, und sein Oberkörper war nackt. Er sah so unglaublich sexy aus. Und er war ein Vater, der seinen kleinen Sohn vom Schulbus abholen musste.

„Das ist ein großer Teil davon, nicht wahr?", fragte sie. „Von deinem Problem, das du mit unserer Beziehung hast, oder? Den Mann und den Vater unter einen Hut zu bringen."

„Vielleicht. Ja", gab er schließlich zu. „Kate, es hat niemanden gegeben, seit ewig langer Zeit ..." Er strich sich das Haar zurück, versuchte es zu ordnen. „Connie war sehr lange Zeit krank." Er konnte jetzt nicht darüber reden, konnte nicht dorthin zurückgehen. „Jack hatte keinen sehr glücklichen Start. Wir beide wahrscheinlich nicht. Ich muss versuchen, es wiedergutzumachen."

„Das hast du schon. Und du machst es immer noch. Ich weiß, es ist ein Balanceakt, aber ich bin sehr gut im Balancieren. Solange wir beide es wollen."

„Ich will es."

Ruhe kam über sie und ihr schmerzendes Herz. „Gut, so weit sind wir uns dann wohl einig. Und jetzt geh und hole Jack ab."

„Ja." Er ließ seinen Blick über sie wandern. „Ich wollte dir nur noch sagen, dass Flanell dir wirklich gut steht."

„Danke."

„Soll ich dich nach Hause bringen?"

„Nein, ich will hier noch ein paar Dinge erledigen und das Zimmer fertig machen."

„Also gut." Er beugte den Kopf und berührte mit seinen Lippen ihren Mund, verweilte dort. „Ich muss gehen." Aber an der Tür drehte er sich noch einmal um. „Willst du am Samstagabend mit mir ausgehen?"

Sie zog eine Augenbraue hoch. Das war das erste Mal, dass er sie bat, mit ihm auszugehen. Das musste man wohl als Fortschritt betrachten. „Ja, sehr gern."

Wie war es nur möglich, dass schon wieder Ferien waren? Die Weihnachtsferien waren gerade vorbei, da gab es schon wieder Osterferien. Als Brody noch ein Kind gewesen war, waren die Schultage nie so schnell verflogen, dessen war er sich sicher.

Dann hatten sich die Skullys auch noch entschlossen, die freie Zeit zu nutzen und mit ihren Kindern nach Disney World zu fahren. Eine Katastrophe! Jack hatte gebettelt, gefleht und schließlich zu jammern angefangen, damit sie auch hinfahren würden.

Brody hatte versucht, seinem Sohn zu erklären, dass es im Moment einfach nicht möglich war. Geduldig, verständnisvoll. Irgendwann war er dann in den elterlichen Autoritätston verfallen – „Weil ich es sage!" –, als alles Erklären und Verständnis keine Wirkung gezeigt hatte.

Endresultat war, dass er seit zwei Tagen mit einem schmollenden Kind und fürchterlichen Gewissensbissen lebte. Es war diese Kombination, die das Badezimmer noch kleiner erscheinen ließ, während er versuchte, Fliesen zu legen.

„Nie darf ich irgendwohin", beschwerte Jack sich trotzig. Der Stapel Spielzeug, den er wie immer mit auf die Baustelle hatte nehmen dürfen, langweilte ihn zu Tode.

Normalerweise machte es ihm Spaß, mit seinem Dad zur Arbeit zu gehen. Aber nicht, wenn sein bester Freund in Disney World war und in einer Rakete fahren durfte. Das war eine Sauerei. Eine große Sauerei. Er wiederholte das Wort mehrmals in Gedanken. Er hatte es von einem der Männer aus dem Bautrupp aufgeschnappt. Es gefiel ihm.

Da sein Vater ihn immer noch ignorierte und nur Fliesen legte, schob Jack die Unterlippe vor. „Warum darf ich nicht zu Grandma?"

„Ich habe dir bereits erklärt, dass Grandma heute Vormittag etwas zu erledigen hat. In ein paar Stunden kommt sie und holt dich ab. Dann gehst du zu ihr." Gott sei Dank.

„Ich will aber nicht da bleiben. Da ist es langweilig. Es ist unfair. Ich muss hierbleiben und darf nichts tun. Alle anderen unternehmen was und haben Spaß, nur ich nicht. Ich darf nie was tun."

Brody warf den Spachtel in den Eimer Fliesenkleber. „Jetzt hör mal gut zu. Ich habe hier eine Arbeit zu erledigen. Eine Arbeit, die dafür sorgt, dass du regelmäßig zu essen bekommst."

Verflucht, das waren die Worte seines Vaters! Wie kamen die in seinen Mund?

„Auf jeden Fall bin ich so lange hier festgenagelt, bis es fertig ist. Und du damit auch. Mach nur weiter so, Jack. Wenn du dich dranhältst, gehst du nirgendwohin." Brody musterte seinen Sohn streng.

„Grandpa hat mir fünf Dollar gegeben", entgegnete Jack aufmüpfig. „Du brauchst mir also kein Essen zu kaufen."

„Sehr gut. Dann gehe ich morgen in Rente."

„Grandma und Grandpa können mit mir nach Disney World fahren, das machen sie ganz bestimmt. Und dann darfst du nicht mitkommen."

„Sie fahren nirgendwo mit dir hin", knurrte Brody böse. Die kindliche Wut traf ihn bis ins Mark. „Wenn du Glück hast, siehst du Disney World, wenn du dreißig bist. Und jetzt hör endlich auf!"

„Ich will Grandma! Ich will nach Hause! Ich mag dich nicht mehr!"

Das war der Moment, als Kate eintrat. Sie sah Brodys erschöpfte und frustrierte Miene, sah zu dem kleinen Jungen, der ausgestreckt auf dem Boden lag und heiße Tränen vergoss, und wagte sich in die Höhle des Löwen.

„Was ist denn los, hübscher Jack?"

„Ich will nach Disney World!"

Er stieß es zwischen Tränen und Schluckauf hervor. Brody richtete sich auf, aber Kate hockte sich zwischen Vater und Sohn.

„Oh Mann, ich will auch dorthin. Ich wette, jeder will nach Disney World."

„Dad nicht."

„Sicher will er dahin. Daddys sind überhaupt diejenigen, die am meisten dorthin wollen. Aber für sie ist es immer schwierig, weil sie arbeiten müssen."

„Kate, ich kann allein damit fertig werden."

„Hat jemand behauptet, du könntest es nicht?" murmelte sie, nahm Jack auf den Arm und stand auf. „Du hast bestimmt genug davon, hier herumzusitzen, oder, kleiner Mann? Warum gehen wir beide nicht für eine Weile zu mir nach Hause und lassen Dad hier in Ruhe weiterarbeiten?"

„Meine Mutter kommt nachher, um ihn abzuholen. Hier, gib ihn mir ..." Er streckte die Arme nach seinem Sohn aus, der sich plötzlich fest an Kate klammerte. Und seinem Vater damit tief ins Herz schnitt.

Sie sah es auf Brodys Gesicht, am liebsten wäre sie mit Jack auf dem Arm an Brody herangetreten, damit sie sich alle umarmen konnten. Aber das war jetzt nicht angebracht. Im Moment war erst einmal Distanz nötig.

„Ich bin für heute fertig, Brody. Lass mich Jack doch einfach mit zu mir nehmen. Dann kann er mir Gesellschaft leisten." Und ein Nachmittagsschläfchen machen, sagte sie lautlos, damit Brody von ihren Lippen las. „Ich rufe deine Mutter an, damit sie Jack bei mir abholt."

„Ich will mit Kate gehen", schluchzte Jack an ihrer Schulter.

„Fein. Großartig." Mit einem lausigen Gefühl aus Wut und Schuld schnappte er sich den Spachtel. Wie ein schmollender, weinerlicher Junge, dachte Kate.

Er ließ sich erschöpft auf einem umgekehrten Eimer nieder, hörte noch, wie Jack, während Kate ihn hinaustrug, herzzerreißend jammerte: „Mein Daddy hat mich angeschrien."

„Ja, ich weiß." Sie küsste Jack auf die heiße, tränenüberströmte Wange und stieg die Treppe hinunter. „Aber du hast ihn auch angeschrien. Ich glaube, ihm geht es jetzt genauso schlecht wie dir."

Jack ließ einen kleinen Laut der Zustimmung hören und legte seinen Kopf mit einem schweren Seufzer an Kates Schulter. „Er fährt nicht mit mir nach Disney World, so wie Rods Vater."

„Wahrscheinlich bin ich daran schuld."

„Wieso?"

„Nun, weißt du, dein Dad macht diese Arbeit für mich, und er hat mir versprochen, dass er bis zu einem bestimmten Tag alles fertig hat. Und weil er es mir versprochen hat, habe ich anderen Leuten versprochen, dass ich für sie Dinge tue, und die verlassen sich jetzt darauf. Wenn dein Dad sein Versprechen brechen würde, dann kann ich meine den anderen Leuten gegenüber auch nicht halten. Das wäre doch nicht richtig, oder?"

„Nein, aber ... aber vielleicht nur dieses eine Mal."

„Wenn dein Dad dir etwas verspricht, hält er das dann auch?"

Jack ließ den Kopf hängen. „Ja," kam es ganz leise.

„Sei nicht so traurig, hübscher Jack. Wenn wir bei mir sind, werde ich dir eine Geschichte vorlesen."

„Kann ich einen Keks haben?"

„Aber natürlich." Mit einem Lächeln drückte sie den Jungen fest an sich.

Er war schon eingeschlafen, noch bevor der Prinz von dem Fluch der bösen Hexe erlöst war und glücklich und zufrieden sein Königreich regierte.

Der arme Kleine, dachte sie und legte eine Decke über ihn. Armer Brody.

Erst jetzt fiel ihr auf, dass sie gar nicht wusste, was Brody alles leisten musste. Als Vater tobte man nicht nur auf dem Wohnzimmerteppich oder spielte Ball im Garten. Man musste auch Tränen, Wutanfälle und Enttäuschungen hinnehmen, und man musste die richtige Mischung aus Disziplin und Güte finden. Manchmal musste man Nein sagen, wenn das Herz laut Ja schrie.

„Du wirst so geliebt, hübscher Jack", murmelte sie und küsste ihn sanft auf die Stirn. „Er will, dass du es weißt."

Und dieser Mann wurde auch geliebt. Sie seufzte. Sie wünschte, er würde es endlich begreifen. Denn lange würde sie nicht mehr warten. Sie wollte beide, den Mann und den Jungen.

Als das Telefon klingelte, beeilte sie sich, den Hörer abzunehmen. „Hallo. Ah." Lächelnd nahm sie den Apparat und verließ den Raum, damit Jack nicht gestört wurde. „Davidov, der große Meister persönlich. Was verschafft mir die Ehre?"

Später frischte Kate ihr Make-up auf und kämmte sich ordentlich das Haar. Es war albern, sie wusste es, aber sie würde zum ersten Mal Brodys Eltern gegenübertreten. Und da sie vorhatte, sie zu ihren Schwiegereltern zu machen, war ein guter erster Eindruck wichtig.

Jack war voller Energie von seinem Mittagsschläfchen aufgewacht. Diese Energie fand ihr Ventil in einem Wettrennen im Garten, einem blutrünstigen Kampf mit Action-Figuren und einer zusätzlichen Massenkarambolage mit Spielzeugautos. Danach war ein Snack in der Küche notwendig.

„Mein Dad ist böse auf mich", sagte Jack und starrte bedrückt auf die Apfelstücke und das Käsebrot.

„Nein, das glaube ich nicht. Er ist nur traurig, weil er dir nicht geben kann, was du dir wünschst. Eltern würden ihren Kindern am liebsten immer alle Wünsche erfüllen, aber manchmal geht das eben nicht."

Sie erinnerte sich an ihre eigene Kindheit. Sie hatte beeindruckende Wutanfälle abgeliefert, gefolgt von sturem Schmollen. Und danach immer das Gefühl, kreuzunglücklich zu sein.

„Manchmal erfüllen Eltern die Wünsche ihre Kinder nicht, weil es für das Kind nicht das Beste wäre. Und manchmal können sie den Wunsch einfach nicht erfüllen. Wenn du mal selbst einen kleinen Jungen hast und er weint und schreit und mit den Füßen stampft, wirst du auch böse werden. Aber dir wird auch das Herz wehtun."

Jack hob den Kopf, mit großen Augen und zitternden Lippen. „Das wollte ich nicht."

„Ich weiß. Ich wette, wenn du das deinem Dad sagst, werdet ihr euch beide gleich besser fühlen."

„Hat dein Dad dich mal angeschrien?"

„Ja, und dann war ich böse und auch traurig. Aber nach einer Weile habe ich mir dann überlegt, dass ich es verdient hatte."

„Habe ich es auch verdient?"

„Ich fürchte, ja, hübscher Jack. Aber eines wusste ich immer: Auch wenn mein Dad mich angeschrien hat, er hatte mich sehr lieb. Und du weißt das von deinem Dad auch, nicht wahr?"

„Ja." Jack nickte ernst. „Wir sind ein Team."

„Ihr seid ein richtig gutes Team."

Jack spielte mit den Apfelstückchen, legte ein Muster auf dem Teller zusammen. Sie ist hübsch, dachte er. Und nett. Sie konnte spielen, und sie las ihm Geschichten vor. Er mochte es sogar, wenn sie ihn küsste, auch wenn er so tat, als würde es ihm nicht gefallen. Dad küsste sie auch gern, das hatte er selbst gesagt. Und Dad log nie.

Also, vielleicht … vielleicht könnte sie ja seinen Dad heiraten. Dann wäre sie Dads Frau und seine Mutter. Und sie würden alle zusammen in dem großen Haus leben. Dann wären sie eine richtige Familie.

Irgendwann würden sie vielleicht sogar alle zusammen nach Disney World fahren.

„Worüber denkst du denn so angestrengt nach, hübscher Jack?"

„Ich habe gerade überlegt, ob ..."

„Hoppla." Sie erhob sich, als es an der Haustür klingelte, und lächelte Jack zu. „Vergiss nicht, was du sagen wolltest, ja? Das wird deine Grandma sein."

Sie wuschelte Jack durchs Haar und eilte zur Tür. Als sie die Hand an den Türknauf legte, atmete sie noch einmal tief durch. Es ist albern, nervös zu sein, ermahnte sie sich. Dann zog sie die Tür auf und sah Mr. und Mrs. O'Connell draußen stehen.

„Hallo. Schön, dass Sie da sind." Sie ließ die beiden ein. „Jack ist in der Küche und isst etwas."

„Danke, dass Sie auf Jack aufpassen." Mary O'Connell blickte sich rasch um. Ihre Neugier sollte nicht zu auffällig sein. Auch sie hatte sich Mühe mit ihrem Make-up gegeben – sehr zum Missfallen ihres Mannes.

„Ich bin gern mit Jack zusammen. Kommen Sie doch herein, ich habe frischen Kaffee aufgebrüht."

„Wir wollen Ihnen keine Umstände machen", sagte Bob. Er war schon zig Mal in diesem Haus gewesen. Wenn man die Toiletten anderer Leute reparierte, war man nicht mehr sonderlich beeindruckt von deren restlicher Einrichtung.

„Es macht ganz bestimmt keine Umstände. Natürlich, wenn Sie es eilig haben ..."

„Wir müssen noch ..."

Bob brach ab, als seine Frau ihm leicht mit dem Ellenbogen in die Seite stieß. „Für eine Tasse Kaffee bleibt immer Zeit. Danke für die Einladung."

„Brody wird für meine Eltern die Küche renovieren", erzählte Kate, während sie vorging. „Meine Eltern sind ganz begeistert von dem, was er im restlichen Haus schon für sie gemacht hat."

„Er hat immer ein Händchen für handwerkliche Dinge gehabt", sagte Mary und warf ihrem Mann einen kurzen Blick zu, als der die Lippen fest aufeinanderpresste.

„Ja, sein Haus hat er völlig verändert. He, Jack, sieh mal, wer hier ist."

„Hi." Jack schlürfte seinen Kakao. „Ich habe mit Kate gespielt."

Wie der Vater, so der Sohn, dachte Bob säuerlich, aber seine

Laune hob sich wie immer, als er Jacks strahlendes Lachen sah. „Wo hast du denn die Kakaokuh gefunden, Partner?“

„Oh, wir halten uns eine im Garten und melken sie zweimal am Tag“, sagte Kate lachend und stellte zwei Kaffeetassen auf den Tisch.

„Kate hat Spielzeug. Ihre Mom hat einen ganzen Laden voll damit. Kate hat gesagt, dass ich mir zu meinem Geburtstag in dem Laden aussuchen darf, was ich will.“

„Oh, das ist aber nett.“ Mary sah von Jack zu Kate. „Wie geht es Ihrer Mutter?“

„Sehr gut. Danke der Nachfrage.“

Die Art, wie Kate den Kaffee servierte, gefiel Mary. Ruhig, geschickt, mit Stil, aber nicht affektiert. Und die Art, wie sie Jack ganz selbstverständlich einen Lappen reichte, damit er den verschütteten Kakaoklecks selbst aufwischen konnte.

Sie würde eine gute Mutter abgeben, dachte Mary. Der Himmel wusste, ihr kleines Lämmchen hatte das verdient. Was nun Kate als potenzielle Ehefrau betraf – nun, man würde sehen.

„Jeder redet über Ihre Ballettschule.“ Als ihr Mann leise abfällig schnaubte, huschte verlegene Röte über ihre Wangen. „Sie müssen doch ganz aufgeregt sein.“

„Das bin ich auch. Es haben sich schon einige Schüler angemeldet, die ersten Unterrichtsklassen werden in ein paar Wochen beginnen. Falls Sie noch jemanden kennen sollten … ich wäre Ihnen dankbar, wenn Sie ein gutes Wort für mich einlegen könnten.“

„Shepherdstown ist nicht New York“, brummte Bob und griff nach dem Zuckertopf.

„Stimmt.“ Kate blieb ruhig und freundlich, auch wenn ihr der Seitenhieb nicht entgangen war. „Ich habe gern in New York gelebt und gearbeitet. Natürlich war es leichter für mich, weil ich dort Familie habe. Ich bin auch gerne gereist, es gefiel mir, andere Länder kennenzulernen, auf den großen Bühnen zu tanzen. Aber hier ist mein Zuhause, und hier will ich sein. Meinen Sie, dass das Ballett nicht hierher passt, Mr. O’Connell?“

Er zuckte die Schultern. „Ich versteh nichts davon.“

„Sehen Sie, ich verstehe sehr viel davon. Deshalb bin ich überzeugt, dass eine gute Schule hier ankommen wird. Wir leben in einer Kleinstadt“, fuhr sie fort, „aber wir haben auch ein College. Das bringt sehr viele verschiedene Leute hier zusammen."

„Kann ich einen Keks haben?"

Kate erhob sich bereitwillig, um Jack Kekse zu bringen, und zuckte zusammen, als sie Brody plötzlich durch das Glas der Hintertür erblickte.

Sie ließ ihn ein. „Himmel, hast du mich erschreckt."

„'tschuldigung." Er sah zu seinen Eltern. „Ich habe versucht, euch anzurufen, um euch zu sagen, dass ich Jack selbst abholen kann. Aber ihr wart schon weg."

„Wir haben gesagt, um drei holen wir den Jungen ab, und um drei waren wir hier", brummte Bob.

„Nun ... bei mir hat sich eine kleine Änderung ergeben." Er sah zu seinem Sohn, der mit hängendem Kopf auf seinen Teller starrte, das Kinn fast auf der Brust. „Hast du Spaß bei Kate gehabt?"

Jack nickte und sah langsam auf. Tränen schwammen in seinen Augen. „Es tut mir leid, dass ich so böse war. Ich wollte deinem Herzen nicht wehtun."

Brody ging vor ihm in die Hocke und nahm Jacks Gesicht in beide Hände. „Und mir tut es leid, dass ich nicht mit dir nach Disney World fahren kann. Es tut mir leid, dass ich dich angeschrien habe."

„Dann bist du nicht mehr böse auf mich?"

„Nein. Ich war auch nie wirklich böse auf dich."

Die Tränen trockneten schnell. „Das hat Kate auch gesagt."

„Kate hat recht gehabt." Er nahm seinen Sohn auf den Arm und drückte ihn fest an sich.

„Darf ich wieder mit dir zurück zur Arbeit? Ich verspreche, ich werde auch ganz lieb sein."

„Nun, du könntest, aber für heute ist meine Arbeit erledigt."

„Nennt man das jetzt Verantwortungsbewusstsein, wenn ein Mann am frühen Nachmittag aufhört zu arbeiten?" Bobs Stimme klang vorwurfsvoll.

Brody sah zu seinem Vater hinüber und nickte fest. „Ja. Denn dieser Mann ist verantwortungsbewusst genug, um ein guter Vater zu sein und sich Zeit für seinen Sohn zu nehmen."

„Du hattest immer genug zu essen." Bob schob unwirsch mit den Stuhl zurück.

„Stimmt. Aber ich will, dass Jack später mehr von mir sagen

kann. Ich habe etwas für dich", wandte er sich an Jack und bemerkte das zitternde Kinn und den ängstlichen Blick, wie immer, wenn sein Vater und er aneinandergerieten. „Es hat nichts mit Disney World zu tun, aber ich wette, es wird dir mehr gefallen."

„Ein neuer Action Man?"

„Nein."

„Ein Auto? Ein Laster?"

„Ganz kalt. Und du kannst auch aufhören, in meinen Taschen zu wühlen, denn da wirst du nichts finden. Es ist draußen auf der Veranda."

„Kann ich es sehen?" Jack rannte schon zur Tür und rüttelte am Türknauf. Und als die Tür dann aufging und Jack nach unten sah, dann zu seinem Vater, hatte Brody in diesem einen glücklichen Moment alles, was er zum Leben brauchte.

„Ein Hündchen! Ein richtiges Hündchen!"

Jack hob das schwarze Fellknäuel hoch, das sofort begann, begeistert fiepend und schwanzwedelnd Jacks Gesicht abzuschlecken. „Ist der für mich? Kann ich ihn behalten?"

„Sieht aus, als wollte er dich behalten", meinte Brody lächelnd.

„Sieh nur, Grandma, ich habe einen Hund! Er gehört ganz allein mir! Und er heißt Mike! So wie ich es mir immer gewünscht habe!" Mit strahlenden Augen betrachtete der Junge seinen neuen Spielgefährten.

„Der ist wirklich ein hübscher kleiner Kerl. Oh, sieh nur, die großen Pfoten. Der ist bestimmt bald größer als du. Aber du musst auch gut auf ihn aufpassen und dich um ihn kümmern, Jack."

„Das werde ich, Ehrenwort! Sieh nur, Kate, das ist Mike!"

„Er ist wunderbar." Sie ging in die Hocke und wurde dafür mit nassen Hundeküssen belohnt. „So weich, so süß." Sie sah zu Brody auf, in seine Augen. „Unbeschreiblich süß."

„Schon gut für einen Jungen, einen Hund zu haben." Bob war verletzt von der Bemerkung seines Sohnes. „Aber wer wird sich um das Tier kümmern, wenn Jack in der Schule ist und du den ganzen Tag arbeitest? Du überlegst nie vorher, du machst nur das, was du willst. An andere denkst du dabei nicht."

Bestürzt legte Mary ihre Hand auf den Arm ihres Mannes. „Bob!"

„Unser Garten ist eingezäunt", setzte Brody beherrscht an. „Und auf viele Baustellen kann ich den Hund mitnehmen. Bis er alt genug ist, allein zu bleiben."

„Hast du den Hund für den Jungen gekauft, oder willst du nur dein Gewissen beruhigen, weil du ihm nicht das bieten kannst, was seine Freunde haben?"

„Ich will gar nicht nach Disney World", sagte Jack weinerlich. „Ich will bei Dad und Mike bleiben."

Kate setzte ihr freundlichstes Lächeln auf und legte Jack einen Arm um die Schultern. „Warum gehst du nicht mit Mike hinaus und spielst mit ihm im Garten, hm? Kleine Hunde rennen genauso gern wie kleine Jungen. Hier, zieh dir erst deine Jacke an."

Brody hielt sich zurück, bis Kate den Jungen zur Tür hinausgeschoben hatte.

„Es geht dich nicht das Geringste an, wann und warum ich meinem Sohn einen Hund kaufe. Ich habe den Hund schon vor drei Wochen ausgesucht, musste aber warten, bis er alt genug und entwöhnt war. Ich wollte ihn Ostersonntag abholen, aber Jack braucht heute eine kleine Aufmunterung."

„Du bringst ihm keinen Respekt bei, wenn du ihn mit Geschenken überhäufst, nachdem er frech zu dir war."

„Respekt war das Einzige, das du mir beigebracht hast, und sieh dir an, wohin uns das geführt hat."

„Bitte." Mary rang entsetzt die Hände. „Das müsst ihr doch nicht hier austragen ..."

„Du sagst mir nicht, wann und wo ich meine Meinung sagen kann", fuhr Bob seiner Frau über den Mund. „Es war ein Fehler von mir, ich hätte dich noch öfter den Stock spüren lassen sollen. Du hast immer nur das getan, was du wolltest. Es gab immer nur Ärger mit dir, du weißt gar nicht, wie viel Kummer du deiner Mutter zugefügt hast. Rennst in die Stadt, noch nicht trocken hinter den Ohren, und vergeudest dein Leben."

„Es ging nicht um die Stadt, es ging darum, von dir wegzukommen."

Bobs Kopf zuckte herum, als wäre er geschlagen worden. „Aber jetzt bist du wieder hier, nicht wahr? Krebst herum, schiebst deinen Sohn zu Nachbarn ab, damit du überhaupt über die Runden kommst. Jagst Weiberröcken hinterher und wälzt dich in Betten, während dein Sohn im Zimmer nebenan liegt …“

„Moment mal!“ Hätte die Wut ihr nicht den Blick vernebelt, wäre Kate aufgefallen, dass sie sich zwischen zwei Männer stellte, die kurz davor waren, sich mit Fäusten zu bearbeiten. „Zufälligerweise weiß ich, dass Brody nicht Weiberröcken hinterherjagt, sondern mir. Und selbst wenn es Sie überhaupt nichts angeht – wir haben uns nie im Bett gewälzt, wenn Jack nebenan schlief. Wenn Sie nicht wissen, dass Brody sich eher den rechten Arm abschneiden würde, bevor er dieses Kind verletzt, dann sind Sie nicht nur blind, sondern auch begriffsstutzig. Sie sollten sich schämen, so mit ihm zu reden, nur weil Sie nicht genug Mumm besitzen, ihm zu sagen, dass Sie stolz auf das sind, was er aus seinem Leben und dem Leben seines Sohnes macht.“

„Spar dir deinen Atem“, mischte Brody sich resigniert ein, „es nützt sowieso nichts.“

„Du hältst dich da raus. Denn du bist weiß Gott auch nicht unschuldig. Du hast kein Recht, so zu deinem Vater zu sprechen. Kein Recht, ihm den Respekt zu verweigern. Und das vor deinem eigenen Kind. Siehst du denn nicht, wie sehr ihn das ängstigt, wenn er euch beiden zusehen muss, wie ihr euch gegenseitig an die Kehle geht?“

Wütende Pfeile schossen aus ihren Augen, als sie von einem zum anderen blickte. „Ihr zwei zusammen habt nicht einmal den Verstand einer Amöbe. Ich gehe jetzt raus zu Jack. Und von mir aus könnt ihr euch die Nasen blutig schlagen.“ Damit riss sie die Hintertür auf und segelte hinaus.

Es brodelte immer noch in ihr, als Brody kurze Zeit später neben sie trat.

„Ich möchte mich dafür entschuldigen, dass ich das in dein Haus gebracht habe.“

„Mein Haus hat schon einige Familienstreitigkeiten erlebt. Das wird mit Sicherheit nicht das letzte Mal gewesen sein.“

„Du hast recht, es war falsch von uns, vor Jack damit anzufangen.“ Als sie schwieg, steckte er seufzend die Hände in die Hosentaschen und sah eine Weile zu, wie Jack mit Mike über den Rasen tobte. „Kate, so war es immer zwischen meinem Vater und mir.“

„Muss es deshalb auch immer so bleiben? Brody, wenn du einen Aspekt deines Lebens ändern kannst, gelingt es dir auch bei einem anderen. Du musst es nur wollen.“

„Wir geraten uns ständig in die Haare. Es ist besser, wenn wir Abstand voneinander halten. Ich will nicht, dass Jack einmal für mich solche Gefühle hat."

„Hör auf damit." Ungeduldig drehte sie sich zu ihm herum. „Sieh ihn dir an. Ist das ein glücklicher, gesunder, wohlerzogener Junge?"

„Ja." Brody lächelte unwillkürlich, als Jacks lautes Lachen durch die Luft schwang.

„Du bist ein guter Vater. Manchmal ist es anstrengend, aber meist ist es leicht für dich. Weil du ihn bedingungslos liebst. Als Sohn zu lieben ist viel schwieriger für dich. Weil du Bedingungen stellst, Forderungen. Ansprüche hast. Genauso ist es bei deinem Vater."

„Wir lieben uns nicht."

„Da irrst du gewaltig. Denn sonst könntet ihr euch nicht so verletzen."

Brody ging nicht darauf ein. Sie verstand es nicht. Wie sollte sie auch? „Es ist das erste Mal, dass ich ihn sprachlos gesehen habe. Noch nie hat eine Frau ihn so auseinandergenommen. Ich muss sagen, ich habe mich mittlerweile daran gewöhnt."

„Umso besser. Also, wenn du nicht willst, dass ich jetzt mit dir anfange, solltest du dich so schnell wie möglich bei deiner Mutter entschuldigen. Sie wäre vor Verlegenheit am liebsten im Boden versunken."

„Mann, du bist ganz schön streng. Darf ich wenigstens vorher mit meinem Hund spielen?"

Sie hob eine Augenbraue. „Wessen Hund?"

„Jacks. Aber Jack und ich, wir sind ..."

„Ein Team", beendete sie den Satz für ihn. „Ich weiß."

10. KAPITEL

Kate machte einen Plan. Wartete ab, bis der richtige Moment gekommen war. Sicher, es war mit voller Absicht und kühl kalkuliert. Aber mal ehrlich, was war so falsch daran? Timing, Ansatzpunkt, Vorgehensweise – unerlässliche und grundlegende Faktoren für jeden Plan.

Freitagnacht war der richtige Zeitpunkt. Jack blieb über Nacht bei seinen Großeltern, und Brody war sehr entspannt und glücklich, nachdem sie sich leidenschaftlich geliebt hatten.

„Ich habe etwas für dich."

„Noch mehr?" Er war, wie Jerry es genannt hätte, völlig weggetreten. „Ich habe schon ein Abendessen, eine Flasche Wein und eine Nacht mit einer wunderschönen Frau bekommen. Etwas anderes kann es doch gar nicht mehr geben."

Mit einem leisen Lachen schlüpfte sie aus dem Bett. „Doch."

Er beobachtete sie. Er liebte es zu sehen, wie sie sich bewegte. Langsam dämmerte es ihm, dass da vielleicht doch mehr an dieser ganzen Ballettsache war, als er bisher vermutet hatte.

Es machte ihn glücklich, sie hier in seinem Zimmer zu sehen. Das Zimmer, in das er schon seit Längerem abends immer noch ein paar Stunden Arbeit investiert hatte, damit es endlich fertig wurde. Schließlich tat er hier jetzt wesentlich mehr als nur schlafen.

Einmal hatte sie ihre Ohrringe auf der Kommode neben dem Bett liegen lassen. Als er aufgewacht war und sie gesehen hatte, war er regelrecht zusammengezuckt. Die Ohrringe sahen so … so feminin aus.

Und dann war ihm der Platz auf dem Schrank leer vorgekommen, als Kate die Ohrringe genommen und wieder eingesteckt hatte.

Er würde sich genauer überlegen müssen, was diese seltsame Reaktion zu bedeuten hatte.

Sie zog sein Hemd über und ging zu ihrer Handtasche auf dem Stuhl.

„Ich werde dir ein Dutzend Flanellhemden kaufen, nur damit ich dich darunter nackt sehen kann."

„Ich nehme gerne an." Sie kam zum Bett zurück und ließ einen Umschlag auf seine bloße Brust fallen. „Die sind für dich."

„Was?" Verdutzt setzte Brody sich auf und öffnete den Umschlag. Zwei Flugtickets kamen zum Vorschein, was ihn nur noch mehr irritierte. „Was ist das?"

„Zwei Tickets nach New York. Für dich und Jack."

Argwöhnisch runzelte er die Stirn. „Wieso?"

„Weil ich euch beide dabeihaben will. Warst du schon mal in New York?"

„Nein, aber …"

„Umso besser. Dann kann ich euch beiden die Stadt zeigen. Der Direktor meiner Company hat Anfang der Woche angerufen", erklärte sie. „Sie machen eine Sonderaufführung, nur eine Vorstellung, nächsten Samstag. Ein Wohltätigkeitsprojekt. Es werden verschiedene Ausschnitte aus den gängigsten Balletts gezeigt. Die Tänzerin, die den *pas de deux* tanzen sollte, ist wegen einer Verletzung ausgefallen. Nichts Schlimmes, glücklicherweise, es wird ihre Karriere nicht beenden, aber sie muss zwei Wochen pausieren. Deshalb hat er mich gebeten, für sie einzuspringen. Ich sollte eigentlich schon Montag hinfliegen, um zu üben, aber ich musste einiges umorganisieren, und so kann ich erst am Dienstag nach New York."

Das war doch ganz einfach und klar, oder nicht? Sie würde Brody keinen Raum lassen, sich herauszuwinden, das hatte sie sich fest vorgenommen.

Er fühlte den kleinen Stich, dass sie schon wieder wegmusste. „Ich weiß, du wirst exzellent sein. Aber, Kate, ich kann mir nicht einfach Jack greifen und fürs Wochenende nach New York jetten."

„Warum nicht? Ihr fliegt Freitag nach der Schule und seid vor dem Abendessen in New York. Wir kommen bei meiner Schwester unter. Am Samstag siehst du dir die Stadt an, gehst mit Jack vielleicht aufs Empire State Building. Samstagabend Theater, die Ballettaufführung. Am Sonntag ein kleiner Stadtbummel zusammen, dann Dinner bei meinen Großeltern. Wir nehmen den letzten Flug zurück, und am Montag ist jeder wieder pünktlich in der Schule und bei der Arbeit." Sie reckte die Schultern und musste Luft holen. „Oh, und Mike bringst du natürlich mit. Die Kinder meiner Schwester werden aus dem Häuschen sein."

Er hatte das Gefühl, in einer Kiste zu sitzen, und jemand hämmerte Nagel für Nagel den Deckel zu. „Kate, Leute wie ich tun so etwas nicht. Mal eben nach New York …"

„He, du fliegst doch nicht zum Mars, O'Connell." Lachend küsste sie ihn. „Nur ein kleines Abenteuer. Jack wird vor Freude in die Luft springen, und ...", den entscheidenden Schlag hatte sie bis zum Schluss aufbewahrt wie jeder gute General, „... dann kann er seinem Freund Rod wenigstens einen kleinen Dämpfer wegen Disney World versetzen. Immerhin kann er dann von sich behaupten, dass er auf dem Gebäude war, von dem King Kong in einen tragischen Tod stürzte."

Das saß. Brody musste an sich halten, um nicht unruhig im Bett hin und her zu rutschen. Ach was, Kiste. Er kam sich vor wie ein Fisch an der Angel, der den Haken schon geschluckt hatte und nicht mehr loskam. „Versteh es bitte nicht falsch, aber ich habe wirklich nicht viel für Ballett übrig."

„So?" Sie lächelte zuckersüß und klimperte mit den Wimpern. „Welche hast du denn schon gesehen?"

„Ich habe auch noch keine öffentliche Hinrichtung gesehen, und trotzdem weiß ich, dass das nichts für mich wäre."

„Sieh es doch mal so. Du ermöglichst Jack, New York kennenzulernen. Du hast zwei volle Tage, um dich bestens zu amüsieren. Dagegen stehen zwei Stunden Flug, in denen du dich zu Tode langweilen wirst. Das ist doch kein schlechter Deal, oder? Außerdem hast du mich noch nie tanzen sehen." Sie verschränke ihre Finger mit seinen. „Ich wünsche mir, dass du mich wenigstens ein Mal auf der Bühne siehst."

Er blickte mit gerunzelter Stirn auf die Tickets in seinen Händen. „Du hast wirklich nichts ausgelassen, was?"

„Das hoffe ich doch. Also, abgemacht?"

„Wenn Jack hört, dass er zum ersten Mal mit einem Flugzeug fliegen darf, wird er völlig ausflippen."

Jack flippte nicht nur aus, er überschlug sich vor Freude und war nicht mehr zu bremsen. Auch dann nicht, als sie am Freitagnachmittag das Flugzeug bestiegen.

„Dad, kannst du nicht fragen, ob Mike bei uns sitzen kann? Er hat Angst in dieser Kiste."

„Jack, ich habe dir bereits erklärt, dass das nicht erlaubt ist. Außerdem sind da doch noch zwei andere Hunde. Die drei werden sich bestimmt bestens unterhalten und genauso viel Spaß haben wie wir."

„Na schön.“ Mit staunend aufgerissenen Augen sah Jack sich um, als sie durch die schmale Tür in die Maschine traten. „Dad, sieh nur!“, flüsterte er aufgeregt. „Da sind die Piloten.“

Der Steward begriff sofort. Jack bekam eine Führung durch das Cockpit und ein kleines Plastikflugzeug. Als die Startdurchsage kam, war Jack fest entschlossen, später einmal Pilot zu werden.

Während der nächsten fünfzig Minuten feuerte er eine Frage nach der anderen ab, meist die kleine Nase hartnäckig an die Fensterscheibe gedrückt. Als sie zur Landung ansetzten, klingelte es Brody in den Ohren, aber er musste zugeben, dass Jack einen Riesenspaß hatte.

Jetzt musste er nur noch die nächsten beiden Tage überstehen – bei Kates Familie. Und als ob das nicht reichen würde, einem Mann ernsthafte Kopfschmerzen zu bereiten, gab es da auch noch den Ballettabend.

Was treibst du hier eigentlich, O'Connell?, fragte er sich in einem Anflug von Panik. Ein Wochenende in New York. Ein Abend im Theater. Warum zum Teufel bist du nicht zu Hause, schmirgelst Schränke ab und bereitest die freitagabendliche Pizza Spezial vor?

Die Frage konnte er sich selbst beantworten. Es war wegen Kate. Nach dieser Erkenntnis flammte die Panik, bis jetzt noch verhalten, lichterloh auf. Irgendwie hatte sie alles verändert.

Die Reisetasche in der einen Hand, Jacks Hand fest in der anderen, ging er durch das Gate und befahl sich, ganz ruhig zu bleiben – schließlich waren es ja nur zwei Tage –, und sah sich nach Kate um. Als er den großen blonden Mann erblickte, der aufgeregt winkte, ging er hastig die Gesichter aller Leute, die er kannte, in Gedanken durch, bis er bei Kates Schwager ankam. Himmel, wie hieß der Mann nur noch?

„Nick LeBeck.“ Nick nahm Brody die Tasche aus der Hand. „Ihr kommt bei uns unter. Kate wollte euch selbst abholen, aber sie ist bei den Proben aufgehalten worden.“

„Danke für die Mühe. Wir hätten auch ein Taxi nehmen können.“

„Kein Problem, gern geschehen. Habt ihr noch mehr Gepäck?“

„Mike.“

„Ach ja.“ Lachend schüttelte Nick Jack die Hand. „Schön, dich wiederzusehen. Max kann's kaum noch erwarten, bis ihr endlich bei uns seid. Ihr habt euch Silvester schon getroffen.“

„Ja, ich weiß, und Kate hat gesagt, ich kann bei ihm schlafen.“

Jack blickte Nick erwartungsvoll an.

„Richtig. Heute Abend veranstalten wir ein ganz großes Dinner. Magst du Fischkopfsuppe?“

Jacks Augen wurden tellergroß. Um nicht allzu unhöflich zu erscheinen, schüttelte er ganz langsam den Kopf.

„Das ist gut. Wir haben nämlich keine. Kommt, lasst uns Mike befreien.“

Es war lange nicht so unangenehm, wie er erwartet hatte, in einer fremden Stadt, in einem fremden Haus, mit Leuten, die er kaum kannte. Jack fand sich sofort zurecht und frischte seine kurze Freundschaft mit Max auf. Die beiden gluckten zusammen, als hätten sie sich erst gestern gesehen. Mike war bei allen der Hit, und vor lauter Aufregung pinkelte er mitten im Wohnzimmer auf den Teppich.

„Oh, entschuldigt, das tut mir wahnsinnig leid. Dabei ist er schon fast stubenrein.“

„Wie unsere Kinder“, sagte Freddie ungerührt und reichte Brody einen Lappen. „Das sind wir gewohnt, nur der Himmel weiß, was dieser Teppich schon alles aushalten musste. Also, entspannen Sie sich wieder.“

Brody war erstaunt, aber er tat es tatsächlich. Es war interessant und faszinierend mit anzusehen, wie Jack mit Bruder und Schwester zurechtkam. Fast wie ein großer Bruder spielte er mit der dreijährigen Kelsey.

Was Brody zu dem Gedanken veranlasste, dass ein Einzelkind es vielleicht doch nicht immer so gut hatte, wie man glaubte.

„Brauchen Sie vielleicht eine kleine Pause?“, flüsterte Nick Brody zu und zeigte mit dem Kopf nach hinten zur Tür.

Diese Einladung nahm Brody nur zu gern an. Nick führte ihn in das Musikzimmer, in dem sich das alte Piano befand, das Nick schon seit über zehn Jahren aus reiner Sentimentalität behielt. In einem Regal blinkten mehrere polierte „Tonys“, auf der Bank lag ein Stapel Notenblätter. Mehrere tiefe, weiche Ledersessel standen herum.

Nick ging zu einem unauffällig in der Regalwand eingelassenen Minikühlschrank. „Bier?“

„Aber auf jeden Fall“, sagte Brody mit Inbrunst.

„Wenn man mit Kindern reist, weiß man, was man geleistet hat.“ Nick ließ Kronkorken springen, reichte Brody eine Flasche. „Kommen Sie, reden Sie es sich von der Seele."

„Von dem Moment an, als ich ihn von der Schule abholte, hat er nicht mehr aufgehört zu reden. Er muss einen neuen Rekord im Dauerreden aufgestellt haben."

„Warten Sie's ab, wenn Sie erst mal auf einem Transatlantikflug sind. Neun Stunden, eingesperrt auf engstem Raum mit Max und Kelsey." Nick schüttelte sich. „Können Sie sich eigentlich vorstellen, wie viele Fragen man in neun Stunden stellen kann? Nein, lassen Sie uns schnell das Thema wechseln, sonst haben wir beide heute Nacht Albträume."

Auf Nicks Einladung hin ließ Brody sich dankbar in einen der Sessel sinken. „Ein tolles Haus haben Sie hier. Wenn ich an New York dachte, habe ich mir immer trostlose Mietshäuser vorgestellt, deren Fenster auf ein anderes trostloses Mietshaus blicken. Oder moderne Wolkenkratzer."

„Davon haben wir hier auch genug. Als Freddie und ich zusammen zu schreiben begannen, lebte ich über der Bar meines Bruders, an der Lower East Side. Tolle Bar übrigens", ließ er nebenbei einfließen. „Aber das ist nicht unbedingt der richtige Ort, um zwei Kinder großzuziehen." Er sah auf und begann zu grinsen. „Ah, da kommt unsere Ballerina."

„Tut mir leid, dass ich so spät dran bin." Kate rauschte in den Raum, drückte Nick ein schnelles Küsschen auf die Wange und ging dann zu Brody, um ihn wesentlich ausgiebiger und länger zu küssen. „Entschuldige, dass ich euch nicht abholen konnte. Aber Davidov hat mal wieder eine seiner Krisen. Der Mann kann einen richtig zum Trinker machen. Nick, mein strahlender Held, ich werde dir ewig dankbar sein, wenn du mir ein Glas Wein beschaffen könntest."

„Fein. Ich werde dich dran erinnern."

„Sag Freddie bitte, dass ich gleich komme. Ich muss erst mal Luft holen."

„Setz dich", ordnete er an und drückte sie in einen Sessel. „Gönne diesen Goldfüßen 'ne Pause."

„Die brauchen sie auch." Mit einem tiefen Seufzer der Erleichterung schlüpfte sie aus ihren Schuhen, als Nick den Raum verließ.

Prompt fluchte Brody und war sofort bei ihr, nahm ihre Füße in seine Hände. „Was zum Teufel hast du gemacht?" Ihre Füße waren bandagiert und blutig.

„Getanzt."

„Bis du blutest?"

„Wenn es nötig ist, ja. Bei Davidov kommt das häufiger vor."

„Er gehört erschossen."

Sie lehnte sich zurück und schloss die Augen. „Ich muss gestehen, in den letzten beiden Tagen habe ich diese Möglichkeit öfter in Betracht gezogen. Aber Schwächlinge haben beim Ballett nichts verloren. Schmerzende und blutige Füße gehören eben mit zur Arbeitsplatzbeschreibung eines Tänzers."

„Das ist doch Wahnsinn."

„Das ist das Leben, O'Connell." Sie beugte sich vor und küsste ihn. „Keine Sorge, sie heilen ja wieder."

„Und wie willst du damit morgen tanzen?"

„Ich werde großartig sein." Sie seufzte dankbar, als Nick mit dem gewünschten Glas Wein zurückkam. „Ach, mein edler Prinz, danke. Übrigens, Brody ist der Meinung, dass man Davidov erschießen sollte."

„Das hast du auch schon oft gesagt." Nick blickte auf ihre Füße, zuckte zusammen. „Sieht ja schlimm aus. Soll ich dir Eiswürfel bringen?"

„Nein, danke. Ich werde sie später verhätscheln."

„Das wirst du jetzt sofort machen!" Brody hob sie resolut aus dem Sessel auf seine Arme.

„Wirklich, Brody, jetzt stell dich nicht so an."

„Du hältst den Mund", befahl er barsch und trug sie hinaus.

Nick trank den letzten Schluck aus der Flasche. „Mann, der Typ ist erledigt." Dann ging er, um seine Frau zu finden und es ihr brühwarm zu berichten.

„Es war ja so romantisch." Noch jetzt, Stunden später im gemeinsamen Schlafzimmer, floss Freddies Herz über. „Plötzlich stand er in der Küche, mit diesem wunderbar mürrisch-besorgten Stirnrunzeln, Kate auf dem Arm, und verlangte nach einer Schüssel, damit er ihr ein Fußbad machen kann." Sie schmunzelte verträumt.

„Ich hab's dir doch gesagt." Abrupt schlug Nick mit der Faust mehrmals gegen die Wand zum angrenzenden Kinderzimmer. Allerdings hatte er wenig Hoffnung, dass das irgendeinen Einfluss auf den Lärm haben würde, der hinter dieser Wand ertönte. „Der Mann ist verloren."

„Und wie er sie angeschaut hat … vor allem, als er glaubte, keiner würde es bemerken. Als ob er sie am liebsten mit einem einzigen großen Biss vernaschen würde. Es war wunderbar."

Nick hörte auf, sich den Bauch zu kratzen, und runzelte die Stirn. „Ich habe dich auch so angesehen."

Freddie schnaubte leicht und deckte das Bett auf. „Das war einmal."

„He." Er ging zu ihr, fasste sie bei den Schultern und drehte sie zu sich herum. „Hier. Sieh genau hin." Er zeigte auf seine Augen und versuchte, verführerisch zu gucken.

Sie lachte leise. „Ja, sicher. Ich zerfließe regelrecht."

„Willst du damit andeuten, dass ich nicht romantisch bin? Dass dieser hammerschwingende Goliath auf diesem Gebiet besser ist als ich?"

Freddie genoss jede Sekunde des ehelichen Geplänkels. „Also bitte …" Sie ging zur Frisierkommode hinüber und nahm die Haarbürste auf. Im nächsten Moment fand sie sich hochgehoben, ihr erschreckter Aufschrei wurde erstickt durch einen sehr entschlossenen Mund.

„Ah, du willst also Romantik?" Ohne Freddie die Möglichkeit zu einer Reaktion zu geben, trug Nick seine Ehefrau zum Bett hinüber. „Die kannst du haben!"

Am anderen Ende des Korridors, nachdem die Kinder endlich vor lauter Erschöpfung eingeschlafen waren, zog Kate den Gürtel ihres Morgenmantels fester um die Taille. Sie hatte lange, harte Tage hinter sich, Tage, in denen sie sich völlig verausgabt hatte, die das Letzte von ihrem Körper und ihrem Geist gefordert hatten.

Aber zu wissen, dass Brody sich nur wenige Meter entfernt in seinem Zimmer befand, machte sie rastlos und unruhig.

Verlangen.

Sie hatte gehofft, dass er sich ohne Rücksicht auf Anstand und Höflichkeit in ihr Zimmer schleichen würde. Was er nicht getan hatte. Aber das hieß ja nicht, dass sie sich nicht in sein Zimmer schleichen konnte.

Sie schlüpfte zur Tür hinaus und ging auf Zehenspitzen zum Kinderzimmer. Selbst der Hund, so erkannte sie durch den Türspalt, schlief tief und fest vor Erschöpfung. Leise schloss sie die Tür wieder und ging weiter zu Brodys Zimmer.

Unter dem Türspalt schimmerte kein Licht hindurch. Nun, wenn sie ihn aufwecken musste, dann würde sie das eben tun. Sie schob die Tür auf, die Angeln knarrten leise, und trat in den Raum. Im gleichen Moment drehte Brody sich am Fenster zu ihr um.

Er hatte unentwegt an sie denken müssen – aber das war ja nichts Neues. Er trug nur noch seine Jeans, und jetzt stand er da und sah zu, wie sie hinter sich den Schlüssel im Schloss drehte. Sein Mund wurde trocken.

„Kate, die Kinder …"

„Die sind hinüber." Sie hatte diesen Morgenmantel erst gestern gekauft, in der einstündigen Pause. Eine sündhaft teure Anschaffung aus pfirsichfarbener Seide. Aber als sie jetzt Brodys Gesicht sah, hörte, wie die Seide raschelte, als sie auf ihn zuging, war sie überzeugt, die richtige Investition getätigt zu haben.

„Ich habe gerade nach ihnen geschaut. Und falls sie wider Erwarten aufwachen sollten, wird sich eben einer von uns um sie kümmern. Siehst du dir die Aussicht an?"

„Ziemlich beeindruckend." Er nahm ihre Hände. „Ich dachte gerade daran, dass ich heute Nacht wohl kein Auge zutun werde. Zu wissen, dass du so nah bist und dich nicht berühren zu können …"

„Berühre mich jetzt, und keiner von uns wird sich Gedanken über schlaflose Nächte machen müssen."

Er fragte sich, wie er je hatte glauben können, er könnte ihr widerstehen. Sie war die Verkörperung jeder Fantasie, die er je gehabt hatte, jedes Traums, jedes Wunsches. Seide und Schatten. Aber sie war echt, so echt wie dieser warme, verlangende Mund, diese langen schlanken Arme.

All die leeren Jahre, die einsamen Nächte zählten nicht mehr.

Er strich die Seide von ihren Schultern und fand nur Kate darunter. Rundungen und Muskeln, Seufzer und Zittern. Zusammen mit ihr schlüpfte er ins Bett und in die vertraute Welt, die sie sich erschaffen hatten. Duftende Haut, streichelnde Hände. Sie war ein Wunder für ihn, eine Sirene mit rauchgrauen Augen, die ihn mit einem einzigen Blick verführen konnte. Eine Frau mit eigenem Kopf und Charakterstärke, die keiner Schlacht auswich. Eine gute Freundin, immer bereit, die Schulter zu bieten, an die man sich anlehnen konnte.

Er konnte sich nicht mehr vorstellen, wie sein Leben ohne sie aussehen sollte.

Endlich hatte er es sich eingestanden. Er zog sie an sich und hielt sie einfach nur fest.

„Brody?" Sie fuhr ihm durchs Haar. Er drückte sie so fest, dass sie fast entzweibrach. „Was ist?"

„Nichts." Er legte seine Lippen an ihren Hals und befahl sich, nicht zu denken. „Es ist nichts. Ich will dich. So wie ein Verdurstender sich nach Wasser verzehrt."

Er küsste sie. Heiß, verlangend, wild. Damit alles Denken, alle Vernunft aufhören sollte.

Etwas geschah mit ihnen. Es war mehr, anders als sonst. Er trieb sie an, so schnell, mit einer stillen Intensität, die an Verzweiflung grenzte. Sie konnte nur noch fühlen, konnte nur noch reagieren. Ihr Herz, das sie schon vor Langem an ihn verloren hatte, klopfte wild.

Ein Laut kam aus ihrer Kehle, ein lustvolles Stöhnen. Jetzt war sie es, die ihn antrieb, sich selbst antrieb, schnell, ungestüm, rückhaltlos. Geben und Nehmen, geballte Energie. Taumelnder Rausch, Ekstase bis an die Grenzen des Wahnsinns.

Bis sie einander erschöpft und zitternd in den Armen lagen.

Liebe mich, dachte Kate. Ihr Herz schmerzte vor Liebe zu ihm. Sage es mir. Warum willst du es mir nicht sagen?

Er schob sie ein wenig zur Seite, sodass sie sich an ihn schmiegen und er sie halten konnte. „Bleibst du?"

Kate schloss die Augen. „Ja."

Still lagen sie eng umschlungen beieinander, aber beide konnten lange nicht einschlafen.

Seine erste Bewegung galt ihr. Er griff nach ihr. Verwirrt versuchte er sich zu orientieren. Wo war er? Dann richtete er sich schlaftrunken auf und sah in die Richtung, aus der das leise Geräusch gekommen war. Kate, im schwachen Licht der Morgendämmerung, zog ihren Morgenmantel über.

„Was ist los?"

„Entschuldige, ich wollte dich nicht wecken“, flüsterte sie und ging zu ihm, um ihn zu küssen. „Ich muss gehen. Tanzstunden.“

„Was? Du gibst mitten in der Nacht Unterricht?“

„Nein, ich nehme Tanzstunden. Und es ist auch nicht mitten in der Nacht, es ist schon sechs Uhr früh.“

Er schüttelte sich leicht, um einen klaren Kopf zu bekommen, aber nach nur vier Stunden Schlaf verweigerte sein Verstand den Dienst. „Du nimmst Unterricht? Ich dachte, du kannst tanzen.“

„Haha, sehr witzig.“

„Halt, warte.“ Er griff nach ihrer Hand, bevor sie gehen konnte. „Wieso nimmst du Tanzstunden? Und warum um sechs Uhr in der Früh?“

„Ich nehme Stunden, weil ich eine Tänzerin bin, und Tänzerinnen hören nie auf zu trainieren, vor allem nicht, wenn sie am Abend eine Aufführung haben. Das Training fängt um sieben an, um elf haben wir eine Kostümprobe. Und jetzt schlaf wieder weiter.“

„Aha. Na schön.“

„Nick und Freddie werden später mit Jack und dir etwas unternehmen und euch ein bisschen herumführen. Vielleicht könnt ihr ja auch beim Theater vorbeikommen.“

Sie wartete auf eine Reaktion, doch nichts geschah. Er war längst wieder eingeschlafen.

„Ist das auch wirklich in Ordnung?“ Brody ließ zweifelnd einen Blick über den bunt zusammengewürfelten Haufen schweifen, der auf den Bühneneingang zuging. Drei Erwachsene, drei Kinder, ein Hund.

„Ganz bestimmt“, versicherte Freddie ihm. „Kate hat das vorher abgesprochen.“

Er war immer noch nicht überzeugt, aber mittlerweile hatte er auch festgestellt, dass man nur äußerst selten gegen eine der beiden Kimball-Schwestern eine Chance hatte.

Die Kinder waren aufgewacht, kaum eine Stunde später, nachdem Kate gegangen war. Unüberhörbar hatten sie die aufgetankte Energie wieder freigesetzt. Sie hatten einen solchen Lärm veranstaltet, dass ganz Manhattan es gehört haben musste. Und sollte tatsächlich jemand taub genug gewesen sein, um es nicht zu hören, den hatte bestimmt Mike mit seinem aufgeregten Gebell aus dem Bett geholt.

Zum Frühstück waren sie in ein typisches ‚Deli' gegangen. Danach kam der Gewaltmarsch. Empire State Building – Souvenirshop. Time Square – Souvenirshop. Grand Central Station – Himmel hilf! – Souvenirshop.

Vielleicht war es doch keine so üble Idee, bei Kates Probe hereinzuschneien. Soweit Brody sich erinnerte, gab es in einem Theater Stühle zum Sitzen.

„Jetzt seid mucksmäuschenstill", warnte Nick, „oder sie werfen uns hochkant hinaus. Das gilt auch für dich, Fellknäuel", fügte er hinzu und kraulte Mike hinter den Ohren.

„Es gibt nichts Schöneres, als hinter der Bühne zu sein." Freddie ergriff die Hand ihres Mannes, als sie eintraten.

Die Frau in der Pförtnerloge sah ihnen über den Brillenrand entgegen, dann nickte sie lächelnd. „Schön, Sie wieder bei uns zu haben. Miss Kimball, Mr. LeBeck. Wie ich sehe, haben Sie das ganze Team mitgebracht."

„Hat Kate uns angemeldet?", fragte Freddie.

„Hat sie. Versteht eines von diesen Kindern Russisch?" Fast besorgt musterte sie die Kinder.

„Nein."

„Gut. Davidov ist heute nämlich in Hochform. Lassen Sie den Hund besser bei mir, denn wenn der Kleine unruhig werden sollte, beißt der Meister ihm noch die Kehle durch."

„Ah, so ein Tag ist es also?" Nick grinste, und die Frau blickte ergeben zur Decke.

„Sie haben ja keine Ahnung, was da drinnen los ist. Wie heißt der Kleine denn?"

„Mike", meldete sich Jack sofort.

„Fein, ich werde gut auf ihn aufpassen. Gehen Sie nur rein, Sie kennen sich ja hier aus."

Selbst wenn sie den Weg nicht gekannt hätten, das donnernde Gebrüll hätte ihnen die Richtung zur Bühne gewiesen. Brody glaubte, noch nie jemanden so laut schreien gehört zu haben.

„Davidov." Freddie schüttelte sich theatralisch. „Lass uns besser vorne herum gehen, das ist sicherer."

„Isst er wirklich Hunde?", fragte Jack besorgt.

„Nein." Brody nahm die Hand seines Sohnes fest in seine. „Das war nur ein Scherz." Hoffte er zumindest.

Nein, Hunde aß er nicht, aber im Moment hätte Davidov jeden einzelnen Tänzer mit Messer und Gabel tranchieren können. Auf seine ungeduldige Handbewegung hin setzte die Musik aus. „Du! Und du!" Er zeigte mit dem Finger auf das Paar, das atemlos und schweißüberströmt zusammenstand. „Runter von meiner Bühne! Haltet den Kopf unter kaltes Wasser. In einer Stunde seid ihr wieder da, vielleicht könnt ihr dann endlich tanzen. Kimball! Blackstone!", schrie er. „Ihr seid dran!"

Er tigerte auf und ab, ein drahtiger Mann in einem grauen Trainingsanzug, mit einer dramatischen Mähne aus wallendem silbernen Haar. Sein Gesicht wirkte wie gemeißelt, starr und eiskalt.

„Er macht mir Angst", flüsterte Jack. Der Junge umklammerte die Hand seines Vaters fest.

„Pst!", flüsterte Brody zurück und zog Jack auf seinen Schoß, sobald sie sich in eine der hinteren Reihen gesetzt hatten. Vor ihnen saß eine einzelne Frau.

Und als Kate auf die Bühne kam, klappte Brody im wahrsten Sinne der Mund auf.

Ihr Haar hing offen über ihren Rücken herab. Sie trug ein leuchtend rotes Kostüm, das Top eng anliegend, der Rock fiel in zahllosen Falten bis knapp über ihre Knie, die endlos langen Beine endeten in Spitzenschuhen.

Sie marschierte auf Davidov zu, die Hände in die Hüften gestemmt, bis sie direkt vor ihm stand. „Du hast mich von der Bühne geschickt. Tu das nie wieder!"

„Ich schicke dich von der Bühne, ich hole dich auf die Bühne. Das ist mein Job. Dein Job ist es, zu tanzen. Du!" Davidov deutete mit dem Finger auf den großen blonden Mann, der mit Kate herausgetreten war. „Geh wieder zurück. Du wartest. ‚Red Rose'. Wir fangen mit dem Eröffnungssolo an", sagte er zu dem Orchester gewandt. „Kimball, du bist Carlotta. Also sei gefälligst Carlotta."

Kate ging in Position, holte Luft. Als die Musik einsetzte, fühlte sie den Takt. Sie tanzte. Ein einzelner Scheinwerfer folgte ihr.

Es war ein verteufelt schwieriges Solo. Rasant, feurig, leidenschaftlich. Ihre Muskeln vibrierten, ihre Füße berührten kaum noch den Boden. Mit dem letzten Takt klappte sie in Pose zusammen, genau dort, wo sie angefangen hatte.

Ihr Puls raste von der Anstrengung. Sie hob den Kopf und warf Davidov einen trotzigen Blick zu, dann richtete sie sich auf und bewegte sich mit schnellen Pirouetten zurück zum Seiteneingang, um ihrem Partner die Bühne zu überlassen.

Brody saß wie erstarrt. So etwas hatte er noch nie gesehen. Hatte gar nicht gewusst, dass es so etwas gab. Es war wie Magie ... sie war wie Magie.

Er versuchte diese neue Seite an ihr noch irgendwie einzuordnen, als sie auch schon wieder zurück auf die Bühne schwebte.

Jetzt tanzten sie zusammen, Kate und der Mann in Weiß. Brody hatte nie geahnt, dass Ballett so ... so erotisch sein konnte. Es war wie der uralte Paarungstanz zwischen dem arroganten, selbstsicheren Männlichen und dem trotzigen, zögerlichen Weiblichen. Er sah nicht, wie viel Anstrengung es die Tänzer kostete, sah nur den Zauber, das mitreißende Tempo, die Anmut.

Und dann wurde er unsanft aus seiner träumerischen Betrachtung gerissen.

„Stopp! Stopp! Stopp!“ Davidov warf aufgeregt die Hände in die Luft. „Was soll das sein? Habt ihr überhaupt Blut in den Adern? Soll das etwa Leidenschaft darstellen, oder macht ihr einen gemütlichen Sonntagsspaziergang durch den Park? Wo bleibt die Inbrunst, das Feuer?“

„Ich werde dir schon Feuer machen!“ Kate wirbelte herum.

„Gut.“ Davidov griff sie um die Hüfte, noch während sie ihn erbost beschimpfte. „Zeig es mir.“

Er warf sie in die Luft, mit einem Ruck kam sie wieder auf den Boden zurück. Er fing sie auf, drehte sie. Dreifache Pirouette, wieder hielt er sie, zog sie ruckartig an sich. Eckige, harte Bewegungen, herausfordernd, blitzende Augen, dann stand sie wieder *en pointe,* starrte ihn weiterhin böse an.

„Da, es geht doch. So machst du es. Bleib wütend.“

„Ich hasse dich.“

„Nicht mich, ihn.“ Nach einer Handbewegung spielte das Orchester wieder auf.

„Was will er denn? Will er Blut sehen?“ Brody war außer sich.

Die Frau in der Reihe vor ihm drehte sich lächelnd um. „Ja, genau. Das wollte er immer. Davidov ist kein einfacher Mann.“

„Mein Dad sagt, man sollte ihn erschießen“, sprang Jack hilfreich ein.

Die Frau lachte. „Da ist dein Dad nicht der Einzige, der so denkt. Er ist umso strenger, je besser die Tänzer sind. Ich habe auch mit ihm getanzt.“

„Hat er Sie auch so angebrüllt?“

„Oh ja. Und ich habe zurückgeschrien. Aber er hat eine bessere Tänzerin aus mir gemacht, auch wenn ich oft sehr, sehr wütend war. Allerdings habe ich es ihm heimgezahlt.“

„Was haben Sie getan?“ Jacks Augen waren mittlerweile groß wie Untertassen. „Haben Sie ihm eins auf die Nase gegeben?“

Sie lachte. „Nein, viel besser. Ich habe ihn geheiratet.“ Sie lächelte Brody an. „Ich bin Ruth Bannion. Sie müssen ein Freund von Kate sein.“

„Entschuldigen Sie. Da bin ich ja wirklich mit Anlauf ins Fettnäpfchen gesprungen.“

„Machen Sie sich deswegen keine Sorgen.“ Sie lächelte. „Davidov holt aus jedem Tänzer das Beste heraus, allerdings auch die schlechten Seiten. Er vergöttert Kate und ist immer noch zutiefst verletzt, dass sie die Company verlassen hat. Sehen Sie selbst.“ Sie drehte sich wieder zur Bühne.

„Lassen wir es für heute genug sein.“ Auf der Bühne stieß Davidov einen lauten Seufzer aus. „Ruht euch aus. Vielleicht klappt es ja heute Abend bei der Vorstellung mit etwas mehr Energie.“

Das Blut rauschte in Kates Ohren, ihre Füße schmerzten höllisch. Aber für eine kurze Tirade hatte sie noch genug Energie. Als sie fertig und jetzt völlig außer Atem war, hob Davidov ungerührt eine Augenbraue.

„Bildest du dir ein, nur weil ich Russe bin, verstehe ich es nicht, wenn eine Ukrainerin mich einen Mann mit dem Herzen eines Schweins nennt?“

Ihr Kinn schoss hoch. „Nur damit du’s weißt: Ich habe dich einen Mann mit dem Gesicht eines Schweins genannt.“ Damit stolzierte sie zum Seitenausgang und ließ Davidov stehen, der ihr lächelnd nachsah.

„Sehen Sie?“, sagte Ruth. „Er vergöttert sie.“

11. KAPITEL

Kate küsste gerade den Russen, als Brody nach der Aufführung in ihre Garderobe kam. Sie trug immer noch das rote Bühnenkostüm und Theaterschminke. Ihr Haar war zu einem straffen Knoten zusammengebunden, so wie sie es bei dem spanischen Tanz getragen hatte – zusammen mit dem sexy roten Tutu.

Das Publikum im Saal hatte ihr zu Füßen gelegen. Er auch.

Genau das hatte er ihr sagen wollen, und dann fand er sie in den Armen dieses Sklaventreibers, den sie heute Vormittag noch so lästerlich verflucht hatte.

„Tut mir leid, wenn ich störe."

Kate strahlte ihn an und hielt ihm die Hand entgegen. „Brody."

Davidov allerdings rückte nur wenig von ihr ab, legte dafür aber einen Arm um ihre Schultern und beäugte den Neuankömmling kühl.

„Ist das der Tischler? Der, der mich erschießen will? Ihm gefällt es nicht, dass ich dich küsse."

„Ach, sei nicht albern."

Brody schaute sie mit zusammengekniffenen Augen an. „Der Mann hat recht. Es gefällt mir nicht, dass er dich küsst."

„Das ist doch absurd. Das ist Davidov."

„Ich weiß, wer er ist." Brody schloss die Tür. Unschöne Szenen sollten besser hinter geschlossenen Türen stattfinden. „Ich habe Ihre Frau kennengelernt."

„Ja, ich weiß. Sie findet Sie und Ihren kleinen Sohn sehr sympathisch. Ich habe auch einen Sohn. Und zwei Töchter." Da er nur selten einem Impuls widerstand und dieser Mann da vor ihm so wunderbar wütend dreinblickte, küsste Davidov Kate aufs Haar. „Meine Frau weiß, dass ich hier bin, um diese hier zu küssen. Diese Frau …", er trat von Kate weg und ließ langsam seine Hände an ihren Armen herabgleiten, „… die heute großartig war. Die perfekt war. Dieser Frau, der ich nie vergeben werde, dass sie mich verlassen hat."

„Ich habe mich auch großartig und perfekt gefühlt. Und ich bin glücklich."

„Glück!" Er rollte mit den Augen. „Als dein Ballettdirektor interessiert mich nur, dass du tanzt. Als dein Freund …", er seufzte schwer und küsste galant ihre Hand, „… bin ich froh, dass du gefunden hast, was du wolltest."

„Wir wären alle noch glücklicher, wenn Sie sie endlich loslassen würden", knurrte Brody unfreundlich.

Kate runzelte die Stirn. „Eifersucht ist kein sehr schönes Gefühl – und in diesem Falle völlig unangebracht."

„Mord ist auch nicht schön. Aber manchmal reizt es einen unheimlich." Brody funkelte Kate herausfordernd an, diese musterte ihn nicht weniger angriffslustig.

„Einen Moment", ging Davidov zwischen die beiden. „Wenn ihr euch streiten wollt, dann wartet damit, bis ich ausgeredet habe. Ich habe ‚The Red Rose' für Ruth geschrieben", sagte er an Kate gewandt. „Mein Herz. Es gibt keine andere, die die Carlotta so getanzt hat wie sie. Nur du."

„Oh." Tränen schossen ihr in den Augen, flossen über. „Mist!"

„Du fehlst uns hier sehr. Deshalb rate ich dir: Sei sehr, sehr glücklich da unten in West Virginia, denn sonst komme ich und hole dich zurück." Er nahm ihr Gesicht in seine Hände und fragte liebevoll auf Russisch: „Willst du diesen Mann?"

Sie nickte. *„Da."*

„Ja, dann …" Er küsste sie auf die Stirn und drehte sich dann zu Brody um. „Ich bin ein Mann, der seine Frau liebt. Sie haben sie gesehen, also müssen Sie wissen, dass sie mein größter Schatz ist. Diese hier", er blickte Kate an, „ist auch ein Schatz. Deshalb küsse ich sie. Wenn Sie Augen im Kopf haben, wissen Sie selbst, was für ein Schatz sie ist." Ein herausforderndes Lächeln trat auf sein Gesicht. „Allerdings … sollte ich einen anderen Mann küssen sehen, was meins ist, breche ich ihm die Beine. Schließlich bin ich Russe."

„Und ich fange normalerweise bei den Armen an. Ich bin Ire."

Davidov lachte herzhaft auf. „Er gefällt mir! Gut." Bevor er die Garderobe verließ, versetzte er Brody einen kameradschaftlichen Schlag auf die Schulter.

„Ist er nicht ein großartiger Mensch?"

„Vor ein paar Stunden hast du ihn noch gehasst."

„Oh, das." Sie winkte ab und setzte sich, um sich abzuschminken. „Das war während der Probe. Bei Proben hasse ich ihn immer."

„Und nach der Vorführung küsst du ihn immer?"

„Wenn es ein so überwältigender Erfolg ist, immer. Er ist ein Sklaventreiber, ein Genie. Eben Davidov", sagte sie einfach, als würde das alles erklären. „Ohne ihn wäre ich nicht die Tänzerin, die ich bin. Wahrscheinlich wäre ich noch nicht einmal die Frau, die ich bin. Ja, wir stehen uns sehr nahe, aber wir haben nichts miteinander. Niemals gehabt. Er vergöttert seine Frau."

„Willst du sagen, dass es eine Sache zwischen Künstlern ist?"

„Genau." Sie drehte sich auf dem Stuhl zu ihm um. „Es war gut, nicht wahr? Hat es dir gefallen?"

„Du warst unglaublich. Ich habe noch nie so etwas gesehen, ich habe noch nie jemanden wie dich gesehen."

„Oh." Sie sprang auf und lief zu ihm, schlang die Arme um seinen Hals. „Ich bin ja so glücklich!" Sie lachte und wischte die Creme von seiner Wange. „Entschuldige. Ich wollte, dass es unvergesslich wird. Ich war so nervös, als ich merkte, dass die ganze Familie gekommen ist. Mama und Dad, Grandma und Grandpa und alle Tanten und Onkel und Cousins und Cousinen. Brandon hat Blumen geschickt."

Sie griff ein Kleenex und setzte sich wieder. „Ich hab gedacht, ich schaffe es nicht. Mir war so schrecklich übel." Sie presste die Hand auf den Bauch. „Aber dann habe ich nur noch die Musik gefühlt. Wenn das passiert, ist alles okay. Du weißt es einfach."

Brody sah sich in dem kleinen Raum um. Überall rote Rosen, Hunderte von roten Rosen. Champagner im Eiskübel, exotische Kostüme. All dieser Glamour und Luxus, die neben ihrer Freude verblassten.

Wie konnte sie das alles aufgeben? Warum sollte sie das tun?

Er wollte die Frage gerade aussprechen, als die Tür aufgestoßen wurde und ihre ganze Familie hereinströmte. Damit war der Moment vorbei.

Am nächsten Tag im Haus ihrer Großeltern in Brooklyn war sie genauso in ihrem Element wie auf der Bühne. Die verführerische Sirene von gestern Abend hatte sich in eine liebenswerte junge Frau verwandelt, die barfuß und in Jeans umherging.

Brody versuchte diese beiden Personen in Einklang zu bringen, aber es blieb ein Rätsel für ihn. Wenn er wieder Ruhe hatte, würde er noch mal gründlicher ansetzen. Für den Moment musste das warten. Das Haus war voll mit Menschen, dass er sich schon fragte, wie lange wohl noch genug Sauerstoff in den Zimmern vorhanden sein würde. Der Geräuschpegel musste inzwischen ein gesundheitsschädliches Level erreicht haben.

An der Wand stand ein Klavier, und irgendjemand spielte immer. Alles, von Bach bis Rock. Verlockende Düfte wehten aus der Küche herüber, Wein wurde großzügig ausgeschenkt, und niemand schien länger als fünf Minuten still zu stehen.

Sein Sohn ging völlig darin auf. Er sah ihn mit Max zusammen auf einem abgenutzten Teppich liegen, wo sie ‚Karambolage' mit ihren Autos spielten. Beim letzten Mal, als er ihn gesehen hatte, saß er auf Yuris Schoß und unterhielt sich ernsthaft mit ihm, wobei es sich um so etwas Wichtiges wie Weingummidrops gehandelt haben musste, die während des Gesprächs verteilt wurden. Und davor war Jack mit ein paar Teenagern die Treppe heruntergestürmt gekommen. Brody hatte gar nicht mitbekommen, dass Jack nach oben gegangen war. Da hatte er beschlossen, seinen Sohn besser im Auge zu behalten.

„Ihm geht's gut." Eine Frau mit dem typischen Stanislaski-Aussehen – ungezähmt und schön – ließ sich neben ihn auf das Sofa fallen. „Hi, ich bin Rachel", stellte sie sich lächelnd vor. „Kates Tante. Ist nicht so leicht, uns auseinanderzuhalten, was?"

„Es gibt ziemlich viele von euch hier." Rachel also. Verzweifelt versuchte er sich an die Details zu erinnern. Richterin, genau. Die Schwester von Kates Mutter. Verheiratet mit … dem Typ, dem die Bar gehörte. Der Nicks Halbbruder war.

War es da ein Wunder, wenn ein Mann durcheinanderkam?

„Sie werden's schon noch ausknobeln. Der da drüben, der gehört zu mir." Sie zeigte auf einen großen Mann, der gerade einen hochgeschossenen Teenager in den Schwitzkasten nahm. „Der, der gerade unseren Sohn Gideon erwürgt, während er sich mit Sydney unterhält. Der Rotschopf ist mit meinem Bruder Mik verheiratet. Laurel ist Miks und Sydneys Jüngste. Mik steht da drüben mit meinem anderen Bruder Alex zusammen, während Alex' Frau Bess – noch ein Rotschopf – scheinbar gerade etwas sehr Wichtiges mit ihrer Tochter Carmen und Nicks und Freddies Kelsey zu bereden hat. Der große hübsche junge Mann, der da gerade aus der Küche kommt, ist Griff,

Miks Ältester. Anscheinend hat er etwas zu essen von Nadia, meiner Mutter, ergattert. Haben Sie alles behalten?"

„Äh …"

„Verdauen Sie das erst mal." Sie lachte und tätschelte sein Knie. „Denn es gibt noch eine ganze Menge mehr von uns. Also, Ihrem Sohn geht es bestens – und Sie haben nichts mehr zu trinken. Noch Wein?"

„Sicher, warum nicht."

„Bleiben Sie sitzen, ich besorge Ihnen ein Glas." Damit war sie schon fort.

Prompt setzte sich Griff neben ihn und begann ein Gespräch über das Tischlerhandwerk.

Zumindest damit befand Brody sich auf sicherem Grund.

Kate schob sich durch die Menge, zwei Gläser Wein in der Hand, von dem sie eines Brody reichte. Dann setzte sie sich auf die Sofalehne. „Alles in Ordnung hier?"

„Ja, bestens. Alte Pfadfinderregel: Wenn du dich verlaufen hast, beweg dich nicht von der Stelle. Dann finden sie dich schon. Hier kommen alle möglichen Leute vorbei, setzen sich, plaudern ein paar Minuten, dann sind sie wieder weg. So langsam bekomme ich auf diese Art einen Durchblick."

Noch während er redete, setzte Alex sich dazu und legte die Füße auf den Kaffeetisch. „Also, Bess und ich überlegen uns gerade, ob wir nicht noch zwei Räume an unser Wochenendhaus anbauen sollen."

„Siehst du jetzt, was ich meine?", sagte Brody grinsend zu Kate.

Sie überließ ihn Alex und schlenderte zur Küche. Ihre Mutter legte gerade letzte Hand an eine riesige Schüssel mit frischem Salat. Nadia stand am Herd und überwachte, wie Miks jüngster Sohn Adam etwas in einem Topf umrührte.

„Braucht ihr noch Hilfe?"

„Wir haben schon zu viel Hilfe in der Küche", antwortete Nadia. Ihr Haar war jetzt schlohweiß, lag in sanften Wellen um ein immer noch markantes Gesicht. Ihre Augen funkelten vergnügt, als sie Adam lobend auf den Rücken klopfte. „Das hast du gut gemacht. Jetzt geh."

„Gibt es bald was zu essen?", fragte er voller Ungeduld, bevor er die Küche verließ. „Wir sterben nämlich schon alle vor Hunger."

„Ja, bald. Sag deinen Geschwistern und deinen Cousins und Cousinen schon mal Bescheid, dass der Tisch gedeckt werden muss."

„Okay!" Schon während er aus dem Raum flitzte, rief er laut seine Befehle.

„Das ist einer, der immer den Ton angeben muss."

Natasha lachte. „Mama, sie alle wollen immer den Ton angeben. Wie hält Brody sich, Kate?"

„Er unterhält sich mit Onkel Alex." Sie fischte sich einen Crouton aus der Schüssel. „Ist er nicht süß?"

„Er hat klare Augen", sagte Nadia. „Direkt, warmherzig. Und er erzieht seinen Sohn gut. Du hast Geschmack bewiesen."

„Ich habe ja auch von den Besten gelernt." Sie küsste Nadia auf die Wange. „Danke, dass ihr ihn willkommen heißt."

Nadia fühlte ihr Herz seufzen. „Geh und deck den Tisch mit den Kindern. Sonst denken dein junger Mann und sein Sohn noch, bei uns gäbe es nichts zu essen."

„Sie werden sich schon bald vom Gegenteil überzeugen können." Sie naschte noch einen Crouton, küsste ihre Mutter auf die Stirn und huschte aus der Küche.

„Nun …" Nadia guckte in einen Topf. „Bald werden wir wohl auf ihrer Hochzeit tanzen können. Du bist zufrieden mit ihm?"

„Aber ja." Natasha konnte kaum erkennen, was sie da mit dem Salat tat. „Er ist ein guter Mann, und er macht sie glücklich. Ehrlich gesagt, wenn ich jemanden für sie hätte aussuchen müssen, wäre ich auch bei Brody angekommen. Ach Mama …" Mit tränenfeuchten Augen blickte sie zum Herd hinüber. „Sie ist mein Baby."

„Ich weiß, ich weiß." Nadia eilte zu ihrer Tochter und bot ihr eine Ecke ihrer Schürze an, während sie die andere dazu benutzte, die eigenen Tränen abzutupfen.

Die kommende Woche arbeitete Kate hart, sie freute sich darauf, die Türen für ihre ersten Schüler öffnen zu können. Das Tanzstudio war fertig, die Böden glatt und schimmernd, an den Wänden hingen blitzende Spiegel. Ihr Büro war eingerichtet und durchorganisiert, die Umkleideräume mit allem Nötigen ausgestattet.

Und jetzt, quasi als krönender Abschluss, war auch die Schrift auf dem Vorderfenster angebracht:

Kimball School of Dance

Sie stand auf dem Bürgersteig, die Handflächen aneinandergepresst und las. Las noch einmal. Und noch mal.

„Entschuldigung, Miss …?"

„Hm?" Gedankenverloren blinzelte Kate und drehte sich langsam um. Eine Frau kam über die Straße. Oh nein, die Frau, die vorbeigekommen war, als Brody sie wie einen Sack auf seiner Schulter getragen hatte …! „Oh. Ja. Hallo."

„Hallo. Wir haben uns noch gar nicht richtig vorgestellt." Man sah der Frau an, dass sie sich genauso unwohl fühlte wie Kate. „Ich bin Marjorie Rowan."

„Kate Kimball."

„Ja, ich weiß. Ihren Freund kenne ich auch schon. Der Vermieter hat ihn mal wegen einer Reparatur vorbeigeschickt."

„Aha."

„Nun, ich habe im Geschäft Ihrer Mutter eine Broschüre mitgenommen. Meine Tochter – Audrey, sie ist acht – redet schon die ganze Zeit darüber, dass sie Ballettunterricht nehmen will."

Zuerst kam die Erleichterung. Diese Unterredung drehte sich also nicht um Erregung öffentlichen Ärgernisses, sondern nur um eine potenzielle neue Schülerin.

„Wir können uns gern darüber unterhalten. Oder wenn Sie möchten, rede ich auch erst mit Ihrer Tochter. Nächste Woche fangen die ersten Klassen an. Möchten Sie hereinkommen, sich das Studio ansehen? Kommen Sie, dann können Sie mir von Ihrer Audrey erzählen."

„Danke. Sie kommt bald aus der Schule zurück. Das wird eine wunderbare Überraschung für sie sein." Marjorie folgte Kate ins Haus. „Wissen Sie, als kleines Mädchen wollte ich auch immer Ballettunterricht haben. Aber wir konnten es uns damals nicht leisten."

„Warum holen Sie das jetzt nicht nach?"

„Jetzt?" Marjorie lachte leise auf. „Ich bin zu alt für Ballettunterricht."

„Es ist eine gute Übung, hält fit und in Form. Und es macht Spaß. Dafür ist niemand zu alt. Sie scheinen doch eine ganz passable Figur zu haben."

„Man tut, was man kann." Marjorie sah sich mit einem verträumten Lächeln in dem Studio um, sah die Ballettstangen, die Spiegel, die gerahmten Fotos. „Ich kann mir vorstellen, dass es großen Spaß machen würde. Aber ich kann mir keinen Unterricht für uns beide leisten."

„Kommen Sie mit durch in mein Büro. Darüber werden wir uns bestimmt einig werden."

Eine knappe Stunde später spurtete Kate nach oben. Sie musste ihr Glück mit jemandem teilen, und Brody war der Auserkorene. Sie hatte nicht nur zwei neue Schüler – ihr erstes Mutter-Tochter-Team –, sondern auch eine neue Idee für ihr Angebot.

Familienkurse.

Sie rannte durch das kleine Wohnzimmer und blieb plötzlich mitten in der Bewegung stehen. Drehte sich einmal um die eigene Achse.

Es war fertig. Böden und Wände waren glatt, das Holz glänzte wie Seide.

Vor lauter Aufregung und Arbeit hatte sie es gar nicht bemerkt. Die Vollendung war völlig an ihr vorbeigerauscht.

Erstaunt ging sie in die Küche. Auch hier glänzte und schimmerte alles. Die Schränke warteten nur darauf, gefüllt zu werden. Die Fensterbank schrie förmlich nach Blumentöpfen.

Sie strich mit einem Finger über den Frühstückstresen. Brody hatte recht gehabt, nein, verbesserte sie sich in Gedanken, sie beide hatten recht gehabt. In allem. Die Wohnung wie auch der Rest des Gebäudes war eine gemeinschaftliche Anstrengung gewesen. Und es war perfekt geworden.

Sie eilte ins Schlafzimmer, wo Brody vor dem Einbauschrank hockte und das Schloss montierte. Jack saß daneben auf dem Boden, die Zunge zwischen die Zähne geklemmt, und schraubte konzentriert einen Messinggriff an eine der Schubladen. Mike lag zwischen den beiden und schnarchte zufrieden vor sich hin.

„Es gibt doch nichts Schöneres, als anderen bei der Arbeit zuzusehen." Beide sahen auf und brachten ihr Herz zum Klingen. „Hallo, hübscher Jack."

„Ich darf mithelfen, weil Rod und Carrie zum Zahnarzt müssen. Ich war schon. Keine Löcher."

„Das ist gut. Brody, ich war so mit dem Erdgeschoss beschäftigt, dass ich gar nicht gemerkt habe, wie weit hier oben schon alles ist. Es ist wunderschön geworden, genau richtig."

„Da sind noch ein paar Kleinigkeiten. Draußen muss natürlich auch noch einiges gemacht werden, aber ansonsten ... alles ist bereit." Trotzdem spürte er nicht die Befriedigung, die ihn sonst überkam, wenn ein Auftrag fast vollendet war. Im Gegenteil, seit Tagen war er deprimiert.

„Ich liebe es!" Sie ging in die Hocke und ließ sich von einem aufgewachten und begeisterten Mike begrüßen. „Gerade haben sich zwei neue Schüler angemeldet. Wenn ich jetzt noch zwei gut aussehende Männer finden könnte, die mit mir feiern ... das würde den Tag zu einem runden Abschluss bringen."

„Wir können doch mitgehen!"

„Jack, morgen ist Schule. Du musst früh zu Bett."

„Ich dachte an ein frühes Abendessen", improvisierte Kate, als sie Jacks langes Gesicht sah. „Hamburger und Pommes frites bei ‚Chez McDo'."

„Sie meint McDonald's", erklärte Jack, sprang seinem Vater auf den Rücken und drückte ihn fest. „Bitte, Dad, können wir nicht gehen?"

Und schon wieder mit dem Rücken zur Wand, dachte Brody. „Ziemlich schwer, ein so ausgefallenes Mahl auszuschlagen."

„Das heißt Ja!", übersetzte Jack und umarmte Kates Beine. „Können wir jetzt sofort gehen?"

„Ich muss hier noch was zu Ende machen." Brody strich sich das Haar aus der Stirn. Und schaute sie einfach nur an.

Das hatte er jetzt schon öfter gemacht, seit sie aus New York zurück waren. Etwas war anders an diesem Blick. So anders, dass die Frösche wieder in Kates Magen zu hüpfen begannen.

„Eine Stunde ungefähr. Einverstanden?", fragte er.

„Sicher. Kann ich dir deine rechte Hand entführen? Ich möchte es meiner Mutter sagen. Dann können wir auch gleich mit Mike Gassi gehen."

„In Ordnung. Jack, es wird nicht gebettelt, verstanden?" Brody musterte seinen Sohn streng.

„Er meint, ich soll nicht nach Spielzeugen fragen. Ich hole Mikes Leine. Dad, kann ich ..." Den Rest flüsterte er seinem Vater ins Ohr.

„Ja, klar", erlaubte dieser.

„Wir sind in einer Stunde wieder zurück."

„Gut." Brody wartete, bis er die drei die Treppe hinuntertoben hörte, dann setzte er sich auf seine Fersen.

Er würde ein paar Entscheidungen treffen müssen. Es war schlimm genug, dass er nicht von Kate loskam, aber Jack war völlig verrückt nach ihr.

Ein erwachsener Mann überlebte die paar Beulen und Kratzer an seinem Herzen. Aber das durfte er dem Herzen seines Kindes nicht zumuten. Ihm blieb nur eins: Er musste sich mit Kate zusammensetzen und ernsthaft reden. Es wurde Zeit, dass sie die Dinge zwischen sich klärten.

Und er musste mit Jack reden. Er musste wissen, was der Junge dachte, was er fühlte. Schließlich würde auch sein Leben davon betroffen sein.

Jack zuerst, entschied Brody. Vielleicht sah der Junge in Kate ja nur eine gute Freundin, vielleicht würde es ihn verstören, sollte sie eine größere Rolle in ihrem Leben einnehmen. Schließlich hatte es für Jack immer nur ihn und seinen Dad gegeben.

Er zuckte zusammen, als er aus den Augenwinkeln eine Bewegung wahrnahm.

„Wenn du diesen Krach abstellen würdest, würdest du etwas hören können und dich nicht so erschrecken", brummte Bob O'Connell.

„Ich höre gern Musik bei der Arbeit." Brody richtete sich auf. „Brauchst du etwas?"

Seit jenem Tag in der Küche der Kimballs hatten die beiden Männer nicht mehr miteinander gesprochen. Jetzt sahen sie sich argwöhnisch an.

„Ich habe dir etwas zu sagen", setzte Bob an.

„Dann sag es."

„Ich habe mein Bestes getan für dich. Immer. Es ist nicht richtig von dir, dass du das nicht anerkennen willst. Vielleicht war ich zu hart mit dir, aber du warst ein wildes Kind und brauchtest eine starke Hand. Ich hatte eine Familie zu ernähren, und ich habe es auf die einzige Weise getan, die ich kenne. Vielleicht habe ich nicht genug Zeit mit dir verbracht …" Er steckte die Hände in die Hosentaschen. „Ich war einfach nicht der Typ dazu, so wie du mit Jack. Tatsache ist, wenn man mit dir Zeit verbracht hat, war es nicht so einfach und angenehm wie mit Jack. Dass Jack so ist, ist dein Verdienst. Vielleicht hätte ich es dir schon früher sagen sollen, aber ich sage es jetzt."

Brody schwieg lange, versuchte den Schock zu verarbeiten. „Weißt du", hob er schließlich an, „das ist die längste zusammenhängende Rede, die du je an mich gerichtet hast."

Bobs Gesicht wurde hart. „Nun, dann bin ich fertig." Er wandte sich zum Gehen.

Brody legte den Bohrer beiseite. „Dad ... danke."

Bob stieß den Atem aus und drehte sich wieder um. Er schien mit den Worten zu kämpfen. „Dann kann ich wohl weitermachen. Wahrscheinlich hätte ich dich an dem Tag nicht so anfahren sollen, nicht vor deinem Jungen und deiner ... der Kimball-Tochter. Deine Mutter hat mir eine anständige Gardinenpredigt gehalten."

Brody war fassungslos. „Mom?"

„Ja." Ärgerlich und frustriert trat Bob leicht gegen die Türschwelle. „Das tut sie nicht oft, aber wenn, dann Gnade einem Gott. Auch jetzt redet sie kaum mit mir. Sagt, ich hätte sie beschämt."

„Da habe ich von Kate auch zu hören bekommen. Sie ist auch nicht schlecht in Gardinenpredigten."

„Ich kann nicht gerade behaupten, es hätte mir gefallen, dass sie mich so angegiftet hat. Aber ich muss gestehen, sie hat Mumm. Sie wird dich auf dem richtigen Weg halten."

„Darauf achte ich selbst."

Bob nickte. Der Druck, der seit Tagen auf seiner Brust lastete, löste sich ein bisschen. „Du hast deinen Job gemacht. Gute Arbeit. Für einen Tischler."

Es war das erste Mal seit langer Zeit, dass Brody seinen Vater anlächelte und es ernst meinte. „Du hast auch gut gearbeitet. Für einen Klempner."

„Was dich aber nicht davon abgehalten hat, mich zu feuern."

„Du hast mich wütend gemacht."

„Verflucht, wenn du jeden Arbeiter feuerst, der dich wütend macht, kriegst du bald keinen Bautrupp mehr zusammen. Wie geht es deiner Hand?"

Brody spreizte die Finger. „Ist wieder in Ordnung."

„Gut. Da keine bleibenden Schäden zurückgeblieben sind, könntest du ja vielleicht mal zum Telefon greifen und deine Mutter anrufen. Ihr sagen, dass man die Luft zwischen uns wieder atmen kann. Mir wird sie es wohl nicht glauben."

„Einverstanden, mache ich. Ich weiß, dass ich eine Enttäuschung für dich war …"

„He, jetzt warte aber …"

„Nein, ich weiß es." Brody ließ sich nicht unterbrechen. „Vielleicht war ich selbst auch von mir enttäuscht. Aber ich habe es wiedergutgemacht. Für Connie. Für Jack. Und für mich auch. Zum Teil habe ich es sogar für dich getan. Ich wollte dir zeigen, dass ich etwas wert bin."

„Das hast du mir gezeigt." Bob war nie gut darin gewesen, den ersten Schritt zu tun, aber jetzt tat er es. Er kam mit ausgestreckter Hand auf seinen Sohn zu. „Ich denke, ich kann stolz darauf sein, was du aus dir gemacht hast."

„Danke." Brody nahm die Hand seines Vaters und drückte sie fest. „Ich habe da einen neuen Auftrag, soll eine Küche renovieren. Hast du Lust, die Installationen zu übernehmen?"

Bobs Lippen zuckten. „Kann schon sein."

12. KAPITEL

Während Vater und Sohn die Kluft zwischen sich überbrückten, schlenderte Kate mit dem jüngsten O'Connell über die Straße.

„Ich habe doch nicht gebettelt, oder?"

„Aber nein!" Sie sah ihn gespielt schockiert an. „Mama und ich mussten dich ja praktisch zwingen, das Flugzeug anzunehmen. Nein, hübscher Jack, wir haben dich angebettelt."

Jack grinste verschmitzt. „Wirst du es Dad auch so erzählen?"

„Natürlich. Er wird bestimmt damit spielen wollen. Dieser Jet ist ziemlich cool."

„Wie der, mit dem wir nach New York geflogen sind." Er drehte sich im Kreis und machte das laute Motorengebrumm nach. „Das war super! Ich habe allen eine Karte geschrieben, als Dankeschön. Gefällt dir meine Karte?"

Sie tippte auf die Tasche, wo eine in ordentlicher Druckschrift geschriebene Postkarte steckte. „Ich finde sie ganz toll. Es war sehr höflich und sehr gentlemanlike, dass du Freddie und Nick und meinen Großeltern eine Karte geschickt hast."

„Sie haben gesagt, ich darf wiederkommen. Yuri will sogar, dass ich dann in seinem Haus übernachte."

„Würde dir das gefallen?"

Er nickte. „Er kann mit den Ohren wackeln."

„Ich weiß."

„Kate?"

„Hm?" Sie bückte sich, um Mike aus der Leine zu befreien, mit der er sich fast erwürgte. Als sie sich wieder aufrichtete, bemerkte sie Jacks Blick. Ein sehr ernster, sehr nachdenklicher Blick. Genau wie sein Vater vorhin. „Was gibt es denn, hübscher Jack?"

„Können … können wir uns da auf die Mauer setzen und reden?"

„Sicher." Das war wirklich ernst. Kate hob Jack auf die halbhohe Mauer, setzte ihm Mike auf den Schoß und zog sich ebenfalls hoch. „Also, worüber willst du reden?"

„Ich hab mich nur gefragt, ob …" Er hatte mit seinen besten Freunden darüber geredet. Mit Max in New York und mit Rod in der Schule. Es war ein Geheimnis. Sie hatten es mit Spucke und

Handschlag besiegelt. „Du magst meinen Dad doch, oder?"

„Aber ja, sehr sogar."

„Und du magst Kinder, so wie mich?"

„Vor allem Kinder wie dich." Sie legte ihm einen Arm um die Schultern und drückte ihn an sich. „Wir sind Freunde."

„Mein Dad und ich mögen dich auch. Auch sehr sogar. Deshalb dachte ich mir …" Er sah zu ihr auf, das kleine Gesichtchen so jung und so ernst. „Willst du uns heiraten?"

„Oh." Ihr Herz stockte, machte einen Sprung, fiel mit einem lauten Pochen wieder auf seinen Platz zurück und floss über. „Oh Jack."

„Weißt du, wenn du es tust, dann kannst du mit uns in unserm Haus leben. Dad macht es richtig schön. Und wir haben auch einen Garten, und dann können wir den Garten bepflanzen. Morgens könntest du mit uns frühstücken, dann zu deiner Schule fahren und den Leuten das Tanzen beibringen. Und dann kommst du wieder nach Hause. Es ist nicht weit."

Gerührt legte sie die Wange an seinen Kopf. „Ach Herzchen."

„Dad ist wirklich nett. Er schreit nur ganz selten", fuhr Jack hastig fort. „Er hat keine Frau mehr, weil sie in den Himmel gehen musste. Ich wünschte, sie wäre bei uns geblieben, aber sie musste weg."

„Ich weiß."

„Vielleicht traut sich Dad ja nicht, dich zu fragen, weil du vielleicht auch in den Himmel musst. Rod glaubt das. Aber das wirst du nicht tun, oder?"

„Jack." Sie kämpfte die Tränen zurück und nahm sein Gesicht in ihre Hände. „Ich habe vor, noch sehr lange hierzubleiben. Hast du mit deinem Vater darüber gesprochen?"

Er schüttelte den Kopf. „Nein, weil der Junge das Mädchen fragen muss. Hat Max gesagt. Ich und Dad werden dir auch einen Ring kaufen, weil Mädchen einen brauchen. Und du darfst mich auch küssen, und ich werde ganz brav sein. Du und Dad, ihr könnt auch Babys machen. Das tun Leute doch, wenn sie verheiratet sind. Ich hätte ja lieber einen Bruder, aber eine Schwester geht auch. Wir können uns lieb haben und alles. Also, wirst du uns bitte heiraten?"

Selbst in ihren wildesten Träumen hätte sie sich nie vorstellen können, einen Heiratsantrag von einem sechsjährigen Jungen zu bekommen, auf einer kleinen Mauer an einem sonnigen Frühlingsnachmittag. Nichts hätte schöner sein können.

„Jack, ich verrate dir jetzt ein Geheimnis. Ich habe dich schon lieb."

„Wirklich?"

„Ja. Und deinen Dad auch. Ich werde ganz gründlich nachdenken über das, was du mir gesagt hast. Wenn ich dann Ja sage, dann weißt du, dass ich es mir mehr als alles andere auf der Welt wünsche. Wenn ich Ja sage, dann bist du aber nicht mehr nur Dads kleiner Junge. Du wärst dann auch mein kleiner Junge. Verstehst du das?"

Er nickte, sein Gesicht bestand nur noch aus Augen. „Du würdest meine Mom sein, richtig?"

„Ja, ich würde deine Mom sein."

„Das ist in Ordnung."

„Schön. Ich werde also darüber nachdenken." Sie küsste ihn auf die Stirn und hüpfte von der Mauer.

„Wird es lange dauern, bis du fertig nachgedacht hast?"

Sie hob ihn herunter und hielt ihn fest, bevor sie ihn auf den Boden stellte. „Nein, diesmal nicht. Aber so lange soll es noch unser Geheimnis bleiben, ja?"

Sie gab sich fast volle vierundzwanzig Stunden Zeit. Schließlich war sie eine Frau, die wusste, was sie wollte. Vielleicht war das Timing nicht gerade perfekt, aber das ließ sich eben nicht ändern.

Die Dinge liefen ja auch nicht in den logisch geordneten Bahnen, wie sie es vorgezogen hätte. Aber sie war flexibel. Ja, wenn sie etwas nur stark genug wollte, konnte sie auch flexibel sein.

Sie hatte überlegt, ob sie Brody zu einem romantischen Dinner zu zweit einladen sollte. Und den Gedanken verworfen. Ein Antrag in einem Restaurant mit hundert anderen Leuten würde es schwierig machen, ihn festzunageln, falls es nötig werden sollte.

Sie spielte mit dem Gedanken, bis zum Wochenende zu warten. Ein romantisches Dinner bei Brody. Kerzenlicht, Wein, Musik.

Nein, das ging auch nicht. Wenn Jack bis dahin nicht längst mit der Neuigkeit herausgeplatzt war – sie würde es bestimmt nicht so lange für sich behalten können.

Es würde nicht so werden, wie sie es sich vorgestellt hatte. Kein

Mondschein, keine Geigen am Himmel. Brody würde ihr nicht tief in die Augen schauen und ihr seine ewige Liebe erklären.

Na schön, es würde also nicht perfekt sein, aber es war richtig. Richtig und gut. Zu diesem Zeitpunkt war nicht die Atmosphäre wichtig, sondern nur das Ergebnis. Also warum noch warten?

Einmal zu diesem Entschluss gekommen, war sie schrecklich enttäuscht, als sie die Räume über dem Studio leer vorfand.

„Wo zum Teufel bist du?" murmelte sie vor sich hin, steckte die Hände in die Taschen und marschierte auf und ab.

Der Schulbus! Sie rannte zur Tür. Er holte Jack vom Bus ab. Sie sah auf ihre Uhr, als sie die Treppe hinunterstürmte. Er konnte nur wenige Minuten Vorsprung haben.

„He! Wo brennt's denn?" Spencer fing sie auf, als sie die letzten drei Stufen hinuntersprang.

„Dad! Entschuldige, aber ich muss mich beeilen. Ich muss Brody einholen." Sie küsste ihn hastig auf die Wange. „Ich muss ihn fragen, ob er mich heiraten will."

„Oh, nun ..." Sie war schneller als er, jünger, aber der Schock reichte aus, um ihn so schnell zu machen, dass er sie abfing, bevor sie zur Haustür hinausrennen konnte. „Was hast du da gerade gesagt?"

„Ich werde Brody fragen, ob er mich heiratet. Ich habe alles genau durchdacht."

„Katie."

„Ich liebe ihn, und ich liebe Jack, Dad. Ich habe jetzt keine Zeit, es dir zu erklären, aber ich habe alles genau geplant. Vertrau mir."

„Jetzt hol erst mal Luft und dann ..." Er sah in ihr Gesicht, ihre Augen. Sterne. Sein kleines Mädchen hatte Sterne in den Augen. „Er hat keine Chance."

„Danke." Sie warf ihrem Vater die Arme um den Hals. „Wünsch mir trotzdem Glück."

„Viel Glück." Er sah ihr nach, als sie davoneilte. „Leb wohl."

Brody hielt unterwegs an, um Milch, Eier und Brot zu besorgen. Jack hatte eine Manie für French Toast entwickelt. Als er in die Straße einbog, sah er auf seine Uhr. Zehn Minuten zu früh. Er hatte zu viel Zeit für den Einkauf eingeplant.

Also stieg er aus und ließ Mike auf dem Hügel herumtollen. Der

Frühling hielt Einzug, mit Riesenschritten. Die ersten Knospen öffnete sich schon, ein Hauch von Grün, wirklich nur eine Andeutung, zog sich über die Landschaft. Etwas lag in der Luft.

Vielleicht war es Hoffnung.

Das Haus sah mehr und mehr aus wie ein Zuhause. Schon bald würde er sich eine Hängematte im Garten aufhängen können. Ein Schaukelstuhl auf der Veranda wäre auch nicht schlecht. Oder eine Hollywoodschaukel. Und er würde für Jack ein Planschbecken besorgen. An den langen, milden Sommerabenden könnte Jack mit Mike auf dem Rasen herumtollen. Und er würde auf der Veranda sitzen und zusehen. Zusammen mit Kate.

Schon seltsam. Ohne Kate konnte er sich dieses Bild nicht vorstellen. Wollte es auch nicht.

Er würde sich Zeit lassen. Erst einmal ausloten, wie Jack zu dem Ganzen stand. Danach musste er herausfinden, ob Kate bereit war, einen Schritt weiter zu gehen.

Vielleicht sollte er ihr einen kleinen Tipp in die Richtung geben. Nichts im Leben war perfekt, es war ein stetiges Projekt in Arbeit.

Es war genau wie bei einem Haus. Man brauchte ein gutes solides Fundament, darauf konnte man aufbauen. Dieses Fundament hatten sie. Er sah es genau vor sich. Er, Kate, Jack und die Kinder, die noch kommen würden. Ein Haus brauchte Kinder. Es war an der Zeit, das Gerüst aufzustellen, es zu etwas Solidem zu machen.

Vielleicht war sie noch nicht bereit für eine Ehe. Immerhin hatte sie gerade erst ihr Tanzstudio eröffnet. Vielleicht brauchte sie auch mehr Zeit, um sich an den Gedanken zu gewöhnen, plötzlich die Mutter eines Sechsjährigen zu sein. Er konnte geduldig sein, er würde ihr Zeit lassen.

Er sah zu dem Haus auf dem Hügel empor. Es sah aus, als würde es auf etwas warten.

Aber nicht zu viel Zeit, beschloss er im Stillen. Wenn er erst mal mit dem Bauen angefangen hatte, wollte er weiterarbeiten. Und er wollte Kate mit dabeihaben, bei dem wichtigsten Projekt seines Lebens. Sie sollte mit ihm zusammen daran arbeiten.

Also, so beschloss er, während er zum Briefkasten ging, als Erstes würde er mit Jack darüber reden. Sein Sohn sollte sich sicher fühlen. Jack hatte einen Narren an Kate gefressen, aber vielleicht würde er sich Sorgen machen, welche Veränderungen sich ergeben würden, wenn er, Brody, und Kate heirateten. Diese Sorgen musste Brody schon vorab ausräumen.

Direkt heute Abend würden sie darüber reden, nach dem Abendessen. Und wenn Jack und er sich einig waren, würde er ausknobeln, was er zu Kate sagen konnte, damit sie alle für den nächsten Schritt bereit waren.

Er nahm die Post aus dem Briefkasten und sah die Briefe durch, als Kate mit ihrem Wagen neben seinem Pick-up parkte und ausstieg. „Hi." Überrascht warf er die Briefe durch das offene Fenster in die Fahrerkabine. „Dich hatte ich hier nicht erwartet." Aber jetzt wusste er, dass er nicht mehr lange warten konnte.

„Ich muss dich im Studio wohl gerade verpasst haben." Ihr Blick war unergründlich.

„Gibt's ein Problem?"

„Nein. Es gibt überhaupt keine Probleme." Sie ging zu ihm und legte ihre Hände auf seine Brust, eine Angewohnheit, die ihm wie immer den Puls hochjagte. „Du hast mir keinen Kuss gegeben, bevor du gegangen bist."

„Deine Bürotür war geschlossen. Ich dachte mir, du seist beschäftigt."

„Dann küss mich jetzt." Sie strich mit ihren Lippen über seinen Mund, hob kritisch eine Augenbraue, als er den Kuss kurz hielt und sich zurückziehen wollte. „Das kannst du aber besser."

„Kate, der Bus kommt gleich …"

„Mach es besser." Sie schmiegte sich an ihn, und die Stimmung änderte sich sofort. Er legte eine Hand auf ihren Rücken, die andere schob er in ihr Haar. Und dann vergaßen sie beide alles um sich herum.

„Mmh, das meinte ich. Es ist Frühling", fügte sie hinzu und legte den Kopf zurück, um ihn anschauen zu können. „Weißt du, was einen jungen Mann im Frühling beschäftigt? Außer Baseball, natürlich?"

Er grinste sie an. „Dass die Felder gepflügt werden müssen?"

Sie lachte und verschränkte ihre Finger mit seinen. Ja, die Frösche waren wieder da, hüpften wild, aber es gefiel ihr. „Na schön. Was, glaubst du, beschäftigt eine junge Frau im Frühling? Im Speziellen diese junge Frau, die vor dir steht?"

„Bist du hier, um es mir zu sagen?“

„Ja, ich denke schon …“ Sie kaute an ihrer Unterlippe, dann ließen sich die Worte nicht länger zurückhalten. „Brody, heirate mich.“

Er zuckte zusammen, dann erstarrte er zu Stein. In seinen Ohren summte ein wild gewordener Hornissenschwarm. Er hatte Halluzinationen, das musste es sein. Es war unmöglich, dass sie hier vor ihm stand und genau das aussprach, worüber er die letzten fünf Minuten nachgedacht hatte. Wie er es sagen sollte, wie er sie fragen sollte.

Um seine Fassung wiederzuerlangen, trat er einen Schritt zurück.

„Mit diesem heruntergeklappten Unterkiefer siehst du weder sonderlich attraktiv noch intelligent aus.“

Vielleicht träumte er ja nur. Aber sie sah so echt aus. Sie schmeckte auch echt. Sein rasender Herzschlag war bestimmt echt. Außerdem hatte er sie ja auch in seinen Träumen gefragt. Verflucht. „Eine Frau kommt nicht einfach mitten am Tag zu einem Mann und sagt ihm, dass er sie heiraten soll.“

„Wieso nicht?“

„Weil …“ Wie sollte er einen klaren Gedanken fassen können, wenn diese Hornissen in seinem Kopf schwirrten? „Weil sie es einfach nicht macht.“

„Ich habe es doch gerade getan.“ Sie spürte Ärger in sich aufwallen und drängte ihn zurück. Ihre Finger zitterten leicht, als sie begann, Gründe aufzuführen und an ihnen abzuzählen. „Seit Monaten treffen wir uns. Wir sind keine Kinder mehr. Wir sind gerne zusammen. Wir respektieren uns. Da ist es doch nur der nächste logische Schritt, wenn man an eine Heirat denkt.“

Er musste die Zügel wieder in die Hand nehmen. Jetzt, sofort. „Du hast aber nicht gesagt: an eine Heirat denken, oder? Du hast nicht gesagt: Lass uns darüber reden, oder?“ Was er vorgehabt hatte, wenn sie ihm überhaupt die Chance dazu gelassen hätte. „Es gibt noch eine Menge andere Faktoren, die wichtig sind, nicht nur zwei Menschen, die gerne zusammen sind und sich respektieren.“

Sich lieben, zum Beispiel. Gott, wie sehr er sie liebte. Aber er musste wissen, wie es weitergehen sollte. Mit der Zukunft. Getrennt oder gemeinsam. Als Familie. Es gab da Dinge, die vorher geklärt werden mussten.

„Natürlich, aber …“

„Fangen wir bei dir an", unterbrach er sie. „Im Moment hast du die Wahl, deine Ballettkarriere zu jedem Zeitpunkt wieder aufzunehmen. Nichts hält dich davon ab, nach New York zurückzukehren, auf die Bühne."

„Mein Tanzstudio hält mich davon ab. Diese Entscheidung habe ich getroffen, bevor ich dich kannte."

„Kate, ich habe dich gesehen, da oben auf der Bühne. Der Unterricht wird dir das nie geben können."

„Stimmt, denn er wird mir etwas anderes geben, und das ist das, was ich will. Brody, ich bin kein Mensch, der Entscheidungen aus einer Laune heraus fällt. Ich wusste genau, was ich tue. Was ich zurücklasse, wohin ich aufbreche. Wenn du mir nicht zutraust, dass ich mich an eine Abmachung halte, dann kennst du mich nicht."

„Damit hat das gar nichts zu tun. Ich kenne keinen anderen Menschen, der so konzentriert auf ein Ziel hinarbeitet wie du." Und er hatte gedacht, alles im Griff zu haben. Wie er vorgehen wollte. Wie er auf dem Fundament aufbauen wollte. Diese Frau feierte schon Richtfest. Sie würde sich gedulden müssen, denn was er baute, hielt das ganze Leben.

„Ich habe wesentlich mehr zu bedenken als nur den nächsten Karriereschritt. Ich habe Jack. Alles, was ich tue oder nicht tue, hat mit Jack zu tun."

„Brody, das weiß ich doch. Und du weißt, dass ich es weiß."

„Er mag dich sehr gern, aber er braucht Sicherheit. Stabilität. Er muss wissen, dass er sich auf mich verlassen kann, dass ich immer für ihn da sein werde. Kate … Gott, er hat in seinem ganzen Leben nur mich gehabt. Connie ist krank geworden, da war er erst ein paar Monate alt. Ihr blieb kaum Zeit mit ihm, bei all den Arzt- und Behandlungsterminen, den Krankenhausaufenthalten … Sie konnte sich nicht um ihn kümmern, und ich habe nur versuchen können, alles zusammenzuhalten. Unsere Welt stürzte ein, und ich konnte Jack nichts bieten. Die ersten beiden Jahre seines Lebens waren ein Albtraum."

„Oh Brody." Sie konnte es sich nur zu gut vorstellen, die Angst, die Panik, die Trauer. „Aber du hast es geschafft. Du hast ihm ein glückliches und normales Leben gegeben. Verstehst du denn nicht, wie sehr ich dich dafür bewundere? Respektiere?"

Er starrte sie an. Der Gedanke, dass alleinerziehende Väter bewundernswert waren, wäre ihm nie gekommen. „Kate, das musste ich doch tun. Zuerst an ihn denken. Es geht hier nicht nur um dich und mich, Kate. Wenn solch eine wichtige Entscheidung getroffen wird, eine, die das ganze Leben verändert, muss er mitreden können."

„Behaupte ich etwas anderes?"

Brody fluchte leise. „Ich kann nicht einfach zu ihm gehen und ihm sagen, dass ich heirate. Ich muss erst mit ihm darüber reden, ihn vorbereiten. Du übrigens auch. Er muss sich deiner genauso sicher sein können wie meiner, er muss sich auf uns verlassen können."

„Herrgott noch mal, O'Connell, meinst du denn, ich hätte all das nicht längst bedacht? Du kennst mich jetzt seit Monaten, du solltest eine höhere Meinung von mir haben!"

„Das hat doch damit nichts ..."

„Jack hat mich längst gefragt, ob ich dich heiraten will."

Brody sah ungläubig in ihr erhitztes, wütendes Gesicht, dann hob er abwehrend die Hände. „Ich muss mich setzen." Ein Baumstumpf hielt als Sitzgelegenheit her. Mike kam angerannt und legte Brody die Leine in den Schoß. Er warf sie weit den Hügel hinauf, und der Hund rannte los, um sie zu holen. „Was hast du gesagt?", brachte er schließlich hervor.

„Sag mal, spreche ich Chinesisch? Jack hat mir gestern einen Antrag gemacht. Offensichtlich fällt es ihm nicht so schwer zu entscheiden, was er will, wie seinem Vater. Er mich gebeten, euch zu heiraten. Euch beide. Und ich habe nie ein schöneres Angebot gehört. Aber von dir werde ich wohl keins hören."

„Du hättest deinen Antrag bekommen, wenn du zwei Tage gewartet hättest", murmelte er in sich hinein, dann, lauter: „Tust du das nur, um Jack glücklich zu machen?"

„Eines lass dir gesagt sein: Sosehr ich dieses Kind auch liebe, ich würde seinen begriffsstutzigen, sturen Vater nicht heiraten, wenn ich es nicht wollte. Jack ist der Meinung, dass wir gut füreinander sind und ein gutes Leben zusammen haben können. Ich stimme ihm da zu. Und du ... du sitzt einfach da wie ein Holzklotz."

Nicht nur Kate hatte ihm die Pointe verdorben, sein sechsjähriger Sohn war vor ihm über die Ziellinie gelaufen. Er wusste nicht, ob er eingeschnappt oder begeistert sein sollte. „Vielleicht wäre ich nicht ganz so erschlagen, wenn du dich nicht so von hinten an mich herangeschlichen hättest."

„Von hinten? Angeschlichen? Hast du denn keine Augen im Kopf? Ich habe doch alles getan! Hätte ich es mir auf die Stirn schreiben sollen? Warum wohl bin ich noch nicht in die fertige Wohnung über der Schule eingezogen, Brody? Eine durchorganisierte, praktische Frau wie ich lässt so etwas nicht schleifen. Es sei denn, sie hat gar nicht die Absicht, dort zu wohnen."

Er stand auf. „Weil ... Ich weiß nicht."

„Warum habe ich jede freie Minute mit dir verbracht, oder mit dir und Jack? Warum komme ich hierher, unterdrücke meinen Stolz und bitte dich, mich zu heiraten? Warum sollte ich überhaupt irgendetwas von diesen Dingen tun, wenn ich dich nicht lieben würde? Du Idiot!" Sie machte auf dem Absatz kehrt und stapfte wütend zu ihrem Wagen. Tränen der Wut und der Qual liefen ihr über die Wangen.

Ein Schraubstock legte sich um sein Herz, drückte zu, unerträglich. „Kate, wenn du in diesen Wagen einsteigst, werde ich dich mit Gewalt herauszerren! Wir sind noch nicht fertig!"

Die Hand am Türgriff, drehte sie sich zu ihm um. „Ich bin zu wütend, um mit dir zu reden."

„Du brauchst nichts zu sagen. Setz dich." Er deutete auf den Baumstumpf.

„Ich will aber nicht sitzen."

„Kate!"

Sie warf die Hände in die Luft, stolzierte zum Stumpf und setzte sich. „Da! Zufrieden?"

„Erstens: Ich heirate niemanden, nur um Jack eine Mutter zu geben. Zweitens: Ich heirate niemanden, der keine Mutter für Jack sein will. So, da das nun klar ist, können wir über dich und mich reden. Ich weiß, du bist wütend, aber höre bitte mit dem Weinen auf."

„Wegen dir würde ich keine einzige Träne vergießen, darauf kannst du dich verlassen!"

Er zog ein Taschentuch hervor und ließ es in ihren Schoß fallen. „Mach sie weg, ja? Ich habe auch so schon genug Schwierigkeiten."

Sie rührte sein Taschentuch nicht an und wischte sich unwirsch die Tränen mit der Hand fort.

„Gut. Das ist eine Kiste." Er zeigte auf den Boden vor seinen Füßen. „Alles, was wir bisher gesagt haben, geht in die Kiste, und ich nagle die Kiste zu. Wir können sie später noch öffnen. Jetzt fangen wir noch mal ganz von vorne an."

„Von mir aus kannst du diese Kiste in den tiefsten Abgrund werfen." Kate schniefte unwirsch und warf Brody einen trotzigen Blick zu.

„Ich wollte heute Abend mit Jack reden", begann er. „Herausfinden, wie er über ein paar Änderungen denkt. Ich ging davon aus, dass ihm die Idee gefallen würde. Ich kenne meinen Sohn ziemlich gut, aber offensichtlich nicht gut genug, um ihm zuzutrauen, dass er hinter meinem Rücken meiner Frau einen Antrag machen würde."

„Deiner Frau?"

„Halt den Mund", sagte er warm. „Wenn du nur ein Weilchen länger den Mund gehalten hättest, wäre dieses spezielle Gespräch folgendermaßen abgelaufen." Er trat näher, legte seine Hand unter ihr Kinn. „Kate, ich liebe dich. Nein, bleib sitzen", befahl er, als sie sich erheben wollte. „Ich habe die ganze Zeit darüber nachgedacht, wie ich es anfangen soll, bevor du hier aufgetaucht bist."

„Bevor ich hier …? Oh." Sie stieß die Luft aus und blickte auf den Boden, „Ist dieser Deckel auch wirklich dicht?"

„Vertrau mir, absolut dicht."

„Gut." Sie schloss für einen Moment die Augen, wollte einen klaren Kopf bekommen, aber die Euphorie, die sie ergriffen hatte, verhinderte das. Und das, so entschied sie, war perfekt. So und nicht anders musste es sein.

„Würde es dir etwas ausmachen, noch mal anzufangen? Bei diesem Teil mit ‚Ich liebe dich'?"

„Kein Problem. Ich liebe dich, Kate. Schon vom ersten Augenblick an, als ich dich sah, kam ich ins Schlingern. Aber ich dachte immer daran, dass ich mein Gleichgewicht behalten müsste. Dass du dich nie mit jemandem wie mir abgeben würdest. Und jedes Mal, wenn ich stärker schlingerte, zog ich mich wieder zurück, weil ich eine Menge guter Gründe zu haben glaubte. Jetzt sehe ich keine mehr, aber damals war es eben so."

„Ich bin für dich geschaffen worden, Brody, so wie du für mich."

„An diesem Abend im Haus deiner Schwester, da konnte ich mich nicht mehr zurückziehen. Ich bin genau auf der Klippe gelandet. Und als ich dich dann am nächsten Abend auf der Bühne gesehen habe, da bin ich abgestürzt, über den Rand gestürzt. Ich wusste, dass ich dich liebe. Es war ein so starkes Gefühl. Das hat mich wieder völlig durcheinandergebracht."

Er ging vor ihr in die Hocke. „Kate, vor ein paar Minuten habe ich hier gestanden und mir überlegt, wie es sein würde. Ich habe dieses Bild gesehen – du und ich zusammen auf der Veranda, in einer Hollywoodschaukel, die ich noch kaufen muss."

Die Tränen wollten wieder fließen, aber sie kämpfte sie entschlossen zurück. „Das Bild gefällt mir."

„Mir auch. Siehst du, ich habe mir vorgestellt, wir bauen ein Haus. Nicht wie das da oben auf dem Hügel, sondern so eine Art Beziehungshaus. Ich lasse mir dabei lieber Zeit, denn es ist wichtig, dass es richtig und gründlich gebaut wird. Damit es länger hält."

„Und ich habe dich gedrängt."

„Ja, genau. Aber mir ist auch klar geworden, dass zwei Leute nicht immer mit dem gleichen Tempo planen, aber am Ende trotzdem am gleichen Platz ankommen. Am richtigen Platz."

Eine Träne stahl sich nun doch aus ihrem Auge. „Ich bin genau da, wo ich sein will." Sie nahm sein Gesicht in beide Hände. „Brody, ich liebe dich. Ich will ..."

„Nein, jetzt bin ich an der Reihe." Er zog sie hoch. „Siehst du das Haus da oben auf dem Hügel?"

„Ja."

„Da muss noch einiges dran getan werden, aber es hat Potenzial. Dieser Hund, der gerade seinen eigenen Schwanz jagt, ist fast stubenrein. Ich habe einen Sohn, der gleich mit einem verspäteten Schulbus hier ankommt. Er ist ein guter Junge. All das will ich mit dir teilen. Ich will auch ab und zu bei der Ballettschule vorbeikommen und zusehen dürfen, wie du tanzt. Ich will Kinder mit dir haben. Ich glaube, ich mache mich ganz gut als Vater."

„Oh Brody!"

„Ruhe, ich bin noch nicht fertig. Im Sommer möchte ich draußen im Garten sitzen, den wir gemeinsam angelegt haben. Du bist die Einzige, mit der ich das alles teilen will."

„Himmel, frag mich endlich, bevor ich in Tränen aufgelöst bin und dir noch nicht einmal eine Antwort geben kann."

„Du drängelst schon wieder. Aber das mag ich an dir. Heirate mich, Kate.“ Er küsste sie leicht. „Heirate mich.“

Sie konnte nicht antworten, konnte nur ihre Arme um seinen Nacken schlingen und all ihre Gefühle in ihren Kuss legen, der mehr sagte als jedes Wort. Der Hund rannte aufgeregt bellend um sie herum. Noch an Brodys Lippen begann Kate zu lachen.

„Ich bin ja so glücklich.“

„Ich hätte nichts dagegen, wenn du endlich Ja sagen würdest.“

Sie lehnte den Kopf zurück, schaute ihm in die Augen und sagte etwas, das in den laut quietschenden Bremsen des Schulbusses unterging. Die Tür öffnete sich, und Jack kam herausgesprungen. Mike stürzte mit freudigem Gebell auf ihn zu.

„Bitte, lass mich“, murmelte Kate, dann drehte sie sich zu Jack um. „Hallo, du Hübscher.“

„Hi.“ Er sah die Tränen auf ihren Wangen und warf seinem Vater einen argwöhnischen Blick zu. „Hast du dir wehgetan?“

„Nein. Manchmal weinen die Leute auch, wenn sie so glücklich sind, dass alles in ihnen zu explodieren scheint. So glücklich bin ich im Moment. Weißt du noch, was du mich gestern gefragt hast, Jack?“

Er biss sich auf die Lippen, schaute wieder besorgt zu seinem Vater und nickte.

„Nun, ich habe die Antwort. Für euch beide.“ Sie hielt Brodys Hand und legte die andere an Jacks Wange. „Sie heißt Ja.“

Jack riss die Augen auf. „Ehrlich?“

„Ganz ehrlich.“

„Dad! Rate mal!“

„Was?“

„Kate wird uns heiraten. Das ist doch okay, oder?“

„Das ist absolut okay. Und jetzt lass uns nach Hause gehen.“

Sie ließen den Pick-up und den Wagen stehen, wo sie waren, und ging zu Fuß zum Haus hinauf. Jack rannte voraus, den übermütig bellenden Mike auf den Fersen. Auf dem Rasen blieb Brody stehen, drehte sich zu Kate und küsste sie.

Nein, es ist nicht nur einfach okay, dachte Kate.

Es ist perfekt.

EPILOG

Dad, wie lange noch?"

„Nur noch ein paar Minuten. Komm her, lass mich dieses Ding gerade ziehen." Brody hob Jack auf einen Stuhl und richtete die schwarze Krawatte, zupfte die rote Rose an seinem Revers zurecht. „Meine Hände sind ganz feucht." Brody lachte leise.

„Hast du auch kalte Füße? Grandpa sagt, dass manche Männer an ihrem Hochzeitstag kalte Füße bekommen."

„Nein, keine kalten Füße. Ich liebe Kate, ich will sie heiraten."

„Ich auch. Du bist der Bräutigam, und ich darf Trauzeuge sein."

„So." Brody trat zurück und musterte seinen Sohn. Ein Sechsjähriger im schwarzen Anzug. „Du siehst richtig schick aus, Jack."

„Wir beide, hat Grandma gesagt. Und sie hat geweint. Max sagt, dass alle Mädchen auf Hochzeiten weinen. Warum eigentlich?"

„Keine Ahnung. Wir werden nachher ein Mädchen fragen." Er drehte Jack herum, damit dieser sich im Spiegel ansehen konnte. „Heute ist ein großer Tag. Wir drei werden eine Familie."

„Ich kriege eine Mom und noch mehr Großeltern und ganz viele Onkel und Tanten und Cousins und Cousinen. Und wenn du die Braut geküsst hast, dann gibt's eine ganz große Party mit ganz viel Kuchen. Hat Nana gesagt." Kates Mutter hatte ihm erlaubt, sie Nana zu nennen. Das gefiel ihm.

„So ist es."

„Und dann fährst du mit Kate in die Flitterwochen, damit ihr euch küssen könnt."

„Das ist der Plan. Wir rufen dich jeden Tag an. Und schicken Postkarten", fügte er noch an. Trotzdem war ihm mulmig bei dem Gedanken, ohne seinen Sohn wegzufahren.

„Ja, und wenn ihr zurückkommt, wohnen wir alle zusammen. Rod hat gesagt, dass ihr in den Flitterwochen ein Baby machen werdet. Stimmt das?"

Brody räusperte sich. „Darüber müssen Kate und ich noch reden."

„Ich darf sie doch Mom nennen, oder?"

„Ja, sie hat dich nämlich ganz doll lieb, Jack."

„Das weiß ich." Jack rollte mit den Augen. „Deswegen heiratet sie uns ja auch."

Brandon öffnete die Tür und sah Bräutigam und Trauzeuge einander angrinsen. „Na, seid ihr so weit?"
„Los, komm schon, Dad. Lass uns heiraten gehen."

Kate trat aus dem Brautraum und reichte ihrem Vater die Hand.
„Du bist so schön." Er führte ihre Hand an seine Lippen. „Mein Baby."
„Bring du mich nicht auch noch zum Heulen. Ich habe mich gerade wieder gefangen, nachdem Mama mich schon so weit hatte." Sie strich fahrig über sein Jackettrevers. „Ich bin so glücklich, Daddy. Und ich will nicht mit verheulten Augen vor den Altar treten."
„Frösche im Bauch?"
„Die tanzen eine wilde Polka. Ich liebe dich, Dad."
„Und ich liebe dich, Katie."
Der Hochzeitsmarsch setzte ein. „Das ist für uns." Sie nickte ihrem Vater zu.
Am Arm ihres Vaters wartete sie, bis der Brautzug, bestehend aus ihrer Schwester und ihren Cousinen, voranschritt. Ihre kleine Nichte ging ganz vorne und warf rote Rosenblätter in den Gang.
Als sie in das Mittelschiff trat, in einem wallenden weißen Kleid, die lange Schleppe hinter sich herziehend, war alle Nervosität vergessen. Es war nur noch Raum für das pure Glück.
„Sieh sie dir nur an, Daddy. Sind meine beiden Männer nicht wunderbar?"
Ihr Vater war ganz ruhig, als er ihre Hand in Brodys legte.
„Kate." Wie ihr Vater führte Brody ihre Finger an seine Lippen. „Ich werde sie glücklich machen", sagte er zu Spencer, dann sah er Kate in die Augen. „Du machst mich glücklich."
„Du siehst hübsch aus." Jack vergaß sich und hüpfte aufgeregt herum. „Richtig hübsch, Mom."
Ihr Herz, schon zum Bersten voll vor Glück, floss über. Sie beugte sich vor und küsste ihn auf die Wange. „Ich liebe dich, Jack. Jetzt gehörst du zu mir." Sie richtete sich auf und traf Brodys Blick. „So wie du."
Sie reichte ihrer Schwester den Brautstrauß, nahm Jack bei der freien Hand, und dann heiratete sie ihre beiden Männer.

– ENDE –

Nora Roberts
Die Stanislaskis 1 – 3
Band-Nr. 95019
12,95 € (D)
ISBN: 978-3-89941-685-5
544 Seiten

Nora Roberts
Die MacKades 1 – 4
Band-Nr. 95017
12,95 € (D)
ISBN: 978-3-89941-639-8
720 Seiten

Nora Roberts
Die Donovans 1 – 4
Band-Nr. 95010
12,95 € (D)
ISBN: 978-3-89941-614-5
816 Seiten

Nora Roberts
Cordina's Royal Family
Band-Nr. 95009
12,95 € (D)
ISBN: 978-3-89941-613-8
784 Seiten